MICHAEL M. THURNER

König in Ketten

Buch

Darne ist ein Bauer, und daran ist eigentlich auch nichts auszusetzen. Allerdings gibt es auch wenig, um stolz darauf zu sein. Zumindest empfindet Darne das so und entflieht dem Leben auf dem elterlichen Hof, um Abenteuer zu erleben. Doch als er ein wenig über den Durst trinkt, verkündet er, dass er ein viel besserer König wäre als der derzeitige Herrscher. Für diesen »Aufruf zur Rebellion« werden ihm zehn Jahre Zwangsarbeit in den Gerbereien des Eisernen Hochlands auferlegt.

Sein Wunsch nach einem gerechten Herrscher, vor allem aber die Gier nach Rache wegen dieser übertrieben harten Strafe halten Darne am Leben. Sie treiben ihn weiter, bis er einer der inoffiziellen Anführer der Strafkolonie wird. Doch das ist nur ein weiterer Schritt zu seiner Vergeltung. Darnes Entschluss steht fest: Er wird seine Ketten abschütteln – und er *wird* König werden!

Autor

Michael Marcus Thurner, geboren 1963, veröffentlichte erste Romane im Rahmen der PERRY RHODAN-Fan-Edition, bevor er im Jahr 2002 als Stammautor in die ATLAN-Serie einstieg. Seit Anfang 2005 schreibt Thurner als festes Mitglied im PERRY RHODAN-Team. Der Autor lebt und arbeitet in Wien.

Besuchen Sie den Autor unter: www.mmthurner.at

Von Michael Marcus Thurner im Blanvalet Verlag erschienen:

Der Gottbettler (26942)

Der unrechte Wanderer (26404)

König in Ketten (6055)

Michael M. Thurner

König in Ketten

Roman

Originalausgabe

blanvalet

Umwelthinweis:
Alle bedruckten Materialien dieses Taschenbuches
sind chlorfrei und umweltschonend.

FSC
www.fsc.org
MIX
Papier aus verantwortungsvollen Quellen
FSC® C014496

Verlagsgruppe Random House FSC® N001967
Das für dieses Buch verwendete FSC®-zertifizierte Papier
Super Snowbright liefert Hellefoss AS, Hokksund, Norwegen.

1. Auflage
Originalausgabe Januar 2016 bei Blanvalet,
einem Unternehmen der Verlagsgruppe Random House GmbH, München

Dieses Werk wurde vermittelt durch die Literaturagentur Schmidt & Abrahams
www.schrift-art.net
Illustration und Gestaltung: Melanie Miklitza, Inkcraft
Redaktion: Peter Thannisch
HK · Herstellung: sam
Satz: Mediengestaltung Vornehm GmbH, München
Druck und Einband: GGP Media GmbH, Pößneck
Printed in Germany
ISBN: 978-3-7341-6055-4

www.blanvalet.de

Personarium:

Darne Bunthand, Held
Bernyl, Hofkanzlist
Hobelaar vulgo **Der Fette Mann**, Rego
Bentaloppe, Tochter Bernyls
Birle, ihre Helferin. Eine Schnelle
Anta Steinwerk (später **Weißmaul)**
Morilacc vom Tal, Freund von Darne
Die Dunklen Herren
Flaggel, Krüppel in Diensten Antas
Huntipormacc, Feldscher und Zangenbeißer
Kasmaton der Furcher
Cymbelr und Cymbyr, Blutschwestern der Bardyaggs
Hoher Rat Kinse, **Kriesc** (Enkelsohn),
Sarya (Schwiegertochter), **Amire** (Sohn)

Vorab: Die Erzählung vom Lederland

Hört gut zu, ihr Alten, ihr Väter und Mütter und Kinder, ihr Männer und Frauen! Lasst euch erzählen von einer Zeit, die uns fremd und unbekannt ist. Aus der es keine Zeugen gibt außer jene Relikte, die im ganzen Land zu sehen sind und die wir verwundert anstarren, wenn wir an ihnen vorbeiwandern.

Es sind Steinbrocken, die einstmals Teile von Säulen waren und womöglich das Himmelsfirmament abstützten. Straßen, die im Nirgendwo beginnen und im Nirgendwo enden. Kreuz und quer teilen sie das Land, als hätte ein riesenhafter Gott seinen Spaß dabei gehabt, uns zu verwirren. Gebäudereste, die wir unter dem Putz unserer Häuser entdecken und die wundersam verziert sind. Schluchten, in denen seltsame Knochenreste liegen, die langsam zu Staub zerfallen, und die zu schmal sind, um in ihr Inneres vorzudringen. Hölzerne Gegenstände des Alltagsgebrauchs, so alt, dass sie steinern wirken und über deren verblassende Bemalungen niemand etwas sagen kann.«

Der Gedächtnismeister holte tief Luft. Er konzentrierte sich auf das, was er wissen und sagen durfte. Und er vermied, an das zu denken, was er erfahren hatte und verschweigen musste.

Menschen starrten ihn mit offenen Mündern an. Manche von ihnen zitterten, ein kleines Kind greinte. Die Alten vermieden Blickkontakt und kauten an billigen Cardym-Streifen. Sie wollten nicht an frühere Zeiten erinnert werden, denn bald würden auch sie Teil der Vergangenheit sein. Relikte, an die sich die Kinder und Kindeskinder zurückerinnerten. Die allmählich weniger wurden und schließlich ganz aus den Köpfen ihrer Nachfahren verschwanden.

»Wer sind diese Schatten aus dem Früher?«, stellte der Gedächtnismeister dieselbe Frage wie immer. »Warum wissen wir so wenig von ihnen? Warum beschäftigen wir uns nicht mit der Geschichte des Lederlandes?« Er hob die Hände weit und hoch, so, als wollte er predigen. »Weil diese Zeiten mit etwas verbunden sind, das wir fürchten sollten. Mit einer Dunkelheit, die keine Kerze und keine Fackel erhellen kann.« Er räusperte sich. »Manche sagen, dass die Magicae Elend über uns gebracht hätten, namentlich Lybell und Aroin und einer, der nicht genannt werden darf. Aber wir wissen, dass dies ein Märchen ist, denn die Magicae hatten kaum Macht im Lederland.«

Er richtete den Blick auf den einen oder anderen Zuschauer. Die Menschen zuckten zusammen, schuldbewusst. So als wären sie für das Elend Hadens verantwortlich. »Es ist etwas Anderes, über das wir bloß flüstern. Es ist die *Zeit der Bewegung,* da Paläste stürzen und Straßen vernichtet und alles Alte unter Staub begraben wird. Die Zeit der Bewegung, von der wir hoffen, dass sie niemals wiederkehrt.« Er holte erneut tief Atem. »Und doch wissen wir, dass eines Tages auch unsere Welt untergehen und etwas Neues daraus erwachsen muss. Denn so ist das Leben in Haden, dem Lederland. Nichts hier hält für die Ewigkeit.«

TEIL EINS

I. Darne (Vergangenheit)

Der Fette Mann kann mich mal!«, schrie er und schlug mit dem Krug gegen den Holztisch. »Der Rego ist ein Schmarotzer.«

»Halt dein Maul!«, fuhr Anta ihn an. Sie fasste nach seiner Rechten und wollte ihn davon abhalten aufzuspringen.

»Ein Mann, der niemals eine Ackerfurche zog oder das Schwert in der Hand hielt«, ereiferte sich Darne weiter, ohne auf seine Begleitung zu achten.

Er kam auf die Beine. Die Menschen ringsum schwankten, als würden sie in einem Kahn sitzen. Oder sah bloß er das so? War er derjenige, der schwankte? »Der Rego sitzt in seinem Palast und gibt sich seinen Vergnügungen hin, tagaus und tagein.«

»Wenn du weiterhin so einen Scheiß daherredest, werden wir ihn bald besuchen dürfen, den Palast. Genauer gesagt: dessen nicht sonderlich heimelige Folterkammer.«

»Ist es denn schon verboten, die Wahrheit unter Freunden kundzutun?« Darne riss sich los und kletterte auf den Tisch, stieß dabei volle und halbvolle Krüge um, drehte sich einmal im Kreis. Es wollte ihm kaum gelingen, er torkelte. Immerhin: Die Aufmerksamkeit aller im »Rostigen Hauer« gehörte ihm nun ganz allein. »Der Rego prasst mit Geld, das er euch gestohlen hat. Er vergnügt sich mit Töchtern, die er euch genommen hat.

Er lässt das Land von Söhnen verteidigen, die er zu Totmachern gemacht hat. Er …«

»Hör auf die Kräutlerin und setz dich schön brav wieder an deinen Platz, Junge.« Combarte, der Wirt, trat an seinen Tisch. Er hielt einen Holzprügel in der Hand, den er, wie Darne wusste, mit großem Geschick einzusetzen vermochte.

»Du kannst mir das Reden nicht verbieten, Combarte! Es wird Zeit, dass wir aufstehen und den Fetten Mann vom Thron stoßen. Er hat genug Leid über uns gebracht und gehört verjagt, samt seinem Hofkanzlisten und all den anderen Günstlingen, den Hohen Damen und Herren, mit denen er sich umgibt.«

»Es reicht! Runter da, Trunkenbold!« Combarte schlug mit seinem Prügel gegen die Kante des Tischs, und der begann gehörig zu wackeln. »Ich habe keine Ahnung, warum du einen derartigen Grant gegen den Fetten Mann hegst – aber er tut dem Land und seinen Leuten gut. Keine deiner Anschuldigungen wird ihm gerecht.«

»Weil du dumm bist! Weil ihr allesamt dumm seid!«, brüllte Darne und sprang vom Tisch. Die hölzernen Bohlen ächzten unter seinem Gewicht, die Gäste ringsum wichen respektvoll zurück. »Seht ihr denn nicht, dass es einen Wechsel geben muss? Dass es endlich an der Zeit ist, dass ein neuer, ein frischer Mann den Thron besteigt?« Er nahm einen tiefen Schluck aus dem Weinkrug. Roter Saft troff ihm über die Lippen, übers Kinn.

»Und dieser neue Mann heißt wahrscheinlich Darne aus Knospbruch, nicht wahr?« Anta trat vor ihn und schlug ihm den Krug aus der Hand. Sie wirkte nicht zornig, war ganz ruhig. So wie eh und je. Sie meinte, ihn besänftigen zu können.

Darne packte sie am kurzgeschorenen Haar. Zog ihren Kopf weit in den Nacken. Niemand hatte das Recht, ihn in seinem gerechten Zorn zurechtzuweisen. Er würde ihr zeigen, was es bedeutete, so mit ihm zu reden, so mit ihm umzugehen! Er würde … würde …

Darne senkte die Hand und ließ die Kräutlerin los. Was tat er da bloß? Sie war seine Mentorin und seine beste Freundin. Nein, Anta war sogar mehr als das. Er liebte und begehrte sie, und das seit jenem Tag, da er in ihre Dienst getreten war.

»Du hast den Rego beleidigt«, hörte er eine Stimme hinter sich. »Und damit hast du auch uns beleidigt – und jeden einzelnen Bürger Hadens.«

Darne drehte sich um. Unkip Schwarzwamst stand vor ihm, mit seinem Kurzschwert in der Hand. Ein Soldat Hadens, mit dem er schon die eine oder andere Zechtour durch die Gasthäuser Mittigteilens unternommen hatte.

»Halt du dich da raus, Schwarzwamst«, sagte er.

»Du hast Grenzen überschritten, Großer. Du magst ein guter Saufkumpan sein und ein Gefährte, den ich in einem Kampf gern neben mir wüsste – aber du hast kein Recht, den Fetten Mann derart zu beleidigen.«

Weitere Männer traten auf ihn zu. Von links und von rechts kamen sie, kreisten ihn ein. Manch einer gehörte wie Schwarzwamst zur Stadtwache, manch einer war ein guter alter Bekannter. Allesamt zeigten sie verkniffene, zornige Gesichter.

»Ich weiß nicht, was ihr vorhabt, aber ich würde es an eurer Stelle sein lassen«, rief Darne. Wenn sich doch bloß der Raum nicht um ihn drehen würde! Und dann diese Übelkeit …

Unkip wandte ihm die Handfläche der Linken offen zu, wohl zum Zeichen des Friedens. »Du kommst jetzt mit uns und nüchterst deinen Rausch in der Zelle der Stadtwache aus. Mach bloß keinen Unsinn, Großer!«

Da war etwas in ihm. Eine Blume, deren Blätter sich immer weiter entfalteten und deren Farbe ein intensives Rot annahm. Sie duftete gut, und sie machte, dass Darne alles rings um sich vergaß. Das Etwas redete zu ihm. Es flüsterte, wisperte, verlockte, schmeichelte ihm: *Lass dir von diesen Knechten bloß nichts sagen, lass dich nicht einschüchtern. Ich allein kenne die Wahrheit, und die Wahrheit ist: Du hast recht. Der Fette Mann gehört weg – und jedermann, der sich dir in den Weg stellt!*

»Komm keinen Schritt näher, Unkip!«, sagte er laut und tastete nach dem Handmesser.

Der Wächter packte seine Waffe fester. Die Knöchel wurden weiß, Narben traten deutlich hervor. Der Kerl würde jeden Augenblick angreifen, während seine Kumpane links und rechts noch zögerten.

Es war an Darne, den ersten Schritt zu tun. Die Entscheidung über den Ausgang eines Kampfes fiel stets in den Momenten vor dem ersten Hieb. Wenn sich Blicke trafen, wenn man einander taxierte, wenn man seine Chancen abwog.

Darne sagte: »Ich schwöre, dass ich diesem räudigen Rego persönlich das Fell abziehen werde. Nachdem ich mit euch fertig bin.«

Dann schlug er zu, erstes Blut floss, drei Fingerglieder fielen zu Boden.

2. Bentaloppe (Vergangenheit)

Dieses Kuhnest war eines von den vielen, die sie während der letzten Monate und Jahre abgeklappert hatte, stets auf der Suche nach würdigem Fleisch.

Das Dorf unterschied sich kaum von all den anderen. Da war viel Staub auf den jämmerlich erhaltenen Wegen, viel Vieh, viel Gestank, viel Elend. In den langen Wintermonaten, die Bentaloppe noch auf ihrer Reise bevorstanden, würde der Staub weniger und das Elend mehr werden. So war Haden, das Lederland, nun mal.

»Wo finde ich den Dorfschulze?«, fragte sie einen Jungen, der dürr und ungemein zart wirkte.

Der Knabe starrte Bentaloppe blicklos an und deutete dann gleichgültig nach rechts. Sie nickte ihm zu. Das Messingstück, das sie ihm zuschnippte, fiel an der ausgestreckten Hand vorbei in den Morast. Müde beugte sich der Junge zur Seite und begann zu graben.

Sie kümmerte sich nicht weiter um ihn und gab der Stute Fersendruck. Widerwillig setzte sich der Gaul in Bewegung. Vorbei ging es an erbärmlichen Behausungen und an Flecken, aus denen mehr Unkraut denn Feldfrüchte sprossen. Laute des Elends begleiteten sie auf ihrem Weg: Ein Säugling schrie, eine Frau fluchte, ein Mann grölte besoffen. Himmelstalen war ein Anger wie viele andere, auch wenn der Name etwas anderes glauben machen wollte.

Ein etwas größerer Bau, der aus wenigen Ziegeln und viel Stroh zusammengekleistert worden war, geriet in ihr Blickfeld. Hohlwangige Gestalten lungerten davor umher; sie vertrieben sich die Zeit mit Würfelspiel. Erst als Bentaloppe bis auf zwanzig Schritte an das Haus heran war, blickten sie hoch.

»Ich suche den Schulze!«, rief sie den Kerlen zu.

»Ist beschäftigt«, sagte einer der Söldner, dessen Gesicht durch eine x-förmige Narbe quer übers Gesicht verunziert war.

»Es wäre schön, wenn er sich für mich ein wenig Zeit nähme.«

»Schon mal in den Spiegel geschaut? Siehst aus wie eine eingetretene Wirtshaustür. Der Alte steht mehr auf die schlanken, zarten Hühnchen und nicht auf Weiber, die zu wenige Ohren und zu wenige Finger, aber dafür zu viele Verbrennungen haben. Auch dürre Rübenbeine sind seine Sache nicht.«

Bentaloppe stieg ab und tätschelte der Stute die Flanke. Sie legte die Zügel locker über einen Pflock zu ihrer Rechten, bevor sie auf die Söldner zuging. »Haben wir beide ein Problem, Mann? Ich versuche es noch mal im Guten: Ich möchte den Schulze sehen. Jetzt!«

»Und ich möchte, dass mir eine der adligen Weiber aus Attico einen bläst. Schätze, dass wir beide nicht bekommen, was wir wollen.« Einer seiner Kumpane zupfte den Narbigen am Ärmel, er riss sich los. »In Himmelstalen bestimmen *wir*, was geschieht und wer mit wem redet. Von einem Weib wie dir lasse ich mir gewiss nichts sagen!«

Sein Gefährte zog nun heftiger und riss den Söldner zu sich, flüsterte ihm hastig einige Worte ins Ohr und tat dann einige Schritte zurück. Gerade so viel, dass man sein Verhalten nicht als feige Flucht deuten konnte.

Der Narbige wurde blass, das rote X trat nun umso deutlicher hervor. »Entschuldigt, Hohe Dame«, lispelte er und tat einen Bückling. »Ich wusste nicht … Ich werde den Schulze unverzüglich über Eure Anwesenheit verständigen.«

Bentaloppe nickte, holte einen halben Eimer Wasser aus dem nahen Brunnen und ließ ihr Pferd saufen, bevor sie sich dem Striegeln widmete. Striegeln war eine angenehme, eine ruhige Tätigkeit. Sie kam ihr entgegen. Sie mochte keine Hektik, sie verachtete die Geschäftigkeit in den Straßen der Städte. Das Leben auf dem Land kam ihr durchaus entgegen.

Ein Mann kam aus dem Haus gestolpert. Eben zog er die Hosen hoch, patschte mit den Schuhen in eine Schmutzlache, eilte auf sie zu und trug dabei eine beachtliche Wampe vor sich her, die ganz und gar nicht zu dem Elend passte, dem Bentaloppe in Himmelstalen bislang begegnet war.

»Willkommen, Hohe Dame, willkommen! Oh, wenn ich gewusst hätte, dass Ihr uns besucht … Diese nichtsnutzigen Bastarde, sie hätten Euch bereits am Taleingang begrüßen und hierher eskortieren, hätten Euch die notwendige Ehrerbietung entgegenbringen müssen!« Er kam knapp vor Bentaloppe zum Stehen, keuchend und mit hochrotem Gesicht, verbeugte sich, schnappte nach ihrer Rechten und hauchte einen Kuss auf den Handrücken. »Ich bin entzückt, ja, das bin ich! So weit weg von Attico der Wunderbaren … Erfreut, hocherfreut …«

Der Schulze hielt sich wie ein Ertrinkender an ihrer Hand fest, schüttelte und streichelte und tätschelte sie auf eine widerwärtige Art und Weise, die sie vom Hofe des Rego her nur zu gut kannte.

»Genug!«, sagte sie und ging auf Distanz zu dem Mann. »Du weißt, warum ich hier bin?«

»Nun ja, es gibt Gerüchte …«

»Was für Gerüchte? Erzähl mir mehr darüber.«

Der Schulze riss erschrocken die Augen auf. Er erkannte, dass er in ihre Falle getappt war, dass er einen Fehler gemacht hatte. Einen Fehler, der fatal sein mochte. Mit zittriger Stimme sagte er: »Ihr wisst doch, wie die Leute vom Land sind. Man darf nicht viel Wert darauf geben, was die einfachen Äckerer und Schweinehirten daherreden.«

»Was für Gerüchte?«, wiederholte Bentaloppe ihre Frage.

Der Schulze wand sich. Begann zu schwitzen. Trat unruhig von einem Fuß auf den anderen. »Hohe Dame, es ist …«

»Wenn ich etwas noch weniger schätze als Geschleime, dann ist es Feigheit.«

»Ja, Hohe Dame. Natürlich, Hohe Dame. Also, es ist so: Man munkelt, dass der Rego Boten ausschickt, um junge Frauen und Männer zu rekrutieren, die er für seine Zwecke benötigt. Diese dummen Gerüchte sagen aber nichts darüber aus, was Der Herr Alles Guten mit diesen jungen Leuten anfängt.«

»Das ist also deine Vermutung?« Bentaloppe betrachtete den Fetten von oben bis unten. Alles an ihm wirkte ekelerregend. Sein öliges Aussehen. Die ölige Stimme. Das, was er sagte – und *wie* er es sagte.

»Ja, Hohe Dame.« Er zögerte. »Außer …«

»Nun?«

»Bedenkt, dass ich bloß wiedergebe, was mir von einfachen Leuten zugetragen wurde.« Der Schulze entblößte ein Gebiss aus gelben Stumpen und zeigte ein schmieriges Lächeln. Er fasste neuen Mut, nun, da er seine ersten Worte überlebt hatte. »Man sagt, dass der Rego gewissen Neigungen frönt, bei denen es keine Rolle spiele, ob es sich bei den Partnern seiner Leidenschaft um Männlein oder Weiblein handle. Bitte schön, ich habe damit keinerlei Probleme! In unserem bescheidenen Himmelstalen sind wir froh, wenn jedermann einen Partner findet und nicht auf das Stallvieh zurückgreifen muss … Wenn Ihr wisst, was ich meine.«

»Ich verstehe.« Bentaloppe nickte. Sie dachte an ihre Anweisungen. Ihr war anbefohlen worden, ruhig zu bleiben und nicht jedermann zu töten, der ihr zuwider war. »Sonst sind bald ganze Landstriche Hadens leergefegt«, hatte man ihr gesagt.

O ja. Sie hatte ein Problem mit den meisten Menschen – und

solchen, die sich dafür hielten. So wie diese widerliche Kreatur vor ihr. »Das ist ein gutes Gerücht«, sagte sie schließlich, »denn es entspricht nicht der Wahrheit.«

»Ach ja? Nun, dann bin ich erleichtert! Wer möchte schon von einem Herrscher mit zweifelhaften Ehrbegriffen regiert werden? Aber wollt Ihr mir dann sagen, Hohe Dame, was Ihr wirklich in Himmelstalen sucht?«

»Ich möchte alle Kinder sehen, die während der letzten beiden Jahre geboren wurden.«

Der Schulze wich vor ihr zurück, plötzlich wieder von Todesangst beseelt. »Aber … aber … warum? Was habt Ihr vor?«

»Keine Sorge, sie bleiben ihren Müttern und Vätern. Ich möchte sie bloß besehen. Mag sein, dass ich einen von ihnen näher begutachte.«

»Das freut mich zu hören, Hohe Dame. Die Menschen Himmelstalens sind uns das Wichtigste. Alles, was wir haben. Alles, was uns hier das Leben erhellt.«

»… und eure Säckel füllt. Nicht wahr, Schulze?«

»Was meint Ihr, Hohe Dame?«

»Lass mich von Gerüchten erzählen, die *mir* zugetragen wurden. Man sprach hauptsächlich von der Wampe, die der Schulze von Himmelstalen vor sich hertrage. Dabei gehe es nicht mit rechten Dingen zu, denn in dieser verfluchten Gegend gebe es kaum genug zum Essen, um eine Mäusefamilie satt zu bekommen.«

»Der Rego ist sehr großzügig und unterstützt uns in diesen Zeiten der Not mit Lebensmitteln, mit Saatkorn, mit den Dingen des täglichen Gebrauchs …«

»O ja, der Rego ist ein generöser Mann. Er weiß, dass unzufriedene Leute auch solche sind, die Revolten anzetteln und sich gegen ihren Herrscher wenden.«

»Dass in Himmelstalen Ruhe herrscht, dafür sorge ich mit meiner starken Schwerthand.« Er griff zum Ziermesser an seiner Seite, das bestenfalls zum Obst- und Brotschneiden zu gebrauchen war.

»Du und deine Spießgesellen, nicht wahr? Diese verkommenen Gestalten, die umherlungern und sich tagtäglich auf Kosten der darbenden Bevölkerung ihren Spaß machen. Die einen Großteil der Lieferungen aus Attico für sich beanspruchen und den Dörflern gerade mal genug übrig lassen, dass sie nicht verhungern.«

»Das ist eine sehr einseitige Sicht der Dinge, Hohe Dame!«

»Gibt es denn auch eine andere? Solche, die wohlgenährte Einwohner beinhaltet, die gerne ihrer Tagesarbeit nachgehen und die wissen, dass all ihre Mühe nicht vergebens ist?«

»Es sind harte Zeiten, Hohe Dame. Für uns alle. Und dass ich wohlgenährt erscheine, hat mit einer Krankheit zu tun, die mir Schmerzen bereitet – und einen grässlichen Blähbauch.«

»Blähbäuche scheinen weitverbreitet, insbesondere bei Leuten in ähnlichen Positionen wie der deinen, Schulze. Aber lass uns nun mit den Gerüchten fortfahren. Man sagt auch, dass immer wieder zwielichtige Händler aus den südlichen Landen nach Himmelstalen kämen. Um den Anger nach einigen Tagen wieder zu verlassen. Mit jungen, noch nicht erwachsenen Bewohnern, die angekettet hinterhertraben müssten. Wie gefällt dir das?«

Der Mann zitterte. Immer wieder drehte er sich hilfesuchend nach seinen Handlangern um. Doch die taten so, als ginge sie dies alles nichts an.

Bentaloppe seufzte. »Nun, ich bin nicht hier, um über dich zu richten. Dazu fehlt es mir an Zeit und Muße. Aber ich rate dir dringend, Ordnung in Himmelstalen zu schaffen. Wenn ich noch einmal höre, dass du deine Leute als Sklaven an die südlichen Völker verschacherst, dann kehre ich zurück.«

»Verstanden, Hohe Dame. Natürlich, Hohe Dame.«

Der Schulze katzbuckelte und rieb sich die Hände, froh darüber, dass sein Leben verschont blieb. Er würde eine Weile Ruhe geben und dann erneut damit beginnen, die ihm überantworteten Menschen zu betrügen und zu verkaufen. Bentaloppe wusste, dass die Probleme in Himmelstalen und vielen anderen Ortschaften entlang ihres Weges nicht gelöst wurden, wenn sie eine dieser widerlichen Gestalten beseitigte. Ein anderer gewissenloser Wegelagerer würde die Herrschaft übers Dorf übernehmen und eine neue, vielleicht noch üblere Schreckensherrschaft errichten. Es gab so viele Kerle wie diesen da. Kakerlaken, die sich bloß in den Schatten wohlfühlten und die Flucht vor dem Licht ergriffen …

»Bevor du mich herumführst, Schulze, möchte ich mich noch mit einem deiner Leute unterhalten«, sagte sie und schob sich an dem Dicken vorbei. »Er hat sich über meinen Mangel an Schönheit beklagt, trägt aber selbst einige Male im Gesicht, die ihn nicht unbedingt attraktiver machen.«

Der Söldner mit den Kreuzschnitten zuckte unter ihren Worten zusammen. Unsicher tastete er nach seinem Schwert. Einem schartigen Bihänder, dessen Einsatz viel Kraft erforderte und eine gute Deckungsarbeit.

»Sollen wir gemeinsam eine Runde gehen, mein Hübscher?«, fragte Bentaloppe provokant. »Du hattest dich ja beschwert, dass ich nur ein Ohr habe. Was, wenn ich mir eines von deinen ausleihe? Gegen ein Auge oder deine Zunge hätte ich auch nichts einzuwenden. Es ist kalt in den Nächten, und wenn dann ein kleines Stück Fleisch in den Flammen zischt und brutzelt, ginge es mir vielleicht ein bisschen besser.«

Der Söldner zog das Schwert, viel zu langsam, viel zu umständlich, und kam mit einem lauten Schrei auf sie zugestürmt. Das X in seinem Gesicht leuchtete grellrot.

Bentaloppe lächelte. Dieser Tag würde also doch noch ein guter werden. Sie würde diesem Kerl die dreiundzwanzig weiteren Buchstaben des hadenschen Alphabets ins Gesicht ritzen, bevor sie ihn tötete.

3. Darne (Vergangenheit)

Eine Stadt!«, sagte er andächtig. »Eine richtige Ansiedlung mit steinernen Mauern, mit mehr als einer Straße und so vielen Leuten, dass man beide Hände fünfmal hochhalten müsste, um ihre Zahl zu bestimmen.«

»Mittigteilen ist beileibe nicht die größte Stadt, junger Darne«, sagte Medward der Krämer. Er spuckte über den Rand seines Kutschbocks, knapp an Trist vorbei. »Attico die Wunderbare ist noch hundertmal größer, hundertmal schöner – und ein hundertmal teureres Pflaster.« Er zwinkerte ihm zu. »Wenn du dir einen anständigen Rausch antrinken und weibliche Gesellschaft genießen möchtest, ohne gleich das ganze verdiente Geld loszuwerden, dann bist du allerdings richtig in Mittigteilen.«

Darne trieb Trist an. Das Maultier wandte den Kopf und schenkte ihm einen Blick, dem es seinen Namen verdankte. Widerwillig ging es weiter. »Frauen? Du meinst solche, von denen du erzählt hast, Krämer? Geschöpfe, deren Haut so weich wie eine Schalong-Frucht ist und die dich anlächeln, statt dir Schimpfwörter an den Kopf zu schmeißen, wenn du dich mit ihnen beschäftigst?«

»Und manche von ihnen haben sogar noch alle Zähne im Maul. Wobei es keine uninteressante Erfahrung ist, von einem der zahnlosen Geschöpfe im *Prachtarsch* bedient zu werden. Wenn du weißt, wie ich's meine.«

»N-nein, das weiß ich nicht.«

»Ach, unser Kleiner ist ja erst fünfzehn, stammt aus dem trübseligsten Flecken unseres wunderbaren Landes und hat noch nichts von Haden gesehen, mit Ausnahme einiger staubiger Straßen.«

»Vergiss das Vieh nicht!«, meckerte Giswyn, die Frau des Händlers, und schlug sich lachend auf die fetten Schenkel. »Die Ziegen und die Rinder und die Esel, die in seiner Heimat sicherlich sehr beliebt sind.« Sie fügte einige obszöne Gesten an ihre Worte an, die Darne zu verstehen gelernt hatte.

Giswyn war ein böses Weib mit bösen Gedanken. Er verstand nicht, was Medward an ihr fand. Zumal er immer wieder an den Abenden ihrer gemeinsamen Reise, wenn sie das Lager errichtet und sie ihren Mann besonders drangsaliert hatte, davon erzählte, wie gern er seine Hände um ihren feisten Hals legen und zudrücken würde.

Eine Gruppe gut gefütterter Landarbeiter kam ihnen mit Handkarren entgegen. Sie grüßten freundlich und schwenkten dabei Flaschen, in denen dunkle Flüssigkeit gluckerte. Ihre Wangen waren rot, die Nasen ebenso. »Eilt euch!«, rief ihnen einer der torkelnden Bauern zu. »Der Kirtag endet bei Sonnenuntergang. Oder wollt ihr etwa nicht bei den Wettkämpfen oder bei den Freudenspielen mitmachen?«

»Und ihr?«, entgegnete Medward, nicht minder fröhlich. »Wie es aussieht, habt ihr eure Preise bereits gewonnen.«

»Marktzeiten sind gute Zeiten für unsereiner. Die Preise für Obst und Getreide sind hoch, die Leute spendabel. Wenn's nach mir ginge, könnte rund ums Jahr Kirtag sein.«

Sie verabschiedeten sich voneinander, Darne murmelte einen schüchternen Gruß, die Bauern zogen weiter. Dieser Menschenschlag war so ganz anders als jener, den er von der Heimat her kannte. Sie redeten viel, und sie waren meist zufrieden mit den Leben, die sie führten. Selbst dem größten Unglück traten sie mit einem Lächeln entgegen und nicht mit Verbitterung oder Verzweiflung.

»In den Städten herrscht die Sünde!«, hatte Mutter ihn gewarnt. »Die Leute dort haben vergessen, dass ein anständiges Leben ausschließlich auf Ernsthaftigkeit beruht.«

Ja, die Mutter ... Darne erinnerte sich nur noch vage an ihr Gesicht, obwohl es nicht einmal zwei Monde her war, dass er sich aus dieser erbärmlichen Hütte davongeschlichen hatte, die sie als Heim bezeichnete und in der sie ihn sowie fünf Geschwister aufgezogen hatte.

Medward wirkte aufgekratzter denn je zuvor. Er trieb die Ochsen mit Peitschenhieben an, während Giswyn unter der Plane des Gefährts umherkramte. Darne hörte Töpfe gegeneinanderschlagen, dann einen derben Fluch, danach das Klappern metallenen Werkzeugs und einige Geräusche, die er nicht einordnen konnte. Erst als die ersten Häuser Mittigteilens nur noch einen Steinwurf entfernt waren, kam die dicke Frau wieder zum Vorschein.

»Und du meinst, das macht dich hübscher?«, fragte Medward und lachte. »Das Zeugs, das du dir ins Gesicht geschmiert hast, lässt dich wie die Großmutter einer der Häuserdirnen aussehen.«

»Woher willst du wissen, wie die Häuserdirnen ausschauen?«

»Es gab eine Zeit, da ich noch nicht mit dir verheiratet war. Eine glückliche Zeit war das, möchte ich hinzufügen.«

Darne hörte dem Gekeife der beiden nicht länger zu. Er klopfte Trist auf den Hintern und hörte, wie Medward ihm den Namen einer Gaststätte hinterherrief, in der sie sich später treffen sollten. Doch er achtete kaum darauf. Nun gab es nur noch die Stadt und ihn. Selbst Trist schien sich darauf zu freuen, zwischen die bunt bemalten Häuser zu gelangen, auf Wegen, die gut gepflastert waren und auf denen unzählige Menschen unterwegs waren. Aber schon bald wurden sie aufgehalten. Schlangen bildeten sich, noch bevor er die ersten Häuser passiert hatte. Es gab kaum mehr ein Vorwärtskommen.

Es machte Darne nichts. So blieb ihm die Gelegenheit, sich genauer umzusehen. Er bewunderte fein verputzte Gebäude, die zwei – zwei! – Stockwerke hatten. Die Läden waren mit ungewöhnlichen Farben verziert; Glas steckte in den Fenstern und sogar in Türen, so als koste es nichts und würde wie Misteln auf den Bäumen wachsen. Treppen, so wuchtig und so breit, dass der Wert des Holzes allein all das überstieg, was er während der zwei Monate seiner Reise verdient hatte, wurden von Menschen in stutzerhaften Kleidern benutzt. Einige von ihnen hatten sich helle Farben ins Gesicht geschmiert und wirkten wie Puppen …

»Wohin willst du, Kleiner?«

Ein Bewaffneter trat auf die Straße und hielt dem Maultier die Lanze vors Gesicht, so als wäre es ein weitaus gefährlicherer Gegner als Darne. Er schnaufte schwer, das Gesicht war dunkelrot und vernarbt.

»Na, in die Stadt rein!«, antwortete Darne.

»Ich frage noch mal, du Simpel: Wohin? Was ist dein Ziel in Mittigteilen, was willst du hier? Du bist kein Bürger der Stadt, sonst würde ich dich kennen.«

»Na ja, ich möchte mich mal umsehen …«

»Für Herumtreiber haben wir keinen Platz.«

»Lass ihn durch, Unkip Schwarzwamst!«, hörte Darne Medwards Stimme von weiter hinten. »Ich bürge für den Kleinen.«

»Du reist also mit Funke Medward?« Der Wächter blieb misstrauisch.

»Ja. Er war so freundlich und hat mir erlaubt, ihn und Giswyn zu begleiten.«

»Haben die beiden also wieder mal einen Deppen gefunden, der die schwere Arbeit während der Reise für sie erledigt.« Der

Wächter schnaufte. »Mich wundert, dass du dich noch auf deinem Reittier halten kannst. Deine beiden Gefährten sind nicht gerade für ihre Menschenfreundlichkeit bekannt.«

»Das habe ich gehört, Unkip!«, rief Medward. »Jetzt lass den Jungen endlich durch!«

Der Wächter zögerte, gab Darne dann aber den Weg frei. »Mich geht's nichts an, Junge«, raunte er ihm dann noch zu, »aber wenn ich du wäre, würde ich mir so rasch wie möglich einen anderen Herrn suchen.«

»Medward ist nicht mein Herr! Ich bin ein freier Mann.«

»Bist du dir da sicher? Der alte Krämer ist ein Betrüger, aber im Vergleich zu seinem Weib ist er bloß ein ahnungsloser Lehrling. Wenn dich die beiden bis hierher mitgenommen haben, dann nur aus dem Grund, ein gutes Geschäft mit dir zu machen.«

»Danke für die Warnung, Unkip Schwarzwamst. Aber ich kann ganz gut auf mich allein aufpassen.«

»Ach ja? Du, ein Junge von gerade mal vierzehn Jahren?«

»Ich bin sechzehneinhalb!«, log Darne.

»Ah, das ist natürlich etwas anderes. Und jetzt sieh zu, dass du weiterkommst!« Unkip gab Trist einen Klaps auf den Hintern, das Muli setzte sich in Bewegung. »Wenn du Hunger hast und nicht gleich an deinem ersten Tag Rattenschwänze in der Suppe schwimmen haben willst, dann geh in den »Rostigen Hauer«. Sag, dass ich dich geschickt hätte, dann bekommst du einen Platz in der Nähe des Kamins und vielleicht eine etwas größere Mahlzeit.«

»Danke!« Darne winkte dem Wächter zu, ohne sich nochmals umzudrehen. Er war zu sehr gefangen von den Eindrücken ringsum. Von all den Dingen, die zu sehen, zu hören und zu riechen waren.

Die steinernen Mauern fingen all das ein, was hier vorging. Sie ließen ihn Gespräche hören, die zwei Ecken weiter stattfanden, und machten, dass ihm der Duft erhitzten Honigtalgs in die Nase stieg, lange bevor er den Händler passierte.

Darne nahm ein kleines Stück Cardym in den Mund und kaute langsam. Seine Vorräte gingen allmählich zur Neige. Er stieg von Trist und zog das Vieh hinter sich her. In dieser Enge war das Maultier kaum mehr von Nutzen, zumal es immer wieder in einer der Seitengassen verschwinden wollte. »Sei nicht so dumm und so störrisch!«, schimpfte er seinen tierischen Begleiter. »Sag bloß, dass dir der Lärm hier zu viel wird?« Darne erntete einen Blick, der ihm sagte, dass ihn Trist als Trottel erachtete. »Sieh mich noch einmal so an, und ich verkaufe dich beim nächsten Salamihändler!«

Das Muli wandte sich ab, hob seinen struppigen Schweif und ließ ein paar Äpfel auf die Straße klatschen.

»Eines Tages lasse ich dich wirklich in Stücke schneiden, das schwör ich dir!«

Überall waren die Lederhändler zu sehen. Sie zogen ihre Karren und boten ihre Waren feil: Gegenstände des täglichen Gebrauchs, Schmuckstücke, Figurinen, dünne Hemden und dicke Jacken, Teile von einfacher Schutzbekleidung und jene schweren Rüstungsteile, die dem ehrbarsten Totmacher gut zu Gesicht standen. Kauwaren, prächtig verzierte Reisetaschen, Stiefel, Sättel, Zaumzeuge, Schöpfeimer, einfaches Kochgeschirr, gegen Hitze gehärtet, Peitschen, Stühle, Decken ... Einfach alles, was man aus Leder fertigen konnte.

Die Straße teilte sich v-förmig. Links befanden sich Gerbereien. Übler Gestank hing wie eine Wolke über den vielen, vielen Läden. Menschen mit dunkel verfärbten Händen liefen dort geschäftig hin und her, andere stritten, einige kümmerten sich hoffärtig um einen vornehm gekleideten Mann mit lächerlich hochtoupierten Haaren. Ein Ledermeister hieß eben einige vierschrötige Kerle, einen Ochsenkarren mit Fellen vollzuladen. Eine Frau ließ sich in eine Sänfte hieven, die sie wohl eben erst erstanden hatte. Goldene und silberne Verschläge zierten das Tragegerät und gaben Darne einen Eindruck von dem Reichtum, der hier herrschte, in dieser Stadt, die dennoch nicht an den Prunk Atticos heranreichte, wenn er den Worten des Wächters glaubte.

Gedächtnismeister drängten sich eng um einen kleinen Brunnen. Sie flüsterten einander Vertrauliches und weniger Vertrauliches zu, um dabei stets mit Blicken nach Kundschaft Ausschau zu halten, die ihre Dienste benötigte.

Rechts ging es in Richtung eines Platzes, der von Marktständen beherrscht wurde. Darne wandte sich kurz entschlossen in diese Richtung. Viele der Krämer räumten eben zusammen und luden die wenigen Waren, die ihnen geblieben waren, auf Hand- und Ochsenkarren, während einige Händler immer noch ihr Zeugs laut schreiend anpriesen.

»Äpfel!«, brüllte der eine. »Frische Äpfel aus dem Borkstal, in ewiger Sonne gereift, süß und geschmackig!«

»Eidener Honigzwetschken!«, schrie ein anderer und hielt zwei dunkle, schrumpelige Früchte in die Höhe. »Eingelegt in süßen Saft, von einer Zuckerkruste überzogen und über Monate gelagert, sodass der typische Geschmack aus der Provinz Eiden am besten zur Geltung kommt!«

»Hammelkeulen! Zart und frisch oder in Salzlauge gepökelt!«

»Sprüche. Flüche. Tränke.« Ein Magicus saß auf einem Stuhl und starrte düster vor sich hin. Ab und zu trank er aus einer Flasche, die ansonsten zwischen seinen Knien ruhte. »Ich bin Kelmens, Meister aus dem Süden, vertraut mit den mächtigsten magischen Waffen, die in den Lederlanden bekannt sind.« Er flüsterte bloß, und dennoch schaffte der unheimliche Mann es problemlos, sich Gehör zu verschaffen. Darne ging rasch weiter und warf keinen Blick mehr zurück. Er fürchtete die Kunst der Magicae.

»Borks-Öl aus den südlichen Ländern! Borks-Öl, das euch süße Träume beschert, das euch lächeln lässt …«

»Stoffe. Seidenware. Gewobenes, Gewalktes und Gestricktes …«

»Gewürze aus aller Herren Länder! Ich, Anta Steinwerk, versichere euch, dass meine Ware aus jeder zubereiteten Mahlzeit, und sei sie noch so einfach, eine Speise macht, um die euch die Götter beneiden werden.«

Die Stimme der Gewürzhändlerin war dunkel und einschmeichelnd. Sie saß auf ihrem Hochstuhl wie auf einem Thron. Ein buckliger Helfershelfer reichte ihr immer neue Säcklein, die die großgewachsene Frau in alle Himmelsrichtungen hielt.

Darne drängte sich an anderen Besuchern vorbei, bis er vor der Händlerin zu stehen kam. Die Menge ihrer Zuhörer war überschaubar. Viel mehr Leute interessierten sich für Früchte und Fleisch, am Stand des Borks-Öl-Händlers war am meisten los.

»Salz aus den südlichen Steinbrüchen. Pfeffer aus weit entfernten und unbekannten Landen, der nicht nur das Essen würzt, sondern auch als Heilmittel bei rinnenden Nasen hilft. Safran. Moschiak. Steinöl-Extrakt, mit scharfem Pepperion angereichert. Gerupfter und getrockneter Thymian. Koriander. Frischer Lauch und alter Sattelbirg. Waren aus allen Teilen des Weltenkreises, aus Gegenden, die man hierzulande bloß aus Erzählungen kennt. Ich habe sie alle, ich verkaufe sie alle!«

Ein einziges Büschel grünen Lauchs wechselte in der Zeit, da Darne der Frau lauschte, den Besitzer. Anta Steinwerk überließ das Feilschen ihrem Helfer. Sie, deren von Sommersprossen überzogenen Gesichtszüge Darne vage an ein Mädchen aus seiner Heimat erinnerten, fuhr indes fort, ihre Waren anzupreisen. Kaum jemand hatte einen Blick für die vielen Säcklein und Tiegel übrig, deren Inhalte rot und gelb und braun und schwarz waren und den Warentisch mit feinen Farbschichten überzogen.

Irgendwann verstummte Anta. Sie zuckte mit den Schultern und stieg von ihrem Hochstuhl herab, setzte vorsichtig ein Bein unter das andere, auf Sprossen, die dünn und fein gedrechselt waren, so als wären sie von einem Künstler gefertigt.

»Was gaffst du so dumm?«, keifte der Bucklige Darne an. »Noch nie den Stand einer Gewürzkrämerin gesehen? Noch nie die Beine einer Gewürzkrämerin gesehen?«

»Nein. Beides nicht«, antwortete Darne wahrheitsgemäß.

»Gewürze und Krämerin sind zu teuer für dich, Kleiner. Also verschwinde gefälligst von hier!«

»Sei nicht so unhöflich, Flaggel«, mischte sich die Frau ein, bevor Darne etwas sagen konnte. »Wir wissen doch, dass Höflichkeit die wichtigste Tugend eines erfolgreichen Händlers ist.«

»Aber nur, wenn der Kunde Schlei in der Tasche hat, Frau Anta! Sieh ihn dir bloß an: Er ist dreckig vom Scheitel bis zur Sohle. Die schwarze Kruste unter seinen Fingernägeln könnte man dazu verwenden, ein Pflanzenbeet anzulegen, und die Blicke, die er dir zugeworfen hat, sind noch schmutziger als alles andere.«

»Ich hab doch gar nichts gemacht!«

»Lass dich von Flaggel bloß nicht ärgern.« Anta zerstrubbelte ihrem Helfershelfer das dunkelblonde Haar, der Bucklige ließ es über sich ergehen. »Er ist bloß eifersüchtig. Weil er hoffnungslos in mich verliebt ist, nicht wahr?«

»J-ja, Frau Anta.«

»Obwohl du weißt, dass es aussichtslos ist, was du begehrst.«

»Ja, Frau Anta.«

»Nicht wegen deines Körperbaus und schon gar nicht wegen dem, was du im Kopf hast. Beides spielt für mich keine Rolle.«

»Ja, Frau Anta.«

»Es ist, weil ich keinen Mann jemals lieben werde.« Sie blickte Darne unvermittelt an, das erste Mal, seitdem sie ihn zur Kenntnis genommen hatte. Sie hatte wasserblaue Augen, die Iris wurde von silbernen Einlagerungen umkränzt. Sie trieben im

Weiß ihrer Augen wie Fischlein, so als spielten sie miteinander, um sich dann wieder enger um das Blau zu gruppieren.

Darne schüttelte den Kopf. »So was habe ich noch nie gesehen.« Das war alles, was er hervorbrachte.

Anta lachte. »Kein Wunder, mein Freund! Du bist noch viel zu jung, um weiter als bis zu deiner Nasenspitze geblickt zu haben.«

Ihre Stimme klang so interessant, so verführerisch. »Ich bin schon viel herumgekommen!«, ereiferte sich Darne. Er fühlte, wie er im Gesicht rot und röter wurde – und konnte nichts dagegen tun.

»Ja«, murmelte Flaggel. »In Schweineställen, ab und zu in Ziegenställen und dann wieder in Schweineställen. So lernt man die große, weite Welt kennen.«

»Sei ruhig, mein Freund!« Wiederum tätschelte Anta dem Kleinwüchsigen den Kopf, doch diesmal mit etwas mehr Nachdruck, bevor sie sich wieder Darne zuwandte: »Wo kommst du her?«

»Aus der Provinz Fels. Aus dem Tal Sturz. Aus dem Dorf Knospbruch.«

»Shyte!«, entfuhr es Flaggel, und er grinste von einem Ohr zum anderen. »Selbst der allerletzte Hinterwäldler würde sich schämen, seine Herkunft aus Fels, Sturz und Knospbruch bekanntzugeben. Du aber nicht. Was mich folgern lässt, dass es hinter dem allerletzten Hinterwald noch etwas gibt, das sich Leben nennt.«

»Pass mal auf, Kleiner, jetzt reicht es mir mit deinen Beleidigungen! Ich werde dir …«

»Gar nichts wirst du, Junge aus Fels, Sturz und Knospbruch …«

»Ihr haltet beide den Mund!«

Antas Stimme klang befehlsgewohnt und hart. Darne schob sein Messer zurück in die Scheide und starrte die Frau an. Eben noch waren sie auf Augenhöhe gestanden, doch mit einem Mal wirkte sie um einen Kopf größer als er.

»Flaggel, räum die Waren zusammen!«, bestimmte sie. »Der Arbeitstag ist beendet. Und du, Freund Darne, hilfst mir, den Handkarren herbeizuschaffen.«

Er zögerte nur kurz, nickte dann und trottete der Gewürzhändlerin stumm hinterdrein. Einmal noch drehte er sich um: Der Krüppel blieb beim Stand zurück. Er sortierte die vielen Säckchen und versorgte sie in kleinen, intarsienbelegten Truhen, während er Unverständliches vor sich hin murmelte. Sein Kopf war rot angelaufen, die Adern an den Schläfen traten deutlich hervor.

»Was suchst du hier in Mittigteilen, Darne?«, fragte Anta, ohne ihn dabei anzuschauen.

»Weiß nicht so recht.« Er stieß einen staubigen und halb verfaulten Kohlkopf beiseite. »Ich musste weg von zu Hause. Ich mag es nicht, wenn meine Heimat beleidigt wird, und schon gar nicht von einem unnützen Krüppel – aber er hat irgendwie auch recht. In Knospbruch wird man einfach nur alt, eingezwängt zwischen Felswänden, die Tausende Fuß aufragen. Es verirrt sich kaum mal ein Sonnenstrahl ins Tal, und die meiste Zeit liegt der Schnee auf gefrorenen Feldern. Hier hingegen lacht die Sonne aufs Land herab! Fast die Hälfte des Jahres ist der Grund aufgetaut, man braucht keine stinkigen Winterfelle tragen, die Wärme treibt einem die Farbe ins Gesicht.«

»Ich verstehe. Ich vermute, dass deine arme Frau Mutter nicht weiß, wo du dich herumtreibst. Und dass dir der Vater tausend Flüche hinterhergejagt hat, weil du ihn bei der Feldarbeit im Stich gelassen hast.« Frau Anta deutete auf einen Karren, dessen Deichsel und Handgriffe mit seltsamen Symbolen verziert waren.

Darne hob an. Das Holz war schwer, er ächzte unter dem Gewicht. Tapfer zog er den Karren vorwärts. Er würde sich vor der Frau keine Blöße geben, ganz gewiss nicht!

»Ja«, keuchte er, »mag sein, dass die Eltern nicht erfreut darüber sind, dass ich weg bin. Aber die Familie ist groß. Da ist Meiko, der Älteste, der Vater zur Hand geht. Zimbul Augenleer, der nur wenig sieht, aber die Kleineren unterrichtet. Die Schwestern Jasemin, Kerhe und Singe Ohnohr ...«

»Ich habe schon verstanden. Die Familie ist groß, und du meinst, dass man dich kaum vermissen wird.«

»Richtig.«

»Was hast du vor? Bleibst du in Mittigteilen, oder ziehst du weiter in die Wunderbare?«

»Natürlich gehe ich nach Attico! Ich bin kräftig, ich kann mit dem Messer umgehen. Gewiss wird man mich in einer der Schulen aufnehmen.« Darne zog das Gefährt mit einem kräftigen Ruck über einen Buckel in der schlecht gepflasterten Straße hinweg. Der Stand der Gewürzhändlerin war fast erreicht.

»Du möchtest ein Totmacher werden?«

»Natürlich! Ich bin stärker als die älteren Brüder und habe eine jede Dorfprügelei gewonnen.«

»Das allein, meinst du, ist ausreichend, um in den Schulen von Meister Isgarm, Meister Ohnschuh oder Meister Mydcorl unterzukommen?«

»J-ja.«

Der Stand war erreicht. Flaggel begann, die Waren zu verladen, nach einem System, das wohl nur er verstand. Rasch stapelten sich Kiste auf Kiste, Sack auf Sack.

»Du bist, mit Verlaub, ein Simpel. Um nicht zu sagen: ein ahnungsloser Idiot.« Frau Anta nahm Tischtücher an sich und faltete sie rasch zusammen.

Wie konnte sie es wagen? Sie, eine Frau? Und dabei lächelte sie freundlich und war dabei auch noch doppelt so hübsch wie die schönste Frau, die er jemals zu Gesicht bekommen hatte. »Aber ... aber ...«

»Stottern bringt dich nicht weiter, junger Freund. Du wirst

die Wahrheit verkraften müssen.« Anta starrte ihn an. »Die Totmacherei ist ein ehrenwertes Gewerbe, das von der Pieke auf gelernt werden will. Du musst lesen und schreiben können, musst die Feder ebenso leichthändig bewegen wie das Breit- und das Langschwert, das Rapier und den Dolch. Du musst Knoten knüpfen, die Giftmischerei beherrschen, die Eleganz gesprochener Worte verstehen und Sprache als Waffe anwenden, dich in mindestens einem Dutzend Dialekten des Lederlandes verständigen, mit einer Händlerin wie mir ebenso feilschen können wie mit einem Henker, der dir den hübschen Kopf abhacken möchte. Und nun sag mir, Darne aus Knospbruch: Was davon kannst du?«

»Ich … ich lerne rasch«, gab er sich störrisch.

»Das wird einem der drei großen Meister nicht reichen. Noch vor den Toren der Totmachereien musst du beweisen, dass du diese Dinge zumindest in Ansätzen beherrschst.«

»Da wird unser kleiner Tölpel aber ganz schön auf die Schnauze fallen.« Flaggel kicherte und begann, die Schautische Stück für Stück zusammenzulegen.

»Das werde ich nicht!« Darne stampfte mit einem Fuß auf. »Ich weiß, was ich kann!«

Anta trat näher an ihn heran. So nahe, dass ihre Brust ihn berührte, sobald sie einatmete. Ihr Atem roch süß, ihre Augen glitzerten. Sie machte, dass Darnes Herz rascher schlug.

»So, was kannst du denn? Kannst du eine arme, hilflose Frau wie mich entwaffnen oder mich gar im Kampf besiegen? Bringst du das fertig, oder scheiterst du bereits an dieser geringsten aller Aufgaben?«

»Ich kämpfe nicht gegen dich, Frau Anta.«

»Aber ich gegen dich, Tölpel!«

Sie stieß ihn von sich, mit einer Kraft, die er dieser Frau niemals zugetraut hätte. Er stolperte, stürzte gegen die Karrendeichsel und fiel hintüber in den Staub. Und nicht nur das. Auch in den Haufen Mulischeiße, den Trist hier platziert hatte, so als hätte er ganz genau gewusst, dass sein Besitzer in diese Richtung geflogen kommen würde.

Darne blieb liegen und starrte nach oben, in die Luft. Auf Leute, die sich ringsum versammelten, lachten, mit den Fingern auf ihn deuteten und ihn schmähten. Dieses verfluchte Weib, es demütigte ihn, brachte Schande über ihn!

Er kam auf die Beine, wischte sich die Mulischeiße vom Rücken und aus dem Haar, rempelte einige Leute beiseite. So, dass er freie Sicht auf Frau Anta hatte, die ihn amüsiert betrachtete.

»Na warte, dir werde ich's zeigen!« Er stürmte vorn weg, tastete nach seinem Dolch – und griff ins Leere.

Darne schaffte es gerade noch, vor der Frau zum Stehen zu kommen, bevor er sich seine eigene Waffe in den Bauch rammte. Anta hielt sie in ihrer Hand.

»Du bist eine Hexe!«, sagte er leise, während er einen Schritt zurücktrat. »Du hast mir den Dolch mithilfe von Zauberei entwendet!«

»Der Zauber nennt sich Ablenkung, kleiner Darne. Ich brauchte bloß nahe genug an dich heranzutreten und dich ein wenig zu verwirren, sodass dein Blut aus dem Kopf und woandershin rann. Zu einem Ding, mit dem man besser nicht denkt, will man in einer der Totmachereien aufgenommen werden.«

Anta tat eine rasche Bewegung mit ihrer Waffenhand, der Dolch ritzte sein Obergewand. Er fühlte einen kurzen Schmerz. Feuchtigkeit breitete sich entlang des Schnitts aus.

»Und ihr, was habt ihr so dumm zu glotzen?«, fragte Anta die Umherstehenden. »Dies ist eine Sache zwischen uns beiden, also geht gefälligst eurer Wege!«

Die Kinder, Frauen und Männer gehorchten. Sie hatten Angst vor dieser wehrhaften Frau. Angst, die nun auch Darne zu spüren begann. Sie war flink und raffiniert, und sie kämpfte auf eine Weise, der er nichts entgegenzusetzen hatte.

Anta betrachtete den Dolch im Licht der letzten Sonnenstrahlen, setzte dann die Spitze auf den Zeigefinger und balancierte die Waffe eine Weile, schupfte sie dann hoch in die Luft und fing sie geschickt am Griff wieder auf. »Der Dolch ist schartig und schlecht gepflegt. Der Stahl ist von minderer Güte, und hier am Heft war die Klinge mal gebrochen. Irgendein Schmied ohne besonderes Talent hat sie bearbeitet und mangelhaft repariert. Mit diesem Ding kannst du gerade mal einer siechen Ratte den Garaus machen.«

Anta warf ihm den Dolch mit einer flinken Handbewegung zu, Darne fing ihn überrascht auf.

»Zumindest die Reflexe sind in Ordnung. Dies ist das erste Mal, dass du mich überraschst, mein junger Freund.« Sie beugte sich über den Karren und gab dem Krüppel geflüsterte Anweisungen. Nach wenigen Momenten hielt sie ein schmales Glas in der Hand, vermengte zwei Pulverchen miteinander und fügte Wasser hinzu.

Sie deutete ihm, sich umzudrehen. Darne gehorchte. Die Flüssigkeit rann heiß über seinen Haarschopf und dann über die Kleidung. Sie roch süßlich und nach Feldblumen.

»Das sollte reichen, um den Dung abzuwaschen«, sagte Anta mit Zufriedenheit in der Stimme. »Andernfalls könnte ich mich nicht mehr mit dir in der Öffentlichkeit blicken lassen.«

»Ich verstehe nicht, was du meinst?«

»Begriffsstutzigkeit ist für die Meistereien der Totmacher eine der schlimmsten Untugenden. Wenn du etwas nicht begreifst, dann halte wenigstens den Mund, junger Freund.«

»Aber ...«

»Was sagte ich eben?« Anta lächelte ihn an. »Ich bin damit einverstanden, dass du bei mir eine Lehre beginnst und Flaggel bis zum Winter bei seiner Arbeit unterstützt. Du bekommst bloß ein geringes Taschengeld von mir. Doch in den Stunden vor und nach der Arbeit werde ich dir einige Dinge beibringen. So, dass du, wenn du eifrig übst, im Frühjahr an den Toren der Totmachereien um Aufnahme betteln kannst. Wenn du es dann noch wünschst – und wenn ich dir nicht zuvor aus Ärger ein paar Glieder gebrochen habe. Denn ich erwarte, dass du deine Arbeit niemals vernachlässigst. Sonst kann ich ganz schön ungemütlich werden.«

Darne starrte ein weiteres Mal in diese so faszinierenden Silberaugen – und er wusste, dass er dieser Frau niemals würde widersprechen können.

»Warum hilfst du mir, Frau Anta?«, fragte er.

»Mittigteilen ist nicht sonderlich freundlich zu einer wie mir. Als Frau, die auf eigenen Beinen steht, errege ich Aufmerksamkeit, als Gewürzhändlerin ebenso. Und erst recht als jemand, der das Schwert besser zu schwingen weiß als die meisten Männer.« Sie seufzte. »Es gibt Eifersucht und Bösartigkeit rings um mich, und ich kann meine Augen nicht überall haben. Ein Helfer mehr kann also nicht schaden. Vielleicht fordere ich irgendwann einen Gefallen von dir ein. Den würdest du mir doch nicht abschlagen, oder?«

Darne schüttelte den Kopf. »Niemals, Frau Anta«, sagte er und hob den Karren an.

4. Bernyl

Der Wein schmeckt nach Rinderpisse!«, schrie der Rego und schleuderte den Trinkpokal so weit er konnte von sich. »Gibt es in diesem lausigen Palast nichts anderes als Rinderpisse? Muss ich mich selbst um die Kelterarbeiten kümmern? Muss ich mich um alles kümmern? Bernyl, wo steckst du? Hilf mir!«

»Ich stehe hinter dir, Rego. Wie immer.« Bernyl trat einen Schritt näher an den Fetten Mann heran und achtete darauf, nicht in die Reichweite seines Herrn zu gelangen.

»Warum klappt nichts so, wie ich es gern hätte, Bernyl? Warum nicht?«

»Es sind bloß die kleinen Dinge, Rego, die dich ärgern.«

»Gerinnsel werden zu Bächen, Bäche zu reißenden Flüssen, Flüsse füllen die Ozeane. Kleine Dinge addieren sich zu einem Ozean an Ärgernissen.«

»Das hast du schön gesagt, Rego. Ich werde dafür sorgen, dass diese weisen Worte der Nachwelt erhalten bleiben.«

»Arbeitet man etwa schon an meinem Nachruf, Bernyl, tut man das? Gibt es finstere Mächte, die nach meinem Thron trachten, die das Lederland usurpieren wollen?«

»Natürlich nicht, Herr! Im ganzen Land herrscht dank deiner umsichtigen Politik Frieden. Man ist zufrieden mit dir, und so wird es noch viele Jahre lang bleiben. Vorausgesetzt, du achtest auf deine Essens- und Trinkgewohnheiten, Rego.«

»Du willst mich wieder mal bevormunden, Hofkanzlist!«

Der Herrscher drehte sich mühsam zur Seite, unterstützt von einem Helfer, dem dabei die Todesangst ins Gesicht geschrieben stand. Eine falsche Handbewegung, eine Berührung, und er hatte sein Leben verwirkt. Bernyl hatte oft genug miterleben müssen, wie sich der Rego seiner Unbeherrschtheit hingab und in Rage verfiel.

»Du weißt, dass ich dich stets mit bestem Wissen und Gewissen berate.«

»Lüg wenigstens *du* mich nicht an, mein Freund. Du hast dich unersetzlich gemacht. Das war alles, was du jemals wolltest. Ich bin davon abhängig, dass du mir einen Teil der Regierungslasten abnimmst.«

»Ich tue bloß mein Bestes, Rego. Zum Wohle des Landes – und selbstverständlich auch zu deinem.«

»Es gibt wohl niemanden, der seine Lügen so schön in Worte verpacken kann wie du, Hofkanzlist.« Die Schweinsäuglein des Fetten Mannes glitzerten.

»Ich mag ein Schwafler sein, Rego, und auch ein eitler Blender, da hast du sicherlich recht. Aber ich setze meine Gaben bloß im Umgang mit den Angehörigen des Hofstaates ein. Um dich von den Belanglosigkeiten der täglichen Regierungsarbeit zu entlasten.«

»Wie lange stehst du bereits in meinen Diensten, Bernyl?«

»Seitdem du an der Macht bist, Rego, wie du sicherlich weißt. Seit mehr als dreißig Jahren. Mögen es weitere dreißig Jahre werden!«

Der Fette Mann richtete sich von seiner Liege auf, ohne diesmal auf Unterstützung des ängstlich dreinblickenden Helfers zurückzugreifen. Es gelang ihm erstaunlich gut. »Ich weiß, was ich dir alles verdanke, Hofkanzlist. Du erledigst deine Arbeit ausgezeichnet. Für meinen Geschmack bist du *zu* perfekt. Leute deines Ranges neigen dazu, sich korrumpieren zu lassen und hinterrücks Schweinereien zu planen. Du hingegen …«

»Ich führe ein Leben in Anstand und Bescheidenheit, Rego.«

»Und Schweine können fliegen.« Der Fette Mann kam auf die Beine und blieb schwankend stehen. Zwei kräftige Diener kamen herbeigeeilt, um ihren Herrscher zu stützen, so es denn notwendig war. »Was ist dein Geheimnis, Hofkanzlist? Was verbirgst du vor mir?«

»Nichts, Rego.« Bernyl verneigte sich mehrmals und trat dann zurück in den Schatten hinter dem Liegethron, ohne die Augen von seinem Herrscher zu lassen.

»Er ist nicht dumm. Du solltest dich vor dem Fetten Mann in Acht nehmen.«

Bernyl zuckte zusammen. So groß seine Macht auch war, und egal, wie gut er sich auch schützte – es gelang der Frau immer wieder, in seine Räumlichkeiten vorzudringen und ihn zu überraschen.

»Mir scheint, ich sollte mich eher vor dir in Acht nehmen.« Bernyl zündete mehrere Kerzen an, die Dunkelheit wich flackerndem Licht. Bentaloppe saß in seinem Lieblingssessel, unmittelbar neben den beiden Kreuzstangen. Sie hielt ihre langen, nackten Beine überkreuzt, das gezeichnete Gesicht blieb im Halbschatten verborgen.

»Ich hätte bereits Dutzende Gelegenheiten gehabt, dir ein Messer in die Brust, in den Rücken oder sonstwohin zu rammen. Warum sollte ich es tun?«

»Weil du mich abgrundtief hasst.«

»Hass wird überschätzt, Hofkanzlist. Man tötet andere Menschen selten aus dem Moment heraus. Es benötigt eine Mischung aus mehreren Gefühlen, um so weit zu gehen. Und den richtigen Augenblick.«

»Oder aber man ist eine meisterhafte Totmacherin.« Bernyl

ließ den Blick durch den Raum schweifen. Er suchte die Statuen zweier Krüppel, die aus der Wand herauszuspringen schienen und sich mit weit ausgestreckten Klauen vornüberbeugten.

»Richtig. Aber ich werde wohl niemals eine derartige Fertigkeit erlangen wie manche Krieger, die du aus dem Staatssäckel bezahlst und für deine Zwecke einsetzt.« Bentaloppe lächelte schief.

Die Figuren waren grässlich anzusehen, mit all ihren Verletzungen und Verstümmelungen. So, als wären sie jederzeit bereit, sich aus dem Stein zu lösen und sich auf den Eindringling zu stürzen. Doch das würde nicht geschehen.

Bernyl ließ sich auf den Stuhl vor seinem Arbeitsplatz fallen und schenkte zwei Gläser halb voll mit Torfschnaps. Die kristallgeschliffenen Schwenker warfen bunte Lichtschimmer in den Raum. Die Farben veränderten sich mit der geringsten Bewegung. Bentaloppe nippte am Alkohol und stellte dann ihr Glas bedächtig vor sich ab.

»Was gibt es denn so Dringendes, dass du mich in meinen privaten Räumlichkeiten belästigst?«, fragte Bernyl. »Hatten wir nicht ausgemacht, dass wir über Boten in Verbindung bleiben?«

»Das war, was *du* dir wünschtest, Hofkanzlist. Ich erinnere mich nicht, dieser Bitte zugestimmt zu haben.«

»Muss ich denn auch bei dir jedes einzelne Wort auf die Waagschale legen, Bentaloppe? Reicht es nicht, dass ich tagtäglich mit Hofschranzen zu tun habe, deren Zungen so schlüpfrig sind wie Aalgel?«

Ein fingerdicker Firnis lag über den Figuren. Sie waren alt, uralt. Die beiden steinernen Wächter begleiteten Bernyl, solange er sich zurückerinnern konnte.

»Du weißt, warum ich hier bin, Bernyl.« Die Hohe Dame erhob sich und begann, unruhig im Raum auf und ab zu gehen. Sieben Schritte vor, sieben Schritte zurück.

Seine empfindliche Nase nahm Schweißgeruch wahr, einen Hauch von billiger Seife, Kuhmist, den sie an ihren Lederstiefeln klebend in den Raum getragen hatte – und den metallenen Gestank von Mondblut.

»Natürlich, Hohe Dame.« Er gab sich verwundert. »Ist es denn schon wieder so weit?«

»Das weißt du ganz genau, du Schweinehund!« Bentaloppe drehte sich ihm zu, in ihren Augen zeigte sich ein Hauch von Wahnsinn, die Hände zitterten. »Gib mir, was ich brauche!«

Bernyl verschränkte die Hände vor dem Bauch. Er gab sich ruhig, behielt jedoch seine gut versteckte Waffe im Auge und konzentrierte sich. »Es gab Zeiten, da hast du dich gegen dein Schicksal gewehrt. Du sagtest, dass du mich nicht brauchtest. Dass du es auch ohne mich schaffen würdest. Dass die Cardym-Sucht bloß eine Angelegenheit des Verstandes und der Willenskraft wäre und du kein Schwächling wie all die anderen seist, die an meinem Tropf hängen, und du jederzeit aufhören könntest, wenn du es bloß ernsthaft wolltest.« Bernyl lächelte. »Kann es sein, dass du dich geirrt hast? Dass du deine Kräfte überschätzt hast?«

Bentaloppes Gesicht wurde zu einer bleichen Maske, die von Strömen von Schweiß überzogen wurde. »Ich hätte gute Lust, dich zu töten, Hofkanzlist!«

»Lass diese lächerlichen Drohungen, meine Liebe. Wir wissen beide, dass du mir nichts antun kannst. Weil du ohne mich und dem, was ich anzubieten habe, nicht leben möchtest. Weil du so sehr nach dem Cardym gierst, dass du seit Tagen nicht mehr in der Lage bist, an etwas anderes zu denken. Weil du mein Eigentum und mein Geschöpf bist. Weil du alles tun wirst, um von mir das zu bekommen, was dein Körper und dein Geist so sehr begehren. Nicht wahr?«

Sie stierte ihn mit flackernden Augen an, Schweiß tropfte vom Kinn zu Boden.

»Ich möchte, dass du sagst, wie sehr du mich brauchst, Bentaloppe. Du wirst auf die Knie fallen und mir die Zehen lutschen. Als Zeichen deiner unbedingten Zuneigung.«

Sie presste die Kiefer fest aufeinander, die Zähne knirschten. Blut tropfte von den Lippen. Alles an ihr war Hass. Ohnmächtiger Zorn. Verlangen. Gier. Der Wunsch nach Erlösung.

Es ist einfach wunderbar. Das Cardym ist mächtiger als jedwede Waffe ...

»Ich brauche dich, Bernyl«, flüsterte sie mit Tränen in den Augen.

Sie beugte sich hinab. Er fühlte, wie sie seine Füße berührte, die Ledersandalen abstreifte, mit den Fingern Schmutzkrusten zwischen den Zehen löste. Dann spürte er ihre feuchte Zunge und hörte ein würgendes Geräusch.

»Sehr brav, mein Täubchen. Ich wusste doch, dass ich mich auf deine hündische Ergebenheit verlassen kann. Du hast dir deine Belohnung verdient.«

Bentaloppe kam wieder hoch. Die sonst so stolze und unnahbar wirkende Totmacherin wirkte wie ein Häuflein Elend.

»Komm bloß nicht auf die Idee, mir etwas anzutun, nachdem du das Cardym erhalten hast«, sagte er, so wie er es jedes Mal tat. »Ich allein kann dir eine weitere Dosis besorgen, sobald die Wirkung nachlässt. Du würdest verrückt werden, würdest endlos lange leiden, bevor der Tod dich holt. Du hast die Süchtigen im Kerker oft genug besucht, um zu wissen, was für ein Elend dich erwartet.«

»Ich weiß, Hofkanzlist.« Sie sprach leise, mit brüchiger Stimme. »Gib es mir jetzt. *Bitte!*«

Es war jedes Mal aufs Neue ein Triumph, eine der stärksten und gerissensten Kriegerinnen des Lederlandes flehen und betteln zu sehen. Dieses Schauspiel wärmte sein Herz.

»Also schön.« Bernyl zog seinen Wams hoch und holte die Hohlnadel aus dem Schreibtisch. Mehrere Phiolen des flüssigen, hochkonzentrierten Gifts lagen ebenfalls bereit. Er nahm eine davon und entstöpselte sie. Nun musste er nur noch den wichtigsten Wirkstoff hinzufügen, diese ganz persönliche Note des Cardym, ohne die der Sud kaum eine Wirkung zeigte.

Mit viel Routine stach er die Nadel ins Innere seines Bauchnabels. Ein dünner Strom hellroter Flüssigkeit sprudelte in die Phiole.

Saft aus seinem Leib. Gift, das er produzierte, solange er sich Tag für Tag schmerzvollen Prozeduren unterzog.

Genug. Er zog die Nadel aus dem Bauchnabel und steckte einen Wundstöpsel hinein. Der darauf geträufelte Kräutersaft würden dafür sorgen, dass der Strom bald zum Erliegen kam – und dass der Schmerz nachließ.

Bernyl reichte ihr die Phiole. »Du könntest das Cardym in kleineren Dosen zu dir nehmen. Dann hält die Wirkung womöglich länger an. Oder aber du trinkst die Flüssigkeit in einem Zug aus, um ein intensiveres Gefühl zu erleben.«

»Gib schon her!« Bentaloppe riss es ihm aus der Hand, zögerte nur kurz und goss es sich in den Mund. Ihre Zunge wanderte über die Lippen, selbst den kleinsten Tropfen des Cardym leckte sie auf, während sie sich wieder auf den Stuhl sinken ließ, den Kopf nach hinten legte und darauf wartete, dass die Wirkung einsetzte.

Bernyl nahm die Schreibfeder zur Hand und verfasste einige Einträge in sein Tagebuch, dem einzigen Buch dieses Landes ohne Schrift. Er ließ Gedächtnismeister kommen und verkündete Anordnungen, kalkulierte die zu erwartenden Einkommen des Lederlandes für den nächsten Mond und ließ sich dann von Mobcac, dem Leibdiener, ein Glas heißes Wasser bringen. Die Schmerzen im Bauchnabel ließen nach, sein Herzschlag beruhigte sich. Er verschränkte die Hände über dem Bauch und widmete sich nun wieder Bentaloppe.

»Hörst du mich?«, fragte er.

»Vage. Wie aus weiter Entfernung. Bist du es, Papa?« Sabber

troff aus dem Mund der Hohen Dame und auf die lederne Brustrüstung.

»Ja.«

»Warum tust du mir das an?« Bentaloppe bemühte sich, wieder Zugang zur wahren Welt zu finden. Doch ihr Geist weigerte sich. Er weilte an einem Ort ganz weit weg und erlebte dort Dinge, die man mit Worten nicht erzählen konnte. Eine winzige, kaum greifbare Verbindung zum Hier war erhalten geblieben. Ein Rettungsfaden, der irgendwann einmal reißen würde.

»Weil ich dich benötige. Dich und deine Fähigkeiten. Ich habe nicht umsonst jahrelange Arbeit in deine Werdung gesteckt.«

»Ich bin ein Mensch! Deine Tochter!« Die gequälte Stimme drang aus dem halb geöffneten Mund Bentaloppes. Eine schwarz gefärbte Zunge bewegte sich wie ein orientierungsloser Wurm darin umher, die Worte blieben kaum verständlich.

»Ich bin bloß dein Erzeuger.« Bernyl versuchte sich an die Mutter dieses Geschöpfs zu erinnern. Da war die Ahnung an eine großgewachsene Schönheit mit üppigen Brüsten und wenig Geist. Es war ein Wunder, dass ausgerechnet sie ein derart begabtes Geschöpf wie Bentaloppe hervorgebracht hatte.

»Ich kann so nicht mehr weitermachen, Papa.«

»Du wirst noch eine Weile auf Erlösung warten müssen. Das Cardym nagt aber bereits an deinem Inneren; es frisst dich auf, bemächtigt sich immer größerer Teile deiner Eingeweide. Irgendwann werden deine körperlichen Kräfte nachlassen. Du wirst anschwellen, Wasser wird sich in Armen und Beinen anlagern, deine Beine das Gewicht deines Leibes nicht mehr tragen können. Wenn ich dann noch Verwendung für dich finde, werde ich dich an jenen Stuhl binden, auf dem du eben hängst. Vielleicht wird es ein allabendliches Vergnügen für mich sein, mich mit dir zu unterhalten und dich dann mit weiteren Dosen des Cardym zu füttern. So lange, bis ich dir erlaube zu gehen.«

»Warum, Vater?«

»Die Leute stellen immer wieder dieselben unsinnigen Fragen. Du bist da keine Ausnahme, mein Liebes. Die Lebenswege eines Menschen bleiben ein Mysterium. Es gibt keinen Grund, warum es dem einen gut und dem anderen schlecht gehen sollte. Es ist einfach so.«

»Weil du es so bestimmst.«

»Ich nehme bloß geringfügigen Einfluss auf den Gang der Dinge. Aber wenn du mich nun bitte entschuldigst?« Bernyl erhob sich aus seinem Stuhl. »Wenn du im Morgengrauen zu dir kommst, lösch bitteschön die Kerzen, bevor du gehst. Ich hatte einen anstrengenden Tag und benötige einige Stunden Ruhe. Gute Nacht, meine Liebe.«

Er gähnte, streichelte sachte über die Kreuzstangen, deren Geheimnis außer ihm niemand kannte, streckte sich ausgiebig und zog sich dann in die Ruhekemenate zurück. Bentaloppes Röcheln verfolgte ihn. So lange, bis er die Tür hinter sich verschloss und sich nach ausgiebiger Körperreinigung niederlegte.

Bernyl schlief zufrieden ein.

5. Darne

Das Cardym schmeckt gut. Bei mir zu Hause gab es bloß ein grässliches Zeugs, das mit Holzbrei und seltsam schmeckenden Kräutern versetzt war.«

»Sei vorsichtig. Du bist den hiesigen Verschnitt nicht gewöhnt. Die Wirkung wird über dich kommen wie ein kalter Sommersturm.«

Darne sog an dem Glas. Angenehm schmeckender Rauch füllte seine Lunge und machte, dass die Welt rings um ihn mit einem Mal viel greller und lebhafter wirkte. Er musste husten, und mit dem Husten sog er einen weiteren Rauchschluck des Cardym ein. Die grellen Farben waren nun exakt voneinander getrennt, Rot und Gelb lösten sich aus dem Regenbogen, gingen ihrer eigenen Wege, trennten sich vom Blau und Grün und dem Violett.

Er hörte Antas besorgt klingende Stimme, kümmerte sich aber nicht weiter darum. Der Stuhl unter seinem Hintern war bloß noch eine Erinnerung, der Geruch nach altem Fett und kaltem Rauch ebenso. Was die Frau sagte, ging Darne nichts mehr an. Er ließ sich treiben, treiben, treiben. Wie ein Kork im endlos großen Ozean des Südens hüpfte er von Wellenberg zu Wellenberg und kehrte immer wieder an die Oberfläche zurück, so stark der Sturm rings um ihn auch toben mochte.

Dann kam die Kälte. Sie war wie ein eisiges Wurmgeschöpf, das durch seinen Leib kroch. Knochen berührte. Das Fleisch lähmte. Das Herz langsamer schlagen ließ, den Magen und die Gedärme durcheinanderbrachte.

Darne schrie, kam auf die Beine und schüttelte Hände ab, die ihn festhalten wollten. Er drehte sich um, bereit, sich dem Gegner zu stellen. Doch er sah bloß Anta und Flaggel. Der Gnom starrte ihn mürrisch an, wie immer. Anta hingegen wirkte besorgt.

»Das war zu viel für dich, junger Darne. Ich hätte es niemals zulassen sollen, dass dich das Cardym derart in Besitz nimmt.«

Sie näherte sich langsam und berührte ihn am Oberarm. Er ließ wie im Reflex die Muskeln anschwellen, um ihr zu zeigen, wie kräftig er während der letzten beiden Monde geworden war.

»Halb so schlimm«, log er. »Ich war bloß ein wenig von der Wirkung überrascht.«

»Spar dir deine Lügen für die billigen Flittchen auf, die du Woche für Woche aufsuchst. Sieh mich nicht so an, Freund! Meinst du etwa, ich bemerkte es nicht, wenn du dein Strohlager verlässt und dich davonschleichst?«

Darnes Gesicht brannte. Er fühlte sich ertappt wie ein kleines Kind, das heimlich in den Honigtopf griff. »Ich verschwinde in den Nächten ab und zu, um mir Flaggels Geschnarche nicht anhören zu müssen. Es treibt mich noch mal in den Wahnsinn!«

»Das will ich doch sehr hoffen«, sagte der Gnom und lachte hässlich.

»Bei den Huren findest du also einen besseren Schlaf? Vielleicht solltest du zu ihnen ziehen, wenn du unsere Gegenwart satthast.«

»Aber nein, Anta! Es ist bloß …«

»Hör dir doch mal selbst zu, Darne! Du suchst immer wieder nach Ausreden, statt für deine Taten geradezustehen. Hast du deinen Schwanz wenigstens mit Karnifel-Kraut eingeschmiert, bevor du dich zu einer der Dirnen gelegt hast?«

»Ja, Anta. Meistens zumindest …«

»Meistens?«

Seine Lehrherrin trat nahe auf ihn zu. Die Frau, die er so verehrte, bedachte ihn mit einem Blick, der ihm Schmerzen bereitete. »Mag sein, dass ich es ein- oder zweimal vergessen habe, aber was soll mir schon passieren?«

»Das werde ich dir sagen, du Tölpel! Es juckt dich seit Tagen zwischen den Beinen, nicht wahr? Ich habe dich beobachtet, wie du dich immer wieder gekratzt und dich wie eine läufige Katze an Ecken und Kanten gerieben hast.«

»Einige Kräuter, die wir verkaufen, machen rote, juckende Bläschen, wenn man mal unachtsam ist.«

»Ich weiß sehr gut, was Zirbellauge und Heidwasser bewirken! Aber ich glaube kaum, dass du dir ein Fläschlein eines der beiden Heilmittel über die Hose geschüttet hast.«

»Nein, natürlich nicht, aber …«

»Die Dirnen haben dich mit etwas beschenkt, das du ganz gewiss nicht haben wolltest. Und darum werden wir uns jetzt sofort kümmern. Bevor dich diese Viecher auffressen. Wobei ich derzeit große Lust hätte, sie gewähren zu lassen. Du bist der widerspenstigste Lehrling, den ich jemals hatte!«

Weil ich auch der einzige bin, den du jemals hattest, wollte Darne sagen, ließ es dann aber bleiben. Er war froh, dass er sich bloß wegen der Flöhe verantworten musste, die sich um seine Leibesmitte versammelt hatten und seit Tagen fröhliche Feste feierten, und dass das Gespräch nicht wieder auf das Cardym zurückkam. Dies wäre ihm weitaus unangenehmer gewesen.

»Glaub nur ja nicht, ich hätte deinen Cardym-Anfall eben vergessen. Du hast ein Problem mit dem Zeugs, das wir so rasch wie möglich beheben müssen. Und nun zieh deine Hose runter. Ich muss sehen, welches Ungeziefer in dem Dschungel dort unten sein Unwesen treibt. Flaggel, bring mir Rasiermesser, Räucherstäbe, Brennnesseln und die Pinzette. Das wird eine haarige Angelegenheit. Im wahrsten Sinne des Wortes.«

»Nein, Anta, das kannst du nicht tun! Ich will nicht, dass du mich da unten ansiehst! Und nicht die Brennnesseln, nicht …«

Flaggel der Gnom lachte. Er war nur selten fröhlich. Doch er hatte einen rechten Spaß daran, Darne festzuhalten, während seine Lehrherrin ihn entblößte und entwürdigende Dinge mit ihm anstellte.

Das Brennen um seine Leibesmitte ließ allmählich nach, das Schamgefühl nicht. Anta hatte kein Recht gehabt, ihn anzusehen, und schon gar nicht, ihn anzugreifen! Zumal er ihr gegenüber seine Leidenschaft nur allzu deutlich demonstriert hatte.

Die Kräuterfrau hatte kein Wort gesagt, doch ihre Blicke hatten Bände gesprochen. Sie amüsierte sich über ihn und behandelte ihn wie einen Knaben, der er schon längst nicht mehr war.

Frühmorgens waren die Straßen kaum belebt. Bloß die Kutschen der Ledermänner rumpelten über holpriges Pflaster. Die Ledermänner waren bärtige Kerle, die auch Bardyaggs gerufen wurden. Sie wirkten verhärmt und sprachen kaum ein verständliches Wort, während sie ihre Ochsengespanne antrieben und in gekrümmter Haltung nach links und rechts blickten. Sie strebten den großen Hallen entgegen, in denen die Auktionen stattfanden und die Felle an die hiesigen Lederkaufleute verkauft wurden.

Darne ging weiter. Viele Geheimnisse rankten sich um die Herkunft der Bardyaggs und ihrer Lederwaren. Man behauptete, dass sie hauptsächlich aus dem Nordwesten des Landes stammten, aus der Frostmark oder gar vom Eisernen Hochland. Doch konnte man in diesen von den Göttern verlassenen Tälern überhaupt Rinder halten? Man sagte, dass das Land beinahe rund ums Jahr von Schnee und Eis bedeckt war.

Darne zuckte mit den Schultern. Es kümmerte ihn nur wenig, was rings um ihn vorging, und er hatte nicht vor, alle Geheimnisse des Lederlandes zu ergründen. Seine Ziele lagen anderswo.

Im Süden. In wärmeren Gefilden, in denen die Frauen freizügig gekleidet waren und ein starker Krieger Gold in großen Mengen scheffeln konnte.

Er wartete, bis der letzte Wagen der Ledermänner in den engen Gassen verschwunden und nur noch das Klipperdiklapper metallbeschlagener Räder auf dem Pflaster zu hören war. Dann erst klopfte Darne gegen das Tor seiner Schule, das Blickfenster öffnete sich laut quietschend.

»Ah, der junge Tölpel!«, krächzte der Torwächter. »Wird Zeit, dass du dich wieder mal hier blicken lasst.«

»Ich hatte zu tun. Frau Anta ließ mich nicht fort, bevor ich ihren Wagen geschrubbt und mehrere Dutzend ihrer wertvollen Gläser geputzt hatte.«

»Du lügst so schlecht, dass sich ein jedes Kleinkind dafür schämen würde.« Der Alte entblößte ein zahnloses Maul und kicherte, bevor er weitersprach: »Ich kann riechen, dass dir die Pflanzenhexe dein Gestrüpp ordentlich gereinigt hat. Du verströmst den Duft nach geriebenen Brennnesseln und nach Räucherstäben aus den südlichen Landen. Ich kenne diese Mischung nur allzu gut.«

Schlüssel klapperten gegen den eisernen Verschlag, dann schwang einer der Flügel des schweren Tors auf. Der Alte stand gebückt da, zwei Köpfe kleiner als Darne, und stützte sich auf seinen dünnen Gehstecken. »Geh rein und entschuldige dich beim Meister. Vielleicht belässt er es diesmal bei einigen wenigen Strafhieben für dein Zuspätkommen.«

Darne nickte und schob sich an dem Greis vorbei, nicht, ohne ihm vorher den notwendigen Respekt erwiesen und sich vor ihm verbeugt zu haben. Er war einstmals ein bekannter und gefürchteter Totmacher gewesen und hatte nun bei Meister Aracam Unterschlupf gefunden. Für seine früheren Leistungen verdiente er jedweden Respekt.

Aus der Meisterhalle drang der übliche Lärm. Junge Burschen

und Mädchen rangen miteinander, droschen mit Holzschwertern aufeinander ein oder bewiesen sich beim Kampfschreien. Immer wieder war das dröhnende Stimmorgan des Meisters zu hören. Meist rügte er seine Schüler, nur selten fand er ein lobendes Wort.

Darne riss sich rasch die Übergewänder vom Leib und schmierte sich den Oberkörper mit Kampföl ein. Der Geruch stach ihm in die Nase und erzeugte für einige Augenblicke ein Schwindelgefühl. Dann weiteten sich die Sinne. Er roch, sah und hörte besser.

Durch peinlich saubere Gänge – hier mussten Schüler, die gegen die Schulvorschriften verstießen, Frondienst leisten – gelangte er über eine Treppe hoch in den Hauptraum. Wie immer starrte er hoch zur kuppelförmigen Decke. Die Architektur der Schule, die von außen so unscheinbar und simpel wirkte, offenbarte sich dem Besucher erst bei diesem Blick in die Höhe.

Tausende finger- bis handgroße Spiegelsplitter klebten an den sorgfältig verputzten Innenwänden. Größere Scherben hingen an dünnen Schnüren von der Decke und drehten sich in einem Wind, den die Entlüftungsschäfte in den oberen Bereichen durch das Schulgebäude pfeifen ließen. Verspiegelte Petroleumlampen warfen ihr Licht in die Höhe, es kam tausendfach gebrochen zurück und erzeugte Illusionen, die es dem Betrachter erschwerten, sich hier unten zurechtzufinden.

Darne wusste, dass hinter den Kulissen eine Dutzendschaft an Helfern damit beschäftigt war, die Ausbildungsbedingungen stetig zu ändern. Sie befeuchteten oder trockneten den Untergrund, gaben einem das Gefühl, auf einer schiefen Ebene zu stehen, sorgten für ungewöhnliche Geräuschkulissen und belasteten die Sinne der Schüler darüber hinaus mit Methoden, die er längst noch nicht durchschaut hatte.

Er schlich sich die Arkadenbögen zu seiner Rechten entlang zum Kampfviertel seiner Gruppe. Niemand achtete auf ihn.

Etwa zwanzig Aspiranten taten sich hier um und wärmten die Muskeln auf, um sodann mit dem eigentlichen Training loslegen zu können.

»Schon wieder zu spät!«, flüsterte ihm Zoelle zu, während sie ihren stämmigen Körper vornüberbeugte. »Du weißt ganz genau, dass Meister Aracam uns alle für dich büßen lassen wird.«

»So er meine Abwesenheit bemerkt hat.«

»Das tut er doch immer!«

Ihre Brüste waren mit breiten Stoffbändern fixiert. Dennoch bewegten sie sich auf eine irritierende Art und Weise.

»*Fast* immer. Letzten Mond …«

»Ach, halt doch das Maul! Bloß, weil er dir deine Dummheiten ein einziges Mal durchgehen ließ, glaubst du, schlauer als Aracam zu sein?«

Darne hörte die Schritte des Meisters hinter sich. Sie waren unverkennbar. Schwer, aber doch elegant. Unregelmäßig, denn eine Verletzung am rechten Bein hinderte ihn daran, seiner Arbeit als Totmacher weiterhin nachzukommen. Leise, aber doch in dieser ungewöhnlichen Geräuschkulisse wahrnehmbar.

»Seid ihr bereit, Gruppe?«

»Ja!«, brüllten sie allesamt im Chor.

»Ihr wisst, was ihr zu tun habt?«

»Den eigenen Fähigkeiten vertrauen! Niemals zweifeln! Jedwedes Hindernis überwinden!«

»So ist es! Wenn einer von euch scheitert, werden alle bestraft. Wenn einer von euch zögert, werdet ihr alle bestraft. Wenn einer von euch auf Kosten der anderen Vorteile zieht, wird die ganze Gruppe bestraft. Und jetzt los!«

Sie liefen los, auf das eiserne Tor zu, das den Beginn des Hinderniskurses markierte. Darne wollte ihnen folgen, fühlte sich aber von einer Hand zurückgehalten, einer haarigen Pranke, die er nur allzu gut kannte. »Du nicht, kleiner Mann«, sagte Aracam.

Was er zu anderen Gelegenheiten als Beleidigung aufgefasst hätte, nahm Darne nun widerspruchslos hin. Er war zwar groß gewachsen und maß sechseinhalb Fuß. Doch der Meister überragte ihn um ein gutes Stück.

Er blieb stumm stehen und starrte an Aracams narbigem Gesicht vorbei. Er verachtete diesen Mann, dessen Ausdünstungen nach Zwiebeln Übelkeit verursachten und der sich vorzüglich darauf verstand, seine Schüler zu quälen. Ihn ganz besonders.

»Du bist zu spät gekommen«, sagte Aracam mit monotoner Stimme. »Du hast deine Chance verwirkt, die Hindernisse zu bewältigen. Du wirst zusehen und beobachten, wie deine Altersgenossen sich schlagen. Marmios oder Zoelle werden gewinnen, darauf wette ich. Nun, da du nicht teilnimmst, werden sie den Sieg untereinander ausmachen.«

War dies eine Art Kompliment? Wollte ihm der Meister durch die Blume sagen, dass er zu den Besten seines Jahrgangs zählte?

»Wenn die Letzten der Gruppe im Ziel sind, wirst du vor sie treten und ihnen sagen, dass sie allesamt gescheitert sind, weil die Aufgabe nicht erfüllt worden ist. Schließlich hat ein Mitglied der Gruppe Zwei nicht teilgenommen. Sie werden das Hindernisrennen also ein weiteres Mal bewältigen müssen. Zu einem anderen Zeitpunkt und mit wesentlich mehr gefährlichen Hindernissen.«

»Meister, das ist nicht gerecht …«

»Ach ja?« Aracam griff blitzschnell nach ihm und hielt ihn am Hals weg, so fest, dass Darne kaum noch Luft bekam. »Du kehrst die Verhältnisse um, kleiner Mann! Nicht ich bin ungerecht. Ich habe meinen Teil der Arbeit erledigt. Du hingegen weigerst dich immer wieder, Pünktlichkeit als wichtige Tugend anzuerkennen. Was glaubst du eigentlich, wer du bist?«

Darne fühlte sich von den Beinen gerissen. Aracam schleuderte ihn beiseite, auf eine der Erholungsliegen zu. Er fand kaum die Kraft, seinen Schwung abzufangen, schlug ungelenk gegen das Holz, fühlte Schmerz in beiden Oberschenkeln. Er knickte ein, kam auf dem Boden zu liegen.

Darne hätte dort bleiben und Aracam jenen Respekt erweisen sollen, den er stets einforderte. Doch da war diese Wut in ihm. Sie wuchs und wuchs und wuchs wie eine Eintagsblume aus dem Süden des Lederlandes, breitete ihre Kelchblüten aus und erfasste jede Faser seines Körpers, um ihn all das vergessen zu lassen, was er gelernt hatte.

Er sprang hoch, ignorierte die Schmerzen. Kehrte mit drei langen Schritten zu Aracam zurück. Starrte ihn an, fühlte das Blut in seinen Schläfen rauschen. Spürte Hitze, die zur Glut wurde.

»Ich bin Darne aus Knospbruch!«, rief er, so laut er konnte. »Ich stehe im Dienste der Frau Anta und bin hier, um von einem der bedeutendsten Meister Mittigteilens ausgebildet zu werden, sodass ich eines Tages an die Schule des Ohnschuh in der Stadt Attico weiterempfohlen werde. Ich erweise jedermann den nötigen Respekt, erwarte aber auch, dass ich respektiert werde.«

Aracam erwiderte seinen Blick. Er blieb dabei ganz ruhig und gab durch nichts zu erkennen, dass ihn Darnes Auftritt in irgendeiner Form irritierte.

Ringsum wurde es ruhig. Zehnjährige Kinder starrten ebenso zu ihnen herüber wie jener Kreis an fertig Ausgebildeten, aus denen eines Tages Palastwächter des Rego oder gut bezahlte Söldnerin den südlichen Landen werden würden.

»Ich verstehe«, sagte der Meister nach einer Weile.

Und dann fühlte Darne Schmerz. Irgendwo. Er sackte in sich zusammen, und noch bevor er auf dem Boden aufschlug, hatte er das Bewusstsein verloren.

»Du bist der dümmste Haufen Scheiße, der mir jemals untergekommen ist!«, waren die ersten Worte, die Darne zu hören bekam. Dann fühlte er sich auf die Seite gedreht. Etwas Kaltes berührte seinen Rücken. Dort, wo unbestimmter Schmerz seinen Anfang nahm. Haut platzte auf, fühlte sich nass und schmierig an.

»Aracam hat bloß auf diese Gelegenheit gewartet, und du hast sie ihm geboten. Bravo, du großer, einfältiger Junge.«

Es war Antas Stimme, die ihn aus einer schrecklichen Trägheit zurück in die Wirklichkeit riss. Darne wollte sich hochrappeln und aufstehen. Zwei kleine, feuchte Hände hielten ihn davon ab.

»Schön, dich zu sehen, Flaggel«, sagte er müde.

»Wenn ich doch bloß dasselbe sagen könnte!« Der Gnom ließ die Hände von ihm und holte flugs einen Eimer herbei, um einen Schwamm einzutunken und seinen Rücken mit parfümiertem Wasser zu benetzen.

Darne unterdrückte einen Schrei. Er wollte sich umdrehen und die Frau hinter ihm daran hindern, weiterhin an ihm herumzuhandwerken. Was tat Anta da bloß? Warum schnitt sie seine Haut auf?

»Aracam ist ein begnadeter Giftmischer. Aber das wusstest du, nicht wahr? Dennoch hast du es gewagt, ihn herauszufordern, und das auch noch vor all seinen Schülern. Er konnte gar nicht anders, als dir einen gehörigen Denkzettel zu verpassen. Einen, den du deinen Lebtag lang nicht mehr vergessen wirst.«

Darne musste schreien, ob er wollte oder nicht. Was Anta mit ihm anstellte, setzte seinen Rücken in Flammen. Es war, als würde sie die Haut mit Schleifpapier aufrauen und dann mit Salz pökeln. Ihre kräftigen Finger legten sich über entzündetes, geplagtes Fleisch und drückten fest zu, immer fester, bis Darne meinte, den Verstand zu verlieren.

Flaggel hielt ihn fest, mit einer Kraft, die man dem kleinwüchsigen Mann nicht zugetraut hätte. Und er lachte dabei nicht einmal, empfand offenbar keinerlei Schadenfreude. Ganz im Gegenteil: Er wirkte besorgt. Es musste also wirklich schlecht um Darne stehen.

»Keine Sorge, ich bringe dich durch«, hörte er Anta zwischen all den Schreien sagen, die womöglich aus seinem eigenen Mund drangen. »Aber es wird eine Weile dauern, bis du wieder gerade gehen kannst. Und dann benötigt es ein kleines Wunder, um dich wieder zu einem Schwertkämpfer zu machen.«

»Was hat Aracam mit mir angestellt?«

»Der Meister hat dir mit einem seiner vergifteten Ringe ein Schlangengift in die Rückenhaut geritzt. Du solltest ihm dankbar sein, dass er mir die Komposition des Gifts verraten hat. Andernfalls hätte ich nichts mehr für dich tun können.«

»Ich soll diesem Arsch dankbar sein?«

»Er hat dein Leben geschont. Und dir damit bedeutet, dass er dich eines Tages wieder in seiner Schule sehen möchte.«

Sternchen tanzten vor Darnes Augen. Er fühlte sie greifbar nahe – und dahinter lauerte eine endlose Schwärze. Es wäre so leicht gewesen, all diese Pein hinter sich zu lassen und hineinzufallen in diese Dunkelheit, die Erlösung versprach, um frei von allen Sorgen dahinzutreiben. *Nichts mehr denken. Nichts mehr spüren …*

»Du bleibst gefälligst bei mir, Darne!«

Er fühlte Schläge im Gesicht. Erschrocken riss er die Augen auf und starrte die Kräutlerin an. Sie wirkte ängstlich.

»Ich erlaube nicht, dass du mich verlässt. Hast du verstanden, junger Mann? Ich habe so viel in dich und deine Ausbildung investiert. Du bist … bist …«

»Ja?« Er war so schrecklich müde. Doch diesmal war es eine angenehme Müdigkeit, die nichts mit der Suche nach Dunkelheit zu tun hatte, wie er sie eben erlebt hatte.

»Ach, nichts. Schlaf jetzt.«

»Morgen bin ich wieder auf den Beinen, versprochen.«

»Natürlich.«

»Ich werde der beste Schüler sein, den du dir vorstellen kannst.«

»Ich weiß.«

»Ich werde mich für alles entschuldigen. Morgen.«

»Für jeden Tag, da du mir dieses Versprechen schon gegeben hast, möchte ich einen Schlei haben.«

»Da kommt die Händlerin in dir durch. Was machen ein paar Schlei mehr in deiner Kasse?« Darnes Beine begannen unkontrolliert zu zittern.

»Es war bereits vor einem Jahr und drei Monden, dass dich Aracam vergiftet hat, Darne. Seitdem pflege ich dich, Tag für Tag. Schneide verrottendes Fleisch weg. Massiere dich, bewege deinen aufgedunsenen Körper, wechsle deine vollgeschissenen Hosen. Aber jetzt schlaf. Wir reden morgen weiter. Oder nächsten Monat.«

Die Heilung nahm mehr als zwei Jahre in Anspruch. Die meiste Zeit verbrachte Darne im Halbschlaf, stets von Schmerzen geplagt und von Schimären verfolgt. In regelmäßigen Abständen musste er sich Egel ansetzen lassen, zweimal ließ sich ein Magicus blicken. Er bedachte ihn mit finsteren Blicken und sprach dann einige Heilworte, die eine Linderung seiner Pein mit sich brachten.

Jeder Schritt nach vorn wurde von kleinen Rückschlägen begleitet. Schaffte Darne es endlich einmal, seine Liegestatt zu verlassen, so holte er sich bald darauf einen schrecklichen Keuchhusten, der ihn wieder aufs Lager zurückwarf. Wechselte er erstmals seit über zwanzig Monden sein Gewand selbstständig, so entzündete sich sein Fleisch nur wenige Tage später im Schritt, weil er die Hose zu eng geschnürt hatte.

»Du siehst schlecht aus«, begrüßte ihn Flaggel wie jeden

Tag zuvor. »Ich wünschte bloß, es würde dir endlich mal besser gehen, sodass ich dir nicht mehr deinen Schwanz waschen und den Hintern auswischen muss.«

»Das tust du doch schon die längste Zeit nicht mehr, kleiner Mann.« Darne verschränkte die Hände hinter dem Kopf und beobachtete Antas Helfershelfer dabei, wie er frische Blumen vors Fenster stellte und gleich darauf Räucherstäbe anzündete. »Wenn es nach dir ginge, würde ich verfaulen und verrotten, statt hier allmählich zu genesen.«

»Bin ich denn *so* leicht zu durchschauen?« Flaggel kicherte.

Darne verzichtete auf eine Antwort. Diese Wortgefechte waren ein Teil des täglichen Morgenrituals. Der Kleine und er würden zwar niemals Freunde werden, doch Darne hatte in den letzten Monden festgestellt, dass er von ihm nichts zu befürchten hatte.

»Was steht heute an?«, fragte er stattdessen.

Darne legte die Merkketten beiseite, die ihm helfen sollten, sich an Antas Lehrsätze besser zu erinnern. Anta vermittelte ihm nebenher Wissen über frühere Zeiten, und an den langen Abenden verwickelte sie ihn in Unterhaltungen über etwas, das sie »Weisheiten« nannte. Meist sprach sie von Moral und Ethik, von guten und von schlechten Dingen. Davon, was es hieß, Verantwortung zu übernehmen, und wie wichtig es war, sich selbst so gut wie möglich zu kennen. Dies alles ödete ihn an, doch er bemühte sich, so gut es ging. Er schuldete der Frau etwas.

»Anta will, dass du deinen ersten Spaziergang unternimmst. Sie hat es satt, dich tatenlos herumliegen zu sehen. Also zieh das da an und mach dich fertig für deinen Ausgang.« Flaggel warf ihm ein frisches Gewand zu und schob alte, getragene Schuhe vors Bett.

»Ich bin noch nicht so weit.« Darne griff nach dem Gewand und betrachtete die Knöpfe. Es würde ihn vor gehörige Schwierigkeiten stellen, sie zu schließen. In mancherlei Hinsicht war er wie ein Kleinkind. Ihm war jegliche Fingerfertigkeit abhandengekommen, und manchmal verwechselte er links mit rechts.

»Darüber entscheidet einzig und allein die Herrin. Du gehörst ihr, für alle Zeiten.«

Darne brachte beide Beine in einem Kraftakt neben das Bett und stützte sich hoch. Krücken halfen ihm, das Gleichgewicht zu bewahren, während er sein Hemd überzog und dann in Hose sowie Schuhe schlüpfte. Er tat einige Schritte. Sein Herz raste, Schweiß trat ihm auf die Stirn. Darne hatte gelernt, geduldig zu sein. Er wusste, dass sich sein Zustand nach kurzer Zeit ein wenig bessern würde – um in den Abendstunden zu völliger Schwäche zu führen.

»Mach schon, Großer! Ich habe einen Haushalt zu führen, bevor ich die Herrin auf den Markt begleite. Irgendwer muss ja die nötigen Schlei herbeischaffen, um dich durchzufüttern.«

Ein Schritt vor, dann noch einer. Einen Rhythmus finden. Das Gleichgewicht halten. Von nichts und niemandem ablenken lassen. Die Schmerzen im Rücken ignorieren.

»Wird mich Anta bei meinem Spaziergang begleiten?«, fragte er.

»Hörst du denn nicht zu?«, keifte Flaggel. »Sie und ich gehen zum Markt. Du bist auf dich allein gestellt. Und wage es ja nicht, dich in eines der Wirtshäuser entlang deines Wegs zu schleichen. Wir würden davon Wind bekommen.«

»Auf welchem Weg? Soll ich etwa einkaufen gehen?«

»Nein, mein Großer. Die Herrin schickt dich zurück zur Schule.«

»Welche Schule? Doch nicht etwa …?«

»Wohin denn sonst? Anta verlangt, dass du zu Meister Aracam zurückgehst und ihn auf den Knien rutschend um Verzeihung bittest. Wenn du Glück hast, verzichtet er darauf, dir eine zweite Dosis seines Gifts zu verabreichen. Ach, wie gern würde ich dich bei deinem Ausflug begleiten …«

Darne wagte es nicht, den Kopf zu heben und den Meister anzublicken, als er ihm endlich gegenüberstand. Verschmutzt, stinkend, mit einer klaffenden Platzwunde an der Schläfe, die er sich zugezogen hatte, nachdem er auf dem Vorhof der Schule gestürzt und gegen einen vorspringenden Pflasterstein geschlagen war, unfähig, die Hände rechtzeitig hochzureißen und sich abzufangen.

»Ich kann mich vage an dich erinnern, Junge«, sagte Aracam. »Aber ich weiß nicht mehr, woher. Hilf mir auf die Sprünge.«

»Es war vor … zwei Jahren«, keuchte Darne. »Ich habe mich Euch gegenüber respektlos verhalten.«

»Ach ja? Erzähl weiter, kleiner Mann.«

Der Meister spielte mit ihm. Er hatte Freude daran, seinen ehemaligen Schüler zu demütigen. Darne fühlte erneut diesen grässlichen Zorn auflodern, der ihm beinahe das Leben gekostet hatte. Doch er wusste sich zu beherrschen.

»Ich habe Euch vor den anderen Schülern beleidigt, habe Euch widersprochen. Ich war respektlos und habe dem Ansehen der Schule Aracams geschadet. Ich habe schwere Schuld auf mich geladen.«

»Nun erinnere ich mich wieder. Darne, der Schützling der Kräutlerin, nicht wahr?« Aracam fasste unter sein Kinn und zwang ihn, ihm in die Augen zu blicken. »Ich war gnädig zu dir. Weil ich etwas Besonderes in dir sah, ließ ich dich am Leben.«

»Etwas Besonderes?«

»Andernfalls hätte die Tortur, der ich dich aussetzte, wesentlich länger gedauert. Und am Ende hätte zweifellos dein Tod gestanden. Doch ich sah die guten Anlagen in dir. Deine körperliche Wendigkeit, den wachen Geist, die notwendige Hingabe. Dies alles sind Eigenschaften, die einen guten Totmacher ausmachen. Wenn er denn bereit ist, die schlimmsten Strapazen über sich ergehen zu lassen.«

»Ich denke, die habe ich bereits hinter mir.«

»Dies war erst der Anfang, kleiner Mann.« Aracam nickte ernst.

»Das heißt, dass ich wieder in Eurer Schule aufgenommen bin?«

»Das heißt, dass deine Ausbildung morgen weitergeht.«

Darne war so erschöpft, dass er sich kaum noch auf den Beinen zu halten vermochte. Er fühlte sich nach wie vor krank. Wie sollte er die Strapazen eines Trainings überstehen?

»Du zweifelst?« Aracam umfasste grob seinen Hals. »Ich habe nichts übrig für schwache, unsichere Menschen. Und im Übrigen auch nicht für solche, die schlecht zuhören.«

»Ich bin morgen pünktlich zur Stelle, beim ersten Hahnenschrei. Versprochen, Meister.« Er humpelte davon, fort von diesem Monster in Menschengestalt, das wohl nichts anderes im Kopf hatte, als ihn an seine Grenzen zu führen und darüber hinaus.

Wenn er denn bereit ist, die schlimmsten Strapazen über sich ergehen zu lassen …

Dies waren die Worte seines Meisters gewesen, und letztlich verstand Darne, was Aracam damit hatte mitteilen wollen: Die letzten beiden Jahre, die er in Pein und Agonie verbracht hatte, waren Teil seiner Ausbildung gewesen.

6. Riccion Südwind

Der Thermio brachte warme Luft aus dem Süden mit sich. Er war nur an wenigen Tagen im Jahr zu spüren, und jedes Mal, wenn er Attico erreichte und um die Häusertürme pfiff, setzte sich Riccion auf seinen Balkon, legte den sonst üblichen Ledermantel ab und genoss den Gruß des Windes aus der Heimat. Einer Heimat, die er seit fast einer Dekade nicht mehr gesehen hatte.

Die Sonne war wie jeden Morgen nicht zu sehen. Sie verbarg sich hinter dem Wohnturm in seinem Rücken. Einmal mehr beneidete er die Bewohner Atticos, deren Fenster einen Blick Richtung Osten oder Süden erlaubten. Wie sehr er doch die Wärme vermisste!

»Helemi! Bring mir vom Glühenden!«

Sein Subitomi betrat nur Augenblicke später den Balkon und stellte die Karaffe vor ihm ab. Wie immer, wenn sie unter sich waren, nutzte Helemi seinen Zeitvorsprung. Jene kurze Spanne, die das eigentlich tumbe Geschöpf in die Zukunft blicken konnte und die ihm einen unschätzbaren Vorteil verschaffte.

»Was habe ich heute vor?«, fragte Riccion den Diener und goss einige Tropfen vom Glühenden in die Teetasse.

»Morgendliches Treffen mit Frau Tasce«, begann Helemi zu plappern. »Frühstück mit einem Kammerdiener des Rego. Bestechungsgeld liegt bereit. Mittagessen mit zwei der Dunklen

Herren. Gespräch mit Südhändlern, Vorbereitung auf den Maskenball des Legaten aus Costobar.«

Der Subitomi verfügte über ein untrügliches Gedächtnis. Was auch immer Riccion ihm sagte, er merkte es sich. Ohne zu verstehen, ohne den Sinn dieser Wörter zu begreifen.

Riccion griff nach Salzbutter sowie Marmelade und beschmierte sein Brot damit. Die Kosten für diese Mahlzeit waren exorbitant hoch. Im Lederland wurde fast ausschließlich schwarzes Roggenbrot gebacken, das wie Kohle schmeckte und schwer im Magen lag. Also ließ sich Riccion weißes Mehl mit den Handelskarawanen aus dem Süden herbeischaffen und versah den Hausbäcker mit ebenso schwer zu beschaffenden Gewürzen.

Er biss ab und schloss die Augen. Der Duft nach Pinien fehlte und der Salzgeruch des Großen Ozeans. Doch mit ein wenig Fantasie konnte er sich vorstellen, auf dem Dach seines Elternhauses zu sitzen und über die Heilige Stadt Niecore zu blicken, hinab auf die Schaumkronen eines Meeres, das mit wütender Beständigkeit gegen die Landklippen schlug.

Ein Opferschreier rief seine Gläubigen von seinem Turm aus zum Gebet und schickte ein paar Flüche hinterher, wie es in Attico üblich war. Riccion kehrte mit seinen Gedanken in die Gegenwart zurück. In eine Gegenwart, die er hasste.

»Ich möchte, dass der Opferschreier getötet wird ...«

»Ist unmöglich, Herr, er wird vom Rego geschützt.«

Und wieder kam die Antwort viel zu rasch. Viel zu monoton. Wie hundertmal gesagt, wie der Teil eines Gebetes.

Riccion nahm erneut einen Schluck Tee aus der Heimat, um seinen Ärger fortzuspülen. Heute war ein weiterer wichtiger Tag in seinem Leben. Wenn alles gut lief, würde er ihn einen großen Schritt vorwärts auf seinem Weg ganz nach oben bringen. Dorthin, wo die Dunklen Herren thronten und über das Schicksal von Attico der Wunderbaren mit entschieden.

»Mein Gewand, Helemi!«, forderte Riccion und bekam im

nächsten Augenblick Hose und Hemd vor die Nase gehalten. Er schlüpfte aus dem gefütterten seidenen Morgenmantel und zeigte sich nackt auf seinem Balkon, ohne darüber nachzudenken. Die Nordländer waren keinesfalls prüde. Dies war eines der wenigen Dinge, die ihm das Leben in Attico lebenswert erscheinen ließen.

Die Kälte zwang ihn, rasch in die frische Kleidung zu schlüpfen und sich anschließend in den Ledermantel zu hüllen. Seine Finger waren klamm geworden vom Frühstück im Freien, die Zehen ebenso.

Helemi ging vor ihm her, mit seinem üblichen holprigen und ungelenk wirkenden Schritt, und öffnete Tür für Tür. So lange, bis die Wendeltreppe des Turms erreicht war und Riccion den langen Weg nach unten in Angriff nahm. Er gürtete die Zierwaffe um und erinnerte sich jener Worte, die er an Frau Tasce richten würde. Mit ein wenig Glück entkam er dem unersättlichen Appetit der Hofdame, doch er durfte seiner Sache nicht zu sicher sein. Deshalb steckte wie immer ein sorgfältig verstöpseltes Glas mit ätzend riechenden Tropfen in seinem Wams. Sie würden ihm helfen, das absonderliche Begattungszeremoniell mit Frau Tasce ohne große Schmerzen zu überstehen.

Hundertsechsundzwanzig Stufen waren es bis zum Erdboden hinab. Vorbei am Torwächter gelangte er ins Freie und starrte in die trügerische Sonne. Sie gaukelte Wärme vor, die es nicht gab.

Ein Wagen wartete, Helemi öffnete den Verschlag und geduldete sich, bis Riccion es sich bequem gemacht hatte. Dann setzte er sich auf den Bock neben den Kutscher und gab dem Mann Anweisungen.

Frau Tasce erwartete ihn im Wandelturm der Leidenschaft; in einem Salon, den sie seit Jahren für sich reserviert hielt und dessen schwülstige Ausstattung bereits zu manchem Sündenfall beigetragen hatte.

Die Edeldame war recht wählerisch, was die Opfer ihrer

Begierden betraf. Doch wenn man einmal ihr Interesse geweckt hatte und sich den seltsamen sexuellen Neigungen der alternden Frau hingab, standen einem in Attico Tür und Tor offen.

Der Wagen rumpelte über Katzenpflaster, durch schmale Straßen und enge Wege, vorbei am Viktualienmarkt und dem Sühnepranger, dann die breite Gewäschestraße abwärts. Vor ihnen war der Palast des Rego zu erahnen, doch bevor das seltsame Gebäude vollends in ihr Blickfeld geriet, bog der Kutscher nach rechts ab und hielt auf den Wandelturm der Leidenschaft zu.

Livrierte Diener nahmen Riccion und Helemi in Empfang. Der Subitomi sicherte nach allen Seiten, wie er es immer tat, und führte ihn dann ins Innere des Gebäudes. Es war acht Etagen hoch, und auf jeder Ebene erwartete den Besucher eine andere Komposition, eine andere Zurschaustellung von Sünde.

Riccion stieg zwei Treppen hoch. *Immer wieder Stufen, immer wieder Absätze, immer wieder dieses Rauf und Runter. Die Bewohner des Lederlandes besitzen ohnedies einen unermesslichen Reichtum an Felsen, Hügeln und Bergen. Warum können nicht wenigstens ihre Gebäude flach und einstöckig sein? Platz dafür wäre in der Stadt ausreichend vorhanden …*

»Riccion, der schönste Mann des Südens!«, hörte er die kratzige Stimme Frau Tasces, noch bevor er sie zu Gesicht bekam. »Komm doch rein zu mir, gib mir die Ehre!«

Er gelangte ins dritte Geschoss des Wandelturms. Hier fanden sich allseits Spiegel, die aber kaum etwas von der Einrichtung des einzigen Raumes dieser Ebene zeigten. Nebel und seltsame Gerüche verwirrten die Sinne. Tücher hingen kreuz und quer, von leichten Winden hochgewirbelt. Sie wirkten wie tanzende Figuren aus einer der vielen Märchen und Erzählungen des Lederlandes.

Da war Wirton, der mit List und Tücke die goldenen Gänse eines bösen Riesen raubte. Dort Ax, der krumme Gnom, der mithilfe eines Magicus sein wahres Aussehen zurückerlangte und es bitter bereute. Allgegenwärtig die Erzählung von Lybell und Aroin und dem Einen, der nicht genannt werden durfte. Drei Gestalten aus grauen Vorzeiten, die das Lederland für immer verändert hatten. Die Hassgedichte auf die Bardyaggs, verkrümmte und verdorbene Wesen, kaum menschenähnlich. Das Samtene Dreigestirn, die miteinander verwachsenen Geschwister, die trotz ihres schweren Schicksals zu Glück und Reichtum fanden …

»Träumst du mal wieder, Riccion?«

Er zuckte zusammen. Zwischen all den Fahnen und Wimpeln tauchte eine kleine, leicht gebeugt gehende Gestalt auf. Sie trug eine Perücke, aus der einige bunte Federn hervorstachen und sie wie eine Vogelscheuche aussehen ließen.

»Frau Tasce, Eure Schönheit blendet wie immer meine Augen.« Riccion verbeugte sich tief. »Ihr werdet von Mal zu Mal jünger.«

»Und deine Lügen werden von Mal zu Mal unverschämter.« Frau Tasce kicherte wie ein junges Mädchen und hielt sich einen Fächer vors Gesicht. Er verdeckte zumindest einen Teil jener Falten, die sich, einer urtümlichen Gebirgslandschaft gleich, von Osten nach Westen über ihr Gesicht erstreckten, mit der riesigen Kartoffelnase als höchster Erhebung im Zentrum.

»Darf ich eintreten, Frau Tasce?« Riccion schluckte, nahm all seinen Mut zusammen und ging näher auf die Frau zu. Er dachte an Geld. An Besitztum. An Macht. An all die Dinge, die ihn wirklich geil machten und die ihm helfen würden, sich über das kommende Liebesspiel hinwegzuretten.

»Selbstverständlich, junger Mann«, hauchte sie. »Meine Pforte steht für dich jederzeit offen.« Sie lachte erneut und senkte dann die Stimme. »Ich weiß ganz genau, was du von mir erwartest, guter Junge, und ich bin bereit, dich bei deinen Plänen zu unterstützen. Aber ich erwarte von dir ein Höchstmaß an Gegenleistungen. Niemand, der in Attico Erfolg haben wollte, hat jemals den dunklen Gang zwischen meine Beine verhindern können. Also streng dich gefälligst an.«

Alte Arme, von denen welkes, bleiches Fleisch herabhing, reckten sich Riccion entgegen. Riccion zog die alte Frau näher an sich heran und küsste sie. Er fühlte wacklige Zähne, roch den Odem des Verfalls. Und stieß dann dennoch mit der Zunge in ihren Rachenraum vor, beflügelt von den Gedanken daran, was es alles zu gewinnen galt.

Riccion vögelte Frau Tasce, wie er es niemals zuvor getan hatte, und als er lange Zeit später den Wandelturm verließ, hielt er die Eintrittskarte zu den Kreisen der Dunklen Herren in Händen. Vielleicht ließ sie sich bereits beim heutigen Maskenball des Legaten von Costobar einsetzen.

7. Darne

Du bist langsam geworden«, sagte er und schlug mit der Breitseite seines hölzernen Kurzschwerts zu. Zoelle wollte zurückweichen, er erahnte die Bewegung im Ansatz. Es hatte mit Erfahrung zu tun, mit Instinkt, mit etwas tief drin in seinem Magen. Er wusste, wohin sich die Frau bewegen würde – und seine Waffe war bereits dort, wo sie sein würde, bevor Zoelle selbst es wusste.

Er traf. Dort, wo die ledernen Nähte der Übungsrüstung weit auseinanderhingen und es am meisten schmerzte. An der Seite, unterhalb des rechten Arms, nahe der Brust.

Zoelle stöhnte unterdrückt auf. Die Waffe fiel ihr aus der Hand. Sie bückte sich und hob sie mit der Linken auf, kam erneut auf die Beine. Sie gab nicht auf, natürlich nicht. Ein Übungskampf wie dieser endete nicht *einfach so.*

Darne hieb erneut zu. Er verzichtete nun auf Präzisionsarbeit. Die Frau hatte ihn immer wieder besiegt, ihm immer wieder seine Grenzen aufgezeigt. Doch während der letzten Monde hatte er Oberwasser bekommen, hatte ihre Finten und ihre Tricks durchschaut und sich immer öfter gegen ihre fiese Art zu kämpfen zu wehren gewusst.

Ein letzter Hieb gegen die durch ein Lederband geschützte Schläfe, ein angedeuteter Tritt vors rechte Schienbein, eine Beinschere, der zum Todesstoß erhobene Arm. Die Andeutung, Zoelles Leib aufzuschlitzen.

»Das reicht, danke!«, rief Aracam.

Darne stand auf und sah auf die Frau hinab, die eigentlich einen Vorsprung von zwei Ausbildungsjahren besaß. Sie keuchte, ihre Miene war schmerzverzerrt. Er half ihr mit einem Ruck hoch auf die Beine. Zoelle hatte Probleme, gerade stehen zu bleiben. Er stützte sie ab, sodass sie zumindest das Ritual erfüllen und Aracam von Angesicht zu Angesicht anblicken konnte.

»Das war äußerst bescheiden von dir«, urteilte der Meister. »Du greifst immer wieder auf dieselben Methoden zurück, obwohl du wissen solltest, dass sich der Kleine schon längst auf deine Art zu kämpfen eingestellt hat.«

»Ja, Meister.« Zoelle neigte das Haupt. Allmählich beruhigte sich ihr Atem.

»Du wirst nächste Woche wieder gegen ihn antreten. Dieser Kampf soll darüber entscheiden, ob ich eine Empfehlung für eines der großen Totmacher-Häuser ausspreche, ob ich dir ein weiteres halbes Jahr Ausbildung zugestehe – oder ob ich dich in Unehren entlasse. Jetzt geh. Versorge deine Wunden. Vergiss nicht die Schläge, die dein Inneres verletzt haben, deine Selbstsicherheit und deinen Stolz.«

Zoelle verneigte sich vor dem Meister, sie verneigte sich vor Darne. In ihren Augen war keine Wut zu erkennen, auch kein Wunsch nach Rache. Sie wirkte teilnahmslos. Sie war mit dem Gedanken in den Kampf gegangen, dass sie ohnedies keine Chance gegen ihn hatte.

»Du, Darne, hast mich einmal mehr enttäuscht«, sagte Aracam, an ihn gewandt. »Deine Überheblichkeit kennt keine Grenzen. Du verhöhnst mich und all die Werte, die ich dich zu lehren versuche.«

Darne war versucht zu protestieren, doch er ließ es bleiben. Er wusste, dass er für jedes Wort der Widerrede Prügel einstecken würde.

»Du hättest Zoelle viel rascher besiegen können. Doch statt

die Sache so zu erledigen, wie es ein Totmacher tun würde, hast du mit ihr gespielt wie mit einem kleinen Kätzchen.«

»Ja, Meister.«

»Du warst in einer Schlachtensituation. Du hast einem einzelnen Feind gegenübergestanden – und du hast dich wie ein selbstverliebtes kleines Kind benommen, anstatt die Sache zu einem raschen Ende zu bringen und deinen Kampfkameraden zu Hilfe zu kommen.«

»Ich verstehe, Meister.«

»Tust du das wirklich, kleiner Mann?«, brüllte Aracam. »Wirst du jemals lernen, die Ganzheit einer Schlacht vor deine engstirnigen Ansichten von einem Kampf Mann gegen Mann zu stellen? Habe ich all die Zeit vergeudet, die ich damit verbrachte, ein wenig taktischen Verstand und Klugheit in deinen kleinen Kopf zu hämmern?«

»Nein, Meister.«

Aracam trat näher an ihn heran, seine Stimmlage änderte sich erneut. Gefährlich ruhig sagte er: »Du hattest eine Aufgabe, du hast sie nicht erfüllt. Der Befehlshaber in einer Schlacht würde dich für dein Versagen hinrichten lassen.«

»Ich habe nicht versagt, Meister. Ich sehe die Dinge bloß anders.«

Aracam schwieg und starrte ihn lange an. Einen Moment lang befürchtete Darne, dass er ein weiteres Mal zu weit gegangen war und für sein großes Maul würde büßen müssen. Dann sagte der Meister »Geh mir aus den Augen!«, drehte sich weg und verließ den Raum festen Schritts.

Darne spürte das warme, angenehme Gefühl des Triumphes. Er hatte dem Meister ein wenig Respekt abgetrotzt. Doch diese Empfindung hielt nicht lange vor. Sie machte tiefer Traurigkeit Platz. Er hatte wieder mal viel zu viel riskiert und war denkbar knapp an einer weiteren Auseinandersetzung mit Aracam vorbeigeschrammt.

Darne verließ die Kampfhalle, ohne auf seine Freunde und Kameraden zu achten. Im Vorraum riss er sich die Übungsrüstung vom Leib und spritzte seinen erhitzten Körper mit Wasser ab. Die Blessuren, die er erlitten hatte, waren kaum der Rede wert. Nur die eine Prellung am Schienbein würde er wohl eine Zeitlang spüren.

»Dasch waren harte Bandagen«, nuschelte Zoelle und spuckte Blut in einen bereitstehenden Napf, bevor sie ihren Wuschelkopf in einen weiteren Wasserbottich tunkte.

»Ich weiß«, sagte er so ruhig wie möglich, nachdem die junge Frau wieder hochgekommen war und das Nass abgeschüttelt hatte. »Tut mir leid.«

»Ist schon gut. Ich weiß mittlerweile, woran ich bei dir bin. Ich hoffe, dass ich dir niemals in einem Kampf gegenüberstehe.«

»Ich möchte dir auch nicht den Schädel abschlagen. Er ist zu hübsch dafür, vom Rumpf getrennt durch irgendeine Gosse irgendeiner Stadt zu kullern.«

Sie grinsten sich an, ein wenig traurig vielleicht. Denn es war gar nicht so unwahrscheinlich, dass sie einander irgendwann auf einem der vielen Schlachtfelder dieser Welt als Feinde begegneten. Söldner aus dem Lederland waren heiß begehrt. Sie galten als gut ausgebildete und kompromisslose Schlächter, die bis zum unvermeidlichen Ende kämpften und niemals aufgaben. Selbst wenn sie dem besten Freund gegenüberstanden, würden sie niemals zögern zuzuschlagen.

»Du hast es Aracam ganz schön gezeigt.«

Darne schwieg.

»Deine Kumpels werden dir heute den einen oder anderen Humpen Wein ausgeben. Sie selbst finden nicht den Mut dazu. Sie freuen sich, dass es einen Idioten wie dich gibt, der den Meister herausfordert.«

»Ich weiß.«

»Dann feier mal schön.« Zoelle wusch sich Schweiß unter den schweren Brüsten weg, trug Batzen pflegenden Fetts auf große Flächen ihres Leibs auf und tat einige Streckübungen, bevor sie sich in ihr Ausgehgewand quetschte.

»Ich werde den Ruhm erst später genießen«, sagte Darne. »Ich habe noch zu tun.«

»Ach ja?«

»Ja.« Er wusch den Übungspanzer und ölte ihn ein, bevor er ihn neuerlich überzog und nach einem kurzen Abschiedsgruß an Zoelle in die Halle zurückkehrte. Er war müde, und am liebsten wäre er jetzt gleich auf sein Lager bei Anta gefallen, um zu schlafen. Aber er hatte Fehler begangen, und er hasste Fehler.

Alle Schüler waren gegangen, hatten sich auf die weitläufigen Räumlichkeiten von Meister Aracams Totmacher-Schule verteilt. Die Begüterten unter ihnen schliefen in karg ausgestatteten Kemenaten oder unterhielten sich mit Gedächtnismeistern über die Thesen der Kampfkunst. Lehrlinge des dritten oder vierten Jahres beschäftigten sich in Lehrsälen mit den Künsten der Strategie, des Meuchelmords oder der Giftmischerei. Jene, die über weniger Geld verfügten, verließen das Gelände, um in der Stadt einfachen Beschäftigungen nachzugehen und die notwendigen Schlei zu verdienen, die Aracam ihnen abverlangte. Viele von ihnen würden lange nach Mitternacht völlig erschöpft auf ein einfaches Strohlager sinken und die wenige Zeit bis zum ersten Morgengrauen wie Tote schlafen. Um dann neuerlich auf Märkten oder in Handwerkstätten der Stadt zu schuften.

Darne drosch auf zwei der größeren Strohmänner ein. Sie bewegten sich, geheimnisvollen Mechanismen gehorchend, die, wie Aracam behauptete, nichts mit Magie zu tun hatten. Ihre ledernen Arme, in denen dicke Strohgarben steckten, zuckten stets auf unerwartete Art und Weise vor und zurück.

Die Figuren bereiteten Darne Probleme, wie immer. Sie taten

nichts, wie er es erwartete. Sie reagierten auf eine Weise, die nichts mit der eines lebenden Gegners zu tun hatte.

»Du nimmst die Deckung deiner Linken stets um ein Augenzwinkern zu spät hoch.«

»Ich weiß, Meister.« Er schlug weiter auf die Strohmänner ein, ohne auf Aracam zu achten. Der alte Totmacher musste außerhalb der Schulungszeiten nicht mit der sonst üblichen Ehrerbietung gegrüßt werden.

»Deine Beine sind lahm. Deine Augen zu langsam. Du bewegst dich wie ein Kleinkind, das die Windeln vollgeschissen hat.«

»Ja, Meister.«

»Und wie immer achtest du viel zu sehr auf dein Gefühl. Diese Dinger sind keine berechenbaren Lebewesen! Sie funktionieren, weil irgendwelche Mechanismen in ihrem Inneren sie dazu zwingen. Mechanismen aus stählernen Rädern und Kugeln.«

Aracam umrundete ihn. Darne konnte seine Gegenwart fühlen, nahm seinen säuerlichen Schweißgeruch wahr.

»Du lässt dich viel zu sehr ablenken von mir. Du achtest auf meine Stimme und meine Bewegungen und verlierst dadurch an Präzision bei der Schwertarbeit. Pass auf!«

Einer der vier Arme des rechten Strohmanns fuhr über ihn hinweg, mit einer Wucht, die Darne gewiss zu Boden geschmettert hätte, hätte der Schlag ihn getroffen. Nur mit Mühe wich er dem Hieb eines zweiten Stroharms aus, taumelte zurück, stürzte gleich wieder nach vorn und brachte einige Schläge an. Die toten Dinger reagierten wie wütend darauf. Sie verstärkten ihre Anstrengungen, bewegten sich noch schneller.

Er kannte dieses Spiel zur Genüge. Je intensiver er arbeitete, desto gefährlicher wurden seine Gegner. Irgendwann würde er den rasend schnell gewordenen Armen nicht mehr ausweichen können und einen schrecklichen Schlag gegen Kopf, Gesicht oder Unterleib einstecken müssen, wenn er denn nicht den Kampf abbrach und rechtzeitig zurückwich.

»Du denkst nach, Darne. Ich kann es spüren. Du bist wieder mal nicht vollends bei der Sache. Du gibst dem Gegner viel zu viele Chancen. Bleib wachsam, bleib konzentriert! Die Beinarbeit, verdammt noch mal! Sind deine Füße etwa aus Ton?«

Darne atmete kurz und stoßweise. Schweiß bedeckte sein Gesicht. Wegducken. Einen Schlag abblocken, dem anderen durch einen Sprung ausweichen. Abrollen, auf die Beine kommen, hochspringen und der Beinschere einer dieser widerlichen Gestalten entkommen.

Darnes Lunge brannte, die Kraft in den Armen ließ nach. Mit rasend schnellen Bewegungen verteidigte er sich, und noch rascher hieb er zu. Er hasste diese Dinger! Er hasste sie so sehr …

Dem einen Schlag auf Kinnhöhe konnte er noch ausweichen, einen Hieb mit seiner Übungswaffe abblocken. Auch dem Knietritt des zweiten Strohkriegers entging er durch eine geschickte Seitwärtsbewegung – um dann einen Faustschlag des ersten mit voller Wucht in den Magen zu bekommen.

Darne knickte ein. Er bekam keine Luft mehr, rings um ihn drehte sich alles. Weg, nur weg! Wenn er länger in der Nähe der beiden unheimlichen Gestalten blieb, würde er weitere Treffer kassieren. So lange, bis er bewusstlos am Boden liegen blieb, und selbst dann würden sie nicht aufhören, auf ihn einzudreschen.

Ein zweiter Treffer. Gegen die Schulter. Sie war durch die Übungsrüstung gut gepolstert, und dennoch fühlte er die Wirkung.

Ein dritter. Gegen das rechte Ohr. Rings um Darne tütete und flötete und knackste es. Er verlor die Orientierung. Die Bewegungen der Strohmänner waren nun wie Lichter, die rasch an ihm vorbeizogen, ihn manchmal berührten und ihn manchmal auch in Ruhe ließen. Der Schmerz packte seinen gesamten Körper ein. Links, rechts, rechts, oben, unten, überall fühlte er sich nun berührt. Zusammengeprügelt. Zu Boden gezwungen.

Jemand schrie, so laut und so zornig, dass der Schrei selbst über seine seltsame Taubheit hinweg zu hören war. Dann fühlte sich Darne gepackt und über nackten Boden geschleift, weg von den schrecklichen Gestalten, die er so sehr hasste und die sich nun endlich beruhigten, um metallene Klappen über den Kunstgesichtern herunterfallen zu lassen. Bei einem der Strohmänner kam ein Grinsen zum Vorschein, das von Zähnen aus glänzendem Metall umrahmt wurde.

Darne lehnte den Kopf weit nach hinten und starrte gegen das Kuppeldach. All die Spiegelsplitter dort oben schienen sein Ebenbild zu zeigen, nun, da er schwer geschlagen dalag, besiegt von zwei Etwassen, verprügelt und gedemütigt.

Er fühlte Wasser seine Kehle hinabrinnen, einen Teil davon spuckte er rasch wieder aus, um dann blutigen Schleim zu erbrechen. Jemand half ihm hoch und gab ihm neuerlich zu trinken, diesmal eine warme, grässlich schmeckende Brühe.

Dann geschah eine Zeitlang nichts. Nur Stille. Nur Schmerz.

Als seine Gedanken irgendwann, irgendwie wieder zusammenpassten und er sich bewusst wurde, dass er Darne aus Fels, Sturz und Knospbruch war, blickte er in ein gleichermaßen hässliches wie zorniges Gesicht.

»Was glaubst du eigentlich, wer du bist?«, fuhr Aracam ihn an. »Du schlägst auf die Strohmänner ein, ohne auf deine eigene Sicherheit zu achten und zu bedenken, dass sie auf ihre Art unbesiegbar sind. Du hättest zurückweichen, hättest ihrem Furor entgehen müssen! Aber nein, du bist einfach in ihrer Nähe geblieben und hast weitergekämpft, bis sie dich erwischt haben.«

»J-ja«, brachte Darne mühsam hervor. Sein Kiefer schmerzte, und er fühlte sich seltsam schief an.

»Du bist der dümmste Junge, den ich jemals bei mir hatte.« Aracam schüttelte den Kopf. Er wirkte nun anders. Irgendwie ... besorgt.

»...digung.«

»Wie bitte?« Der Meister beugte sich weit zu ihm hinab.

»… wollte mich ent … schuldigen. Weil isch nicht gehorcht habe.«

»Das ist also deine Art zu sagen, dass es dir leidtut?« Aracam lachte. Es klang traurig, vielleicht verzweifelt.

»Kann manchmal nischt anders. Schdeckt in mir drin.«

»Ich weiß.« Der Meister nickte. »Deine Unbeherrschtheit. Dein Unwille, Regeln zu akzeptieren und dem zu gehorchen, was man allgemeinhin als Vernunft bezeichnet.«

»Ja.«

Aracam wischte ihm Speichel aus dem Gesicht und dann etwas, das wie eine Masse aus Blut und Fleisch aussah. Es tat kaum weh, doch als Darne über sein Gesicht fuhr, spürte er da und dort seltsame Unregelmäßigkeiten.

»Das kommt wieder in Ordnung, keine Sorge. Frau Anta wird sich darum kümmern. Dir bleiben bloß die Schmerzen, aber die bist du ja mittlerweile gewöhnt.«

»Schtimmt. Von Euren Übungen her, Meischter.«

»Nein. Weil du stets den Weg des größten Widerstands wählst und eine seltsame Freude dabei empfindest, dir selbst zu schaden.«

Darne ließ die Worte auf sich wirken. Sie ergaben derzeit wenig Sinn. Er war einfach nur müde und wollte schlafen.

»Du bist besser als jeder, dem ich in meiner Schule das Handwerk eines Totmachers lehren durfte. Und dennoch glaube ich nicht, dass ich dich eines Tages einem der großen Meister zur weiteren Ausbildung empfehlen werde.«

»Warum nischt?«

»Du hast nicht die notwendige Reife und wirst sie auch nie erlangen. Ich sehe mich außerstande, dich zu bändigen. Istgarm, Ohnschuh oder Mydcorl erwarten allerdings, dass jene, die ihre Klassen besuchen, vorbereitet sind und die notwendige Disziplin für die Erlangung der Meisterwürden mitbringen.«

»… kann esch schaffen.«

»Nein, kannst du nicht, Darne.«

Aracam setzte sich abrupt auf und entfernte sich einen Schritt von ihm, sodass er ihn nur noch schemenhaft wahrnehmen konnte.

»Ich werde Anta darüber informieren, dass deine Ausbildung bei mir zu Ende ist. Ich habe dich alles gelehrt, was ich konnte. Was nun weiter mit dir geschieht, liegt in den Händen der Götter.«

Darne fühlte sein Herz laut und lauter schlagen. Was hatte er getan? Warum sagte der Meister diese Sachen? Er hatte sich doch entschuldigt, hatte ihm mit den Übungen an den Strohmännern bewiesen, dass er der gewandteste, flinkste und agilste Kämpfer dieser Schule war! »Das ischt nicht richtig, Meister!«

»Es ist alles, was ich für dich tun kann.«

Der ehemalige Totmacher trat vor und tat etwas völlig Unerwartes. Etwas, das Darne nicht verstand. Er verstrubbelte Darnes Haar und gab ihm einen Klaps auf die Wange, eine völlig ungewohnte und ungewöhnliche Geste der Zuneigung, die er niemals zuvor einem seiner Schüler gegenüber gezeigt hatte.

»Und jetzt geh! Pack deine Sachen. Ich möchte dich nicht mehr sehen.« Aracam drehte sich um und verließ die Kampfhalle.

Anta redete an diesem Tag nicht mehr mit ihm. Auch nicht am nächsten, auch nicht am übernächsten. Am Ende der Woche, die Darne in seiner kleinen Kammer verbracht und in der er Gedanken der Verzweiflung, der Scham und des Ärgers gewälzt hatte, besuchte sie ihn.

Anta legte ihm einen Zeigefinger auf die Lippen, bevor er etwas sagen und sich entschuldigen konnte. Dann löste sie die Schulterspange ihres Übergewands. Es fiel leise raschelnd zu Boden. Darunter war sie nackt.

Darne hatte niemals zuvor solch einen Körper gesehen. Bleich war er. Ebenmäßig. Mit Rundungen, die so perfekt waren wie bei den Statuen jener Göttinnen, welche die breite Straße der Triumphe links und rechts säumten. Anta war zehn Jahre älter als er. Sie würde bald das dritte Lebensdezennium erreichen, würde in die Zeit des Ergrauens und des Erschlaffens gleiten. Doch nichts an ihr war grau, nichts schlaff. Ganz im Gegenteil: Muskeln gestalteten Bauch, Arme, Beine und Nacken, so als hätte die Kräutlerin wie er jeden einzelnen Tag des Jahres in der Kampfhalle eines Meisters verbracht.

»Ich … ich …«

»Scht!«

Anta verschloss ihm die Lippen mit einem Kuss. Er schmeckte nach Minzkraut, süß und bitter und scharf. Sie schob ihm die Zunge in den Mund. Sie war die erste Frau, die ihm diesen intimsten Beweis des Begehrens gab, und sie tat es mit einer Innigkeit, die Darne schier überrumpelte.

Er wollte sie zu sich auf sein Lager ziehen, doch sie erlaubte es ihm nicht. Stattdessen umfasste sie ihn heftig, riss seinen Hosenbund mit überraschender Heftigkeit auf und packte ihn dort, wo es am angenehmsten war. Sie zog an seinem Schwanz und massierte ihn, ließ die kräftigen Finger hoch- und niedergleiten. Immer wieder. So, als hätte sie eine Arbeit möglichst rasch und möglichst gründlich zu erledigen.

Darne presste sich fester an sie, zog ihre Hände weg, nahm ihre Beine hoch und umfasste sie, drückte sie gegen die Holzwand. Die einfachen Latten knirschten unter ihrer beider Gewicht, während er in sie eindrang und zustieß, immer fester und immer brutaler.

Sie bog den Kopf so gut es ging nach hinten und übte Gegendruck aus. Ihr Becken kreiste verlangend. Ihr Unterleib fühlte sich feucht und glitschig an, und Darnes Geilheit erreichte neue, bislang ungekannte Ausmaße. Die Huren, die er im *Feuchten Wurm* gefickt hatte, waren ihrer Arbeit gelangweilt und ohne sonderliches Interesse nachgegangen. Aber was er nun erlebte, das … das …

Sie starrte ihn an, ohne zu blinzeln. Sie beobachtete Darne wie eine der Wüstenschlangen, die bloß einen Moment der Unaufmerksamkeit abwarteten, um dann zuzuschlagen. Ihr Blick war kalt, doch dieser Kälte wohnte etwas inne, das ihn in immer höhere Ekstasen trieb und ihn alles rings um sich vergessen ließ. Darne stieß zu, stieß zu, mit aller Gewalt. Sein Körper schmerzte, sein Geist war leer. Da war nur noch dieser Leib, weich und biegsam und dennoch muskulös, den er mit einem wahnwitzigen Tempo bearbeitete und der ihn zwang, etwas aus sich herauszukitzeln, das er bislang nicht gekannt hatte.

Der eine Moment, auf den er hinarbeitete, der alles bedeutete. Der seinen Körper erzittern ließ, der wie eine Woge über ihn kam, ihn unter sich begrub und ihn wie einen Ochsen brüllen ließ, während Antas Körper versteifte. Ihr Atem kam stoßweise, ihre Schreie abgehackt und kurz.

Er spritzte seinen Samen in ihren Leib und stieß dabei mit aller Vehemenz zu, als wäre dies die einzige und letzte Aufgabe seines Lebens, und vielleicht war es auch so. Sein Dasein als Schüler Meister Aracams hatte womöglich nur dem Zweck gedient, ihn auf diesen einen Fick mit Anta vorzubereiten. Um ihr das Bestmögliche zu bieten und ihr all seine Kraft sowie Lebensfreude weiterzugeben, mit einigen Spritzern weißen, glitschigen Leibessaftes.

Nun konnte er sterben. Dies war das Größte, was er sich jemals erhofft und erwünscht hatte.

Anta löste sich von ihm. Hatte sie ein einziges Mal geblinzelt, während sie diesen Akt des Wahnsinns vollbracht hatten? Hatte sich ihr Gesichtsausdruck verändert? War sie von ihm berührt worden, oder hatte ihm die Kräutlerin bloß helfen wollen, sich zu entspannen?

Sie griff nach ihrem Überhang und fischte einen kleinen Messing-Zerstäuber hervor. Sie schob die Spitze nahe an ihre Scham und spritzte tranige Flüssigkeit darüber, wohl eine jener Mischungen, die Anta heimlich an eine Vielzahl an Frauen verkaufte, die keinen Kinderwunsch mehr verspürten. Sie spreizte die Beine noch ein Stückchen weiter und wischte ihren haarlosen Spalt mit dem Stoff ihres Gewandes ab.

Darne behielt ihre Scham im Blick, solange er konnte. Sie war rot und gereizt, wund von seinen Bewegungen, die von Zorn und Gier geleitet worden waren.

Am liebsten hätte er Anta neuerlich gepackt. Sein Schwanz reagierte bereits wieder auf die Signale, die er mit Augen und Nase erfasste. Er wollte wiederholen und fortsetzen, was er eben erst beendet hatte.

Sie rieb sich Späne von den Oberarmen, ordnete mit wenigen Bewegungen ihr Haar und drehte sich dann um, ohne ein Wort des Grußes. Ohne ihm zu erklären, warum sie hergekommen und ihn … benutzt hatte.

»Warte!« Darne packte sie. Für einen Augenblick spannten sich ihre Muskeln an, dann blieb sie stehen, unmittelbar vor der Tür seines Verschlages.

»Warum?«, fragte er, und kaum hatte er den Mund aufgemacht, fielen ihm unzählige weitere Dinge ein, die er von der Kräutlerin wissen wollte. *Wann kommst du wieder? Ist es immer so mit dir? Was muss ich tun, damit du mich jeden Tag, jede Nacht, jederzeit besuchen kommst? Warum hast du mich so lange missachtet, um dich jetzt auf einmal wie ein wildes Raubtier auf mich zu stürzen? Warum seid ihr Frauen so seltsam?*

Anta senkte den Kopf, bevor sie zu reden begann. »Es ging dir schlecht, und du bist mein Schutzbefohlener. Also beschloss ich, dir zu helfen, wieder zu deiner guten Laune zu finden.« Sie seufzte. »Es liegt an dir, etwas aus dieser … Sache zu machen. Akzeptiere sie als mein Dankeschön für all die Zeit, die du mir nun schon hilfst.« Anta schüttelte seine Hände ab. »Bevor du auf die Idee kommst, weitere Fragen zu stellen, sollst du wissen, dass es keine Wiederholung geben wird. Niemals! Und ich würde dir raten, mich niemals wieder auf das anzusprechen, was eben geschehen ist.«

Darne hörte zu, doch er verstand nicht. Was wollte ihm die Kräutlerin sagen? Warum verhielt sie sich plötzlich so abweisend, und was bedeutete, dass es keine Wiederholung dieses heftigen Beisammenseins geben würde?

»Ja«, sagte er, hauchte Anta einen Kuss in den Nacken und ignorierte die Ahnung, dass ihr die Berührung missfiel. Er öffnete den Verschlag und ließ die Frau gehen. Ihre bleichen Füße tapsten über kalten Stein. Sie huschte durch das Licht einer einzigen trüben Funzel, die den Innenhof des Hauses ausleuchtete.

Darne warf sich aufs Stroh. Sein Herz klopfte laut, und er hatte das merkwürdige Gefühl, etwas verloren zu haben, das ihm niemals gehört hatte.

Wochen vergingen. Darnes Laune wurde umso schlechter, je länger ihn Anta ignorierte. Mit kühler Stimme erklärte ihm die Kräutlerin seine neuen Aufgaben, die er nun, da Aracam auf seine Anwesenheit keinen Wert mehr legte, zusätzlich erfüllen musste. Sie teilte ihn für Wege ein, die ihn in alle Teile der Stadt Mittigteilen führten, ließ ihn Kräuter kaufen, pflücken, im Mörser zerstampfen. Und einfache Lederarbeiten ausführen, denn jedermann in Haden musste zumindest ein Grundwissen über eines der wichtigsten Erzeugnisse besitzen, das dieses karge und kalte Land zu bieten hatte.

Anta lehrte ihn das Destillieren und brachte ihm die richtige Dosierung der verwendeten Substanzen bei ihren liebesfördernden und liebesvernichtenden Tränken bei.

Ließ ihn einige ihrer Rauschgifte kosten und hielt ihn mit

harschen, ja, bösen Worten davon ab, zu viel von dem Zeugs zu konsumieren.

Nur einmal noch entstand so etwas wie Nähe zwischen ihnen. An dem Tag, da sie mit ihm aufs Cardym zu sprechen kam. Am Vortag von Darnes Tod.

8. Bentaloppe

Ihr Arsch tat auch heute weh, so wie er jeden Tag schmerzte. Sie kam kaum einmal aus dem Sattel. Ihr Auftraggeber, dieser unerträgliche Bastard, der sie gezeugt hatte, schickte sie kreuz und quer durch die Provinzen. Stets hatte sie seltsame Aufträge zu erledigen. Solche, die sie meist nicht verstand. In der östlichen Provinz Karkheim trieb sie mehr als fünfzig Maulesel zu einer Herde zusammen, die abseits der großen Fleischmanufakturen geschlachtet und verarbeitet wurden. Wohin die Nahrungsmittel, das Knochenmehl, das struppige Haar und die Felle verschwanden, verschwieg man Bentaloppe.

In den windigen Ebenen des Fojenlandes, dort, wo sich Fuchs und Henne Gute Nacht sagten, wurden Bentaloppe von schweigsamen Nomaden zwei kleine Fässlein übergeben, in denen dunkle, tranige Flüssigkeit gelagert war. Sie waren das Destillat der wenigen Winterkakteen, die weit verstreut ein karges Dasein fristeten. Sie lieferte die Gefäße nach einem Gewaltritt über zehn Tage bei einem Händler ab, der sich eben daran machte, die schwierige Winterpassage der Handelskarawanen in die südlichen Länder anzutreten.

Dann musste sie einen Dolch an einen gedungenen Mörder weitergeben, der von den Totmachern ausgestoßen worden war. Schmuck, so viel wert, dass man damit einen Palast oder eine Stadt wie Mittigteilen von Grund auf neu errichten konnte, legte sie einem Straßenbettler in einem Sack vor die Füße. Er würdigte sie keines Blicks und spuckte aus, bevor er den Sack an sich nahm und ihn achtlos hinter seinem Rücken ablegte. Weibliche Drillinge, kaum zehn Jahre alt, rettete Bentaloppe vor Anklage und Hinrichtung in einem Dorf an der Grenze zum Ewigen Eis, dort, wo die Macht des Rego kaum mehr eine Bedeutung hatte.

Nachdem sie die drei Mädchen in einem Hurenhaus fünf Tagesritte weit abgegeben hatte, wurde sie gemeinsam mit einigen Söldnern des Hofkanzlisten zu einem Schwertauftrag losgeschickt, dessen Ergebnis drei zerstörte Dörfer und Winterarmut für Hunderte Bewohner waren. Bentaloppe tötete sechs Männer und zwei Frauen; Kämpfer, die die Dörfler für sich gewonnen und die sich ihnen entgegengestellt hatten.

Eine der beiden Frauen kannte sie aus jener Totmacher-Schule, die sie im Alter von vierzehn Jahren vorzeitig verlassen hatte. Sie war unbeweglich geworden und hatte sich bloß noch auf ihre Kraft verlassen. Es war ein Leichtes gewesen, ihren Leib zu durchbohren. Sie folterte einen Mann und schnitt ihm die Eier ab. Er verriet das Rückzugsgebiet letzter versprengter Kämpfer aus den Dörfern, die offenbar die Herrschaft des Rego nicht anerkannten …

Dies alles war Arbeit, wie Bentaloppe sie bereits dutzendfach erledigt hatte.

Sie starrte auf die Rücken von etwa zwanzig kräftigen und gut ausgerüsteten Männern. Dreckige Haarschöpfe wogten im Rhythmus des Pferdetrabs hoch und nieder, wie Figuren eines Marktstandes, die man mit Stoffbällen treffen musste, um irgendwelchen Schnickschnack zu gewinnen.

»Warum so grüblerisch, Hohe Dame?«, fragte der Mann, der neben ihr ritt. Wyme, ihr Stellvertreter bei diesem Auftrag.

»Was geht es dich an, worüber ich nachdenke?«, biss sie reflexartig zurück.

Wyme sah wie immer großartig aus mit seinen blendend weißen Zähnen und dem fülligen Haar, dieser verdammte Schweinehund, dem das Alter nichts anhaben wollte. »Du bist doch sonst auch immer ein Born des Wissens, des tiefgründigen Humors, der geheimen Kenntnisse des Lederlandes.«

»Ich mag es nicht, wenn man sich über mich lustig macht.«

»Ist schon gut, Hohe Dame.« Wyme lachte. »Ich entschuldige mich und behaupte das Gegenteil.«

»Legst du es wirklich darauf an, mich als Feindin zu haben?« Bentaloppe überprüfte den Sitz ihrer Waffen. Das Messer, das Schwert, das Hackebeil. Letzteres war schartig geworden nach den Auseinandersetzungen der letzten Tage, aber es war immer noch gut genug, diesem aufgeblasenen Kerl den Kopf vom Rumpf zu trennen. Auch wenn es zwei, drei Schläge länger dauern mochte.

»Ganz ruhig, Hohe Dame.« Wyme hob abwehrend eine Hand. »Ich wollte dich bloß aus deinen Grübeleien reißen. Menschen, deren Handwerk das Töten ist, sollten niemals zu viel darüber nachdenken, was sie tun.«

»Wie ich mit meiner Arbeit zurechtkomme, ist einzig und allein meine Angelegenheit. Im Übrigen verstehe ich nicht, warum Bernyl dich mir zur Seite gestellt hat für diesen recht belanglosen Auftrag. Was ist schon dabei, einige Aufständische zu beseitigen?«

»Ich bin nicht der Herr über die Gedanken des Hofkanzlisten. Wie du weißt, verrät er selten etwas über seine Pläne.«

Bentaloppe betrachtete den Mann eingehender. Das hatte sie sich während der letzten Tage immer wieder verkniffen. Gefühle durften in ihrem Inneren keinen Platz finden. Doch nun, da er neben ihr ritt, in einem Lederhemd, das den mächtigen Oberkörper kaum zu umspannen vermochte, da überfiel sie diese seltsame, widerliche Hitze und das Kribbeln, dort, wo man sich nicht kratzte. Niemals.

Niemals.

»Es gibt keinen Grund«, wiederholte Bentaloppe. »Es waren bloß Bauern und Feldarbeiter, mit denen wir es zu tun hatten. Einige von ihnen konnten flüchten. Na und? Warum sollen wir ihnen nachstellen und sie töten? Sie werden winters ohnedies verhungern oder erfrieren.«

»Zweifelst du neuerdings an den Anweisungen des Hofkanzlisten?«

Nicht erst neuerdings, wollte sie antworten, verkniff es sich dann aber. Stattdessen sagte sie: »Er hockt im Palast und lässt sich von Spionen auf dem Laufenden halten, die Jahr um Jahr das Lederland durchstreifen. Was, wenn er von diesen grauen Gestalten angelogen wurde? Was, wenn sein Urteilsvermögen nach all der Zeit in seinem sicheren Heim gelitten hat?«

»Was, wenn du ihm einfach nur vertrauen und weniger nachdenken würdest?« Wyme griff in einen einfachen Ledersack, der an seiner Seite baumelte. Er holte einen Nasenpfropfen hervor, schwarz und glänzend, den er eine Weile zwischen den Fingern hielt und nachdenklich betrachtete.

»Ich vertraue niemandem«, entgegnete Bentaloppe und deutete dann auf den Nasenpfropfen. »Das ist gutes Cardym. Teuer und selten. Ein kleines Vermögen ist es wert. Wer hat es dir verkauft?«

»Berdnyl selbst hat es mir geschenkt. Vor einem Mond, als ich ihm Bericht erstattete. Er war mit meiner Arbeit im Westen sehr zufrieden. Du weißt schon, diese Angelegenheit mit den Höhlentauchern.«

Nein, Bentaloppe wusste es nicht, und es interessierte sie auch nicht, was Wyme für Befehle ausgeführt hatte. »Der Hofkanzlist gibt niemals etwas ohne Sinn und Zweck her.«

»Er misstraut dir, weil du seine Anweisungen anzweifelst. Ich aber war stets loyal. Er weiß sehr gut, wie man seine besten Leute bei der Stange hält.« Wyme schob sich den Nasenpfropfen sachte in die linke Öffnung und atmete fest ein. Das schwarze Zeugs rutschte ein kleines Stück tiefer und blieb stecken.

»Dieses Cardym ist hochkonzentriert. Es wird dir …«

»Ich weiß schon, was du mir sagen möchtest«, unterbrach sie Wyme ungehalten. »Es macht süchtig, mehr noch, als all das andere verschnittene Zeug, das auf den Märkten offen angeboten wird. Es gefährdet die Gesundheit, es kostet mich Jahre meines Lebens, ich werde in eine immer tiefere Abhängigkeit geraten.« Er seufzte wohlig auf. »Aber ich sage dir: Das ist alles Unsinn! Wenn ich wollte, würde ich diesen Sack hier einfach wegwerfen und weitergehen. Es bedeutet mir nichts.«

Bentaloppe entdeckte auf einmal all die Kleinigkeiten an ihm, die ihr bislang entgangen waren: Gesicht, Haar und Zähne waren in der Tat unverändert. Doch seine Knie zitterten. Die Haut an den Ellenbogen spannte sich keinesfalls mehr über den Knochen, wie man es von einem Mann seines Alters erwarten durfte. Sie wirkte brüchig und zeigte feinste Risse. So wie ihre. Und im Nacken zeigten sich winzige weiße Pünktchen. Die Vorboten jener Pilze, die Bentaloppes Haut großflächig bedeckten und kaum mehr vor anderen zu verbergen waren. Dieser verfluchte Befall, der auf mysteriöse Art und Weise mit der Cardym-Sucht einherging.

Sie überlegte, ob sie dem Mann ihre eigene Geschichte erzählen sollte. Von dem Tag an, da sie selbst begonnen hatte, Nasenpfropfen zu benutzen und immer intensivere Dosen des Cardym für immer längere Zeit inhaliert hatte, so lange, bis alle Vorräte aufgebraucht gewesen waren und der Hofkanzlist angeboten hatte – in einem völlig unverfänglichen Tonfall selbstverständlich – ihr etwas *noch Besseres* zu liefern. Etwas, das die ständige Nervosität und die Unruhe in ihr bekämpfen könnte. Etwas, auf das bloß wenige Auserwählte Zugriff hätten.

Dann hat er mir seine Brust angeboten, dachte Bentaloppe. Die Härchen in ihrem Nacken und an den Oberarmen stellten sich auf, als sie sich an diesen Augenblick zurückerinnerte. Sie empfand Abscheu und Lust gleichermaßen.

»Ich habe gewartet, bis er sein Hemd ablegte, habe meinen Mund an die linke Zitze gelegt und daran genuckelt«, flüsterte sie. Es war kaum mehr als ein Lippenbewegen, das Wyme gewiss nicht verstehen würde. »Angewidert war ich und kurz davor, mich über den Hofkanzlisten zu übergeben. Aber in meiner Benebelung und in meinem Schmerz sah ich in ihm die einzige Rettung. Und dann kamen sie, diese wenigen Tropfen, die mein Leben veränderten und mich zu dem machten, was ich heute bin – eine Tote auf zwei Beinen, die von Mond zu Mond für das Gefühl lebt, Bernyl neuerlich gegenübertreten zu dürfen.«

»Was flüsterst du da?«, fragte Wyme, wandte ihr sein Gesicht zu und blickte sie misstrauisch an.

»Gar nichts«, sagte sie. »Aber ich rate dir nochmals: Überleg es dir mit den Nasenpfropfen. Bleib bei dem billigeren Zeugs.«

»Ach, leck mich!« Wyme drehte sich beiseite und gab dem Pferd die Sporen. Er kratzte sich zwischen den Schulterblättern, so wie sie damals.

Er würde einmal wie sie enden.

Die Hügel trugen keine richtigen Namen. Die wenigen Nomaden, die hier ihre abgemagerten Viecher grasen ließen, nannten sie »Schwarzschiss« oder »Schwammscheitel« oder »Luderberg«, und niemand vermochte zu sagen, was diese Bezeichnungen einstmals für eine Bedeutung gehabt hatten.

Zwischen spärlich bewachsenen Hängen und trostlosen Flächen mäanderte ein Rinnsal Richtung Süden. Es war kaum breiter als ein Pissstrahl und besaß eine ähnliche Farbe. In Erdlöchern links und rechts des Gewässers sollten sich etwa zwanzig Versprengte verbergen. Ein Ortskundiger musste sie hierhergeleitet und ihnen die Verstecke gezeigt haben.

»Das nützt ihnen nichts«, sagte Wyme, der nun an der Spitze des kleinen Zugs ritt. Er hob seine Nase in den Wind und schnüffelte. Der Pfropfen war nur noch halb so groß. Das Cardym verstärkte seine Sinneswahrnehmungen. Wenn in einer Entfernung von fünfzig Schritt ein Hase seinen Haufen setzte, würde er es riechen, vorausgesetzt, der Wind wehte aus der richtigen Richtung.

Bentaloppes Geruchssinn hingegen sprach nicht an. Irgendetwas in ihrer Nase war zerstört oder verätzt. Es kümmerte sie nicht. Sie hatte niemals besonders viel Wert auf diese Form der Wahrnehmung gelegt. Sie *spürte* es, wenn Ärger nahte.

»Links!«, sagte sie und deutete auf einige kaum erkennbare Bodenbuckel, deren Umrisse etwas heller als das umgebende Land waren. »Macht euch bereit.«

Ihre Begleiter, allesamt erfahrene Leute, die mit jener Stumpfsinnigkeit töteten, die man sich nach jahrelanger Erfahrung angewöhnte, zurrten die Waffengurte fester, zogen die Lederschnürungen der Brustwämste zurecht und verständigten sich mit Blicken. Wyme indes deutete erst jetzt in Richtung der Buckel.

Sie stieg von ihrem Gaul, nahm einen Stein hoch, wog ihn in der Hand. Er hatte genug Gewicht, um damit einem Kerl eine breite Kerbe in den Schädel zu hauen, wenn sie ihn mit voller Wucht schleuderte.

Bentaloppe holte aus und warf. Das Wurfgeschoss prallte in flachem Winkel gegen einen der Buckel, überschlug sich einmal, zweimal und blieb dann liegen. Nichts rührte sich. Also warf Bentaloppe einen weiteren Stein, etwas weiter nach rechts.

Die dünne Grasnarbe platzte auf, darunter kam etwas metallisch Schillerndes zum Vorschein. Ein Etwas, das sich bewegte und mit einem lauten, bösen Schrei auf die Beine kam. Der vernarbte Kerl hatte ein Tuch übergezogen gehabt, das einem Grasfleck ähnelte, das Gesicht gegen den Boden gepresst. Erdbrocken fielen von ihm ab, während er auf Bentaloppe zugestürzt kam, begleitet von eineinhalb Dutzend Bewaffneten, die sich gleich ihrem Kameraden im Untergrund versteckt hatten.

Sie waren dumm. Sie verließen sich einzig auf ihre Kraft und den Überraschungsmoment, der gar keiner war. Sie nutzten das Gelände nicht zu ihrem Vorteil, blickten nicht nach links oder rechts, arbeiteten nicht zusammen. Diese vor Kraft strotzenden Tölpel wollten es einfach nur so rasch wie möglich hinter sich bringen.

Den letzten Kampf ihres Lebens.

Bentaloppe nutzte die Reichweite ihres Hackebeils. Sie beugte sich weit vor und ließ es durch die Luft wirbeln, trennte einen Arm vom Körper und hackte die grässliche Waffe dann in einen sehnigen Körper. Das Beil verhakte sich an Knochen und blieb stecken, sie ließ es los. Ein Gegner tot, ein anderer kampfunfähig.

Etwas traf sie im Gesicht, ein Schwall roter, bitterer Flüssigkeit. Ein Schrei des Triumphs erklang. Wyme, der ebenfalls vom Pferd gestiegen war, gefiel sich darin, mit der ihm eigenen Grausamkeit die Gegner zu piesacken, sie zu verwunden, ihnen Schmerz zuzufügen, sie zum Bluten zu bringen. Er arbeitete mit einem schmalen und leichten Einhänder. Einer Waffe, die er behände schwang und mit der er immer wieder zuhieb.

Bentaloppe wischte einen Batzen Blut ab und wandte sich einer zart gebauten Frau mit zwei unterarmlangen Messern zu. Ein Tuch hing in Fetzen über ihren Hintern, die kleinen und festen Brüste waren unbedeckt. Sie stach eben auf einen von Bentaloppes Begleitern ein, der vom Pferd gestürzt war, fügte ihm eine Wunde am Hals zu. Sie wirbelte herum, piekste dem nächsten in die Hüfte und ließ sich zu Boden fallen, und das alles mit einer Geschicklichkeit und einem Tempo, wie es Bentaloppe selten zuvor erlebt hatte.

»Eine Schnelle!«, warnte sie ihre Leute und riss Wyme am Arm zurück, bevor er in die Reichweite der Verrückten geriet.

»Kommt ihr nicht zu nahe! Isoliert sie, greift sie bloß in der Gruppe an!«

Eine Schnelle also. Eine Söldnerin, die aus südlichen Landen stammte und mit seltsamen Drogen vollgepumpt war. Die ließen sie übermenschlich rasch handeln und reagieren. Jene Schnellen, die ihre Kämpfe überlebten, büßten dann tage- und wochenlang für diesen Raubbau an ihren Körpern.

Bentaloppe spaltete einem behäbigen Krieger mit sauberem Schlag den Schädel. Ringsum kehrte Ruhe ein. Nur noch ein merkwürdiges Piepsen war zu hören, eine Art Sprache, die die Schnelle verwendete, während sie sich verzweifelt dagegen wehrte, von Bentaloppes Begleitern eingekreist und immer weiter gegen eine Felswand gedrängt zu werden.

Die Schnelle zuckte vor und stach auf einen Mann ein. Sofort waren drei andere da, die sie von allen Seiten attackierten und den Kampfgefährten schützten. Sie gingen wie Wildhüter vor, die ein Raubtier in die Ecke drängten.

Die Worte der Schnellen ergaben einfach keinen Sinn. Sie klangen wie Keuchen oder wie ein Stöhnen, das Frauen in Momenten höchster Lust entfuhr. Und doch, so ahnte Bentaloppe, bedeuteten sie etwas.

Wyme gesellte sich zu Bentaloppe. Wie beiläufig trennte er einem verletzten und leise wimmernden Mann den Kopf vom Rumpf, beugte sich zu ihm hinab und tastete die Taschen seiner Kleidung ab, um dem Toten Tabakbeutel, einige Schlei und eine stumpfe Klinge abzunehmen. Mit seltsamer Zärtlichkeit legte er den eben abgehackten Kopf nahe zum Rumpf und schob die Lippen des Toten nach oben, dass er zu lächeln schien. Erst dann wandte er sich wieder Bentaloppe zu.

»Sie ist eine tapfere Frau, die Schnelle«, sagte er, während er die wenigen Habseligkeiten des Gegners sorgfältig verstaute. »Ich habe höchsten Respekt vor diesen Kampfweibern.«

»Du hast vor nichts und niemandem Respekt, Wyme«, widersprach Bentaloppe. Die Schnelle war nun endgültig eingekreist. Von Männern, die sie alle dank ihrer Flinkheit verletzt hatte und die es nach Blut dürstete.

Einer schlug auf ihre rechte Hand, das Messer fiel zu Boden. Der andere packte die linke und drückte am Gelenk zu. So sehr sich die Frau auch wand, so rasch sie sich auch bewegte, sie konnte den beiden massigen Kerlen nicht mehr entkommen. Ein dritter griff nach ihrem Busen, der vierte hielt ihr seine Waffe an den Hals und klemmte die Hand zwischen ihre Beine, schob seine schmutzigen, blutverkrusteten Finger immer weiter vor …

»Schluss!«, rief Bentaloppe. »Lasst die Frau in Ruhe! Sie gehört mir!«

Drei Männer wichen zurück, der vierte wollte nicht hören. Sein Keuchen der Erschöpfung ging in das der Geilheit über. Er ließ eben seine Waffe fallen und packte die Rasende, Zappelnde an der Gurgel, wie einen Singvogel, dem er den Hals umdrehen wollte. Er presste sich mit seinem massigen Leib gegen sie und fummelte ein halb steifes Glied aus der Hose.

»Ich sagte: Es ist vorbei!« Bentaloppe riss den Mann zurück und stellte ihm ein Bein, sodass er ins Stolpern kam, völlig überrascht von dem unerwarteten Angriff, und sie ihn im Nachsetzen problemlos auf den Rücken werfen konnte. Er kam unmittelbar neben dem grinsenden Toten zu liegen. Bentaloppe warf sich auf ihn, fixierte ihn.

»Du vergisst, mit wem du es zu tun hast!«, fuhr Bentaloppe ihn an. »Wenn ich sage, dass es zu Ende ist, dann gehorchst du gefälligst!«

Mit der Rechten tastete sie umher, fand das steife Glied und drückte so fest zu, dass der Söldner laut aufheulte und wild um sich schlug. Sie störte sich nicht daran. Sie nahm die wenigen ungezielten Treffer mit der Routine vieler solcher Auseinandersetzungen hin, ohne sie auch nur wahrzunehmen.

»Still! Sonst ist es um dich geschehen. Verstanden?« Bentaloppe lockerte ihren Griff ein wenig, der Mann ließ das Strampeln bleiben und legte sich ruhig hin.

»Diese Frau wird mir Rede und Antwort stehen«, sagte sie. *Ich muss langsam mit diesem Kerl reden. Schließlich ist sein Gehirn derzeit schlecht durchblutet.* »Ich muss wissen, warum einige Bauern Söldner anheuerten, um den Rego herauszufordern.«

»Das geht uns nichts an, Bentaloppe«, sagte Wyme, der still und leise an sie herangetreten war und dessen Gegenwart ihr unangenehm bewusst wurde. »Wir hatten einen Auftrag, und die Arbeit ist getan. Lass uns das zarte Küken ficken und töten oder meinethalben töten und dann ficken, all die Kadaver verscharren, und dann gehen wir unserer Wege.«

»Halt du dich da raus!« Bentaloppe sah sich plötzlich von mehr Gegnern umzingelt, als ihr recht sein konnte. Gegner, die eben noch Waffenkumpane gewesen waren.

Rasch wägte sie ihre Chancen ab. Der geile Sack unter ihr war kein Problem, doch die drei anderen um ihren Spaß betrogenen Männer blickten sie grimmig an. Alle weiteren Söldner wirkten unentschlossen. Der Einzige, vor dem sie sich wirklich in Acht nehmen musste, war Wyme. Wyme, die Schlange.

Sie ließ den Mann los und legte die Hand an ihr Messer. Der Griff fühlte sich warm an, so als hätte die Waffe darauf gewartet, dass sie sie endlich berührte. Langsam drehte sie sich um. Wyme stand da, breitbeinig, grinsend, in Blut gebadet. Er trug einen neuen Nasenpfropfen aus dunklem Cardym. Er war rot gefärbt, ein Tropfen hing dran. Die dunkle Flüssigkeit stockte allmählich.

Wyme betrachtete sie aufmerksam. Er wägte gewiss seine Chancen ab – und entschloss sich dann, auf den Kampf zu verzichten. »Ach, was soll's!«, sagte er und lachte. »Der Tag ist schön, der Tag ist noch lang, und ein Ritt durch dieses wunderbare Land versöhnt uns sicherlich rasch wieder.«

»Ich sehe nichts in dieser von den Göttern verlassenen Einöde, das mir gefallen könnte.« Bentaloppe blieb vorsichtig und behielt das Messer in der Hand, während sie langsam zur Schnellen trat, von deren Flinkheit nun nichts mehr zu bemerken war. Ganz im Gegenteil, alle Kraft und alle Spannung waren aus ihrem Leib gewichen. Sie vermochte sich kaum mehr auf den Beinen zu halten.

Begriff die Söldnerin, was hier vor sich ging?

»Du kannst das Küken haben.« Wyme stellte nach wie vor sein strahlendes, falsches Lächeln zur Schau. »Wofür du sie auch immer haben möchtest. Nimm sie dir. Ich bin sicher, dass sich unsere tapferen Begleiter rasch beruhigen werden. In jedem zweiten Dorf auf dem Weg zurück nach Attico der Wunderbaren gibt es ein Hurenhaus, in dem sie sich austoben können.«

»Ja«, sagte Bentaloppe. Das war alles, was ihr zu Wymes schleimigem Gerede einfiel. Sie packte die Schnelle am Oberarm und zerrte sie mit sich, hin zu ihrem Gaul, der in einem Abstand von bloß einigen Schritten lustlos an kargen Grasbüscheln kaute.

Sie band die Hände der Schnellen mit einem Lederstrick zusammen, benetzte ihn mit Wasser und hievte sie mit einem Ruck auf ihr Pferd. »Ihr begrabt die Leichen«, befahl sie ihren Begleitern. »Ich unterhalte mich derweilen in Ruhe mit unserem Gast.«

»Soll ich dich bei deinem Gespräch unterstützen? Oder steht das Wort *Unterhaltung* für ein paar Spielchen, die du mit der Dame deines Herzens unternehmen möchtest? Eine derartige mittägliche Übungseinheit wie eben rührt nun mal an gewisse Gefühle, nicht wahr? Sie macht, dass wir wieder lebendig und jung und schön werden.«

Sie vergnügte sich niemals mit Frauen, doch sie ließ ihre Umgebung stets in dem Glauben, dass es so war. Es erleichterte Bentaloppes Leben. Trotz der Narben, die sie im Gesicht und am Körper trug, gab es Männer, die sie begehrten. Bentaloppe strahlte Macht aus und weckte damit seltsame Begierden in diesen seltsamen Wesen, die die meiste Zeit ihren Schwanz zum Denken verwendeten.

»Glaub doch, was du willst, Wyme! Aber halte dich in den nächsten Tagen möglichst fern von mir. Du widerst mich an.« Sie schwang sich hinter der Gefangenen aufs Pferd und ließ es antraben. Das Rinnsal entlang, vorbei an einigen wie riesige Murmeln ins Tal gerollten Steinen und hin zu einem Wäldchen krumm gewachsener Laubbäume.

Sie hatte ein seltsames Gefühl in ihrem Nacken, doch sie blickte sich nicht um. Die Blöße, sie hinterrücks zu meucheln, würde sich selbst einer wie Wyme nicht geben.

Das Cardym tat zweifellos seine Wirkung bei ihm. Es machte aus diesem ohnedies schon überheblichen Gockel ein unerträgliches Arschloch, das sich göttergleich fühlte und seine Umgebung stets mit einem mitleidigen Lächeln bedachte.

Noch war nicht die Zeit für eine Auseinandersetzung, doch sie würde kommen. Irgendwann.

Sie gab der Schnellen ein Stück Dörrfleisch, an dem die Frau lustlos und stark zitternd herumkaute. Ihre hageren Schultern fielen weit nach vorn, Arme und Beine waren blau geprügelt, der Oberkörper von kaltem Schweiß bedeckt, die Zähne klapperten aufeinander. Ein fünfjähriger Kindskrüppel hätte sie in diesem Zustand mit seinem Gehstock erschlagen können.

»Verstehst du mich?«, fragte Bentaloppe nach einer Weile und flößte der Frau einige Schluck Wasser ein.

Sie nickte und erbrach einen Teil der Flüssigkeit. Die seltsamen Mittel, die sie zu sich genommen hatte, um in die Entrückung wahnwitziger Schnelligkeit zu gelangen, forderten ihren Tribut.

»Die Männer, mit denen ich reite, wollen deinen Tod«, sagte

Bentaloppe leise und blickte an der Frau vorbei. Sie war jung, keine zwanzig Jahre alt. »Davor wollen sie dich nehmen, und das gefällt mir nicht. Wenn ich dich andererseits zum Rego und seinen Hofkanzlisten bringe und dich den hiesigen Waltern der Gerechtigkeit übergebe, steht dir ein ähnliches Schicksal bevor. Man wird dich zum Tode verurteilen, und in den Tagen oder Wochen, da du auf deinen letzten Gang ins Freie wartest, werden sich Wärter und Mitgefangene an dir vergehen. Nun rate mir, was ich mit dir machen soll?«

Die Schnelle zuckte mit den Schultern, sagte aber nach wie vor kein Wort. Kein Wunder. Ihre Lippen waren von Bläschen übersät und rissig. Die Zunge, mit der sie ab und zu über das entzündete Fleisch leckte, war ein geschwollenes Stück Etwas. Der Kräutersud der Schnelligkeit tat auch hier seine verderbliche Wirkung.

»Es ist dir also egal, wie du stirbst?«

Wieder ein Schulterzucken, wieder völlige Gleichgültigkeit.

»Wie heißt du?«

»Birle ausch den Namhaften Städten«, lispelte sie und spuckte weitere Flüssigkeit aus.

»Birle also. Eine Söldnerin, die mehr als zweitausend Laufe weit gereist ist und die die südlichen Gefilde hinter sich gelassen hat, um fernab von ihren Freunden und der Wärme getötet zu werden.«

»Konnte esch mir nicht aussuchen.«

»Man hat immer die Wahl. Manchmal ist es eine zwischen Leben und Tod. Auch wenn du irgendwann einmal in die Sklaverei gezwungen wurdest, so hattest du dennoch die Möglichkeit, stattdessen den Weg in die ewige Dunkelheit zu nehmen. Es hätte dir viel Leid erspart – und auch jenen, denen du als Schnelle begegnet bist.«

»Du redescht und denkscht zu viel.« Birle bedachte sie mit einem Blick voll Verachtung.

»Es steht dir nicht zu, eine eigene Meinung zu haben. Dein

Schicksal liegt in meiner Hand. Ich nehme dein Leben jetzt oder morgen oder irgendwann.«

»Und du meinscht, deshalb Macht über mich zu beschitzen? Dasch ich auf die Knie falle und um ein wenig mehr Leben bettle?« Die Schnelle spuckte aus. Weiße Krümel, vermengt mit Blut und Speichel, platschten vor Bentaloppe auf den Boden. Splitter eines oder mehrerer Zähne befanden sich in dem widerlichen Sud.

»Beantworte mir eine Frage«, verlangte Bentaloppe. »Warum hast du dich mit diesen einfachen Dörflern abgegeben? Ich bin mir sicher, dass die Kräuter, die du verwendest, mehr kosten als das, was du für die Erfüllung dieses Auftrags verdient hast.«

»Isch wurde bescher bezahlt, alsch du glaubscht«, nuschelte Birle.

»Es gibt also Hintermänner? Solche, die Unruhe ins Lederland bringen und vielleicht gar den Rego stürzen möchten?«

»Du bischt ahnungslosch, Kriegerin.« Die Schnelle schüttelte den Kopf.

»Beantworte die Frage!« Bentaloppe zog den Kopf der Frau am Schopf nach hinten und drückte ihr das Messer fest gegen den Hals. Feinste Bluttröpfchen sickerten unter der Klinge hervor.

»Die Dörfler haben damit nichts zu tun«, ächzte Birle. »Schie schind Figuren in einem Spiel. Scho, wie wir esch waren, ohne esch zu wissen. Meine Kameraden und ich wurden … reingelegt.«

»Von wem? Sag schon!«

»Unscher Auftraggeber war ein Mann, den ich nicht kannte. Er gab uns einige Säcke voll Schlei.«

»Und?«

»Die Säcke hatten Prägungen. Isch kenne die Herrschaftssymbole und Prägungen des Lederlandes. Das Geld stammte aus Attico der Wunderbaren.«

»Weiter.«

»Esch war eine hochherrschaftliche Prägung, die Münzen glänzend-frisch. Sie müssen direkt ausch einem Kontor gekommen sein.« Sie griff sachte zwischen die Fetzen ihrer Bekleidung, verfehlte einmal ihr Ziel und holte dann einen silbern glänzenden Schlei zwischen den Beinen hervor. Es war an jenem Ort versteckt gewesen, der größtmögliche Sicherheit gegen Diebstahl bot.

Bentaloppe wischte die Münze am Lederrock Birles ab und betrachtete sie dann eingehend. Tatsächlich. Die Pressung war frisch, der Kopf des Rego erhaben und nicht so abgenutzt wie bei den meisten Münzen, die im Umlauf waren.

»Sie stammt aus dem Palast«, sagte sie. »Aus dem unmittelbaren Umfeld des Fetten Mannes. Diese Sache stinkt zum Himmel. Und natürlich hat man Söldner aus den südlichen Landen geholt, um Unruhe zu stiften und einen möglichen Verdacht so weit weg wie möglich fern von den hochedlen Herrschaften zu halten.«

Bentaloppe kannte das Intrigenspiel nur zu gut. Es diente den Oberen Hundert in Attico zur Unterhaltung, sie verschwendeten Geld und Zeit, um den anderen reichen Ledersäcken eins auszuwischen, einen Konkurrenten zu meucheln oder die Frau eines Geschäftsfreundes zur Witwe machen zu lassen. Doch was hätte es für einen Sinn, hier, in den düstersten Einöden, eine Intrige anzuzetteln? Wie sollte das auf Attico Auswirkungen haben?

»Mir scheint, dass ich noch Verwendung für dich habe, Birle«, sagte sie zur Schnellen. »Du wirst nun tun, was ich dir sage, wenn du dich weiterhin deines Lebens erfreuen willst. Mein erster Befehl lautet: Du wartest auf mich, zwei Tage und zwei Nächte. Solltest du es wagen, dich davonzuschleichen, werde ich dich verfolgen und dich finden. Mir ist noch niemals jemand entkommen. Verstanden?«

Die kurze Unterhaltung hatte der Schnellen alle Energie geraubt. Sie saß nun da wie ein Häuflein Elend, mit weit gespreizten Beinen, und stierte an Bentaloppe vorbei. Womöglich erfasste sie nicht einmal den Sinn des Gesagten. Doch sie nickte, immerhin, und nahm dann einen Schluck aus dem Wasserbeutel.

»Es tut mir leid, was ich nun tun muss, Birle. Aber es ist notwendig. Schließ die Augen. Du darfst einmal schreien, so laut, wie du nur möchtest. Dann nicht mehr. Hast du mich verstanden?«

»Wasch meinscht d …«

Bentaloppe setzte ihr Messer routiniert am Haaransatz der Schnellen an und ließ es durch die gut durchblutete Haut gleiten, bis sie auf den Widerstand des Schädelknochens stieß. Ein Schnitt links, ein Schnitt rechts, und schon konnte sie einen fast handflächengroßen Hautlappen mit geringem Kraftaufwand abreißen. Die Haare, wirr und vom Dreck verklebt, ließen das, was sie in der Hand hielt, wie einen kleinen Flecken Gras erscheinen.

O ja, Birle schrie, laut und erbärmlich. Von ihrer Kopfhaut war der dritte Teil abgerissen. Doch was war das schon im Vergleich zu ihrem Leben?

Als das Gebrüll zu viel wurde und zu lange dauerte, stopfte ihr Bentaloppe ein Stück Holz ins Maul, hielt ihr bedrohlich die Messerspitze vor ein Auge und reichte ihr mit der freien Hand ein sauberes Stück Tuch. »Tränk es in Wasser und halte es gegen die Wunde. Trink vom Alkohol, den ich dir dalasse. Iss die Wurzeln in dieser Tasche. Und nimm vom Cardym.« Sie warf Birle einen winzigen Beutel vor die Füße.

Die Schnelle zitterte, ihre Bauch- und Magenmuskulatur verkrampfte, sie schnaufte laut. Doch sie hielt den Mund. Sie wollte leben.

»Gut so. Der Schmerz wird gegen Abend nachlassen. Du wirst fiebern. Doch du bist sicherlich einiges gewohnt und wirst wissen, was zu tun ist. Wenn jemand auftaucht, versteckst du dich. Das ist alles, was ich für dich tun kann.« Bentaloppe streckte ihre Glieder durch. Auch sie zitterte. Erst jetzt wurde ihr bewusst, wie viel Kraft ihr der vergangene Halbtag gekostet hatte. Und doch durfte sie sich noch längst nicht der Müdigkeit hingeben. Sie musste zu ihren Gefährten zurückkehren, musste Stärke vorgaukeln – und sich vor allem vor Wyme in Acht nehmen. Es war gut möglich, dass der widerliche Kerl roch, was hier gespielt wurde. Sollte er Verdacht schöpfen, dass sie Birle am Leben gelassen hatte, war auch ihr Schicksal besiegelt.

Sie stieg auf ihr Pferd und ritt zu den Kampfgefährten zurück, ohne sich nochmals umzudrehen. Das Gegreine und Geschluchze hinter ihr verstummte allmählich. Die Schnelle war eine tapfere Frau, die ganz genau wusste, wovon ihr Leben abhing.

Die Söldner hoben eben eine Grube aus, tief genug, um ihre Feinde und die beiden getöteten Kameraden zu verscharren. Sie fluchten und schimpften und beschwerten sich, und manchmal bekam einer der Toten einen heftigen Tritt ab, weil er es gewagt hatte zu sterben, und ihnen nun zusätzliche Arbeit verschaffte.

»Ich sehe, du findest Spaß daran, die Leute herumzukommandieren und indes faul im Schatten zu liegen«, sagte sie zu Wyme, der abseits des Geschehens an einem Apfel herumkaute.

»Sie schaffen das ganz gut allein.« Der Söldner spuckte einige Kerne aus. »Immerhin obliegt mir die gesamte Denkarbeit, wenn du mal nicht da bist.« Er kam flugs auf die Beine. »Hast du die Schnelle entsorgt?«

Bentaloppe warf ihm das Skalpteil vor die Füße und stieg vom Gaul. »Für deine Sammlung, wenn du möchtest.«

Wyme hob das behaarte Stück Haut und Fleisch auf, betrachtete es von allen Seiten, grunzte zufrieden und ließ es dann achtlos fallen. »Du weißt, dass ich nur an dem interessiert bin, was ich selbst erlege. Möchtest du dir denn mal meine Sammlung ansehen, Hohe Dame? Du wirst sie gewiss beeindruckend finden.«

»Ich habe keinerlei Interesse an deinen Widerwärtigkeiten. Nun schnapp dir gefälligst eine Schaufel und geh unseren Leuten zur Hand. So, wie ich es tun werde.«

»Ah, die Verbrüderung mit dem gemeinen Pöbel. Du bist immer wieder für eine Überraschung gut, Bentaloppe.«

Der Mann redete, um sich selbst zuhören zu können, in all seiner Selbstgefälligkeit und Eitelkeit. Gesicht und Körper mochten die eines schönen Mannes sein, doch was darunter steckte, war bloß übel riechender Abfall, mit dem sie keinesfalls in Berührung kommen wollte.

»Jetzt mach endlich!«, fuhr sie ihn an. Sie suchte nach ihrem Hackebeil und fand es unmittelbar neben der Totengrube. Einer der Weggefährten hatte es aus dem Leichnam jenes Feindes gezogen, in dem es stecken geblieben war, und achtlos abgelegt. Fleischklumpen, vermengt mit Erde, klebten an der Klinge.

Bentaloppe spuckte in die Hände, hob das Hackebeil hoch in die Luft und hieb kräftig zu, um das Massengrab an den Rändern weiter zu verbreitern. Die Gefährten hielten inne in ihrem Fluchen und Schimpfen und betrachteten sie verwundert. Eine Befehlshaberin, die die Arbeit eines Minderen leistete, war ungewöhnlich genug. Doch eine, die auch noch dazu mit der gleichen Hingabe wie sie fluchte – nun, das war etwas, mit dem sie gewiss nicht gerechnet hatten.

»Scheiß-Arbeit!«, ächzte sie und kickte einen losgelösten Klumpen zur Seite.

»Jo. Scheiß-Arbeit«, echote es von allen Seiten.

Wyme, der bislang bloß dumm dagestanden hatte, machte sich ebenfalls ans Graben. Bentaloppe achtete darauf, ihm niemals den Rücken zuzukehren.

9. Darne

Dein Leben hängt ohnedies schon am Cardym«, sagte Anta zu ihm während einer jener wenigen Gelegenheiten, da sie ernsthaftes Interesse an einem Gespräch empfand. »Es ist noch längst nicht das Zeugs, das den Hohen Damen und Herren zur Verfügung steht. Es ist bloß ein fader Abklatsch dessen – und dennoch zerstört es dich innerlich.«

Darne warf den Sack zu den vielen anderen, die er vom Karren des Köhlers genommen und hinab in den Keller geschleppt hatte. Er wischte sich Schweiß von der Stirn. Der Winter mit seinen Weststürmen, die Graupelschauer und Eis mit sich brachten, war nicht mehr weit weg. »Die Hohen Herrschaften besitzen besseres Cardym?«, fragte er, mäßig interessiert.

»Darüber reden wir ein anderes Mal«, vermied Anta eine direkte Antwort. »Es reicht für dich zu wissen, dass das Cardym deine Innereien auffrisst. Es lässt den roten Lebenssaft stocken. Lagert Teile dessen, was du als unbedeutenden Sud empfindest, in dir ab. Macht, dass das Herz schwächer schlägt und irgendwann einmal ganz damit aufhört. Wenn das Cardym nicht zuvor schon deinen Magen zerfressen hat und du Blut zu scheißen beginnst.«

»Jedermann in den Lederlanden nimmt Cardym«, widersprach Darne. »Auch du. Ich habe dich oft genug dabei beobachtet, wie du es kaust, dir einige Tropfen davon in den Abendtee träufelst oder es dir vermengt mit Sandpaste übers Zahnfleisch reibst.«

Anta nickte. Ihre Arme, ihre Schultern zitterten. »Stimmt. Jedermann nimmt Cardym. Es wird uns verabreicht, sobald wir aus dem Mutterleib gequetscht werden. Weil uns ein Märchen von Generation zu Generation weitergeben wird, dass es uns vor den Unbilden des Lebens schützt – und weil der Rego und der Hofkanzlist es so möchten.« Antas Antlitz war blass geworden. »Dieses Land hat viele Geheimnisse, die man besser nicht lüften sollte, will man seinen Verstand behalten.«

»Mich interessiert das alles nicht. Ich weiß bloß, dass das Cardym mir hilft, mich wohlzufühlen. Und dir ebenfalls.«

»Das ist zumindest, was uns glauben gemacht wird.« Sie seufzte. »Hast du denn jemals darüber nachgedacht, warum du im Lederland niemals alten Leuten begegnest?«

»Es gibt alte Leute. Ich sehe sie tagtäglich auf den Straßen. Sie haben Falten, ihre Haut ist welk, die Haare grau und dünn.«

»Du redest von Fünfzigjährigen. Ein Mensch, der das sechzigste Lebensjahr erreicht, gilt als Wunder der Natur, das man gebührend bewundert.«

»Man sagt, dass der Rego deutlich älter als fünfzig sei – und viele seiner Hofschranzen.«

»Ja, das sagt man.« Anta nickte sinnend. »Mag sein, dass einige Mitglieder des Hofs besonderen Behandlungen unterzogen werden. Und dem Rego lässt man ohnedies die beste Betreuung durch die besten Feldscher angedeihen. Wirst du ebenso bevorzugt?«

»Natürlich nicht, Anta. Aber das Leben dauert nun mal so lange, wie es dauert. Wer sagt, dass wir fünfzig oder gar sechzig Frühlinge sehen müssen? Was sollen uns diese zusätzlichen Jahre bringen?«

»Vielleicht Weisheit? Die Ruhe des Alters?«

Darne lachte. »Du hast manchmal seltsame Ideen, Kräutlerin!«

Antas Antlitz versteinerte. Kurz hatte Darne geglaubt, die Kruste, die sich über ihren Leib und Geist gelegt hatte, brechen und jene Sympathien wiedererwecken zu können, die sie einst für ihn gehegt hatte. Doch da war er wieder, dieser Schutzmantel, dick und fest und allen äußeren Einflüssen widerstehend.

»Wenn du mit der Kohle fertig bist, säubere die Tische in der Kräuterkammer«, wies sie ihn an. »Und erledige deine Arbeit diesmal besser als beim letzten Mal. Ich will, dass du mit den Metallbürsten so lange drübergehst, bis die Flächen blank sind und deine Finger bluten.«

»Ja, Kräutlerin«, sagte Darne. »Wie immer, Kräutlerin.«

»Und merk dir, was ich dir über das Cardym gesagt habe. Halte die Portionen so klein wie möglich. Nimm es bloß dann zu dir, wenn das Verlangen danach nicht mehr länger zu ertragen ist. Schaffst du es, den Verlockungen für einen Tag zu widerstehen, zahle ich dir einen zusätzlichen Tageslohn. Für zwei Tage erhältst du einen Schlei, für eine ganze Woche einen Gold-Schlei.«

»Einen Goldenen?« Darne atmete tief durch. »Ich habe erst dreimal in meinem Leben einen gesehen.«

»Hier ist er.« Anta zog ein glitzerndes Etwas aus einer Falte ihres Rocks und drehte es zwischen zwei Fingern. Sein ungewöhnlicher Glanz spiegelte Kerzenlicht wider. Das Profil des Rego war darauf zu erkennen. Das eines Rego, der in der Blüte seines Lebens stand, keine aufgeblasenen Hängewangen hatte und dessen Augen nicht von breiten Tränensäcken zu dünnen Schlitzen zusammengepresst wurden.

»Eine Woche, sagst du?«

»Ja. Beweis mir, was in dir steckt.« Anta verbarg die Münze wieder in ihrem sonderbaren Versteck und blickte ihn prüfend an. »Woraus bist du geschmiedet? Bist du jener unbeherrschte Glücksritter, der immer wieder das Schicksal herausfordert und dessen Gesicht du mir seit Jahr und Tag zeigst – oder hast du dazugelernt, bist vernünftiger und reifer geworden? Hast du dich und deine Gefühle im Griff?«

»Selbstverständlich.« Darne konnte seine Blicke nicht von der Münze lösen. Sie war Verlockung und Verheißung gleichermaßen. Wie kam die Kräutlerin bloß an derartige Reichtümer? Mit diesem Stück Gold konnte er einen Mond lang in Saus und Braus leben oder drei Monde so, dass er, wenn er auf seine Ausgaben achtete, keinen Handgriff tun musste.

»Eine Woche ohne Cardym ist alles, was ich von dir verlange. Beweise mir deine Stärke, und ich urteile neu über dich.«

Anta warf ihm ein Lächeln zu, verführerisch und sinnlich zugleich. Es brachte sein Blut in Wallung. Sieben Tage ohne Cardym … Darne würde monatelang ohne das Zeugs auskommen, wenn sie es denn von ihm forderte.

»Du unterschätzt mich«, sagte Darne und stieg die ausgetretenen Stufen zum Hauptraum hoch. »In einer Woche sprechen wir uns wegen des Gold-Schleis und wegen allem anderen.« Er grinste und drehte sich um. Etwa ein Dutzend Kohlesäcke warteten auf ihn, dann die große Kräuterkammer. Die Arbeit würde seine Gedanken an das Cardym zurückdrängen.

Am fünften Tag scheiterte er.

»Der Fette Mann kann mich mal!«, schrie Darne. Er schlug nach links und trat nach rechts, behielt die Wächter im Hintergrund des Raumes im Blick, duckte sich und wich einem geschleuderten Schemel aus, warf einen Eimer in Richtung Unkips, jenes verräterischen Wachmanns, der sich gegen ihn gewandt hatte. Schwarzwamst hetzte seine Leute gegen ihn auf, obwohl er stets vorgegeben hatte, ein Kumpel zu sein. Und er machte gemeinsame Sache mit Combarte dem Wirt.

»Sei vernünftig, Junge …«

Jemand hieb mit einem Schemel auf ihn ein. Darne hob

abwehrend den Arm, blockte ab. Holz zersplitterte. Teile des Stuhls flogen zur Seite.

Er stieß den Angreifer zurück, einen derben Kerl, mit dem er öfter mal gewürfelt hatte, packte ein abgebrochenes Stuhlbein und schlug damit wild um sich, um sich Platz zu verschaffen. Er musste weg von hier! Seine Feinde waren so zahlreich wie Ameisen. Wo kamen sie her? Warum half ihm niemand? Warum wandte sich sogar Anta gegen ihn?

Das Fenster. Rechts von ihm. Ein schwerer Vorhang davor erlaubte ihm keinen Blick auf die Straße. Weitere Feinde mochten dort lauern, um ihm endgültig den Garaus zu machen.

Ein Wächter kam mit gesenktem Kopf auf ihn losgestürmt, ein anderer hielt das Schwert gezückt und drängte hinter seinem Kumpan her. Beide wollten sie Blut sehen, sein Blut.

Darne schlug mit dem Stuhlbein nach unten, traf den vorderen Mann im Nacken und streckte ihn zu Boden. Den Schwung des Zweiten nahm er auf und ließ sich nach hinten drängen, um sich dann seitlich wegzudrehen und seinen Gegner aufprallen zu lassen, seinen eigenen Schwung ausnutzend. Der Kerl ächzte, seine Augen traten weit hervor.

Töte ihn!, sagte eine innere Stimme. *Hack das Schwein in Stücke. Er ist dein Feind. Alle sind sie deine Feinde. Du bist ganz allein. Mach es jetzt!*

Darne zögerte. Da war etwas anderes in ihm, das ihm sagte, dass hier etwas ganz und gar nicht stimmte.

Ein weiterer Mann, mit rotem und aufgedunsenem Gesicht, näherte sich ihm mit schwankendem Schritt. Ein Bauer, der im »Rostigen Hauer« einen Teil seines Ertrages versoff, bevor er die Heimreise antrat. Er war fett und massig und hatte Arme wie Heudrescher, die Hände waren wie Klauen auf Darne ausgerichtet. Dahinter lauerte Unkip, und hinter dem standen weitere Männer, die mit Schaum vor dem Mund darauf warteten, auf ihn einprügeln zu dürfen.

Und Anta, was war mit ihr? Sie bedachte ihn mit merkwürdigen Blicken. Er hatte sie enttäuscht. Hatte es nicht geschafft, diese eine Woche ohne Cardym durchzustehen. War es da ein Wunder, dass er nun Dampf abließ, zornig über sein eigenes Versagen?

Darne hieb dem ersten Wächter das Stuhlbein über den Kopf, der fiel haltlos zu Boden. Dem zweiten trat er gegen die Brust, trat ihm dann die Beine weg, sodass er ebenfalls stürzte. Nun der Fette, der Hässliche. Darne bückte sich unter ihm weg, er grabschte unbeholfen, fuhr mit den Armen durch die Luft, verlor das Gleichgewicht, fiel über ihn, und Darne hebelte ihn aus.

Sein Rücken schmerzte gehörig, als das gesamte Körpergewicht dieses dritten Gegners auf ihm lastete. Er stemmte sich zähneknirschend hoch und schleuderte den Bauerntölpel hinter sich, gegen den ersten Wächter. Es krachte, ein Tisch brach unter dem Gewicht der beiden zusammen.

Darne lief zum Fenster, riss den Vorhang ab. Die Öffnung war breit genug für ihn. Er schlug das Glas mit den Ellenbogen ein, schlüpfte durch die Öffnung, ohne auf Glassplitter und spitze Bleiränder zu achten, ließ sich ins Freie plumpsen, raus aus dieser Falle …

… und fühlte sich abrupt gestoppt. An den Beinen festgehalten. Zurückgezogen.

Er war zu langsam gewesen. Hatte die Feinde unterschätzt.

Alles Strampeln und Treten nützte nichts. Sie krallten sich in seine Hose und sein Fleisch. Eine mordgierige Masse an betrunkenen Schlägern, geifernd und brüllend und nach Blut lechzend, zog ihn ins Innere. Sie schlugen auf ihn ein und rissen ihm die Kleidung in Fetzen vom Leib. Irgendjemand biss ihn in die Seite, ein anderer quetschte ihm die Eier, ein Dritter verdrehte sein Bein so schmerzhaft, dass er glaubte, alle Knochen darin würden brechen.

»Lasst mich in Ruhe!«, brüllte er, hieb um sich und wand sich.

Mehr Schläge. Mehr Schmerz. Mehr Kratzer, Blessuren, Risse, aufplatzende Haut. Darne lag auf dem Boden, eine Menschenpyramide lag auf ihm. Er bekam keine Luft mehr, alle Kräfte verließen ihn.

Hass und Wut, die er eben gespürt hatte, wurden nebensächlich. Sie machten einem Gefühl des Bedauerns Platz. So hätte es nicht enden dürfen. Nicht hier, auf dem schmierigen Boden eines schmierigen Wirtshauses …

Aus.

TEIL ZWEI

10. Kasmaton der Furcher

Er verfügte über ein kleines Reich. Zugegeben, es stank pestilent, und es war so kalt, dass man besser den ganzen Tag in der Nähe einer Feuerstelle verbrachte, und das Gesindel, mit dem er es zu tun hatte, vermieste ihm meist die gute Laune. Doch dies alles hier gehörte ihm, mit Leib und Seele.

Kasmaton hätte sich gern seiner Lieblingsbeschäftigung gewidmet und die Erforschung der Dunklen Tiefen weitergeführt. Mit einem warmen Gefühl im Magen dachte er an die Aufzeichnungen, die er in einem gut versteckten Kästchen aufbewahrte; Kohlestriche auf verbotenem Pergament, die den vermeintlichen Weg zum Schatz zeigten. Eines Tages, dann, wenn endlich seine Ablösung kam, würde er jenen Wegen folgen, von denen ihm verirrte und verwirrte Gefangene erzählt hatten.

Seine Untergebenen mochten ihn für einen Spinner halten, der einer Mär nachjagte. Doch es gab so viele Hinweise auf die Existenz des Schatzes, so viele Erzählungen über ein Versteck, in dem ein größeres Vermögen als das des Rego aufbewahrt wurde …

Kasmaton seufzte und löste sich widerstrebend aus den Tagträumen von einem sorgenfreien Leben, in dem vor allem wunderschöne Frauen mit schweren Brüsten eine – im wahrsten

Sinne des Wortes -- gewichtige Rolle spielten. Noch war es nicht so weit, noch mussten die Weiber der vornehmsten Hurenhäuser Atticos darauf warten, von ihm beglückt zu werden. Er hatte Pflichten zu erledigen.

Kasmaton stieg einen der Wachttürme empor und unterhielt sich mit den beiden diensthabenden Männern. Er war nicht sonderlich beliebt. Weil er Härte zeigte. Weil er die faulen Ausreden dieses Gesindels nicht gelten ließ und strafte, wo zu strafen war.

Er zog eines seiner besten Messer hervor. Es fühlte sich gut in seiner Rechten an. Der Stamm, den er meist zum Üben verwendete, stand einsam und allein am Rande der größten Straße des Lagers. Kasmaton nahm einen Schluck vom Sauren, den er stets mit sich trug, und schleuderte dann das Messer, mit einer beiläufig wirkenden Bewegung. Er wusste, dass er das Holz treffen würde. Er verfehlte niemals sein Ziel.

»Ihr lasst gefälligst die Finger vom Sauren!«, verlangte Kasmaton von den beiden Wächtern. »Es gibt seit längerer Zeit Gerüchte, dass die freien Bardyaggs einen Angriff auf das Lager planen.«

»Ist doch bloß ein Gerücht, he«, meinte der eine Mann.

»Das werden sie niemals wagen!«, behauptete der andere. »Was sie Waffen nennen, ist bestenfalls gut genug, um damit gegen die Rattenplage in unseren Vorratslagern vorzugehen. Und sie sind kaum besser als Tiere.« Der Wächter lachte. »Denn nur Tiere wollen freiwillig in diesem beschissenen Land leben.«

»Ich würde an deiner Stelle nicht so dumm daherreden! Sie sind weitaus gescheiter, als du glaubst.«

»Mag sein.« Der Wächter trat an den äußersten Rand seines Beobachtungspostens und stierte aufs Land hinaus, als ginge ihn diese Unterhaltung nichts mehr an.

Nebel lag über der kargen Einöde, wie so oft in diesen Tagen. Hier und dort sammelte sich Schnee in Kuhlen, die den wenigen Rindern Schutz boten, und aus einer Quelle blubberte schmutzgefärbtes Wasser. Es war wenig genießbar, wie Kasmaton nur zu gut wusste.

»Seid auf der Hut!«, mahnte er nochmals, bevor er über die Sprossen hinab in die Tiefe stieg. Der Süd-Wachtturm war der wichtigste von allen, darum war er um vier Mannslängen höher als jene, die in die drei anderen Ecken des Lagers gesetzt worden waren. Er erlaubte sowohl einen Blick auf jene Karawanen, die die Südroute nahmen, als auch auf die schmalen Wege, die in Richtung Gebirge und den Abstiegen in die Dunklen Tiefen führten.

Kasmaton ließ die letzten drei Sprossen aus und sprang zum Boden hinab. Beinahe wäre er gestolpert, beinahe wäre er in den allgegenwärtigen Schlamm geplumpst. Doch er fing sein Gewicht ab und kehrte auf den holzbeschlagenen Grund zurück, der auf der wichtigsten Straße durch das Lager ein einigermaßen vernünftiges Vorwärtskommen ermöglichte.

Männer grüßten ihn mürrisch, er beachtete sie nicht. Vor dem Frauenhaus, das von den wenigen Wächterinnen unter seinem Kommando bewohnt wurde, saß einsam und allein Marize, jenes Mannweib, das die Gruppeneinteilung vornahm und sich sonst vornehm aus dem Tagesgeschäft zurückhielt. Sie liebte einzig und allein andere Frauen, und das war Kasmaton durchaus recht. Er konnte sich beim besten Willen nicht vorstellen, dass einer seiner Männer freiwillig mit diesem behaarten Monstrum ficken würde. Weder das Cardym noch mehrere Liter vom Sauren würden aus Marize ein gefälliges Stück Frau machen.

Da stand der Wurfpfahl, da lag sein Messer. Im Schlamm. Kasmaton hatte das Holz bei seinem blinden Wurf also verfehlt.

Hatte irgendjemand zugesehen und bemerkt, dass er längst nicht mehr so punktgenau traf wie in seinen jungen Jahren? Kasmaton sah sich um. Niemand kümmerte sich um ihn. Er hatte Glück, dass in der Nordecke eben der Rapport zum Schichtwechsel stattfand und die meisten Gefangenen außerhalb des Geländes arbeiteten.

»Ist ein Scheißtag heut, nicht wahr?«

Kasmaton zuckte zusammen. »Ist ein Scheißtag wie jeder andere«, antwortete er so ruhig wie möglich, bevor er sich umdrehte und den Mann musterte, der sich so still und heimlich angeschlichen hatte. »Was hast du hier zu suchen, Smuj Waldklau? Solltest du nicht im Frauenlager Dienst tun?«

»Sollte ich, ja«, antwortete der andere frech. »Aber 's ist kaum etwas zu tun. Die Weiber arbeiten zu wenig und jammern zu viel. 's ist hier genauso wie in allen anderen Provinzen des Lederlandes.« Waldklau lachte meckernd. »Sie wehren sich allerdings weniger, wenn man sie mal kräftig hernimmt. 's is' aber langweilig. Zu einem richtigen Weibsstück gehört ein wenig Mumm, ein wenig Widerspruchsgeist. Kannste hier nicht bekommen.«

Kasmaton hatte einiges über Smuj in Erfahrung gebracht. Ein Gedächtnismeister hatte ihm von dessen Verfehlungen erzählt. Von seinem abartigen und feindlichen Verhalten Frauen gegenüber. Nun, es scherte ihn nicht sonderlich. Dieser Kerl sorgte dafür, dass im Lager der Weiber alles friedlich blieb. Ein Problem weniger für ihn. Mehr Zeit für ihn, die er im Trockenen verbringen konnte. Beim Kartenspielen. Bei den wenigen Vergnügungen, die das Lager zu bieten hatte.

»Was willst du?«, fragte er.

»Bessere Arbeit.« Smuj zwirbelte sich den flachsfarbenen Schnurrbart. Er war füllig und ungepflegt. »Langweile mich bei den Weibern. Bin mir sicher, dass es Plätze gibt, an denen mehr los ist.«

»Was meinst du damit?«

Smuj ergriff seinen Arm, mit einer Vertraulichkeit, die Kasmaton ganz und gar nicht behagte, und führte ihn einige Schritte weiter hin zur Kommandantur des Lagers, daran vorbei und nach rechts in das schmale Gässlein, das kaum einmal jemand betrat. Hier wurde Unrat entsorgt und gelagert.

»Ich seh doch, dass du's nicht leicht hast mit den anderen Wächtern, Kasmaton. Die Leute fürchten dich, haben aber keine Achtung. Nicht wahr?«

»Überleg dir gut, was du jetzt sagst, Smuj!«

»Keine Angst, will dich nicht beleidigen. Ich will dir helfen. Will dir anbieten, dir den Rücken freizuhalten.«

»Das kann ich sehr gut selbst erledigen.«

»Ach, du hast Augen dort, wo andere Menschen ihren Arsch haben? 's ist mir neu.« Smuj Waldklaus Lächeln wurde breiter. »Du hast keine Ahnung, was im Lager geschieht, nicht wahr? Hast keine Verbündeten. Fürchtest dich, wenn du im Scheißhaus sitzt, und hockst dich beim Kartenspielen mit dem Rücken zur Wand. Wenn du eine der Lagernutten fickst, hältst du 'n Messer in der Hand, um jederzeit zustoßen zu können. Zustoßen, haha! Witzig, nicht wahr?«

»Ich hab Leute rings um mich, auf die ich mich verlassen kann.«

»Einen Furz im Wirbelwind haste, Kasmaton! Bist allein. Weil du aus der Provinz kommst. Weil niemand dich kennt und weil man weiß, dass du bloß Plejar des Lagers bist, weil dein Vorgänger beim Pissen tot umgefallen und innerlich verblutet ist, die alte Saufnase.«

Er streifte erneut über seinen Schnurrbart, selbstgefällig und mit diesem widerlichen Grinsen, das Kasmaton seit jeher hasste.

»Sag endlich, was du willst, Smuj.«

»Ich helf dir, du hilfst mir. Ist doch ein guter Handel, nicht wahr?«

»Und das heißt?«

»Mir hören die Leute zu. Ich rede wie sie und denke wie sie. Und sie haben Angst vor mir. 's gehen ein paar unschöne Geschichten von mir um, und glaub mir, fast alle davon sind wahr.« Er legte Kasmaton die Hand auf die Schulter. »Bin für dich da und sorg dafür, dass dir niemand was antut. So lange, bis die Ablösung hier ist und du das Eiserne Hochland verlassen kannst.«

»Und du tust das aus reiner Freundschaft, Smuj?«

»Natürlich!« Der Wächter bog den Kopf weit nach hinten, lachte tief und dröhnend und wurde dann wieder ernst. »Will mehr Macht, Kasmaton. Will weg von den Weibern und weg von diesen kleinen Betrügereien. Es gibt große Dinge, auch im Lager. Großes Geld.«

»Du möchtest also freie Hand von mir. Du willst Wächter und Gefangene abgreifen.«

»Ja. Und?« Smuj zuckte mit den Schultern. »Die einen verrecken ohnedies hier, die anderen versaufen ihren Sold. Warum nicht 'n Geschäft draus machen? Und du hast auch was davon, nicht wahr?«

Kasmaton starrte auf sein Messer. Es lag gut in der Hand. Ein Stoß, und die Angelegenheit wäre erledigt. Er war Lager-Plejar, Herr über Leben und Tod. Niemand würde Fragen stellen. Man würde Smuj verscharren, in einem Loch mit ausgemergelten und vor Erschöpfung gestorbenen Gefangenen.

»Hab gesehen, dass deine Hand zittert, Kasmaton. Hab gesehen, dass du nicht mehr so flink bist wie früher.« Der andere kniff die Augen zusammen. »Wär gut, wenn du jemanden hättest, der auf dich aufpasst, sollte sich irgendso 'n gemeiner Kerl fragen, warum du eigentlich Lager-Plejar bist.«

»Ja, das wäre gut.« Kasmaton der Furcher steckte das Messer zurück an seinen Platz. Vielleicht würde er später dafür Verwendung finden. »Was genau willst du von mir für dein … Entgegenkommen?«

»Lass mich sehen, wie der Laden so läuft. Schick mich in die Dunklen Tiefen, schick mich raus zu den Bardyaggs. Lass mich alles kennenlernen. Sorg dafür, dass ich befördert werde.

Zu deiner rechten Hand. Den Sold verdoppelst du. Keine Sorge, du verlierst nix dabei. Ich sorge dafür, dass anderswo Geld reinkommt. Die Schlei werden sich in meiner und deiner Schatulle häufen. Klar?«

»Klar. So machen wir's.« Kasmaton nickte. Er hatte Angst vor dem Mann. Er war so zielstrebig und wusste ganz genau, was zu tun war. Während Kasmaton viel lieber wieder am Spieltisch sitzen würde und nicht mehr an seine Sorgen denken wollte.

»Bist ein kluger Mann, Kasmaton. Werden gute Freunde werden, du und ich.« Smuj Waldklau reichte ihm die schwielige Hand und griff fest zu.

II. Darne

Der Richter, ein spindeldürrer Mann mit Habichtsnase, verkündete das Urteil. Er sprach leidenschaftslos, so als würde er einen Bericht über die Ernte der Korninseln vorbringen: »Ich bin der Verwalter der Wahrheit, der Hohe Rat Kinse, und ich spreche heute Recht«, sagte er. »Ich rede über Hochverrat. Über eine Beleidigung des Rego, des Hofkanzlisten, ja, des gesamten Hochadels Hadens, wie sie noch selten in der Öffentlichkeit stattgefunden hat. Der Beklagte hat um sich geschlagen. Hat mehrere Männer verprügelt, ihnen Wunden zugefügt, einen Wächter, der für das Land Haden steht, derart viele Knochen gebrochen, dass eine Genesung erst binnen Jahresfrist zu erwarten ist. Dieser Mann«, er deutete mit spitzen Fingern in Darnes Richtung, »hat in einem Atemzug all das in den Dreck gezogen, was wir schützen, ehren und verehren.«

Der Hohe Rat blickte zu Boden, als müsste er nachdenken, um dann fortzufahren: »Man mag diesem Mann namens Darne jugendliches Ungestüm zugutehalten und dass er aus einem Teil unseres Landes stammt, in dem die Rechtsprechung großzügiger ausgelegt wird als hier, in der stolzen Stadt Mittigteilen.«

Darne schöpfte Hoffnung. Der Habichtsmann zeigte sogar so etwas wie ein Lächeln, wurde aber gleich wieder ernst.

»Ich habe mich eingehend mit anderen Fachleuten des Rechts besprochen und selbst die Meinung des Hofes eingeholt.«

Ein Raunen ging durch die gut gefüllten Zuschauerränge. Der Hof wirkte an diesem Urteil mit? War es der Rego, der sich beleidigt fühlte und nun die Schwere von Darnes Urteil festlegte? Oder sprach Kinse mit der Stimme des

Hofkanzlisten, über den viele Gerüchte im Umlauf waren und dem man einen harten Konkurrenzkampf mit dem Fetten Mann nachsagte?

»Jugend ist ein Privileg, aber auch eine Verpflichtung«, fuhr der Hohe Rat fort. »Es ist dies ein Verrat an den guten Sitten, an der Moral, an unserer Lebenseinstellung, den sich Darne geleistet hat. Ein Verrat, der unter keinen Umständen geduldet werden darf! Die Schwere meines Urteils ist daher der Schwere seines Verbrechens angepasst. Im Einklang mit den Gesetzen Hadens bestimme ich, Hoher Rat Kinse, dass Darne aus dem Dorf Knospbruch ins Eiserne Hochland verbracht wird, um dort im Straflager für den Rest seines Lebens Buße zu tun. Als Diener, als Arbeiter, als Sklave unseres stolzen Landes. Dies verkünde ich hiermit in aller Öffentlichkeit. Im Auftrag des Landes Haden, dessen bescheidener Diener ich bin. Wächter, führt den Täter ab! Er soll sofort von hier weggeschafft werden. Darne aus dem Dorf Knospbruch besitzt kein Eigentum mehr, er ist nunmehr selbst Eigentum, das Eigentum Hadens, und wir verfügen ab dem heutigen Tage über ihn.«

Jemand schrie zornig auf, einige Zuseher protestierten lautstark. Doch die Menschen verstummten rasch wieder, als die im Raum versammelten Wächter mit den Waffen gegen ihre ledernen Uniformen schlugen.

Darne war wie betäubt. Man rempelte ihm gegen die Schultern, stieß ihn vorwärts, auf eine seitliche Tür des Saals zu, hinter der ein schwarzes Nichts drohte. Ein Nichts, in das er nun hineingestoßen wurde.

»Du hast eine schwere Last zu tragen, junger Mann«, sagte sein Gegenüber. »Ich bedauere dich.«

»Bist du hergekommen, um mir das zu sagen? Möchtest du dich an meinem Schicksal ergötzen? Hast du Geld dafür gezahlt, kurze Zeit mit mir zu verbringen, um dich an meiner Angst aufzugeilen? Du bist allerdings nicht der Erste, der auf diese Idee gekommen ist.«

Darne hob den Kopf und blickte den Mann an. Er war nicht jung, nicht alt. Er trug ein Bäuchlein vor sich her, war aber keinesfalls fett. Er wirkte ruhig, seine flinken Augen wiesen aber auf das Gegenteil hin. Dies war ein Mann der Gegensätze, den Darne nicht sofort einzuschätzen vermochte.

»Ich meine es ehrlich, junger Darne. Es tut mir leid, was man mit dir anstellt und welches Schicksal du auf dich nehmen musst. Und ich möchte dir Trost zusprechen.«

»Du bist also ein Prediger, ein Fürsprecher der Götter.« Darne spuckte dem anderen vor die Füße. »Dann lass es besser bleiben. Ich werde dir nicht zuhören.«

Der andere lachte. »Die Götter, so es sie denn gibt, haben keine Zeit und erst recht keine Muße, sich mit unseren Angelegenheiten zu beschäftigen. So viel habe ich mittlerweile gelernt.«

Darne hatte diese Unterhaltung satt. Er wollte seine Ruhe haben. »Nun gut, Mann. Du hast mich gesehen, du hast mich bedauert. Was willst du noch von mir?«

»Dir Trost schenken.«

»Ach ja?«

Der Mann beugte sich vor zu ihm. So weit, dass Darne die tiefen Ringe unter den Augen sehen konnte – und etwas, das er niemals zuvor in dieser Deutlichkeit bei einem anderen Menschen wahrgenommen hatte: ein Alter, das weit über Runzeln, Zittrigkeit und die Debilität des letzten Lebensabschnitts hinausging. Dieser da hatte gewiss sechzig Jahre auf seinem Buckel.

»Du erfüllst einen Zweck, Junge. Du reist ins Eiserne Hochland, weil du dich dort einer Aufgabe stellen musst. Es ist nicht sonderlich wahrscheinlich, dass du jemals zurückkehrst; doch solltest du es schaffen, wirst du Dinge bewegen wie kein anderer Mann deiner Generation. Ich gebe dir den guten Rat: Überlebe! Tu alles dafür!«

»Ich habe nicht vor zu sterben …«

»Viele Menschen zerbrechen an den Forderungen, die ich an sie stelle. Du aber, wenn ich dich so vor mir sitzen sehe, stolz und zornig und verzweifelt gleichermaßen … Du bist aus einem ganz besonderen Holz geschnitzt.«

Der Mann stand auf und streifte seinen Mantel glatt. Die Kleidung wirkte schlicht und dennoch exquisit. »Vielleicht sehen wir uns wieder, Meister Darne aus dem Dorf Knospbruch.«

Darne wandte sich grußlos von der seltsamen Gestalt ab. Nur am Rande bekam er mit, dass ein Gefängniswärter das Tor öffnete, der Mann seine

Zelle verließ und ihn allein mit seinen Gedanken voll Zorn und Angst zurückließ.

Er starrte hoch zum einzigen Fenster des winzigen Raums. Eben ging die Sonne auf, irgendwo krähte ein Hahn. Es roch nach Frühling, nach … nach Leben. Doch ihm war jegliches Recht abgesprochen worden, jemals wieder an diesem Leben teilhaben zu dürfen.

»Ich habe nichts getan«, sagte Darne und wiederholte: »Ich habe nichts getan.«

»Ja ja, Jüngelchen. Wir haben alle nichts getan. Und dennoch sind wir unterwegs ins Straflager.« Sein Sitznachbar lachte mit rauer Stimme. »Allesamt sind wir unschuldig wie die Mätressen des Rego.«

Irgendjemand erwiderte das Lachen, die anderen Gefangenen schwiegen. Es fehlte ihnen an Kraft und an Laune, auf den Scherz des Riesen einzugehen. Das kümmerte den nicht. Er erzählte schmutzige Zoten und summte und brummte und gab launige Bemerkungen von sich, während er immer wieder ausgiebig in seiner Nase bohrte.

»Ich war von Sinnen. Es war das Cardym«, verteidigte sich Darne. »Ich hatte fünf Tage lang nichts von dem Zeugs, und als ich eine größere Dosis schnupfte …«

»Glaubst du, der Einzige zu sein, der sich jemals am Cardym vergriffen hat? Aber die meisten Leute sind so vernünftig und verziehen sich in einen dunklen Winkel, bevor der Sturm sie überkommt.«

»Ich bin nicht süchtig!«

»Natürlich nicht, Junge. Niemand von uns Lederländern ist es.« Der Mann lachte erneut. »Aber lass uns nun ein wenig ruhen und davon träumen, wie schön es wäre, wenn wir jetzt gleich eine Portion Cardym hätten. Um die Angst zu lindern und uns Kraft zu geben.« Er wandte sich zur Seite und summte wieder eine Melodie mit seiner tiefen und brummigen Stimme.

Durch einige schmale Schlitze fiel Licht in die Dunkelheit. Genug, um die Zustände in ihrem fahrenden Gefängnis deutlich zu machen. Zu wenig, um das wahre Ausmaß ihres Leids zu zeigen, und dafür war Darne dankbar.

Er versuchte, sich aufzurichten in der Enge der Kutsche, die Platz für etwa zehn Leute bot und in die etwa dreißig von ihnen gequetscht waren. Selbst der Latrinentopf in der Ecke war besetzt, von einer feisten Frau, die blicklos geradeaus stierte und immer wieder mit der Hand vor ihrer Nase umherfuchtelte. Neben ihr saß ein Toter, dessen Leichenstarre bereits eingesetzt hatte, daneben ein Halbwüchsiger von vielleicht dreizehn Jahren. Der Mann ihm gegenüber starrte ihn begehrlich an, eine Frau daneben beugte sich eben über ein Ledertuch und spie hinein.

Darne hatte niemals zuvor eine derartige Ansammlung von Widerlichkeit und Erbärmlichkeit zu Gesicht bekommen. Wie war er bloß hier hereingeraten?

Man hatte ihm nichts gelassen außer dem, was er am Leib trug. Darne hatte sich weder bei Anta noch bei Unkip entschuldigen dürfen, auch nicht bei Meister Aracam, über dessen Schule er Schande gebracht hatte.

Und seit einem Halbmond saß er nun in dieser stinkenden Kutsche, eingepfercht mit dem Abschaum Mittigteilens.

Bevor die Dämmerung einsetzte, erhielten er und seine Leidensgenossen die Erlaubnis, einige wenige Schritte im Freien zu tun und in Gruppen ihre Notdurft zu verrichten. Geschlafen wurde im Inneren, eng aneinandergedrängt, geschützt vor der schlimmsten Kälte, die in der Nacht fast unerträglich wurde, und stets Gefahr laufend, von einem der lieben Kameraden erwürgt zu werden. Denn jeder Gefangene weniger bedeutete größere Essens- und Trinkrationen.

Ein Schlafender trat wie wild um sich. Er traf Darne am rechten Knöchel, fügte ihm Schmerzen zu. Er schrie auf. Die Schläge und Tritte, die man ihm beibrachte, bedurften gewiss der Pflege. Doch die würde er nicht bekommen, nicht hier.

»Halt's Maul!«, fuhr ihn der fette Mann an, der seit Reisebeginn begehrliche Blicke auf ihre jüngsten Begleiter warf. »Wenn du Schmerzen hast, dann tu uns allen den Gefallen und krepier daran.«

Darne zog die Beine an, so gut es ging. Etwas in seinem Rücken knirschte und knackste. Die Frauen, die in Meister Aracams Diensten die Körper der Schüler durchgeknetet hatten, hätten ganz genau gewusst, was nun zu tun war. Doch er hatte niemals aufgepasst, welche Punkte sie drückten und welche Bewegungen sie taten, um die Schmerzen in seinem Leib zu lindern. Er hatte bloß genossen.

»Lass ihn gefälligst in Ruhe und sieh zu, dass du keine Probleme mit mir bekommst!«, fuhr ihn der Riese mit der zerquetschten Nase an. Und dem Fetten drohte er: »Und wenn ich dich dabei ertappe, dass du einem der Kleinen auf Handreichweite nahekommst, wirst du den Rest deines erbärmlichen Lebens aus einer vernarbten Körperöffnung pissen.«

Der Fette drängte zurück, so weit er konnte. Kurz war Hass in seinen Augen zu sehen, dann hatte er sich wieder im Griff und zeigte ein unverbindliches Lächeln. »Ganz ruhig, mein Großer. Du verstehst da was falsch.«

»Und meine Schwanzhaare haben keine Läuse. Natürlich.«

Die Räder des Wagens rumpelten über einige Steine; die Insassen wurden allesamt hochgehoben, gegen Wände und Decken gestoßen, um dann wieder zurückzustürzen, übereinander und durcheinander. Niemand sagte ein Wort. Es wurde bloß gestöhnt und geächzt. Nach so vielen Tagen unter miserabelsten Bedingungen fehlte ihnen allen die Kraft, sich über derlei Kleinigkeiten aufzuregen.

Ein Schlitz an der Seite ihres Gefängnisses öffnete sich. Frische, aber auch kühle Luft pfiff herein. Er brachte einige

Schneeflocken mit sich. Ein bärtiger Mann mit faltigem Gesicht stierte ins Innere, einer der namenlosen Wächter, die kaum einmal ein Wort redeten, und wenn, dann verwendeten sie einen kaum verständlichen Dialekt.

»Ist bald Abend. Zeit zum Aussteigen«, sagte er mit seinem schrecklichen Kauderwelsch. »Morgen dann Schneearbeit für euch. Kein Faulenzen mehr.«

Die Klappe schloss sich gleich darauf wieder, die Kälte ließ ein wenig nach.

»Was meinte er mit Schneearbeit?«, fragte Darne, ohne jemand Bestimmten anzusprechen.

»Dass wir den Anstieg zum Hochgebirge erreicht haben«, meinte Gebrochene Nase. »Es geht den Alten Phoighe-Pass hoch. Wir werden aussteigen und die Ochsen beim Ziehen der Kutschen unterstützen. Und sollte eines von den Viechern krepieren, wird man uns ins Geschirr einspannen. Bis wir entkräftet liegen bleiben und die Räder der Wägen über uns hinwegrollen.« Sein Lachen klang freudlos.

»Ist denn Tod alles, was uns auf dieser Fahrt erwartet? Wohin bringt man uns denn eigentlich? Was ist das Eiserne Hochland?« Immer wieder hatte Darne diese Frage in den Raum gestellt, immer wieder hatte man sich desinteressiert von ihm abgewandt. In der Enge dieses fahrenden Gefängnisses war jedes Wort zu viel, das sich mit dem Ziel ihrer Reise beschäftigte.

»Du willst es nicht wissen, Junge«, sagte Gebrochene Nase endlich. Er begann wieder zu summen und zu brummen, während die fette Frau auf ihrem Latrinensitz laut zu husten begann und Blut in ihr Stück Tuch spuckte.

Wieder rollten die Räder über schwere Steine, wieder wurden sie allesamt hochgehoben und gehörig durcheinandergewirbelt. Nachdem Darne wieder zu sitzen kam, diesmal unmittelbar neben Gebrochene Nase, legte er seinen Kopf gegen das Metall der Kammerwände. Er sog gierig die kühle Luft ein, die durch einen der Schlitze ins Innere der Kutsche drang. Alles tat ihm weh, alles drehte sich um ihn.

Wie war er bloß in diese Lage geraten?

Graupel prallte gegen Darnes Gesicht und gegen die Hände, gegen jeden ungeschützten Flecken Haut an seinem Körper. Die kleinen Eiskristalle rieben und schabten an ihm und rissen das Fleisch blutig. Der böige Nachtwind wütete mit einer Macht, die jedes andere Geräusch als das Heulen des Sturms auslöschte.

Sie klammerten sich aneinander, so gut es ging, und wärmten sich gegenseitig. Niemand dachte mehr an Ekzeme und Blut und Eiter, die nun weiterverteilt wurden. Es gab bloß noch den Gedanken ans Überleben.

Warum ließ man sie nicht in die Kutsche zurück? Warum setzte man sie den Unbilden der Natur aus?

Weil sich die Wächter nun selbst im Inneren unserer Gefängnisse verkriechen und sich dort vor der Kälte schützen, beantwortete sich Darne die Frage selbst. *Es ist ihnen völlig gleich, ob wir sterben oder mit schwarzgefrorenen Gliedern an unserem Ziel ankommen.*

Er hasste, und der Hass wärmte ihn ein wenig. Doch bereits mit der nächsten Bö, die sie aus völlig unerwarteter Richtung traf, war jedwedes Gefühl der Hitze wieder weg, war weggeblasen.

Vage konnte Darne erkennen, dass die Tür einer Kutsche aufschwang und eine in dickes Gewand gehüllte Gestalt ins Freie trat. Sie war fett und stämmig wie ein Monstrum, das einer der Geschichten entsprungen war, wie sie Darnes Mutter ihm und seinen Geschwistern in den langen Winternächten erzählt hatte. *Schneegreifer* hatte sie diese Wesen genannt. Geschöpfe mit unstillbarem Hunger, die eine öde Landschaft aus Grau und Weiß mit dunkelroten Punkten sprenkelten, wenn sie auf die Jagd gingen.

Aber nein, dies war bloß ein Wächter, der sich gegen den Wind stemmte und auf sie zukam. Ein haariges Etwas, dessen brustlanger Bart zweigeteilt war und links und rechts des Fellmantels vorbeiwehte. Er hielt etwas in der Hand, etwas Schweres und Großes, und er warf es über sie, ohne ein Wort zu sagen.

Decken. Pelze. Etwas, das Wärme schenkte.

Darne schnappte eines der Dinger, bevor es vom Wind davongetragen werden konnte. Es war steif und schlecht gegerbt, doch es versprach Leben. *Über*leben. Er zog es über sich und packte auch das Wesen neben ihm damit ein. Es war eine junge Frau, knochig, mit riesengroßen Augen, die aus knochigen Höhlen in diese grässliche Welt hinausstarrten. Sie kuschelte sich eng an ihn, wie es auch der dicke Mann auf der anderen Seite tat, wie es auch der Greis mit den langen grauen Haaren, die Latrinenfrau und der so schwächlich wirkende Kerl mit den Händen eines Schreiberlings taten. Hier hatten Abneigung und Widerwillen und Hass keinen Platz.

Sie wühlten sich in Pelze, Felle und Decken und schützten sich, so gut es ging, gegen den nun noch stärker pfeifenden Wind. Sie waren eine Schicksalsgemeinschaft, deren Überleben von körperlicher Nähe abhing. Ein Klumpen Leben.

Mit dem Morgengrauen ließ der Sturm nach. Ein dünnes Band roten Lichts zeigte sich wie ein Hoffnungsschimmer am Horizont. Es wurde breiter und breiter und bahnte sich seinen Weg durch einen von hässlichem Grau überzogenen Himmel.

Darnes Kleider waren feucht und klamm, die Decken ebenso. Als er es endlich wagte, mehr als seinen Kopf aus dem sicheren Schutz rauszustrecken, entwich dampfende Luft. Noch war alles ruhig ringsum, ihr Schutz hinter dem Felsen selbst war von einer armdicken Schneeschicht bedeckt. Eisgefrorenes Leder knackste, als er es bewegte und sich einen Weg ins Freie bahnte.

»Geschafft«, krächzte Darne. Seine Stimme wollte ihm kaum

gehorchen, und in den Ohren klingelte immer noch dieser grässliche Ton beständigen Sturmpfeifens nach.

Ein anderes Gesicht war nun zu sehen, ein besonders hässliches, das von strubbeligem und verfilztem Haar umrahmt war. »Ein weiterer Tag voll Qualen«, brummelte Gebrochene Nase.

»Bist du immer so gut drauf, Mann?«

»Du weißt doch, dass ich normalerweise ein Sonnenschein bin. Morilacc, übrigens.«

»Wie bitte?«

»Namen haben hier zwar nur wenig Bedeutung, aber ich nenn dir halt mal einen, den ich da und dort getragen habe. Morilacc vom Tal.«

»Von welchem Tal?«

»Spielt das denn eine Rolle? Ist doch eines wie das andere. Du bist Darne, nicht wahr? Der Junge, den sie dranbekamen, weil er den Rego verflucht hat und eine kleine Prügelei in Mittigteilen anfing.«

»Mag sein.« Darne fühlte Bewegung neben sich. Weitere Gestalten wühlten sich ins Freie. Sie alle sahen mehr tot denn lebendig aus – und sie stanken übel. Die Körpergerüche hatten sich mit denen von schlecht gegerbten Fellen vermengt und ergaben eine ekelerregende Mischung.

»Das Cardym macht schlimme Sachen mit uns«, sagte Morilacc vom Tal, bevor er sich endgültig von all den Decken befreite, aufstand, wenige Schritte zur Seite trat und sein Wasser abschlug. »Manchmal denke ich mir, dass es von Dämonen und Geistern in diese Welt gebracht wurde, um uns möglichst rasch in ihr Totenreich zu befördern.«

Die Kutschentore öffneten sich wie auf Kommando gleichzeitig, Wächter traten mit steifen Schritten ins Freie. Sie unterschieden sich kaum von ihren Gefangenen, waren kaum weniger von der Nacht gezeichnet. Sie beschäftigten sich sogleich mit den Zugochsen, die sich in Schneewechten eingegraben hatten und sich nun, da sie frisches Futter und Wasser rochen, aus ihren Verstecken hervorwühlten. Brocken von Eis hingen an ihren Haarzotteln, sie brüllten ihren Ärger in diese Welt aus Kälte und Eis hinaus.

Darne war überrascht von der Gleichgültigkeit der Wächter den Gefangenen gegenüber. Was, wenn sie die Gelegenheit nutzten und die Flucht wagten?

Ein Blick auf die Umgebung reichte, um das Verhalten der Bärtigen zu verstehen: Ihr Lagerplatz befand sich hoch über dem Land. Die Luft war dünn, der schmale Karrenweg von knie- bis hüfttiefem Schnee bedeckt. Kaum zwanzig Schritte von den insgesamt fünf Kutschen entfernt brach die Felswand ab, und als er sich an den Rand wagte, bot sich ihm ein Blick in schwindelerregende Tiefe. Würde er hier ausrutschen und nach unten stürzen, hätte er während seiner Reise in den Tod mehr als genug Zeit, um all seine Sünden zu bereuen, die Freunde für seine Fehler um Verzeihung zu bitten und auch noch die Götter anzuflehen, ihn gütig aufzunehmen, bevor er auf dem Boden aufschlug.

»Der Alte Phoighe-Pass«, sagte Morilacc, als er zu ihm trat und nun ebenfalls übers Land schaute. Er deutete in unbestimmte Ferne. »Von dort sind wir gekommen, aus Südosten. Aus dem Kernland Hadens. Und nun bewegen wir uns auf den nordwestlichen Rand zu, hin zum Eisernen Hochland, das uns als Einziges noch vom Nichts trennt.« Morilacc spuckte in die Tiefe. »Die Aussicht ist beeindruckend, nicht wahr? Dabei haben wir noch nicht einmal die Hälfte des Weges hinter uns gebracht. Die nächsten beiden Tage heißt es nun schieben, ziehen, fluchen und nur ja keinen Fehler begehen, wenn die Passstraße enger und schmäler und steiler wird.«

»Woher weißt du das alles?«, fragte Darne mit plötzlich erwachendem Misstrauen.

»Ich bin viel gereist«, wich der hagere Riese einer direkten Antwort aus. »Ich habe den Alten Phoighe mehrmals bewältigt. Aber ich habe es niemals erlebt, dass die Reise ohne Verluste vonstattenging. Der Berg fordert nun mal seine Opfer.«

Darne trat vom Abgrund zurück, drehte sich um und musterte erschrocken die Berglandschaft, die sich vor ihm auftürmte: Stahlblaue Riesen waren es, die ihnen ihre Flanken präsentierten, nahe und weiter weg, mächtig und sehr mächtig, angsterregend und so, dass man sich in die Hosen schiss, wenn man sie anblickte. Sie wirkten wie Teile eines Grenzzauns. Wie einander an Höhe überbietende Zacken, die alles Lebende hier am Ende der Welt davor zurückhielten, das Nichts dahinter zu erblicken.

Da waren Bergkämme, Felsstürze und Grate und Schluchten, Schnee- und Eiswelten, bizarre, vom Eis geformte Gebilde. Das Blau eines Gletschers, eingeklemmt zwischen zwei der mächtigsten Zacken, dessen Oberfläche in den ersten Sonnenstrahlen gespenstisch glitzerte. Eiswolken, die von stürmischen Winden auf die Reise geschickt wurden und dabei wie lebendig wirkten.

An der Flanke eines Bergs, dessen Spitze von dicken Wolken verhangen war, brach Eis ab und stürzte langsam wie die Gedanken einer Frau in die Tiefe. Brocken, die winzig wirkten und in Wirklichkeit so groß waren wie die mächtigsten Gebäude Mittigteilens, überschlugen sich immer wieder und rissen Nadelbäume mit sich, die hier wohl schon länger standen, als die ältesten Bewohner des Lederlandes an Jahren zählten. Die Baumriesen knickten ab, einfach so, wurden weggeräumt von den Schneemassen, und verschwanden im Weiß.

Die Entfernung zum Ort des Geschehens musste viele, viele Laufe betragen, denn es dauerte lange Zeit, bis ein Rumpeln zu vernehmen war; da waren die Massen längst schon wieder zur Ruhe gekommen. Zurück blieben eine Schneise inmitten eines Waldes, einige kahle Felsstellen – und Baumstämme, die wie

Zahnstocher aus dem Schnee des Lawinenabgangs hervorstachen.

Darne fröstelte. Er sehnte sich nach den Nachtdecken zurück – und nach Mittigteilen.

Ein Wächter grunzte. Morilacc, der gleich ihm den Lawinenabgang beobachtet hatte, drehte sich dem Mann rasch zu und deutete Darne, ihm zu folgen. Schwere Arbeiten mussten getan, die Kutschen von Eis und Schnee befreit, die Ochsen gefüttert und die Tiere danach angeschirrt werden.

»Sie werden uns nun mehr zum Essen geben«, sagte Morilacc. »Andernfalls würden wir allesamt unser Ziel nicht erreichen.«

»Wo liegt unser Ziel?«

»Im Eisernen Hochland.« Morilacc deutete unbestimmt in Richtung eines Gebirgsteils, der weniger ausgeprägt und niedriger wirkte als die anderen. »In den unbekanntesten und geheimsten Teilen des Lederlandes. In jenen Bereichen, die kaum einmal ein Mensch zu sehen bekommt. Außer, er ist zur Lagerarbeit verurteilt oder gehört dem Volk der Bardyaggs an wie unsere bezaubernden Begleiter. Wesen, deren Männer nur aus Bart und Haar und Schmutz bestehen, während die Frauen zumindest einen geringeren Bartwuchs haben.« Seine Handbewegung galt den Wächtern, die sich um einen dampfenden Topf sammelten und heiße Flüssigkeit daraus schöpften.

»Sie haben eine seltsame Art von Humor, die Götter. Diese Bartgeier ähneln eher buckligen Viechern denn Menschen.« Darne besah sich die Männer zum ersten Mal genauer. Bislang waren sie bloß Folterknechte für ihn gewesen. Feinde, deren widerwärtiges Aussehen ihn davon abgehalten hatte, sie genauer zu betrachten.

»Und dennoch sind sie beeindruckend«, meinte Morilacc.

»Wie meinst du das?«

»Sie überleben dort, wo jedermann sonst zugrunde geht. Sie müssen ein stillschweigendes Übereinkommen mit dem Fetten

Mann getroffen haben. Sie haben eine Kultur entwickelt, in der das Schwache kaum einen Platz findet, und dennoch schützen sie jene, die der Hilfe bedürfen. Man sagt, die einzelnen Volksstämme seien untereinander heillos zerstritten und es gebe noch einzelne, die die Herrschaft unseres allzu gütigen Rego noch immer nicht anerkannt hätten. Das macht die Reise ins Eiserne Hochland noch reizvoller. Findest du nicht auch?«

Darne antwortete nicht sofort. Er dachte über Morilaccs Worte nach. Sein Mitgefangener erschien ihm unheimlich. Er wusste Dinge, von denen ein derart dumm dreinblickender Mensch keine Ahnung haben sollte. Auch sein Benehmen wandelte sich, nun, da sie Schnee und Eis erreichten. »Woher kommt es, dass ich dir nicht traue?«

»Sag du es mir.«

»Du weißt viel zu viel über diese kruden Gestalten.«

»Über die Bardyaggs? Nun, ich bin viel gereist. Früher.«

»Das mag ja so sein. Aber was verbindet dich mit diesen Halbtieren?«

»Wir reden ein anderes Mal drüber, ja?« Morilacc schob sich an ihm vorbei und trat auf einen der Ochsen zu, ohne weitere Befehle der Wächter abzuwarten. Er wusste ganz genau, welche Arbeiten er zu erledigen hatte, während Darne und die anderen Gefangenen dumm dastanden und darauf warteten, Anweisungen zu erhalten.

»Baut Lager ab, kümmert euch ums Vieh, helft beim Anschirren!«, brüllte einer der Wächter jene Befehle, die Morilacc angekündigt hatte. »Für die Schnellsten von euch gibt's Fressen, für die Langsamen Schneewasser.«

Darne gehorchte. Es hatte keinen Sinn, sich gegen die Bardyaggs zu stellen. Nicht hier, nicht jetzt, nicht allein. Er benötigte Verbündete, wollte eine Flucht gelingen. Und Flucht war alles, womit sich seine Gedanken derzeit beschäftigten.

O ja, er würde fliehen. Nach Mittigteilen zurückkehren.

Herausfinden, warum man ihn unter lächerlichen Vorwänden zu einem schleichenden Tod verurteilt hatte. Und dann würde er das umsetzen, was vor einigen Wochen bloß eine launische, im Cardym-Rausch dahingesagte Bemerkung gewesen war. Er würde den Rego stürzen und seine Position einnehmen.

Darne trat zu den Fellbergen, die ihnen ein Überleben während der stürmischen Nachtstunden gesichert hatten. Er faltete die Pelze zusammen, Stück für Stück. Andere Gefangene stierten planlos vor sich hin oder wurden hin- und hergeschubst, angebrüllt, erhielten Schläge. Manche der armseligen Gestalten waren noch längst nicht wieder bei sich nach dieser grässlichen Nacht.

Darne stapelte die Felle übereinander – und stutzte. Wenige Schritte von dem Ort entfernt, da die anderen und er die Nacht verbracht hatten, entdeckte er etwas Festes und Steifgefrorenes im Schnee.

Sein Herz wurde schwer, als er Eis von der Leiche einer jungen Frau kratzte. Sie musste während der Nachtstunden aus ihrem Schlaflager gedrängt worden sein und war in den Sturm geraten, war von ihm regelrecht gefressen worden. Kaum zwei Körperlängen entfernt war sie gestorben. Hatte nicht mehr die Kraft gefunden, zu ihnen zurückzukehren. War zu schwach gewesen, um um Hilfe zu rufen. War erfroren, mit einem Gesichtsausdruck, der grenzenloses Erstaunen und Trauer ausdrückte.

Und dann war da noch eine zweite Leiche. Jene des fetten Kerls, der seine schmutzigen Blicke auf die jüngsten Gefangenen gerichtet hatte. Der nicht erfroren war, sondern einen Eisendorn in der Brust stecken hatte.

Darne zog die Waffe in einem unbeobachteten Moment aus dem Leib des Dicken, reinigte sie rasch im Schnee und steckte sie dann ein. Der Leiche gab er einen festen Tritt, sodass sie in Bewegung geriet, sich immer schneller um die eigene Achse drehte und letztlich über den Rand des Weges in die Tiefe fiel.

Niemand drehte sich um, niemand kümmerte sich um ihn. Der Phoighe-Pass hatte ein weiteres Opfer gefordert, und es würden sich mit Sicherheit noch einige dazugesellen. Diesem widerlichen Kerl auch noch einen Gedanken des Bedauerns hinterherzuschicken, wäre Kraftverschwendung gewesen. Und Kraft war etwas, das man auf diesem Weg nach oben nicht genug haben konnte.

Auch der Leiche der jungen Frau würde man sich derart entledigen. Es würde sich womöglich jemand finden, der einige freundliche Worte über sie sprach, doch das würde der einzige Unterschied im Umgang mit den beiden Toten sein.

Morilacc lächelte Darne aufmunternd zu und zwinkerte dann. Hatte der Riese ein Messer bei sich getragen, um es dem Fetten während der Nachtstunden in den Leib zu rammen?

Schieben, drücken, ziehen, stoßen. Felsblöcke beiseiteräumen und die kaum auszumachenden Wege vom Schnee reinigen. Eisbrocken, die im Sturm bizarre Formen angenommen hatten, abschlagen. Wege mithilfe gefällter Bäume ausbessern. Dort, wo selbst Ochsen versagten, wurden sie eingespannt wie Vieh und brüllten noch lauter, während sie die Kutschen zogen.

Die Luft war so dünn, dass ein jedes Wort zur Anstrengung wurde und selbst das Denken kaum möglich war. Sie berührten auf ihrem Weg nach oben die Wolkendecke und durchdrangen sie, um der Sonne zu begegnen, diesem betrügerischen Gestirn, das Hitze versprach und dennoch viel zu wenig wärmte.

Ein Gefährte verlor in der Kälte einen Arm. Beide Glieder liefen blau und schwarz an, um dann aufzuplatzen, und unter der Haut kam gefrorenes Fleisch zum Vorschein. Nachts, als sie allesamt eng aneinandergekauert um ein viel zu kleines Feuer saßen, stürzte er sich in die Tiefe, halb wahnsinnig vor Schmerz.

Ein anderer Gefangener unternahm einen Fluchtversuch. Die

Bardyaggs, diese so seltsamen haarigen Wesen, ließen ihn laufen, ohne sich um ihn zu kümmern. Niemand redete darüber, was mit dem Kerl geschehen würde. Es war jedermann klar: Hier oben war man aufeinander angewiesen. Niemand schaffte die Rückkehr in die Ebene allein, nicht ohne die dafür notwendige Ausrüstung.

Sie erreichten die Passhöhe, völlig erschöpft und gezeichnet von den Schlägen, die die Wächter ihnen angedeihen ließen. Diese Männer forderten viel, aber niemals mehr, als sie sich selbst zumuteten. Denn auch sie beteiligten sich an der Arbeit des Schleppens und des Schiebens und des Drückens.

»Vierzehntausend Fuß«, sagte Morilacc kurzatmig. »Die Hütte liegt höher als jedes andere Gebäude im Lederland.«

»Welche Hütte?«, fragte Darne.

»Wirst schon sehen.«

Sie schoben die letzte der Kutschen um eine Felsnadel, die äußeren Räder kratzten nur wenige Handbreit am Abgrund entfernt über Eis. Dahinter zeigte sich eine Ebene mit einem Durchmesser von mindestens hundert Schritt, eingerahmt von einem Steinbruch und krüppligen Bäumen, die wie Pilze auf dem Geröll wuchsen. Farne und Moose legten ein unerwartetes Grün über diese kleine Oase des Friedens, in der kein Wind pfiff und von der auch Schnee und Eis ausgesperrt waren.

Die Sonne schien auf ein steinernes Haus herab, das im Zentrum des Runds stand. Ein trutziges Gebäude, an dessen Seiten Berge von Schnittholz aufgestapelt waren. Es hatte schießschartenähnliche Fenster, quer über die einzige Tür verlief ein eiserner und rostiger Balken, so groß, dass es zweier kräftiger Männer bedurfte, um ihn wegzuheben.

»Öffnen!«, befahl ein Wächter, und augenblicklich machten sich vier Gefangene an die Arbeit. Sie mussten alle verbliebene Kraft aufwenden, um den Balken hochzuheben, bevor sie ihn zur Seite wuchteten. Doch dann war der Weg frei ins Innere.

In eine Behausung. Zwischen vier Wände, die Schutz vor den Unbilden der Natur boten.

»Ochsen ausschirren! Füttern! Tränken! Kutschen festzurren …!«

Befehle, kurz und prägnant, hallten über die kleine Ebene. Die Wächter gaben sich grob wie immer, doch Darne meinte so etwas wie Erleichterung oder gar Fröhlichkeit in ihren Stimmen zu vernehmen.

Die Dunkelheit brach herein, als die Arbeit endlich erledigt war und die Ochsen im Schutz eines Verschlags hinter dem Steinhaus versorgt waren. Dann durften sie das Haus betreten, in dessen breitem Kamin ein Feuer brannte. Darne fühlte eine Wärme in seinem Gesicht, die er niemals zuvor kennengelernt hatte. Und Tränen, die seine Haut benetzten.

Ringsum standen und saßen Gefangene. Still und schweigend, um die Ruhe zu genießen, die Hitze, den Duft nach mit Rum versetztem Tee aus einem rußigen Kessel und nach fettigem Essen, der in der Luft lag.

»Der Alte Phoighe«, sagte Morilacc ehrfurchtsvoll und drehte sich langsam im Kreis. »Er nimmt und gibt gleichermaßen, und das bereits länger, als unsere Erinnerungen zurückreichen. Ich war gewiss schon zehn oder zwölf Mal hier, und jedes Mal ist es ein erhebendes Gefühl, das Hospiz zu erreichen. Sicher und geschützt zu sein an einem Ort, wie er friedlicher nicht sein kann in einer lebensfeindlichen Umgebung wie der des ewigen Eises.«

Darne deutete auf einige Zeichen, die in die Balken des Dachfirstes geritzt worden waren.

»Man weiß nicht mehr, was sie bedeuten«, erklärte Morilacc, der die ungestellte Frage verstand. »Diese Symbole sind älter als alles andere, das ich kenne. Man meint, dass es sich um eine Art Schrift handle.«

»Schrift? Das Schreiben ist im Lederland strengstens verboten!«

»Natürlich. Wir sind Angehörige eines Volks, das im Jetzt verhaftet ist und dessen Götter nicht erlauben, über die Wirren der Vergangenheit nachzudenken. Aber wie ich bereits sagte: Diese Symbole stammen aus einer Zeit vor der Zeit, wie auch das Hospiz von Wesen errichtet wurde, die mit uns Menschen nur wenig gemein haben.«

»Vielleicht handelte es sich um Vorfahren der Bardyaggs?« Darne sah zu, wie sich einige der Wesen ihre schmutzstarrenden Gewänder von den Leibern zerrten. Es war kaum zu erkennen, wo der Pelz endete und die Haut begann; beides war gleichermaßen haarig und verfilzt.

»Unwahrscheinlich. Die Bardyaggs sind zu klein dazu. Sieh dich doch mal genauer um.«

Was Darne dann auch tat. Da waren Töpfe, die so groß waren, dass man sie bloß zu zweit oder zu dritt über die riesige Feuerstelle hieven konnte. Zwei Kamine, in denen man hätte Wohnräume einrichten können. Anrichten, Tische und Stühle, die allesamt viel zu hoch waren. Abtrittlöcher, die mit eingearbeiteten Holzplatten verkleinert worden waren, damit niemand hindurchstürzte …

»Die Erbauer müssen eineinhalbmal so groß wie wir sein«, sagte Darne ehrfurchtsvoll.

»Und damit übertreffen sie die Bardyaggs bei Weitem.«

Ja, denn die Wächter waren allesamt kleinwüchsig. Darne, der weit über sechs Fuß maß und damit neben Morilacc der größte Gefangene war, reichten sie bestenfalls bis zur Schulter. Und dennoch waren sie furchteinflößend.

Darne dachte nicht länger über die Geheimnisse dieses Gebäudes nach. Er war zu müde, zu erschöpft. Er wollte bloß noch ins Stroh kriechen, das am Ende von Leitern mit viel zu weit auseinanderstehenden Sprossen auf ihn wartete, weit oben im Gebäudefirst. Dann die tägliche Dosis verwässerten Cardyms in die Nasenlöcher träufeln, die die Wächter ihnen zugestanden, bevor sie sich selbst eine wesentlich größere Ration gönnten. Und schließlich in einer Ecke einschlafen, die ihm ganz allein gehörte. Doch zuerst würde er sich in einem riesigen Messing-Bottich, der von unten befeuert wurde, den Dreck vom Leib schrubben.

»Es erscheint einem als der schönste Ort der Welt, nicht wahr?«, fragte Morilacc.

»Das ist das Hospiz wohl auch.«

»Mitnichten. Es ist bloß ein letzter Beweis dafür, dass es auch etwas wie Luxus und Bequemlichkeit in diesem Land gibt. Denn alles, was nun noch kommt, ist Leid und Qual, Sorge und Ärger.«

Morilacc zeigte einen seltsamen Gesichtsausdruck, den Darne niemals zuvor an dem vierschrötigen Mann entdeckt hatte. Es dauerte eine Weile, bis er verstand, dass der Kerl traurig war. Dass es der sonst so lebensfrohe Kerl inmitten dieses Haufens an gelöst wirkenden Menschen einfach nicht schaffte, selbst so etwas wie Freude zu empfinden.

»Ist es denn wirklich so schlimm im Eisernen Hochland?«, fragte Darne.

»Es ist ärger, als du es dir in deinen Träumen vorstellen kannst.« Morilacc vom Tal schnappte sich ein Tuch, begab sich zum Waschzuber und schrubbte sich die mehrere Wochen alten Dreckschichten vom Leib.

Man wird mich Darne den Schlanken Mann nennen, nachdem ich dem Fetten für all diese üblen Machenschaften seinen Kopf genommen habe und danach das Amt des Rego ausübe, dachte er und folgte dem Gefährten.

Womöglich hatte Morilacc recht, und das, was vor ihnen lag, würde ihrer aller Befürchtungen übertreffen. Und dennoch kam ihnen der Weg ins Tal weitaus leichter vor als der Aufstieg. Die zuvor schreckliche Kälte wurde erträglicher, Eis wurde zu Schnee und Schnee zu Morast. Krüppelgewächse machten Tannen Platz, die immer höher emporragten. Vereinzelte Flecken, wo bloß wenige Sträucher wuchsen, wurden zu Tälern, in denen das Leben blühte, in denen Hase und Fuchs, der räuberische Marband und der verschlagene Eisluchs das Spiel des Lebens und des Überlebens spielten.

Irgendwann legten sie die äußersten Schichten ihrer Gewänder ab und warfen auch jene Stoffstreifen weg, die sie anstelle von Handschuhen benutzt hatten. Nur noch stellenweise lag Schnee, und die Schrecken der Stürme, der Eis- und der Geröllawinen lagen hinter ihnen.

Morast und Ungeziefer wurden ihre ständigen Begleiter auf dem Weg über eine trostlose Ebene hinweg, die von schwarzem Gestein geprägt war – und von seltsamen Tieren, die wie schockstarr dastanden und erst davonhoppelten, wenn man auf Wurfweite herankam. Ihre Leiber waren von ledrigen Schwingen eingehüllt. Wenn sie einmal einen Blick auf ihre Oberkörper erlaubten, sah man dürre und sehnige Leiber, kaum behaart, meist von Narben übersät. Die Köpfe wirkten wie stumpfe Kegel. Große, gelbe Augen starrten interessiert, vielleicht auch ängstlich in die Welt hinaus. Statt Mäulern hatten sie so etwas wie Rüssel, aus denen beständig klare Flüssigkeit tropfte. Die Beine, lang und dünn, erlaubten ihnen weite Sprungschritte, sodass ihnen auch nicht der schnellste Mensch folgen konnte. Sie hinterließen Spuren von dreizehigen Pfoten im Matsch.

»Hypatore«, sagte einer der Wächter und leckte sich mit der Zunge über die Lippen. »Gutes Futter. Gutes Fleisch. Und wichtig.«

Mehr hatte er zu diesem Thema nicht zu sagen. Seine nächsten Worte galten den Gefangenen, die die Kutschen aus allzu tiefen Furchen befreien und vorwärtsschieben mussten, einem unbekannten Ziel entgegen, das sich irgendwo auf der weiten, offenen Ebene befand.

Darne stemmte sich in den Boden und schob. Morilacc

vom Tal befand sich wie so oft in seiner Nähe. Sie waren keine Freunde, ganz gewiss nicht. In diesem schrecklichen Land gab es Schicksalsgenossen, die sich gegenseitig unterstützten, um einen Tag oder eine Woche zu überleben. Doch sie würden dem anderen die Kleider und die wenigen Habseligkeiten vom Leib reißen, wenn einer von ihnen starb.

Weit voraus leuchteten ihnen die Schimmer großer Feuer im trüben Licht des hereinbrechenden Abends den Weg. Dort befand sich ihr Ziel, etwa eineinhalb Tagesreisen entfernt.

Darne glitt aus, rutschte weg, fiel in den Morast. So, wie es während eines Tages unzählige Male geschah. Hose und Hemd waren unter all dem Dreck kaum mehr zu sehen, die Schuhe wurden nur noch von Lederriemen zusammengehalten, sein Leib war nass und kalt.

Er ließ sich hochhelfen und schob erneut, so wie alle anderen Gefangenen. Worte, die Morilacc im Hospiz zu ihm gesagt hatte, hallten in ihm nach: »Denn alles, was nun kommt, ist Leid und Qual, Sorge und Ärger.«

12. Riccion Südwind

Der Lederhandel ist tabu«, sagte der Notist unaufgeregt. »Der Cardym-Handel ebenfalls. In allen anderen Geschäftsbereichen haben wir uns in den letzten Jahrzehnten breitgemacht. Unsere Organisation der Wohlmeinenden Dunklen Herren beherrscht die Straßen, sorgt für Frieden und Ruhe. Wir schützen jene, die schwach sind, und stutzen die zurecht, die das Gleichgewicht stören. Lasst uns darüber nachdenken.«

Riccion beugte das Haupt und murmelte einige rituelle Worte, so wie es von einem honorigen Mitglied der Dunklen Herren erwartet wurde. Kurz hob er den Kopf und sah nach links und nach rechts. Weitere Frauen und Männer, wie er mit rußigem Gesicht und einem um den Kopf gebundenen Lederlappen, taten es ihm gleich. Doch niemand sprach mit jener Inbrunst, die man von den Führern des mächtigsten Interessensbundes in Attico der Wunderbaren erwarten konnte.

Verlogene Bande! Ihr kümmert euch bloß um eure eigenen Pfründe und habt keinen Gedanken über für die Ärmsten der Armen!

Der Notist hob den Kopf. Das Ruß-Schwarz auf seiner Haut glättete die vielen Runzeln und ließ ihn jünger erscheinen, als er eigentlich war. Die Haarbüschel, die unter der Lederhaube hervorlugten, machten aus ihm einen Mann in den besten Jahren. Doch sie waren Teil einer kunstvoll drapierten Perücke. In Wirklichkeit, so wusste Riccion, ging der Oberste der Dunklen auf die fünfzig zu. Ihm blieben nicht mehr viele Jahre, zumal das Cardym seine zerstörerische Wirkung tat.

Ihm hingegen gehörte die Zukunft. Der Süden kannte das Cardym nicht. Männer wie er wurden weitaus älter. Er hatte erst vor kurzer Zeit die Wechselwirkungen der Droge kennengelernt. Sie schadete, und sie hatte positive Auswirkungen auf seinen Geist. Sie machte, dass er viele Dinge klarer sah und seine Ziele fokussierter im Auge behalten konnte.

Riccion musste lächeln, als er an die unlängst verblichene Frau Tasce zurückdachte. Sie hatte ihn in den Nächten gemeinsam erlebter Wolllust gelehrt, was das Cardym für Auswirkungen auf Menschen wie sie beide haben konnte. Auf Menschen, die sich nicht im tagtäglichen Überlebenskampf abstrampeln mussten und Muße fanden, sich den schönsten Genüssen hinzugeben.

Riccion betastete die schmerzenden Schläfen. Na schön, er hatte es während der letzten Monde übertrieben und ab und zu ein wenig zu viel vom Cardym genommen. Sicherlich war es seiner Gesundheit auch nicht sonderlich zuträglich, dass er sich das Zeugs in die Augenwinkel träufelte. Aber was war das im Vergleich zu dem, was die Eingeborenen des Lederlandes damit trieben, die diesen wunderbaren, grausamen Stoff ab ihrer Geburt verabreicht bekamen?

Es wurde mit der Muttermilch weitergegeben, wurde mit der ersten festen Nahrung verabreicht, half gegen die Schmerzen bei den ersten Zähnen, besänftigte allzu wild herumtobende Kinder ... Cardym war allgegenwärtig im Lederland.

»Träumst du wieder mal, Riccion Südwind?«

Neun Augenpaare richteten sich auf ihn. Eines davon, das des Notisten, war wässrig-blau. Der Mann war so gut wie blind. Doch er hatte ein feines Gespür für Situationen. Das Cardym, das ihn auffraß, steigerte seine Sensibilität und half ihm seit Jahren, sich trotz aller Intrigen gegen die Neider und Emporkömmlinge zu behaupten, die an seiner Seite saßen.

»Ich suche lediglich nach weiteren Argumenten, um dich von meinem Standpunkt zu überzeugen«, antwortete Riccion und lächelte unverbindlich. »Das Cardym ist der eine Schlüssel zur Macht in Haden, der Lederhandel der andere. Wir bräuchten bloß einen von ihnen in Händen zu halten, und schon würden wir die Geschicke dieses Landes allein lenken. Der Rego wäre bloß noch eine Randfigur. Eine, die wir wie eine Handpuppe bewegen könnten.«

»Meine Geduld mit dir ist am Ende!«, rief der Notist und ließ die Faust mit überraschender Kraft auf den Tisch krachen. »Ich sagte, dass wir uns in diese Belange nicht einmischen werden!« Er beruhigte sich rasch wieder und lehnte sich zurück. Erschöpft, laut keuchend. »Wir ... weiten stattdessen unsere Geschäftsbeziehungen in die kleinen und kleinsten Dörfer des Lederlandes aus. Wir sorgen dafür, dass selbst dort, wo nur Steine und Unkraut gedeihen, unsere reisenden Händler Kunden finden. Attico ist fürwahr eine prächtige Stadt, doch sie beherbergt nicht einmal den zehnten Teil aller Einwohner Hadens. Dürfen wir denn all die anderen Bürger dieses prächtigen Landes vernachlässigen? Sollten wir den anderen nicht ebenfalls unsere Dienste anbieten und ihnen das zukommen lassen, wonach sie gieren?«

Drogen, die binnen weniger Monde den Leib zerstörten. Nutten, die Krankheiten in sich trugen und an ihre Kunden weitergaben. Waren, die zwar glänzten und funkelten, aber von so minderer Güte waren, dass sie rasch in ihre Bestandteile zerfielen. Günstige Lebensmittel, die schädliche Stoffe in sich bargen und krank machten. O ja, dies alles boten die Vertreter der Dunklen Herren. Und natürlich stellten sie Gesinde zur Verfügung, das dem Nachbarn eines auswischte, Grenzstreitigkeiten für immer beendete, Abtreibungen vornahm, Frauen entführte oder schändete, kurzum die ganze Palette einfacher Arbeiten eines Dunklen Herren zu leisten imstande war.

»Dein Wort geschehe«, sagte Riccion Südwind, der nur zu gut wusste, wann er nachzugeben hatte. Der Zorn des Notisten richtete sich ohnedies schon viel zu deutlich in seine Richtung.

»So wie immer«, echote der Alte und hustete unterdrückt. »Und nun geht, erledigt eure Arbeit. In einer Woche erwarte ich euch wieder hier. Mit Gedanken und Plänen, wie wir unsere Ziele möglichst rasch erreichen können.«

»Bring mir einen Gedächtnismeister!«, befahl er Helemi. Sein Vertrauter wandte sich ab, noch bevor Riccion den Satz zu Ende sprach.

Er sah sich im Inneren seiner Turmwohnung um und suchte nach etwas, das er bereits seit mehr als zehn Jahren nicht mehr erblickt hatte. Nach etwas, das sich beschreiben oder bekritzeln ließ.

Es gab kein Papier im Lederland, auch keine Schreibwerkzeuge. Zwar fand man da und dort in Hinterhöfen der Stadt Werkstätten, die einiges unter der Hand herstellten, doch die Qualität dieser Waren war stets miserabel und nicht dafür gedacht, die wunderschön schnörkeligen Schriftzeichen des Südens aufzuzeichnen. Man konnte diese miserablen Erzeugnisse bestenfalls für Kritzeleien verwenden und dafür, was die Bewohner Hadens für Bilderkunst hielten.

Gedächtnismeister verdienten ihr Geld damit, Wissen von einem Ort zum nächsten zu tragen und Bücher zu ersetzen. Sie reisten von Dorf zu Dorf, von Tal zu Tal und von Provinz zu Provinz. Sie transportierten die schmutzigen Geheimnisse ihrer Bewohner in den Köpfen und machten Geschäfte damit. Sie präsentierten Rechnungen, forderten Schulden ein, erzählten Tratsch und Klatsch und erinnerten die Leute an frühere Zeiten.

Die Gildenführer der Gedächtnismeister gehörten zu den wahren Mächtigen Hadens. Es war kein Wunder, dass der

Notist dieser Brut entstammte, deren Mitglieder die Nasen viel zu hoch trugen und das Gehabe eitler Gockel an den Tag legten.

Riccion hätte niemals geglaubt, dass ihm das Schreiben und Lesen mehr abgehen würde als alles andere in diesem sonderbaren Land. Mehr noch als der süße Wein der südlichen Länder, mehr noch als dessen rassige Frauen. Wie lange hatte er kein Buch mehr in der Hand gehalten? Wie lange war seine Rechte nicht mehr über das Papier eines Folianten gewischt und hatte seine Gedanken notiert?

Zu Beginn seiner Zeit in Attico hatten ihn die Stadtwächter immer wieder besucht, seine Zimmer durchwühlt und selbst das winzigste Schnipsel Pergament an sich genommen, um es zu verbrennen. Er hatte Abmahnungen bekommen, hatte sich nicht darum geschert und war eines Nachts verprügelt worden.

Riccion betastete die Narbe an seinem Hinterkopf. Sie war so lang wie sein Zeigefinger. Er hatte Glück gehabt, dass ihm Helemi zu Hilfe gekommen war – und dass die Männer im Dunklen kein wirkliches Interesse gehabt hatten, ihn zu töten. Er hatte einen letzten Denkzettel erhalten. Im gesamten Lederland waren Schreiben und das Aufbewahren von Büchern verboten.

»Besuch«, meldete Helemi mit seiner dumpfen Stimme.

»Wer ist es?«

»Ein Reisender in unseren Diensten.«

»Bring ihn mir.«

Riccion betrachtete seine Schatzschatulle. Ihr Inhalt war während der letzten Wochen beunruhigend rasch zusammengeschmolzen. Als Mitglied der obersten Kreise der Dunklen Herren hatte er zwar das Anrecht auf einen Teil der Beute, die sie wie Rahm vom Milchbottich der hiesigen Gesellschaft abschöpften. Doch ebenso rasch, wie sich seine Geldkatzen füllten, stiegen seine Ausgaben. Beamte und Gedächtnismeister mussten bestochen, Meuchelmörder gedungen, Spione und Kundschafter bezahlt werden. Die Menschen, mit denen er sich umgab, die Basis seines immer größer werdenden Einflusses, stellten eine ebenso große Gefahr dar. Er durfte sich auf nichts und niemanden verlassen. Nur Helemi, dieses schwergewichtige Relikt aus seiner Jugendzeit im Süden, stand zwischen ihm und all den seltsamen Dingen, die Haden so undurchschaubar machten.

»Hier, Herr!« Helemi schob einen Mann vor sich her, der sich in einem speckigen und weit geschnittenen Ledermantel versteckte.

Mit einer großartigen Geste zog sich der Mann seinen Hut vom Kopf, verbeugte sich übertrieben tief und deutete einen Knicks an, wie er am Hofe des Rego wohl üblich war. »Hochdurchlaucht«, sagte er, »es freut mich, dass ich dir endlich wieder mal die Aufwartung machen kann. Die langen Reisen, kostspielig und anstrengend, haben mich weit weg geführt, durch viele Teile des Lederlandes, und ich komme, um Bericht zu erstatten. Um dir Dinge mitzuteilen, die dich interessieren werden und die dein Herz sowie deine zweifellos gut gefüllte Börse weit öffnen werden.«

»Schmeicheleien stehen dir nicht sonderlich gut zu Gesicht, Wyme.« Riccion deutete dem Agenten, sich aufzurichten. Der Mann lächelte freundlich wie immer. »Was hast du mir so Dringendes zu berichten, dass du mich hier besuchst, obwohl wir vereinbart hatten, dass du keinen persönlichen Kontakt aufnimmst?«

»Meine Nase sagt mir, dass bedeutsame Dinge vor sich gehen.« Wyme fläzte sich in einen der Sessel und überkreuzte die Beine auf einem Kristalltisch, den Riccion um viel Geld aus den Namhaften Städten hierher hatte transportieren lassen. »Und da dachte ich, ich könnte wieder mal meinen spendablen Gönner besuchen, der stets wissen möchte, was in Haden denn so vor sich geht.«

»Du schwafelst, Wyme.«

»Ich übe mich bloß in der Kunst der diplomatischen Rede. Ist es bei euch Geldsäcken denn nicht so, dass ihr liebend gern viel redet und dennoch wenig sagt?«

»Wenn du nicht endlich zur Sache kommst, wird Helemi dafür sorgen, dass du den Wohnturm auf dem schnellsten Wege wieder verlässt. Durchs Fenster, mit dem Kopf nach unten.«

»Helemi ...« Wyme stützte die Ellenbogen an den Lehnen seines Sessels auf und drückte die Zeigefinger gegen die Wangen, sodass sich das Fleisch nach hinten schob. »Ich wollte immer schon mal ein kleines Tänzchen mit deinem wortfaulen Diener wagen. Ist er denn wirklich so gut, wie man allgemein sagt?«

»Wäre ich du, würde ich es nicht herausfinden wollen. Und jetzt rede!«

»Natürlich Hochdurchlaucht, natürlich!« Wyme zeigte seine perlweißen Zähne. Er wirkte weder nervös noch beunruhigt. Auch Helemis Nähe störte ihn nicht im Geringsten. »Dörfer werden überfallen, da und dort machen sich Unruhen breit. Menschen beginnen, sich gegen die Leute des Rego aufzulehnen. Transportwege ändern sich, Reisende und Gedächtnismeister verschwinden.«

»Willst du mich verarschen, Wyme? Dies sind Dinge, die ich tagtäglich erzählt bekomme von kleinen Händlern, die in den Provinzen unterwegs sind, von Priestern, von Bekannten und von Freunden. Nichts davon ist neu!«

»Das mag ja sein, Dunkler Herr. Aber alle deine Informanten kennen bloß den kleinsten Teil eines Bildes. Wie tumbe Kerle starren sie auf Splitter, ohne zu wissen, dass man daraus mit ein wenig Geschick einen Spiegel fertigen könnte.«

»Und du willst diesen Spiegel in Händen halten?«

»Ich würde es niemals wagen zu behaupten, von ähnlicher Weitsicht wie ein Hochwohlgeborener wie du zu sein, Riccion. Ich bin hier, um Anregungen zu geben und Empfehlungen auszusprechen. Und um auf bestimmte Vorkommnisse hinzuweisen, die in den nächsten Jahren an Bedeutung gewinnen könnten.«

»Und zwar?«

»Darf ich mich drauf verlassen, von Hochdurchlaucht mit einem Bonus bedacht zu werden, sollten sich meine Gedanken als wahr erweisen?«

»Du wirst vom Hofkanzlisten bezahlt, stehst wahrscheinlich auch auf der Lohnempfängerliste des Rego und bekommst darüber hinaus von mir Zuwendungen, die ich in derselben Höhe für die hübschesten Huren Atticos zahle. Ich finde deine Forderungen reichlich unverschämt.«

»Aber ich bin doch ständig in Versuchung, Hochdurchlaucht! Dauernd diese Gewissensqualen meinem Lohngeber gegenüber! Die Furcht vor Entdeckung, die Angst um meine ungeschützten Angehörigen.«

»Ich darf dich darauf aufmerksam machen, Wyme, dass du deinen Vater eigenhändig erwürgt hast und dass zwar einige Bastarde deinen Lenden entsprungen sind, aber keine, die du bislang anerkannt hast.«

»Du nimmst Gerüchte und üble Verleumdungen auf, Riccion Südwind. Ich bin ein herzensguter Mensch und manchmal auch ein willensschwacher. Ich gebe mein Ehrenwort viel zu vielen Menschen und gerate deshalb mitunter in Gewissenskonflikte.«

»Lassen wir das alberne Gerede, Wyme. Was schwebt dir als Bonus vor, sollten mich deine Ausführungen in irgendeiner Weise beeindrucken?«

»Zehn Gold-Schlei.«

»Die Hälfte, und wir sind im Geschäft.«

»Einverstanden.« Der Söldner erhob sich, immer noch lächelnd, und reichte ihm die Hand.

Riccion griff zögerlich zu. Abschaum wie dieser da war ihm zutiefst zuwider. Doch er musste zugeben, dass Wyme tatsächlich über ein ganz besonderes Gespür verfügte. »Nun, dann versuch mich zu überraschen, Wyme.«

Der Mann stand auf, trat einen Schritt zurück, drehte sich nach links und nach rechts. Mit einem Mal wirkte er beunruhigt, so als wäre seine Selbstsicherheit bloß vorgespielt gewesen und als zeigte sich nun sein wahres Ich, das eines Feiglings.

»Es findet starker Zuzug zum Eisernen Hochland statt«, sagte er leise. »Es werden mehr Menschen denn je in Gefangenschaft dorthin verbracht. Wächter durchstreifen die Dörfer. Sie suchen nach Außenseitern. Andere Siedlungen werden dem Erdboden gleichgemacht. An den Grenzgebirgen finden Geplänkel mit unseren Nachbarn statt. Nichts Ernstes, aber doch ... Ich selbst wurde beauftragt, einige dieser Auseinandersetzungen zu provozieren.« Wyme holte tief Atem. »Der Hofkanzlist streckt seine Krakenarme in alle Richtungen aus. Er schürt Unruhen, und er sorgt dafür, dass der Friede im Land gefährdet wird.«

»Wir wissen, dass Bernyl ein böses Spiel treibt und ganz gewiss kein Freund des Rego ist.«

»Ach ja, wissen wir das, Riccion Südwind? Wenn die Überlieferungen der Gedächtnismeister stimmen, dann herrscht der Fette Mann seit bald dreißig Jahren von Bernyls Gnaden. Warum sollte er nun plötzlich sein eigenes Süppchen kochen?«

»Beantworte gefälligst selbst diese Frage, wenn du dir deine Gold-Schlei verdienen möchtest.«

Wyme nickte und tastete nach einem Ledersäcklein, aus dem er einen Cardym-Stöpsel zog und in seine Nase steckte. Er atmete tief ein, nachdem der Pfropfen fest saß, verdrehte die Augen und ließ das Gift eine Weile wirken.

Riccion hatte gelernt, das Verhalten der Bewohner Hadens zu respektieren, sobald es ums Cardym ging. Die Einnahme des Rauschgifts kostete Zeit. Es gehörte zu den Ritualen eines Tages wie das Ankleiden, das Essen oder das Schlafen. Das Cardym bestimmte nun mal den Lebensrhythmus im Lederland mit.

Sollte er den Agenten um ein Stück dieses guten Stoffs bitten? Nein. Er würde sich ganz gewiss nicht mit einem Mann niedrigeren Ranges verbrüdern. Es war ohnedies besser, sein Verlangen hintanzuhalten. In der Nacht würde er sich noch eine kleine Dosis in die Augenwinkel träufeln – aber bloß wegen dieser unerklärlichen Erinnerungsschwächen, die ihn untertags immer öfter befielen.

Wyme holte tief Luft. »Bernyl weiß mehr als wir alle. Er richtet die Aufmerksamkeit des Hofes nach außen, er lenkt ab. Um sich selbst in aller Stille und möglichst unbemerkt auf eine neue Zeit vorzubereiten, auf *die Zeit der Bewegung*.«

Riccion schwieg eine Weile überrascht, um dann lauthals draufloszulachen. »Die Zeit der Bewegung? Das ist also das große Geheimnis des Hofkanzlisten, das du enträtselt haben willst?«

»Ja.«

»Wir reden von einem Ammenmärchen, Wyme!« Riccion setzte sich an seinen Arbeitstisch, lehnte sich zurück, dann wieder vor, schlug verärgert mit der flachen Hand auf die Holzplatte. »Verschwinde von hier und lass dich niemals mehr wieder in meinen Räumlichkeiten blicken, Kerl!«

»Ganz ruhig, Hochdurchlaucht. Du bist nicht im Lederland aufgewachsen und unterschätzt die Magie alter Erzählungen.«

»Auch in meiner Heimat sind Märchen höchst beliebt, wenn es darum geht, Kinder ins Bett zu schaffen oder sie zu zwingen, ihre Suppe aufzuessen.«

»Aber hier haben die Mysterien einen ganz anderen Wert, Riccion Südwind. Wir haben keine Bücher und damit auch keine schriftlich festgehaltenen Erinnerungen an das Alte. An Zeiten, wie sie vor drei oder mehr Generationen herrschten. Gewiss, die Gedächtnismeister erzählen vieles weiter, was sie in ihren Erinnerungen verankert halten. Wie die Feldfrucht wo und warum am besten gedeiht. Welcher Wein an welchem Hang kultiviert werden sollte. Welche Regeln und Gesetze gelten, warum man die eine Frau begehren darf und die andere nicht. Sie bewahren in ihren Köpfen altes Wissen auf und geben es gegen Geld weiter. Aber du wirst von ihnen kaum einmal etwas darüber hören, was unsere Großeltern trieben. Woran sie glaubten, wie ihre Leben verliefen, wovor sie sich fürchteten.«

»Ich verstehe immer noch nicht, worauf du hinauswillst, Wyme.«

»Es gibt bloß einige alte Mythen, die flüsternd weitererzählt werden. Der wichtigste ist jener von der Zeit der Bewegung. Von jener Epoche des Umbruchs, in der sich das Leben im Lederland sprichwörtlich neu erfindet. Das Unterste wird nach oben gekehrt, das Oberste nach unten gedrückt.«

»Ein Ammenmärchen, wie ich bereits sagte.«

»Aber überleg doch, welche Magie dieses sogenannte Ammenmärchen auf die Menschen ausübt! Wie sehr es in ihren Köpfen verankert ist. Es ist Teil unseres Lebens, unseres Glaubens, unserer Ängste.« Wyme lächelte und sog tief Luft durch das eine freie Nasenloch. Er blinzelte mehrmals. Es war ihm deutlich anzusehen, dass das Cardym seine Wirkung tat. »Ein gescheiter und mächtiger Mann wie der Hofkanzlist mag seine Macht durchaus nutzen, um einen Mythos oder ein Märchen zu seinen Zwecken zu nutzen. Um endgültig die Macht zu erringen oder um die Bevölkerung auf etwas Größeres einzuschwören. Du weißt nur zu gut, dass die Totmacher Hadens als Söldner sehr begehrt sind. Wir gelten als bestens ausgebildete Krieger. Was, wenn nun ein Mann auf die Idee käme, Truppen zu rekrutieren und sie Richtung Süden zu schicken, um dort neue Ländereien zu erobern? Hätten denn die feist gewordenen Pfeffersäcke der Namhaften Städte erbarmungslosen Kämpfern aus dem Lederland etwas entgegenzusetzen, wenn Tausende von ihnen plötzlich vor den Toren stünden?« Wyme lächelte. »Das, Hochdurchlaucht, könnte jemand erreichen, wenn er den Mythos von der Zeit der Bewegung in seinem Sinne nutzte.«

Oha. Riccion Südwind zog seine Lederjacke enger um den Körper. Ihn fröstelte mit einem Mal.

»Lass dir von Helemi fünf Gold-Schlei ausbezahlen«, sagte er geistesabwesend. »Du hast sie dir verdient.«

13. Darne

Ihr Marsch führte sie an Ruinen vorbei, an verfallenen Häusern, an tiefen Gruben, die unmöglich natürlichen Ursprungs sein konnten, an Säulen, die wie zur Mahnung erhobene Zeigefinger in einen düsteren Himmel ragten, an ärmlichen Holzhütten, die sich dagegenlehnten, an Bergen des Unrats und an Knochen, die wie Kunstwerke übereinandergestapelt waren.

Weiter vorne hielt einer der Gefangenen in seinen Bewegungen inne. Er fand nicht mehr die Kraft, seine Beine aus dem knietiefen Morast zu ziehen und den nächsten Schritt zu tun. Er blieb einfach stehen, senkte den Kopf und fiel dann nach vorn, um zu einem Gutteil vom Schlamm aufgenommen zu werden.

Darne, der seitlich einer Kutsche dahinstolperte und als einer der kräftigsten Gefangenen stets dann eingesetzt wurde, wenn irgendwo Not am Mann war, beobachtete den Mann. Er hoffte, er würde sich nochmals erheben und sich an einem der Gefährte festklammern, um wenigstens für wenige Schritte mitgezogen zu werden und zu Kräften zu kommen. Doch er bewegte bloß einen Arm und streckte ihn nach oben, in einem letzten, verzweifelten Versuch, Halt zu finden.

Dann trampelten die Ochsen der nächsten Kutsche über ihn hinweg. Sie machten aus dem Menschen ein Etwas, das der Matsch bald gnädig bedeckte. Die breiten Räder zerrieben den Körper, das Rot seines Blutes vermengte sich mit dem Braun, und schon bald war nicht mehr zu sehen, dass hier ein Mensch sein Leben gelassen hatte.

Darne nahm es hin, so wie er den Tod vieler anderer Wegbegleiter hingenommen hatte. Es machte keinen Sinn, erschöpften Frauen oder Männern zu helfen. Man mochte ihnen einmal auf die Beine helfen, doch sie würden wieder stürzen. Immer wieder. Von diesem verfluchten Land festgehalten, das fast ausschließlich aus Morast bestand und jeden Schritt zur Qual machte.

Dieser Mann würde das letzte Opfer ihres Gewaltmarschs sein, denn vor ihnen zeigten sich bereits die Palisadenhölzer des Ziels, des Gefangenenlagers. Die Anlage wirkte auf diese Entfernung schlecht erhalten und kaum bewacht. Doch was machte das schon aus im Eisernen Hochland, dieser verfluchten Ebene, die allein kaum zu bezwingen war?

Wo war Morilacc geblieben? Er hatte den Riesen seit den Morgenstunden nicht mehr gesehen. Er hatte bloß dagesessen und ins Leere gestarrt. Ab und zu hatte er ein Stück Brot abgebrochen, in seinen Mund gesteckt und lustlos darauf herumgekaut. Er war gewiss der Kräftigste von ihnen allen, doch er hatte auch die schwersten Arbeiten leisten müssen. Die Bardyaggs hatten sich während der letzten Tage einen Spaß daraus gemacht, ihn mit immer größeren Gewichten zu beladen und ihn stets dort einzusetzen, wo die Gefahren am größten waren.

Das Nieseln wurde zu Regen, der Regen zu einem Sturm, der von vorn kam und ihnen mit Eis durchmengte Tropfen gegen die Gesichter peitschte. Darne bewegte seine klammen Finger, immer und immer wieder. Er dachte mit Dankbarkeit an Meister Aracam zurück, bei dem er nicht nur in den Kampftechniken unterrichtet worden war, sondern auch viel übers Überleben gelernt hatte. Viel – aber längst nicht genug. Wäre er bloß nicht so engstirnig, stolz, dumm und überheblich gewesen …

»Hilf mit! Dort!«

Der Schlag des Bardyaggs traf ihn völlig unvermutet in den Rücken. Er stolperte und hatte Mühe, auf den Beinen zu bleiben. Mit zitternden Knien tat er zwei weite Schritte und fing sich dann, um so schnell wie möglich in die angegebene Richtung zu stapfen, weg von dem Wächter, der bereits Anstalten machte, ihm einen zweiten Hieb zu versetzen.

Ein Wagen drohte endgültig stecken zu bleiben, trotz aller Anstrengungen der Ochsen, die ebenfalls am Ende ihrer Kräfte waren. Zwei Männer zogen eine lange Stange aus dem Inneren der Kutsche und wuchteten sie unter eins der Vorderräder, trieben es Stück für Stück höher. Ein Teil der Metallspange hatte sich gelöst und musste mit einigen Hammerschlägen wieder befestigt werden. Zwischen Metall und Holz der Räder hatten sich Steinchen und fingerdicke Späne verfangen, die mühsam entfernt werden mussten.

Darne deutete einer Halbwüchsigen, diese Arbeit zu erledigen, während er eine zweite Stange aus dem Wagen zog und das Rad fixierte. Sein Kreuz schmerzte, die klammen Hände ebenfalls. Doch er hielt das Gewicht. Er hatte sich an derlei Arbeiten gewöhnt.

Das Mädchen war vielleicht fünf Jahre jünger als er, doch sie wirkte wie eine Dreißigjährige. Ihre Haut war aufgerissen, überall zeigten sich Narben eines von Entbehrungen gezeichneten Lebens. Sie klaubte die Reste zwischen der Metallspange und dem Rad hervor, ihre Finger bluteten. Die Fingernägel waren bis zum Fleisch hin abgerissen; es scherte sie nicht. Sie war bloß noch ein Werkzeug, das den Wächtern zu Willen war, und hatte jegliche Menschlichkeit verloren. So wie er selbst.

Darne wartete geduldig und ohne nachzudenken. Er fühlte kein Mitleid mit dem Mädchen. Überlebte sie, war es gut. Starb sie, dann ebenfalls.

Die Schmerzen, die er selbst spürte, ertrug er mit der Gelassenheit eines Mannes, der kaum mehr eine Verbindung zu seinem eigenen Körper hatte. Es tat weh, aber es ging ihn nichts mehr an.

Irgendwann hatte die Göre ihre Arbeit erledigt, und Darne ließ das Hebelwerk fallen. Mit einigen Schlägen eines Hammers schlug er rostige Bolzen durch Metallreifen und Holz, und ihre Reise konnte weitergehen.

Er entfernte sich vom Wagen und ging neben der Kleinen her, eine eigene Spur durch den Matsch ziehend, die bald wieder verschwand in diesem braunen Einerlei.

Der Palisadenzaun kam näher. Ein Wächter mit rostigem Helm trat an die Brüstung und blickte auf sie hinab. Er legte ein Horn an die Lippen und gab lustlos klingende Töne von sich. Beide Flügel eines Tors öffneten sich, von gelangweilt wirkenden Männern auseinandergedrückt. Erst nahe des Eingangs zeigten sich endlich, endlich gepflasterte Straßen, die den Namen auch verdienten und frei vom Matsch waren.

Eine letzte Bö fegte über sie hinweg, ein letztes Mal kläfften die Bargyaggs ihre knappen Befehle. Dann war es vorbei und sie am Ziel ihrer Reise angelangt. In einem erbärmlichen, schmutzstarrenden Lager, dessen Gestank den der übelsten Hinterhöfe von Mittigteilen bei Weitem übertraf und dessen Insassen kaum etwas Menschenähnliches an sich hatten.

Aus dem größten Gebäude rechts der saubersten Straße trat eine gedrungene Gestalt hervor, zog ihre Hose hoch und gürtete ein Schwert um. Der Mann torkelte leicht. Eine Wolke an Mücken umgab ihn, und je näher er ihnen kam, desto mehr dieser Bestien umgaben ihn. Er kümmerte sich nicht um die Viecher, als er vor dem ersten Wagen stehen blieb, breitbeinig und in großartiger Pose, um sich leise mit einem der Bardyaggs zu unterhalten.

Darne setzte sich auf dem kalten Stein der Straße nieder, die anderen Gefangenen taten es ihm gleich. Das junge, halbtote Mädchen ließ sich einfach fallen und lehnte sich gegen eine andere, eine ältere Frau, die sie wie beschützend umklammerte.

Er entdeckte Morilacc vom Tal. Der Riese hielt sich am Geschirr eines Ochsen fest. Den Kopf weit vornübergebeugt, die Knie zittrig. Auch er war am Ende seiner Kräfte, doch er hielt sich aufrecht. Er war hässlich, er war dumm, aber er hatte Stolz. Mehr als jeder andere Begleiter Darnes auf diesem Todesmarsch.

Die Unterhaltung fand ein Ende. Der Gedrungene winkte weiteren Insassen des Lagers, die schleppten einige schwere Kisten herbei und stellten sie vor dem Bardyagg ab.

»Ihr seid miese Ware!«, rief der vermeintliche Kommandant mit schriller, viel zu hoher Stimme und an die Neuankömmlinge gewandt. »Ich wurde eben gewarnt, dass die meisten von euch nicht lange durchhalten werden. Dies ist bedauerlich, denn in Zeiten wie diesen braucht man eure Arbeitskraft ganz besonders.« Er holte tief Luft und fuhr dann fort: »Ich bin Kasmaton der Furcher, Plejar und damit oberster Befehlshaber dieses Lagers. Ich bin die letzte Autorität, deren Befehlen ihr euch in eurem miserablen Leben beugen werdet. Denn dies ist ein Ort des Vergessens und des Vergessenwerdens. Niemand, der jemals hierher gelangt ist, hat das Lager wieder verlassen. Von hier aus geht es bloß noch abwärts, und zwar in eine Tiefe von drei oder vier Fuß. Mehr gestehen wir den Toten hier nicht zu, denn auch die Aasfresser des Hochlands müssen von irgendwas leben, nicht wahr?«

Der Mann lachte, als hätte er einen besonders guten Witz gemacht, wurde aber rasch wieder ernst.

»Ihr werdet euch an meine zauberhafte Stimme gewöhnen müssen. Ihr bekommt zu essen. Ihr erhaltet Unterkünfte, die leidlich sauber sind, und ihr bekommt, obwohl ihr Mörder, Diebe und Halsabschneider seid, Rechte zugestanden, die euch gar nicht zustehen. Denn wir vom Rudel sind großmütig. Wenn ihr eure Arbeit zu unserer Zufriedenheit erledigt, werdet ihr gut behandelt. Wenn ihr euer Soll übertrefft, gibt es bevorzugte Behandlung und Sonderleistungen.« Kasmaton zeigte ein boshaftes Lächeln. »Solltet ihr aber unsere Gutmütigkeit ausnutzen, uns hintergehen, euch gegen uns wenden, dann werdet ihr es bitter bereuen.«

Er hatte mit einem Mal ein Messer in der Hand und schleuderte es mit einer Kraft, die Darne dem Kleinen nicht zugetraut hätte. Die Waffe zischte eine Mannslänge entfernt an ihm vorbei und bohrte sich in einer Entfernung von etwa dreißig Schritten in einen einsam dastehenden Holzpfosten. Viele Späne, fingerbreit oder dick, standen davon ab. Alles deutete darauf hin, dass der Furcher seine Ansprache nicht zum ersten Mal mit einem gut gezielten Wurf seines Messers würzte.

»Schirrt die Ochsen ab, schiebt die Wägen beiseite, reinigt sie und ladet die Waren aus, dann bekommt ihr Brot und Wasser. Jetzt beeilt euch, ihr Abschaum! Ihr hattet während der Reise hierher genügend Zeit zum Faulenzen. Nun beginnt der Ernst des Lebens!«

Die Arbeit war schwer, wie erwartet. Es gab Schläge und ungerechte Bestrafungen, wenn sie etwas nicht zur Zufriedenheit der Wächter erledigten, die sich selbst in ihrer Gemeinschaft »Rudel« nannten. Doch mit diesen Dingen konnte Darne fertigwerden. Nicht aber mit dem Wetter, diesem schmierigen Wasser, das seine Haut tagtäglich in Falten legte. Und dann die Eintönigkeit der Arbeit. Ihr sinnloses Tun. Sie reparierten etwas, das bereits am nächsten oder übernächsten Tag wieder instandgesetzt werden musste.

Das Rudel umfasste etwa zweihundert Männer. Sie passten auf dreimal so viele Gefangene auf und versorgten sie tagtäglich mit jenem Minimum an Nahrung, das nötig war, damit sie noch ausreichend Kraft für die Arbeit hatten. Zwei Scheiben Brot, ein kleines Stück Fleisch, Schmalzsuppe sowie einige Bohnen bildeten die Tagesration, dazu gab es nach Fäulnis schmeckendes Wasser und eine Portion Cardym, die sie allesamt mit tiefem Verlangen nach mehr herumlaufen ließ. Alles war zu wenig, alles war Mangel. Doch ein Tod blieb ihnen versagt.

Darne verließ die Baracke und zog den Kragen des Arbeitsmantels hoch, in der Hoffnung, den heutigen Tag nicht völlig durchnässt überstehen zu müssen. Diese Hoffnung hatte sich bislang noch nie erfüllt.

»Diese Kerle haben das Glück, auf der richtigen Seite zu stehen«, sagte Morilacc vom Tal. Wie immer fand er kein Wort des Grußes für ihn. »Das ist der einzige Unterschied zwischen ihnen und uns.« Er spuckte aus, rieb sich die Hände und packte seine Schaufel. Tagaus, tagein räumten sie Zeugs von den schmalen Wegen im Lager, das Schlamm, aber auch Ochsenscheiße sein mochte. »Wenn ich sie nicht so hassen würde, ich würde mich darüber freuen, dass sie so wie wir im Eisernen Hochland gefangen sind.«

Darne half Morilacc, die Masse auf einen Karren zu laden, und schob ihn dann einige Schritte weiter. Sie würden das Gefährt bis zum Rand hin anfüllen und dann aus dem Lager schaffen. Niemand wusste zu sagen, wie der Morast zwischen die Gebäude gelangte. Es war, als würde er aus den schmalen Fugen zwischen schweren Pflastersteinen hochgedrückt werden, um sich jeden Tag aufs Neue auszubreiten wie eine Geschwulst im Inneren eines Körpers.

Darne starrte in den Himmel. Feinste Eiskörner vermengten sich mit Regentropfen. Das Wetter im Eisernen Hochland ließ das Wort »Trockenheit« wie einen Begriff aus einer völlig fremden Welt erscheinen.

»Es wird Zeit, dass wir mal zu den Weibern dürfen.« Morilacc wischte sich Rotz aus dem Gesicht. »Ich führe nicht nur diesen Karren durchs Lager, ich schiebe und ziehe darüber hinaus jede Nacht auch noch an meinem ganz persönlichen Handkarren. Kein Wunder, dass ich Schwielen bekomme.«

»Die hattest du gewiss schon früher, Morilacc. Welche Frau sollte ein hässliches Ungetüm wie dich denn ansehen wollen?«

»Wer sagt denn was von ansehen? Es wird sich hoffentlich eine finden, die bereit ist, die Augen zu schließen und meine Fachkünste zu genießen. Immerhin habe ich ein gehöriges Pfund in der Hose und kein krummes, kleines Würmlein wie deines, das aus gutem Grund das Licht des Tages scheut.«

Sie grinsten sich an und fuhren dann stumm mit ihrer Arbeit fort. Ein Wächter kam vorbei, grunzte zufrieden oder nicht zufrieden – wer wusste das schon zu sagen? – und verkroch sich dann unter einer der Planen entlang des Weges, die ein wenig vor dem stetigen Regen schützte.

Darne starrte in Richtung jener Baracken, in denen die Frauen schliefen. Sie machten etwa ein Drittel der Gefangenen aus und wurden isoliert von den Männern gehalten. Mitglieder des Rudels gingen dort ein und aus, zufrieden und höhnisch lachend, sobald sie einem der Lagerinsassen begegneten. Die gemeinsten der Wächter erhielten Privilegien, welche die Gefangenen niemals genießen würden.

Ein Mann torkelte an Darne vorbei. Er kam aus einem schäbigen Gebäude zu ihrer Rechten. Kasmaton der Furcher. Der Plejar war völlig besoffen. Aus einem fast leeren Beutel kullerten Münzen. Er blieb stehen, bückte sich und setzte mehrmals an, bis er es schaffte, die Viertel-Schleis aufzunehmen und zurück in die lederne Hülle zu stopfen. Er umrundete sie in einem Respektabstand, ohne sie eines Blickes zu würdigen, und torkelte auf die Kommandantur zu.

»Für einen Aufseher gibt der Furcher bemerkenswert wenig her«, sagte Darne leise. »Derlei Kunststücke mit dem Messer, wie er uns eins zeigte, hat mir mein Meister bereits nach einer Woche in seiner Schule beigebracht.«

»Wer weiß, ob er überhaupt der Aufseher ist?« Morilacc sah sich nach allen Richtungen um, bevor er Darne zuraunte: »Es gibt Gerüchte, dass er ein Handlanger sei, der bloß für eine Weile als Aufseher diene. Ein Stellvertreter, der von den Mitgliedern des Rudels nur wenig geachtet werde. Ein neuer, besserer Mann wäre auf dem Weg hierher und würde ihn bald ersetzen.«

»Es gibt mehr Gerüchte als Insassen im Lager, Morilacc.«

»Ich weiß. Aber dieses besitzt Gehalt. Es stammt von einem der Wächter, die sich im Umfeld Kasmatons bewegen. Der hat es wiederum einem seiner Untergebenen mitgeteilt, und von dort gelangte es auf direktem Wege, also über nicht mehr als vier oder fünf Ecken, an mein Ohr.«

»Ich verstehe. Du würdest einen ausgezeichneten Gedächtnismeister abgeben, Morilacc.«

»So ist es. Derzeit würde ich allerdings viel lieber die Rolle als Henker einnehmen und aus diesem kleinen Mann einen kopflosen Winzling machen. Man sagt, dass er abnorme Gelüste hätte und es gute Gründe gäbe, dass jeden zweiten oder dritten Tag ein Leichnam in den Gräben rings um das Lager zu finden sei.«

»Man sagt auch, dass unsere Welt in alle Richtungen weiter als fünftausend Laufe reiche. Bewiesen hat dies allerdings noch niemand.«

»Zumindest niemand, den wir beide kennen. Aber das heißt nicht, dass dieses Gerücht falsch ist.«

Darne war diese Unterhaltung leid. Morilacc war ihm ein guter Kamerad. Einer, dem er vielleicht sogar sein Leben anvertraut hätte. Doch er war abergläubisch, und er vertraute viel zu sehr auf Gerüchte. Ein Mann, der den Sprüchen von Wahrsehern oder Tratschweibern mehr vertraute als der Stimme der Vernunft, stellte für Freunde stets eine Gefahr dar.

Sie wurden aus der Ferne beobachtet. Die Mitglieder des Rudels blieben auf Abstand und achteten darauf, dass keiner der Gefangenen allein durchs Lager patrouillierte. Sie mochten nicht die Hellsten sein, doch sie wussten gut genug, worauf es bei dieser Arbeit ankam.

Darne blinzelte hoch zu den Wachttürmen, die in regelmäßigen Abständen entlang des Palisadenzauns eine hervorragende Sicht auf das Geschehen im Lager boten. Die Ecktürme waren besonders stark abgesichert. Auf den Brüstungen waren schwere, schwenkbare Armbrüste montiert, die jederzeit geladen waren. Die Bolzen, armlang und fingerdick, hatten eine enorme Durchschlagskraft, wie die Mitglieder des Rudels immer wieder demonstrierten, indem sie gegen die Holzwände der Lagerbaracken feuerten. Bevorzugt in den Nachtstunden, während die Insassen schliefen. Darne dachte an das dumpfe Klopfen zurück, das letzte Nacht mehrmals ertönt war. Bolzen hatten die schlecht isolierte Wand durchdrungen, metallene Spitzen hatten in Richtung der Gefangenen gezeigt. Das Lachen der Rudelleute war für eine Weile zu hören gewesen, bevor sich die Wächter wieder dem Suff während ihrer nächtlichen Wachtschicht hingegeben hatten.

»Selbst der besoffenste Schütze würde sein Ziel nicht verfehlen«, sagte Morilacc, der Darnes Blicke richtig deutete und ebenfalls zu einem der Wachttürme hochstarrte.

»Warum sie sich überhaupt diese Mühe geben? Keiner von uns würde den Marsch durchs Eiserne Hochland überleben.«

»Wir sind wertloses Menschenmaterial. Aber doch das einzige, das diese Drecksarbeiten durchführt. Würde uns das Rudel töten, müsste es selbst Karren voll Scheiße schleppen.«

Sie passierten einige Bardyaggs, die sich auf ihren Aufbruch vorbereiteten. Die Bewohner des Eisernen Hochlands arbeiteten zwar mit den Wächtern zusammen und wurden auch von ihnen für Transporte entlohnt, doch es war den beiden Gruppen anzumerken, dass sie abgesehen davon kaum etwas miteinander zu schaffen hatten.

Darne überlegte, eines dieser schweigsamen Wesen anzusprechen, ließ es aber bleiben. Sie waren Abschaum und für die Bardyaggs noch weniger wert als jene, die sie bewachten. Eines der Wesen, dicht behaart und womöglich trotzdem eine Frau, stieß einen Fluch aus, der ihm galt. Er kreuzte mit dem Wagen ihren Weg. Die Geste, die sie hinzufügte, war eindeutig auf ihn gemünzt. Sie hatte mit seinem Hintern und einem langen, rostigen Speer zu tun.

Darne zog den Wagen weiter, hin zum einzigen Tor. Eben kam ein Trupp müder und schwer gezeichneter Männer herein. Darne hatte diese Leute, die außerhalb des Lagers arbeiteten, schon mehrmals zu Gesicht bekommen, doch noch nicht die Gelegenheit erhalten, ein Wort mit ihnen zu wechseln. Was taten sie im Freien? Was geschah nördlich des von Palisaden umzäunten Geländes, im Norden und im Westen? Dort, wo seltsame Felsformationen ein Labyrinth bildeten, das aus der Ferne undurchschaubar wirkte.

»Was gibt's da zu gaffen?«, blaffte sie ein Rudelmann an. Er trug eine Art Hellebarde, ein halbes Dutzend seiner Kameraden stand in einer Entfernung von bloß wenigen Schritten.

»Verzeihung«, sagte Morilacc und beugte den Kopf.

»Verzeihung was?«

»Verzeihung, Hoher Herr.« Der Riese senkte den Kopf und gab sich unterwürfig.

»Und was ist mit dir?« Die Blicke des Wächters richteten sich auf Darne. Sie wirkten lauernd, abwartend.

»Verzeihung, Hoher Herr«, wiederholte er Morilaccs Worte, mühsam beherrscht.

»Na also. Ihr transportiert Scheiße, so wie jeden Tag?«

»Ja.«

Wie konnte Morilacc diese Demütigungen bloß ertragen? Warum wehrten sie sich nicht?

»Scheiße, die von Scheiße in ein Scheißland hinausgekarrt wird.« Der Wächter lachte, seine Kameraden fielen in das

Gejohle ein. »Wie fühlt ihr euch denn dabei? Nun, da ihr wisst, dass dies bis ans Ende eures Lebens die würdevollste Aufgabe sein wird, die ihr zu erledigen habt?«

»Besser als jene armseligen Gestalten, die uns dabei zuschauen müssen.« Es war genug! Darne würde sich diese Erniedrigungen nicht länger gefallen lassen. Ruhig fuhr er fort. »Wie fühlt man sich, wenn man weiß, dass es der Höhepunkt seiner Laufbahn ist, uns beim Scheißeschleppen zuzusehen? Während eure Kameraden in Attico der Wunderbaren sitzen und feiste Pfeffersäcke bewachen oder gar eine Hohe Dame. Dort, wo die Luft sauber ist und man die Sonne manchmal sieht und man nicht nur von ihr träumt. Wo das Cardym gut schmeckt und nicht wie der Kadaver eines Steinwiesels. Wie ist es, wenn das Leben an einem vorüberzieht, einfach so, und die einzige Aufregung eines Tages darin besteht, Späße auf Kosten von Scheißeschleppern zu machen?«

»Halt's Maul, Darne!«, murmelte Morilacc vom Tal.

»Warum?« Er musste lächeln. Erleichtert. Was konnte ihm schon geschehen? Sollten sie ihn hier an Ort und Stelle töten! Sein Leben war in dem Moment zu Ende gewesen, da man ihn in eine Kutsche gepackt und hierher verbracht hatte.

Der Wächter wurde blass. Er packte die Hellebarde fester, senkte sie. Seine Körperhaltung zeigte, dass er nur wenig Erfahrung mit dieser schwer zu beherrschenden Waffe hatte.

Darne winkte dem Rudelmann. Kampflos würde er sich diesem Mistkerl und seinen Spießgesellen nicht ergeben. Noch steckte ein wenig Kraft in ihm. Zwei oder drei von ihnen mochte er mitnehmen ins Reich der Götter, bevor ihn selbst der tödliche Hieb ereilte.

»Du verdammter Idiot!«

Darne drehte sich dem Sprecher zu, irritiert und orientierungslos. Er war auf einen Kampf aus und nicht auf …

Etwas traf ihn mit der Wucht eines Ambosses. Sein Kopf

wurde zur Seite gerissen, dann kam Schmerz, danach die Erlösung und mit der Erlösung ein Gefühl unendlicher Erleichterung. Darne fiel in die Schwärze.

»Steh auf!«

Das Leben kehrte zurück, Schmerz kehrte zurück. Er lebte noch, und das war schön. Er lebte noch, und das war scheiße.

Trübes Licht und Kälte rissen ihn in ein Leben zurück, mit dem er nichts mehr zu tun haben wollte. Oder war er etwa doch ins Reich der Götter eingekehrt und wurde nun für sein überhebliches Verhalten bestraft, indem er bis zum Absturz der Sterne und der ewigen Dunkelheit über dem Lederland immer und immer wieder den letzten Tag seines Daseins durchleben musste?

Darne fiel zu Boden. Er vermochte seine Augen kaum zu öffnen, die Kiefer schmerzten. Er wurde vom Zug schwerer Ketten niedergedrückt, die um Arme und Beine lagen.

»Mach schon!«

Jemand trat ihn in den Magen. Er musste es hinnehmen, ohne sich dagegen wehren zu können. Er fand nicht die Kraft, die Bauchmuskeln anzuspannen und damit zumindest einen Teil der Wirkung abzublocken.

»Wenn du nicht sofort hochkommst, beweise ich dir, wozu ich von den Totmachern ausgebildet wurde. Hast du jemals von Zangenbeißern gehört? Natürlich hast du, Kleiner! Man sagte mir, dass du für einige Zeit bei Aracam gelernt hast. Er ist zwar nur ein minderer Meister, der meinem Herrn, Mydcorl, nicht das Wasser reichen konnte. Aber er hat dir gewiss die Grundbegriffe dessen beigebracht, womit sich Zangenbeißer beschäftigen.«

Aber er hat es nicht geschafft, dir ein Schweigegelübde abzuverlangen, dachte Darne, während er sich bemühte, auf die Beine zu kommen. Die Ketten zogen und zerrten an ihm. *Also kannst du kein besonders eifriger Schüler gewesen sein. Mydcorl und die anderen Großen seiner Zunft verlangen von ihren Schülern Zurückhaltung. Und Stillschweigen über das, was ihnen beigebracht wird.*

Er dachte an seine eigenen Verfehlungen. An den Grund, warum er hierher abgeschoben worden war. Alles war mit einem Mal so deutlich, so klar vor seinen Augen; er war hochnäsig, selbstgefällig und aufbrausend gewesen. Er hatte unverzeihliche Fehler begangen und war für seine Dummheiten bestraft worden.

Darne blickte um sich. Er befand sich in einer gezimmerten Stube, in deren Ecken reichlich Spinnweben hingen. Werkzeuge eines Feldschers lagen überall bereit. Manche waren rostig, andere schartig. Braunrote Flecken klebten auf jenem Holztisch, von dem er eben gestürzt war.

Er betrachtete sein Gegenüber mit zusammengekniffenen Augen. Er war klein und viel zu gut genährt für einen Wächter, der hier am Arsch der Welt Dienst tat. »Ich kenne die Aufgaben der Zangenbeißer«, sagte er heiser. »Ich weiß, was sie tun.«

Für ihr grausiges Handwerk nutzten sie Gerätschaften normaler Handwerker, die jedoch von diesen speziell ausgebildeten Folterknechten zweckentfremdet wurden. Geschulte Zangenbeißer wussten mit einigen Nägeln, einem Hobel und einer Kürschnerschere einem Menschen die Haut abzuziehen und seine Knochen fein säuberlich aus dem Fleisch zu schälen. Meister ihres Faches schafften es, mehr als fünfzig Knochen aus allen Gliedern zu entnehmen, bevor die Opfer ihrer perversen Begierden ins Totenreich hinüberglitten.

»Dann hör mir gut zu, Darne. Du hattest mehr Glück als Verstand. Dein Beschützer Morilacc konnte die Torwächter daran hindern, dir den Schädel einzuschlagen. Er schlug dich gerade noch rechtzeitig bewusstlos und trat wie von Sinnen auf dich ein, um die Aufmerksamkeit auf sich und weg von dir zu lenken. Er hat dir mindestens drei Rippen gebrochen und einige Finger, und du wirst Prellungen am gesamten Körper spüren. Du solltest ihm dankbar dafür sein, sobald du ihn wiedersiehst.«

Der Kleine nahm ein Messer zur Hand und begann, mit der Klinge die Trauerränder unter seinen Fingernägeln wegzukratzen. Der Schmutz, der zum Vorschein kam, war rotschwarz. »Danach wurdest du zu mir gebracht. Weil ich dem, was man allgemeinhin als Arzt bezeichnet, im Lager am nächsten komme. Wenn Abschaum wie du kurz vor dem Abkratzen ist und man glaubt, dass er's wert ist, noch einige Monde länger zu arbeiten und zu kacken und Huntipormacc ihn wieder zusammenflicken könnte, dann bringt man ihn in meinen bescheidenen Palast.« Der Zangenbeißer tat eine großartige Geste, die dem Verwalter einer Provinz gerecht geworden wäre. Doch in Wirklichkeit galt sie einem Zimmer, in der sich außer einer Liege, einem wackligen Tisch und vielen obskuren Instrumenten nichts befand.

Darne schwieg, obwohl er wusste, dass der Zangenbeißer von ihm eine Reaktion erwartete. Er würde ihm diesen Gefallen nicht tun. Stattdessen orientierte er sich. Nahm Kleinigkeiten wahr wie zwei kleine Wurfmesser, die in Reichweite Huntipormaccs lagen, einige schmutzige Leichentücher, eine kleine Glocke, Reste verbotenen Pergaments.

»Danke für deine Hilfe«, sagte er schließlich steif.

»Deine Dankbarkeit ist unangebracht, König. Du willst doch der neue Rego werden, nicht wahr?« Der Kleine kicherte. »Ein König in Ketten, wie amüsant!« Huntipormacc rieb sich die Hände über einem Handofen. Es war kalt hier drinnen. »Ich habe getan, was von mir verlangt wurde. Und wofür ich bezahlt werde. Es ist eine Schande, dass ein Zangenbeißer, ein Meister des Todes, verpflichtet wird, wertloses Geschmeiß wie dich am Leben zu erhalten.«

Das Geplapper Huntipormaccs war bedeutungslos. Wichtig war einzig und allein, dass Morilacc und er lebten. Dass der

Riese seine wagemutige Tat nicht mit dem Tod hatte bezahlen müssen. Niemand sollte seinetwegen sterben.

»Du und der große Mann hattet bislang ein leichtes und angenehmes Leben im Inneren des Lagers«, sagte der Zangenbeißer, als hätte er Darnes Worte erraten. »Kasmaton der Furcher hat angeordnet, dass ihr unter verschärften Bedingungen gehalten werdet. Man wird euch bei nächster Gelegenheit in die Dunklen Tiefen hinabschaffen, in die Lederwerke.«

»In die Lederwerke?« Darne dachte über den Begriff nach. Hatte er ihn nicht schon gehört? Hatte man ihn nicht gewispert, sich dabei verängstigt nach allen Seiten umgeblickt, die Worte nur ganz zögerlich ausgesprochen?

»Ein Ort des Todes«, sagte der Kleine und grinste. »Ein Ort, auf dem der Reichtum des ganzen Landes gründet. Ein Ort, ohne den es keine Stadt Attico und keine hochwohlgeborenen Bürger geben würde. Dort werden Reichtümer mit Leder und anderem Zeugs gemacht – und Leben genommen. Die Leben von minderwertigen Geschöpfen, wie du eines bist.«

Darne dachte nicht länger über die abfälligen Bemerkungen seines Gegenübers nach. Er konzentrierte sich stattdessen auf die Wissensbrocken, die der selbstgefällige Kerl preisgab.

Man erfuhr in Städten wie Mittigteilen nicht viel über die Herkunft der großen Mengen Lederhäute, die Tag für Tag in die zivilisierten Gegenden Hadens transportiert wurden. Niemand redete darüber, niemand interessierte sich dafür. Wurden die Rinder etwa hier im Eisernen Hochland gehalten, und wenn ja, wo versteckten sie sich? Warum sprach der Zangenbeißer vom Abstieg in Dunkle Tiefen?

»Die Lebenserwartung dort unten ist nicht sonderlich hoch«, fuhr der Kleine fort. »Ein guter Mann hält ein Jahr oder etwas länger durch. Die Schwachen müssen wir nach sechs Monden irgendwo im Morast verscharren.« Wiederum lächelte Huntipormacc. »Den Göttern sei Dank gibt es derzeit genügend

Nachschub an Abschaum aus anderen Teilen des Lederlandes. Der Rego ist dabei, wegen der gehäuft auftretenden Unruhen die geltenden Gesetze rigoroser als sonst anzuwenden. Das ist gut für uns, sehr gut sogar.«

»Ich verstehe«, murmelte Darne. Er vermochte sich kaum auf den Beinen zu halten. Die Schmerzen in der Brust wurden immer stärker, er war schrecklich müde, die Ketten drückten gegen seinen Leib. Doch er musste bei klarem Verstand bleiben, musste sich jedes Wort merken, das sein Gegenüber sagte. Nun, da er dem Tod einmal von der Schippe gesprungen war, fand er ein immer größer werdendes Interesse daran, dem Grauen Herrn und seinem düsteren Gefolge in Zukunft auszuweichen.

»Ach, du verstehst gar nichts.« Der Zangenbeißer trat näher auf ihn zu. Das Grinsen wollte nicht aus seinem Gesicht weichen. »Was spielt es für eine Rolle, ob ein nichtssagender Kerl wie du ein nichtssagendes Ende findet? Also raus hier! Mach, dass du wegkommst! Die Arbeitskolonne macht sich bald auf den Weg.« Er löste mit einigen Handbewegungen die Ketten und räumte sie schwer atmend beiseite.

Darne betrachtete den Kleinen ein letztes Mal. Er kannte Leute dieser Sorte. Sie waren gemein und hinterhältig.

Er schob den Vorhang beiseite, der eine Tür ersetzte, und fand sich inmitten dichten Schneetreibens wieder. Grauer Schnee lag mehrere Handbreit stark auf den Giebeldächern. Einige Lagerinsassen waren damit beschäftigt, das Zeugs mit Rechen abzustreifen, um der Gefahr vorzubeugen, dass die mehr schlecht als recht befestigten Gebäude unter der Last zusammenbrachen. Hier und dort hingen Eiszapfen von den Giebelrändern. Die Wege mussten beständig freigeschaufelt werden, damit die Karren durchkamen.

»Du hältst nicht lange durch, Darne«, hörte er die Stimme des Zangenbeißers hinter sich. »Ich habe die Narben an deinem Körper gesehen. Manche davon sind frisch, andere schon einige

Jahre alt. Nun hast du neue hinzubekommen, die dich nicht unbedingt hübscher machen. Dein ehemaliger Meister hat sich mal an dir ausgetobt, nicht wahr? Ich erkenne die Handschrift eines geübten Mannes, wenn ich sie sehe.«

»Wie lange war ich bei dir in Behandlung, Zangenbeißer?«, fragte Darne, ohne sich um die hämischen Bemerkungen des Kleinen zu kümmern.

»Sechs und einen halben Tag. Morilacc hat dich tatsächlich schwer erwischt und insbesondere dein Gesicht bearbeitet. Vielleicht hatte er ja auch Spaß daran, dir eine ordentliche Tracht Prügel zu verabreichen. Womöglich seid ihr gar nicht so gute Freunde, wie du meinst.«

Darne verdrängte diesen Gedanken, so gut es ging. Auch wenn ihm ein kleiner Dämon in seinem Hinterkopf sagte, dass Morilacc es nicht notwendig gehabt hätte, derart fest zuzuschlagen.

Aber nein! Es war Huntipormacc, der ihm böse Gedanken einträufelte, der einen Keil zwischen sie treiben wollte. Der Zangenbeißer wollte Zwietracht zwischen ihnen säen.

Darne trat auf die Straße. Er hatte Schwierigkeiten, auf dem rutschigen Untergrund das Gleichgewicht zu halten.

»Nach rechts, hin zu den Wächtern!«, rief ihm Huntipormacc nach. »Kasmaton wartet auf dich.« Wieder lachte er vor Schadenfreude über Darnes Schicksal.

Mehrere Schwerbewaffnete nahmen ihn wenige Schritte von Huntipormaccs Hütte in die Mitte und stießen ihn vorwärts, in Richtung eines kleinen Platzes, auf dem sich mehrere Dutzend Männer versammelt hatten. Die zusammengetriebenen Gefangenen starrten zu Boden. Die Wächter grinsten, wohl froh darüber, einige der gefährlichsten Kerle loszuwerden, auf die sie aufpassen mussten.

Im Zentrum der Gruppe stand Kasmaton. In seiner unmittelbaren Nähe hielt sich ein Wächter mit übertrieben gepflegtem

Schnurrbart, blond und mit stechenden Augen auf. Er wirkte ruhig. So, als wäre er es, der hier die Befehle gab.

Kasmatons Augen waren gerötet, er spielte nervös mit einem seiner Messer. »Ah, da ist er ja«, rief er, sobald er Darne erblickte. »Schön, dass du uns endlich mit deiner Gegenwart beehrst! Damit ist diese lustige Gruppe komplett. Und wir können diese wunderschöne Anlage verlassen, um euch dorthin umzusiedeln, wo ihr den Rest eures kurzen, miserablen Lebens verbringen werdet.«

Darne suchte nach Morilacc und entdeckte seinen Schopf im Kreise der Versammelten. Der Riese sah stur geradeaus, so als wollte er nichts mehr mit ihm zu tun haben.

»Macht schon! Ich habe wichtigere Dinge zu tun, als mich mit lebenden Toten zu unterhalten.«

Wächter stießen sie mit gesenkten Hellebarden vorwärts, auf das einzige Tor des Lager zu. Sie pieksten die Gefanenen mit ihren Waffen, immer wieder. Meist stachen sie auf die nur durch zerrissenen Stoff geschützten Beine ein. Es war augenfällig, dass sich einige der Kerle insbesondere um ihn, Morilacc und zwei weitere Männer kümmerten und dabei fester zustießen als notwendig. Darne fühlte neuen Schmerz. Aufgerissene Waden. Haut, die aufplatzte. Spitzen, die ihn anritzten und Fleisch durchbohrten.

Er beeilte sich und drängte sich zwischen andere Mitgefangene. Schob sich vor einen zwergenhaft gebauten Mann, der breitbeinig dahinwatschelte und einen gewissen Schutz bot.

Sie waren zwei Dutzend schmutzige, müde Gestalten, die durch das Tor stolperten. In der eintönigen Ebene des Eisernen Hochlands machte das Auge kaum einen Anhaltspunkt aus, an dem es sich orientieren konnte. Da gab es bloß Wagenspuren, tief und meist kerzengerade. Rings um das Tor fanden sie sternförmig zusammen, um dann zu tiefen Rinnen zu werden, die Tag für Tag neu mit Steinen und festem Erdreich angefüllt werden mussten.

Ein Teil der Wächter blieb bald zurück, darunter auch der eitle Geck mit dem Schnurrbart. Darne atmete erleichtert auf. Er stampfte durch eiskaltes Wasser und fühlte Kälte an seinen Beinen hochkriechen, dort, wo er blutig gestochen und verletzt worden war.

»Halt dich aufrecht!«, flüsterte ihm jemand zu, und es dauerte eine Weile, bis Darne Morilaccs Stimme erkannte. Der Riese trat neben ihn und hielt ihn fest, als er stolperte und hinzufallen drohte. »Du bist das blödeste Arschloch, das ich jemals kennengelernt habe«, fuhr der Riese fort. »Wegen dir stopfen sie mich nun in das tiefste Loch des Lederlandes.« Er drückte Darnes Oberarm, als wollte er ihn zerquetschen.

»Du hättest mich sterben lassen sollen.«

»Bist du denn immer noch dieser törichten Ansicht?«

»N-nein.«

»Dann lass den Unsinn! Wir beide werden gemeinsam mit diesen anderen armseligen Gestalten in den tiefsten Abgrund geführt, den sich ein Mensch nur vorstellen kann. Man sagt, dass niemals mehr wieder ein Mensch aus den Dunklen Tiefen an die Oberfläche zurückkehrt. Aber ich glaube das nicht. Ich akzeptiere das nicht!« Morilacc vom Tal sah ihn mit wildem Blick an. »Du schuldest mir dein Leben. Du wirst mir dabei helfen, nicht zu krepieren. Das ist von nun an deine Aufgabe, deine Pflicht. Hast du mich verstanden?«

Darne nickte. Er war wie betäubt. Er erfasste kaum, was Morilacc ihm sagte. Es war auch völlig einerlei. Schritt für Schritt schleppte er sich vorwärts, durch Furchen, die mal vereist und dann wieder voll von jener klebrigen, stinkenden Masse waren, die er vor einigen Tag selbst hierhergeschafft hatte. Frisch gefallener Schnee gab dem Zeugs ein widerwärtiges Aussehen.

Er sank ein, hob ein Bein und machte einen Schritt, trat erneut in dicken Morast. Die anderen Gefangenen und die Wächter rempelten ihn vorwärts, südlich des Palisadenzauns entlang, Richtung Westen. Als sie den mäßig erhaltenen Wachtturm in der südwestlichen Lagerecke passiert hatten, bogen sie Richtung der untergehenden Sonne ab. Dorthin, wo im Schneeregen Gebirgsbrocken zu erkennen waren.

»Seht sie euch an!«, rief Kasmaton. »Einstmals reckten sich diese Berge höher in den Himmel, als ihr armseligen Gestalten es euch vorstellen könntet. Dann kam die Zeit der Bewegung, und alles änderte sich. Übrig geblieben ist diese Eiterpustel am Furunkel am Arsch der Welt, die sich Eisernes Hochland nennt. Euch wird der Anblick auf dieses Land bald erspart bleiben, liebe Kameraden.« Kasmatons Stimme klang beschwingt und fast glücklich. »Nahe des Abstiegs zu den Dunklen Tiefen wird euch der neue Plejar in Empfang nehmen. Meine Aufgabe ist hiermit erfüllt. Ich werde nach Attico zurückkehren. Ich werde in der Wunderbaren in Wein baden, gemeinsam mit den hübschesten Huren, die ich mir mit meinem Sold leisten kann, und werde mich bis in die Bewusstlosigkeit ficken.« Der Furcher lachte meckernd. »Vielleicht werde ich ab und zu daran denken, wie ihr hier verreckt, vielleicht aber auch nicht. Das Eiserne Hochland ist keine Erinnerung wert.«

Eine seltsame Felsformation tauchte vor ihnen auf, wurde größer und größer. Sie ähnelte einem raubtierähnlichen Geschöpf, das sich zum Angriff duckte.

Längst hatten sie das Lager hinter sich gelassen. Die Karrenfurchen waren hier tief. Die Spuren führten immer öfter um in der Gegend verteilte Steinhügel herum. Hier und dort waren Gestalten zu entdecken, die umherirrten und mit ihren Lanzen in die Erde stachen, als suchten sie etwas. Sie trugen Fellmäntel und hatten lederne Masken über ihre Häupter gezogen, die ihnen ein bestialisches, kaum menschenähnliches Aussehen verliehen. Bardyaggs. Solche, die noch wilder wirkten als jene, die ab und zu im Lager anzutreffen waren.

Darne stolperte weiter, kümmerte sich nicht um die kruden

Wesen. Immer wieder musste er sich bei Morilacc festhalten und sich auf dessen Kräfte verlassen. Der große Mann half ihm, wieder einmal. Eines Tages würde er für all diese Gefallen bezahlen müssen. Nichts im Leben war umsonst, und selbst der beste Freund forderte irgendwann seine Rechte ein. Insbesondere hier, an dieser Todesstätte.

Der Raubtierfelsen verlor an Konturen und Gestalt, je näher sie ihm kamen. Etwa hundert Schritte von ihm entfernt war er bloß noch eine Anhäufung von schroffen, von Wind und Wetter geschliffenen Steinen.

Zwei Menschen erwarteten sie. Sie standen da, einsam und allein. Der eine so groß wie Darne selbst, der andere klein und wuchtig gebaut. Letzterer mochte eine Frau sein, die in einer Art Rüstung steckte. Sie hielt Messer in jeder Hand und spielte nervös damit herum. Zwei Pferde waren an einen Pflock in der Nähe angebunden. Sie hielten die Köpfe müde gesenkt und wiegten sie hin und her, wohl auf der Suche nach Nahrung, die sie in diesem Matschland nicht finden würden.

»Meine Ablösung!«, rief Kasmaton und breitete theatralisch die Arme aus. »Endlich! Schön, dass ihr es pünktlich hergeschafft habt. Ich hoffe, ihr hattet eine gute Anreise? Ach, warum sollte ich lügen? Eigentlich ist es mir einerlei, wie es euch gerade geht. Wichtig ist einzig und allein, dass ich diese beschissene Einöde endlich verlassen kann.«

Die größere Gestalt trat vor. Sie trug eine lederne Maske, die gegen die Kälte schützte und das Gesicht bis über die Nase verbarg. Ansätze von tiefen Narben waren zu erkennen, und Darne war überrascht, eine erstaunlich weiche, weibliche Stimme zu hören.

»Kasmaton der Furcher. Der Mann, der aus so gut wie jeder Meisterschule der Totmeister geflogen ist, doch es dank seiner Niedertracht bis hierhergeschafft hat. Der Gedanke, dich hier zu treffen, hat mir die Reise versüßt.«

»Wie bitte?« Der kleine Mann zuckte zurück, und Darne vergönnte ihm diesen Moment der Unsicherheit, des Schreckens.

Die Stimme der Frau nahm einen offiziell klingenden Ton an. »Ich darf dir im Namen des Rego und des Hofkanzlisten mitteilen, dass du wegen mehrfacher Verfehlungen in deinem Aufgabenbereich als Plejar angeklagt und in Abwesenheit verurteilt wurdest. Zu fünf Jahren Zwangsarbeit in den Dunklen Tiefen. Das Urteil ist gleich zu vollstrecken, so wurde mir mitgeteilt. Ich möchte dich also bitten, Kasmaton, zu deinesgleichen zu treten. Ich bin mir sicher, es gibt Gesprächsbedarf zwischen dir und den anderen Verurteilten.«

Darne konnte nicht anders, er musste lauthals lachen. Morilacc fiel bald ein, dann ihre anderen Begleiter.

14. Bentaloppe (wenige Tage zuvor)

Was, wenn wir wieder mal diesem Wyme begegnen?«, fragte Birle. »Was, wenn er mich wiedererkennt?«

»Lern endlich mal, morgens in den Spiegel zu schauen.«

»Um einer Fremden ins Antlitz zu blicken? Jemandem, den ich nicht kenne?«

»Du bist immer noch du, und dieses Du ist ein hinterlistiges Frettchen, dem ich nur ungern den Rücken kehre. Doch aus der dunkelhaarigen, kräftig gebauten Frau ist eine blonde Schönheit geworden, die weniger Gewicht an den Hüften trägt. Die sehniger und schlaksiger geworden ist. Doch es sind nicht nur die Äußerlichkeiten, die zählen. Denk dran, wie lange wir an deinem Gang geübt haben. An deinen Bewegungen. Das Nicken, das Lächeln, das Stirnrunzeln, die Gesten – dies alles ist neu. Er hat dich bloß für kurze Zeit gesehen, und auch wenn Wyme ein guter Beobachter ist, so wird er dennoch niemals in dir die Schnelle vermuten, die ich seiner Meinung nach getötet habe.«

Bentaloppe sah zu, wie Birle über ihren Haarschopf tastete und bald mit den Fingern dort landete, wo einstmals eine oftmals nässende Narbe sie verunziert hatte. Nun wuchs helles Haar darüber.

Ein Magicus und eine Kräuterkundige, die als verschwiegen und Meisterin ihres Faches galt, hatten für viel Geld dafür gesorgt, dass die Wunde gut abgedeckt wurde. Birle würde stets Schmerzen haben, und in den Nächten tastete sie oft über ihren

Kopf, um dann und wann zu stöhnen. Doch das war allemal besser als ein billiger, wertloser Tod in einem Land, das nicht einmal das ihre war.

»Ich bin eine Schnelle. Ich will Wyme töten.«

»Wir haben darüber gesprochen, nicht wahr? Du wirst deine Gabe erst dann einsetzen, wenn ich's dir sage. Und das wird kaum einmal der Fall sein. Niemand darf erfahren, wer da an meiner Seite reitet und mich beschützt.«

»Bisher hatte ich das Gefühl, dass *du* mich vor Gefahr bewahrtest, und nicht umgekehrt.«

»Es wird der Augenblick kommen, da ich dich brauche.« Bentaloppe dachte an Cardym. An Bernyl, der ihr eine Dosis verabreicht hatte, die viel kräftiger gewesen war als alles, was sie jemals gespürt hatte. Das war vor fünf Tagen gewesen, als sie den Palast in Attico verlassen und sich auf die Reise begeben hatte. Wieder einmal. Um einen Auftrag zu erfüllen, der womöglich ihr letzter sein würde.

»Du hast nicht mehr sonderlich viele Jahre, meine Tochter«, hatte Bernyl ihr ins Ohr geflüstert, während sie an ihm gehangen hatte. »Du wirkst kräftig. Aber dein Inneres zerfällt, zerrinnt, bricht in sich zusammen. Du pisst manchmal Blut, nicht wahr? Und du kannst feste Nahrung nicht immer bei dir behalten. Dein Geschmackssinn geht verloren. Und manchmal, wenn du dich streckst, verspürst du einen stechenden Schmerz in der Magengegend.«

»Mhm.« Sie hatte weitergenuckelt. Bernyls Worte ergaben kaum Sinn. Nein, sie waren bedeutungslos. Wichtig war bloß, was er ihr schenkte, in diesen Momenten.

»Ach, meine Tochter! Ich hätte mir so sehr jemanden gewünscht, der mir nachgerät und der den Verlockungen des Cardym länger widerstehen kann. Für manche Leute des Volkes bist du aufgrund deiner Taten als Totmacherin eine Heldin, für andere ein unheimliches Geschöpf, dem man tunlichst aus dem

Weg geht. Ich aber sehe, was du wirklich bist – eine Versagerin. Eine bittere Enttäuschung. Wie alle deine nichtsnutzigen Geschwister.«

Warum kamen ihr die Worte ihres Vaters ausgerechnet jetzt in den Sinn?

Weil mir das Cardym seines Körpers bereits jetzt abgeht. Jeder Gedanke daran bringt mein Blut in Wallung und macht, dass ich das nahende Ende intensiver spüre.

»Gib mir davon!«, verlangte Birle und deutete auf das Ledersäcklein, in dem sich leichtes Cardym befand. Solches, das zu medizinischen Zwecken verwendet wurde. Um den Schmerz kleiner Wunden zu lindern und Taubheit rings um offene Wunden zu erzeugen. »Du bist nicht von hier. Du brauchst es nicht.«

»Ich bekam ab und zu etwas davon ab, während ich mit den Dörflern unterwegs war. Es schmeckt seltsam bitter, aber es regt an.«

Bentaloppe drehte sich ihrer Begleiterin zu, packte die Zügel ihres Pferdes und brachte das Tier mit einem Ruck zum Stehen. »Hör mir gut zu, Birle. Solange wir gemeinsam reiten, wirst du kein Cardym anfassen. Weder in flüssiger, noch in fester Form. Du wirst es dir nicht als Paste in die Augenwinkel schmieren, wirst keine Körner zerbeißen und wirst es dir beim Sex nicht auf deine Möse schmieren.«

»Ich habe keinen Sex. Niemals …«

»Sauf dich an, rauche getrocknete Pilze, inhaliere irgendwelche Gase – aber lass die Finger vom Cardym. Sonst nimmt unsere Partnerschaft ein rasches Ende.«

»Und was ist mit dir, Bentaloppe? Du nimmst es bereits dein Leben lang, lässt dich von ihm leiten. Ich merke doch, dass alles, was du unternimmst, danach ausgerichtet ist. Und dennoch führst du ein Leben in Freiheit, bist ungebunden und hast mehr Verstand als alle Einwohner des Lederlandes, denen ich bislang begegnet bin. Es wirkt nicht so, als würde dich das Cardym in irgendeiner Form schwächen.«

Sie hätte so gern die Wahrheit gesagt. Wollte sie hinausschreien in diese verfluchte Welt. Doch sie tat es nicht. Birle würde es nicht glauben. Niemand wollte wissen, wie sehr das Cardym alles Leben in Haden durchdrang. Vom Säugling bis zum Greis, vom Ärmsten bis zum Reichsten, vom Schwächsten bis zum Stärksten ... Jedermann war in seinen Klauen gefangen.

Birle musste von dieser Sucht frei bleiben. Irgendwann würde sie dem Verlangen nachgeben, keine Frage. Jedermann, der ins Lederland reiste, war neugierig auf dieses verfluchte Zeugs und verschenkte seine Existenz an eine niemals endende Sucht. Selbst jene, die in den Süden zurückkehrten, verzehrten sich vor Sehnsucht nach dem Cardym, jahrelang, jahrzehntelang. Nichts kam ihm gleich. Nichts zerstörte mehr als diese Droge. Und dennoch wurde es stets in den allerhöchsten Tönen gelobt. Wie gut es tat, wie es Schmerzen linderte, wie es Säuglingen beim Einschlafen half und wie viel Lust es bereitete, sobald die Wirkung einsetzte.

»Ist schon gut, Bentaloppe. Ich lass ab nun die Finger davon.«

»Versprichst du es?«

»Natürlich. Du bist meine Herrin. Ich werde dich nicht enttäuschen.«

O doch, das würde sie. Noch fühlte sie nicht dieses tiefgreifende Verlangen nach Erleichterung, die ausschließlich das Cardym zu erfüllen versprach. Doch eines Tages würde sie, ohne viel nachzudenken, nach einer Kugel greifen, die ihr irgendein Idiot anbot, oder ein wenig Paste von den Lippen eines Kerls lecken, der ihr neue, ungeahnte Erfahrungen versprach. Die Glut steckte bereits in ihr. Die Flamme war entfacht worden, als sie das erste Mal nach dem Cardym gegriffen hatte. Sie würde aufflackern und größer werden, genährt von unbestimmter Gier, würde sich in ihr ausbreiten wie ein Flächenbrand.

Es war etwas Lebendes im Suchtstoff. Es verlangte Zuwendung, wollte gehegt und gepflegt und gewürdigt werden, immer stärker und immer heftiger. Es wollte geliebt werden und verschenkte zugleich Liebe, die einen verzehrte.

»Wohin soll's denn eigentlich gehen?«, fragte Birle und lenkte damit die Aufmerksamkeit auf ein anderes, ebenfalls unangenehmes Thema.

»Wir haben einige kleinere Aufträge im Süden zu erledigen«, wich Bentaloppe einer direkten Antwort aus.

»Das ist aber nicht alles, stimmt's?«

»Wir werden danach längere Zeit unterwegs sein, in die entlegensten Teile des Landes.«

»Um was zu tun?«

»Um einen ganz speziellen ... Wunsch des Hofkanzlisten zu erfüllen.« Bentaloppe betastete die Narben in ihrem Gesicht. So wie sie es immer tat, wenn sie sich unsicher fühlte. »Bernyl wünscht, dass ich im Eisernen Hochland das Kommando über ein Lager der übelsten Gestalten übernehme, die Haden kennt.«

Bentaloppe erzählte bloß, was unbedingt notwendig war. Sie verschwieg den wahren Grund ihres Auftrags – und dass Birle und sie niemals mehr wieder aus diesem schrecklichen Land zurückkehren würden.

Sie vermieden den Alten Phoighe-Pass und ritten entlang der blaugrauen, steilen Felsbarrieren Richtung Nordosten, durch die Frostmark, durch kaum besiedeltes Land. Über den Phoighe wurden hauptsächlich Gefangene transportiert, um sie zu schwächen und möglichen Widerstand zu brechen. Es gab Wege ins Hochland, die leichter zu bewältigen waren. Schleichwege, die neben den einheimischen Bardyaggs nur wenige Menschen kannten.

Birle schwieg zumeist. Die letzten Wochen, die sie in einsamen Tälern verbracht hatten, hatten sie mürrisch gemacht. Sie vermisste die südlichen Länder mit ihren sanften Hügeln, die breiten Flüsse mit trübem Wasser und eine Sonne, deren Strahlen auch wirklich wärmten.

»Hunger?«, fragte Bentaloppe und reichte ihrer Begleiterin einen Happen Kaufleisch.

»Gibt's auch mal was Frisches? Gemüse, das auch so schmeckt? Wenn du wenigstens einige Zwetschkenkerne überhättest, damit ich sie in den Mund stecken und ablutschen könnte, um zumindest den Hauch ihres Geschmacks auf der Zunge zu haben.«

»Wie oft haben wir diese Unterhaltung schon geführt? Im Lederland ist frische Ware rar und so teuer, dass man sie sich kaum leisten kann.«

Birle griff nach dem Fleisch und riss es ihr ungeduldig aus der Hand, um dann lustlos an dem Streifen herumzukauen. »Ich verstehe nicht, warum die Götter euch Hadener trotz dieses ständigen Darbens größer werden lassen als unsereins? Warum habt ihr hellere und weichere Haut? Ihr müsst einen Pakt mit dem Bösen geschlossen haben.«

»Spielt das denn eine Rolle? Wen interessiert es, warum wir so sind, wie wir sind?«

»Ihr seid kräftiger. Rücksichtsloser. Ohne Gewissen. Ihr erfüllt eure Aufträge als Totmacher in allen Ländern des Südens als gut bezahlte Söldner und werdet weithin geschätzt. Niemand wollte eine gedrungene Kriegerin wie mich haben.«

»Weil du über keine besonderen Fähigkeiten verfügst und eine mehr als mangelhafte Ausbildung bei einem Raufbold genossen hast.«

»Es gab nun mal niemanden, der mich den ehrenwerten Beruf des Tötens lehrte! Also musste ich mich dem Schnellen hingeben, um als Söldnerin anerkannt zu werden.«

Ehrenwerter Beruf ... Die kleine Frau hat keine Ahnung, wovon sie spricht.

»Warum wolltest du eine Söldnerin werden, Birle? Du hättest dir einen netten Mann mit einem ausreichend großen Hof suchen können, dem du es ab und zu kräftig besorgst. Du hättest ein halbes Dutzend Bälger großgezogen, wärst irgendwann zur Großmutter geworden und mit einem friedlichen Lächeln auf den Lippen gestorben. Man hätte dich am schönsten Flecken deines Landes begraben, die eigene Krume hätte dich bedeckt.«

»Hättest du das denn haben wollen, Bentaloppe? Einen Mann, dem du verpflichtet bist? Kinder, die an deinem Rockzipfel hängen und die dich niemals in Ruhe lassen? Land, das dich festhält, Tag für Tag, Mond für Mond?«

Die Totmacherin antwortete nicht gleich. Der Aufstieg in die Grenzregionen der Frostmark erforderte all ihre Aufmerksamkeit. Sie folgten dem steiler und für die Gäule schwieriger werdenden Weg. Immer wieder rutschten sie auf dem losen Untergrund weg, immer wieder mussten die Pferde hart an die Zügel genommen werden, wenn sie auszubrechen versuchten.

Felsen waren auf den Pfad herabgekullert und erschwerten das Vorwärtskommen zusätzlich. In dieser einsamen Gegend gab es kaum jemanden, der sich die Mühe machte, die Straßen instand zu halten. Nur einige wenige Hinterwäldler, mehr Vieh denn Mensch, wurden von den Verwaltern des Rego dafür bezahlt, ab und zu nach dem Rechten zu schauen.

Feines Geröll rieselte zu ihnen herab. Bentaloppes Pferd stellte die Ohren auf und tänzelte nervös hin und her, statt dem Weg zu folgen. Bentaloppe blickte nach oben, der Himmel war kaum noch zu sehen, die Felswände, an manchen Stellen blutrot, machten den Eindruck, als würden sie jederzeit über ihnen zusammenstürzen.

In diesen schmalen Tälern, die die Ränder des Hochlands zerfurchten, als hätte sie ein riesenhafter Bär mit seinen Pranken bearbeitet und Material herausgerissen, war vor langer Zeit Eisen in großen Mengen abgebaut worden. Die reichhaltigen Vorkommnisse hatten der Ebene darüber ihren heutigen Namen gegeben. Hier und dort waren noch die Spuren der Bergarbeit zu sehen: Löcher und Höhlen, vor sich hin rostendes Gerät, die Reste von Unterkünften, zerfallene Fischreusen an den ruhigeren Stellen der Sturzbäche, Kletterhilfen ... Die Arbeiten ihrer Vorfahren würden ihnen zugutekommen, wenn es galt, den Aufstieg zum Hochland zu bewältigen.

Ein Hirsch röhrte, erhielt bald darauf eine wütend klingende Antwort, und dann war das Krachen zweier Geweihe zu hören. Bullen, die um die Gunst einer Kuh buhlten. Sie benahmen sich dabei genauso dumm wie all die Männer, die Bentaloppe bisher kennengelernt hatte.

Ihr Pferd ging endlich weiter. Vorsichtig zwar und mit nervösem Schritt, doch das Tier war wieder unter Kontrolle. Nun wurde der Weg leichter, einsichtiger.

Bentaloppe erinnerte sich der Frage, die Birle gestellt hatte. Der Pfad war nun wieder breit genug, sie ritten nebeneinander. »Ich habe Glück zwischen Mann und Frau gesehen, Schnelle, und es war wunderschön. Aber es war niemals von langer Dauer. Es zerfiel mit den Jahren. Je mehr sie sich bemühten, das Glück festzuhalten, desto rascher verflüchtigte es sich.« Bentaloppe sortierte ihre Gedanken, bevor sie weitersprach: »Das Lederland ist karg, und das Leben besteht fast ausschließlich aus Kampf. Jeden Augenblick, jeden Tag musst du dir erobern und hoffen, dass niemand dir hinterrücks ein Messer in den Leib rammt. Das, was du hättest haben können und was du als Last einer Lebensgemeinschaft empfindest, gibt es nicht in Haden. Ich kenne Glück und Zufriedenheit bloß aus den Märchen, die manche Eltern ihren Kindern erzählen, wenn sie gar zu arg greinen. Der Süden hingegen, er bietet viele Möglichkeiten, das Leben schön zu gestalten.«

»Man hat dich angelogen, Totmacherin. Wenn man wie ich das sechste von sieben Kindern ist, das sechste von sieben Mädchen, dann hat man niemals eine Aussicht auf persönliches Glück. Sechs Schwestern, jede einzelne eine Schönheit mit seidigem schwarzem Haar und Glutaugen, ziehen das Interesse aller Männer im heiratsfähigen Alter auf sich. Noch dazu, wenn sie allesamt geil wie die Schwalben im Frühjahr sind und sie Dinge voneinander lernen und die Kerle so rannehmen können, dass die ihren eigenen Namen vergessen, während die hässliche kleine Schwester als Fußabtreter herhalten muss.«

»Du hättest den Hof deiner Eltern übernehmen können.«

»Einen Hof, der mit so hohen Schulden belastet war, dass ich drei Leben benötigt hätte, sie abzubezahlen. Und warum? Weil die Mitgift für die Schwestern hinterlegt werden musste.« Birle biss wieder in den Fleischstreifen und kaute darauf herum. »Nein, Bentaloppe. Wenn man eine ist wie ich, bezahlt man auch in den südlichen Ländern mit Schweiß und Blut.«

»Du hättest wegziehen und dir deinen eigenen Hof erarbeiten können.«

»Ach ja? Als Frau, die für zu dumm angesehen wird, um die einfachsten Handgriffe zu erledigen, und allein überleben muss? Die keinerlei Hilfe erfährt und, ganz im Gegenteil, in allem, was sie unternimmt, behindert wird? Um gegen die Launen der Götter eine Ernte durchzubringen? Unwetter, große und kleine Schädlinge, Insektenplagen, die Überfälle von Marodeuren, mal zu wenig Sonne und mal zu viel Sonne … Dies sind bloß einige der Schwierigkeiten, mit denen man zu kämpfen hat, bevor die Ähre golden und das Obst reif wird.«

»Na schön, du hattest es nicht leicht. Das hatte ich auch nicht. Und dennoch, wenn ich die Möglichkeit gehabt hätte, es mir auszusuchen, wäre ich den Weg einer einfachen Bürgerin gegangen. Einer, die sich nicht mit Mord und Totschlag auseinandersetzen müsste.«

»Aber du sitzt auf dem besseren Pferd. Du wirst besser bezahlt. Du hast noch alle Haare auf dem Kopf.« Birle hob abwehrend eine Hand. »Bevor du über deine Narben zu lamentieren beginnst, die dich angeblich entstellen … sie dekorieren dich und machen dich zu etwas Besonderem, denn du trägst sie mit Stolz. Nicht wahr?«

Bentaloppe schwieg. War ihre Selbstwahrnehmung denn wirklich getrübt? War da wirklich etwas, was sie interessant oder gar attraktiv machte? Warum waren dann die Kerle stets vor ihr davongelaufen?

»Lassen wir das«, sagte sie und deutete nach vorn. Dorthin, wo sich ein Loch im Berg auftat, schwarz und geformt wie ein mit schrecklichen Zähnen besetztes Maul, das sie zu verschlingen drohte. »Dort ist der Einstieg. Wir sollten zu Fuß weiter.«

Birle nickte und sprang vom Gaul. Bentaloppe gab sich Mühe, sich die Schmerzen nicht anmerken zu lassen, die sie im Magen und im Rücken spürte, während sie vom Sattel stieg. Das Cardym tat seine verderbliche Wirkung, Tag für Tag. *Dieses verfluchte Zeug!*

»Wir haben tatsächlich die besten Pferde, die wir für Geld bekommen konnten?«, fragte Birle mit zweifelnder Stimme.

»Ja. Sie kennen diesen Weg, sind ihn oft genug gegangen.«

Bentaloppe nahm ihren Fuchs am Zügel und führte ihn vorneweg, auf die Dunkelheit zu. Zwei Männer saßen unmittelbar vor dem Höhleneingang. Sie hielten kleine Fleischstücke in die Glut eines Feuers und wirkten missmutig. Kein Wunder. Welcher Soldat des Rego wollte hier Dienst tun?

Eine der beiden Gestalten erhob sich. Aus einem Verschlag, der sich eng gegen den Berg duckte, waren weitere Stimmen zu hören, dazu Seufzen und Stöhnen.

Eine dürre, kleingewachsene Bardyagg-Frau erschien in der Tür. Sie war nackt obenrum, um die Leibesmitte hatte sie ein schmutziges Tuch geschlungen. Unter den kleinen Brüsten wucherten Haarbüschel, die sich mit denen unter den Achseln verbanden. Die Frau starrte mit leeren Blicken an ihnen vorbei.

Ein Soldatenliebchen, das wohl die einzige Abwechslung für die Männer des Rego war. Ein armes, armseliges Geschöpf.

»Sieh sie dir an, Bentaloppe! Man hat sie geschändet, geschlagen, verletzt! Ich werde diese Männer umbringen!«

»Du wirst gar nichts, Birle«, wies sie ihre Begleiterin leise zurecht. »Lass gefälligst dein Messer stecken. Das geht uns nichts an.«

»Berührt dich gar nicht, was man der Frau antut?«

»Dies ist das Lederland.« Mehr wollte und konnte Bentaloppe nicht sagen; es erklärte alles.

Einer der Männer erhob sich endlich vom Feuer, zog den Mantel enger um den Leib und kam auf sie zu. Er hielt die Rechte an der Waffe, nachlässig und überheblich. Bentaloppe hätte ihn mit Leichtigkeit überwältigen können.

»Ihr habt ein Passantum?«, fragte der bärtige Mann und blieb zwei Schritte vor ihnen stehen.

Sie zog das Blechstück mit der besonderen Prägung des Hofes von Attico hervor und hielt es ihm vor die Nase. Er betrachtete es argwöhnisch und fuhr mit dem Zeigefinger die feinen Stanzrillen nach. »Könnte sein, dass das echt ist. Und das Passwort?«

Bentaloppe nannte es, der Bärtige zögerte kurz und nickte dann zufrieden. »Ihr wart schon mal in den Minen?«

»Nein. Aber es wurde uns gesagt, worauf wir achten sollen.«

»Na, dann viel Spaß da drinnen.«

»Hast du noch irgendwelche Ratschläge für uns?«

»Folgt nicht den Stimmen. Lasst euch nicht von Geräuschen vom Weg abbringen. Folgt einzig den eingeritzten Hinweiszeichen. Und sterbt bitteschön nicht, denn wir müssen in den Minen aufräumen. Einmal im Monat gehen wir durch, aber es finden sich immer wieder Idioten, die meinen, sich nicht an die Wegweiser halten zu müssen.«

»Verstanden.«

Bentaloppe hörte einen Schrei. Er drang aus dem hinteren Teil des Verschlags. Die Halbnackte, die sich gegen das Tor lehnte, zuckte nicht einmal zusammen. Sie schnupfte Cardym. Wahrscheinlich empfand sie bloß Erleichterung, weil nicht sie, sondern eine andere dort drinnen festgehaltene Frau Opfer der Begierden irgendwelcher schlecht gelaunten Soldaten war.

»Die Bardyagg-Schwestern haben viel zu tun in diesen Tagen«, sagte der Soldat. Er zog den Kopf zwischen die Schultern und gab damit zu verstehen, dass ihm die Angelegenheit näherging, als er zugeben wollte. »Sind keine schönen Sachen, die der Hauptmann von ihnen verlangt. Aber was soll man schon tun gegen einen Kerl, der silberne Bürsten an den Schultern trägt?«

»Mut beweisen?«, fragte Bentaloppe.

»Mut beweisen bedeutet hier draußen, einiges zu verlieren. Womöglich den Sack zwischen den Beinen, womöglich das Leben.« Sein Blick wurde wässrig. »Mein Kumpel und ich mögen nicht, was da drinnen geschieht. Andere Soldaten schon.«

»Ich verstehe.« Bentaloppe nickte dem Bärtigen zum Abschied zu und machte sich auf den Weg zum Eingang zu den alten, seit vielen Jahren aufgegebenen Minen. Die Pferde trotteten bereitwillig hinterher.

»Bentaloppe …«

»Halt gefälligst den Mund, Birle«, unterbrach sie ihre Begleiterin und wiederholte: »Dies geht uns nichts an.«

Der nächste Schrei war noch lauter, noch gequälter. Die Frau im Türrahmen zeigte nun endlich eine Reaktion. Sie knickte in den Knien ein, hockte sich zu Boden und legte die Hände vors Gesicht. Männer, hinter ihr im Halbschatten verborgen, lachten. Der Bärtige und sein Kumpan am Lagerfeuer starrten sich an, hilflos und unendlich müde.

Der Höhleneingang war erreicht. Der nächste Schrei hallte laut von den Wänden wider und erzeugte ein vielfach gebrochenes Echo, das ihnen den Weg in die Dunkelheit wies.

Da lagen Kien und Span und Fackeln für den Marsch durch die Minen bereit, doch Bentaloppe achtete nicht darauf.

»Warte hier.« Sie drückte Birle die Zügel ihres Pferdes in die Hand und kehrte um.

»Du bist neuer Hauptmann, sobald diese Angelegenheit bereinigt ist«, sagte sie zu dem Bärtigen. »Wenn die Ablösung kommt, sagst du, dass die Hohe Frau Bentaloppe es so bestimmt hat.« Sie schob die Bardyagg am Eingang sachte zur Seite, wartete einen Augenblick, bis sich ihre Augen an das Zwielicht gewöhnt hatten, und trat dann ein.

Sie tat ihre Arbeit, ruhig und mit mehr Freude, als sie bei ähnlichen Gelegenheiten gehabt hatte. Es waren bloß sechs Gegner, die sich ihr entgegenstellten, und ein Offizier, der kaum bei Sinnen war. Das Cardym steckte in beinahe jeder seiner Körperöffnungen, er lächelte debil. Das änderte sich allerdings rasch, und er starb mit grenzenlosem Erstaunen im Gesicht.

Sie wischte ihr Schwert an seinem Rock ab und nahm alles an Barschaft an sich, was sich in der Schnelle finden ließ. Bentaloppe verließ den Raum des Hauptmanns, ging vorbei an einigen Überlebenden, die sich in eine Ecke drängten und keinerlei Interesse zeigten, ihrem Hauptmann in den Tod zu folgen.

Sie nahm die Bardyagg-Schwestern mit sich. Die eine jüngere Frau war völlig apathisch. Sie blutete aus mehreren tiefen Wunden. Ihre Haut war aufgeplatzt wie die von verkochten Fleischwürsten, ihr Hals zerschnitten.

Der Bärtige starrte Bentaloppe an, völlig verdutzt, doch auch erleichtert. »Die Hohe Dame Bentaloppe«, sagte er. »Ich hätte es wissen müssen.«

»Hättest du jemals getan, was ich für dich übernommen habe?«

»Ich … weiß es nicht.« Er senkte das Haupt.

»Denk drüber nach. Und triff das nächste Mal die richtige Entscheidung. Jetzt sieh zu, dass die Sauerei im Verschlag beseitigt wird. Bestrafe diejenigen, die mit dem alten Hauptmann unter einer Decke steckten, und verbrüdere dich mit jenen, die gegen ihn waren.«

»J-ja.«

»Ich komme zurück, irgendwann«, log Bentaloppe. »Ich werde mich nach dir erkundigen. Und ich werde dich finden, solltest du deine Aufgaben nicht zu meiner Zufriedenheit erledigt haben. Verstanden?«

»Ja, Hohe Dame.« Der Bärtige verbeugte sich knapp und murmelte dann: »Danke.«

Bentaloppe schob die Bardyagg-Frauen auf den Höhleneingang zu. Mit Wasser spülten Birle und sie Dreck aus den Wunden der Jüngeren und reichten ihr einige trockene Tücher, die als Verbände reichen mussten. Drei der Messerstiche mussten genäht werden. Bentaloppe erledigte die Arbeit rasch und routiniert, um dann Kräuterpaste in die Wunden zu reiben.

»Was schaust du so dumm, Birle?«, fuhr sie ihre Begleiterin an.

»Du bist eine seltsame Frau, Bentaloppe. Jedes Mal, wenn ich anfange, dich zu hassen, tust du Dinge, für die du meine Achtung verdienst.«

»Ach, red doch nicht so geschwollen daher!« Sie schüttelte den Kopf, verärgert über ihre Schwäche, über ihren Zorn, der selbst nach fast vier Jahrzehnten nicht nachlassen wollte, über ihr verdammtes Herz, das keine Ungerechtigkeit ertrug. »Ich wollte die beiden bloß mitnehmen, damit sie uns den Weg durch die Minen zeigten. Ist das denn so schwer zu verstehen?«

»Natürlich nicht.« Birle lächelte und setzte sich in Bewegung, hinein in die Dunkelheit.

Die beiden Bardyagg-Frauen redeten kaum einmal ein Wort, und wenn sie den Mund aufmachten, unterhielten sie sich untereinander in ihrer knappen, so hart klingenden Sprache, die sich wie Gurgeln, Räuspern und Ausspucken anhörte.

Bentaloppe ließ die beiden in Ruhe. Sie hatten gewiss einiges aufzuarbeiten und sollten die Gelegenheit erhalten, erst einmal zu sich zu kommen. Sie konzentrierte sich indes auf den Weg durch den Berg, durch alte Minenschächte, die kreuz und quer führten und keinem erkennbaren Muster folgten.

Wie viele Menschen hatten hier drinnen ihr Leben verbracht, wie viele hatten den Tod gefunden? Bentaloppe meinte, die Schatten einer längst vergessenen Vergangenheit zu sehen und ihre Spuren zu verfolgen. Die Flammen warfen seltsame Bilder gegen die nahen Wände. Immer wieder spielte ihr die Fantasie Streiche und ließ sie Wesen erkennen, die sie aus ihren Albträumen kannte.

»Nach rechts!« Birle deutete auf tiefe Kratzspuren, die die Richtung in diesem Wirrwarr an Gängen vorgaben. »Du bist unaufmerksam.«

»Aber ich habe ja dich, um mich auf dem richtigen Weg zu halten.« Bentaloppe folgte der angegebenen Richtung und duckte sich gerade noch rechtzeitig, als unmittelbar vor ihr ein rostiger Eisenträger im Fackellicht auftauchte. Sie zog die Zügel ihres Pferdes rasch ein wenig nach rechts, und das Tier gehorchte. Es war in der Tat gut auf die besonderen Verhältnisse in den alten Minen vorbereitet, war trittsicher und ließ sich auch nicht von den vielen Unterspülungen irritieren, die Längsrillen durch den Boden gezogen hatten.

»Besser hoch«, sagte jene Bardyagg-Frau, die vom Hauptmann vergewaltigt worden war.

»Wie bitte?«

»Blutschwester meint, ist besser, den hohen Weg zu nehmen«, sagte die andere Frau und deutete nach rechts, auf einen Spalt, kaum breit genug, einen Mensch oder ein Pferd passieren zu lassen. Sie wischte sich Schweiß von der Stirn und zeigte etwas, das bei den Bardyaggs womöglich als Lächeln galt.

»Warum sollten wir uns da durchquetschen? Der Weg ins Eiserne Hochland ist ganz genau gekennzeichnet ...«

»Hoher Weg ist besser«, sagte die zweite Frau. »Keine Wahren Menschen. Keine Bösen.«

Bentaloppe hielt inne. Sie dachte nach. Die Bardyaggs glaubten, eine weitaus ältere Geschichte als die anderen Bewohner des Lederlandes zu haben. Viele der Stämme arbeiteten mit den Truppen des Rego zusammen, einige wenige blieben isoliert oder gingen ihrer eigenen Wege. Und manche von diesen, die Wahren Menschen in der Begriffswelt der Bardyaggs, hatten sich auf räuberische Feldzüge spezialisiert, um Reisenden im Eisernen Hochland ihre Besitztümer streitig zu machen. Und um zu töten.

»Woher wollt ihr wissen, dass sich hier unten Wahre Menschen herumtreiben?«

»Man riecht. Man fühlt. Man ahnt.«

»Ich vertraue ihnen nicht mal bis zu meiner Nasenspitze«, meldete sich Birle zu Wort.

»Dich habe ich nicht gefragt, Schnelle.« Bentaloppe war sich unschlüssig. Konnte und durfte sie den Worten der beiden Bardyaggs vertrauen?

»Geratet ihr selbst in Gefahr, wenn ihr den anderen Wahren Menschen begegnet?«, hakte sie nach.

»Ja.«

»Weil sie einem anderen Stamm angehören?«

»Weil wir einem Ast ihres Stamms angehören und sie wissen, was wir tun mit Soldaten. Wir sind unrein. Abfall. Etwas, das weg gehört. Das kein Bardyagg mehr ist.«

»Wie heißt ihr?«

Die Blutschwestern blickten sich an. Die Verwundete sagte schließlich: »Cymbelr bin ich. Das da, der jüngere Ast, ist Cymbyr.«

Bentaloppe nickte. Sie wusste nicht viel über die Wahren Menschen. Doch eines wurde in jeder Geschichte, in jeder Erzählung über diese seltsamen Wesen breitgetreten: Der Name eines Bardyaggs war ein intimes, ein gut gehütetes Geheimnis. Bekam man ihn einmal zu Ohren, dann ging dies stets mit großem Vertrauen einher.

»Also schön, Cymbelr und Cymbyr. Dann lasst uns den hohen Weg gehen. Ihr beide müsst uns allerdings führen. Wir verlassen uns auf euch.«

»Ja.« Die Verletzte tat eine ungeduldige Handbewegung. »Macht, rasch! Ich rieche Kommen. Ich rieche Kampfwut.«

Bentaloppe leuchtete den schmalen Pfad zu ihrer Rechten mit der Fackel aus, trat dann entschlossen vor und führte ihren Fuchs nach oben, über viel zu steiles Gelände, das ihr Pferd nur zögerlich betrat. Sie hörte das Klappern weiterer beschlagener Hufe nur wenige Schritte hinter sich. Birle folgte viel zu nahe. Ein fallender Stein, eine nervöse Bewegung, und Bentaloppes Fuchs würde mit den Hinterläufen ausschlagen und der Schnellen das Gesicht zertrümmern. Pferde waren Fluchttiere und enge, dunkle Wege nicht gewöhnt.

Cymbelr, die Verwundete, legte sich flach auf Bentaloppes Pferd und flüsterte ihm etwas ins Ohr. Es blieb unverständlich, doch es sorgte wider Erwarten dafür, dass der Gaul ruhiger wurde, dass er nun Bentaloppes Zerren an den Zügeln keinen spürbaren Widerstand mehr entgegenbrachte.

Sie nickte der Bardyagg-Frau zu, aber die reagierte nicht darauf. Sie hatte sich längst wieder aufgerichtet. Ihr Gesicht war blass und wächsern. Sie musste schreckliche Schmerzen haben, innerlich wie äußerlich, verzog aber kaum eine Miene.

Sie kamen langsam voran auf einem Weg, der nur wenig Bewegungsfreiheit bot. Es ging immer höher, manchmal auch über Stufen, die rutschig und ausgetreten waren.

Hier und dort zeigten sich blanke, weiß schimmernde Knochen, zu Haufen aufgetürmt. Winzige Spuren an den Gebeinen deuteten darauf hin, dass sich Horden von Ratten am Fleisch der Toten gütlich getan hatten, vor sehr, sehr langer Zeit.

»Noch zwei Lichter, dann geweihter Boden«, sagte Cymbelr. »Grund, den die Wahren Menschen nicht betreten werden, solange sie auf Kriegstauch sind.«

Bentaloppe verstand längst nicht alles, was die Bardyagg-Frau von sich gab. Doch sie vermutete, dass es nicht mehr weit bis zum Ausgang des Minen-Labyrinths war. Wenn sie doch bloß Markierungen gesehen hätte! Irgendetwas, das darauf hinwies, dass der hohe Weg tatsächlich ins Freie führte.

Hinter ihnen wurde Triumphgeschrei laut. Es klang wie das Jaulen wilder Hunde.

»Wahre Menschen haben Geruch aufgenommen.« Cymbelr streckte eine Hand aus. »Gib mir Messer. Ich werde kämpfen. Ich werde nicht sterben, denn heute ist ein Lebens-Tag. Ein guter Lebens-Tag.«

»Du bist zu schwach dafür …«

»Schwäche ist gut für Tote, nicht für mich. Gib her!«

Bentaloppe reichte eines der Messer weiter, die Bardyagg-Frau entriss es ihr mit merkwürdig anmutender Gier. Sie begutachtete die Klinge aufmerksam und wirkte enttäuscht, nachdem sie damit fertig war. »Wird reichen«, sagte sie und grinste. Ein Schneidezahn war ihr ausgeschlagen worden, die anderen Zähne hatte sie, den sonderbaren Vorstellungen ihres Volkes von Schönheit folgend, zurechtgefeilt.

»Weiter!«, sagte Bentaloppe und deutete Birle, neben sie zu kommen. Der Pfad bot Platz für zwei nebeneinander trottende Pferde. Die Tiere taten einen Schritt nach dem anderen. Sie streckten die großen Schädel hoch in die Luft und atmeten tief durch die feuchten Nüstern. Sie konnten die frische und kalte Luft des Eisernen Hochlands riechen und gaben sich unruhig.

Das Gejaule und Geheule der Verfolger wurde lauter. Es hörte sich an, als wären einige Dutzend der Wahren Menschen hinter ihnen her. Doch das mochte täuschen. Stimme und Laute wurden immer wieder gebrochen, von den Steinwänden zurückgeschleudert, verdoppelt und verdreifacht, den seltsamen Launen der Natur gehorchend.

Die Bardyagg-Frauen stiegen von den Pferden. Beide lächelten sie.

»Kampf ist nahe«, sagte die eine.

»Tod ist nahe«, die andere.

Da kamen die Wahren Menschen den Pfad hochgekrochen. Sie hatten kaum Ähnlichkeit mit den beiden Frauen in Bentaloppes Begleitung. Es waren die Blicke, die sie voneinander unterschieden, die weit aufgerissenen Mäuler, die Kriegstätowierungen. Die Löcher in den Wangen, aus denen spitze, mehrere Finger breite lange Dornen hervorstachen. Die gespaltenen Zungen. Die Holzscheiben, die in die Unterlippen geklemmt waren und das Fleisch im Laufe der Jahre auf obszöne Weise ausgedehnt hatten. Die Wilden zögerten, warteten mit ihrem Angriff.

»Wäre ich du«, rief Bentaloppe Birle zu, »würde ich jetzt das Zeug nehmen, das dich zur Schnellen macht.«

»Längst geschehen.« Die Frau aus dem Süden deutete auf eine leere Lederhülse, an der noch ganz wenig Feuchtigkeit klebte.

Sie nickten sich zu, schoben dann die beiden Pferde in eine ausreichend breite Nische, zündeten in aller Ruhe zwei weitere Fackeln an und legten sie zu Boden, bevor sie sich dem Kampf stellten. Die Bardyagg-Schwestern traten neben sie, als wäre es das Selbstverständlichste auf der Welt, dass sie zu dieser kleinen Kampfgruppe gehörten.

»Töten«, sagte Cymbelr, »nicht verletzen. Werden sonst wiederkommen, immer und immer wieder, wenn man nicht erschlägt. Sind schreckliche Gegner.«

»Ich habe verstanden.« Bentaloppe nickte grimmig.

Einer der Wahren Menschen brüllte laut auf, und seine Begleiter fielen allesamt in das Gejohle ein, reckten die Arme in die Höhe, riefen unverständliche Schmähungen – und griffen an.

Bentaloppe fühlte diese ganz besondere Wärme in ihrem Körper, die jedes Mal von ihr Besitz ergriff, wenn ein Kampf unmittelbar bevorstand, insbesondere dann, wenn sie wusste, dass sie für die richtige Seite kämpfte. Und was war richtiger und wichtiger, als das eigene Leben zu verteidigen?

Ihr Schwert begann zu singen. Es gab Geräusche von sich, die bloß Bentaloppe richtig zu deuten und zu verstehen wusste. Es waren Töne der Siegesgewissheit und des Rausches, der Vorfreude auf das Blut. Sie hackte sich durch die Reihen der Angreifer, ohne genau darauf zu achten, was und wen sie eigentlich verletzte. Körperteile flogen durch die Luft, jemand schrie vor Schmerz, Blut spritzte.

Birle war kaum mehr wiederzuerkennen. Sie kam zwischen die Wahren Menschen und verrichtete ihr blutiges Werk, ohne auch nur einmal innezuhalten. Sie lachte dabei. Es hörte sich an wie ein viel zu rasch und mit zu hoher Stimme vorgetragener Singsang.

Ein Dutzend ihrer Gegner lag auf dem Boden. Die Leichname rings um Bentaloppe machten es ihr schwer, sich so zu bewegen, wie sie es im Kampf brauchte. Andererseits bildeten die Toten einen immer größer werdenden Wall, der es den nachdrängenden Bardyaggs erschwerte, ihr nahezukommen.

Trotz ihres Einsatzes und ihrer Kampfwut wären Bentaloppe und Birle diesem schrecklichen Feind, der kein Zurückweichen kannte und immer wieder aufs Neue angriff, erlegen gewesen. Doch Cymbelr und Cymbyr entschieden die Schlacht zu ihren Gunsten. Sie sprangen vor, stachen zu, wichen zurück. Nach jeder Attacke lag ein weiterer Feind am Boden und wand sich im Todeskampf. Die beiden kämpften mit erschreckender Präzision. Bentaloppe war erleichtert darüber, die Blutschwestern nicht zu Gegnerinnen zu haben.

Warum hatten sie sich nicht gegen die Übergriffe des Hauptmanns gewehrt? Warum zeigten sie erst hier ihre wahren, tapferen Gesichter? Etwa, weil es gegen Leute aus ihrem eigenen Kulturkreis ging? Gegen Feinde, deren Beweggründe sie verstanden?

Bentaloppe zählte mehr als zwanzig Tote, bevor die Bardyaggs aufgaben und sich zurückzogen, hinein in die Dunkelheit der Minen. Vereinzelt waren Flüche und wildes Gekreische zu hören, auch die Schreie der Verletzten. Irgendwann verklangen die Stimmen der letzten Feinde, und sie waren wieder allein.

Vier Frauen, allesamt kurz und rasch atmend und völlig erschöpft, mit Blut besudelt, von denen das meiste nicht das ihre war. Nur Cymbyr hatte eine schwerere Verletzung davongetragen, eine tief klaffende Wunde an ihrer rechten Schulter, die ihre Schwester rasch zu behandeln begann.

Sie nahm Kräuter aus einem kleinen Beutel, zerstampfte sie mit dem Griff ihrer Waffe und vermengte sie mit Speichel, um den Brei dann tief ins Fleisch ihrer Blutschwester zu drücken.

Cymbyr ertrug das grobe Vorgehen mit Gelassenheit. Diese beiden Frauen legten eine Härte an den Tag, die Bentaloppe beunruhigte. Was, wenn die Bardyaggs einmal ihre Fehden beilegten und dann darüber nachdachten, Attico anzugreifen? Mit ihrer Brutalität und Kampfesstärke würden sie den Rego samt seiner Truppen hinwegfegen und die Herrschaft über das Lederland übernehmen.

»Die Wahren Menschen schwach«, sagte Cymbelr und spuckte auf einen der Toten. »Stehlen und schlagen zu in Dunkelheit, laufen davon. Sie sind Stein nicht wert, auf dem sie geboren wurden.«

»Auf dem Stein geboren?«, hakte Birle nach, die eben ihre Waffe mit einem zerfetzten Stück Tuch reinigte.

»Die Bardyagg-Frauen ziehen sich zur Geburt ihrer Kinder im jeweiligen Stammesgebiet an einen geheimen Ort zurück«, gab Bentaloppe weiter, was sie irgendwann einmal aufgeschnappt hatte. »Sie folgen besonderen Ritualen und gebären auf Steinen, die sie in Trancezuständen finden.«

»Woher weißt du das?«

»Ich bin viel herumgekommen.«

Die Bardyagg-Schwestern kramten ihre Sachen zusammen und kümmerten sich dann um die Pferde. Kein Beobachter hätte glauben können, dass eine der beiden vor nicht einmal einem Vierteltag vergewaltigt und beinahe zu Tode gequält worden war.

»Der hohe Weg ist noch nicht zu Ende«, sagte Cymbyr. »Ist noch mehr Strecke, noch mehr Arbeit. Aber Wahre Menschen werden uns in Ruhe lassen.«

»Wir sollten uns ausruhen. Essen und trinken.« Bentaloppe deutete auf die gut gefüllten Reisetaschen, welche die ruhig dastehenden Gäule trugen.

»Erst, wenn wir Heimat erreichen«, widersprach Cymbelr. »Ist nicht ruhig hier. Dunkelheit legt sich über unser Gemüt und frisst uns auf. Bardyagg und Menschen, wir alle leiden hier.«

»Was meinst du damit?«

Cymbelr blickte an ihr vorbei, während sie weiterredete. »Wir sind altes Volk. Waren da, bevor Menschen da waren. Haben mehr Geschichten in uns drin und wissen von einem Leben, das ihr nicht kennt. Das ihr wegschiebt und das ihr wegdenkt. Weil ihr dumm seid. Weil andere euch Gedanken verbieten.«

»Geht's ein bisschen genauer, Cymbelr?«

»Nein. Menschendummheit ist nicht unser Problem.«

»Aber ihr seid es doch, die von uns abhängig sind!«, erklärte Bentaloppe mit wachsender Verärgerung. Sie mochte es nicht, sich von diesem Halbwesen, das mehr Tier denn Mensch war, zurechtweisen zu lassen. »Wir besorgen euch Nahrung, liefern Bekleidung und viele wichtige Dinge fürs Leben.«

»Ihr macht das, um euch gut zu fühlen«, mischte sich Cymbyr ein. »Wir brauchen das nicht. Wir wollen Ruhe. Und wollen Zeit der Bewegung überleben. So wie jedes Mal.«

»Was hat es denn nur mit dieser Zeit der Bewegung auf

sich?«, fragte Birle. »Ich hörte überall im Lederland davon. Die Menschen ducken sich und blicken sich ängstlich nach allen Seiten um, wenn sie auf dieses Ammenmärchen zu sprechen kommen. Ich verstehe euch Hadener nicht.«

»Märchen sind Wahrheit, die man in bunte und schreckliche und grässliche und schöne Bilder gekleidet hat«, sagte Cymbyr mit unerwarteter sprachlicher Gewandtheit. »Märchen sind auch Warnungen. Ihr dummen Menschen, ihr vergesst die Warnungen. Immer wieder.«

Die Schwestern zogen die Pferde an den Zügeln aus ihren Verstecken und gingen nun vorneweg, Seite an Seite, ohne weiter auf Birle und Bentaloppe zu achten. Sie meinten wohl, alles Wichtige gesagt zu haben. Und fügten damit den Rätseln um das Volk der Bardyaggs weitere Facetten hinzu.

Zeit wurde in der Dunkelheit der Minen zu einem Wert ohne Bedeutung. Bentaloppe meinte, mehr als zwanzig Fackeln verbraucht zu haben, bevor sie wieder trübes Tageslicht über sich zu sehen bekam. Doch so viele hatten sie gar nicht mitgenommen, auf dem Weg durch die alten Minen.

»Es ist ein Wunder, dass dieses steinerne Labyrinth nicht längst in sich zusammengebrochen ist«, sagte Birle und zog fröstelnd einen Pelz über ihre Schultern.

»Das wird es vielleicht irgendwann.« Auch Bentaloppe schlang den Mantel enger um ihren Körper. Im Berginneren hatten seltsamerweise angenehme, fast warme Temperaturen geherrscht. Die Kälte des Eisernen Hochlands traf sie wie ein Schock. Der Schnee, der Regen, der Wind, der feuchte und glitschige Untergrund, der sie bei jedem Schritt wegrutschen ließ. Kälte, die ihnen in die Glieder kroch, sodass sie sich wieder in die Dunkelheit zurückwünschte.

»Dort vorn ist sicherer Platz.« Cymbelr deutete unbestimmt Richtung Westen. »Dort wir werden übernachten.«

»Was werdet ihr nun machen, Blutschwestern?«

»Unsere Leute suchen. Und weglaufen, sobald wir Menschen sehen. Ihr tut niemals Gutes.«

Und wer hat dich dann aus den Klauen dieses Hauptmanns befreit, du Miststück?, dachte Bentaloppe, sprach die Worte jedoch nicht laut aus.

Sie stolperten durch eine Gegend, die von runden, aufeinandergestapelten Felsen geprägt war. Der Wind nahm orkanartige Ausmaße an. Die Pferde suchten und fanden ihren Weg über schmale, kaum sichtbare Pfade. Es dämmerte inzwischen.

»Hier«, sagte Cymbelr und deutete auf eine Gesteinsformation, die drei nebeneinander sitzenden dicken Weibern ähnelte. »Gut geschützt. Windstill. Platz zum Zusammenkauern.«

Bentaloppe seufzte. Die Bardyaggs legten wenig Wert darauf, ihre Glieder im Schlaf auszustrecken. Im Gegenteil, sie zogen die Beine an und machten sich so klein wie möglich. Wenn sie in Gruppen reisten, dann bildeten sie eine Masse dicht aneinanderliegender Wesen, die man kaum voneinander unterscheiden konnte.

Doch sie musste zugeben, der Platz war gut gewählt. Schwarz verfärbtes Gestein deutete darauf hin, dass hier bereits öfter Feuer gebrannt hatten. Trockenes Gras, dünne Äste und selbst einige dickere Krüppelstämme lagen zwischen rund geschliffenen Steinen, um rasch für wohltuende Wärme zu sorgen, und bald brieten einige der mitgebrachten Fleischstücke über dem Feuer.

Die beiden Bardyaggs kümmerten sich um die Pferde, als wäre es für Angehörige dieses Fußnomadenvolks die natürlichste Sache der Welt, mit solchen Reittieren umzugehen, während Birle das Lager rings um das Feuer herrichtete. Überhängende Felsen bewahrten sie vor dem einen oder anderen Graupelschauer, der über dem Land niederging. Donner war zu hören, dann prasselte Eis gegen den Fels. Irgendwo in der Ferne schrien

Vögel im Todeskampf, Opfer der Jagdlust einer Raubkatze. Es war eine Nacht, die Bentaloppe einen ersten Vorgeschmack auf ihr künftiges Leben gab.

»Du siehst müde aus«, sagte Birle, während sie Fleisch von mageren Rindern auf dünne Stecken schob.

»Ich fühle mich gut«, log Bentaloppe. Sie griff nach dem Sack mit ihren Cardym-Vorräten und schob sich mit Sand vermengte Paste unters Zahnfleisch. Die Wirkung würde bald einsetzen und ihre Schmerzen ein wenig lindern. Es war nicht nur das Verlangen nach dem richtigen Cardym, nach jenem, das ausschließlich ihr Vater verabreichen konnte. Es war auch die Schwäche des kommenden Alters und die Ausgelaugtheit nach dem Kampf. Viele solcher Auseinandersetzungen würde sie nicht mehr durchstehen, so viel war ihr bewusst. Doch erkannten auch ihre Begleiter diese Müdigkeit, die in ihren Knochen steckte und nicht mehr weichen wollte?

Die Blutschwestern setzten sich zum Feuer und schlangen ihre Rationen hinab, ohne ein Wort zu sprechen. Sie starrten in die Flammen, als würden diese eine ganz besondere Faszination auf sie ausüben, und als der letzte Hauch von Helligkeit am Himmel verschwunden war, stellten sie sich beide vor die Flammen und pinkelten sie breitbeinig aus. Sie fragten nicht, sie diskutierten nicht. Sie taten, was sie gelehrt worden waren. Dann legten sie sich auf ein Fell und klammerten sich fest aneinander. Bald war regelmäßiges Atmen zu hören, das immer wieder mal von einem leisen Schnarcher unterbrochen wurde.

»Das also sind Bardyaggs«, fragte Birle leise.

»Das sind Bardyaggs«, bestätigte Bentaloppe. »Und diese beiden gehören zu den nettesten, denen ich jemals begegnet bin. Vor allem sind sie überaus gesprächig für Leute ihrer Art.«

»Sie würden sich in den Gesellschaften des Südens nicht sonderlich gut machen.«

»Sie würden sich nicht mal in den Gesellschaften des Nordens sonderlich gut machen. Wenn man sie ihrem natürlichen Umfeld entreißt, dieser beschissenen Einöde, dann gehen sie ein wie Rosen, die man einige Tage lang nicht begossen hat.«

»Erzähl mir bloß nichts über Regen.« Birle bewegte sich, kaum erkennbar, und wickelte sich in ihre Pelze ein. »Du weckst mich?«

»Ich wecke dich. Sieh zu, dass du ein wenig Schlaf findest. Wir haben noch einen langen Weg vor uns.«

Bentaloppe räumte das wenige Geschirr, das sie bei sich hatten, in die Ledertaschen zurück und achtete darauf, dass auch sonst keine Gebrauchsgegenstände herumlagen. Dann stieg sie die Steilwand hoch, ohne etwas zu sehen, bis sie mit dem Kopf gegen die überhängenden, schützenden Felsen stieß. Hier oben pfiff der Wind heftig und brachte ein wenig Regen mit sich.

Es war müßig, was sie hier tat. Menschliche Räuber gab es kaum in der Einöde des Eisernen Hochlands, und wenn, dann würden sie nicht so unvorsichtig sein und einen Angriff des Nachts wagen, zu einer Zeit, da sie selbst kaum etwas sahen und ein jedes Fackellicht über mehrere Laufe hinweg auszumachen war.

Marodierende Stämme der Bardyaggs hingegen achteten die Nachtruhe. Es galt als verpönt und feige, Gegner während der Dunkelheit anzugreifen. Sie würden dafür im Reich ihrer Götter bestraft werden, und dieses Risiko wollte keines der seltsamen Geschöpfe eingehen.

Blieben noch die Raubtiere. Die Nasskatzen, das giftige Gewürm, wilde Hunde sowie die Eisenbären, von denen es allerdings nicht mehr sonderlich viele gab, wie man Bentaloppe vor Antreten ihrer Reise versichert hatte. Keines dieser Viecher war nachtaktiv. Nur die Nasskatzen nutzten die Dämmerung, um unvorsichtige Fressfeinde im Rudel in einen Hinterhalt zu locken. Doch das beherrschende Rudel der hiesigen Umgebung hatten sie bereits bei der Arbeit gehört. Die Tiere waren satt für heute und würden nun nach Unterschlupf suchen, wie sie, oder sich in feuchte Erde eingraben.

Und dennoch saß Bentaloppe hier oben und versuchte, der fast vollkommenen Dunkelheit einige Details zu entreißen. Um ein Gefühl für dieses Land zu bekommen, das sie kaum kannte. Für seine Gerüche, Geräusche, Geschmäcker, für Tiere und Wesen. Nun, vom Regen hatte sie bereits mehr als genug abbekommen.

Die Götter legten wenig Wert darauf, was sie wollte. Sie pfiffen auf die Meinung einer Hohen Dame und taten, was sie selbst für richtig hielten. Sie waren nun mal Götter, die sich nicht an die Regeln der Menschen hielten, die Leben nahmen oder Leben schenkten, je nachdem, wie ihnen gerade war.

Der Wind drehte. Er spuckte ihr Eisgraupel ins Gesicht. So als wollten ihr die Götter sagen, dass sie Gedanken lasen und sie für ihre bestrafen wollten.

Bentaloppe spuckte zurück.

»Der Tod ist umsonst«, hörte sie jemanden sagen, und als sie die Augen aufschlug, fühlte sie etwas Kaltes unangenehm nah an ihrem Hals. »Er allein macht uns gleich, und deshalb ziehen wir Kraft aus ihm.« Die Klinge bewegte sich nicht, zitterte nicht. Die Hand, die sie führte, war sicher. Cymbyr sah auf Bentaloppe hinab wie die Schlange auf ihr Opfer. »Du bist Totmacherin, nicht wahr? Kennst den Großen Gleichmacher, bist auf Du und Du mit ihm. Weißt, was es bedeutet, mit ihm zusammenzuarbeiten.«

»Ja.« Bentaloppe war hellwach. Was konnte sie tun? Birle lag zwei Schritte neben ihr, auf der anderen Seite des erloschenen Feuers, und Cymbelr kniete über ihr und hielt auch ihr ein Messer gegen die Gurgel.

»Hast mir und der Blutschwester geholfen. Hast uns womöglich gerettet. Wir haben uns in der Dunkelheit bedankt und euch vor Unseresgleichen geschützt. Euch den Weg ins Eiserne Hochland gezeigt. Doch heute ist ein anderer Tag. Heute sind wir Feinde. Ihr seid Menschen, wir freie Bardyaggs. Wir wollen euch hier nicht haben. Was sollte uns abhalten, euch zu töten? Warum sollten wir Menschen schonen?«

Bentaloppe empfand keine Angst. Sie war vielmehr von Cymbyrs dicht behaarten Beinen fasziniert, die denen eines Tieres ähnelten und an den Innenseiten beider Knie Ansätze von Krallen und Hornballen aufwiesen. Die Oberschenkel waren muskulös und trugen einige rituelle Narben: Haut, die aufgeschlitzt, fest zusammengezogen und dann ein kleines Stück überlappend zusammengenäht worden war. In die Hautwülste waren Glasperlen vernäht, die diese seltsamen Wesen zu besonderen Angelegenheiten gegeneinanderklappern ließen und damit eine Art Musik erzeugten.

»Du bist eine Habe-Frau«, sagte Bentaloppe gepresst. »Eines jener Wesen, das euer Volk anführt.«

Die Klinge glitt um einen Fingerbreit zurück, um sich ihr dann wieder zu nähern, ihren Hals anzuritzen. »Du weißt viel über uns, Menschin. Wenn ich dich töte, wäre deine Erinnerung getilgt. Deine Leute würden mit dir ein wertvolles Mitglied verlieren. Dein Kopf würde sich gut in meiner Sammlung machen.«

»Aber du wirst es nicht tun.« Bentaloppe setzte der Waffe Druck entgegen, auch wenn das schmerzte. »Eine Bardyagg hätte mir ohne Wenn und Aber den Hals durchgeschnitten, während ich noch schlief. Sie hätte niemals dieses Gespräch geführt. Was willst du also, Cymbyr?«

Sie wurde unvermutet auf die Beine gehoben. Wie konnte ein menschenähnliches Wesen, das ihr kaum bis zur Schulter reichte, derartige Kräfte entwickeln?

»Du bist besser als andere Menschen. Du bist die Beste bislang und damit auch die Dümmste. Wir schenken kein Erbarmen. Wir vernichten euch. Wir werden euch aus der Heimat vertreiben. Bald. Noch bevor die Zeit der Bewegung kommt.« Cymbyr drehte sich zu ihrer Blutschwester um und deutete ihr, von Birle zurückzuweichen, und die andere Bardyagg gehorchte anstandslos. »Ihr bleibt verschont. Vorerst. Lernt unser Land kennen und tut, was ihr im Lager zu tun habt. Irgendwann sehen wir uns wieder. Dann erzählst du, was du gesehen und was du erfahren hast. Entweder töte ich dich für deine Worte oder jage dich. Das ist so sicher, wie der Regen über dem Hochland fällt, Tag für Tag.«

Bentaloppe sah den Hieb kommen, konnte ihm aber nicht ausweichen. Die Faust der kleinen Frau traf sie unterhalb der Rippen, dort, wo ihre Muskeln die Wucht abfederten. Nicht mehr so gut wie noch vor einigen Jahren, aber doch so, dass sie keine inneren Verletzungen erlitt. Doch es tat weh, schrecklich weh … Sie taumelte zurück, prallte gegen Fels. Dort blieb sie für einige Momente stehen, den Oberkörper vornüber gebeugt, und versuchte, den Schmerz aus ihren Gedanken zu verdrängen.

Bentaloppe wischte sich Tränen aus den Augen und sah hoch. Das verdammte Miststück war verschwunden, die Blutschwester ebenfalls. Birle hockte neben dem Feuer, Blut tropfte aus ihrer Nase und vom Mund zu Boden.

Bentaloppe half ihrer Begleiterin hoch und besah sich ihre Verletzungen. Sie waren oberflächlich und kaum erwähnenswert. Die Frau aus dem Süden würde einige Tage lang Schwierigkeiten beim Essen und beim Riechen haben. Doch was war das schon im Vergleich zur großen Dunkelheit, der sie eben entkommen waren?

»Willkommen im Eisernen Hochland«, sagte Bentaloppe zu Birle und begann, ihre Ausrüstungsgegenstände zusammenzupacken. Sie hatten noch eine weite Reise vor sich bis zum Lager.

15. Darne

Da stand sie also, die Frau, die über ihr zukünftiges Leben und vor allem ihren Tod bestimmen sollte. Sie schob Kasmaton beiseite, der blass wie der Tod geworden war. Er zitterte, während einige Gefangene hämisch lachten und ihn mit lauten Rufen schmähten.

»Ich bin Bentaloppe«, übertönte die Kriegerin die Stimmen aller anderen. Sie zog ihre Maske mit einem Ruck ab, und ein hässliches, durch Narben fast bis zur Unkenntlichkeit entstelltes Gesicht kam zum Vorschein. »Ich wurde auserkoren, euch den Rest eures Lebens leiden zu lassen. Ihr seid allesamt Verräter am Lederland, und dafür sollt ihr bezahlen. Schulden für euren Verrat an der Heimat abtragen. So lange, bis euch der Große Gleichmacher fortführt und euch in seinem Reich, das kein Licht und keine Schatten kennt, zu stinkendem Dung verarbeitet.«

Die Stimme, klar und dunkel, trug sehr weit. Sie wirkte verletzend. Kasmaton hatte mit dem Messer um sich geworfen, um seine Autorität deutlich zu machen, bei ihr reichten hier und jetzt einige Worte.

»Ich bin dagegen, euch zu schinden und dafür zu sorgen, dass ihr möglichst rasch mit dem Tod Bekanntschaft macht. Das wäre zu einfach. Ihr sollt eure Schuld durch harte Arbeit abtragen. Doch die Qual des Lebens soll möglichst lange andauern. Für diese Verlängerung garantiere ich mit ausreichendem Essen, mit Ruhepausen, durch harte, aber keine mörderische Arbeit.«

»Sie klingt so harmlos«, flüsterte Morilacc vom Tal, »aber sie droht uns. Diese Frau ist ein zäher Knochen.«

»Sie sieht alt aus und verbraucht.«

»Sie ist weit über vierzig, und das Cardym setzt ihr zu. Aber ich wollte keinen fairen Kampf mit ihr riskieren.«

»Kennst du sie, Morilacc?«

»Bentaloppe ist so etwas wie eine Legende unter den Totmachern. Sie selbst schert sich nicht um ihren Ruf. Aber es gibt kaum einen unter ihresgleichen, der ihr das Wasser reichen könnte. Selbst jetzt noch gilt sie als die gefährlichste, abgefeimteste und gemeinste Kämpferin des Lederlandes.«

»Ich sehe bloß ein zähes Weib, das uns mit seiner Größe und einer lauten Stimme beeindrucken möchte.« Darne log. Er empfand gehörigen Respekt vor dieser Frau. Es war zu spüren, dass sie meinte, was sie sagte.

»Ich weiß, dass ihr allesamt den Wunsch verspürt, dem ehemaligen Lagerleiter Kasmaton heimzuzahlen, was er euch angetan hat«, fuhr Bentaloppe nach längerer Pause fort und deutete auf den leise wimmernden Furcher. »Doch auch er hat seine Schulden an Haden abzubezahlen. Ich dulde nicht, dass jemand dem Rego ein Leben nimmt, das allein ihm gehört. Ich bin der Vertreter des Rego, und damit bin ich Gesetz. Und nun folgt mir hinab in die Dunklen Tiefen.« Sie legte eine weitere Pause ein. Eine, die die folgenden Worte ihrer Ansprache noch düsterer, noch bedrückender wirken ließen. »Seht nochmals nach oben, betrachtet den trüben Himmel und die Wolken, die Tag für Tag Regen und Schnee über diesem beschissenen Stück Land entladen. Denkt daran, wie sehr ihr die Kälte hier heroben gehasst habt. Den Schlamm, die umherliegende Scheiße, den Gestank, den Wind. Und nun sei euch gesagt: Ab nun wird es noch schlimmer. Das Eiserne Hochland ist im Vergleich zu seinen Dunklen Tiefen ein Ort, an dem Milch und Honig fließen.«

Der Abstieg lag versteckt zwischen zerbrochenen Felsen. Das steinerne Durcheinander konnte unmöglich ein Werk des Schicksals gewesen sein. Hier mussten die Götter, Menschen oder Bardyaggs zu Werke gegangen sein, um dieses Trümmerfeld gewaltigen Ausmaßes zu schaffen.

Über eine unscheinbar wirkende Steintreppe ging es in dämmriges Zwielicht hinab. Der flackernde Schein von Fackeln empfing sie, bevor sie die Schwärze der Dunklen Tiefen endgültig verschluckte.

Der Boden war rutschig und feucht, an den Wänden klebte glitschige Substanz. Spinnen, Kakerlaken und seltsame Käfer mit bunt schillernden Chitinhüllen folgten ihnen auf dem Weg nach unten. Sie bildeten eine unheimliche Eskorte.

Morilacc ging mit gebeugtem Haupt, dann mit gebeugtem Rücken. Die Wände rückten näher zusammen, die Höhe verringerte sich. Auch Darne musste sich nun bücken, um sich den Schädel nicht an den vielen Zacken anzuschlagen, die aus der Gangdecke wuchsen.

An der Spitze der Gruppe ging Bentaloppe. Die kleinere Frau in ihrer Begleitung blickte sich immer wieder um zu ihnen. Ihre Aufmerksamkeit galt vor allem dem jammernden Kasmaton, doch sie behielt auch ansonsten den Überblick. Sie wirkte misstrauisch. Gemein. Wie eine Kriegerin, die erst tötete und dann Fragen stellte. War sie auch noch so klein – Darne ahnte, dass mit ihr keinesfalls zu spaßen war.

Der Weg verbreiterte sich zu einem Raum. Die neue Kommandantin unterhielt sich leise mit einem der Wächter und gab dann das Zeichen zum Anhalten. Alle Gefangenen blieben stehen. Darne sah, wie die Schultern einiger der hartgesottensten Verbrecher des Trupps nach vorn fielen und wie sie instinktiv die Nähe der anderen suchten.

»Die Kammer des endgültigen Abschieds … So wird dieser Raum genannt, habe ich mir sagen lassen.« Bentaloppe winkte einem Wächter, der hinter den Gefangenen gestanden hatte und nun einige Schritte zurücktat.

Ein Gerumpel und Getöse wurde laut, der Boden bewegte sich. Im schmalen Durchlass, durch den sie eben gekommen waren, zeigte sich ein steinernes rundes Ding, das im Zentrum eine vierkantige Ausbuchtung aufwies. Dort steckte ein Holzpfahl, und mit Hilfe des Holzpfahls lenkten Wächter von außen den Stein durch eine Rinne auf der anderen Seite des Zugangs, bis er den Raum, in dem sie standen, dicht versiegelte. Der Stamm verschwand nach getaner Arbeit aus der Fassung. Zurück blieb ein massives Teil, das unmöglich mit reiner Manneskraft bewegt werden konnte.

Wie war der Stein hierhergelangt? Die Gänge waren viel zu schmal dafür! Hatte man ihn aus dem Fels ringsum geschlagen, oder hatte ein Magicus bei der Errichtung dieses Tors geholfen?

»Ich sehne mich jetzt schon nach einem anständigen Regenschauer«, murmelte Morilacc. »Es könnte auch gern ein wenig kühler sein. Die Luft hier unten ist so dick, dass man sie rauchen könnte. Wenn man denn auf Rauchware steht, die nach Schweiß und Arschritze riecht.«

Wie alle anderen Gefangenen starrte Darne weiterhin auf den runden Stein, auf dieses Symbol ihrer Gefangenschaft. Er würde wieder zur Seite gerollt werden, gewiss. Bentaloppe würde genau wie die Wächter an die Erdoberfläche und ins Lager zurückkehren wollen. Und gewiss gab es andere Wege nach oben.

Darne betrachtete Loren mit hölzernen Rädern, die an einer Wand aufgereiht standen und darauf warteten, durch tiefe Führungsrillen in einen dunklen, nach rechts abzweigenden Weg geschoben zu werden. Doch auch dort gab es ein versperrtes Tor, auch dort standen Wächter und blickten sie bedrohlich an.

»Mitgefangene, die schon länger hier arbeiten, werden euch

die Unterkünfte zeigen. Dann geht es an die Arbeit. So lange, bis ein Vorarbeiter sagt, dass ihr genug geleistet habt. Hier unten gibt es keine Zeit. Kein Himmelsgestirn, auf dessen Wanderung ihr euch verlassen könnt. Man wird euch sagen, was ihr wann zu tun habt. Ihr werdet diese Anweisungen befolgen, ohne Wenn und Aber.«

Verbraucht und krank wirkende Leute wurden von der Dunkelheit ausgespuckt. Die Alten. Jene, die bereits längere Zeit in den Dunklen Tiefen lebten und bisher überlebt hatten. Sie hatten graue Gesichter, die Blicke wirkten tot. Viele von ihnen gingen gebückt, die Rücken waren allesamt krumm.

Einer von ihnen sagte mit schleppender Stimme: »Ich bin Tresomar. Ich lebe seit zehn Monden in der Tiefe, so sagte man mir heute.« Er winkte Darne und Morilacc. »Ihr kommt mit mir, ihr schlaft in meiner Nische. Und noch einen Mann brauch ich.« Er sah sich kurz um und winkte dann einer kleinen, gebückt dastehenden Gestalt. »Du da! Mitkommen!«

Darne musterte den Mann, der sich ihnen ängstlich näherte. Es handelte sich um Kasmaton, um den ehemaligen Plejar, der sich einstmals stolz »Furcher« genannt hatte. Die gedrungene Frau in Bentaloppes Begleitung hatte ihn hier zurückgelassen. Er folgte ihnen zögernd.

Ausgerechnet Kasmaton. Ausgerechnet diese Laus.

Es ging an Wächtern vorbei, die sie grimmig anstarrten, mit den Händen an ihren schweren Waffen. Darne wusste, dass sie ihnen in der Enge des Raums nicht helfen würden. Hier bediente man sich am besten Messer oder Kurzschwerter und trug leichte Lederrüstung, um wenig Gewicht am Körper zu haben. Bentaloppe und ihre Begleiterin indes blieben entspannt, so als hätten sie Derartiges bereits hundertmal mitgemacht.

»Darne?«, fragte die großgewachsene neue Lagerkommandantin. »Ich hörte von dir.«

»Offenbar kennt mich jedermann zwischen den Korninseln

im Süden und den Braunen Bergen im Norden. Obwohl mein Verbrechen gar keines war.«

»Auch davon hörte ich. Dass du ein eingebildeter Schnösel seist, dem jedermann sofort das Maul stopfen möchte. Der das Wort Demut nicht kennt, obwohl die bei deiner Lage durchaus angebracht wäre.«

Darnes Anspannung stieg. Er war wütend. Und er wusste, dass diese alte Kriegerin mit ihrem so gut trainierten Körper bloß auf eine Gelegenheit wartete. Sie wollte einen der Gefangenen herausfordern und hier, vor den Augen all seiner Schicksalsgenossen, zeigen, wer das Kommando innehatte.

Nein, Darne würde sich beherrschen. Er war viel zu schwach und viel zu müde, um gegen Bentaloppe anzutreten.

»Man sagte mir auch, dass du ein Feigling seist. Offenbar stimmt dies.« Sie grinste ihn an. Die tiefen Narben, kreuz und quer übers Gesicht geschlagen, färbten sich im Fackellicht dunkelrot.

»Komm jetzt! Lass dich nicht reizen«, sagte Morilacc leise und zog ihn weiter, gegen seinen Widerstand, gegen seinen Wunsch, nun doch die Herausforderung anzunehmen und den Malen in dieser hässlichen Fratze einige weitere hinzuzufügen.

Bentaloppes Lachen verfolgte ihn, während sie tief in das Labyrinth von Gängen, Stiegen, Stegen und Treppen vordrangen. Der Klang hüllte ihn ein wie eine Decke, die sich nicht mehr von seinem Leib lösen ließ. All die traurigen Gestalten, denen sie begegneten, starrten ihm nach.

Eines Tages würde er sich für diese Demütigung rächen.

16. Der Fette Mann

Wann hatte er aufgehört, Hobelaar zu sein? Seit wann riefen ihn die bösen Zungen am Hofe den Fetten Mann, und seit wann nannte ihn sogar der Pöbel in den Straßen so?

»Mehr Wein!«, rief er. Sein Durst hatte nicht nachgelassen während der letzten Jahre, ganz im Gegenteil. Da war diese unstillbare Leere in seinem Inneren, die nicht gefüllt werden konnte. Ganz gewiss hatte sie mit dem Cardym zu tun, dem er sich verweigerte, seitdem er den Thron des Lederlandes bestiegen hatte.

Der Hofkanzlist betrat den Saal, gefolgt von einigen dienstbeflissen dreinblickenden Dienern, die sich seine Anweisungen merkten und gleich darauf davoneilten, um von neuen Speichelleckern abgelöst zu werden. Stets umgab den alten Mann ein gutes Dutzend dieser hoffärtigen Kerle. Sie kamen wie Ratten aus ihren Löchern gekrochen, sobald sich Bernyl blicken ließ.

»Wie steht es im Land?«, rief Hobelaar dem Mann entgegen. »Gibt es Unruhen, Kriege, Aufstände? Irgendetwas, worüber ich Bescheid wissen müsste?«

»Es sind unruhige Zeiten, Rego.« Bernyl erreichte den Thron und ließ sich nach den rituellen Verbeugungen zu seiner Rechten nieder.

»Du willst mir wie immer nichts Näheres verraten!«

»Du musst ohnedies für das ganze Land leiden, Rego, und bist darüber hinaus das Gewissen Hadens. Sein starker Arm.

Sein Stolz. Sein Führer. Warum sollte ich dich mit den Banalitäten langweiliger Regierungsarbeit belasten?«

»Weil es mich interessiert und ich Anteil nehmen möchte an den Sorgen meiner Bevölkerung!« Hobelaar hieb gegen die Lehne seines Thronsitzes. Das heißt, vielmehr versuchte er es. Was dabei herauskam, war ein Hieb, der nicht einmal mit der Kraft eines Zehnjährigen geführt war. Fett schwabbelte an Unter- und Oberarmen; wo sich einstmals Muskeln unter der Haut gewölbt hatten, zeigten sich nun Falten, blasse Flecken und Ekzeme.

»Bleib ruhig, Herz des Landes«, mahnte der Hofkanzlist und legte ihm begütigend die Linke auf die Schulter. »Jede Aufregung schadet dir. Du weißt, was die Hofärzte sagten.«

»Ja, und ob! Sie sagten, ich sollte mich an frischer Luft bewegen, Spaziergänge einlegen und mehr Wasser denn Wein trinken. Ganz gewiss meinten sie damit nicht, dass ich hier zur fetten Meeresqualle verkommen soll, auf welche die Angehörigen des Hofes mit ausgestrecktem Finger und ohne jede Scham deuten.«

Hobelaar redete laut genug, dass einige der Hohen Damen und Herren unten im Thronsaal seine Worte mitbekamen. Manche zogen schuldbewusst die Köpfe zwischen die Schultern, die meisten scherten sich nicht um seine Worte.

»Wir werden einige Dinge am Hof ändern müssen«, sagte Bernyl. »Aber es gibt vordringlichere Angelegenheiten.«

»Dann erzähl mir verdammt noch mal, was so wichtig ist!«

»Es gibt Unruhen im Südwesten, in den Korninseln. Wir müssen unseren Blick insbesondere dorthin richten.«

»Ich dachte, der Verwalter Jesper mache seine Sache so prächtig?«

»Gewiss. Doch dem Volk in den Korninseln geht es zu gut. Es ist verwöhnt von besseren Jahren, es begehrt gegen gute und alte Gesetze auf. Die Truppen müssen mit aller Härte durchgreifen, um das Umsichgreifen der Unruhen zu verhindern.«

»Ich möchte die Berichte hören. Es gibt gewiss Boten, die etwas zu erzählen haben.«

»Selbstverständlich, Rego.« Der Druck der Hand auf seiner Schulter verstärkte sich ein wenig. »Man wird alles ausführlich vor dir ausbreiten. Sobald die Heere aufgestellt und die Vorbereitungsarbeiten für die Entsendung in die Korninseln abgeschlossen sind.«

»Natürlich.« Hobelaar hatte dieses Spielchen bereits mehr als einmal mitgemacht. Der Hofkanzlist hielt ihn aus allen Entscheidungen heraus, stellte ihn vor vollendete Tatsachen und erklärte ihm im Nachhinein mit blumigen Worten, warum er so und nicht anders hatte handeln müssen.

Hobelaar trank Wein. Die Pokale waren schneller leer als in früheren Jahren. Womöglich reichte man ihm kleinere Gefäße.

»Es wird dich freuen zu hören, Bernyl, dass ich dir einen Teil deiner Agenden bereits abgenommen habe«, sagte er zu seinem Hofkanzlisten. »Wie es der Zufall so wollte, lief mir heute einer der Hohen Herren von den Korninseln über den Weg. Es gibt tatsächlich noch welche, die mir freundlich gesonnen sind. Also ließ ich mir erzählen, was in dieser reizvollen und freundlichen Gegend unseres geliebten Lederlandes so vor sich geht.« Hobelaar streifte die Hand seines Beraters ab. »Und weißt du, was man mir erzählte? Dass alles ruhig und friedlich sei. Dass das Getreide wachse und gedeihe wie schon lange nicht mehr. Dass die Arbeiter zufrieden sind und die Ernte für viel Freude hierzulande sorgen würde.«

»Die Leute, die du als verlässliche Quellen erachtest, Rego, könnten dich hintergehen«, flüsterte Bernyl. »Die reichen Bauern aus dem Süden unseres Landes haben die Intrige zu ihrem liebsten Spiel erklärt, noch weitaus mehr als hier am Hofe. Es wäre fatal, wenn ausgerechnet du ihnen auf den Leim gehen würdest.«

»Ich habe mir die Ausführungen des Boten von anderen Seiten bestätigen lassen.« Genüsslich zupfte Hobelaar einige Narrenaugen aus der Schokoladentunke und stopfte sie sich in den Mund. Der Beigeschmack der Minze linderte den des Weins. »Die Aussagen stimmen überein. Die Korninseln werden gut geführt. Verwalter Jesper erledigt seine Aufgabe ausgezeichnet.«

»Ich werde dennoch …«

»Du wirst gar nichts, Hofkanzlist!«, brüllte Hobelaar auf einmal, stand auf und streckte seine Beine durch. »Mein Wille ist Gesetz! Ich vertraue Jesper, und er bleibt gefälligst unbehelligt. Alle Boten aus dieser Region werden in Zukunft augenblicklich zu mir vorgelassen und berichten allein mir. Hast du mich verstanden, Bernyl?« Er blickte über die Versammelten hinweg. Über diese kleinen, kleinlichen und kleingeistigen Leute, die die meiste Zeit mit ihren Eitelkeiten beschäftigt waren und nicht verstehen wollten, dass hier oben, hier, in seinem unmittelbaren Machtbereich, ein Krieg stattfand. Einer, den er, der Rego, allmählich gegen den Hofkanzlisten zu verlieren drohte.

»Selbstverständlich, Herr.« Bernyl senkte das Haupt vor ihm. »Ich entschuldige mich für mein Verhalten. Dieser Fehler ist unverzeihlich, und ich werde dafür Buße tun.« Leiser, sodass nur der Rego ihn verstehen konnte, fügte er hinzu: »Du solltest dein Glück nicht zu sehr herausfordern, Herrscher. Wir beide wissen, dass deine Zeit zu Ende geht und eine neue Ära anbricht. Dein Volk soll dich doch in guter Erinnerung behalten, nicht wahr?«

»Deine Drohungen verfangen bei mir nicht, Bernyl.«

»O doch, das tun sie. Ich weiß, dass deine Leibwachen in doppelter Mannstärke ihren Dienst versehen und dass du selbst den geringsten Zweifel an Loyalität dir gegenüber hart bestrafst. Du fürchtest dich vor mir. Du fürchtest dich vor dem Alter, das dich erbarmungslos heimsucht.«

»Ja, das tue ich. Aber dann sehe ich dich an, Bernyl. Den Mann, der bereits alt war, als ich noch durch die Lande abenteuerte und dazu ansetzte, den Schmutzigen Thron zu erobern.

Ich weiß, dass es das Cardym ist, das einen früheren Tod herbeiführt.«

»Und deshalb nimmst du es nicht mehr, trotz all der Qualen, die die Sehnsucht verursacht? Wie unvernünftig! Du bräuchtest dich bloß in meine Räumlichkeiten zu begeben, wann auch immer es dir beliebt, und ich würde dir jene Annehmlichkeiten verschaffen, die du so sehr vermisst hast in den letzten Jahren.«

»Ich bin immun gegen deine falschen Worte, Bernyl. Ich habe ihnen bislang widerstanden, und ich werde es weiterhin tun.« Oh, schon die Erinnerung an die Cardym-Pulverchen, die er sich früher selbst gerollt hatte, ließ ihn beinahe alles andere vergessen. Doch nur beinahe. Denn bei allen Schwächen, die sich im Laufe seines Lebens angesammelt hatten, hatte er sich doch eine Stärke bewahrt: die seines Geistes. Er würde dem Hofkanzlisten niemals nachgeben und an seinen Zitzen saugen.

»Heute am Abend könnte ich dich empfangen, Rego. Ganz privat. Niemand würde dich sehen, niemand dich hören. Ein Augenblick des Genusses würde diese tief in dir lodernde Gier beseitigen und dir Frieden schenken.«

»Geh mir aus den Augen«, knurrte Hobelaar, und sein Hofkanzlist packte die Insignien seiner Macht zusammen und verließ im Gefolge der Boten den Thronsaal.

Die Leute im Raum begannen zu tuscheln. Gut die Hälfte von ihnen war durch das Verlangen nach Cardym an Bernyl gebunden.

»Wein!«, verlangte der Rego, ließ sich auf den Thron fallen und wischte sich mit dem Handrücken Schweiß von der Stirn. Er hatte schreckliche Angst vor dem Hofkanzlisten.

17. Darne

Möchtest du immer noch Rego werden, Kleiner?«

»Mehr denn je.« Darne begutachtete das Stück Kette, das er stets bei sich trug. Vier rostige Glieder, mangelhaft aneinandergeschmiedet. Er hatte sie gefunden, irgendwo in den Dunklen Tiefen, um das Armgelenk eines Verwesenden geschlungen. Die Kette würde ihn erinnern. Daran, dass er einen Auftrag und eine Verpflichtung hatte.

»Ich wiederhole mich nur ungern, aber aus den Dunklen Tiefen kommen wir nicht mehr lebend heraus.« Morilacc kaute an letzten Resten einer zähen, kaum genießbaren Wurst. »Und selbst wenn wir es schaffen sollten, befinden wir uns noch immer in einer Einöde, in der es außer nichts nur noch größere Nichtse gibt. Ach ja, ich habe die wilden Bardyaggs vergessen, die auf alles Jagd machen, das sich zu weit aus der Umgebung des Lagers entfernt. Weil es dann ihnen gehört und sie mit unsereiner machen können, was sie wollen.«

»Ich habe einen Plan. Er ist noch nicht ganz ausgereift. Aber er beinhaltet meine Flucht. Meine Rückkehr nach Mittigteilen. Meine Rache an jenen, die mich hierhergebracht haben. Und zu guter Letzt den Sturz des Fetten Mannes.«

»Natürlich. Weil Herr Darne es sagt. Weil Herr Darne immer schon alles genau wusste. Und weil Herrn Darnes Pläne stets so genial waren, dass sie ihn hierherbrachten, an den beliebtesten Ort des Lederlandes. Du weißt schon, dass dich hier jedermann den *König in Ketten* nennt? Weil du nur noch von deinem Traum erzählst, eines Tages den Rego von seinem Thron zu stürzen und seinen Platz einzunehmen. Man macht sich lustig über dich.«

Er erwiderte nichts. Er hatte keine Lust, mit seinem Freund und Begleiter über derlei Dinge zu diskutieren. Er wusste, was er wollte, und er würde sein Ziel erreichen. Komme, was wolle.

Es stank bestialisch, und schuld daran waren diese verdammten Viecher, die von jedermann bloß Zecken genannt wurden, obwohl sie mit den kleinen Blutsaugern, die sich in den kurzen Sommern Hadens auf Mensch und Vieh stürzten, kaum etwas gemein hatten. Bloß der Tropfrüssel, lang und biegsam, ließ gewisse Ähnlichkeiten erahnen.

Darne wischte sich Schweiß von der Stirn und kratzte dann weiter mit seinem Messer die Scheiße der Zecken aus Gesteinsrillen. Die Klinge, die man ihm gegeben hatte, war aus schlechtem Stahl geschmiedet, der rasch brach, wenn man einen Stich nicht senkrecht, sondern verdreht führte.

Er tat seit Tagen nichts anderes, als Scheißerillen zu putzen. Oder waren mittlerweile Monde vergangen? Er wusste es nicht mehr. Tresomar, der Alte, war längst gestorben. Verreckt an einer Staublunge, die man sich unweigerlich holte, wenn man zu lange in trockener Scheiße wühlte.

Bentaloppe ließ seit einiger Zeit dünnes Tuch verteilen, das Darne und die anderen Verfluchten in den Dunklen Tiefen vor Beginn der Arbeitsschicht befeuchteten und sich dann vor den Mund banden. Nach einer Weile färbte sich der Stoff grau, am Ende einer Schicht war er schwarz. Bei einigen wurde er sogar rot vom vielen angestrengten Husten.

»Wir kommen niemals weg von hier«, keuchte Morilacc und hob eine weitere Karre mit Dung an, um sie zu einer Lore zu schieben und dort einen riesigen Haufen Scheiße noch weiter zu vergrößern.

»Du hast auch schon mal zuversichtlicher geklungen.« Darne folgte ihm mit geschulterter Schaufel und half seinem Kumpanen, während Kasmaton zurückblieb und, auf den Stiel seiner Forke gestützt, einige Momente mit geschlossenen Augen ausruhte. Wie immer murmelte er kaum verständliche Worte vor sich hin. Er beschimpfte einen seiner ehemaligen Vertrauten, einen Kerl namens Smuj Irgendwas, der ihn angeblich bei Bentaloppe angeschwärzt hatte und Schuld daran trug, dass er nun in den Dunklen Tiefen saß.

»Ich hab keine Lust, hier unten zu verrecken.« Morilaccs Bewegungen wirkten müde. Er zog das Tuch ein wenig vom Mund und spuckte schwarzen Schleim aus. »Auch wenn die Leute nicht mehr so rasch sterben, seitdem Bentaloppe das Kommando führt. Sie halten länger durch, und je länger sich ihr Sterben hinzieht, desto öfter denken sie darüber nach, dass sie eigentlich weiterleben möchten.«

Darne nickte. Er kannte diesen Gedanken. Er wusste um so viele andere Gefangene, die nach Fluchtwegen suchten.

Es gab sie zweifelsohne. Kamine sorgten für leidlich frische Luft, und über viele der verschütteten Wege, die noch weiter in die Dunklen Tiefen führten, gab es Gerüchte. Dass sie bis zu einer großen Kammer reichten, durch die sich ein breiter, unterirdischer Fluss zog. Wagemutige könnten ein Floß bauen und sich dem reißenden Gewässer anvertrauen, um irgendwo an die Oberfläche des Eisernen Hochlands ausgespuckt zu werden, weit weg vom Lager, von Wächtern, von Bentaloppe. Der Abstieg in die Dunkelheit galt unter den Gefangenen als einzig gangbarer Weg in die Freiheit.

»Gerüchte«, murmelte Darne. »Das ist alles, was uns nährt und aufrecht hält.«

»Wie bitte?« Morilacc hob nicht den Kopf, er schaufelte einfach weiter.

»Ich dachte bloß über unser Leben nach.«

»Es ist doch wunderbar! Wir haben eines der großen Rätsel Hadens ergründet. Es ist bloß schade, dass wir niemandem davon erzählen können.«

Darne kehrte zu Kasmaton zurück und riss den ehemaligen Lagerkommandanten aus seinem Halbschlaf. »Los jetzt! Wir müssen weitermachen. Die Zecken überrennen uns in ihrer Gier, wenn wir nicht rasch das Futter verteilen. Oder möchtest du unter ihren Krallenbeinen enden?«

»Macht das denn einen Unterschied, ob ich heute oder morgen krepiere? Es ist das, was Smuj Waldklau will. Dieses blutige, haarige Geschwür, das seine Mutter aus ihrem Arsch geschissen und *Kind* genannt hat!« Kasmaton atmete tief durch und schleppte sich dann zur Futterreuse, um blutiges Fleisch auszulegen, entlang der Rillen im Gestein, und dann milchigen Brei darüber zu leeren.

»Eigentlich sollte ich froh darüber sein, so rasch wie möglich von deinem Gejammer erlöst zu werden. Dummerweise verfügst du über mehr Wissen über die Dunklen Tiefen als jeder andere Gefangene. Also wirst du gefälligst weiterleben, und Morilacc und ich werden dich gegen diese Idioten verteidigen, die dir unbedingt an die Gurgel wollen.« Darne betrachtete seine eigenen Hände. Nur zu gern hätte er sie um den Hals dieses Leuteschinders gelegt und zugedrückt, so lange, bis dem Kleinen die Augen aus den Höhlen gequollen wären.

»Was für ein Glück ich doch habe!« Kasmaton streute weiteres Futter aus.

Ein Gong ertönte. Die Fütterung begann. Darne legte mehrere Fressspuren, denen die Hypatore unmöglich widerstehen konnten, dann zog er sich gemeinsam mit seinen Schicksalsgefährten in die hinteren Bereiche des Futterraumes zurück.

Der zweite Gongschlag, dann der dritte. Gatter wurden rasselnd hochgezogen, das Kratzen unzähliger Zeckenbeine wurde lauter und lauter. Die sonst so lethargisch wirkenden Viecher scharrten unruhig mit ihren Krallen über den Boden. Ihr Instinkt ließ sie kommen, so oft es die Lagerinsassen wollten, um weitere Fressrationen zu erhalten.

»Los, los, los!«, schrie ein Mitgefangener und schlug mit seinem Löffel gegen die Gitterstäbe. Andere folgten seinem Beispiel, und der ohrenbetäubende Lärm tat seine Wirkung. Die Hypatore strömten in den Raum, witterten vorsichtig mit ihren Rüsseln und folgten dann den Fressspuren. Hin zu den Becken, hin zu den Eimern. Jedes Mal lief es auf die gleiche Arbeit hinaus. Nun, die Dummheit der Hypatore war durchaus in ihrem Sinne. Die Arbeit war gefährlich genug.

Die Zecken stolzierten an ihre Plätze. Ganz vorn, dort, wo der Raum enger wurde, begann ein Gerangel um die größten Fleischstücke. Männlein und Weiblein drängten in die trichterförmig nach vorn zulaufenden Fressplätze, schubsten und schoben, müde und irgendwie traurig wirkend. Haken in den Seitenwänden schlitzten einige von ihnen auf, und dennoch tappsten die Überlebenden weiter. Sie wurden nervös, kamen aber gegen ihren Fressdrang nicht an, verletzten einander, hinterließen Blutspuren, rissen sich mit den scharfen Fußkrallen und denen an den Enden ihrer ledernen Schwingen gegenseitig das Fleisch vom Leib.

Mehr als einhundert waren es, die in den Raum gehoppelt kamen. Die hungrigsten Tiere befiel Panik. Sie konnten mit all dem Durcheinander, der Gier, dem Zusammensein mit Artgenossen des anderen Geschlechts nichts anfangen. Es kam zu Streitereien, zu Kämpfen. Die Zecken verhielten sich auf eine Weise, die nicht ihrer Art entsprach. Weil die Menschen es so wollten und diese Auseinandersetzungen herbeiführten.

Einige Hypatore fielen an Ort und Stelle um, andere torkelten wie betäubt umher, um dann von anderen ihrer Art zertreten zu werden.

Die Fütterung dauerte vielleicht zweihundert Atemzüge, dann beruhigten sich die Zecken wieder. Darne deutete auf die leblos daliegenden Viecher. »Ich zähle neun tote und sieben verletzte Zecken, die sich kaum noch bewegen. Das sind zu wenige. Damit sind wohl wir dran.«

Er machte Morilacc und Kasmaton ein Zeichen, ihm zu folgen. Gemeinsam verließen sie ihre Plätze hinter den schützenden Felsbrocken und traten langsam, einen jeden Schritt sorgfältig abwägend, auf die Hypatore zu. Jene, die unverletzt geblieben waren, starrten vor sich hin oder machten sich bereits wieder auf den Rückweg, raus aus der Höhle. Es kümmerte sie nicht mehr, was eben geschehen war. Ihre Mägen waren voll, das Interesse an der Umwelt auf ein Minimum gesunken.

»Hoi! Hoi!«, schrie Kasmaton und wirbelte seine Arme wie Dreschflegel durch die Luft. Die unverletzt gebliebenen Zecken hoppelten ein wenig rascher auf das breite Tor zu, an dem weitere Menschen warteten und sie weitertrieben, durch einen Gang, der sie an einen der dreizehn Zugänge zu den Tiefen des unterirdischen Labyrinths brachte.

Darne machte einem der schwer verletzten Hypatore den Garaus, schnitt ihm den Hals durch, dort, wo die Haut am dünnsten war. Er wuchtete das Tier hoch, es wog etwa so viel wie ein Halbwüchsiger, und legte es in eine der Blutschüsseln, dunkle Gefäße, die das Lebensnass auffingen.

Morilacc tat es ihm gleich. Diese Arbeit war rasch getan. Sechzehn Zecken wurden für die Weiterverarbeitung vorbereitet. Doch sie benötigten mindestens noch vier weitere Hypatore, um ihr Soll zu erfüllen. Andernfalls würden sie alle drei auf Nahrung und Schlaf verzichten und eine weitere Halbschicht einlegen müssen, mit zerschundenen und müden Körpern.

Darne sah sich um. Sieben zum Teil leicht verletzte Zecken irrten in einer Ecke umher, während alle anderen dem Gang zustrebten, in Reih und Glied wie junge Entlein, die blindlings dem Muttertier folgen.

»Sieben Stück?«, fragte Kasmaton, der seine Blicke wohl bemerkte. »Das schaffen wir nie und nimmer!«

»Es gibt eine Prämie, wenn doch!«, rief Morilacc und lachte bitter. »Ein wenig mehr Schlaf oder gar die Hoffnung auf eine Freischicht. Kann man sich denn einen größeren Luxus vorstellen?«

Nun, das konnten sie alle. In den Nächten träumten sie von Wein, von ungestrecktem Cardym, von Frauen. Davon, sich mehr als stinkende und verlauste Decken über stinkende und verlauste Körper ziehen zu dürfen.

Darne übernahm die Entscheidung für seine beiden Partner. Er schob sich zwischen die sieben Zecken und ihre Artgenossen und machte, dass die kleine Gruppe noch weiter abgedrängt wurde. Sie wirkten wie betäubt, doch taten sie das nicht immer?

Die anderen Hypatore strömten durch das Tor, und es fiel hinter ihnen zu. Sie watschelten weiter, ab und zu einen müde klingenden Schrei ausstoßend. Weiter unten würden sie sich verlieren, zwischen Felsen und Spalten. Sie drangen mit ihren gelenkigen Körpern in Bereiche vor, die Menschen für alle Zeiten unzugänglich blieben, um irgendwo, weit entfernt, Wege ins Freie zu finden und dort dann blöde in der Gegend herumzustehen, wochenlang, um erst wieder in die Dunkelheit zurückzukehren, wenn der Hunger übermächtig wurde oder sie ihrem Fortpflanzungsdrang folgten.

»Sieben Tiere«, wiederholte Morilacc und warf sein Messer abwägend von einer Hand in die andere. »Das wird verdammt viel Blut geben.«

»Und wahrscheinlich wird es unser Blut sein, ihr beiden Idioten!«, keifte Kasmaton.

»Es sind die beiden Idioten, die dich am Leben erhalten, Furcher.« Darne schob sich langsam näher an die Gruppe der Zecken heran. »Zeig ein wenig Dankbarkeit dafür, dass wir dich Tag und Nacht vor rachsüchtigen Gefangenen beschützen.«

Eine der Zecken erkannte den Ernst der Lage. Große graue Augen starrten Darne an. Das Vieh breitete die Schwingen aus, die ungewöhnlich groß waren, und nahm eine Drohgebärde an. Der Hypator war nun beinahe so groß wie ein ausgewachsener Mensch. Die Krallen an den Flügeln bewegten sich, sie gingen auf und zu, auf und zu.

Darne fackelte nicht lange. Er musste einen Warnschrei des Tiers verhindern. Es würde die anderen aus der Lethargie reißen oder gar in jene Raserei treiben, die ab und zu bei den Hypatoren durchbrach.

Er sprang vor, stieß dem Tier das Messer tief in die Weichteile. Es ächzte, es krächzte. Es wirbelte mit dem Rüssel durch die Luft, wollte wild drauflos trompeten. Darne unterband den Versuch. Auch seine zweite Attacke fand punktgenau ihr Ziel. Er zerschnitt dem Zecken das Maul, aus dem nun bloß noch ein klägliches Klagen tönte – und ein Schwall heißen dunkelroten Bluts schoss. Mehr Flüssigkeit, als man von einem solchen Vieh erwarten konnte.

»Nur noch sechs«, sagte er und tat einen Schritt zurück, um den Krallen des in Panik geratenden Tiers zu entgehen. Es fühlte, dass es mit ihm zu Ende ging, und setzte seine letzten Kräfte ein, um ihn, Darne, zu verfolgen. Die anderen sechs Hypatore blieben weiterhin stehen, die Augen in eine Ecke gerichtet. Sie starrten stupide vor sich hin.

Darne rutschte auf Blut aus, fing sich wieder, hetzte davon, verfolgt vom waidwunden Hypator. Er kannte den Raum gut und wusste, wo er sich in Sicherheit bringen konnte und wo er dem Viech endgültig den Garaus machen konnte. Hier zum Beispiel, am Ende eines Trichterlaufs, verborgen hinter mannshohen Felsen, wo eiserne Dornen so zahlreich wie Wilddisteln in die Höhe stachen. Der Hypator tappste in die Falle. Eisen bohrte sich durch seine Beine, durch die Läufe, er stolperte, fiel zu Boden, spießte seinen Leib auf und riss in einem letzten

Reflex die für ihn so wertvollen Lederschwingen hoch, damit sie keinen Schaden nahmen. So wie es diese Mistviecher immer taten, einem Instinkt gehorchend, den niemand verstand.

Noch einmal versuchte sich die Zecke aufzurichten, scheiterte aber und verendete zuckend zwischen den Stacheln.

»Es wäre schön, wenn du uns helfen würdest, statt mit deinem kleinen Freund zu spielen!«, rief Morilacc, der selten einmal die Stimme erhob. Doch nun wurde er laut, und gleich darauf war ein schriller Schrei zu hören. Einer, der von einem Menschen oder einem Hypator stammte. Sie klangen einander ähnlich.

Darne umrundete die Felsen und verschaffte sich einen Überblick. Morilacc hatte eine weitere Zecke isoliert und sie mit mehreren gezielten Messerstichen tödlich verwundet. Sie schrie in Agonie, und ihre Artgenossen reagierten mit sich steigernder Unruhe. Sie bewegten unruhig die Flatterarme, suchten den Feind. Ihre Augen waren schlecht, und dennoch erfassten sie, wer ihnen da zu Leibe rückte.

Kasmaton wich zurück, Feigling, der er war. Er würde seine beiden Messer schleudern, gewiss, und vielleicht einen der Hypatore töten. Doch auch nur dann, wenn er bemerkte, dass seine beiden Gefährten Erfolg haben könnten. Andernfalls würde er keinen Finger rühren und sich stattdessen irgendwo verstecken.

Zwei der Zecken wandten sich Morilacc zu. Zufall oder nicht, sie griffen den Riesen mit der zerfetzten Nase von links und rechts an, als hätten sie sich abgesprochen. Morilacc stach nach beiden Seiten. Doch er war zu langsam, um den Viechern gefährlich werden zu können. Schon drängten sie ihn in eine Ecke und kamen ihm gefährlich nahe. Ihre Klauen wischten durch die Duft. Eine davon streifte ihn und riss Fleisch aus der in höchster Not hochgerissenen Linken Morilaccs.

Darne griff an. Er traf eine Lederklaue des Tiers, unternahm einen zweiten Versuch und fand diesmal sein Ziel, den Hals der Zecke.

Die vier gesunden und ein verletzter Hypator gingen gemeinsam gegen sie vor. Sie schrien und kratzten und schlugen mit den Flügeln, und hinter dem eisernen Gitter des Tores war weiteres Gekreische zu vernehmen. Die Tiere brachten sich gegenseitig in Rage oder Ekstase, wer vermochte das schon zu sagen?

»Sieben Tiere!«, stöhnte Morilacc zwischen zwei hastigen Atemzügen. »Du verfluchter Idiot!«

Darne antwortete nicht. Er sparte sich die Kraft, um mit aller Vehemenz zuzustechen und das verletzte Tier endgültig zu erledigen. Was nicht viel nutzte: Die Überlebenden reagierten mit noch mehr Wut, mit noch mehr Einsatz.

»Kasmaton«, rief Darne, »mach schon!«

»Ich warte auf freie Wurfbahn«, erwiderte der Furcher mit einer Stimme, aus der die Angst herauszuhören war.

Ein Flügel traf Darne, Krallen fuhren über seinen Oberleib. Er sah ein Gesicht, fast menschenähnlich, vor dem seinen auftauchen. Zähne schnappten zu, er wich ihnen aus. Die Hypatore bewegten sich schnell. Diese Raserei war etwas Unverständliches bei den sonst so antriebslos vor sich hin vegetierenden Viechern.

Eine Abwehrbewegung ließ einen der Hypatore zurückweichen. Er kam einem seiner Artgenossen ins Gehege, die beiden begannen zu streiten. Mit den Rüsseln schlugen sie aufeinander ein, flatterten in Drohgebärden mit den Flügeln, fauchten und gaben dumpfe Laute von sich. Mit einem Mal standen Morilacc und Darne bloß noch zwei Gegnern gegenüber. Immer noch genug. Doch die Zecken waren sich uneins, arbeiteten nicht zusammen.

Darne und Morilacc spielten die Tiere gegeneinander aus, drängten sie auf engstem Raum zusammen, sodass sie sich nicht mehr richtig bewegen konnten, und hieben dann auf das eine Vieh ein, während das andere verzweifelt mit dem Gleichgewicht kämpfte, von Flügelschlägen seines Artgenossen irritiert.

Etwas flog an Darne vorbei, etwas Glänzendes. Es blieb im Kopf des einen Hypators stecken und machte, dass er langsam vornüberkippte, tödlich getroffen. Kasmaton hatte sich also doch dafür entschieden, in diesen Kampf einzugreifen.

Zu zweit machten sie sich über das überlebende Tier her. Verletzten es rasch im Nacken und im Gesicht, dann durch mehrere Stiche in die Brust. Bald fiel auch diese Zecke, und es waren nur noch zwei über. Jene, die einander wie im Liebesspiel umarmten und dabei ihre tödlich scharfen, langen Krallen einsetzten.

»Zur Seite!«, befahl Kasmaton, und mit unheimlich anmutender Genauigkeit brachte der Furcher seine Wurfwaffe auch diesmal ins Ziel. Er erwischte den Halsansatz der einen Zecke, sie hauchte ihr Leben aus. Das letzte Tier, überrascht von dem so plötzlich gebrochenen Widerstand seines Gegners, stand bloß noch da, so als wartete es darauf, ebenfalls hingerichtet zu werden.

Darnes Kopf schmerzte. An den Augenbrauen sammelte sich Flüssigkeit, um über die Nase abzurinnen. Er schwitzte, alles juckte, alles tat weh.

Er und Morilacc warfen sich auf die Zecke und schleuderten sie zu Boden, darauf bedacht, den Krallen tunlichst auszuweichen. Sie rammten ihr die Messer in den Leib, dort, wo sie am meisten Schaden anrichteten und die Narben kaum zu sehen sein würden.

Darne fühlte einen weiteren schrecklichen Schlag gegen den Rücken. Irgendwie hatte es der Hypator geschafft, einen Flügel freizubekommen. Immer wieder fuhr die ledrige Schwinge auf Darne nieder, zerriss seine Kleidung, versuchte mit den Krallen seine Haut zu durchdringen.

Darne hielt die Zecke fest, damit sein Partner Morilacc die Schlachtarbeit erledigen konnte, auch wenn er selbst dafür gehörig Schläge einstecken und neue Schmerzen erleiden musste. Sie arbeiteten zusammen, sie litten zusammen.

Die Bewegungen der Zecke endeten abrupt, der Rüssel fiel schlaff zur Seite. In den braunen Augen des Wesens zeigte sich nur noch glasige Leere. Gestank breitete sich aus. Die Zecke entleerte sich in den Augenblicken ihres Todes.

Darne befreite sich von dem Hypator, so rasch es ging, und trat einige Schritte zurück. Noch war der Schmerz auszuhalten, den er am Rücken und an den Oberschenkeln verspürte. Die Kampfeswut hielt alle anderen Empfindungen von ihm fern – doch sie würden kommen, dessen war er sich sicher.

»Gut gemacht, Kleiner«, sagte Morilacc vom Tal. Er stand da, auf wackeligen Beinen, und stützte die Arme an seinen Knien ab. »Du bist flinker, als ich erwartet hätte.«

»Und du langsamer, als ich mir erhofft hätte.«

»Was willst du? Wir haben sie erledigt! Sieben Stück! Das ist viel mehr als vorgegeben. Das wird uns einige Stunden Schlaf und mehr Nahrung als üblich bringen.«

»Wir werden die Zeit dringend nötig haben, um unsere Wunden zu pflegen. Ich fühle mich, als hätten mich die wildesten Konkubinen des Rego ausgelutscht und dann in den Rinnstein geworfen.«

Sie stützten sich gegenseitig, als sie auf Kasmaton zuhumpelten. Der ehemalige Plejar verstand sich ein wenig auf die Pflichten eines Feldschers und machte sich gleich daran, ihre Wunden zu begutachten und oberflächlich zu behandeln. Er ging dabei grob vor, wie immer. So als wollte er sich an ihnen beiden rächen, dafür, dass er in den Dunklen Tiefen gefangen saß.

»Das ist nichts, was euch umbringen wird«, sagte der Furcher abschließend. »Aber auch nichts, was euch hübscher macht. Du wirst einige weitere Striemen am Rücken zurückbehalten, Darne, und du, großer Mann … nun, dir werden bald Narben aus den Narben herauswachsen.«

»Mach schnell, Kleiner«, wies Darne Kasmaton an. »Wir haben noch viel Arbeit vor uns.« Er fühlte, wie der Furcher durch die Haut seines Rückens stach, mit einer Nadel, die aus einem dünnen und zugeschliffenen Knochen gefertigt worden war. Als Zwirn dienten dünne Lederbänder, die die Gefangenen stundenlang durchgekaut und dann mit ausgelassenem Fett der Zecken geschmeidig gemacht hatten.

Die Stiche waren grob, und Darnes Haut wurde weiteren Strapazen unterzogen. Doch er konnte sich zumindest darauf verlassen, dass Kasmaton sauber arbeitete und Unreinheiten wegwischte, bevor sie das Fleisch entzündeten.

»Ihr seid fertig«, sagte der Kleine. »Damit ist meine Arbeit ja wohl erledigt für heute, und ich kann endlich schlafen gehen …«

Darne packte Kasmaton am Schlafittchen, und der quietschte auf wie ein Schwein, das man zur Schlachtbank schleifte. »Keinesfalls, mein treuer Gefährte! Du wirst uns dabei helfen, die Beute zu richten, die Zecken auszuweiden und sie für die weitere Bearbeitung vorzubereiten.«

»Aber …«

»Ich habe keine Lust, diese Unterhaltung jedes Mal aufs Neue mit dir zu führen, Furcher! Du wirst dir, wie Morilacc und ich, die Finger schmutzig machen und nicht wieder versuchen, dich vor der Arbeit zu drücken.« Darne stieß Kasmaton vorwärts, hin zu den eben getöteten Hypatoren, und wies ihn an, sie für das Ausweiden vorzubereiten.

Der Kleine schluckte, machte sich dann aber an die Arbeit.

Seltsam. Es fiel Darne immer leichter, seine Mitgefangenen zu lenken, ihnen zu befehlen. Viele von ihnen waren froh darüber, dass es jemanden gab, der ihnen sagte, was sie zu tun hatten. Selbst Morilacc akzeptierte im Kampf seine Anweisungen.

Dreiundzwanzig Zecken lagen bald vor ihnen, in Reih und Glied, nach Größe, Gewicht und Alter sortiert. Die Körper zweier Jungtiere waren von den metallenen Seitenschneidern und den Bodenzacken schwer in Mitleidenschaft gezogen, alle anderen zeigten die üblichen Verletzungen. Die Ausbeute ihrer heutigen Arbeit war in der Tat außergewöhnlich.

Hinter den Gittern versammelten sich ihre Leidensgenossen. Ausgezehrte und hohläugige Gestalten. Abschaum aus den Straßen der Städte und den wildesten Spelunken am Lande, die einen Hass gegen alles und jeden pflegten. Jetzt jedoch klopften sie mit ihren Messergriffen gegen die Stäbe, schrien und johlten. Einige der Männer riefen Darnes Namen. Sie wussten, dass er bei der Jagd auf die verfluchten Hypatore erfolgreicher als jeder andere von ihnen war.

Er kümmerte sich nicht weiter darum und begann, die Tiere auszuweiden. Er setzte den üblichen Seitenschnitt beim ersten Tier, entlang der Herzlinie dieses verfluchten Viechs, und sprang dann rasch zurück, als feuchte Masse aus dem Inneren hervorqoll. Der erste Schwung von Blut und Wasser spülte die meisten Innereien ins Freie, darunter meterweise Gedärme, Nieren, Magen, Gallenflüssigkeit. Kasmaton sprang wie wild hin und her, um all die Teile in dazu passenden Gefäßen aufzufangen und sie dann vor den Füßen der toten Tiere abzustellen. Morilacc beschäftigte sich bereits mit der groben Lederarbeit. Er drehte die verendeten Viecher um und zog Darnes Schnitt weiter, sodass bald die Flügel samt Rückenfell vom Rest des Tiers getrennt waren. Übrig blieb ein Lederfleck, größer und breiter als Morilacc. Dicke Haut, hornig und schmutzig, und dennoch ein unendlich wertvolles Gut. Etwas, das nach der vorbereitenden Gerbarbeit auf einen riesigen Stoß kam und dann von Bardyaggs in den Städten und Dörfern Hadens weiterverteilt wurde. Sie hier, die Gefangenen, sorgten für den Reichtum des Lederlandes, indem sie die dümmsten und unnötigsten Geschöpfe der Eisernen Hochebene töteten. Hunderte, manchmal Tausende von ihnen pro Tag.

Darne hatte es nicht glauben wollen, als er die Gerbereien der Dunklen Tiefen das erste Mal erblickt hatte. Und noch weniger hätte er sich vorstellen können, dass dies bei Weitem nicht das größte Geheimnis war, das mit den Hypatoren in Verbindung stand.

Er griff in die beinahe leere Hülle der Zecke vor ihm und kramte im Fleisch ein wenig umher, bis er gefunden hatte, was er suchte. Eine Drüse, etwa faustgroß, die lose mit dem Rückgrat des Hypators verwachsen war.

Er zog das Ding hervor und legte es sachte vor sich ab. Es war hellrot und geschwollen, als wollte es gleich platzen. »Sie sieht sehr gut aus«, sagte er zu Morilacc.

Der hässliche alte Mann nickte. »Das ist wirklich ein besonders schönes Stück, diese Cardym-Drüse.«

18. Hoher Rat Kinse

Das Grün in seinem Garten wuchs in diesem Jahr besonders kräftig. Doch die Farbenpracht all der vielen Pflanzen, die ihm Freunde und Bekannte aus allen Teilen des Lederlandes und sogar aus dem Süden zukommen ließen, wollte ihn nicht mehr so begeistern wie in den Sommern zuvor.

»Ist das alles, was du heute von mir brauchst?«, fragte der Gedächtnismeister.

»Wie bitte? Ach ja. Ja.« Es fiel Kinse schwer, in die Wirklichkeit zurückzukehren. »Du kannst gehen. Und sag deinen Kollegen, dass ich ihre Dienste heute ebenfalls nicht mehr benötige. Halt! Ziwille soll noch mal zur Abenddämmerung vorbeischauen.«

Der junge Mann nickte ehrerbietig und zog sich dann in aller Stille zurück. Es war nur noch das Plätschern des kleinen Brunnens zu hören, das Brunftgeschrei eines Hähers, der sich hierher verirrt hatte, und das lustige Zwitschern mehrerer Schwalben, die sich in den Firsten seines Hauses Nester gebaut hatten.

Er mochte die Gedächtnismeister nicht, doch ihre Dienste waren in seinem Beruf als Hoher Rat und Rechtsprecher unverzichtbar. Niemand konnte sich all die Vorschriften und Gesetze merken, und so musste Kinse immer wieder auf diese Leute zurückgreifen.

Doch konnte er ihrer Loyalität sicher sein?

Was, wenn sie ihm falsche Auskünfte gaben und derart

dafür sorgten, dass das Recht des Lederlandes hintergangen wurde?

»Spielst mit mir?«

Kinse musste über das energische Ziehen am Ärmel seiner Freizeitrobe lächeln. Er packte das Händchen seines Enkels, nahm es hoch und legte es gegen seine Wange. Die Knochen waren noch weich und biegsam, die Finger des pausbäckigen Knaben wie kleine Würstchen. »Es tut mir leid, Kriesc. Aber ich habe noch zu arbeiten.

»Du sitzt da und tust nix!«

»Auch das ist eine Art der Arbeit, Kriesc. Ich muss nachdenken. Ich muss überlegen, ob ich das Richtige tue. Es ist meine Pflicht, immer das Richtige zu tun.«

»Und wenn nicht?«

»Dann tue ich womöglich anderen Menschen weh. Und das wollen wir doch nicht, oder?«

»Das wollen wir doch nicht«, wiederholte der Dreijährige und hob den Zeigefinger, so wie Kinse selbst es tat, wenn er seinem Enkel etwas beibringen wollte.

»Du bist langweilig!«, sagte Kriesc schließlich.

»Das mag sein, Kriesc. Aber es muss auch jemand die langweiligen Arbeiten erledigen.«

»Kriesc, wo steckst du? Musst du immer wieder davonlaufen?« Eine Frau mit wachsblondem Haar, das kunstvoll zu einem Zopf geflochten war, kam in den Innenhof gelaufen. Sie stockte, als sie Kinse entdeckte, und neigte den Kopf vor ihm, wie es sich vor einem Hohen Rat geziemte.

»Ich hab dir schon oft genug gesagt, dass du diese Verbeugungen endlich mal lassen sollst, Sarya! Du bist meine Schwiegertochter, ein Mitglied meiner Familie. Ein hochwillkommenes noch dazu.«

»Aber du bist ein Hoher Rat.« Die Frau blieb an Ort und Stelle stehen, stocksteif, wie eine Statue.

Er mochte sie. Sie hatte Grips im Kopf. Weitaus mehr als sein Sohn Amire. Und sie verfügte über eine gesunde Portion Sturheit, die sie an ihr Kind, seinen Enkelsohn, weitervererbt hatte.

»Kriesc wollte gerade zu dir kommen. Nicht wahr?«

»Nein, wollt ich nicht! Ich möchte spielen! Mit Opa!« Der Kleine stampfte energisch auf.

Kinse atmete tief ein. »Ich rieche etwas Gutes, etwas Süßes. Du nicht auch, Kriesc? Ich glaube, dass eine große Schüssel Milchbrei in der Küche auf dich wartet. Und ich bin mir sicher, dass dir deine Mutter einige Cardym-Streusel draufgegeben hat.«

»Milchbrei? Mit Cardym-Streusel?« Kriesc bekam große Augen.

»Ja. Willst du das denn wirklich verpassen? Sollen es dir Oma oder Mutter wegessen? Was meinst du?«

»Du willst mich bestechen!«, behauptete Kriesc und lief dann an seiner Mutter vorbei, in Richtung der Küche, ohne auf eine Antwort zu warten.

»Er ist mir manchmal ein wenig *zu* klug«, sagte er zu Sarya und seufzte. »Ich sollte ihn nicht mehr in meinen Ratshof mitnehmen. Er hört zu viele verderbliche Dinge.«

»Ja, Hoher Rat.«

»Zum Donnerwetter, Sarya!«, rief Kinse heftiger als beabsichtigt. »Ich weiß ganz genau, was für ein kluger Kopf unter diesem Haarschopf steckt. Also gib dich nicht immer so devot und ehrerbietig, sondern sag offen deine Meinung!«

»Meine Meinung ist«, sagte die Frau zögernd, »dass du der beste Großvater bist, den man sich nur vorstellen kann. Aber ich bedauere es, Amire geheiratet zu haben.«

»Das ist nun etwas *zu* ehrlich«, meinte Kinse, nachdem er seinen Schock überwunden hatte. »Ich werde mich nicht in eure Eheangelegenheiten einmischen. Wenn mein Sohn und du Probleme miteinander habt, dann löst sie gefälligst unter vier Augen.«

»Natürlich, Hoher Rat. Ich habe mich längst mit meiner Rolle an der Seite dieses aufgeblasenen Wichts mit einem bescheidenen Horizont abgefunden. Und jetzt spiel nicht den Empörten, denn du selbst wolltest, dass ich offen mit dir rede.« Sie setzte sich zu Kinse auf die steinerne Bank, hielt dabei aber aus Respekt Abstand. »Du weißt, dass dein Sohn Amire – verzeih! – ein Trottel ist, und nicht mal ein besonders liebenswerter. Ich wurde in diese Familie eingeführt, weil es meine Eltern so wollten. Weil wir einander versprochen waren. Weil Geld zu Geld gehört.« Sie griff nach seiner Hand, tätschelte sie. Ihre Finger fühlten sich weich an, wie die ihres Kindes. »Ich bin nicht unglücklich. Ich fühle mich wohl. Dank dir und deiner Frau. Ihr schenkt mir, was ich woanders vermisst habe. Liebe, Zuneigung, Herzlichkeit bekomme ich von euch. Und genau deshalb möchte ich, dass du mehr Anteil an Kriescs Erziehung nimmst. Er ist mein Ein und Alles.« Leise fuhr sie fort: »Er soll nicht so ein Versager wie Amire werden.«

Kinse entzog ihr seine Hand. »Du sprichst von meinem Sohn, Sarya. Wenn du ihn als Idioten hinstellst, dann beschuldigst du meine Frau und mich, dass wir bei der Erziehung unseres Sohnes gescheitert sind.«

»Es tut mir leid, Hoher Rat. Ich bin bloß eine dumme Frau, die ihre Gedanken zu laut äußert. Aber war es nicht das, was du von mir verlangt hast?«

»Zu viel Ehrlichkeit tut mitunter sehr weh, und die Wahrheit erst recht.« Kinse zwang sich zu einem Lächeln. »Leider muss ich dir recht geben: Amire ist nicht so wie seine Brüder und Schwestern. Er gereicht uns zur Schande. Wir danken den Göttern, dass du an seiner Seite stehst und seine Fehler tagtäglich mit deinem strahlenden Lächeln überdeckst.«

»Solange ich die Kraft dazu habe, ja.«

Sarya reichte ihm erneut die Hand; diesmal griff Kinse fest

zu und herzte sie. »Nun geh und kümmere dich um meinen Enkelsohn.«

Die Frau erhob sich. Sie schenkte ihm ein Lächeln, sanft und weich, und ging davon, dem fröhlichen Krächzen ihres Sohnes hinterher.

Kinse schüttelte den Kopf. Was für ein Wunder es doch war angesichts seines fortgeschrittenen Alters und den vielen Verwandten, die er rings um sich geschart hatte, dass sein persönliches Glück so groß war! Dass er hoffen durfte, dass alle seine Söhne und Töchter sicher versorgt waren. Selbst Amire, dieser Holzkopf. Wenn da bloß nicht diese beruflichen Unstimmigkeiten wären, die sein Herz belasteten …

Es klopfte am Vordertor, ein Hund kläffte, gleich darauf erklangen Stimmen. Diener ließen einen Gast eintreten, dessen Schritt Kinse nur zu gut kannte. Ziwille war gekommen, wie immer ein wenig zu früh. Die Sonne stand knapp über den Häusern Mittigteilens.

»Setz dich, Gedächtnismeister«, sagte Kinse zu dem Mann mit dem leisen, schleifenden Schritt und deutete auf die gegenüberliegende Bank.

»Danke, Hoher Rat.«

Ziwille streifte sein Hosenkleid sorgfältig und mehrmals zurecht, bevor er sich niederließ. Die Gedächtnismeister gehorchten allesamt seltsamen Ritualen. Sie waren die meiste Zeit ihres Arbeitslebens in vielen, mit größtmöglicher Sorgfalt gehegten Erinnerungen gefangen. Wenn sie einmal in die Wirklichkeit zurückkehrten, hatten viele von ihnen Schwierigkeiten, sich zurechtzufinden.

»Wir haben oft gemeinsam Recht gesprochen, nicht wahr, Ziwille?«

»Die Rechtsprechung obliegt ausnahmslos dir«, verbesserte ihn der jugendliche Gedächtnismeister mit seiner hohen Stimme. »Ich stehe dir bloß beratend zur Seite. Und um deine Frage zu beantworten: Wir haben bislang hundertzwölf Mal zusammengearbeitet. Dreiundsechzig Mal wurde ein weiterer Gedächtnismeister hinzugezogen und …«

»Ist schon gut«, unterbrach ihn Kinse ungeduldig. »Du erinnerst dich gewiss an jeden einzelnen Fall.«

»Dies gehört zu meinen Aufgaben.«

»Du weißt noch, wer Darne aus dem Ort Knospbruch war?«

»Ein Junge, achtzehn Jahre alt und somit ein Jahr jünger als ich, aus dem Tal Stein und aus der Provinz Fels«, beantwortete Ziwille die Frage, ohne zu zögern. »Er wurde wegen Hochverrats angeklagt, hatte den Rego beleidigt. Die genaue Wortwahl war …«

»Geschenkt, Ziwille. Was ich von dir wissen möchte, ist, ob wir bei diesem Urteilsspruch hätten anders handeln können.«

»Ich verstehe die Frage nicht.«

»Ich erhielt damals eine irritierende Anweisung von einem Hohen Herrn, Gedächtnismeister. Ich sollte das Gesetz so auslegen, wie du es empfiehlst.«

»Ich empfehle nicht. Ich stecke den Handlungsspielraum des Hohen Rats ab, aufgrund von Urteilen, die früher gesprochen und über die Gilde der Gedächtnismeister tradiert wurden.«

Der Hang des Mannes, Kinses Wortwahl immer wieder zu verbessern, zehrte an dessen Nerven. Doch er musste an sich halten. Andernfalls würde Ziwille das Gespräch abbrechen und Beschwerde über ihn einlegen. Dies führte bestenfalls zu der Ermahnung, den Gedächtnismeister mit dem erforderlichen Respekt zu behandeln. Das Gespräch wäre jedenfalls zu Ende gewesen, und Kinse hätte niemals erfahren, was er wissen musste. Er musste das eigenwillige Verhalten des Mannes dulden, wollte er sein Ziel erreichen.

»Na schön, Ziwille. Dieser Darne aus Knospbruch hatte ein minderes Vergehen begangen, hatte den Rego beleidigt. So wie es ständig und jederzeit in den Gassen Mittigteilens vorkommt.

Er war ein Heißsporn und langte in einer Kneipe kräftig zu. Was, wie sich herausstellte, auf schlechtes Cardym zurückzuführen war. Meinem Empfinden nach hätte ich ihn zu einigen Monden im Kerker oder Zwangsarbeit verurteilen sollen. Doch ich erhielt von dir die Empfehlung, ihn bis an sein Lebensende ins Eiserne Hochland zu verbannen. Warum, Ziwille?«

»Das Rechtsempfinden eines Richters beruht nicht nur auf Tatsachen, sondern auch auf Launen. Deshalb stehen wir Gedächtnismeister einem Hohen Rat zur Seite und unterstützen ihn dabei, das richtige Strafmaß zu finden.«

»Du meinst also, dass Darnes Strafe gerechtfertigt ist?«

»Ich sage, dass sie seinem Verbrechen angepasst ist. Es gibt zwei tradierte Fälle, auf die ich mich berufen kann.«

»Aus welcher Zeit stammen diese Fälle? Wurden sie von einem meiner Vorgänger in Mittigteilen behandelt?«

»Ich spreche vom Hohen Rat Malagam und von der Hohen Rätig Clayvas.«

»Ich habe diese beiden Namen niemals zuvor gehört.«

»Sie lebten und sprachen Recht vor etwa zweihundertfünfzig Jahren. Verzeih mir bitte die ungenauen Angaben. Mündliches Tradieren verliert im Laufe der Jahrhunderte an Schärfe.«

»Zweihundertfünfzig Jahre?« Kinse kam auf die Beine und begann, vor dem Gedächtnismeister auf und ab zu gehen. »Ich hab ein Urteil gesprochen, weil ein Rechtsfall vor zehn Generationen ähnliche Voraussetzungen aufwies?«

»Ja, Hoher Rat. Das Recht ist in den Köpfen von uns Gedächtnismeistern für alle Zeiten festgehalten.«

Kinse trat auf den Mann zu, packte ihn mit plötzlich aufflammender Wut am Mantel und schüttelte ihn durch. Alle guten Vorsätze waren vergessen. »Woher willst du denn wissen, dass damals dieselben Voraussetzungen wie heute galten? Es gibt keine Unterlagen, keine Aufzeichnungen!«

»Es gibt uns!«, rief Ziwille und befreite sich aus Kinses Griff. Erstmals zeigte er so etwas wie Emotion. »Wir sind das Gedächtnis des Lederlandes. Ohne uns wüssten die Bewohner nichts über ihre Geschichte, gar nichts!«

»Du behauptest, mir sagen zu können, was damals geschah? Man redet von der Zeit der Bewegung, die vor etwa zweihundert Jahren stattgefunden haben soll und in der alles vernichtet, alles vergessen wurde, was uns mit den Menschen davor verband. Nur dieses Rechtswissen nicht?«

»Es gibt stets überlebende Gedächtnismeister, die tradieren und …«

»… und wenn man dir und deinen Vorfahren Lügen erzählt hat?«

»Die Frauen und Männer meines Berufsstandes lügen niemals.«

»Und dennoch kannst du mir nicht sagen, wann genau diese beiden Hohen Räte derartige Urteile gesprochen haben, nicht wahr? Du redest von *etwa* zweihundertfünzig Jahren. Aber den Wortlaut der damaligen Urteile und die Rechtsprüche meinst du genau zu kennen.«

»Manche Dinge gehen nun einmal verloren. Jahreszahlen sind unbedeutend, die Wahrheit des Gesetzes nicht.«

»Hörst du dir denn eigentlich selbst zu, Mann?«

»Natürlich. Ich überprüfe mein Wissen mit jedem Atemzug, den ich tue, wiederhole das Erlernte, fasse es neu zusammen, ziehe Querschlüsse.«

Kinse schloss die Augen und versuchte, sich zu konzentrieren. So ruhig wie möglich sagte er: »Als wir … als ich Darne aus dem Dorf Knospbruch verurteilte, berief ich mich also auf einen Spruch zweier Hoher Räte, der vor Ewigkeiten erfolgte. Und du bist ganz allein auf den Gedanken gekommen, diese beiden Herrschaften zu zitieren?«

»Ja. Nein.« Ziwille wirkte mit einem Mal unsicher.

»Es gab genügend andere Verhandlungen, die mit weitaus milderen Urteilen endeten. Ich selbst erinnere mich an Dutzende davon.«

»Das Gesetz des Lederlandes ist natürlich gewachsen. Er gibt uns gewisse Möglichkeiten, das Recht auf diese oder auf jene Art auszulegen.«

Kinse setzte sich zurück zu dem Gedächtnismeister auf die Bank. »Ich sage dir nun, was damals geschah, Ziwille: Ich hatte Besuch von einer hochgestellten Persönlichkeit. Man wollte, dass ich härter durchgreife und Unruhestifter so streng wie möglich bestrafte. Auch wenn ich das Rechtswesen Hadens über alles schätze, diese Persönlichkeit hatte sehr überzeugende Argumente. Sie bot mir etwas an.« *Cardym, das so gut schmeckte wie niemals etwas zuvor,* erinnerte sich Kinse voll Sehnsucht. »Ich willigte ein, Leute wie Darne mit der Härte des Gesetzes zu bestrafen, wenn denn die dafür notwendige Handhabe existierte. Und siehe da, bereits am nächsten Tag bist du aufgetaucht, Ziwille. Mit einem tradierten Urteil, das genau dem entsprach, was ich benötigte. Mein Gewissen war beruhigt. Ein Halbwüchsiger und noch viele andere wurden zu schrecklichen Strafen verurteilt.«

»Strafen, wie sie vor zweihundertfünfzig Jahren üblich waren«, wiederholte Ziwille, so als verstünde er nicht, worauf Kinse hinauswollte.

»Richtig. Aufgrund einer Gesetzeslage, über die wir nichts wissen. Was, wenn damals Krieg und damit das Kriegsrecht herrschte? Was, wenn ein wahnsinniger Tyrann auf dem Thron des Rego saß und derartige Urteile bevorzugte?«

»Das spielt keine Rolle. Gesetz ist Gesetz.«

»Was würde geschehen, käme ich auf die Idee, dich hier und jetzt zu töten? All das Wissen, das du in deinem Kopf hast, wäre unwiderruflich verschwunden.«

»Wir übertragen tagtäglich unsere Erinnerungen an andere

Gedächtnismeister. An Leerlinge, die kaum Wissen in sich tragen. Oder an Alterskollegen, mit denen wir uns austauschen.«

»Allerdings würde niemand von dem Gespräch erfahren, das wir eben führen.«

»Es hat auch keinerlei Wert. Deine Worte reichen für eine Beschwerde bei der Gilde, doch darüber hinaus sind sie ohne Bedeutung.«

»Ziwille?«

»Ja, Hoher Rat?«

»Ich habe heute sehr viel über die Rechtsprechung Hadens gelernt. Mehr, als ich je wissen wollte. Und ich werde dafür sorgen, dass der Einfluss von dir und deinesgleichen schrumpft. Ihr manipuliert uns, und ich habe das Gefühl, dass ihr wiederum von anderen manipuliert werdet.«

»Die Gedächtnismeister sind unbestechlich«, rezitierte Ziwille einen jener Lehrsätze, für den er und seine Leute bekannt waren. »Sie sind die Erinnerungen des Landes. Ohne sie hätte das Lederland keine Vergangenheit – und keine Zukunft.«

»Verschwinde von hier, Ziwille. Lass dich nie wieder in meinem Haus blicken.«

Der Gedächtnismeister erhob sich. Sein Gesicht, glatt und faltenfrei, verzog sich plötzlich zu einer Grimasse des Zorns. »Du bist ein Nichts, Hoher Rat! Eine traurige Figur, die keinerlei Einfluss hat und die niemand vermissen wird, wenn sie einst stirbt. Denn in Wirklichkeit sind wir das Gedächtnis, die Rechtsprecher und die Stützen des Lederlandes. Du hilfloser alter Mann, du überhebliches Schwein …«

Ziwille geiferte, redete sich immer mehr in Rage, begann zu schimpfen und zu fluchen, um mit einem Mal wieder ruhig zu werden, den Kopf zu senken und hintersinnig zu lächeln. »Du wirst deinen Irrtum bald einsehen, Hoher Rat. Du kannst ohne uns nicht auskommen. Niemand wird deine Urteile anerkennen. Weil sie ohne das Wort eines Gedächtnismeisters nicht abgesichert sind.« Er setzte wieder seine glatte, nichtssagende Miene auf, grüßte mit einem knappen Nicken und verließ den Innenhof, ohne sich noch einmal umzudrehen. Bald öffnete und schloss sich das quietschende Vordertor, und es herrschte wieder Stille, die bloß vom Plätschern des kleinen Hofbrunnens durchbrochen wurde.

Kinse setzte sich und starrte in die einsetzende Dunkelheit. Er fühlte sich einsam wie selten zuvor.

TEIL DREI

19. Darne

Ihre Schritte hallten weithin, doch das scherte ihn nicht. Sie waren so tief ins Innere der Dunklen Tiefen vorgedrungen wie niemals zuvor. Hier gab es keine Wächter, keine Fallen. Nur Zecken.

Die standen da wie aus Stein gemeißelt, die Lederschwingen weit über die Köpfe gezogen. Tiere, die im dumpfen Halbschlaf dahinvegetierten und sich nur dann unruhig bewegten, wenn das Licht der Fackeln auf sie traf.

»Bist du sicher, dass Kasmatons Angaben richtig sind?«, fragte Morilacc vom Tal zum hundertsten Mal.

»Bis jetzt haben alle Hinweise gestimmt.« Darne erinnerte sich der präzisen Anweisungen des ehemaligen Plejar. »Er fertigte Skizzen von der Unterwelt des Hochlands an. Du kennst ja die Gerüchte, dass sich hier irgendwo ein sagenhafter Schatz befinden soll. Er hat herauszufinden versucht, ob sich unter all den Gerüchten nicht ein Körnchen Wahrheit verbirgt.«

»Skizzen sind verboten!«

»So wie vieles, das im Lager und in den Dunklen Tiefen dennoch gepflegt wird.« Darne tastete sich vorsichtig weiter. Er umrundete eine schmale Kluft, die kerzengerade hinab ins Nirgendwo führte und keinen Grund erkennen ließ.

Morilacc folgte ihm dichtauf. Er sprang über das Loch hinweg und ächzte lautstark, als er auf der anderen Seite aufkam. »Diese Viecher werden mir immer unheimlicher«, sagte er und deutete auf mehrere Hypatore, die eng beieinander dastanden. »Was tun sie? Warum leben sie? Warum verstecken sie sich hier unten, wo es kaum Nahrung für sie gibt? Warum lassen sie sich von uns abschlachten, und das offenbar seit Anbeginn der Ewigkeit?«

»Ich wäre mit dem Begriff ›Ewigkeit‹ sehr, sehr vorsichtig, Freund Morilacc. Wer weiß schon, was vor zwei oder drei Generationen hier geschehen ist?« Darne deutete auf einige Knochen, die von Menschen stammen mochten, jedoch schrecklich deformiert waren. »Es kann uns völlig egal sein, was die Zecken hier tun. Sie stören uns nicht, sie behindern uns nicht. Sehen wir zu, dass wir weiterkommen.«

Er stieg über mehrere Felsen weiter in die Dunklen Tiefen hinab und rutschte dann zwischen zwei Brocken eine glitschige, moosbewachsene Schräge hinab. Das Pflanzenzeugs war farblos. Darne fragte sich, wie es hier existieren konnte. Anta hatte ihm einmal erklärt, dass die meisten Gewächse die Kraft der Sonne benötigten, um überleben zu können.

Fledermäuse flatterten erschreckt auf, irgendwo in der Ferne war das Quietschen von Ratten zu hören. Er mochte einmal Angst vor dieser bedrückenden Umgebung gehabt haben. Doch er hatte sie abgelegt. Die Arbeit über Monde hinweg in einer Welt, die nur aus Steinen, hässlichen Tieren und deren Fleisch bestand, hatte ihn gefühllos gemacht.

Morilacc folgte ihm hüftsteif. Er war so etwas wie ein Freund, gewiss. Doch er wurde nicht jünger. Er behinderte ihn beim Vorwärtskommen. Mit einem anderen, agileren Partner an seiner Seite wäre Darne zwischenzeitlich eine halbe oder gar eine ganze Laufe tiefer ins Innere des Eisernen Hochlands vorgedrungen.

»Wo ist dieser beschissene Fluss?«, fluchte Morilacc. »Ich hätte niemals gedacht, dass ich mich so sehr nach einem Bad in eiskaltem Wasser sehnen würde. Meine Eltern meinten stets, dass der Drang nach Sauberkeit bloß bei Menschen anzutreffen sei, die sich ihren inneren Schmutz abwaschen wollen.«

»Du hast deine Eltern dann sicherlich begeistert mit deinem Hass auf alles, das nach Reibseife aussieht?«

»Sie mochten mich nicht. Ich war bloß eines von mehreren Kindern und gewiss nicht das am besten geratene. Vor allem aber war ich groß und benötigte gehörige Mengen an Nahrung. Doch das trifft wohl auf alle Mitglieder meiner Familie zu.«

»Bist du ihnen denn auch mit deiner Gesprächigkeit auf die Nerven gegangen?«

»Ich kann schweigen, wenn du es möchtest.«

»Dann tu es! Bitte!«

Morilacc grinste ihn an. Seine löchrigen Zahnreihen gemahnten an viele Kämpfe, die der Mann vom Tal mehr oder weniger heil überstanden hatte. »Verzeih mir, Kleiner. Wenn ich nervös bin, fange ich an zu plappern. Und diese verdammte Dunkelheit macht mich nun mal nervös. Was, wenn das Feuer erlischt, wenn die letzten Fackeln heruntergebrannt sind?«

»Bis dahin haben wir längst unser Ziel erreicht. Kasmaton hat mir genaue Hinweise gegeben, wo und wann wir den Fluss erreichen.«

»Sollten wir nicht längst sein Rauschen hören?«

»Ja.« Darne stieß verärgert gegen einen Stein. Der kollerte davon, in eine Tiefe, deren Grund sie nicht ausmachen konnten. »Aber die Geräusche in den Dunklen Tiefen täuschen, wie du weißt. Was ganz nahe scheint, ist oftmals eine Laufe weit weg, und was wir bloß als schwachen Ton wahrnehmen, ist das Zischen einer Schlange, die sich unmittelbar neben uns einrollt, um gleich darauf zuzubeißen.«

Morilacc sagte nichts mehr. Hintereinander schlichen sie durch eine Höhle, an deren Wänden seltsame Zeichnungen zu erkennen waren, und entdeckten dann die Überreste dessen, was einstmals eine größere Ansiedlung gewesen sein mochte. Irgendwie waren die Behausungen in die Dunklen Tiefen gestürzt oder gerutscht, weil die Götter es so gewollt hatten.

Oder hatte ein Haufen Verrückter in der Tiefe diese Bauten errichtet, weil sie das Tageslicht scheuten? Waren dies die Hinterlassenschaften jenes Volkes, deren Schätze man in den Dunklen Tiefen zu finden erhoffte? Hatten die Strafgefangenen des Lagers vor dreißig Jahren oder mehr hier unten irgendwelchen sinnlosen Arbeiten nachgehen müssen?

Wer wusste das schon zu sagen? Wer wusste die Vergangenheit schon zu deuten?

»Wertloses Zeugs!«, sagte Morilacc. Er hob einige Splitter aus gebranntem Ton auf. Sie zeigten Spuren einer Bemalung und waren womöglich mal Teil einer Amphore gewesen. »Wenn wenigstens einige brauchbare Waffen zu finden wären. Aber all das hier ist wertlos.«

Er deutete auf Speer- und Pfeilspitzen, auf Bögen aus morschem, geschwärztem Holz, auf Messer und Schwerter, deren Klingen von einer dicken Patina aus Rost überzogen waren. All das Zeugs zerfiel und zerbröselte, sobald man es anrührte.

Sie folgten Kasmatons Angaben, tiefer und tiefer ins Innere der Kavernen des Eisernen Hochlands. Über ihnen tobten wahrscheinlich Stürme, die Schnee und Eis vor sich hertrieben, über ein Land hinweg, das keinen Horizont kannte. In der Tiefe hingegen war es warm und dunkel – und kaum ein Weg erkennbar.

Sie passierten ein steinernes Tor, dessen Holz längst verrottet war. Das Konstrukt stand so schief, als würde es jeden Moment vornüberkippen. Doch der Fels der Höhle stützte es ab. Andere Teile des Gebildes waren mit Stalagmiten verwachsen und mannshoch mit Guano bedeckt. Da und dort erkannte Darne einige seltsame Symbole, die man in den Marmor geritzt hatte. Sie wirkten unheimlich und verursachten ein Gefühl der Übelkeit in ihm. Was waren das bloß für Geschöpfe gewesen, die derartige Bilder anfertigten? Irrten einige von ihnen noch immer in den Dunklen Tiefen umher? Würden sie ihnen begegnen, bevor sie den rettenden Fluss erreichten?

Darne packte sein Messer fester und ging voran. Vorbei an weiteren Symbolen einer Macht, einer untergegangenen Zivilisation, die ihm unverständlich blieben. Der Ruß seiner Fackel hinterließ Spuren auf all den steinernen Balken, den Säulenteilen und Arkadenbögen, die manchmal einsam dastanden und dann wiederum den einzig begehbaren Weg durch das Labyrinth der Höhlen boten.

Und dann hörten sie das Gewässer. Wasser rauschte durch ein Bett, das sich über endlose Jahre hinweg ins Gestein gegraben hatte. Prallte hier mit Getöse gegen Fels und gurgelte dort durch eine tiefere Rinne. Mit jedem Schritt, den sie taten, veränderte sich, was sie hörten und noch nicht sehen konnten.

»Geschafft«, sagte Morilacc vom Tal leise. »Ich muss dieser kleinen Ratte Abbitte leisten. Ich hätte mir niemals gedacht, dass uns Kasmaton tatsächlich den richtigen Weg weist.«

»Kasmaton ist in seiner Unehrlichkeit und Verschlagenheit berechenbarer als die meisten anderen Menschen.« Darne blieb stehen, schloss die Augen und versuchte herauszufinden, woher das Wasserrauschen kam. Abzweigungen nach links und rechts kamen in Frage, aber auch mehrere Spalten im Boden, die in unheimliche Düsternis führten.

»Nach rechts!«, flüsterte Morilacc, als wäre es schlecht, der Dunkelheit irgendwelche Worte anzuvertrauen. »Ich spür's in meinen Eiern, dass der Fluss dort zu finden ist.«

»Deinen Eiern habe ich noch nie vertraut, Freund.« Darne tastete nach der wenigen Ausrüstung, die er bei sich trug – ein

Beutel mit Wasser und schimmligem Brot, Zund, Kieme, eine schäbige Decke, Lederreste, die gegen die Kälte schützen sollten, zwei weitere Messer, einige Seilreste. »Also werden wir uns links halten.« Er ging voran und drehte sich nicht mehr um. Sein Gespür sagte ihm, dass er recht hatte. Der lange Mann würde ihm folgen. Er benötigte oftmals jemanden, der ihm den Weg wies und ihm Anweisungen gab, was zu tun war.

Schritt für Schritt. Vorsichtig, um auf dem glitschigen Untergrund nicht auszurutschen. Flach atmen und sich auf die Geräusche der Umgebung konzentrieren. Die Fackel festhalten, deren Licht bloß nicht verlieren. Tasten, suchen, nur keinen Fehltritt.

Darne fühlte das Pochen seines Herzens. Er hatte sich selten zuvor derart lebendig gefühlt wie nun, da er drauf und dran war, einen Weg in die Freiheit zu finden und endlich, das erste Mal seit langer Zeit, wieder selbst Entscheidungen treffen zu dürfen.

Mutter und Vater hatten ihn großgezogen und über sein Leben bestimmt. Hatten ihn zu einem der Ihren machen wollen, zu einem Rüben- und Kartoffelbauer, der stupide vor sich hinwerkte und tagaus, tagein darum kämpfte, dem steinigen Boden einige karge Feldfrüchte abzugewinnen. Er hatte diesem Weg entsagt, hatte sich für etwas Besseres gehalten.

Das hatte er nun von seiner Anmaßung.

Gab es Gerechtigkeit, wie sie angeblich von Göttern in kleinen oder kleinsten Dosen verteilt wurde? Oder hatte er durch seinen Hochmut alles verspielt, was man als Mensch gewinnen konnte? Wäre er besser zu Hause geblieben, bei den greinenden Geschwistern und all den mieselsüchtigen Verwandten?

Nein! Es gab Hoffnung auf ein glückliches, ein schönes Leben für ihn. Es wartete auf ihn am Ende dieses Weges. Der Fluss würde Morilacc und ihn aufnehmen und rausspülen aus dem Eisernen Hochland, einer Zukunft entgegen, die weitaus besser war als seine Vergangenheit.

Darne stolperte über Wurzelwerk und fing sich gleich wieder. Hier unten wuchs Zeug, das er trotz der Kenntnisse, die er sich bei Anta angeeignet hatte, einfach nicht zu benennen wusste. Fahle Runzeln, dick wie Unterarme, lagen über Felsen, so fest, dass sie einige von ihnen gesprengt hatten. Andere Pflanzen rotteten vor sich hin und stanken bestialisch. Dazwischen wuselten Käfer mit bunt schillernden Chitin-Kleidern umher. Sie blieben stehen und rieben ihre Körper aneinander, sobald das Licht der Flamme über sie fiel.

Darne stieg über die Viecher hinweg. Einige davon zertrat er, andere wollten sich wehren, indem sie ihm kleine Greifzangen entgegenreckten und sich auf die Hinterbeine stellten.

Er war froh, als er diesen Teil des Wegs hinter sich gebracht hatte und dann auf beinahe ebenem, lehmigem Untergrund stand. Er dachte nicht weiter darüber nach, wie das glitschige Erdreich hierhergelangt sein könnte. Er war kein Forscher und kein Magicus, die von der Neugierde um das Funktionieren der Welt getrieben wurden. Ihm war einzig und allein wichtig, dass sein Instinkt ihn in die richtige Richtung gelenkt hatte, denn er fühlte einen Lufthauch, in dem viel Feuchtigkeit lag.

»Meine Eier sind in der Tat nicht mehr das, was sie mal waren.« Morilacc drängte sich an ihm vorbei, umrundete eine Felswand, an der dünne Pflanzenfäden im Wind flatterten, und deutete ihm zu folgen. »Du hast es tatsächlich geschafft, Kleiner! Sieh doch, der Fluss! Hier beginnt unser Weg in die Freiheit.«

Die Höhle, die sie betraten, war riesig. Ihre Schritte hallten hohl, ihre Worte verloren sich im Nirgendwo. Die Fackel ließ sie in einer einsamen Lichtinsel marschieren, hinab zum Fluss, dessen Gurgeln und Rauschen sie nun eindeutig einer Richtung zuordnen konnten.

Sie patschten in Wasserlachen, immer wieder fuhren Windböen über sie hinweg und brachten Feuchtigkeit mit sich. Das

Schlagen von ledrigen Schwingen war zu hören, das kaum hörbare Quieken von Fledermäusen, und Darne meinte, ab und zu auch die Fratze eines der Viecher im Flug zu sehen.

Der Fluss … Er war schaumbedeckt und zeigte überall seltsame Wirbel. Die andere Uferseite war nicht zu erkennen. Darne war versucht, seine Fackel ins Unbekannte zu schleudern, um herauszufinden, wie breit das Gewässer war. Doch er unterließ es. Sie hatten zwar den geschichtenumwobenen Fluss erreicht – doch sie waren noch längst nicht in der so sehr herbeigesehnten Freiheit.

»Und jetzt?«, fragte Morilacc. Er setzte sich auf einen vom Wasser rund geschliffenen Felsen, zog die Schuhe aus und streckte die Füße ins Wasser. »Ist verdammt kalt. Und die Strömung ist stark. Wenn wir mal drin sind, gibt es kein Zurück mehr.«

»Das ist es ja, was wir wollen, oder?«

Morilacc war mit einem Mal unsicher, unentschlossen. »Sagte ich schon, dass ich ein verdammt schlechter Schwimmer bin?«

»Nein.« Darne schloss die Augen. Er durfte seinem Zorn auf diesen Trottel nicht nachgeben. Nicht hier, nicht jetzt. Die Reise durch den Fluss war bloß ein Teil ihrer Flucht. Er brauchte einen verlässlichen Verbündeten auf dem Weg zurück in die zivilisierten Teile des Lederlandes. »Warum redest du erst jetzt darüber?«

»Ich will weg von hier!«, sagte Morilacc mit überraschender Heftigkeit. Er nahm die Beine aus dem Wasser und zog sie eng an seinen Körper, wie ein kleines Kind, das den Schmerz in sich vergrub. »Du bist der Einzige, dem ich unter all den Räubern, Mördern und Vergewaltigern hier in den Dunklen Tiefen mein Leben anvertrauen würde. Und ich dachte mir, dass du für uns beide schwimmen könntest. Mich an der Oberfläche hältst, bis wir aus dieser Dunkelheit zurück ans Tageslicht gespült werden.«

»Ich für uns beide.« Darne schüttelte verzweifelt den Kopf. »Ich werde dich erschlagen, sobald wir den Fluss hinter uns haben. Oder noch besser, ich tue es gleich hier und schmeiß dich ins Wasser. Dann warte ich eine Weile und lasse mich auf deinem aufgedunsenen, hässlichen Körper ins Freie treiben.«

»Versuch's bloß!«, knurrte Morilacc.

Darne meinte, das Scharren einer Klinge zu hören. Der Mann vom Tal war gewiss ein guter Waffengefährte. Doch er würde keinen Augenblick zögern, Darne zu töten, wenn es zu einer ernsthaften Auseinandersetzung zwischen ihnen kam.

»Also schön.« Darne trat ebenfalls dicht ans Wasser heran und tat einige Schritte stromabwärts. Er winkte seinem Begleiter, ihm zu folgen. Sie mussten den Fluss so gut wie möglich kennenlernen und herausfinden, wie sie sich verhalten sollten. War er flach und bildete viele kleine ruhige Seitenflächen, in denen sie sich erholen konnten? War er schmal und tief? Gab es Katarakte? Gab es Raubfische wie in den Gewässern des heimatlichen Tals mit dem Namen Sturz?

Sie wanderten nebeneinander her, stumm und von der Größe der Kaverne beeindruckt. Wie konnte ein derartiger Raum nur existieren, mit all dem Gewicht, das von oben herabdrückte?

Darne schickte eine Bitte an die Götter, ihm in Zukunft mehr Weisheit und Gelassenheit zu schenken. Angesichts dessen, was sie eben sahen und erlebten, fühlte er sich wie ein Sandkorn in einer Wüste, das mal hier- und mal dorthin geweht wurde und die Wunder rings um sich kaum begriff.

»Hier endet alles«, sagte Morilacc vom Tal und blieb stehen. Er deutete auf eine Felswand, das Ende der Höhle, das sie eben erreicht hatten, und auf den Schlund, der sich vor ihnen auftat und in dem das Wasser verschwand, brüllend und schäumend und wild und ungezähmt.

»Hier beginnt alles«, widersprach Darne mit lauter Stimme. »Wir werden uns mit den Seilen ins Wasser begeben und versuchen, den weiteren Lauf zu erkunden. Es hört sich so an, als würde der Fluss in die Tiefe stürzen, noch weiter hinab …« Verunsichert hielt er inne. Konnte Wasser denn in die Höhe kriechen und sie irgendwo an die Oberfläche spülen?

Logen die Geschichten? Dienten sie dazu, die Gefangenen mit ein wenig Hoffnung zu versorgen, während die unumstößliche Wahrheit so aussah: *Es gibt keine Fluchtmöglichkeit aus den Dunklen Tiefen!*

»Ich würde nicht allzu nahe ans Fressloch herantreten!«

Darne zuckte zusammen. Er drehte sich im Kreis – und entdeckte das gute Dutzend weiterer Fackellichter, die nun hinter ihnen aufflackerten. Er umklammerte sein Messer und starrte die Wächter an, diese hässlichen und gut ausgerüsteten Gestalten, die in Lederharnisch in ihre Richtung vorrückten, mit Schwertern in den Händen, denen Morilacc und er nichts entgegenzusetzen hatten, mit Lederschilden, gehärteten Lederhauben und Beinschützern.

Einer der Männer trat vor. Er lächelte falsch, als er stehen blieb, kaum fünfzehn Schritte von Darne entfernt. Es war Smuj Waldklau, einst Stellvertreter von Kasmaton. Dieser Mann hatte mehr Flüche auf sich gezogen als alle Menschen, denen Darne jemals begegnet war.

»Alle paar Monde wieder probieren es einige wagemutige Gefangene, durch den Fluss zu entkommen«, sagte der Schnurrbärtige. »Sie glauben, alles überstanden zu haben, sobald sie die Höhle erreichen. Bis sie mit einem Mal feststellen, dass hier nichts anderes als ein nasser, kalter Tod auf sie wartet. Glaubt mir, meine beiden Freunde, hinter dem Fressloch geht es zwanzig oder mehr Mannslängen in die Tiefe. Unten wartet Fels, auf dem seit Generationen die Schädel von Gefangenen wie Nüsse aufknacken. Manchmal hört man ihr Schreien noch stundenlang, und sie müssen sehr laut brüllen, um das Getöse des Flusses zu übertönen. Wenn ihr euch also diesem Chor anschließen wollt – nur zu! Ihr braucht bloß den Schritt ins Wasser zu tun und euch treiben zu lassen. Vielleicht lüge ich ja. Vielleicht wartet dort unten wirklich ein Tor in die Freiheit. Seid ihr tapfer oder dumm genug, um es zu wagen? Oder wollt ihr zurück nach oben, um weiterhin eure Schuld am Rego und am Land Haden abzutragen?« Der Söldner trat einen weiteren Schritt nach vorn auf sie zu. »Entscheidet euch rasch. Denkt darüber nach, wie wichtig euch euer Leben ist. Mir ist es einerlei, was ihr tut.«

Darne dachte an die Qual, die ihn in den Gerbereien und bei der Jagd auf Hypatore erwartete. Wie müde er war, wie satt er sein Leben doch hatte! Das Wasser lockte, als wollte der Fluss ihm zurufen: »Komm her! Hör auf mich, lass es uns zu Ende bringen …«

Er trat auf Smuj Waldklau zu und ließ das Messer unmittelbar vor ihm fallen. Ohne ein weiteres Wort zu sagen, umrundete er den Mann und die anderen Mitglieder des Rudels. Er trat den Weg zurück nach oben an, zurück in die Gefangenschaft.

20. Bernyl

Der Rego war stets ein störrischer und schwer zu beherrschender Mann gewesen. Auch jetzt noch, da seine Gesundheit geschwächt war und er das Ende seiner Lebenszeit erreichte, überraschte er Bernyl.

Da lag er, dieser Fettklops, und ließ sich von einer seiner Lieblingskonkubinen Wein ins weit aufgerissene Maul schütten. Er erzählte derbe Zoten, die die Hohen Damen und Herren des Hofes mit lautem, fast hysterischem Gelächter bedachten. Sie wollten sich im Licht des Mannes sonnen, der nur noch einen Abklatsch jener Heldenfigur darstellte, die er einstmals gewesen war.

Ihn jedoch, den Hofkanzlisten, bedachten sie mit misstrauischen Blicken. Er war diesen Leuten suspekt, die sich selbst als Mitglieder des Hochadels bezeichneten. Sie fürchteten seine Ränke. Doch sie liebten sein Cardym. Mehr als die Hälfte von ihnen war auf jenes Gift angewiesen, das allein er ihnen zur Verfügung stellen konnte.

Bernyl entschuldigte sich wortgewandt beim Rego, aber der achtete kaum auf ihn. Er gab sich Vergnügungen hin, wie so oft. Und dennoch durfte er den Fetten Mann nicht unterschätzen. Auch jetzt nicht, da er trank und fraß und sich von irgendwelchen Weibern in aller Öffentlichkeit befriedigen ließ.

Bernyl zog sich aus dem Thronsaal zurück, einige Boten umringten ihn augenblicklich. Sie hatten diesen Moment abgewartet, um ihm wichtige Informationen aus den Provinzen des Landes zukommen zu lassen. Die Nachrichten waren wie Tropfen. Jeder einzelne hatte kaum Bedeutung. Doch in ihrer Masse ergaben sie einen vollen Krug.

»Bring mir einen Gedächtnismeister!«, forderte er einen der Männer auf. »Den Halbblinden. Los, mach schon!«

Der Bote zögerte kurz, nickte dann und machte sich auf den Weg, während andere Bernyls Kopf mit Wissen füllten, wie es niemals zuvor ein Bewohner des Lederlandes in sich gespeichert hatte. Er ging indes einen der Arkadengänge auf und ab, die der Rego irgendwann einmal an der südlichen Innenseite des Palastes hatte errichten lassen. Sonnenstrahlen langten durch die wenigen Fenster ins Innere des Gebäudes, und es war ungewöhnlich warm. Die Palast- und Wohnturmdächer von Attico der Wunderbaren glänzten golden im Licht. Es war ruhig in der Stadt, viel zu ruhig. Nun, die Zeit der Bewegung würde auch dies ändern.

Bernyl ließ sich weitere Informationen geben. Die erbärmliche Armut in einem winzigen Dorf an der südöstlichen Grenze ließ sich gewiss zu seinen Gunsten ausnutzen. Ebenso die Unzufriedenheit in einer Kleinstadt in der zentralen Ebene, dort, wo einer der Zugänge zum Eisernen Hochland seinen Anfang nahm. In einigen Dörfern des Nordens, in der Einöde mit den starrköpfigsten Bewohnern des Lederlandes, waren verbotene Schriften gefunden worden. Soldaten hatten sie vernichtet. Die Rädelsführer, engstirnige alte Leute, die an Erinnerungen alter Zeiten hingen, waren hingerichtet worden.

Der Fluss minderwertigen Cardyms in den Osten war für einige Zeit gestoppt, und in mehreren Dörfern nahe der Korninseln weigerte man sich, die Droge kranken Kleinkindern zu verabreichen. Ein Hoher Herr namens Coryam Hozte begehrte gegen Bernyl auf und meinte, zum Amt des Hofkanzlisten zu taugen. Noch plante er im Geheimen, noch hielt er sich mit seinen Kabbalen zurück. Doch Bernyl wusste aus langjähriger Erfahrung, dass eine Gefahr bereits in ihren Ansätzen gebannt werden musste. Also befahl er, Hozte Beweise für irgendein minderes Verbrechen unterzuschieben und dafür zu sorgen, dass der Mann des Hofes verwiesen wurde …

Meist waren es Routineangelegenheiten, mit denen sich Bernyl beschäftigen musste. Aber es gab auch neue und ungewöhnliche Aspekte, die mit der Zeit der Bewegung in Zusammenhang standen.

»Herr?«

»Hm?« Der Hofkanzlist drehte sich um. Ein Bote musste stets einen triftigen Grund haben, ihn aus seiner Konzentration zu reißen. Bernyl bestrafte ein falsches Wort zur falschen Zeit mit Folter oder Tod.

»Ich habe den Halbblinden abgeholt und in deine Privatgemächer gebracht. Er wartet dort auf dich.«

»Hat er nach Cardym verlangt?«

»Selbstverständlich, Herr.«

»Dann werden wir es ihm wohl geben müssen.« Bernyl lächelte, ließ die Boten stehen und begab sich in seinen unmittelbaren Arbeitsbereich. Nur ein Magicus und zwei seiner vertrauenswürdigsten Wächter folgten ihm. Diese Begleitung war nicht notwendig. Er fühlte sich auch so sicher genug. Doch der Anblick dieser drei düsteren Gestalten machte Eindruck auf mögliche Meuchelmörder.

Zwei weitere Wächter erwarteten ihn und öffneten anstandslos die Flügeltüren zu seinem eigentlichen Reich. Zum Gehirn des Palastes, und dies im wahrsten Sinne des Wortes.

Der Halbblinde wartete bereits auf ihn. Er saß unmittelbar vor seinem Schreibtisch und rutschte unruhig auf seinem Platz hin und her. Er tastete vorsichtig über die beiden Kreuzstangen, als könnte er durch bloße Berührung ihren Zweck ergründen. Doch das würde ihm nicht gelingen, ganz gewiss nicht.

»Es freut mich, dich wiederzusehen, Freund«, sagte Bernyl. »Du siehst gut aus. Für dein Alter. Du wirst achtundvierzig dieses Jahr, nicht wahr?«

Der Mann drehte sich um und machte eine fahrige Geste, die man als Bestätigung deuten konnte. »Warum hast du mich hergebeten, Hofkanzlist?«

»Ich habe dich nicht gebeten, guter Freund. Ich habe dich herbefohlen.«

»Und warum hast du das getan?«

»Es ist die pure Neugierde, die mich treibt. Die Gemeinschaft der Dunklen Herren entwickelt sich ausgezeichnet unter deiner Ägide, nicht wahr, Notist?«

Der Gedächtnismeister zuckte zusammen. »Wir machen recht gute Geschäfte, Herr. Und wir wissen, wem wir unseren Reichtum verdanken.«

»Ach, tut ihr das? Oder redest du bloß von dir selbst und deinen Pfründen?« Bernyl winkte ab. »Doch lassen wir das. Vorerst. Erzähl mir ein wenig mehr über die Vorgänge im Gildenhaus der Dunklen Herren. Mir wurde zugetragen, dass sich dieser junge Südländer immer deutlicher in den Vordergrund schiebt.«

»Ja, Hofkanzlist. Er ist ehrgeizig und hat während der letzten Jahre ein eng gewobenes Netz an Beziehungen geknüpft.«

»Du fürchtest ihn?«

»Ich achte ihn.«

»Du bist für einen Gedächtnismeister ein auffällig schlechter Lügner. Du hasst ihn abgrundtief, nicht wahr?«

Der Notist zögerte. »Wenn … wenn ich noch einige zusätzliche Jahre hätte, könnte ich ihm Paroli bieten und die Gilde weiterhin nach deinen Wünschen formen, Bernyl.«

»Du weißt, dass das außerhalb meiner Macht liegt. Ich verfüge über die eine oder andere Gabe, die es mir erlaubt, Menschen Großzügigkeiten zu erweisen, wenn sie mir die notwendige Ehrerbietung entgegenbringen. Aber ich habe nichts, mit dessen Hilfe ich dein Leben verlängern könnte.«

»Dein Cardym …«

»Es lindert bloß die Schmerzen tief drin in dir, mein Freund, und es macht, dass die Lust am Leben erhalten bleibt.« Bernyl sah, wie sich der greise Wurm vor ihm wand. Der Notist wollte die Bitte nicht aussprechen, und noch weniger wollte er um seine Dosis flehen. Doch er würde es tun, so wie alle Menschen, die Bernyl lenkte und steuerte. »Aber lass uns zum Südländer zurückkehren. Wie war noch mal sein Name?«

»Riccion. Riccion Südwind.«

Bernyl hatte eine vage Erinnerung an den Namen, verfolgte den Gedanken aber nicht weiter. »Was ist über ihn bekannt?«

»Er möchte die Macht bei den Dunklen Herren lieber heute denn morgen übernehmen. Er hat sich gewiss einige Meriten erworben. Doch er zeigt andere Tugenden als wir Nordländer. Er achtet nicht unsere Regeln und schläft mit jeder und jedem. Wo auch immer er einen Vorteil herausschlagen könnte, bringt er seinen Schwanz in Bereitschaft.«

»Er ist mit dem Cardym vertraut?«

»Selbstverständlich. Und er nutzt es reichlich. Aber ich denke nicht, dass er darauf erpicht wäre, Rationen von dir zu erhalten. Er folgt einem seltsamen Ehrenkodex.«

»Ein ehrbarer Mann soll an die Spitze der Dunklen Herren gelangen? Was für eine amüsante Vorstellung!«

»Ich möchte dich warnen, Hofkanzlist. Riccion Südwind ist ein Gegner, den du nicht unterschätzen solltest.«

»Ich unterschätze niemals einen Gegner.« O nein, das tat er nicht. Schon seit sehr langer Zeit nicht mehr. »Jedermann hat einen wunden Punkt. Ich möchte, dass du seinen für mich herausfindest.«

»Selbstverständlich, Hofkanzlist. Aber …«

»Ja?«

»Ich bin einer deiner treuesten Diener. Könntest du nicht ...«

»Alle meine Diener zählen sich zu den treuesten. Denn sie wissen, dass ich Verrat nicht dulde. Es wäre schlecht für ihre Gesundheit. Und nun bitte geh. Ich habe zu tun.«

»Bernyl ...«

»Lass es bleiben, Notist! Es ist noch ausreichend Zeit, bis deine Vorräte zur Neige gehen. Teile sie dir gut ein und lass dich erst dann wieder blicken, wenn der Drang unerträglich wird. Alles andere würde dein Leben verkürzen. Und das wollen wir doch beide nicht, oder?«

»Natürlich nicht.« Der Notist verbeugte sich, dann tappste er aus Bernyls Raum, nicht ohne zuvor ein halbes Dutzend Bücklinge zu vollführen. Er ging mit vorgebeugten Schultern, wie ein Mann, der alle Hoffnung hatte fahren lassen und den Weg zum Schafott angetreten hatte.

Das also war der derzeitige Anführer der Dunklen Herren! Jener gar nicht so geheimen Gesellschaft, die es darauf anlegte, die Macht des Geldes zu ihren Zwecken zu nutzen und dabei ihn und den Rego zu hintergehen ... »Notist?«, rief er dem Alten hinterher.

»Ja, Bernyl?«

»Ich könnte eine Ausnahme machen und dich jetzt gleich mit einer Extraration Cardym bedenken. Es gäbe allerdings eine kleine Bedingung dafür, dass ich mich derart großzügig zeige.«

»Gibt es die nicht immer, Hofkanzlist?«

»Eine treffende Bemerkung, Notist, in der Tat. Aber lass mich sagen, was du mir für einen Gefallen tun könntest.« Bernyl setzte sich und betrachtete die wenigen Gegenstände, die seinen Schreibtisch schmückten. Manche davon waren uralt und verschlossen sich dem Verständnis der Hadener. »Ich bin mir sicher, dass sich in den nächsten Wochen wieder eine Karawane von Gedächtnismeistern in Richtung Südosten des Landes aufmacht, in Richtung der Korninseln.«

»So ist es, Hofkanzlist. Es werden etwa achtzig meiner Kollegen dort erwartet und …«

»Details interessieren mich nicht, mein Freund. Mir geht es einzig und alleine darum, dass gewisse Gerüchte in den Umlauf kommen.«

»Du weißt, dass wir der Wahrheit verpflichtet sind, Bernyl.«

»Gewiss seid ihr das. Doch was ist die Wahrheit? Bloß eine momentane Abbildung. Ein Spiegelbild dessen, was gerade geschieht, geschehen ist oder geschehen wird.«

»Es gibt unterschiedliche Philosophien, was dieses Thema betrifft. Aber …«

»Auch die Wörter von vollbärtigen Gelehrten, die mit Spitzhüten durch die Gegend laufen und dabei sinnloses Zeugs vor sich hinbrabbeln, interessieren mich nicht, Notist! Ich will einzig und allein, dass die Bewohner der Korninseln gewisse Befürchtungen hegen. Solche, die ein Eingreifen von Soldaten rechtfertigen. Eine kleine Übertreibung hier, ein verschwiegenes Wort dort … Was muss ich dir die Arbeit eines Gedächtnismeisters erklären, Notist?«

»Was willst du damit bezwecken?«

»Soll ich deinen Geist mit den Finessen der hohen Politik belasten, Notist? Es geht um Tatsachen, die ich zum Wohle des Landes schaffen muss, dessen sei versichert.«

Bernyl zupfte an seinem Gewand und klopfte mit den Fingernägeln in einem monotonen Rhythmus auf das Holz des Schreibtischs. Dort, wo die Instrumente zur Verabreichung des Cardym bereitlagen. Dort, wo die Glückseligkeit auf den alten Notisten wartete.

Er leckte sich über die Lippen. Sie waren spröde und blutig gebissen. »Wenn du mir versicherst …«

»Alles, was du willst, Gedächtnismeister. Sehen wir zuerst mal zu, dass du bekommst, wonach dich verlangt. Anschließend erhältst du genauere Anweisungen von mir. Und ich garantiere dir, dass ich alles bloß zum Gemeinwohl des Lederlandes tue.«

Der alte Mann achtete nur noch auf seine eigenen Finger. Wie sie klopften. Wie sie jenes Geräusch erzeugten, mit dem er jeden seiner Zuträger lenkte. Sie waren wie gut dressierte Tierchen. Sobald das Klopfen ertönte, wurde die Erinnerung an das Cardym noch deutlicher, noch präsenter. Sie meinten, es zu riechen und zu schmecken.

Sie machten es ihm fast zu leicht, sie zu manipulieren, diese tumben Menschen.

21. Darne

Die Gerbereien … Es stank bestialisch in diesen abgeschiedenen Höhlen, in denen das Leder der Hypatore weiterverarbeitet wurde.

Alte Männer saßen da und kratzten Fleisch von den Innenseiten der Häute. Andere trieben sie durch Walzen, wiederum andere schabten Haare ab. Einige spalteten das Leder auf und walkten es durch, tauchten es in Lauge, klopften es weich, sortierten es, schnitten es zu.

Viele Teile wurden zu Rüstungsleder verarbeitet. Sie wurden gehärtet und in Formen gezwungen, um das Material dann schichtweise miteinander zu verkleben. Die endgültige Verarbeitung würde in den Städten stattfinden. Ihnen blieb bloß die Drecksarbeit in Räumen, in denen ein Atmen kaum möglich war, eingehüllt vom Dampf heftig miteinander reagierender Flüssigkeiten.

Die schönsten Felle wurden beiseitegelegt und mit einfachen Instrumenten bearbeitet, mit Stanzen und Pressen und Schneidegeräten. Einige der längstdienenden Gefangenen klopften diese Lederhäute mit Bedacht weich, damit sie den reichen und reichsten Frauen in Attico gefielen und sie eines Tages in den Prachtstraßen der Wunderbaren damit umherstolzieren konnten.

Darnes Handschuhe waren längst zerfetzt und zerfressen von der Lauge, deren Pissegestank er kaum noch wahrnahm.

Er tat einfach das, was er jede Arbeitsschicht tat: Zecken jagen, sie töten, ihnen das Fell abziehen, dann eine kurze Pause einlegen; nach einer kargen Mahlzeit brachte man Morilacc, Kasmaton und ihn hierher, damit sie, eingehüllt von Schwaden betäubender Dämpfe, ältere Felle für den Abtransport vorbereiteten.

Er zog die Hände aus der Flüssigkeit. Seine Haut brannte, so wie immer. Es scherte ihn kaum. Auch nicht, dass die Finger der Länge nach aufgerissen waren wie zu heiß gekochte Würste. Seine Hände hatten nicht so wie die der meisten Gefangenen einen dunkelblauen oder einen dunkelgrünen Farbton angenommen oder waren einfach bloß schwarz, sondern ähnelten einem bunt schillernden Flickenteppich. Irgendetwas war irgendwann geschehen, während einer der vielen Arbeitsschichten voll Qualen. Darne konnte sich nicht mehr daran erinnern, es war ihm auch einerlei.

»Bunthand! Komm her!«

Ja, so nannten sie ihn seit geraumer Zeit. Darne Bunthand. Der Mann, der mehrmals zu flüchten versucht hatte und immer wieder wie ein Tier eingefangen worden war, gemeinsam mit seinem Spießgesellen Morilacc. Nahe des Flusses am Fressloch, auf dem Weg nach oben und durch schmale Höhlenkamine der Belüftung, die kaum begehbar waren.

Von Kasmaton war schon lange nichts mehr zu hören. Vielleicht hatte er sie jeweils verraten, vielleicht war er gefoltert worden. Wer wusste das schon zu sagen? In den Dunklen Tiefen galten andere Regeln als an der Oberfläche.

»Bunthand!«

Darne folgte dem Ruf. Er zog eine letzte Lederbahn aus der dunkelgelben Gerb-Flüssigkeit, nahm die Handschuhe ab und trocknete die Hände, ohne dabei sonderliche Sorgfalt walten zu lassen. Dann trottete er an anderen kaputt und erschöpft wirkenden Gestalten vorbei, hin zum Rufer. Es war einer der

Vorarbeiter. Er war neu hier, kaum mehr als hundert Tage in den Dunklen Tiefen.

»Was gibt's, Borcelai?«, fragte er und kratzte sich im Nacken, dort, wo rotweißer Schorf von immer mehr Ätzwunden seine Haut verunstaltete.

»Du hast Besuch«, sagte der kleingewachsene Mann und nickte mit dem Kopf in Richtung eines wackligen Tisches, den die Arbeiter der Gerbereien zum gemeinsamen Essen nutzten.

»Jetzt erst? Ist schon eine Weile her, dass ich mir Damenbesuch gewünscht hab. Inzwischen würde ich mich sogar mit einem räudigen Schneehasen begnügen, wenn er denn willig ist.«

»Red nicht so laut!«, wies ihn Borcelai zurecht und duckte sich ängstlich. »Jetzt mach schon! Sie mag es nicht zu warten.«

Sie? Bei seinem Besucher handelte es sich also tatsächlich um eine Frau?

Zögerlich trat Darne auf die vermummte Gestalt zu, die am Tisch saß. Sie war groß, eine Kapuze verbarg den Großteil ihres Gesichts.

»Hier bin ich«, sagte er und setzte sich ungefragt. »Darne Bunthand. Wer bist du? Was willst du?«

»Ich kenne dich. Du bist ebenso lange in den Dunklen Tiefen wie dein Kumpan Morilacc – und wie ich. Es ist nun achthundertunddrei Tage her, dass wir gemeinsam hierher hinabgestiegen sind.«

Hatte er diese Stimme jemals gehört? Nein.

Oder? Die Frau kam ihm vage bekannt vor. Ihre Größe, ihre stolze Körperhaltung, die Aura von unbezwingbarem Selbstbewusstsein, das sie umgab …

»Bentaloppe«, sagte Darne schließlich. »Die Hohe Dame. Die Lagerleiterin.«

»Du erinnerst dich also an mich.«

»Ich habe einen leidlich gut funktionierenden Verstand, Plejar. Für mich ist es nicht sonderlich gut, mich mit dir zu unterhalten. Man könnte es mir als Verrat an der Gemeinschaft ankreiden.«

»Legst du denn Wert auf die Gesellschaft dieser Spießgesellen? Bist du nicht besser als die Meisten von ihnen?«

»Ich hebe mich nicht von den anderen Gefangenen der Dunklen Tiefen ab. Ich bin einer der Todgeweihten.«

»Und dennoch hast du insgesamt vier Fluchtversuche unternommen.«

»Drei!«, verbesserte Darne Bunthand.

»Vier«, wiederholte Bentaloppe unbeirrt. »Vergessen wir nicht den vergeblichen Versuch, entlang der Abwasserkanäle der Gerbereien einen Weg nach draußen zu finden. Ein törichtes Unterfangen, das ihr bereits nach wenigen hundert Schritten aufgeben musstet, weil die Dämpfe Morilacc vom Tal und dich fast betäubt hätten.« Die Lagerkommandantin schob die Kapuze nach hinten, ihr vernarbtes Gesicht kam zum Vorschein. »Ihr wurdet damals nicht erwischt. Niemand hat euch entdeckt. Glaubtet ihr zumindest.«

»Woher willst du von diesem Versuch wissen?«

»Ich halte nun mal die Augen offen und beobachte jene Gefangenen, die als mögliche Unruhestifter gelten. Und dieses Prädikat ist dir wie ein riesengroßes Zeichen auf die Stirn geprägt.«

»So, so.« Darne zuckte mit den Schultern. »Bist du hergekommen, um ein letztes Gespräch zu führen, bevor mich die Wächter abholen und mich irgendwo weiter unten einen Kopf kürzer machen? Gehörst du zu den Frauen, die geil werden, wenn sie die Verzweiflung in den Augen der Männer sehen?«

»Schätzt du mich so ein?«

»Ich habe keine Ahnung, wer oder was du in deinem früheren Leben warst, Bentaloppe. Hier bist du Herrscherin über Leben und Tod. Wobei mir der Große Gleichmacher ein herzlich willkommener Freund ist angesichts dessen, was ich in den letzten – wie vielen? – achthundertdrei Tagen in den Dunklen Tiefen erleben musste.«

»Das heißt, dass du aufgibst?«

»Was möchtest du von mir hören, Plejar? Ich arbeite, bis ich umfalle, und wenn ich endlich mal schlafen darf, würge ich braunen Schleim hoch oder hocke auf dem Abtritt, um dünnen Saft aus dem Arsch zu spritzen. Weil mein Körper nicht mehr weiterkann. Weil sich alles in mir danach sehnt, dieses elende Leben zu beenden.«

»Sterbende reden nicht so viel wie du, und schon gar nicht verwenden sie eine derart blumige Sprache.«

»Ich hatte das Glück, dass meine Erzieherin Wert auf gutes Benehmen legte.«

»Anta Steinwerk. Die Kräutlerin. Ich weiß von ihr.«

»Du weißt ...?« Darne betrachtete die hässliche Frau nun genauer. Warum war sie hier, warum zeigte sie ein derartiges Interesse an ihm?

»Ich weiß, was du angestellt hast, Darne, und warum du hier gelandet bist. Das Urteil, das man über dich sprach, war ungerecht. Wie so vieles, das derzeit im Lederland geschieht.« Bentaloppe machte eine abschätzige Handbewegung. »Aber lassen wir das. Als Plejar führe ich bloß aus, was man mir aufträgt, und ich sehe keinen Sinn darin, gute Leute mit mehr als Stroh im Hirn einfach so sterben zu lassen.«

»Sondern?«

»Zweieinhalb Jahre lang hast du dich aufrecht gehalten, Darne. Das ist länger, als die meisten anderen Menschen in den Dunklen Tiefen überleben. Weil dich etwas antreibt. Weil ein Feuer in dir brennt. Nicht wahr?«

Darne zögerte und nickte dann.

»Möchtest du Rache üben?«

Wiederum antwortete er nicht gleich und überlegte. »Es ist

mehr als das. Der Rego tut falsche Dinge. Er schadet seinem Volk. Ich will das nicht länger hinnehmen.«

»Dir ist klar, dass du dich damit auf das Gebiet des Hochverrats begibst, Darne?«

»Dann wirst du mich wohl töten müssen. Denn wenn du mich aufstehen und an meine Arbeit zurückkehren lässt, dann beteiligst du dich an diesem Hochverrat. Ist es nicht so?«

»Da steckt also tatsächlich ein wacher Geist unter dieser verlausten Haarpracht«, sagte Bentaloppe nachdenklich. Sie erhob sich, stützte die Hände auf dem Tisch auf und blickte ihm tief in die Augen. »Ich bin auch nicht einverstanden mit dem, was du sagst. Aber ich bin nicht hier, um zu richten oder Urteile zu sprechen. Das Leben im Eisernen Hochland folgt nun mal eigenen Gesetzen, die mit denen in der fernen Stadt nichts zu tun haben. Ich rate dir jedoch, vor den Wächtern nicht derart offen von deiner Wut über das Wirken des Rego zu sprechen. Er hat immer noch treue Anhänger unter diesen Leuten.«

»Du scheinst keiner von ihnen zu sein.«

»Ich habe nichts gegen den Fetten Mann. Dafür aber gegen die Leute, mit denen er sich umgibt.« Bentaloppe zog einen Beutel mit Cardym-Pastillen hervor und steckte sich eines der Kügelchen in den Mund. Sie tat es mit sichtlichem Widerwillen. »Ich lasse dich und deinen Kumpan Morilacc weiterhin auf Schritt und Tritt beobachten. Bislang habe ich meine Hände schützend über euch gehalten. Doch jeder weitere Fluchtversuch führt zu eurem Tod.«

»Was, wie schon gesagt, ein recht angenehmer Gedanke ist. Endlich sterben zu dürfen …«

»Unsinn, Darne! Du hängst an deinem Leben, so wie jedermann hier. Allesamt hofft ihr auf ein Wunder. Darauf, dass sich die Erde auftut und ihr einen Fluchtweg entdeckt und ihr das Eiserne Hochland verlassen könnt.«

War er denn wirklich so leicht zu durchschauen? Ja, er wollte leben! Ein jeder Atemzug erschien ihm wertvoll, ein jeder Schlag seines Herzens. Dies hier konnte und durfte nicht das Ende eines Lebens sein, das vielleicht zweiundzwanzig oder dreiundzwanzig Jahre gewährt hatte!

»Wir reden ein anderes Mal weiter, Darne Bunthand. Aber es mag sein, dass ich dich für meine Zwecke gebrauchen kann. Deshalb möchte ich, dass du am Leben bleibst, du und dieser Morilacc. Kann ich mich darauf verlassen?«

»Wer weiß, ob ich nicht schon morgen ein Messer im Rücken stecken habe. Das eines anderen Verzweifelten, der es auf meine Hose oder meine Handschuhe abgesehen hat.«

»Bislang bist du den Meuchelmördern erfolgreich aus dem Weg gegangen. Ich vertraue auf deine Fertigkeiten.« Bentaloppe nickte ihm knapp zu, zog sich die Kapuze wieder weit über den Kopf und trat dann zum Vorarbeiter, um ihm einige Worte zuzuflüstern. Danach schritt sie davon, vorbei an anderen Gefangenen, ohne sie auch nur eines Blicks zu würdigen. Sie hatte keine Angst, war sich ihrer Sache völlig sicher.

»Was war das gerade eben, Darne?«, fragte Borcelai, der Vorarbeiter, der langsam näher gekommen war.

»Sag du es mir. Was hat sie dir zugewispert?«

»Dass du aus den Gerbereien weiter nach oben verlegt werden sollst. Der Hässliche vom Tal ebenfalls. Hört sich so an, als hätte sie ein Todesurteil über euch beide gesprochen, denn ich soll euch auch noch eine doppelte Ration zum Essen organisieren.«

»Ja. Wahrscheinlich will sie uns töten lassen.« Darne starrte ins Leere. Er versuchte zu begreifen, doch es gelang ihm nicht.

Weiter oben bedeutete: Freigang. Besuche an der eisigen frischen Luft der Hochebene. Die Lunge vom Ruß und von all den schädlichen Stoffen befreien, die sie Tag für Tag in den Gerbereien einatmeten.

Sie schoben die eiserne Lore laut schnaufend vor sich her, leidlich gut unterstützt von zwei Knaben, die kaum einen Bartflaum auf Wange und Kinn hatten. Wächter betrachteten sie misstrauisch auf ihrem langen Marsch nach oben. Alle hundert Schritte mussten sie das Zeichen vorzeigen, das man ihnen in die linken Handrücken gebrannt hatte. Bentaloppe höchstpersönlich hatte dafür gesorgt.

Ein Rundstein wurde zur Seite gerollt. Männer starrten sie drohend an und richteten ihre körperlangen Hellebarden auf sie. Darne kümmerte sich nicht weiter darum. Er stemmte stattdessen die Beine gegen den Boden und schob weiter, die Steigung hoch. Die hölzernen Räder rumpelten durch in den Stein gehauene Rillen.

Darnes Beine zitterten, die Oberarme ebenfalls. Vor ihnen lag das steilste Stück des Weges. Gestern war hier ein Mann tot umgefallen, völlig entkräftet von den Anstrengungen. Man hatte ihn an den Füßen gepackt und weggezogen. Sein Kopf war gegen den Fels aufgeschlagen, immer wieder. Unmittelbar neben Darne war die Spur noch zu sehen: dunkelrote, schmierige Flüssigkeit, die allmählich vom Wasser weggewaschen wurde, das von oben in kleinen Rinnsalen in die Tiefe drang.

Darne holte tief Luft und nahm den Druck von seinen schmerzenden Armen, erholte sich für einen Wimpernschlag von der anstrengenden Arbeit. Der Bursche neben ihm schrie laut auf, als plötzlich noch mehr Gewicht gegen seinen Leib drückte, dann auch der andere. Nur Morilacc gab sich unbeeindruckt. Er schob weiter, mit hochrotem Gesicht. Die Narben traten wie weiße Würste aus seiner hässlichen Fratze hervor.

Darne packte wieder zu und schob. »Reißt euch gefälligst zusammen!«, presste er zwischen den Zähnen in Richtung der beiden Halbwüchsigen hervor. »Morilacc und ich können nicht den ganzen Weg auch noch eure Arbeit leisten.«

Der eine Junge schluchzte Gebete zu einem Darne unbekannten Gott. Er rutschte gleich darauf weg, Morilacc half ihm wieder auf die Beine. Und weiter ging es, Schritt für Schritt, dem Lichtschimmer entgegen, der einfach nicht größer werden wollte.

Das steilste Stück der Steigung war endlich überwunden, der Druck gegen Schultern, Arme und Beine ließ ein wenig nach. Darne versuchte, regelmäßig zu atmen. Die stickige, stets modrige Luft der Dunklen Tiefen wich allmählich dem Geschmack nach Regen und Schnee. Wie hatte er sich jemals über die Witterungen beklagen können? Es gab nichts Schöneres als den freien Himmel, und wenn die Götter Schnee oder Eis herabfallen ließen, dann war dies allemal besser als alles in den Dunklen Tiefen.

»Ich spür meine Füße nicht mehr«, schluchzte der Junge, der eben ausgerutscht und gefallen war.

»Das wird wieder.« Darne betrachtete die aufgeschlagenen Beine des Burschen. Blut rann von den Knien abwärts, die Schienbeine bluteten ebenfalls. Doch dies waren Kleinigkeiten. Wunden, die rasch wieder verheilten. »Verlier bloß nicht den Mut, Kleiner. Denk immer nur an den nächsten Schritt.«

Das Schluchzen ging in Weinen über. Der dünne Körper bebte, jegliche Kraft verließ den Jungen. Nun, da das Ende des Lorenweges zu erkennen war und sich der anfänglich vage Lichterschein zu einem hellen Ausgang in die Freiheit wandelte, verließ ihn jegliche Hoffnung.

Er würde hier nicht lange überleben. Sein Kumpan vielleicht einige Wochen länger. Er zeigte einen trotzigen, entschlossenen Gesichtsausdruck. Doch auch er war zu jung. Sie waren zu schwach, in jeglicher Hinsicht. Wer auch immer die beiden Burschen hierher geschickt hatte, hatte ein viel zu rasches Todesurteil gesprochen.

Eine letzte Anstrengung, dann stand die Lore im Freien. Unter einem Vordach, das die darin befindliche Ladung an

Leder vor Regen und Schnee schützte. Weitere Gefangene warteten, um das Zeugs in Empfang zu nehmen. Einige von ihnen meinte Darne zu kennen aus seiner Zeit im Lager. Sie blickten an ihm vorbei, so als wäre er mit einer ansteckenden Krankheit behaftet. Und so war es womöglich auch. Niemand wollte etwas mit jenen zu tun haben, die in den Dunklen Tiefen eine erbärmliche Existenz führten.

»Hundert Teile«, sagte Morilacc zu einem der Wächter, »wie immer.«

»Wird auch Zeit!« Der Mann mit den Insignien eines Offiziers wich seinen Blicken aus und kümmerte sich stattdessen um andere Gefangene. Er kam Darne bekannt vor. Eine tiefe Narbe spaltete seine Oberlippe, die Wangen und der Nasenrücken waren von Verbrennungen verunziert.

Der Offizier wandte sich jenen Männern zu, die die Ware in einen Karren umzupacken hatten. Bewaffnete, die ihn umringten, traten nervös von einem Fuß auf den anderen. Sie fürchteten sich. Doch wovor?

»Die Bardyaggs werden bereits ungeduldig«, fuhr der Offizier fort. »Sie wollen jetzt gleich abfahren. Die Strecke ist gefährlich geworden«, sagte er, ohne eine Begründung für seine Worte zu liefern. »Ihr müsst noch zwei Ladungen hochbringen.«

Diese Stimme … Darne erinnerte sich mit einem Mal an den Wächter namens Smuj Waldklau. An seine Stimme, sein Gehabe, sein kaltes Lächeln. Und an einen Schnurrbart, der ihm offensichtlich während der letzten Monde abhandengekommen war.

»Zwei noch?«, echote der schwächere der beiden Jungen.

»Ist dir das zu viel, Kleiner? Möchtest du lieber einen Platz unten in den Gerbereien bekommen, so wie einst unser Freund Bunthand?«

Darne bemerkte die plötzliche Unsicherheit in Smujs Stimme. Morilacc und er waren dem Anführer der Wächter unheimlich. Gerüchte reisten rascher als der Wind. Sie erzählten von zwei Gefangenen, die über achthundert Tage in den Dunklen Tiefen überlebt hatten und noch immer bei klarem Verstand waren. Smuj selbst hatte sie in ihrer größten Verzweiflung gesehen, unten beim Fressloch, und geglaubt, sie brechen zu können. Nun waren sie zurückgekehrt an die Oberfläche. Von der Plejar mit Privilegien ausgestattet, die der Mann ganz gewiss nicht verstand.

»Wir legen eine kurze Pause ein«, sagte Morilacc und deutete auf die beiden Knaben.

»Habt ihr denn nicht zugehört? Die Bardyaggs wollen noch heute abfahren und …«

»Wenn du diese beiden Striche in der Landschaft ohne Erholungspause gemeinsam mit uns runterschicken möchtest, dann werden wir die beiden Ladungen heute nicht mehr zu dir hochschaffen können. Gib ihnen und uns etwas zu essen und lass uns ein wenig ausruhen. Danach erledigen wir das, wofür wir hier sind, in wesentlich kürzerer Zeit.«

»Solche wie euch gibt's genügend!« Da war sie wieder, die pure Lust am Quälen, die diesen Mann so sehr auszeichnete. »Wenn ihr tot umfallt, scheuche ich andere Todgeweihte in die Dunklen Tiefen, damit sie eure Leichen beiseiteschaffen und eure Plätze einnehmen.« Smuj Waldklau trat drohend näher.

»Sind das auch Bentaloppes Ansichten?«

»Du wagst es, meine Anweisungen infrage zu stellen?« Der Kopf des Offiziers wurde rot. Er griff nach seiner Waffe, einem fein ziselierten Ding, das in einer Schlacht als kaum ernstzunehmendes Spielzeug gegolten hätte. Doch diese silberverzierte Klinge würde reichen, um Darne um diesen einen entscheidenden Kopf kürzer zu machen, den er auf seinem Hals trug und auf den er so viel Wert legte.

Er nahm sich zurück, mühsam beherrscht. »Verzeih mir, Offizier. Ich bin zu dumm und unwürdig, die Weitsicht deiner

Anweisungen zu verstehen.« Er verbeugte sich und senkte den Blick. »Wie war dein Name? Damit ich mich in Zukunft an dich erinnere?«

»Das hört sich schon viel besser an, Bunthand.« Der Mann grinste selbstzufrieden. »Ich bin Smuj Waldklau, derzeit für den Transport jener Güter zuständig, die Richtung Attico geschafft werden. Ich bin das, was man gemeinhin eine wichtige Persönlichkeit nennt.«

Darne hatte sich also nicht geirrt. »Offizier Smuj Waldklau. Verzeih mir und meinen Freunden unsere Widerspenstigkeit. Selbstverständlich bringen wir die Lederwaren so rasch wie möglich hoch.«

Er deutete Morilacc und den beiden Jungen, ihm zu folgen, und gemeinsam trotteten sie zurück in die Dunkelheit, hinab in die Dunklen Tiefen, die leere Lore in ihrem Rücken. Doch der Druck war auszuhalten. Darne tat einige rasche Atemzüge. Sie sollten seine Lunge daran erinnern, was sie hier oben erwartete und sie während der Zeit in den Dunklen Tiefen gut arbeiten lassen.

»Was sollte das denn?«, fragte Morilacc, sobald sie eine ausreichende Entfernung zwischen sich und den Offizier gebracht hatten. »Wir können mit diesen beiden Jammergestalten unmöglich zwei weitere Ladungen voll hochschaffen!«

»Doch, das können wir, und das werden wir!«, widersprach Darne. »In meinem derzeitigen Zustand könnte ich allein ein Dutzend Loren hochschieben, ohne auch nur einen Augenblick lang Müdigkeit zu verspüren. Die beiden sollen sich ausruhen, so gut es geht.«

Morilacc grinste. »Ist es das, was ich denke? Wut?«

»So könnte man es ausdrücken. Glaub mir, Morilacc: Smuj Waldklau ist tot. Er weiß es bloß noch nicht.«

»Tote Offiziere machen sich nicht sonderlich gut auf der Liste der Verfehlungen eines Gefangenen. Das bedeutet gemeinhin einen recht schmerzhaften Tod, der über einige Tage hinausgezögert wird.«

»Es wird ihn nicht morgen treffen, Morilacc, und auch nicht übermorgen. Doch eines Tages, wenn er sich an diesen Zwischenfall nicht mehr erinnert, wenn er glaubt, in seinem feinen Bett aus Stroh und Tuch friedlich ausschlafen zu können, werde ich ihm den Schwanz abschneiden und ins Maul stopfen.«

Morilacc grinste. »Das hört sich nach einem guten Plan an«, sagte er und klopfte ihm auf die Schultern. »Du bist selbstverständlich völlig wahnsinnig. Aber das liebe ich so an dir.«

»Danke.« Darne spreizte die Beine und tat kleine Schritte, um dem Druck der nachrutschenden Lore mehr Widerstand entgegensetzen zu können. Er deutete den beiden Jungen, hinten reinzuspringen. Sie gehorchten widerspruchslos. Einer von ihnen lächelte ihm schüchtern zu. »Ich hatte in letzter Zeit einige brauchbare Gedanken, und je öfter ich das Tageslicht zu Gesicht bekomme, desto besser finden sie zusammen.«

»Du denkst also an Flucht. Wieder einmal.«

»Diesmal kann und wird nichts schiefgehen. Vertrau mir.«

»Und was ist mit Bentaloppes Anweisungen?«

»Soll ich mich an die Worte der Lagerkommandantin gebunden fühlen? Sie ist eine Vertreterin des Rego.«

»Warum, glaubst du, gestattet sie uns, das Tageslicht zu sehen?«

»Ich weiß es nicht. Es ist auch einerlei.« Darne wandte sich dem Riesen zu und sah ihm tief in die Augen. »Kann ich mich auf dich verlassen? Bist du mit dabei, wenn ich abhaue?« Durfte er seinem Begleiter sagen, dass er auf ihn angewiesen war? Dass seine vagen Pläne nur dann Aussicht auf Erfolg hatten, wenn sie es zu zweit versuchten? Nein, er wollte sich in keine Abhängigkeit begeben. Selbst nicht in die eines Mannes, den er beinahe seinen Freund nannte.

Morilacc musterte ihn, legte dann die eiserne Bremse der

Lore um und brachte das Gefährt zum Stehen, ungefähr auf der Hälfte ihres Weges zum nächsten Kontrollpunkt.

»Du bist schlau, Darne«, sagte er, »und du verstehst es, die Leute zu begeistern. Du hast auch stets eine Idee, wie es weitergehen könnte. Aber diesmal verrennst du dich in etwas. Wir leben, und wir leben nicht schlecht. Wir bekommen ausreichend zu essen, und mit Ausnahme weniger Tage so wie heute ist die Arbeit erträglich.«

»Wir sind Gefangene, Morilacc!«

»Glaubst du etwa, die Wächter wären frei? Sie sind genauso an Gebote und Verbote gebunden. Sie werden erst in einigen Monden oder gar Jahren abgelöst, und bis dahin sitzen sie im Eisernen Hochland fest wie wir.«

»Aber sie kehren in ihre heimatlichen Dörfer oder Städte zurück. Dies ist nicht der Ort, an dem sie sterben werden.«

»Hab ein wenig Geduld, Darne! Warte ab, bis wir wissen, was Bentaloppe mit uns beiden vorhat.«

Darne fühlte mit einem Mal einen tiefen, brennenden Zorn. »Niemand hat das Recht, über mich und mein Leben zu bestimmen!«, sagte er, lauter als beabsichtigt. »Ich wurde zeit meines Lebens hin- und hergeschubst, in Pflichten gezwungen, von anderen Menschen gelenkt. Dies wird ein Ende haben. Es *muss* ein Ende haben!« Er ballte die Hände zu Fäusten und fuhr leiser fort: »Ich bin niemandes Eigentum.«

»Diese Wächter sind womöglich anderer Meinung.« Morilacc nickte in Richtung einiger Bewaffneter, die misstrauisch geworden waren und ihnen mit deutlichen Gesten zu verstehen gaben, dass sie die Lore wieder in Bewegung zu setzen hatten. Der Riese löste die Bremse, das Gefährt ruckelte an, erschwert durch das Gewicht der beiden Burschen in seinem Inneren.

»Wir fliehen nicht jetzt, nicht heute«, sagte Darne, während er die Muskeln anspannte. »Aber wir werden es. Und wenn du mich nicht begleiten wirst, dann kehre ich allein in die Freiheit zurück.«

»Geduld ist nicht deine Stärke. Und auch die Weitsicht fehlt dir. Du willst einfach blindlings drauflosstürmen, statt eine passende Gelegenheit abzuwarten.«

»Man muss sich die passende Gelegenheit eben schaffen.«

Die Helligkeit über ihnen ließ nach. Fackellicht, Ruß und stickige Luft hatten sie wieder. Die Dunklen Tiefen hatten sie wieder.

Was trieb Bentaloppe bloß für ein böses Spiel mit ihnen? Warum gab sie sich einerseits konziliant und gewährte Morilacc und ihm Extrarationen, um dann bei den kleinsten disziplinären Verfehlungen mit äußerster Härte durchzugreifen?

Smuj Waldklau bestrafte sie, als sie eines Tages zu spät zur Arbeit erschienen, und er ließ sie züchtigen, nachdem einige der Lederfelle während des Lorentransports in den Schlamm gefallen waren. Wächter schlugen sie für Unaufmerksamkeiten, für Gespräche mit anderen Gefangenen, für böse Blicke, für zu lautes Stöhnen, wenn ihnen die Gewichte, die man ihnen auf den Buckel lud, zu schwer wurden. Meist benötigten die Mitglieder des Rudels nicht einmal einen Grund, um sie die Peitsche spüren zu lassen oder zu demütigen.

Im krassen Gegensatz dazu erhielten sie von der Plejar eine Einladung zum Abendessen, nach einer harten Arbeitsschicht in den Dunklen Tiefen, die sie einmal mehr an die Grenzen ihrer Belastungsfähigkeit gebracht hatte.

Wächter holten sie ab, zwangen sie, sich Schmutz und Gestank in zwei Bottichen voll parfümiertem Wasser vom Körper zu waschen und frische Gewänder anzuziehen, dann mussten sie in Begleitung der vierschrötigen Männer durchs Lager in die Kommandantur marschieren.

Darne blickte um sich. Das Aussehen des eingezäunten Geländes hatte sich gewandelt. Wachttürme und Palisaden waren ausgebessert worden, die Wege ebenso. Vereinzelt streiften Gefangene umher. Männer, die festen Schritts auftraten und nichts mehr mit den elendigen Gestalten gemein hatten, die vor drei Jahren im Schlamm vor sich hin vegetiert hatten.

Birle, die kleinwüchsige Frau aus dem Süden, erwartete sie an der Tür des größten Gebäudes. »Fragt nicht«, sagte sie anstelle einer Begrüßung. »Ihr nehmt die Einladung hin, esst mit uns und kehrt dann wieder in das Loch zurück, aus dem ihr hervorgekrochen seid.« Ihre Rechte lag an der kurzen, gut gepflegten Waffe. »Ich weiß nicht, welchen Narren Bentaloppe an euch gefressen hat. Dennoch gebe ich euch beiden Halunken den Rat, weder ihre noch meine Geduld zu sehr zu strapazieren. Verstanden?«

Darne nickte, Morilacc ebenso. Sie traten ins Innere des Gebäudes. Es roch nach gebratenem Fleisch. Darne lief das Wasser im Munde zusammen. Wann hatte er das letzte Mal eine warme Mahlzeit zu sich genommen? Wie lange war es her, dass er Salz zur Verfügung gehabt, Gemüse und Salat gegessen hatte?

Seine Knie wurden schwach. Die Erinnerung daran, wie gut es ihm einstmals gegangen und wie erbärmlich sein Leben heutzutage war, machte ihn schwindlig.

»Willkommen. Ich hoffe, ihr seid hungrig?«

Bentaloppe trat aus einer Nische und stellte sich vor ihnen hin. Sie trug ein hochgeschlitztes Kleid aus derbem Stoff, das ihre Oberschenkel entblößte und die muskulösen Arme frei ließ. Sie blickte Darne ernst an. Durch keine Geste, durch kein Wort gab die Hohe Dame zu erkennen, was sie dazu bewogen hatte, Morilacc und ihn hierherzubitten.

Er nickte. Er wollte etwas sagen, doch die passenden Worte wollten ihm nicht einfallen. Er hatte seine Umgangsformen längst vergessen, hatte sie in den Dunklen Tiefen abgelegt wie alles andere, das mit Erziehung zu tun hatte.

»Dann lasst uns mit dem Essen beginnen.« Sie setzte sich an den Tisch, der sich vor Köstlichkeiten bog, deren Gerüche

Darne schier wahnsinnig machten. Fleisch vom Rind. Ein fasanengroßer Vogel, dazu kleinere und mit Gemüsemasse gefüllte Kapaunen. Kartoffel, Teigwaren, Kräuteraufläufe, dicke Bratensaucen, glibberige Schweinesulz, Blutwurst, Salate, exotische Früchte – solche, die selbst in Mittigteilen bloß für viel Geld zu haben waren.

Darne setzte sich ungefragt neben die Hohe Dame. »Es muss ein Vermögen gekostet haben, diese Lebensmittel hierherzuschaffen«, sagte er. »Ein Vermögen, das zweifellos besser angelegt wäre, würde man ausreichend Medizin für unsereiner kaufen.«

»Wenn du uns den Abend durch dumme Bemerkungen verderben möchtest, Darne, dann kannst du mein Haus gleich wieder verlassen.« Bentaloppe sagte es ruhig, so als redete sie mit einem widerspenstigem Kind, das die Regeln des Lebens noch nicht verinnerlicht hatte. »Aber damit es dich ein wenig beruhigt: Ich habe Anweisung gegeben, dass heute alle Gefangenen doppelte Essensrationen erhalten, dass mehrere Säcke Cardym zusätzlich verteilt werden und dass morgen nicht gearbeitet werden muss.«

»Welchem Umstand haben wir diesen Akt der Großmut zu verdanken?« Darne goss sich aus einer Karaffe Wasser ein, das glasklar war. Und das besser schmeckte als alles, was er während der letzten Jahre getrunken hatte. »Ist der Rego endlich krepiert? Feiert man in ganz Haden, dass dem Fetten der Bauch geplatzt ist?«

Bentaloppe blickte hoch. Sah ihn an. Ließ ihn wissen, dass dies die letzte Provokation war, die sie dulden würde. »Hobelaar geht es gut«, sagte sie leise, »und dieses Festessen hat ausschließlich mit diesem Ort und dem zu tun, was hier geschieht.«

Sie nahm Fleisch, zerschnitt es säuberlich und begann langsam an einem kleinen Stück zu kauen. Wie ein Mensch, der den Wert guter Nahrung schätzte, weil er schon öfter mit weit weniger hatte auskommen müssen.

»Was geschieht denn hier?«, hakte Darne nach.

»Die Welt, wie wir sie kennen, spielt verrückt. Im gesamten Lederland kommt es zu Aufständen, zu Scharmützeln einander sonst wohlgesinnter Stämme und Dörfler, zu Auseinandersetzungen zwischen Clans. Nur hier, im Eisernen Hochland, läuft alles besser als zuvor. Das ist dem Rego und dem Hofkanzlisten nicht verborgen geblieben. Man ist zufrieden mit den Arbeitern hier. So sehr man mit Menschen zufrieden sein kann, die den Tod verdient haben.« Sie trank einen Schluck Wein und stellte das Glas dann weit weg von sich, so als stellte es eine Versuchung dar, der sie in nicht allzu großem Ausmaß nachgeben wollte.

»Du möchtest also sagen, dass du gute Arbeit geleistet hast, Hohe Dame?«

»Ich möchte damit sagen, dass wir alle gute Arbeit geleistet haben.« Ihre Miene verdüsterte sich. »Es gibt allerdings einige Dinge, die zu verbessern sind.«

»Du meinst einige sadistische und korrupte Wächter, die deine Anweisungen umgehen und in ihre eigenen Taschen wirtschaften?«

Bentaloppe lachte. »Glaubst du, mir damit etwas Neues zu erzählen? Meinst du, ich bemerke nicht, dass ich hintergangen werde? – Ich mag nicht mehr die Jüngste sein, Darne. Aber es braucht kein gutes Augenlicht und auch kein gutes Gehör, um Verrat zu entdecken.«

Redeten sie von demselben Mann? Wusste die Hohe Dame, dass Smuj Waldklau sie in allen Belangen hinterging und die Gefangenen schikanierte, wie es ihm gefiel?

Bentaloppe entspannte sich. Sie schlug die Beine übereinander und entblößte Oberschenkel, deren narbiges Fleisch seltsame Muster warf.

»Sprechen wir über andere Dinge, Darne. Wie ich sehe, geht es euch beiden besser. Ihr habt euch erholt, ihr habt an Gewicht zugelegt. Das ist gut. Das ist sogar sehr gut …«

Birle saß mit ihnen am Tisch, beteiligte sich aber kaum an der weiteren Unterhaltung, in der es um die Politik des Rego und seines Hofkanzlisten ging.

Darne sog die Nachrichten in sich auf, merkte sich jede Kleinigkeit, die es zu erfahren gab, und fragte stets nach, wenn etwas unklar blieb. Die Hohe Dame entpuppte sich als äußerst redselig. Sie bewies dabei einen Wortwitz, den er ihr niemals zugetraut hätte. Und sie sagte Dinge, die außerhalb der Räumlichkeiten der Kommandantur als Hochverrat gegolten hätten.

»Bernyl ist ein Dreckschwein«, meinte Bentaloppe. Sie nagte eine Schweinerippe ab und warf sie achtlos hinter sich auf den steinernen Boden. »Er zieht die Fäden im Palast und intrigiert. Er vergibt Reichtum, und er sorgt für Armut, je nach Lust und Laune.«

»Dennoch ist es der Rego, der die Anweisungen gibt. Er allein hat die Fehler zu verantworten.«

»Hass macht blind, Darne. Akzeptiere, dass Sein und Schein nicht immer dasselbe sind. Nicht der Fette ist dein Feind.«

Darne nahm ein weiteres Stück Fleisch. Er erinnerte sich der Zeiten, da Anta versucht hatte, ihm Manieren beizubringen. Ein wenig davon war hängen geblieben. Er wischte seine fettigen Finger am Brot ab und aß dann, wenn auch ungelenk, mit der zweizinkigen Gabel und dem Messer. Bentaloppe nickte ihm anerkennend zu.

Sie beendeten das Essen in aller Stille, als gäbe es nichts mehr zu sagen. Bentaloppe reichte Rauchwaren, während ein schmierig lächelnder Wächter den Tisch abräumte und sie in einen Raum der Kommandantur wechselten, in dem ein Feuer prasselte und bequeme, lederüberzogene Stühle auf sie warteten.

Darne zündete das mit Cardym versetzte Zeug an und inhalierte genussvoll den Rauch. Er schmerzte nicht im Rachen, er kitzelte nicht in der Lunge. Niemals zuvor hatte er derart gutes Cardym genossen.

Er hörte Morilacc lachen und drehte sich nach ihm um. Er unterhielt sich nahe der Tür mit Birle, stehend, mit einem Fuß immer wieder gegen den teppichbelegten Boden klopfend. Mit einer Frau, die gerade mal halb so groß war wie er und sich dennoch gab, als würde sie sich mit dem Riesen auf Augenhöhe befinden.

Bentaloppe forderte Darne auf, neben ihr Platz zu nehmen, Darne gehorchte. Die Hohe Dame war nicht unattraktiv. Natürlich hätte man ihr einen Sack über den Kopf stülpen müssen, um ihr hässliches Antlitz zu verbergen. Doch sie war gerade gewachsen, muskulös und für ihr Alter von gewiss über vierzig Jahren in bemerkenswerter körperlicher Verfassung.

»Ich kenne diese Blicke, Darne«, sagte sie. »An deiner Stelle würde ich diese Gedanken rasch wieder vergessen.«

»Aber ich …«

»Wir werden nur dann zu … Verbündeten, wenn du zwei Regeln beachtest. Erstens: Du versuchst niemals, dich an mir zu messen. Du würdest es nicht überleben.«

»Und zweitens?«

»Ist das nicht offensichtlich? Du meinst, mit mir die schönste Frau des Lederlandes vor dir zu haben, die du unbedingt ficken willst. Du brauchst es nicht zu leugnen. Der kleine Darne ist derzeit nicht so klein, wie er im Beisein einer Hohen Dame sein sollte. Du denkst bloß noch mit einem Schwanz, der seit Jahren nicht mehr an eine Möse oder an einen Arsch ran durfte.«

»Das … das sind auch nicht unbedingt Redensarten, wie ich sie von einer Hohen Dame erwarten würde.«

»Mag sein. Ich bin in vielerlei Hinsicht ungewöhnlich. Ich wollte niemals etwas mit den Hofschranzen zu tun haben und bin deshalb … Aber das tut nichts zur Sache.« Bentaloppe schwieg, lehnte sich zurück und nippte an ihrem Glas dunkelroten Weins. Ihre Hand zitterte.

»Du sagst, wir könnten Verbündete sein?«, hakte Darne nach. »Wie soll ich das verstehen?«

»Es steht eine Zeitenwende bevor, und das erste Mal seit langer Zeit bin ich mir unsicher, was meine Zukunft betrifft.«

»Dein Blick in die Zukunft reicht ohnedies nicht mehr sonderlich weit. Verzeih mir, wenn ich es offen sage – aber du bist verdammt alt.«

Bentaloppe grinste. »Bei solch offenen Reden wunderst du dich, dass man dich ins Eiserne Hochland verbannt hat?«

»Habe ich denn noch etwas zu befürchten? Von einer Frau, die mich als Verbündeten bezeichnet?« Darne schüttelte den Kopf. »Nein, Hohe Dame! Es ist nur zu offensichtlich, dass du auf mich angewiesen bist. Ich weiß nicht warum und auch nicht, was du dir von mir erhoffst – aber du unternimmst alles, um mich am Leben zu erhalten und für deine Pläne einzuspannen.«

Bentaloppe nickte nachdenklich. »Ich wusste, dass sich ein wacher Verstand in diesem hübschen Kopf befindet. Nicht aber, dass du auch schlagfertig bist und mich so rasch durchschaust.«

»Nun sag endlich, was du von mir willst, Plejar!« Darne beugte sich vor. So weit, dass er die Frau fast berührte und er ihren Seifenduft riechen konnte. Nur zu gern hätte er sich auf sie gestürzt, ihr die Beine gespreizt und …

»Ich weiß es selbst noch nicht so recht.« Bentaloppe trank den Wein aus und stellte das Glas beiseite. Sie verlor ihr Interesse an ihm, an seiner Person, und starrte ins prasselnde Feuer. »Ich weiß nicht einmal, ob ich den Augenblick erleben werde, da ich auf deine Unterstützung angewiesen bin. Womöglich erwischt mich der Große Gleichmacher vorher.«

»Du bist alt«, wiederholte Darne.

»Ich habe noch einige gute Jahre vor mir, wenn mir nichts dazwischenkommt.«

»Wenn dich nicht eine Klinge von hinten durchbohrt.«

»Das wird nicht geschehen. Birle achtet sehr gut auf alles, was in meinem Rücken geschieht. Mir machen vielmehr jene Dinge Sorgen, die man nicht kommen hört oder sieht. Gift, zum Beispiel.«

»Ich verstehe.« Darne erhob sich. Ihn schwindelte ein wenig. Der Wein war stark und ungewohnt gewesen. »Wenn du entschuldigst. Es ist an der Zeit, dass wir uns zurückziehen. In den Dunklen Tiefen macht man sich gewiss schon Sorgen um uns. Du weißt ja, wie fürsorglich sich die Wächter um unser Wohlbefinden kümmern.«

»Ich mag deine Art nicht sonderlich, Darne.«

»Wie sonst als mit dummen Witzen soll ich mit meinem Leben zurechtkommen?«

»Du darfst niemals aufgeben. Hast du mich verstanden? Niemals!« Bentaloppe erhob sich nun ebenfalls. Ihre Wangen waren vom Alkohol gerötet, ihr Tritt ebenso unsicher wie seiner. »Verlier niemals den Mut. Und wenn es darauf ankommt, erwarte ich, dass du mir hilfst.«

»Warum sollte ich das tun, Hohe Dame? Wobei sollte ich dir helfen? Und warum willst du ausgerechnet mich in deine geheimnisvollen Pläne mit hineinziehen? Es gibt Stärkere und Klügere als mich. Auch solche, die mehr Kampfgeist besitzen oder die ihre Gefühle besser im Zaum halten können.«

»Aber du bist der Richtige, Darne. Glaub mir.« Sie zögerte kurz. »Ich werde dir alles erklären. Ein anderes Mal, nicht jetzt. Denn du hast recht: Es ist besser, wenn ihr geht. Als Plejar habe ich zwar viel Macht. Dennoch gibt es Regeln, die ich beachten muss. Eine Frau, und mag sie einen noch so guten Ruf genießen, muss mit dummem Gerede rechnen, wenn sie für zu lange Zeit allein in der Gegenwart von Gefangenen bleibt.«

Bentaloppe zog den Mantel enger um ihren Körper, drehte

sich dem Feuer zu und starrte versonnen hinein. Sie ignorierte Darne. Tat so, als wäre er nicht mehr da.

»Komm, Morilacc.« Er trat zu dem Riesen, der nach wie vor in seiner Unterhaltung mit Birle versunken war, und zog ihn am Arm mit sich. Raus aus dem geheizten Raum und hin zum Tor der Kommandantur, vor dem sie zwei vierschrötige Wächter empfingen und in die Mitte nahmen.

Schweigend verließen sie das Lager, vorbei an Wächtern, die sie misstrauisch anstarrten, den schlammigen Weg zu den Dunklen Tiefen entlang, bloß begleitet von zwei Männern, die sich mehr um ihre flackernden Laternen denn um ihre Waffen kümmerten.

Was, wenn sie *jetzt* einen Fluchtversuch wagten? Es war spät geworden, und am Nordturm ließ sich bloß ein einziger Mann blicken, der schlaftrunken zu ihnen herabstarrte. Sobald sie sich mehr als hundert Schritte von ihm entfernt hatten, würde er zwischen Wächtern und Gefangenen nicht mehr unterscheiden können.

»Lass es bleiben«, flüsterte ihm Morilacc zu. »Wir würden nicht weit kommen. Man würde die Wächter rasch vermissen, uns verfolgen und spätestens zum Sonnenaufgang eingeholt haben.«

Gewiss. Der Riese hatte recht. Er war der Vernünftigere, wie so oft.

Welchen Narren hatte Bentaloppe bloß an ihm, Darne, gefressen? Warum zog sie ihn ins Vertrauen und kümmerte sich nicht weiter um Morilacc, von dem sie weitaus mehr erwarten durfte?

Der Eingang zu den Dunklen Tiefen geriet in Blickweite. Weitere Wächter lungerten dort herum. In Felsnischen rings um den Zugang kauerten Bardyaggs. Darne hätte nicht zu sagen vermocht, ob sie schliefen oder bloß in Selbstvergessenheit versunken waren. Sie wirkten niemals entspannt, in den haarigen Gesichtern war eine schreckliche Leere.

»Sie warten auf den Morgen, um dann mit ihren Wägen Richtung Attico zu reisen«, flüsterte Morilacc.

»Was, wenn wir uns unter den Fellen verstecken?«

»Hör endlich auf, unsinnige Fluchtpläne zu schmieden, Kleiner! Du weißt ganz genau, dass die Karren mehrmals durchsucht werden, bevor sie die Reise durchs Eiserne Hochland antreten.«

Darne schluckte seinen Zorn hinunter. Er hasste Morilacc dafür, dass er ihn immer wieder bremste und die schönsten Gedanken zunichtemachte.

Ein Bardyagg stieß einen jaulenden Ton aus, und Darne zuckte zusammen. Der Mann kam auf allen vieren aus seiner Nische hervorgekrochen, umrundete ihn und Morilacc, beschnüffelte sie wie ein Tier, das seinen Instinkten gehorchte, und kehrte dann wieder zu seinem Ruheplatz zurück. Nicht, ohne sie zuvor anzuknurren und einige unverständliche, hasserfüllte Worte auszustoßen.

»Ich versteh nicht, warum sie so unruhig sind in letzter Zeit«, sagte ein Wächter zum anderen. »Sie machen mir Angst.«

»Sie sind bloß aufrecht gehende Viecher«, meinte sein Kumpan. »Mit dem Instinkt und dem Verstand von Viechern. Steck ihnen eine brennende Fackel in den Hintern, und sie laufen vor dem Feuer davon, bis es ihnen die Arschhaare versengt. Und dann verbrennen sie.« Der Mann lachte laut über seine eigenen Worte.

Darne wurde zum Eingang geschubst, Morilacc hinterher. Die Wächter kümmerten sich nicht weiter um sie, während sie in die Dunklen Tiefen hinabstolperten, wo sich ihre erbärmlichen Schlafplätze befanden.

Was hatte Bentaloppe bloß mit dieser Einladung bezweckt? Was wollte sie Darne damit sagen? Und warum wusste niemand, wer und was die Bardyaggs eigentlich waren?

Hatte Darne gehofft, weitere Einladungen von der Plejar zu erhalten, so wurde er enttäuscht. Die Hoffnung wich bald Bangen, aus Bangen wurde Zorn und schließlich Gleichgültigkeit. Nach zwei Monden verlief das Leben genauso eintönig wie zuvor. Bentaloppe war nun mal eine Hohe Dame, die mit Menschen spielte und sie umherschob wie Figuren.

Der Hass, den ihm Smuj Waldklau entgegenbrachte, steigerte sich währenddessen weiter. Der Stellvertreter Bentaloppes nutzte jede Gelegenheit, um Morilacc und ihn zu demütigen, ihnen die Arbeit zu erschweren oder sie zu bestrafen.

Brachten sie zu wenige Felle aus den Dunklen Tiefen hoch, wurden ihre Essensrationen gekürzt oder ihre Arbeitszeiten verlängert. Waren die Loren schwerer beladen, trugen sie Schuld daran, dass andere Gefangene mit dem Umladen auf die Transportkarren nicht nachkamen. Smuj Waldklau ließ sie die Peitsche spüren, wenn die Felle von schlechter Qualität waren, wenn sie vestaubt oder zu feucht waren, wenn sie zu spät aus den Gerbereien kamen. Der Offizier zeigte einen ungeheuren Einfallsreichtum, sobald es darum ging, seine sadistischen Gelüste auszuleben – und er fand genügend Gleichgesinnte unter Wächtern als auch unter Gefangenen. Alle wollten sie leiden sehen. Weil sie die »Liebchen« Bentaloppes waren, wie es sich herumgesprochen hatte.

»Wenn er bloß nicht so vorsichtig wäre!«, murmelte Darne, während er sich auf seinem Schlafplatz zusammenrollte und dünne, stinkende Felle über sich zog.

»Irgendwann erwischen wir ihn. Und dann …« Morilacc schloss die Hände, als würde er sie um einen Hals legen und langsam zudrücken.

Auch der Riese, der stets zu Vorsicht riet, war längst zu Mord und Totschlag bereit. Nun, da immer klarer wurde, dass Bentaloppe das Interesse an ihnen verloren hatte und sie keine Rückendeckung hatten, warf er alle Bedenken über Bord.

»Ich bin bereit zu sterben«, sagte er, kauerte sich in seiner Nische zurecht und drehte sich weg von Darne. »Aber ich möchte, dass wir diesen Arsch mit in den Tod nehmen.« Auf seinem Rücken hatten sich neue Narben zu den vielen alten gesellt. Sie stammten von einer Dornenpeitsche, die Smuj stets bei sich trug.

»Dann sollten wir es tun, solange wir noch die Kraft dazu haben.« Darne betastete seinen rechten Fuß. Er war dick geschwollen. Er war während des Schiebens umgeknickt, sie hatten die Lore kaum halten können und mehr Zeit als üblich benötigt, das Gefährt hoch ins Tageslicht zu schieben. Was den Offizier dazu bewogen hatte, ihre Essensrationen ein weiteres Mal zu kürzen.

Verlauste Gestalten stolperten an ihren Schlafplätzen vorbei. Gefangene, die eben ihre Arbeitsschicht antraten. Sie stierten geradeaus, hatten kein Ziel, keine Hoffnung. Sie funktionierten nur noch. Irgendwann würden ihre Kraftreserven erschöpft sein und sie umfallen, einfach so. Um in völliger Teilnahmslosigkeit den Tod hinzunehmen und zu akzeptieren, dass andere Gefangene alles an sich nahmen, was sie an ihrem Körper trugen.

Darne wandte den Blicke ab. Er wollte diese Gestalten nicht mehr sehen, zumal er wusste, dass er ihnen längst ähnelte.

Er trug nur noch die Fetzen von Kleidung am Leib, die Verstorbenen gehört hatten. Hier unten herrschte stets und an allem Mangel. Und irgendwann, in nicht mehr allzu ferner Zukunft, würden ihre Felle andere wärmen, ihr Werkzeug anderen Sklaven die Arbeit erleichtern, und andere Gefangene würden ihre Schuhe tragen.

»Morgen«, sagte Morilacc schläfrig, »kümmern wir uns um Smuj.«

»Morgen erledigen wir das Schwein«, ergänzte Darne und schloss ebenfalls die Augen.

Es war ein Ritual, das sie sich angewöhnt hatten und tagtäglich erneuerten. Auch wenn sie wussten, dass sie dem gut genährten Offizier niemals nahe genug kommen würden. Stets war er von Wächtern umgeben. Es war ihnen anzusehen, dass sie bloß auf die Gelegenheit warteten, um über Morilacc und ihn herzufallen.

»Morgen«, echote der Riese, bereits im Halbschlaf versunken. »Er kann uns nicht entkommen.«

Das Getrappel anderer Gefangener, die leisen Schmerzensschreie eines Sterbenden, die Zurufe zweier Männer, die an ihnen vorbei weiter in die Dunklen Tiefen hinabstiegen – dies alles entfernte sich immer weiter von Darne. Er war so müde, so schrecklich müde, und sehnte sich danach, endlich einmal wieder ausreichend Schlaf zu finden.

Sie wurden diesmal nicht von den Tritten der Wächter geweckt, sondern von Gebrüll. Vom Beben unter ihren Hintern. Von Feuchtigkeit, die von überallher zu kommen schien. Von herabbröckelndem Gestein, Panikschreien, dem Wehklagen mehrerer Verletzter.

Darne kam so rasch es ging auf die Beine. Ihm war übel, doch diese Übelkeit war ihm längst ein bekannter Begleiter geworden. Sie traf all jene, die ihr Ende nahen fühlten.

»Die Erdgötter!«, hörten sie jemanden kreischen. »Sie strafen uns!«

»Unsinn!«, ein anderer. »Das stammt von oben. Da geschieht etwas! Etwas Schreckliches!«

»Die Wächter haben uns für alle Zeiten hier unten eingeschlossen!«, rief ein Dritter.

Darne hielt einen vorbeieilenden Mann auf und drückte ihn gegen die Felswand. Er war noch dünner, noch schlechter beisammen als er selbst. »Was geht da vor sich?«, fragte Darne und stemmte dem Kerl einen Unterarm gegen den Hals.

»Woher soll ich das wissen?« Der Mann, ein Rattengesicht

mit Ätznarben auf den Wangen, wollte sich befreien, doch als er einsah, dass er mit Strampeln nicht weiterkam, fügte er hinzu: »Fast alle Wächter sind aus den Dunklen Tiefen verschwunden, die Rundsteine vorgeschoben. Von oben tönt Kampflärm herab. Und Gebrüll. Schreckliches Gebrüll! Ich habe es selbst gehört. Es ist … ist …«

Darne ließ den Kerl angewidert los. Der pisste sich an vor Angst. Oder weil er zu schwach war, seine Körpersäfte zu halten. Es war einerlei. Rattengesicht kroch und robbte weg von ihm, ohne sich nochmals umzudrehen, wie ein Tier, das eine dunkle Ecke suchte, um sich darin zu verstecken und sich totzustellen.

Morilacc und er verließen ihre Nischen, nachdem weiterer Sand herabgerieselt war, Steine umherkullerten, ein Felsstück wie unter großem Druck zerbarst und Splitter umherschossen. Einer davon traf Darne an der Stirn. Er schüttelte sich und zog das fingergliedlange Ding so vorsichtig wie möglich aus dem Fleisch. Blut rann ihm über die Augenbraue und verklebte ihm das linke Auge.

»Wohin?«, fragte Morilacc. Er stand da, unschlüssig, wohin er sich wenden sollte.

Darne dachte fieberhaft nach. Weiter hinab in die Dunklen Tiefen oder hoch zu einem der Ausgänge, wo offenbar das Chaos seinen Anfang genommen hatte? Wollten sie ins Ungewisse flüchten oder nachsehen, was vor sich ging?

»Hast du deine Messer bei dir?«, fragte er Morilacc.

»Sind so gut wie angewachsen.« Sein Freund grinste, was angesichts des Durcheinanders ringsum reichlich deplatziert wirkte. »Man weiß ja nie, ob es was zu schneiden gibt.«

Darne tastete nach seinen eigenen Waffen. Die Klingen waren von minderer Qualität. Jene Messer, die für Lederarbeiten verwendet wurden, blieben stets in den Gerbereien.

»Wir gehen nach oben«, beschloss er. »Wir wissen, dass es unten keine Fluchtwege gibt.«

»Niemand hier will flüchten.« Morilacc deutete auf Vorbeieilende. »Sie suchen bloß sichere Verstecke, um dann, wenn der Zorn der Götter verraucht ist, wieder hervorzukriechen.«

Darne hielt sich fest, als ein Stoß, heftiger als jene zuvor, den Boden erschütterte. »Die Götter haben anderes zu tun, als sich über uns armselige Gestalten lustig zu machen. Was hier geschieht, haben Menschen zu verantworten. Oder …«

»Ja?«

»Ach, das war nur ein dummer Gedanke.« Darne wich einem anderen Gefangenen aus, der auf einen Seitengang zulief. Dort, wo er sein Glück versuchte, gab es bloß Gitter, die den Weg versperrten und an denen er sich niemals vorbeiquetschen konnte. Das Labyrinth der Dunklen Tiefen war in mehrere Sektoren unterteilt. Durch Öffnen und Schließen der Verbindungstore übten die Wächter beliebig Kontrolle aus. Manchmal pferchten sie alle Gefangenen in einen einzelnen Teil, manchmal verteilten sie sie auf weit auseinander liegende Bereiche. Das wahre Ausmaß der Höhlen, Gänge, Korridore, Löcher, Kavernen blieb ihnen dadurch verborgen, und Darne zweifelte daran, dass irgendein Mensch sie wirklich kannte.

Mit Ausnahme der Plejar und einiger ausgewählter Offiziere vielleicht, die von Gedächtnismeistern informiert wurden.

»Was willst du oben?«

Darne antwortete nicht. Sollte er zugeben, dass er seinem Instinkt folgte? Dass er lieber auf eine Gefahr zueilte statt von ihr weg?

Er kümmerte sich nicht länger um Morilacc und kroch stattdessen über Schüttmaterial hinweg, das den Hauptgang nach oben zur Hälfte ausfüllte. Er musste husten angesichts des Staubs und hielt sich einen Lederfetzen vors Gesicht.

Die Sicht wurde schlechter, die Geräusche von oben lauter und unheimlicher. Es hörte sich wie das mehrfach gebrochene Echo eines Riesentieres an, das sich mit aller Gewalt Zutritt zu den Höhlen der Dunklen Tiefen verschaffen wollte.

»Du bist verrückt!«, hörte er Morilacc hinter sich schimpfen. »Kein Wunder, dass man dich hier unten vergraben wollte.«

Darne achtete nicht auf den Freund und konzentrierte sich auf den Aufstieg. Ein hustender, Blut spuckender Gefangener kam ihnen entgegengetorkelt. Ihm fehlte ein Auge. Er wollte etwas sagen, brachte aber kein vernünftiges Wort zustande, schüttelte den Kopf und stieg dann an ihnen vorbei, hinab in die Dunklen Tiefen.

»Achtung!«, rief Morilacc und zog an Darnes Bein.

Der reagierte so rasch, wie er es von sich selbst nicht mehr erwartet hätte. Er rollte sich zur Seite, dorthin, wo der Aufstieg am schmalsten war, und drückte sich eng gegen das Gestein, um den herabkullernden Felsen zu entgehen. Die Brocken, einige von ihnen so groß wie Köpfe, polterten an ihm und Morilacc vorbei, prallten mit großer Wucht auf, wurden davongeschleudert, klackerten tiefer und tiefer. Einer von ihnen traf jenen Mann, dem sie eben erst begegnet waren, prallte gegen dessen Rücken, irgendetwas knackste, der Mann stürzte und bewegte sich nicht mehr.

»Weiter!«, sagte Darne, sobald der Steinschlag nachgelassen hatte und seltsame Stille einkehrte.

»Dort oben ist nichts mehr«, behauptete Morilacc. »Lass uns umkehren!«

»Wohin? In eine dunkle, unerforschte Tiefe? Was, wenn jene Steine, die eben herabgeregnet sind, Teile eines nun offenen Durchgangs nach oben waren?«

Er glaubte selbst nicht an seine Worte. Doch es steckte eine seltsame, unstillbare Neugierde in ihm. Er wollte wissen, was an der Erdoberfläche vor sich ging. Er wollte Antworten haben – und wenn es ihn das Leben kostete.

»Du bist das sturste Geschöpf, das ich jemals kennengelernt habe!«, sagte Morilacc und schickte seiner Klage einen schrecklichen Fluch hinterher.

»Dann bleib doch zurück.« Darne kümmerte sich nicht länger um seinen Begleiter. Er stieg und kletterte und rutschte und schob sich vorwärts, meist auf allen vieren. Der Staub war hier überall, das Atmen fiel ihm schwer. Ab und zu fegte ein Luftschwall über sie hinweg.

Es knackste und knirschte und tönte. Der Fels arbeitete. Doch das war es nicht, was Darne interessierte. Es war dieses Gebrüll, das er niemals zuvor gehört hatte und das aus unzähligen Kehlen zu stammen schien. Die Stimmen waren nahe, das wusste er, und als Morilacc etwas sagen wollte, hieß er ihn, still zu sein.

Sie gelangten in einen jener Vorräume, die mit gewaltigen, vor die Zugänge geschobenen Rundsteinen nach oben hin abgesichert waren. Jenes Loch im Stein, durch das ein Kantholz getrieben werden musste, um das Monstrum beiseitezubewegen, war leer, und das grässliche Kampfgebrüll, das sie seit geraumer Zeit hörten, drang daraus hervor. Das Geschrei kam eindeutig von der anderen Seite.

Im Raum lagen dutzendweise Leichen, Gefangene und Wächter. Da und dort hatte ein unbekannter Gegner sie übereinandergestapelt, wie Felle, die zum Abtransport bereitlagen. So als hätte ein feindlicher Feldherr sie als Trophäen haben wollen.

»Was geschieht da, verdammte Scheiße?«, fragte Morilacc leise.

»Keine Ahnung.« Darne griff nach einem der vielen guten Schwerter, die umherlagen, und betrachtete es prüfend. Der Feind hatte sich vom Stahl der Wächter nicht einschüchtern lassen, und er hatte offenbar hier unten keinerlei Verluste erlitten.

Wer waren die Angreifer? Wie sahen sie aus? Was hatten sie vor? Warum wüteten sie blindlings, ohne zwischen Gefangenen und Mitgliedern des Rudels zu unterscheiden? Die Toten in diesem Raum waren ihre Kameraden aus den Dunklen Tiefen sowie Wächter, die sie seit vielen Monden kannten. Die sie verachteten und die sie hassten. Doch die beiden Gruppen hatten einander nicht bekämpft. Sie waren gegen einen unbekannten, unheimlichen Feind angetreten, der nach wie vor unbekannt war.

»Lasst mich runter! Lasst mich hier nicht verrecken!«

Der Schrei hallte durch den Raum, übertönte alle anderen Laute und ließ Darne zusammenzucken. Die Stimme, die sich nun aufs Bitten und Betteln verlegte, drang durch das Loch im Rundstein, und als Darne eine Fackel daranhielt und durchlugte, gewahrte er ein blutüberströmtes Gesicht auf der anderen Seite, Augen voller Angst, durch Stiche verletzte Wangen und Lippen. Das Signum eines Offiziers hing dem Mann in Fetzen von den Schultern. Da war nicht mehr viel Menschliches an ihm. Jemand hatte sich einen Spaß daraus gemacht, ihm kleine, aber schmerzhafte Wunden zuzufügen.

»Wer ist da draußen? Wer kämpft gegen euch?«

»Die Tiere! Sie schlachten uns ab. Sie …« Seine Stimme überschlug sich, das Jaulen und Geheule hinter ihm wurde lauter. »Scheiße noch mal, schiebt den Stein zur Seite! Bitte!«, flehte Darnes Gegenüber, vielleicht eine Armlänge von ihm entfernt.

»Geht nicht. Ist viel zu schwer«, meldete sich der stets misstrauische Morilacc.

»Sie drängen uns immer weiter zurück. Drücken uns hier herab. Wir sind völlig aufgerieben. Nur noch ein paar Leute. Alle anderen sind tot. Zerrissen und zerfetzt …«

»Jetzt beruhig dich, Mann!«, unterbrach ihn Darne. »Neben dem Stein muss das passende Kantholz liegen. Schieb es in die Führung und wuchte den Stein beiseite. Zwei oder drei Leute schaffen das.«

»Kantholz. Schieben. Beiseite.« Der blutüberströmte Mann wiederholte die Worte wie im Gebet, starrte Darne für eine Weile an, als benötige er Zeit, um die Gedanken einsickern zu lassen, in der Hoffnung, dass sie einen Sinn ergaben. Endlich begriff er, was von ihm verlangt wurde, und entfernte sich.

»Bist du verrückt geworden?«, brauste Morilacc auf. »Egal, welche Viecher sich dort oben versammelt haben – ich will nichts mit ihnen zu tun haben! Der Kerl und seine Freunde können meinetwegen verrecken, das geht uns nichts an.«

»Du verstehst nicht, Freund. Diese Unbekannten waren bereits hier unten. Sie haben getötet, was sich ihnen in den Weg stellte, haben Angst und Schrecken verbreitet und die Überlebenden in die Dunklen Tiefen getrieben. Dann erst haben sie sich um die Wächter und die Gefangenen in der Ebene gekümmert. Hier hat alles seinen Ausgang genommen.«

»Was willst du damit sagen?«

»Dieser Depp meint die Bardyaggs. Hast du das noch immer nicht verstanden? Die Bewohner des Eisernen Hochlands lehnen sich gegen die Besetzer auf, und sie machen keinen Unterschied zwischen Gefangenen und Wächtern. Für sie sind wir allesamt Feinde.«

»Mag sein.« Morilacc nickte, mit einem Mal völlig beherrscht. »Ich habe die Bardyaggs kämpfen sehen. Sie sind … Tiere.«

»Tiere mit weitaus mehr Verstand, als man ihnen zutraut. Sie haben die Tore besetzt, haben Panik verbreitet, haben sich von hier aus zum Lager vorgearbeitet oder dort zur selben Zeit zugeschlagen wie hier. Um unsere Kräfte zu spalten. Um dafür zu sorgen, dass wir die Gefahr nicht einschätzen und einander nicht helfen können.«

»Sie hätten mich bloß zu fragen brauchen, ob ich Smuj Waldklau und seine Spießgesellen für sie abschlachten möchte, und ich hätte mit Begeisterung Ja gerufen.«

»Verstehst du denn nicht? Für sie sind wir Menschen alle gleich. Wir sind Feinde.«

Darne hörte etwas rumpeln. Gleich darauf schob sich das Kantholz, fettbeschmiert und rußig, durch die Öffnung im

Rundstein. Die Geräusche von der anderen Seite waren nur noch gedämpft zu hören. Doch ein Todesschrei blieb ein Todesschrei. Dort drüben wurde gekämpft und gestorben.

Die Bardyaggs. Mehrmals hatte Darne versucht, Kontakt zu ihnen aufzunehmen. Doch sie hatten sich stets von ihm abgewandt, so als wäre er es nicht wert, sich mit ihnen unterhalten zu dürfen. Ihnen wohnte eine merkwürdige Arroganz inne, die keinerlei Berechtigung hatte. Schließlich waren sie bloß Handlanger, die von den Truppen des Rego in ihre Dienste gezwungen worden waren.

Der Stein begann sich zu drehen, und kaum ließ sich ein Spalt zwischen der Wand und ihm erkennen, schob Darne die Finger dazwischen und half mit. Morilacc sprang ihm fluchend bei. Sie stemmten die Beine gegen den Felsboden, schoben und zerrten, bis ihre Finger blutig waren und irgendjemand an der anderen Seite ein weiteres Kantholz in die Lücke presste und so einen Durchgang offen hielt, der breit genug war, um einen Menschen hindurchzulassen.

Darne hörte Waffenklirren, ein Gurgeln, dann einen dumpfen Laut. Dann weitere Schreie. Flüche. Etwas, das gegen eine Rüstung prallte. Schläge. Klingen, die pfeifend Luft durchschnitten.

Es roch nach Scheiße, als sich ein erster Mann durch den Spalt quetschte. Der Kerl hatte sich eingenässt und angeschissen vor Angst. Es war Narbengesicht, mit dem sie sich eben noch unterhalten hatten. Er achtete nicht weiter auf Darne und Morilacc, eilte an ihnen vorbei, hin zum Abgang in die Dunklen Tiefen und stolperte über die Felsbrocken hinweg, ohne sich noch einmal umzudrehen. Weitere Männer und Frauen folgten ihm. Die meisten von ihnen waren Wächter, deren Gesichter Darne vom täglichen Umgang kannte. Aber auch einige Gefangene befanden sich unter den Flüchtlingen. Sie waren wie Hase und Fuchs, die nun keine Unterschiede zwischen Raubtier und

Opfer kannten, weil sie sich beide vor einem allesverschlingenden Feuer in Sicherheit bringen mussten.

»Haltet sie auf, verflucht!«, dröhnte eine Stimme durch den Spalt, die sie am allerwenigsten hören wollten. »Schützt eure Offiziere! Wofür seid ihr ausgebildet worden, wenn nicht für diesen Augenblick, ihr miesen Schweine?«

Smuj Waldklau. Ausgerechnet er hielt die Stellung hinter dem Rundstein. Und er tat dies mit der ihm eigenen liebenswerten Art.

»Der Kerl kommt mir hier nicht rein«, sagte Morilacc gepresst.

»Er ist ein Arsch, aber er ist ein Arsch mit ein wenig Verstand«, widersprach Darne. »Er wird wissen, was da oben vor sich geht. Er wird uns sagen können, was die Bardyaggs vorhaben und welche Taktik sie verfolgen.«

»Aber wenn er uns das alles verraten hat, darf ich ihn töten, ja?«

»Willst du mich dafür etwa um Erlaubnis fragen?« Darne grinste. »Aber du wirst schnell machen müssen. Sonst drängle ich mich vor in der langen Reihe derjenigen, die ihn von den Eiern aufwärts aufschlitzen wollen.«

Der Offizier mit der Hasenscharte und den Verbrennungen im Gesicht quetschte sich durch die Öffnung. Er riss die Augen weit auf, als er Morilacc und ihn gewahrte, fand aber bald wieder seine Fassung zurück. »Wir müssen den Durchgang schließen, sonst drängen die Bardyaggs nach«, ordnete er in befehlsgewohntem Ton an.

»Und was ist mit den Leuten, die deine Flucht abgesichert haben, Smuj?«

»Sie haben ihre Pflichten im Auftrag des Rego erfüllt. Und nun macht schon, schiebt das Holz weg …«

»Nein«, widersprach Darne. »Wir nehmen jeden mit, der es bis hierher schafft. Wir verteidigen den Spalt gegen die Bardyaggs.«

»Unmöglich! Sie sind viel zu zahlreich, sind viel zu …« Smuj unterbrach sich, winkte ärgerlich ab und drehte sich um. »Macht doch, was ihr wollt!«, rief er und eilte den anderen flüchtenden Wächtern hinterher.

Darne kümmerte sich nicht weiter um den Feigling. Er hatte nichts anderes erwartet. »Los, kommt schon!«, rief er in den Spalt. »Hier durch!«

Menschen tauchten auf. Schemenhafte Gestalten in Lederrüstungen, die sich gegen einen Feind wehrten, der sich unglaublich schnell bewegte, wie rasend. Nackte Geschöpfe, von oben bis unten behaart. Sie stürzten sich auf die Menschen, bissen sie, kratzten, zerrten an ihnen, bohrten lange Fänge und Krallen in ihr Fleisch und durchstießen dabei auch feuergehärtete Lederrüstungen.

»Darne, bleib hier!«, rief ihm Morilacc hinterher, während er sich durch den Spalt zwängte, hin zur anderen Seite. In dieses Durcheinander aus Leibern, die im flackernden Schein brennender Fackeln kaum voneinander zu unterscheiden waren.

Jemand – oder etwas – fiel ihn an. Darne hielt instinktiv das Schwert hoch. Er traf, er verletzte. Doch der Angreifer war so rasch wieder weg, wie er gekommen war. Der Bardyagg hangelte sich die Decke entlang und nutzte dabei die geringste Unebenheit im Fels, als würde er daran festkleben. Er huschte davon, bald nur noch als Schemen auszumachen, der mit jenen seiner Artgenossen verschmolz.

Ein weiterer Schlag, auf gut Glück geführt. Gegen einen Feind, der die linke Wand entlang auf ihn zugekrabbelt kam. Darne dachte nicht nach, er handelte instinktiv – und traf erneut. War es Glück oder Geschick? Er dachte nicht darüber nach. Er spürte seine Klinge durch Fleisch schneiden, und diesmal gelang es dem Gegner nicht mehr zu flüchten. Darne nahm alle Kraft zusammen und schleuderte den Fremden, Fremdartigen so weit es ging zurück in die Reihen der Angreifer, vorbei an den wenigen Menschen, die sich noch auf den Beinen hielten und in einen Bereich von zehn mal zwanzig Schritten zusammengepfercht worden waren. Alles andere war von den Bardyaggs erobert worden. Der Boden, die Decke, die Wände der Höhle. Sie klebten auf dem Fels wie Wintereidechsen, stießen sich kraftvoll davon ab, schnappten mit grässlichen Mäulern zu, deren Kiefer ausgehängt waren, gruben ihre Fänge ins Fleisch ihrer Opfer. Völlig enthemmt, völlig frei von dem, was Darne bislang über die Bardyaggs gemutmaßt hatte.

Zwei weitere der unheimlichen Wesen kamen auf sie zugeschossen, sprangen über die Rücken Kämpfender hinweg, als wüssten sie, dass er, der neu aufgetauchte Feind, jener Mann war, den sie unbedingt reißen mussten.

Darne bewegte sich so rasch wie nie zuvor. Wo kam bloß seine Kraft her, wo seine Reflexe? Meister Aracam hatte sich stets zufrieden über seine Beweglichkeit im Kampf gezeigt und auch manchmal seine Fertigkeiten mit dem Schwert gelobt. Aber das, was er nun mit der Waffe aufführte, ging weit über seine früheren Kampferfahrungen hinaus. Er war einfach nur … gut. Wie ein Krieger, dessen Name mit denen der berühmtesten Totmacher im selben Atemzug genannt werden durfte.

Er spaltete dem einen Bardyagg den Kopf und verletzte den anderen mit einem Hieb in die Seite schwer. Das Geschöpf fiel zu Boden und blieb dort leise wimmernd liegen, bis es von Menschen in Rüstungen zertreten wurde, die sich gegen andere Bardyaggs verzweifelt zur Wehr setzten.

Darne entdeckte ein bekanntes Gesicht inmitten des Geschehens. Birle! Die Frau aus dem Süden wirbelte auf ihren stämmigen Beinen hin und her. Die zu zwei Zöpfen zusammengefassten Haare, dunkel und glänzend, waren meist alles, was Darne von ihr zu sehen bekam. Sie war kleiner als die anderen Menschen, verschwand in der Masse.

»Was für ein Prachtweib!«

Darne drehte sich Morilacc zu, der plötzlich neben ihm aufgetaucht war und ihn angrinste.

»Ich dachte, du bleibst lieber auf der sicheren Seite?«, fragte Darne zwischen zwei Hieben, die einen weiteren Bardyagg verletzten.

»Nicht, wenn es um Spaß geht. Außerdem habe ich seit Jahren kein vernünftiges Schwert mehr schwingen dürfen.«

Er keuchte, als er einen Bardyagg abwehrte und zur Seite abdrängte. Er war erschöpft, doch es lag ein seltsames Funkeln in seinen Augen.

»Könnte deine Kampfeslust mit einer gewissen Kriegerin zu tun haben, deren Zöpfe ich da und dort hochwehen sehe?«

»Könnte sein.« Morilacc riss einem Toten einen Lederschild aus der Hand und hielt es im letzten Augenblick hoch, bevor ein Bardyagg über ihn herfallen konnte. Das Geschöpf, nicht ganz so groß wie ein Mensch, aber bedeutend leichter, verbiss sich in dem gehärteten Leder. Der Riese zerquetschte es, indem er den Schild mit aller Gewalt gegen die Felswand drückte. Beine und Arme zuckten für eine Weile, dann ließen die Bewegungen des rasenden Wesens nach.

Darne kümmerte sich nicht weiter um den Freund. Er drängte an kämpfenden Menschen vorbei weiter nach vorn, hin zu jenem Bereich, da er Birles Haarschopf entdeckt hatte. Wo die kleine Kriegerin aus dem Süden war, konnte auch Bentaloppe nicht weit sein.

Etwas, das er sich nicht erklären konnte, zog ihn hin zu der alten Frau, zu der Hohen Dame. Auch wenn er sie dafür verachtete, dass sie sich nicht mehr um ihn gekümmert hatte, mochte Darne ihre Art zu denken und zu reden.

Ein Bardyagg fiel von oben auf ihn herab. Wie eine Zecke, die sich auf ihr Opfer stürzte und ihm Blut aussaugen wollte. Wieder war es sein Instinkt, der Darne rettete. Ohne zu begreifen, warum er tat, was er tat, hielt er die Spitze des Schwerts hoch, am ausgestreckten Arm. Der Gegner spießte sich selbst daran auf. Seine Krallenhände schnappten ein letztes Mal nach Darne, zitternd und kraftlos, dann krümmten sie sich zusammen, und der Bardyagg war tot.

Darne streifte ihn ab. Schleuderte den blutigen Leichnam von sich. Brüllte. Fluchte. Stampfte mit den Füßen auf, wie um zu sagen: »Seht her! Hier bin ich, der Todbringer! Kommt und holt mich!«

Die Bardyaggs taten ihm den Gefallen. Ein Dutzend von ihnen wandte sich ihm zu. Ihre Augen glühten im Fackelschein, die Klauen waren verlangend ausgestreckt. Sie verständigten sich untereinander mit Zisch- und Keuchlauten, als wollten sie sich absprechen, auf welche Weise sie seiner am besten habhaft werden konnten.

Darne ließ es nicht so weit kommen, er übernahm die Kampfesführung und stürzte nach vorn. Ein Feind, der Zeit zum Nachdenken fand, war weitaus unangenehmer als einer, der sich blitzschnell und unüberlegt verteidigen musste. Hier und jetzt kam es ausschließlich auf Reflexe, Kampfkraft, Geschicklichkeit und Ausdauer an.

Er drängte sich an zwei Wächtern und einem Gefangenen vorbei, die Seite an Seite Front gegen die Bardyaggs machten. Sie fassten neuen Mut, nun, da er ihnen zeigte, dass diesem fürchterlichen Gegner sehr wohl beizukommen war. Sie verständigten sich mit wenigen Worten und schlossen sich ihm an. Birle tauchte ebenfalls auf, ein Schemen, der nirgendwo und überall war, und dann Morilacc, der lachende Riese, dessen Kampfkraft auch jetzt, in den Momenten völliger Erschöpfung, nicht nachließ.

Darne zerschnitt einen Bardyagg und erstach den nächsten, noch bevor sich die Kreaturen über eine Vorgehensweise einig werden konnten. Sie wirkten verwirrt, nun, da die Menschen sich wehrten und keine Angst mehr zeigten.

Darne Bunthand lachte. Er schleuderte den Feinden seinen Spott entgegen. Sie zogen sich zurück, überlegten es sich dann wieder, stießen vor, fielen über ihn her. Er tötete den dritten, dann den vierten, warf einen fünften gegen die Wand, sodass er besinnungslos am Fels hinabrutschte und liegen blieb. Birle stach zu, immer wieder, und zog sich nach jedem Angriff zurück, um gleich wieder vorzurücken. Morilacc hieb mit dem längsten Schwert um sich, das er hatte finden können. Er traf nicht immer, doch er arbeitete wie ein Bauer, der seine Sense ruhig und gleichmäßig schwang.

»Ich hoffte, dich noch mal wiederzusehen«, hörte Darne eine bekannte Stimme. Ruhig und beherrscht klang sie.

Bentaloppe befand sich plötzlich neben ihm. Sie hielt zwei Kurzschwerter, deren Hiebe irgendwie belanglos wirkten, und dennoch traf sie immer wieder. Die Hohe Dame wusste ganz genau, was sie tat und wie sie es tat.

»Du hast uns … im Stich gelassen«, sagte Darne und hieb nach einem Bardyagg, der sich Bentaloppe näherte.

»Ich war verhindert, Darne Bunthand. Ich hatte mich um andere Aufgaben zu kümmern.«

»Deine Lügen kannst du dir sparen, Hohe Dame.«

Bentaloppe hielt abrupt im Kampf inne. Sie erstarrte. Wurde zu einem Ort der Ruhe inmitten heftigsten Kampfes. »Sag einmal noch, dass ich dich anlüge, und ich spieße dich auf wie die Bardyaggs«, sagte sie. »Ich bin erst vor drei Tagen ins Lager zurückgekehrt und musste feststellen, dass mein Vertreter meine Anweisungen nicht befolgt hatte.«

»Smuj Waldklau? Warum hast du ihn zum Mann an deiner Seite ernannt? Warum nicht einen Besseren?«

Hatte er der Plejar tatsächlich unrecht getan? Konnte sie das Eiserne Hochland tatsächlich nach eigenem Ermessen verlassen, oder hatte sie Befehle des Rego befolgt?

Vor ihnen entstand eine größere Lücke. Die Bardyaggs wichen

zurück. Vor ihnen. Vor den Menschen, die gegen ihr Schicksal aufbegehrten und nicht wie Vieh abgeschlachtet werden wollten.

»Sie sind zu viele«, sagte Bentaloppe. »Draußen im Freien drängen sich Hunderte, wenn nicht Tausende von ihnen. Wir können uns niemals durchkämpfen.«

»Durch die Lücke, hinab in die Dunklen Tiefen!«, rief Darne den Menschen hinter sich zu. »Macht schon! So rasch wie möglich! Bringt euch in Sicherheit!«

Er gab Befehle, ohne darüber nachzudenken. Es fühlte sich gut an, Verantwortung zu übernehmen. Es ging nicht darum, ob er das Beste tat oder ob er die richtigen Entscheidungen traf. Darne fühlte, dass die Leute jemandes Anweisungen hören wollten. Sie benötigten eine kräftige Stimme, die ihnen sagte, was sie zu tun hatten.

Sie zogen sich zurück, hin zum Rundstein, quetschten sich durch die Lücke und nahmen dabei alles mit, was sie an Waffen und Ausrüstung in die Hände bekamen.

Die Bardyaggs beäugten misstrauisch das Geschehen. Ihr Geist reichte womöglich nicht aus, um die Taten der Menschen zu begreifen. Doch es gab gewiss jemanden, der sie lenkte. Andernfalls wäre dieser Überfall auf das Lager und auf die Dunklen Tiefen niemals möglich gewesen.

»Langsam zurückweichen und immer wieder nach vorn ausbrechen«, gab Bentaloppe das Kommando aus. »Wir dürfen sie nicht zum Nachdenken kommen lassen. Sie überrennen uns, sobald sie begreifen, dass wir uns in Sicherheit bringen.« Sie machte einen weiten, elegant wirkenden Ausfallschritt, ließ eines ihrer Schwerter niedersausen und trennte einem Bardyagg den rechten Arm vom Rumpf, um gleich darauf wieder in die Frontreihe zurückzukehren, die Darne, sie, Morilacc und drei der tapfersten Wächter bildeten. Birle indes weigerte sich, sich im Spalier dem Feind zu stellen. Sie wirbelte umher und brachte weitere Unordnung in die Reihen der Bardyaggs. Die kleine

Frau kämpfte nach wie vor mit einem irrwitzigen Tempo, das für Darne nicht nachvollziehbar war.

Schritt für Schritt ging es rückwärts. Morilacc brüllte auf, stürmte nach vorn, Darne folgte ihm. Sie erschlugen zwei der haarigen Bestien, während sich weitere Menschen durch den Spalt hinab zu den Dunklen Tiefen quetschten.

»Nehmt das Kantholz mit ins Innere!«, keuchte Darne, sobald er zurück in der Reihe war.

»Tut, was er sagt!«, herrschte Bentaloppe die letzten Wächter an, die noch nicht nach innen geflüchtet waren.

Darne hörte einige Männer ächzen. Er musste darauf vertrauen, dass sie das Richtige taten, konnte sich jetzt nicht weiter um sie kümmern. Die Bardyaggs begriffen endlich, was vor sich ging. Sie brüllten und geiferten und spuckten und gaben dabei Laute von sich, die keiner bekannten Sprache zuzuordnen waren. Einige der haarigen Bestien schleuderten Steine; Darne und Bentaloppe wehrten sie so gut es ging mit Lederschilden ab, die haufenweise umherlagen.

Die Bardyaggs sammelten sich im Pulk. Irgendwo im Hintergrund war eine helle Stimme zu hören. Jemand schwor die Wesen auf ein gemeinsames, strategisch bestimmtes Vorgehen ein.

Was, wenn sie einen Ausfall wagten und den Kommandanten der Bardyaggs zu töten versuchten? Darne war sicher, dass diese schrecklichen Feinde dann zurückweichen und die Flucht ergreifen würden.

»Denk nicht mal dran!«, mahnte Bentaloppe, die seine Gedanken zu erraten schien. »Es sind zu viele, die sich hier versammeln. Sie sind über das Lager wie eine Flut hereingebrochen. Meine Leute waren gut ausgebildet, und sie haben den Bardyaggs große Verluste beigebracht. Doch wenn einer von ihnen verreckte, traten drei an seine Stelle.« Wieder machte sie zwei Schritte nach vorn, fintierte, tötete einen Feind, und sobald sie in die Reihe der Menschen zurückgekehrt war, wagte Darne den Ausfall. Noch bevor die Bardyaggs einen klaren Gedanken fassen konnten, hatte auch er zugeschlagen und getötet.

Das Schwert – es fühlte sich in seiner Waffenhand an, als hätte er sein Lebtag nichts anderes getan, als das Handwerk eines Totmachers zu verrichten. Das Hacken und Hauen und Morden erfüllte ihn mit sonderbarer Genugtuung.

»Jetzt wir!«, keuchte Morilacc hinter ihm. »Komm schon, Darne! Wir müssen ins Innere. Jetzt!«

Darne drehte sich um. Tatsächlich. Nur noch der Riese, Bentaloppe und er hielten die Stellung. Wer flüchten konnte, hatte sich hinter den Rundstein gequetscht, hinüber zur anderen Seite.

»Birle!«, hörte er Bentaloppe rufen. »Komm jetzt!«

Die quirlige Frau aus dem Süden wirbelte durch einen Pulk an Bardyaggs, ungreifbar für ihre Feinde. Sie tötete selten, teilte aber schmerzhafte Hiebe aus.

»Birle!«, rief die Plejar, nun lauter und bestimmter.

Endlich reagierte die Südländerin, hielt in ihrer Schwertarbeit inne, schlüpfte durch eine Lücke im Kreise ihrer Feinde und rannte auf sie zu. Darne kam ihr entgegen, Morilacc ebenso. Sie fingen zwei der vordersten Verfolger ab, spießten sie auf, wichen dann Schritt für Schritt zurück, bis sie Fels in ihrem Rücken spürten. Der Berg grollte, der Rundstein bewegte sich. Die Männer auf der anderen Seite hatten damit begonnen, ihn zu bewegen, den schmalen Durchgang endgültig zu schließen.

»Macht schon!«

Bentaloppes Arm ragte durch die Öffnung. Sie war bereits drüben, packte nun Morilacc, zog ihn zu sich, dann Birle, die ächzte und stöhnte und sich mit ihrer festen Statur kaum noch durchzuquetschen vermochte.

Ein Bardyagg fiel Darne an. Ein weiterer ließ sich von der Decke fallen. Wie hatte er ihn bloß übersehen können? Sie klebten an ihm, bissen und kratzten und stachen zu, wollten ihn in Stücke reißen.

Einen stieß er nach vorn, auf die nachdrängenden Bardyaggs zu, und verschaffte sich ein wenig Luft. Er schob sich in die Lücke, diesen schmalen Spalt, rieb über den Fels, riss sich die Haut ab, während er sich nach hinten bewegte, der Durchgang immer kleiner wurde und der verbliebene Bardyagg nicht loslassen wollte.

Darne stürzte. Nein, er blieb einfach hängen! Es war kein Platz mehr, um zu fallen. Alles war eng, der Stein drohte ihn zu zerquetschen. Er bekam kaum noch Luft.

Da fühlte er sich gepackt. Man zog und zerrte an ihm. Haut riss, Muskeln wurden gequetscht.

Dann war er durch. Das Gefühl der Enge war weg, er konnte wieder atmen. Jemand richtete ihn auf, und dieser Jemand war Morilacc. Er deutete mit einem Grinsen auf den Spalt, der nur noch eine Handbreite maß. Darne sah jenen Bardyagg darin, der eben noch an ihm geklebt hatte.

Eine Hand tastete in seine Richtung, hasserfüllte Augen starrten ihn an. Dann knirschte es, Blut und Knochen und Fleisch vermengten sich zu undefinierbarer Masse.

Der Arm fiel zu Boden, und der Durchgang war geschlossen.

Die Dämonen, die während des Kampfes in ihm getobt und ihm Kraft verliehen hatten, ruhten nun. Darne war so erschöpft wie selten zuvor und vermochte kaum einen Fuß vor den anderen zu setzen. Er stolperte und kroch seinen Begleitern hinterher, hinab in die Tiefe, während Bentaloppe sie anführte.

»Es gibt dreizehn Zugänge zu den Dunklen Tiefen«, rief sie. »Ich weiß von zehn, die die Bardyaggs im Handstreich erobert haben. Ich gehe davon aus, dass sie auch die anderen drei besetzt halten. Der Weg zurück nach oben ist uns verschlossen.«

»Es interessiert mich weniger, was nicht möglich ist, als das, was wir tun können«, sagte Morilacc ohne irgendein Zeichen von Respekt vor der Plejar.

»Es gibt Hoffnung. Aber sie ist nicht sonderlich groß. Es gibt diesen Weg zurück ins Freie über den unterirdischen Fluss …«

»Gibt es nicht!«, unterbrach Darne sie. Er schnappte erschöpft nach Luft. »Du solltest wissen, dass Smuj Waldklau uns bei einem unserer Fluchtversuche dort unten erwischt hat. Beim Fressloch. Bei diesem Felssturz, der weiter in die Tiefe hinabführt und der die Hoffnung all jener zerstört, die entkommen wollen.«

»Smuj erzählte mir, dass ihr das Fressloch erreicht hattet.« Bentaloppe gab sich unbeeindruckt von Darnes Worten. »Er schüttete sich aus vor Lachen, weil ihr auf sein Schauermärchen reingefallen wart und die Flucht nicht wagtet. Der Fluss hätte euch ins Freie geführt.«

»Und woher wollte Waldklau das wissen?«

»Ich erfuhr später, dass er einige sehr intensive … Unterhaltungen mit meinem Vorgänger, Kasmaton, geführt hatte. Er hat all das Wissen aus dem kleinen Mann herausgequetscht, das in ihm steckte. Kasmaton war besessen von den Dunklen Tiefen. Er besaß Kenntnisse wie kein anderer. Ich wollte ihn nach einer angemessenen Dauer seiner Bestrafung zu mir zurückholen.« Sie schüttelte den Kopf. »Ich hätte ihn niemals begnadigen können. Aber ich hätte ihm ein angenehmes Lagerleben beschert. Doch er war verschwunden. Von Smuj verschleppt, in einen der unteren Bereiche der Dunklen Tiefen.«

»Was ist mit dem Kleinen geschehen?« Der Zorn bei der Erwähnung des Namens Smuj Waldklau weckte neue Kräfte in Darne.

»Er ist nicht mehr aufgetaucht.« Bentaloppe trieb die vierzig oder fünfzig Leute an, immer weiter in die Dunklen Tiefen hinab. »Ich vermute, dass ihm mein Stellvertreter alles Wissen aus dem Kopf gequetscht hat, Stück für Stück, Erinnerung für Erinnerung, um ihn letztlich zu töten.«

Darne ballte die Hände zu Fäusten. Wie sehr er diesen sadistischen Kerl doch hasste!

Bentaloppe lächelte völlig unpassend. »Ich vermute, dass sich Kasmaton zumindest ein klein wenig für die Grausamkeiten rächen konnte, die man ihm angetan hat. Andernfalls würde Smuj nicht diese Hasenscharte und die Brandnarben im Gesicht tragen.«

Es war ein geringer Trost zu wissen, dass Kasmaton sich gewehrt hatte. Denn er war tot. Womöglich zu Tode geschunden von einer Kreatur, die noch weniger menschlich war als die Bardyaggs.

»Ich möchte ihn in meine Finger kriegen«, sagte Darne.

»Um was zu tun? Um Rache zu üben? An dem einzigen Menschen, der uns womöglich ins Freie bringen kann?«

»Ich verstehe nicht ...«

»Der unterirdische Fluss bietet uns zwar jenen Fluchtweg, den wir suchen. Doch Smuj allein kennt die Gefahren, denen wir im Wasser begegnen. Wir müssen ihn finden. Sonst sind wir hier unten lebendig begraben.«

Darne trat neben die großgewachsene Frau. »Was hat es mit diesem Lumpen auf sich? Warum hast du ihn als deinen Stellvertreter geduldet, obwohl du doch wusstest, dass er gegen dich intrigierte und sein eigenes Süppchen kochte?«

»Erstens ist es immer gut, seine Feinde in unmittelbarer Nähe zu behalten. Nur so kann man sie kontrollieren. Zweitens ...« Bentaloppe zögerte kurz. »Zweitens hat seine Bestellung zum Stellvertreter auch mit Politik zu tun. Er wurde mir zur Seite gestellt, weil eine hohe Persönlichkeit es so wollte.«

»Etwa der Rego?«, fragte Morilacc, der sich zu ihnen gesellt hatte.

Bentaloppe zuckte mit den Schultern. »Bedeuten Namen denn etwas? Ist es nicht einerlei, wer von den Hohen Herren was bestimmt?«

»Du vergisst allzu rasch, dass du selbst noch vor einem Tag am Futtertrog der Reichen und Mächtigen gesessen hast, während wir in den Dunklen Tiefen nach Abfällen wühlten.«

»Ja, ich bin eine Hohe Dame. Aber ich habe mir diesen Titel durch meine Arbeit verdient und dabei mehr Dreck gefressen und Strapazen erleiden müssen, als ihr euch vorstellen könnt.«

»Sollen wir dich etwa bewundern?« Darne war der Diskussionen müde. »Also schön, wir müssen Smuj in den Dunklen Tiefen finden und ihn davon überzeugen, dass er uns dabei hilft, den unterirdischen Fluss zu bereisen.«

»Ganz richtig. Ihr beide wart bereits einmal unten. Ihr findet den Weg wieder?«

»So wie viele deiner Wächter. Sie haben Smuj begleitet und uns nicht gerade wohlwollend behandelt, nachdem wir den Fluchtversuch aufgegeben hatten.«

Bentaloppe machte eine weit ausholende Armbewegung, die alle in der Höhle versammelten Menschen umfasste. »Soll ich mich etwa auf diese jämmerlichen Gestalten verlassen, Darne? Glaubst du, dass einer von ihnen in der Lage ist, klare Gedanken zu fassen und sich daran zu erinnern, wie er zum Fressloch gelangt ist?«

»Du bist also auf uns angewiesen«, stellte Darne fest. Er wusste nicht wieso, aber er musste lachen.

»Es gibt kein *wir* und kein *ihr* hier unten, Darne Bunthand!«, fuhr Bentaloppe ihn an. Zornesröte überzog ihr narbiges Gesicht. »Unser Überleben hängt einzig und allein davon ab, dass wir zusammenarbeiten.«

Darne blickte über die Köpfe jener erbärmlichen Gestalten hinweg, die ihnen gefolgt waren. Es waren so wenige … Andere Flüchtlinge waren blindlings in die Finsternis gestürzt und suchten nun allein einen Weg aus den Dunklen Tiefen. Mitglieder des Rudels, die meinten, sich dort auszukennen, hatten offenbar jene Orte aufgesucht, an denen sie ansonsten auch ihren Dienst versahen. Manche Gefangene waren ihnen gefolgt, andere verkrochen sich gewiss in Felsnischen, wie sie es zum Schlafen taten …

Die Menschen, die sich hier versammelten, waren jene, die ihre sechs Sinne beisammengehalten hatten und darauf hofften, dass Bentaloppe sie vor den Bardyaggs rettete.

Nein, das stimmte nicht ganz. Die wenigen Frauen und Männer starrten auch zu ihm auf. Sie hatten ihn an der Seite der Lagerkommandantin kämpfen gesehen. Und sie hatten bemerkt, dass Morilacc und er ihnen zu Hilfe geeilt waren, während Smuj Waldklau und seine Spießgesellen das Weite suchten.

Sie hatten Respekt vor Darne. Sie akzeptierten ihn. Es spielte keine Rolle mehr, dass ihm eben noch das Stigma eines Gefangenen, eines Sklaven angehaftet war.

»Also schön.« Darne schloss die Augen und versuchte sich zu erinnern. Wie waren sie in die finstere Höhle des unterirdischen Flusses hinabgelangt, welchen Weg hatten sie genommen? Er deutete nach rechts und sprach so laut, dass jedermann ihn hören konnte. »Dort müssen wir hin. Bleibt still. Schreckt unter keinen Umständen die Zecken auf und haltet euch von ihnen fern.« Er entdeckte eine kleine Gruppe Hypatore. Die Viecher drängten sich nahe eines gewaltigen Stalagmits zusammen. Sie hatten ihm zwar die Körper zugewandt, doch sie dämmerten im Halbschlaf vor sich hin. Hoffentlich blieb es so.

Bentaloppe griff nach einem Sack, den sie auf dem Rücken getragen hatte. Sie entnahm ihm Cardym-Kraut, genug, um alle Menschen hier damit zu versorgen. Männer und Frauen griffen dankbar zu, rollten es in Blätter, die wie von Wunderhand plötzlich verfügbar waren, und begannen zu rauchen.

Auch Darne sog gierig den würzigen Rauch ein und wartete, bis sich der beruhigende Effekt einstellte. Es dauerte nicht lange, bis er sich wohler und gefasster fühlte. Das Zeugs war von ausgezeichneter Güte. Besser als alles, was er seit langem bekommen hatte.

Die Menschen nickten, dankten Bentaloppe, wechselten einige Worte, um Dinge zu sagen, die seit ihrer Flucht in die Dunklen Tiefen ungesagt geblieben waren, und setzten sich dann in Bewegung. Darne zählte sie. Es waren achtundvierzig, davon mit Birle und der Plejar sieben Frauen sowie ein Halbwüchsiger, dem der Flaum am Kinn eben erst zu sprießen begann. Der Rest des Trupps bestand aus ausgemergelten Gefangenen und Mitgliedern des Rudels. Viele von ihnen waren verletzt, manche schwer. Dies war ein Trupp, mit dem keine Schlacht zu gewinnen war. Nicht gegen die völlig entfesselt kämpfenden Bardyaggs.

Bentaloppe und Morilacc übernahmen die Führung. Der Riese verfügte über den Orientierungssinn eines wilden Tiers. Er würde sie hinab zum Fluss führen. Die Plejar und er unterhielten sich flüsternd miteinander. Es herrschte eine ungewöhnliche Spannung zwischen den beiden, wie Darne nicht zum ersten Mal bemerkte.

»Woher kommst du eigentlich?«, fragte er Birle, die sich neben ihn gesellte und gemeinsam mit zwei einigermaßen frisch wirkenden Wächtern die Nachhut bildete.

»Aus den Namhaften Städten«, sagte sie und entblößte gelbe, schief gewachsene Zähne.

Anta hatte ihm von diesen fünf großen Ansiedlungen weit im Süden erzählt, doch Darne hatte bloß noch schemenhafte Erinnerungen an die Worte seiner Lehrmeisterin. Wie lange war es her, dass er sie das letzte Mal gesehen hatte? Vier Jahre?

Er war ein dummer Junge gewesen, der sein Temperament nicht im Zaum hatte halten können. Und vielleicht war seine Bestrafung nicht ganz zu Unrecht erfolgt.

Unsinn!, sagte er sich. *Ich wurde um einen Teil meines Lebens betrogen! Aber ich hole mir diese Tage, Monde und Jahre zurück. Mit Zins und Zinseszins!*

»Erzähl mir von den Namhaften Städten«, forderte er Birle auf, immer wieder nach links, nach rechts, nach hinten blickend.

»Ich weiß nicht viel über sie. Man sagt, sie strahlen in einem ähnlichen Glanz wie Attico die Wunderbare.«

Birle spuckte aus. »Attico ist ein Fliegenschiss im Vergleich zu den fünf Städten am Ozean!« Ein Glitzern trat in ihre Augen. »Wenn du die Hügel des Hinterlandes hinabgeritten kommst und der Städte ansichtig wirst, wenn du die goldenen Dächer und Kuppeln glänzen siehst, wenn du die fünf Mann hohen Wehrmauern ausmachst, die weiten Felder auf dem Weg zu einem der Bronze-Tore durchreitest, vorbei an prallen Ähren oder Bäumen, die die süßesten Früchte tragen, die du jemals geschmeckt hast … dann wirst du Attico ganz und gar vergessen. Wirst alles hinter dir lassen und dich an den Norden nur noch in deinen Flüchen erinnern.«

»Wenn in den Namhaften Städten also Glück und Reichtum und Schönheit ihre Heimat finden, dann stellt sich die Frage, was du hier zu suchen hast, Birle.«

Die kleine Frau kickte verdrießlich einen Stein beiseite. »Weil ich dumm bin. Weil ich auf Abenteuer aus war. Und weil ich meinte, das Gold, das man mir hier zahlen würde, wäre von besserer Güte als das in den Städten. Was für ein dummes Stück ich doch war!«

Sie strich sich gedankenverloren übers Haar. Darne entdeckte eine Narbe, die durch künstliches Rosshaar verdeckt wurde. Es steckte gewiss eine interessante Geschichte hinter dieser schrecklichen Wunde, und er hätte sie gern erfahren. Aber nicht hier, nicht jetzt.

»Scht!« Morilacc hielt sich einen Finger vor die Lippen. Die Menschen ringsum erstarrten in ihren Bewegungen, und bald rührte sich niemand mehr.

Da waren Geräusche. Laute. Gebrülle, wild und unbeherrscht. Die Bardyaggs waren in die Dunklen Tiefen vorgedrungen und machten Jagd auf sie. Auf einzelne Gefangene und Wächter, die sich irgendwo versteckten, und bald waren erste Schmerz-

und Entsetzensschreie zu vernehmen. Sie füllten die Höhle aus, durch die sie sich bewegten, wurden lauter und grausamer und wollten nicht enden.

Die Bardyaggs machten sich einen Spaß daraus, jene zu quälen, die sie in den Höhlen der Dunklen Tiefen aufstöberten. Um alle anderen, die sie noch nicht erwischt hatten, hören zu lassen, welches Schicksal ihnen blühte.

Darne bedeutete den Menschen vor ihm, dass sie sich beeilen sollten. Jedermann, ob Mann oder Frau, ob leicht- oder schwerverletzt, gehorchte. So leise wie möglich bewegten sie sich weiter in die Dunklen Tiefen hinab, vorbei an seltsam anmutenden Gebilden aus Kalk und Salz, aus festem und brüchigem Stein. Wände, die nass schimmerten, und solche, die den Glanz wertvoller Edelsteine verbreiteten und doch keinerlei Wert besaßen. Letztere verwirrten manch einen der Menschen, doch Bentaloppe und Morilacc sorgten dafür, dass sie rasch wieder aufschlossen und weiterstiegen und -kletterten, hinab zum Fluss, von dem sie sich Rettung erhofften.

Tatsächlich, dort unten, diese Gestalten, das waren Smuj Waldklau und einige jener Wächter, die er stets um sich scharte. Sie gingen den Fluss entlang, mit Fackeln in den Händen, und unterhielten sich laut miteinander.

»Diese Idioten locken die Bardyaggs an.« Morilacc stieß einen lästerlichen Fluch aus, aus dem sehr deutlich hervorging, in welche von Smujs Körperöffnungen er sein Schwert schieben und dann mit viel Genuss umdrehen wollte.

Sie versteckten sich hinter mannshohen Felsen und lugten auf ihren Zehenspitzen stehend darüber hinweg. Die meisten ihrer Begleiter waren zurückgeblieben. Jene, denen Darne zutraute, dass sie das Schwert mit der notwendigen Genauigkeit schwangen, hatte er um sich versammelt.

»Sie streiten«, sagte Birle, die das beste Gehör von ihnen

allen hatte. Sie grinste. »Sie sind sich nicht darüber einig, ob sie den Sprung ins Fressloch wagen sollen. Smuj kann sich nicht so richtig durchsetzen.« Sie keuchte mit einem Mal. »Und sie reden von einem … einem Schatz!«

»Unsinn! Das musst du falsch verstanden haben.« Darne behielt die Männer im Auge. Es waren sieben oder acht, nicht mehr, und von den meisten wusste er, dass sie nichts wert waren. Sie waren gewöhnliche Haudraufs ohne viel Verstand und nur dann mutig, wenn sie sich in der Überzahl wähnten.

»Näher ran!«, gab Bentaloppe das Kommando und schlich dann von einem Felsbrocken zum nächsten. Die Fackeln von Smuj Waldklaus Leuten schenkten ausreichend Licht, um mögliche Hindernisse auszumachen. Ihre eigenen hatten sie gelöscht. Darne folgte der Hohen Dame, dann weitere Bewaffnete.

Es bestand vorerst keinerlei Gefahr, dass sie entdeckt wurden. Smujs Spießgesellen lagen sich über ihr weiteres Vorgehen in den Haaren, und auch Waldklau vermochte nicht, eine Einigung herbeizuführen.

»… habt keine Ahnung, was dort unten für ein Schatz auf uns wartet!«, hörte Darne ihn sagen. »… mehr wert als pures Gold … sodass wir in unserem Leben keinen einzigen Handgriff mehr tun müssen …«

»… hast uns so viele Lügen erzählt, Smuj!«, widersprach einer seiner Leute, ein bärbeißiger Geselle, der in seinem Äußeren einem Bardyagg durchaus nahe kam. »… glaub dir kein Wort mehr … Scheiße noch mal, ich kann nicht schwimmen!«

»Die Bardyaggs ebenfalls nicht, du Hohlkopf! Sobald wir durchs Fressloch sind, kann uns niemand mehr was anhaben!«

»… und weiter? Dennoch müssen wir schwimmen, uns vom Fluss treiben lassen, bis wir irgendwo wieder ans Tageslicht gelangen.«

»Ich kenne den Weg durchs Wasser, ihr Idioten! Kasmaton

hat ihn mir verraten. Er ist nicht sonderlich schwer und erfordert mehr Wagemut denn Schwimmkünste.«

»Und du meinst, der Furcher hat dir tatsächlich die Wahrheit gesagt?«

Smujs breites Grinsen gab ihm im Fackellicht ein dämonisches Aussehen. »Ich denke nicht, dass Kasmaton in der Lage war, mir irgendwelche Geheimnisse vorzuenthalten.«

»Und doch fand er die Kraft, dir eine Fackel in den Mund zu rammen ...«

So stritten Smuj und seine Leute, sehr zu Darnes Wohlgefallen. Hier, in unmittelbarer Nähe des Flusses, gab es kaum noch Möglichkeiten zur Deckung. Doch ihre Feinde blendeten sich gegenseitig mit ihren Fackeln. Sie hatten ihre Umgebung völlig vergessen und konzentrierten sich ausschließlich auf sich selbst.

Darne gab Morilacc ein Handzeichen, und der Riese und Birle schlichen nach rechts. Vier weitere Männer hielten sich links, Bentaloppe und er eilten geduckt auf ihre Gegner zu. Nur noch zwanzig Schritte, noch zehn ...

Das Geheul der Bardyaggs, lange Zeit wie eine Windbrise im Hintergrund zu hören, wurde mit einem Mal so laut wie das Toben eines Orkans. Es klang triumphierend, siegesgewiss. Die Wilden mussten ganz nahe sein!

Ihre Leute, die oben warteten! Darne musste zurück, musste ihnen helfen. Musste ...

»Scheiße!« Einer von Smujs Leuten hatte sie entdeckt. Er deutete auf Darne und zog sein Schwert. Smuj Waldklau war ebenso rasch mit der Waffe bei der Hand. Er verzichtete aufs Fluchen und gab rasch Anweisungen. Seine Leute und er, eben noch heillos zerstritten, waren nun voll bei der Sache.

Smuj dirigierte seine Männer und blieb selbst im Hintergrund. Es war ärgerlich, dass seine Spießgesellen nach wie vor seinen Befehlen gehorchten, aber nicht zu ändern.

Es kam zum Kampf. Darne wehrte den Hieb des ersten Mannes zur Seite hin ab und attackierte den zweiten. Bentaloppe beschäftigte sich ebenfalls mit zwei Bewaffneten. Wo waren Morilacc, Birle und die anderen Männer, verdammt? Warum griffen sie nicht in den Kampf ein?

Endlich! Er entdeckte den Riesen seitlich von ihm, mit seinem Langschwert in der Waffenhand, das er wie einen Dreschflegel schwang. Ein Feind fiel unter seinem von oben geführten Hieb, einem anderen fehlte mit einem Mal das Ohr. Es landete samt Haarbüschel und einigen Fetzen Haut im Wasser, das einige Schritte hinter Smuj fröhlich vor sich hin gurgelte. Es trieb ab, auf das Fressloch zu, während am Ufer der Kampf gegen Waldklaus Männer ein rasches Ende fand. Sie gaben rasch klein bei, nachdem sie begriffen hatten, dass ihre Lage aussichtslos war, und warfen ihre Schwerter zu Boden, sehr zum Missfallen ihres Vorgesetzten.

»Feiglinge! Verräter!«, zeterte der Mann mit dem verbrannten Gesicht. »Ich hätte wissen müssen, dass ich mich nicht auf euch verlassen kann!«

»Verräter ist ein starkes Wort aus deinem Mund, Smuj Waldklau«, entgegnete Bentaloppe. »Wenn es jemanden hier gibt, auf den es wirklich zutrifft, dann auf dich.«

Darne achtete nicht weiter auf den Disput. Er wusste die Situation unter Kontrolle. Er musste sich um die anderen Menschen kümmern. Um jene, die eben von den Bardyaggs angegriffen wurden. Er hörte Angst- und Schmerzensschreie, er sah schemenhafte Gestalten umherhuschen und ahnte die schrecklichen Untaten, die an seinen Leidensgefährten begangen wurden …

»Bleib hier!«, hörte er jemanden sagen. »Es hat keinen Sinn!«

Er fühlte sich von kräftigen Armen zurückgehalten. Daran gehindert, das zu tun, was wichtig und richtig war.

»Nein!«, schrie er, wollte sich losreißen und hochstürmen,

hin zu den geschwächten Menschen, die er schutzlos zurückgelassen hatte, weil er die Gefahr, die die Bardyaggs darstellten, falsch eingeschätzt hatte.

»Sie sind allesamt tot, und das weißt du«, sagte nun auch Bentaloppe. »Was, meinst du, ist vernünftiger? Hochzulaufen und gegen eine Übermacht anzutreten, um einen völlig sinnlosen Tod zu sterben? Oder die einzige, die letzte Möglichkeit zur Flucht zu ergreifen, um zu entkommen? Um die Gelegenheit zu erhalten, irgendwann einmal mit gut ausgerüsteten Kriegern zurückzukehren, die Brut der Bardyaggs auszurotten und dafür zu sorgen, dass niemals mehr wieder ein Mensch zum Sklavendasein im Eisernen Hochland verurteilt wird?«

»Du verstehst dich so gut auf Worte, Hohe Dame. Aber du bist nichts anderes als ein Feigling!«

Morilacc hielt ihn in einem Klammergriff fest, den er nicht zu sprengen vermochte, so sehr er sich auch bemühte. Dieses Schwein! Warum ergriff er Partei für Bentaloppe?

»Ich bringe euch hier heraus«, hörte er Smuj Waldklaus Stimme, verschlagen und ölig klingend. »Ich allein kenne den Weg durch das Fressloch und durch den Fluss …«

»Das wissen wir bereits«, entgegnete Bentaloppe. »Du wirst uns führen. Aber glaub nicht, dass dir das den Gang vor einen Richter erspart, sobald wir nach Attico zurückkehren.«

»Der Schatz …«

»Halt's Maul!«, fuhr Bentaloppe ihn an.

»Aber warum denn?«, mischte sich Morilacc ein. »Es wäre bloß gerecht, würden wir für unsere Mühsal zumindest ein wenig entlohnt werden. Schartengesicht soll uns sagen, wo das Gold und die Geschmeide zu finden sind. Hier im Fluss? Unter den Felsen verborgen etwa?«

»Ich sage kein Wort, solange ich nicht die Zusage erhalte, dass mein Leben verschont wird …«

Smuj würgte plötzlich. Morilacc lockerte den Griff um

Darne, und der konnte nun sehen, dass Birle hinter Smuj geglitten war und ihm ein Messer an den Hals setzte.

»Sag, wo die Schätze sind!«, verlangte die kleine Frau und zog die Klinge ihrer Waffe rasch über den Hals von Bentaloppes Stellvertreter. Dicke Blutstropfen quollen aus der Wunde und rannen Smuj den Hals hinab, um das Hemd unter seinem Lederschutz zu tränken.

»Schon gut!«, krächzte der Verräter. »Ihr bekommt, was ihr wollt. Unten im Fressloch.« Seine Worte wurden zum unverständlichen Brabbeln. Birle ließ ihn los, und der Mann stolperte nach vorn, ging auf die Knie, wie ein Feigling, der um Erbarmen betteln wollte.

Weitere Schreie tönten durch die Höhle. Sie wurden allmählich weniger und verloren an Kraft. Der Kampf weiter oben ging zu Ende. Darne meinte, einige Gestalten auszumachen, die den Weg zu ihnen herab nahmen, immer wieder stolperten, sich aufrappelten und letztlich von kleineren Wesen aufgehalten, angefallen und zerrissen wurden. Geschah dies wirklich, oder spielte ihm seine überreizte Fantasie einen Streich?

Morilacc ließ ihn endgültig los. »Es ist vorbei, Mann. Sieh es ein.«

Ja, es war vorbei. Jene Menschen, die er als seine Schutzbefohlenen betrachtet hatte, waren tot. Alle, bis auf drei Wächter, Birle, Bentaloppe, Morilacc, vier von Smujs Gefolgsleuten und der verräterische Stellvertreter der Hohen Dame selbst.

Um sie musste er sich kümmern. Entscheidungen treffen. Das Richtige tun.

»Schaff uns raus hier, Smuj Waldklau«, befahl er.

»Wirst du mich verschonen? Gibst du mir dein Wort, dass du mich freilässt, sobald wir über den Fluss den Weg in die Freiheit gefunden haben?«

»Ja. Und jetzt sag: Was müssen wir tun?«

Smuj erhob sich. Seine Beine zitterten, er vermochte kaum

noch die Waffe zu halten. Mit brüchiger Stimme sagte er: »Wir müssen hier ins Wasser steigen und so weit wie möglich zur anderen Seite des Flusses gelangen, wo wir nahe des rechten Rands durchs Fressloch gelangen. Dort ist das Wasser am tiefsten – und ruhig. Es gibt Felsen, an denen wir uns unten festhalten können, um durchzuatmen. Und dann …«

»Ja?«

Smuj schüttelte trotzig den Kopf. »Das verrate ich euch später. Ich vertraue dir nicht, Darne Bunthand.«

»Na schön.« Darne warf einen Blick nach oben. Die Schreie waren endgültig verstummt, die Bardyaggs verflixt nahe gerückt. Ihre Augen glänzten in der Dunkelheit. Sie hockten auf Felsen oder lugten zwischen Spalten hervor, als wären sie ein Rudel Wölfe, dessen Mitglieder sich noch uneins waren, wann und wo sie ihre Fressfeinde attackieren wollten.

»Ins Wasser!«, befahl Darne. Er gab dem bärtigen Begleiter von Smuj einen Stoß, der behauptet hatte, nicht schwimmen zu können. Der Mann fiel in den Fluss, Darne folgte ihm, schob den massigen Mann, der wie wild mit den Armen um sich schlug, vor sich her, hin zum rechten Ufer. Das Wasser war schrecklich kalt, es zog und zerrte an ihm. Unter seinen Beinen fühlte er felsiges Gestein. Hier und dort drohte er hängenzubleiben, an glitschigen Gewächsen, die sich um seine Füße schlangen, doch immer wieder schaffte er es, sich loszureißen.

Er drehte sich um. Birle und Morilacc fluchten. Seine Kameraden waren alle ins kalte Nass gesprungen. Nur einer der Begleiter von Smuj nicht. Er zögerte zu lange, und als er sich endlich aufraffte, ihnen zu folgen, war es zu spät. Zwei Bardyaggs waren heran, im Licht zurückgebliebener und in den Boden gerammter Fackeln gerade noch zu erkennen. Sie fielen den Mann an und zerrissen ihn binnen weniger Augenblicke. Weitere der Wesen stürzten sich in die Fluten. Die meisten stiegen rasch wieder ans Ufer zurück, erbärmlich heulend. Sie litten unter der eisigen Kälte, und sie konnten sich kaum über dem Wasser halten. Nur die tapfersten, verrücktesten ihrer Feinde kamen hinterher, jammernd und heulend und seltsame Laute ausstoßend und dennoch von dieser unglaublichen Kampfeswut getrieben, die Darne mehr erschreckte als alles andere.

Da war das Fressloch. Darne gab dem Bärtigen vor ihm einen letzten Stups in die richtige Richtung und machte selbst zwei lange, kräftige Schwimmzüge. Dann fand er sich an einer Kante wieder, tauchte in die Dunkelheit des Unbekannten ein. Er wurde vom Wasser ausgespuckt, schwebte, fühlte nichts um sich als jene Kraft, die ihn nach unten zog. Er fiel, fiel, fiel, strampelte mit den Beinen, hörte das ängstliche Geschrei des Bärtigen, tauchte kurz nach ihm wieder in eiskalte Fluten ein.

Darne verlor die Orientierung. Wo war unten, wo oben? Warum konnte er nichts sehen? Rings um ihn waren Felsen, das Wasser zerrte an ihm, wollte ihn weiter forttragen, einem unbekannten Ziel entgegen.

Er verdrängte die aufkeimende Panik, blieb zwei Herzschläge lang ruhig und wartete, bis ihm ein Ziehen nach oben half, sodass er sich wieder orientieren konnte. Er schob sich mit kräftigen Armbewegungen auf die Wasseroberfläche zu, durchstieß sie und atmete befreit aus. Neben ihm trieb etwas anderes. Der Körper des Bärtigen. Darne packte ihn und schob ihn vor sich her, durch eiskaltes Wasser. Seine Kraft schwand rapide, sein Leib fühlte sich steif und unbeweglich an.

Endlich ertastete er Boden unter seinen Füßen. Glitschigen Grund, von dem er immer wieder abrutschte, so sehr er sich auch bemühte, Halt zu finden.

Eine letzte Anstrengung. Letzte Gedanken daran, dass er hier keinesfalls sein Leben aushauchen wollte. Dass er eine Aufgabe zu erfüllen hatte. Dass es nicht gerecht wäre, würde er hier verrecken.

Darne ertastete etwas, das sich wie eine Liane anfühlte. Sie hielt, als er sich mit der Rechten daran nach oben zog, hoch auf festen Grund. Er drückte und schob den Bärtigen vor sich her, von dem er noch nicht mal wusste, ob er noch am Leben war.

Endlich! Trockener Boden, sandig und beinahe eben. Erschöpft ließ er sich darauf nieder, nachdem er seinen bewusstlosen Begleiter weit genug hochgeschleift hatte, sodass nur noch seine Beine ins Wasser ragten.

Einige kräftige Atemzüge und warten, bis die weißen Sternchen vor seinen Augen weniger wurden. Dann orientierte er sich erneut, suchte nach möglichen Gefahren in seiner Umgebung und nach Anzeichen dafür, dass seine Kameraden ebenfalls noch lebten.

Der Bärtige stöhnte, Darne zog ihn mit einem Ruck endgültig aus dem Wasser und versetzte ihm einige kräftige Ohrfeigen. Der Mann schüttelte sich, öffnete die Augen und blickte Darne verständnislos an, als wüsste er nicht, was eben geschehen war …

Moment! Darne konnte ihn in Umrissen erkennen. Also gab es Licht.

Wenn ihm bloß das Denken nicht so schwerfallen würde! Er vermochte kaum einen klaren Gedanken fassen. Die Kälte in seinen Gliedern überdeckte alles und machte es ihm unmöglich, seine Lage richtig und rasch einzuschätzen.

Er starrte nach oben. Hin zur Kante des Fresslochs. Dort, wo Wasser zu ihnen herabstürzte. Dort war der Hauch eines Lichterscheins zu erkennen. Womöglich stammte er von einer Fackel, die sie liegen gelassen hatten und die noch ein wenig nachglomm.

Dann sah er die hässlichen Gestalten, die sich links und rechts des Fresslochs zu ihnen herabbeugten. Einige Bardyaggs hüpften auch entlang des Ufers auf und ab, trauten sich dann aber nicht, ihnen zu folgen. Sie scheuten den Sprung zu ihnen herab, wie Darne es erhofft hatte.

»Sind nur noch wir beide übrig?«, fragte der Bärtige mit

klappernden Zähnen und vermochte dabei kaum das Rauschen des Wasserfalls zu übertönen.

»Mag sein.« Darne richtete sich vorsichtig auf. »Hallo?«, rief er in die Beinahe-Dunkelheit hinein.

»Selber Hallo!«, hörte er die unverwechselbare Stimme von Morilacc. »Ich hatte lange nicht mehr ein derart erfrischendes Bad. Wenn man mit dir unterwegs ist, Kleiner, gerät man nicht in Gefahr, an Langeweile zu sterben.«

»Gleichfalls. Bist du allein?«

»Birle ist bei mir, Bentaloppe ebenfalls. Und zu meinem Bedauern auch noch Smuj.«

Es war nur schwer einzuschätzen, woher die Rufe kamen, doch Darne meinte, einige vage Umrisse auszumachen, etwa zwanzig Schritte von ihm entfernt auf einer Art Sandbank, die inmitten des sich hier aufstauenden Wassers Sicherheit bot.

»Und wie geht's nun weiter?«, fragte der Bärtige. »Smuj redete die ganze Zeit von seinem Schatz. Sollten wir uns nicht darum kümmern? Ich bin übrigens Clachel.«

»Geld und Geldeswerte sind dir wichtiger, als dich in Sicherheit zu bringen, Clachel?«

»'türlich nicht. Aber wenn wir schon mal hier sind und angeblich ein Vermögen auf uns wartet …«

»Vertraust du Smuj denn?«, fragte Darne.

Clachel rieb sich übers Gesicht. »Ich vertrau keinem. Nicht mehr. Aber immerhin hat er die Wahrheit gesagt, als er uns auf der Flucht vor den Bardyaggs hierherführte.«

»Du weißt, wer ich bin? Du weißt, dass ich dich und Waldklau zur Rechenschaft ziehen werde, sollten wir hier lebend rauskommen.«

»Du bist Darne Bunthand. Über dich hat man sich im Rudel viele Geschichten erzählt. Wenn auch nur der zehnte Teil davon wahr ist, dann bist du 'n echt mieser Schweinehund, den man einfach nicht umbringen kann.«

»Wenn ich tatsächlich dieser miese Schweinehund bin – glaubst du denn, dass mich ein Schatz auch nur im Geringsten interessieren würde?«

»Ja. Weil du nicht dumm bist, hab ich mir sagen lassen. Mit Gold und so Zeug kannst du dir deine Freiheit erkaufen, Bunthand. Man blickt einem nicht mehr ins Gesicht, wenn man einen Haufen Schlei vor die Nase gelegt bekommt. Du kaufst dir einen neuen Namen, einen Titel, einen Platz am Hof ... Was immer du möchtest.«

Darne nickte langsam. »Du bist schlauer, als ich dachte.«

»Wenn du ebenso schlau bist, wie ich es von dir denke, wirst du mich in deine Dienste aufnehmen, wenn wir es hier rausschaffen.« Listige kleine Äuglein huschten auf und ab, musterten Darne von oben bis unten und starrten dann hoch zu den Bardyaggs, die nach wie vor am Flussrand hockten und ihnen ihre Flüche zubrüllten. »Ich hab Schulden bei dir abzutragen, und ich werde dich nicht enttäuschen. Du hast mir das Leben gerettet, ohne dass ich dir etwas dafür versprochen hätte. Das ist ungewöhnlich.«

»So einfach schwörst du einem völlig Fremden die Treue? Wie steht's mit deiner Loyalität gegenüber Smuj Waldklau?«

Clachel zuckte gleichgültig mit den Schultern. »Er hat mich dafür bezahlt, dass ich ihn beschützte. Ich bin ihm nicht verpflichtet.«

»Du bist ein Söldner, der für Geld alles machen würde. Einem wie dir vertraue ich nicht.«

»Einer wie ich wird dir so lange treu ergeben sein, wie das Gold reicht. Darauf kannst du dich jederzeit verlassen. Aber kannst du dich auf jemanden verlassen, der behauptet, dein Freund zu sein? Was, wenn er plötzlich anderer Ansicht ist als du? Er wird nicht mehr mit dir in den Kampf ziehen, wenn er meint, du folgst einem falschen Ideal. Er wird dich im Stich lassen. Ich hingegen bleibe an deiner Seite. Wer also ist der bessere Weggefährte?«

»Wir sollten zusehen, dass wir von hier wegkommen!«, unterbrach Bentaloppe ihr Zwiegespräch. »Mag sein, dass die Bardyaggs all ihre Ängste vergessen und uns nachspringen, wenn wir uns ihnen weiterhin derart offen zeigen.«

Darne blickte hoch zum Fressloch. Wie um die Worte der Plejar zu bestätigen, ließ sich einer der Bardyaggs mit einem lauten Schrei in die Tiefe fallen. Er prallte auf einem Felsen auf, es gab ein hässliches Geräusch, der zerschmetterte Leib des Haarigen rutschte ins Wasser und hinterließ dabei verschmiertes Blut auf dem Felsen.

Jene Bardyaggs, die zurückgeblieben waren, verstummten für eine Weile, um dann mit noch mehr Vehemenz zu brüllen und zu schimpfen.

Darne griff nach der Wasserliane, an der er sich an Land gezogen hatte, überprüfte ihre Länge und schleuderte sie in jene Richtung, in der er die anderen vier Überlebenden vermutete. Ein Ruck bewies ihm, dass jemand das provisorische Seil gefangen hatte, Morilacc vermutlich.

»Ihr kommt zu uns rüber!«, befahl er.

»Sollten wir uns nicht zurück ins Wasser begeben und so rasch wie möglich von hier verschwinden?«, fragte Bentaloppe.

»Nein. Zuerst wird uns Smuj einige Auskünfte über den Schatz geben, der hier unten versteckt ist.«

Ihre Augen gewöhnten sich rasch an das ungewöhnliche Licht. Woher es stammte, war nicht auszumachen. Es war, als würden glänzende Wandflächen den Schein der Sonne zurückwerfen, der an der Oberfläche vom Fels eingefangen worden war. Dieses Glimmen erlaubte ihnen ein langsames Vorwärtskommen, jedoch keinen raschen Schritt.

Das Gezeter der Bardyaggs blieb allmählich zurück, wie auch das Rauschen des Flusses. Hier floss das Wasser ruhig und gemächlich durch breite Höhlenräume, verteilte sich hier und dort auf mehrere kleinere Flusszweige, um schließlich wieder einen breiteren Strom zu bilden, in dem sich ab und zu etwas bewegte.

Fische? Schlangen? Kröten? Unbekannte Wesen, denen auch Menschenfleisch mundete?

Die Fantasie spielte ihnen immer wieder seltsame Streiche, und nicht nur einmal zerteilte ein Schwert das Wasser, um vermeintliche Dämonen zurück in die Tiefe zu jagen.

Sie stolperten einen schmalen und dann einen breiteren Ufersaum entlang. Von oben tropfte Wasser herab und sorgte dafür, dass das Gefühl der Kälte nicht wich. Mehrmals durchstießen sie Wasservorhänge. Wasserfälle, die wirkten wie von Menschen geschaffen und die den unterirdischen Fluss weiter verbreiterten.

Auch von unten blubberte Wasser hoch. Manchmal kochte es, und dann trieb ihnen die Hitze Schweißperlen auf die Stirn. Rotes Licht, das aus dem Untergrund drang, bewies, dass das Gewässer voll Feuer war. Womöglich würde die rote Glut eines Tages vollends erwachen und hochkochen, den Fluss verschlingen und sich dann die Herrschaft über das Eiserne Hochland erobern.

Bitte nicht heute!, flehte Darne wortlos und schickte ein unhörbares Stoßgebet an die Götter seiner Heimat hinterher. Er war nicht gläubig. Nur dann, wenn er Zwiesprache mit einem jener fiesen Kerle führte, die die Welt lenkten.

»Hier entlang!«, sagte Smuj mit einer Stimme, die unsicher klang. Er deutete in einen wasserfreien Kamin, der steil nach oben führte und gerade mal breit genug war, um einen geduckt kriechenden Menschen aufzunehmen.

»Hat Kasmaton denn tatsächlich von diesem Weg erzählt, oder reimst du dir das alles bloß zusammen?«, fragte Darne.

»Er hat mir eine sehr genaue Beschreibung gegeben. Doch er erwähnte nicht, dass der Weg so schmal werden würde. Am Ende dieses letzten Ganges, so meinte er, würde ein Schatz warten, so wertvoll, dass man damit ganze Königreiche kaufen könnte.«

»Du bist dir also nicht sicher, dass dies der richtige Zugang ist?«

Smuj schwieg, und das war Antwort genug.

»Na schön.« Darne seufzte, als er die Zweifel in den Gesichtern seiner Begleiter sah. »Dann gehe ich alleine vor und sehe mich um. Sollte ich stecken bleiben, schickt mir Birle hinterher. Sie ist die Kleinste und Wendigste von uns.«

Er stieg in den Kamin ein, bevor seine Kameraden protestieren oder ihn mit guten Ratschlägen überschütten konnten. Er hielt sich am rauen Gestein fest und zog sich vorwärts, den Weg hoch, der von spitzen Felsnasen weiter verengt wurde. Bald waren seine Knie blutig gerissen, auch Arme und Schultern. Doch Darne hantelte sich weiter, plötzlich von einer merkwürdigen Unruhe getrieben. Er meinte zu fühlen, dass eine besondere Belohnung auf ihn wartete, nun, da er all diese Abenteuer, Qualen und Mühen überstanden hatte.

Ein frischer Luftzug. Eine Bewegung. Ein Stück Tuch, das seit Generationen hier hängen mochte.

Wer sollte einen Schatz in diesem labyrinthischen Wirrwarr der Dunklen Tiefen verstecken?, fragte sich Darne einmal mehr. Was hatte es damit auf sich? Lastete ein Fluch auf dem Geschmeide? Würde er in eine Falle tappen?

Der Kamin wurde breiter und führte dann senkrecht nach oben. Stufen waren in den Stein gehauen. Hier war es heller als sonstwo. Licht drang von oben zu ihm herab, und als er die letzten paar Schritte hinter sich gebracht und sich ins Innere der Schatzhöhle gehievt hatte, begriff er, woher es stammte: Im Zentrum des riesigen Raumes blubberte flüssiges Feuer. Es war in einem Brunnenschacht gebannt, dessen Mauern sonderbarerweise die Hitze der Lava ertrugen und nicht schmolzen.

Ab und zu gischtete gelb leuchtendes Feuer über und spuckte

glühendes Gestein, das rasch sein farbiges Dasein verlor und als schwarze Klumpen davonrollte, eine Schräge hinab, die zu reißendem Wasser führte. Nur ein schmaler Steg verband den zentralen Feuerbrunnen mit dem Ort, an dem Darne nun stand. Er musste dieses Glutnest umrunden, um zu mehreren Säcken zu gelangen, die am gegenüberliegenden Rand der Höhle auf ihn warteten.

Allmählich ahnte er, was für ein Schatz das war, der hier verborgen lag. Denn er sah die Skelette auf der anderen Seite, unweit der Säcke. Sie waren ungewöhnlich groß und ebenso ungewöhnlich geformt.

Der Schatz lockte und verlockte. Wahrscheinlich wäre es besser gewesen, zu den Gefährten zurückzukehren und mit ihnen den Weg in die Freiheit zu suchen, um irgendwann den Enkelkindern zu erzählen, dass er der Versuchung widerstanden hatte. So wie es die Helden in alten Geschichten der Gedächtnismeister immer taten, denn Verzicht war eine der bewundernswertesten Tugenden.

Nein, er würde nicht aufgeben, nicht jetzt! Was auch immer dort drüben auf ihn wartete, es gehörte ihm.

Also machte er sich auf den Weg, ging vorwärts, Schritt für Schritt. Hier und dort klebten schwarze Feuerklumpen auf dem Boden. Darne stieß sie die Schräge hinab. Der Steg war breit genug und flößte ihm keine Angst ein. Das Feuerauge jedoch tat es. Es wirkte immer bedrohlicher, je mehr er sich ihm näherte.

»Alles in Ordnung, Darne?«, hörte er jemanden rufen.

»Bin gleich wieder bei euch. Ich komme reich wie die sagenhaften Könige der Vorzeit zurück.«

Seine Stimme hörte sich krächzend an. Er fühlte eine seltsame Beklemmung im Hals. Den Blick hielt er, so gut es ging, auf die Säcke auf der anderen Seite gerichtet. Sie waren alles, was ihn interessieren durfte. *Nur nicht ablenken lassen, nur nicht auf das Feuerauge achten und auch nicht auf diese grässlichen Skelette …*

Die Hitze nahm mit jedem Schritt zu, den Darne tat. Bald hatte er den gemauerten Zentrumsring erreicht. Er war breiter, als er gedacht hatte, und erlaubte ihm, dem Feuer großräumig auszuweichen. Darne duckte sich unter einem faustgroßen Hitzeball weg, der über ihn hinweggeschleudert wurde. Eine Flammenzunge leckte über den Boden auf ihn zu, als wollte sie ihn ins Auge hineinziehen. Die Feuergötter zürnten ihm, keine Frage. Er forderte die Elemente heraus und spielte mit Dingen, die einen einfachen Menschen wie ihn nichts angingen.

Darne ging rasch weiter, bevor er noch mehr ins Grübeln geriet. Er tat es, ohne in seiner Aufmerksamkeit nachzulassen.

Er schwitzte. Das Ledergewand, nass und steif, begann zu dampfen. Einige Schritte noch, dann hatte er den schmalen Steg auf der Rückseite des Feuerauges erreicht.

Er atmete tief durch. Nur noch wenige Mannslängen lagen zwischen ihm und dem Schatz, und mit einem Mal fühlte er grenzenlose Erleichterung. Sein Einsatz würde sich auszahlen. Die Götter mochten diejenigen, die keine Angst zeigten.

Was aber, wenn es hier versteckte Mechanismen gab? Bodenfallen, aus Wandlöchern abgefeuerte Bolzen oder von unten hochschießende Spieße? Was, wenn die Riesenskelette mit einem Mal zu unheiligem Leben erwachten und ihm den Garaus machen wollten?

Darne sah sich um und widerstand dem völlig unsinnigen Instinkt, sich nach vorn und flach auf den Boden zu werfen. Auf diesem Steg gab es kein Entkommen, sollte er in eine Falle geraten.

Wer hatte dieses wundersame Bauwerk geplant und errichtet? Wer hatte die tiefsten Tiefen des Eisernen Hochlands besiedelt? Wem hatte dieser Schatz einstmals gehört, der nun in Griffweite lag?

Es waren wohl die Bardyaggs gewesen, die ehemaligen Beherrscher des Eisernen Hochlands. Sie waren die Könige hier gewesen, hatten den Lederhandel kontrolliert und auch über die Zecken bestimmt. Sie waren einstmals den Menschen weit überlegen gewesen und durch ein Ereignis, dessen Umfang sich Darne nicht vorstellen konnte, in jene sonderbare Primitivität verfallen, in der sie noch immer steckten.

Da waren Bilder an der Wand. Sie schienen sich zu bewegen, je nachdem, wie das flackernde Feuer aus den Tiefen des Brunnens sie beleuchtete. Sie erzählten eine bewegte Geschichte. Darne besah sich die Zeichnungen, drehte sich dabei mehrmals im Kreis. Es war wichtig, dies alles zu wissen, denn die Bilder erzählten mehr über das Lederland, als er jemals geglaubt hätte.

War es Schicksal, dass er allein diese Bilder zu sehen bekam? Hatte er diese Qualen in den Dunklen Tiefen auf sich nehmen müssen, um nun das Wissen und die Erleuchtung geschenkt zu bekommen, die ihm helfen würden, den regierenden Rego von seinem Thron zu stoßen?

Darne tat endlich die letzten Schritte. Er blieb vor den Säcken stehen und betrachtete sie. Es waren nur fünf, und sie waren klein.

Die Skelette hingegen … so groß, so mächtig. Sie befanden sich in den verschiedensten Stadien. Eines wirkte so, als könnte es jederzeit zu Staub zerfallen. Ein anderes war frisch, es hingen noch vermodernde Fleischfetzen, Sehnen und Hautreste daran. Eine Art geplatzter Schlauch ragte aus dem Afterbereich.

Einige Kriechtiere bewegten sich träge durch das Innere dieses Wesens, um dann in Schockstarre zu verharren, als Darne mit dem Fuß gegen einen der Knochen stieß.

Es waren dies die Skelette von fünf Wesen derselben Art. Ihn fröstelte, als er daran dachte, dass ein weiterer, ein äußerst lebendiger Artgenosse irgendwo in den Dunklen Tiefen hauste, viermal so groß wie ein Mensch, gewiss zehnmal so kräftig.

Darne löste hastig das Lederband eines Sacks. Es war vor langer Zeit mit einem Fettbatzen eingeschmiert worden und der

Knoten zu einem Klumpen geworden. Doch die Bänder ließen sich entwirren, und der Stoff, auch wenn er uralt wirkte, riss nicht, als er den Sack aufzog.

Er legte ihn so hin, dass er im Licht des Feuerauges den Inhalt erkennen konnte. Lange Zeit blieb Darne so stehen und betrachtete den Fund. Fassungslos, von den eigenen Gefühlen übermannt.

O ja. Er hatte recht mit seinen Vermutungen gehabt. Dies war ein Schatz, mit dem er mehr als ein Königreich kaufen konnte.

Daneben lag ein Stück beschriebenes Pergament. Eine Zeichnung, mit krakeliger und ungeübter Hand gefertigt, wies ihm den Weg in die Freiheit.

Darne trug drei Säcke, Morilacc die anderen beiden.

»Jetzt sag uns endlich, was in den Beuteln drin ist!«, verlangte Smuj zum gewiss fünfzigsten Mal. »Mir gehört ein ebenso großer Anteil daran wie dir.«

»Dir gehört gar nichts. Du solltest froh sein, dass du noch lebst.« Darne wischte sich Schweiß von der Stirn. Es war so heiß, dass jeder Schritt zur Qual wurde. Auch das neben ihnen ruhig dahinfließende Wasser brachte keine Linderung, im Gegenteil. Dicke Dampfschwaden lagen über Teilen des kleinen Flusses und erschwerten die Sicht.

»Ich will meinen Teil haben! Ich habe euch bis hierhergeführt, und ich habe ein Recht …«

»Du verwirkst eben dein Recht, am Leben zu bleiben«, unterbrach Morilacc den ehemaligen Stellvertreter Bentaloppes. »Ich rate dir gut: Halt dein Maul!«

Smuj Waldklau wollte erneut etwas einwenden, überlegte es sich dann aber anders. Er gesellte sich zu Clachel, wollte mit ihm eine Unterhaltung beginnen, wurde vom Bärtigen aber ebenso unwirsch abgekanzelt wie von Birle, die kurz ihre Messer aufblitzen ließ.

»Er wird uns über kurz oder lang Schwierigkeiten machen«, flüsterte Morilacc Darne zu.

»Ich weiß. Aber er ist isoliert. Selbst sein Spießgeselle will nichts mehr mit ihm zu tun haben.«

»Verwunde ein Tier und dränge es in die Ecke, und es wird gefährlicher sein als je zuvor.«

Darne nickte. Ihm war sehr wohl bewusst, dass die Mitglieder dieser Reisegruppe allesamt unterschiedliche Ziele verfolgten. Durfte er denn Bentaloppe vertrauen, die ihn wie ein Spielzeug behandelt hatte und nach wie vor nicht preisgab, was für Pläne sie mit Morilacc und ihm hatte? Was war mit Birle? Gehorchte sie widerspruchslos den Anweisungen der Plejar, oder kochte auch sie ihr eigenes Süppchen? Würde Clachel ein weiteres Mal die Seiten wechseln, wenn Smuj ihm ein vielversprechendes Angebot machte? Und konnte er denn Morilacc vertrauen? Was wusste er schon über den Riesen? Sie mochten Schicksalsgenossen sein – doch er hatte niemals ein Wort darüber verloren, warum er ins Eiserne Hochland verbracht worden war und welche Vorgeschichte er hatte.

Sieh es ein, Darne. Du bist nach wie vor allein. Du darfst niemandem vertrauen.

Er zog das Pergament hervor, das er nahe des Schatzes gefunden hatte, und betrachtete es ein weiteres Mal im Licht eines gelbroten Feuerbaches, der nur wenige Schritte neben ihnen aus der Wand brach und sich durch ein breites Loch in die Tiefe ergoss. Wenn er die Zeichnungen richtig deutete, befanden sie sich auf dem richtigen Weg. Sie hatten noch etwa zehn Laufe vor sich, bevor sie ans Tageslicht zurückkehren würden.

Darne war schwindlig, und er hatte Angst. Es stank nach fauligen Eiern. Hier, in diesem Bereich, herrschten dämonische Feuergötter. Sie brachten den Fels zum Beben, ließen festes Gestein glühend heiß werden und abrinnen, brachten die

Dunklen Tiefen zum Stöhnen und zum Grollen. Manchmal, so glaubte er, warfen sie ihre Schatten gegen Wände, um gleich darauf wieder zu verschwinden und in den von ihnen beherrschten Feuern unterzutauchen.

»Du betreibst Blasphemie!«, meldete sich Smuj Waldklau ein weiteres Mal zu Wort. »Du liest von Plänen! Missachtest die Befehle des Rego! Kein Wunder, dass du im Eisernen Hochland gelandet bist. Ich frage mich, ob wir das Richtige tun, indem wir dir folgen?«

»Du kannst es gern bleiben lassen, Smuj.« Bentaloppe rempelte sich an ihrem ehemaligen Stellvertreter vorbei. »Ich wäre recht froh, deine hässliche Visage nicht mehr sehen zu müssen.«

»Verstehe, dass du für Darne Bunthand Partei ergreifen musst. Man munkelte schon lange, dass du sein Liebchen bist. Stimmt's, Clachel?«

»J-ja.« Der Bärtige stolperte hinterher. Seine Unsicherheit war ihm anzumerken. Smujs Worte waren wie Gift, das langsam in eine offene Wunde geträufelt wurde. Ein Tropfen bewirkte nichts, doch viele davon würden Clachel verrückt machen. Die ungewohnte Umgebung verunsicherte ihn darüber und machte ihm Angst, so wie allen anderen.

»Ein Wort noch, Smuj, und du landest im Wasser.« Morilacc schwang herum, hielt mit einem Mal sein Schwert in der Hand und hielt die Klinge dem anderen unter die Nase. »Du würdest mir gut gefallen, krebsrot und gar gekocht. Aber nein, wahrscheinlich würdest du platzen. Und dann würde all der Eiter der Bösartigkeit, der in dir steckt, auf einmal hervorspritzen und uns besudeln.«

Smuj lächelte und schwieg, wie Darne unangenehm berührt feststellte. Der Mann meinte, sein Ziel erreicht zu haben, und wahrscheinlich war es auch so. Er hatte die Nervosität in der Gruppe steigern und Misstrauen säen wollen, und es war ihm hervorragend gelungen. Er war wie ein fauler Apfel, der zwischen den anderen lag und sie allesamt zu welken, braunen Früchten machte.

»Drei Laufe noch.« Darne steckte das Pergament weg, sodass es möglichst gut geschützt blieb. »Nun, so befürchte ich, beginnt der schwierigste Teil unserer Flucht.«

»Das heißt?« Morilacc trat neben ihn und starrte wie er gegen die Wand, gegen das Ende ihres Fußweges.

»Dass wir uns dem Fluss anvertrauen müssen. Dass wir darauf hoffen müssen, von ihm zurück an die Oberfläche gespült zu werden. Die Karte ist alt. Sie zeigt längst nicht mehr die Strecke in all ihrer Genauigkeit, denn die Wege verändern ihren Lauf.«

»Das verstehe ich nicht.«

»Wir marschieren durch einen Berg, der einstmals Feuer spie. Du hast gewiss Gerüchte aus den südlichen Landen gehört, dass hier mächtige Berggötter ihr Unwesen treiben. Dass sie aus den Spitzen der von ihnen beherrschten Berge Steine und Schlacke auf die Menschen, denen sie zürnen, hinabwerfen. Und dies hier ist so etwas wie ein kleiner Bruder dieser Berggötter.«

»Und das bedeutet für uns?«

»Die Berge gibt es schon lange nicht mehr, doch das Feuer tobt noch im Inneren des Eisernen Hochlands. Es bahnt sich immer wieder neue Wege, während die alten Pfade erkalten. Und durch einen dieser erkalteten Gänge bewegen wir uns.«

»Du meinst, dass uns jederzeit ein Schwall glühenden Gesteins erwischen könnte?« Morilacc sah sich nervös um.

»Es wäre ein riesengroßer Zufall, würde das geschehen. Es muss viele Menschengenerationen gedauert haben, bis das Hochland jene Form angenommen hat, die es heutzutage besitzt. Das betrifft auch die Dunklen Tiefen. Andernfalls würden sich keine Zecken darin aufhalten und die wilden Bardyaggs nicht seine Täler und Höhlen als Verstecke auserkoren haben.«

»Dennoch könnte es passieren?«, fragte Morilacc bang.

»Wenn du einige tausend Jahre hier stehen bleibst, dann gewiss.« Darne grinste.

»Nun, so viel Geduld habe ich nicht.« Morilacc kratzte sich am Hals, betrachtete interessiert den Floh, den er gefangen hatte, und schnippte ihn dann weg. »Also schön, du meinst, wir sollen uns dem Fluss auf gut Glück anvertrauen?«

»Es wird uns nichts anderes übrig bleiben. Es sei denn, du möchtest umkehren und mit den Bardyaggs verhandeln.«

»Lieber zerquetsche ich meine Eier zwischen zwei Steinen.«

»Dann sind wir uns ja einig.« Darne betrachtete die Säcke, die sie auf den Rücken trugen. Würden ihre Inhalte die Reise durchs Wasser unbeschadet überstehen?

»Clachel, du bleibst besser an meiner Seite«, wies er Smujs ehemaligen Gefolgsmann an. »Ihr anderen könnt gut genug schwimmen? Ihr schafft es nötigenfalls, die Luft für hundert Herzschläge oder länger anzuhalten?«

»Warum?«, hakte Waldklau nach.

»Wir lassen das unterirdische Feuerland nun hinter uns. Sieh doch, das Wasser fließt schneller, gewinnt an Kraft und Gewalt. Es strömt mit großem Druck nach oben durch unterirdische Kanäle, in denen es womöglich keine Gelegenheit zum Atemholen gibt.«

»Das ist Wahnsinn, Bunthand! Wir können uns niemals einem Gewässer anvertrauen, von dem wir nichts wissen außer, dass es irgendwann und irgendwo zutage tritt.«

»Dem Zeichner dieses Plans war bekannt, dass man mithilfe des Flusses zurück an die Oberfläche gelangt.«

»Das mag vor langer Zeit so gewesen sein. Was aber, wenn dieser Fluchtweg heutzutage verschlossen ist?«

»Ich würde vorschlagen, dass wir es ausprobieren.« Darne trat einen Schritt nach vorn, packte Smuj und schob ihn vor sich her, hin zum Fluss, um den überraschten Mann hineinplumpsen zu lassen.

Smuj Waldklau stieß einen Schrei aus, der in ein Fluchen überging. Er schimpfte auf die Strömung, auf die Kälte des Wassers und selbstverständlich auf Darne, während er dahintrieb, immer rascher werdend, und schließlich von der Dunkelheit verschluckt wurde.

»Gibt es sonst noch jemanden, der Zweifel am Kartenzeichner und an mir hat?«, fragte Darne die kleiner gewordene Gruppe.

Niemand antwortete. Birle und Bentaloppe glitten schweigend ins Wasser, hielten sich noch eine Weile an Steinen am Uferrand fest und ließen dann zugleich los, um rasch in die Mitte des Flusses getrieben zu werden und dort an Geschwindigkeit aufzunehmen.

»Clachel und Morilacc, wir bleiben möglichst nahe beieinander. Bleibt einer von uns irgendwo hängen oder gerät er in Not, helfen ihm die anderen. Einverstanden?«

Beide Männer bestätigten einsilbig. Bald darauf trieben sie im Wasser, während Darne selbst die Säcke mit dem Schatz auf seinem Rücken festzurrte und dann zu den Kameraden ins Nass stieg.

Das Wasser war dunkel und schäumte. Es zerrte mit einer Gewalt an ihm, die ihn panisch werden ließ. So hatte er sich das nicht vorgestellt! Er hatte gemeint, auch hier alles kontrollieren und Einfluß auf die Geschehnisse nehmen zu können. Doch der Fluss tat, was er wollte. Er griff nach ihm, packte ihn, drehte ihn mehrmals im Kreis und zog ihn dann mit sich fort, mit einer Geschwindigkeit und Kraft, der Darne nichts entgegenzusetzen hatte.

Er meinte, Morilacc oder Clachel an sich vorbeitreiben zu sehen, doch es hätte genauso gut der aufgeblähte Leib eines toten Rinds sein können. In dieser Beinahe-Dunkelheit wirkte alles gleich.

Darne ging unter, schluckte Wasser. Panik ergriff ihn. Noch

nicht! Er musste doch erst Luft holen, musste sich auf die Reise durch den Fels vorbereiten!

Er hatte Clachel versprochen, sich um ihn zu kümmern. Doch nun musste er heilfroh sein, wenn er den Ritt durchs wilde Wasser selbst einigermaßen heil überstand.

Sein Fuß blieb irgendwo hängen, mit dem Kopf rasierte er über Fels. Er tauchte unter, kam wieder an die Oberfläche, schnappte nach Luft. Glitschiges Zeugs berührte ihn. Er wurde nach links und nach rechts gerissen, nach oben und nach unten. So lange, bis diese Begriffe ihre Bedeutung verloren und er willenlos geschehen ließ, was die Wassergötter mit ihm taten.

Es war vermessen gewesen zu glauben, Clachel helfen zu können. Er schaffte es kaum, bei Bewusstsein zu bleiben, die vielen Berührungen und Schläge unter Wasser wegzustecken, hier und da Luft zu holen. Es riss Darne weiter, plötzlich mehrere Katarakte hinab, in ein tiefes Becken, dessen Strömung ihn in einen Strudel spülte. Kopfüber wurde er hineingesogen, mit brennender Lunge, um woanders ausgespuckt zu werden, nun wieder in einem breiteren Wasserlauf, der, seinem Gefühl nach, bergauf führte.

Wie konnte das sein? Was geschah bloß mit ihm? Versagten seine Sinne? Und was waren das für Dinge, die er rings um sich fühlte, weich und glitschig und warm …

Da war ein Lichtschimmer voraus, über ihm, neben ihm. Er glitzerte und glänzte. Er versprach dringend benötigte Atemluft. Darne streckte die Hand aus, als könnte er danach greifen, als könnte er die Helligkeit zwingen, zu ihm zu gelangen und ihm zu helfen.

Er durchstieß die Wasseroberfläche und schlug mit dem Schädel gegen eine niedrige Decke. Dann wurde er vom Sog des Flusses auf das Licht zugezogen, diesen Flecken, der wie das Versprechen vollständiger Erlösung wirkte nach all den Mühsalen, die er auf sich hatte nehmen müssen. Er atmete kräftig durch. Gleich hatte er es geschafft, war frei, richtig frei …

Jemand packte ihn und drückte ihn unters Wasser. Er wollte husten, konnte aber nicht. Seine Füße berührten Boden, er stieß sich ab, schob den Kopf über die Oberfläche.

»Das Leben ist Kampf«, hörte er Smuj Waldklau sagen, »und manchmal bevorzugen die Götter den besseren Schwimmer.«

Darne fühlte einen Schmerz in der Magengrube, wie von einem Stich. Er blickte in Smujs hässliche Fratze, in vor Zorn funkelnde Augen. Smuj hielt einen Arm hoch, und in der Hand lag ein Messer, kurz und spitz. Er stach erneut zu. Darne drehte sich im Wasser zur Seite, doch das nützte ihm kaum. Sein Gegner hakte ihm die Beine ein und tauchte gemeinsam mit ihm unter, ließ ihn Wasser schlucken. Als Darne die Waffenhand des anderen losließ, um irgendwie irgendwo Halt zu finden, stach Smuj erneut zu, in Darnes rechten Oberarm, dann in die Beuge des Ellenbogens, durchdrang die schützende Lederschicht, dann ins Handgelenk.

Es waren bloß Nadelstiche, und doch schwächten sie Darne. Ließen ihn gleichgültig werden. Er fühlte eine bislang ungekannte Müdigkeit. Seine Arme und Beine wollten sich nicht mehr bewegen, wollten ihn nicht an der Wasseroberfläche halten.

Ein weiterer Stich in den Rücken, einer ins Bein. Höhnisches Gelächter, das von überall her und nirgendwo an sein Ohr drang. Eine kräftige Hand, die ihn wieder unter Wasser drückte, ohne dass Darne zuvor nach Luft hätte schnappen können.

Er sah das Rot, das ihn umgab. Blut, das aus seinem Leib floss und Fäden im Wasser zog. Abstrakte Bilder entstanden, die ihn amüsiert hätten, wäre es nicht sein Lebenssaft gewesen.

Darne gab auf …

… und trieb hoch an die Wasseroberfläche, plötzlich von aller Last und allem Druck befreit. Er hielt den Kopf ins Freie, atmete die Luft gierig ein, klatschte zurück, hechelte und versuchte, wieder zu Verstand zu kommen. Trotz dieser elendigen Müdigkeit und der Schmerzen, die er überall an seinem Körper spürte. Doch sein Lebensmut kehrte zurück, bloß wegen einiger Atemzüge und der Ahnung, dass der Große Gleichmacher, obwohl sein Schatten schon zu sehen war, unverrichteter Dinge abrücken würde, wenn er sich gegen ihn wehrte, ihn kraft seines Willens verjagte.

Wo war Smuj? Was war mit ihm geschehen?

Neben Darne schäumte das Wasser. Zwei Gestalten rangen miteinander. Eine von ihnen war unverkennbar jene von Bentaloppes ehemaligem Stellvertreter, die andere war die von Clachel. Der Diener bäumte sich also gegen seinen Herrn auf. Der Bärtige hielt sein Wort. Er kämpfte für ihn, für Darne, beschützte ihn. Obwohl er nicht schwimmen konnte und gewiss Todesängste auf seiner Reise durchs Wasser ausgestanden hatte.

Er wollte Clachel helfen, wollte in den Kampf eingreifen. Doch es fehlte ihm die Kraft. Er musste dringend seine Wunden versorgen, benötigte Hilfe. Diese Auseinandersetzung musste ein anderer für ihn beenden.

Das Lichtauge, auf das sie zutrieben, wurde breiter und größer. Es zeigte blendendes Weiß. Darne hätte nicht zu sagen vermocht, ob er Himmel oder Land erblickte. Doch es war einerlei. Hauptsache, sie gerieten ins Freie, um frische Luft zu atmen und nicht mehr diese grässliche Dunkelheit um sich zu haben. Damit er sich irgendwo ans Ufer schleppen und seine Wunden versorgen konnte, bevor ihn die letzten Kräfte verließen.

»Du … wirst mir niemals mehr wieder sagen … was ich zu tun habe!«, hörte Darne Clachel rufen. »Ich diene nun … einem neuen Herrn!«

»Du Idiot! Wir haben es beinahe geschafft. Der Schatz, Clachel, der Schatz!«

Die beiden tauchten unter. Das Wasser schäumte. Eine Hand kam hoch, mit einem Messer darin, dann ein Bein, dann ein

Kopf. Darne wusste nicht zu sagen, wem was gehörte. Er konnte bloß hoffen, dass Clachel die Oberhand behielt.

Das Licht … es war so nah. Und grell. Und es war mit einem Mal laut. Darne hörte Gebrüll, das seltsamerweise von unten kam, und noch bevor er einen klaren Gedanken fassen, noch bevor er etwas unternehmen konnte, trieb er ins Freie. Wurde ausgespuckt. Und fühlte ein großes Nichts unter sich, das ihm für einen Augenblick das wundersame Gefühl der Schwerelosigkeit schenkte, bevor er fiel und fiel und fiel, sich immer wieder drehend, in eine Tiefe, die mindestens dreißig Mannslängen maß.

Das Eiserne Hochland spie ihn aus, so wie man einen faulen Apfel aus dem Haus auf die Straße warf. Abfall, den niemand haben wollte.

Darne schrie seine Wut und vor allem seine Angst in die Welt hinaus. Er fürchtete sich vor dem Aufprall auf dieser grünblauen Oberfläche, die von schäumendem Weiß durchbrochen wurde, dort, wo sich das Wasser von oben in langen, niemals endenden Fäden mit dem des Beckens verband. Das Grünblau kam so rasch näher, dass Darne keinen vernünftigen Gedanken mehr fassen konnte, ihm kein Gebet an irgendwelche Götter mehr einfiel und er erst recht nicht über seine guten und schlechten Taten nachdenken konnte.

Mit aller Gewalt versuchte er seinen Körper so zu drehen, dass er mit den Füßen voran ins Becken eintauchte – und irgendwie klappte es. Er fühlte einen Schmerz, der sich allen anderen hinzufügte. Der Aufprall stauchte seinen Körper zusammen und ließ ihn glauben, er wäre auf festem Boden aufgekommen. Dann fiel er vornüber, irgendwie, war unter Wasser, ganz weit unten, dass die Ohren schmerzten und er felsigen Grund berührte.

Wieder war die Orientierung weg. Wieder wusste Darne nicht zu sagen, wo oben und unten war. Es kostete ihn viel Mühe, den einzig richtigen Gedanken zu fassen: sich mit den Beinen abzustoßen, damit er zurück an die Oberfläche trieb.

Die Bilder, die er rings um sich zu sehen bekam, erschienen ihm wie aus einem Traum. Sie zeigten Unterwasserwirbel, Algen, die in einer sachten Strömung wogten, grünes Gestein und rote Fischlein, die sich zwischen Pflanzen verbargen. Sprudel, Helligkeit, dunkle und unheimlich wirkende Winkel. Eine andere Welt, die sich gehörig von jener unterschied, die er wieder zu sehen bekam, als er an die Oberfläche gelangte. Er spuckte Wasser, legte sich auf den Rücken und brachte sich mit sachten Beinbewegungen fort vom Wasserfall, wobei er sich auf eine Sandbank zubewegte.

Er stieß mit dem Kopf gegen dahintreibendes Holz, hielt sich für eine Weile fest und machte dann die letzten Beinzüge, um das Ufer zu erreichen. Schlickigen Sand, der an ihm kleben blieb und unter seinen Beinen nachgab. Nur mit größter Mühe gelang es Darne hochzuklettern, weg vom verfluchten Wasser. Er ließ sich völlig erschöpft auf einem kleinen Wiesenfleck nieder.

Etwas bewegte sich unmittelbar neben Darne. Der Kopf einer Schlange tauchte aus dem Gras auf. Sie zischelte ihn an, befand ihn dann nicht für würdig, sich weiter mit ihm abzugeben, und schlängelte sich ins Wasser hinab, um gleich darauf unterzutauchen.

Er war allein. Das Gebrüll des Wasserfalls wurde manchmal übertönt vom Schrei eines Vogels, der in den Wipfeln eines Baums sein Liebesleid klagte.

Darne erlaubte sich zehn, zwölf Atemzüge, dann richtete er sich halb auf. Arme und Beine zitterten unkontrolliert. Der Schock, die Schmerzen, die Angst – dies alles war mit einem Mal da, traf ihn wie ein Hammerschlag.

Er drehte sich zur Seite und betrachtete den Wiesenfleck unter seinem Hintern. Er färbte sich allmählich rot. Die vielen Verletzungen, die Smuj Waldklau ihm zugefügt hatte, ließen ihn bluten wie ein Schwein. Er musste sich damit befassen, jetzt gleich, bevor die Erschöpfung ihn endgültig in ein schwarzes Nichts schickte, aus dem es kein Erwachen mehr gab.

Darne nahm das Messer, schnitt mehrere Lederstreifen aus seinen Hosenbeinen, wrang sie so gut es ging aus und wickelte sie um Arme und Beine, wo er Einstiche entdeckte. Insgesamt waren es acht. Einige von ihnen hatte er nicht einmal bemerkt, nicht gespürt.

Der Stich in seiner rechten Brustseite war nicht tief, den Göttern sei Dank! Smuj hatte eine Rippe getroffen, darum war die Klinge nicht tiefer eingedrungen. So geschickt sich Waldklau auch im Kampf im Fluss angestellt hatte – er hatte ihm keine lebensgefährlichen Verletzungen zugefügt. Es war einzig und allein der Blutverlust, der Darne zu schaffen machte.

Er presste die verletzte Rechte mit einem sauberen und beinahe trockenen Lederfleck gegen die Wunde in der Brust, legte sich zurück ins Gras und begann zu zählen, so wie es ihm Anta beigebracht hatte. Langsam von hundert bis eins und dann noch einmal. Das Gefühl, die Zahlen in seinem Kopf vorbeigleiten zu sehen, hinterließ in Darne ein beruhigendes Gefühl. Sein Herzschlag war nun langsamer, er sah die Dinge gelassener. Er konnte die Augen schließen und über all das nachdenken, was er seit dem Abstieg in die Dunklen Tiefen erlebt und mitgemacht hatte.

Irgendwo lebten gewiss eine große Menge Schutzgötter, denen er sein Leben verdankte. Er würde sich eines Tages bei ihnen mit einem großen Opfer bedanken. Doch nicht hier, nicht jetzt. Nun, da zumindest die Wunden verbunden und er wieder bei klarem Verstand war, musste er herausfinden, was mit Clachel sowie Smuj geschehen war – und er musste sich um die Kameraden kümmern. Sie waren wie er vom Fluss aus dem Fels gespuckt worden und über den Wasserfall ins Bodenlose gestürzt. Sie mochten tot sein, irgendwo mit zerschmetterten Gliedern dahintreiben – oder aber seiner Hilfe bedürfen.

Er stemmte sich mühsam auf die Beine. Am liebsten hätte er

laut geschrien, verkniff es sich aber. Wer wusste schon, wen er mit einem lauten Schrei auf sich aufmerksam gemacht hätte?

Er trat zur Sandbank und betrachtete den Wasserfall. Ihn graute, als er daran dachte, dass er durch diesen Schlund dort oben, ganz weit oben, herabgefallen war, für mehrere Herzschläge lang durch die Luft geschwebt war und schließlich in eiskaltes Wasser eingetaucht war. Kaum zu glauben, dass er diesen Sturz überlebt hatte.

Darne überlegte. Wo konnte es seine Kameraden hingetrieben haben, wenn sie denn noch lebten? Das Wasser rann wenige Schritte neben ihm in einem ruhigen Gefälle ab. Dort hatten Biber einen Damm errichtet, der einen Bewusstlosen auffangen würde, bevor er sich weiter von hier entfernte. Auf der anderen Seite, dort, wo steile Berge das Tal begrenzten, gab es ebenfalls zwei Stellen, an denen jemand, so wie er auf der Sandbank, Schutz suchen konnte – und tatsächlich, in einer winzigen Bucht regte sich etwas oder jemand. Eine Frauengestalt, groß und kräftig gebaut. Bentaloppe. Sie winkte ihm müde zu.

Darne fühlte unendliche Erleichterung. Er war nicht allein! Zumindest einer seiner Gefährten hatte die Reise über und durch den Fluss überlebt.

Bentaloppe stieg ins Wasser zurück. Sie zog ein großes, schwarzes Etwas ans Ufer und legte es mit großer Mühe am Rand der Bucht ab. Dies war unzweifelhaft Morilaccs Körper. Bentaloppe bemühte sich um den Mann vom Tal, der sich in dieser Umgebung womöglich wie zu Hause fühlte, in dieser schmalen Kerbe der Natur, die an drei Seiten von steil aufragenden Gebirgsblöcken begrenzt war.

Wo war Birle, wo Clachel? Hatte der Bärtige Smuj besiegen können, oder war er im Zweikampf unterlegen?

Darne tastete erneut nach seinem Messer. Das Schwert, das er bei sich getragen hatte, war nicht mehr an seinem Platz. Er hatte es irgendwo im Fluss verloren.

Da, ein Geräusch! Ein Ton, der nicht hierhergehörte!

»Du entkommst mir nicht!«, hörte er Smuj Waldklau sagen. »Niemals!«

Der Kerl kam aus dem Wasser gestiegen, nach wie vor mit seinem Messer in der Hand. Er torkelte und taumelte und konnte sich kaum noch auf den Beinen halten.

Darne betrachtete seinen Gegner. Dieses verräterische Schwein, das alles und jeden betrog und keinerlei Gefühl für Ehre hatte. Smuj sah grässlich aus, neue Wunden zierten seinen Kopf und seinen Hals. Irgendwo hatte er sich die Hälfte seines Gesichts weggerissen, ein Auge hing wie ein Fremdkörper in seiner Höhle. Doch Smuj kannte keinen Schmerz. Er kam auf ihn zu, mit seinem langen Messer in der Hand, wie ein Rachedämon, der den tiefsten Schlünden entstiegen war.

Darne wollte betteln und vor seinem Gegner auf die Knie fallen. Doch er wusste, dass Smuj kein Erbarmen kannte und eine flehentliche Bitte für ihn keinerlei Bedeutung hatte. Darne würde in einen Kampf gehen müssen, dessen Ausgang vorbestimmt war.

»Der Rego sagte mir, dass du zäh wärst. Dass es viel bräuchte, um dir endgültig den Garaus zu machen. Doch jetzt ist es so weit, Darne Bunthand.« Smuj kletterte gebeugt ans Ufer, nur wenige Schritte von ihm entfernt. Er tastete über sein beschädigtes Auge, als wollte er es zurück in die Höhle stopfen.

Darne stolperte vorwärts. Holte Kräfte aus seinem geschundenen Körper heraus, von denen er nicht gewusst hatte, dass er sie besaß. Er warf sich mit seinem gesamten Gewicht gegen Smuj, überraschte ihn, sodass sie gemeinsam zurück ins Wasser stürzten. Zurück ins ungeliebte Nass, in diese schreckliche Kälte.

Er stach auf Smuj ein, doch seine Stiche, schwach geführt, vermochten die Lederrüstung nicht zu durchdringen.

Smuj brüllte auf. Lachte. Er wusste, dass er diesen Zweikampf gewinnen würde.

Darne wehrte sich verzweifelt. Er ahnte die Bewegungen des anderen voraus und hätte ihn unter anderen Umständen gewiss besiegt. Doch der Blutverlust und die vielen Verletzungen machten ihn schwach, machten ihn müde.

Das Wasser schäumte. Eine Gestalt tauchte aus dem Schlamm an die Oberfläche, drängte sich zwischen Smuj und ihn. Ein von Schlick und Algen überzogenes Monstrum, das vage Ähnlichkeit mit Clachel aufwies, und sich mit aller Kraft auf den Narbigen stürzte.

Smuj gab nicht nach, gab nicht auf. Mit seinem Messer stach der wuchtig gebaute Mann um sich und wirkte in seiner Raserei wie einer der völlig entfesselt kämpfenden Bardyaggs. Darne klammerte sich an ihn und bemühte sich, seinen Bewegungsradius einzugrenzen, sodass Clachel dem Feind den Garaus machen konnte.

Smuj wischte ihn mit einer Handbewegung beiseite, und noch bevor Darne sich erneut auf ihn werfen konnte, war der Menschenschinder über Clachel hergefallen und hieb wie ein Irrer auf seinen ehemaligen Kameraden ein.

Da lag ein Stein im Wasser. Flach, rund, halb so groß wie ein Kopf. Darne vermochte ihn kaum aus dem felsigen Untergrund zu lösen, doch irgendwie schaffte er es. Er ließ sich auf die beiden Kämpfenden fallen und hieb mit dem Stein mit aller verbliebenen Kraft auf Smuj ein. Oder war es Clachel, dessen Rücken er traf? Wenn er doch bloß etwas erkennen könnte in diesem Durcheinander aus Schaum und Blut und Schlamm!

Darne schlug zu, immer wieder. Er hörte etwas unter seinen Händen knacken, dann spritzte Blut.

Er konnte und wollte nicht aufhören. Diese Auseinandersetzung mit Bentaloppes ehemaligem Stellvertreter musste endlich ein Ende haben. Er schlug zu und schlug zu und schlug zu, hob den Stein immer wieder hoch über den Kopf, um damit dann erneut auf den Menschen unter ihm einzudreschen …

»Hör endlich auf!«

Darne fühlte sich gepackt und zur Seite gedreht. Er starrte in ein Gesicht, das ihm vage bekannt vorkam. Das er zu einer anderen Zeit an einem anderen Ort einem Freund zugeordnet hatte. Doch der Name wollte ihm nicht einfallen. Es war auch einerlei, er hatte eine Aufgabe zu erledigen … Was war es noch mal, was er zu tun hatte? Ach ja, den Feind töten …

Ein mörderischer Schlag traf ihn an der Wange. Jemand hatte ihm eine Ohrfeige verpasst, wohl mit einer Bratpfanne oder zumindest mit Händen, die genauso groß waren. Darne fiel zur Seite, die Beine konnten sein Gewicht nicht mehr tragen, die Knie knickten einfach weg, und er landete im Schlamm des Ufers, um tief darin zu versinken.

Stille packte ihn ein. Die Ruhe der Unendlichkeit. Jene, die der Große Gleichmacher mit sich brachte, wenn er auf Beutezug ging. Er nahm Menschen wie ihn mit sich, die in diesem Jammertal des Lebens nichts mehr zu suchen hatten, und führte sie in sein Heim, das von Elend, Erbärmlichkeit und Einsamkeit beherrscht wurde.

»Du stirbst mir nicht, Mistkerl!«

Darne fühlte erneut diese überaus kräftigen Hände in seinem Gesicht. Sie tätschelten ihn wenig zärtlich und machten, dass er die Augen aufschlug, deren Blicke zornig nach jenem Wesen suchten, das ihn dem Großen Gleichmacher ein weiteres Mal entreißen wollte.

»Du bist ein zäher, kleiner Bursche«, sagte Morilacc vom Tal. »Andere wären an diesen Wunden längst verreckt. Du aber steckst sie weg und findest auch noch die Kraft, einen Kerl zu erschlagen, der nicht vier Jahre lang alle möglichen Entbehrungen erleben musste.«

Er deutete auf ein Stück Etwas, das mit dem Kopf nach unten im Wasser trieb. Birle und Bentaloppe standen in der Nähe. Die Frau aus dem Süden würgte, als wollte sie sich übergeben. Sie musste von der ehemaligen Lagerkommandantin gestützt werden. Die Hohe Dame watete mit ihr aus dem Wasser, nicht, ohne dem völlig verunstalteten Leichnam einen Tritt zu versetzen, der ihn langsam in die Mitte des Wasserbeckens treiben ließ. Dort nahm ihn die Strömung auf und führte ihn weg, fort aus ihren Augen.

»Clachel …«, krächzte Darne.

»Hat sein Bestes gegeben«, sagte Bentaloppe, und tatsächlich klang so etwas wie Bedauern in ihrer Stimme mit. »Aber dieser Schweinehund von Smuj hat ihn getötet, bevor du wiederum ihn erledigen konntest.«

Sie kam auf ihn zu, hob ihn gemeinsam mit Morilacc hoch, dann schleppten sie ihn auf den Wiesengrund, um ihn dort sacht abzulegen. Es war ein seltsames, ungewohntes Gefühl, von einer Frau getragen zu werden. Und noch merkwürdiger fühlte es sich an, als sie begann, ihm seine nassen Kleider vom Leib zu schälen, zuerst das lederne Übergewand, dann die wenigen Stoffbahnen darunter, die noch nicht völlig zerrissen waren.

»Nicht«, lallte Darne.

»Du bist das zäheste Stück Mensch, dem ich je begegnet bin«, sagte Bentaloppe und schüttelte den Kopf. »Bist du tatsächlich der eine, der …«

Sie brach ab, als hätte sie etwas gesagt, das sie unter keinen Umständen verraten wollte, und hob dann Darnes Oberkörper an. »Birle, du musst mir einige Pflanzen besorgen«, wandte sie sich an die andere Frau. »Ich beschreibe sie dir. Ich bin mir sicher, dass sie in unmittelbarer Nähe wachsen. Und irgendwie müssen wir es schaffen, ein Feuer zu entzünden, andernfalls …«

Die Worte wurden zu einem Gemurmel, das Gemurmel zu einem unverständlichen Geplapper, das lange andauerte und immer wieder von heftigem Gebrüll unterbrochen wurde.

Darne träumte. Von umhereilenden und tanzenden Gestalten, die ihn umringten. Die Beschwörungen flüsterten, ihn betatschten, ihn hin und her warfen, ihm Schmerzen zufügten und alles unternahmen, damit er ja nicht einschlief. Dabei war er so schrecklich müde.

Irgendwann fühlte er Wärme, und als er endlich wieder die Augen öffnen konnte, erblickte er ein rauchendes Feuer, in dem grünes Holz laut knackend verbrannte.

Die Hitze gab ihm ein wohliges Gefühl, doch irgendwann wurde es ihm zu viel. Am liebsten hätte er sich die Haut vom Leib gezogen. Er kratzte sich, wollte es vielmehr, doch er fuhr sich mit den Fingern stattdessen nur kraftlos über die Haut, bis er daran gehindert wurde.

»Er fiebert«, hörte er jemanden sagen. »Das ist gar nicht gut. Birle, du musst …«

Wieder verloren sich die Stimmen in einem monotonen Einerlei, während Darne schwitzte und es ihm kalt wurde und er einen erneuten Hitzeschub erdulden musste.

Geister umgaben ihn. Sie flogen von Baum zu Baum, näherten sich und flüsterten ihm seltsame Dinge zu, die er tief in seinem Herzen zu verstehen meinte, aber nicht mit seinem Verstand. Manche von ihnen waren gut, andere böse. Allesamt zogen und zerrten sie an ihm, wollten ihn nach links oder nach rechts ziehen. Bentaloppe tauchte zwischen ihnen auf, die Hohe Dame, und vertrieb sie mit kräftigen Schlägen, während Birle und Morilacc vom Tal tatenlos zusahen.

Allmählich verschwanden die Geister. Sie zogen sich in die obersten Äste der Bäume zurück oder verschwanden im feuchten Erdreich, um dort zu verharren, in Lauerstellung. Darne ahnte, dass sie jederzeit wiederkehren konnten. Sobald er ein Anzeichen von Schwäche erkennen ließ, würden sie ihn erneut heimsuchen.

Du darfst den Geistern niemals nachgeben!, dachte er, bevor ihn die Schwäche wieder packte und ihm endlich erlaubt wurde einzuschlafen.

22. Bentaloppe

Wie würde Bernyl die Nachricht von der Zerstörung des Lagers aufnehmen? Und die von ihrer Flucht? Was durfte sie ihm sagen, was musste sie verschweigen? Was sollte sie bloß mit Darne machen, der all ihre Hoffnungen nicht nur erfüllte, sondern bei Weitem übertraf?

Sie durchquerte vorsichtig einen Bach, der von den gestrigen Regenfällen angeschwollen war und für Bentaloppes Geschmack viel zu viel Wasser mit sich führte. Sie hatte für lange Zeit genug gesehen – und vor allem geschluckt – von diesem ekligen kalten Nass.

Es grenzte an ein Wunder, dass sie den richtigen Weg durch die Berge des Eisernen Hochlands gefunden und den Sturz in die Tiefe überlebt hatten. Ein Wunder, das keines war, wenn sie bedachte, wie umsichtig Darne sie geführt und wie selbstverständlich er die Rolle als vorderster Mann übernommen hatte.

Wusste der junge Mann eigentlich, welch hervorragende Anlagen in ihm schlummerten? Würde er sich eines Tages über die vielen Verwundungen wundern, die er allesamt überlebt hatte? Über die Kraft, die er aus sich selbst schöpfte und die ihn Strapazen erdulden ließ, die andere Krieger längst ins Reich des Großen Gleichmachers geschickt hätten?

Bentaloppe versuchte sich an die Zeit vor mehr als zwanzig Jahren zu erinnern, da sie auf Bernyls Befehl hin das Lederland bereist und Säuglinge gesucht hatte, auf die der Hofkanzlist sie hingewiesen hatte. Sie war sich sicher, dass Darne einer von ihnen gewesen war. Sie hatte ihm eine Prägung aufgesetzt, deren Wirkung sie erst seit geraumer Zeit durchschaute.

Sie war gewiss im Dorf Knospbruch gewesen, im Tal Sturz, in der Provinz Fels. Sie hatte weder das Gesicht der Mutter noch des Vaters in Erinnerung behalten, noch wusste sie über die Lebensumstände des ganz jungen Darne Bescheid. Da waren viel zu viele Reisen und Aufträge Bernyls gewesen, die sie in jeden beliebigen Flecken des Lederlandes geführt hatten.

Bentaloppe verfluchte ihr schlechtes Erinnerungsvermögen. Und ihre schmerzenden Beine, die sie viel zu langsam trugen, den Hügel hoch, von dem aus sie einen Blick auf das unter ihr liegende Land zu erhaschen erhoffte.

Da waren Karnickelspuren und die eines tierischen Räubers. Ein Pfad, kaum erkennbar, deutete womöglich auf eine von Menschen verlassene Behausung hin. Eine Unterkunft aus Holz oder Stein wäre ein Geschenk der Götter gewesen, um die Zeit abzuwarten, die Darne benötigte, um zu genesen. Es war ein schöner Tag, gewiss, doch das Wetter konnte rasch wieder umschlagen und ihnen Kälte sowie Feuchte bescheren.

Ein Pfiff erklang. Bentaloppe zuckte zusammen, obwohl sie wusste, dass der Laut von einem Häher stammte. Sie erschrak bei jedem Geräusch, das sie hörte.

Du gehst auf die fünfzig Lebensjahre zu!, sagte sie sich. *Kaum ein Mensch des Lederlandes erreicht ein derartiges Alter, ohne dass Leib und Seele Kraft einbüßen. Bernyl ist der miserabelste Vater, den man sich nur wünschen kann. Aber er schenkt dir auch Kraft und Gesundheit, die weit über das übliche Maß hinausreichen.*

»Bist eine alte Frau. Bist eine halb tote Frau.«

Bentaloppe zuckte zusammen. Blieb stehen. Sah sich um, aufmerksam, auf alles gefasst.

Da war nichts. Nur Krüppelgewächse, wie sie im Umland

des Eisernen Hochlands vorherrschten, Dornenbüsche und vermooste Steine.

Einer der Felsen bewegte sich. Wuchs, wurde größer, um sich dabei allmählich zu verändern. Das Geschöpf vor ihr legte seine grüne grasbewachsene Überdecke ab und zeigte sich.

Eine Bardyagg-Frau. Eine, die Bentaloppe kannte.

»Cymbyr«, sagte sie leise und tastete nach ihrer Waffe.

»Lass das Schwert stecken, Hohe Dame. Ist kein Waffentag. Ist kein Bluttag.«

Bentaloppe trat vorsichtig näher, die Hand weiterhin am Schwertgriff.

»Bist vorsichtig.« Cymbyr kicherte. »Das ist gut, vorsichtige Hohe Dame. Sind viele Gefahren hier. Gefährliche Gefahren.«

»Du bist weit weg von deiner Heimat, Cymbyr. Und ohne deine Blutschwester?«

»Kommt sie noch? Wer weiß das zu sagen?« Die Bardyagg streckte ihren Leib und legte den Überhang gänzlich ab. Ihr Körper war ausgemergelt, knöchern. »Reden wir über – wie sagen Menschen? – über Geschäfte.«

Bentaloppe setzte sich ins Gras, ohne Hast und so, dass die Bardyagg-Frau ihre Hände sehen konnte. »Reden wir, Cymbyr.«

»Ihr habt Hochland besiegt. Vier Menschen von zehn mal zehn mal sechs Menschen. Sind nicht viele. Wir Bardyaggs haben gut gekämpft, nicht wahr?«

»*Ihr* habt uns besiegt. Es war nichts als Glück, dass wir vier entkommen konnten. Es war ein guter Schwerttag für euch.«

»Schenkst das Lob her, weil's nichts kostet.« Cymbyr spuckte verächtlich aus. »Weil du fürchtest, dass wir euch auch noch töten, diese vier von zehn mal zehn mal sechs Menschen.«

»Ich habe keine Angst vor dem Tod und auch nicht vor dir, Cymbyr. Aber du sagtest, es sei kein Bluttag. Also sag, was du zu sagen hast.«

»Schlaue Kriegerin kennt auch Worte der Schläue. Ich achte

dich, auch wenn ich Menschen nicht mag.« Die Bardyagg-Frau gab sich mit einem Mal wieder leutselig und entspannt. Sie kam näher und setzte sich unmittelbar vor Bentaloppe auf den nackten Boden und zog die Knie an, sodass die Hohe Dame die haarige Scham ihres Gegenübers sehen konnte.

»Ja, ich bin schlau. Und deswegen glaube ich, dass uns die Bardyaggs haben entkommen lassen. Sie hätten uns in den Dunklen Tiefen einholen und niedermachen können. Sie sind tapfer, schnell und kennen ganz genau die Höhlen und Kavernen ihrer Heimat.«

»Hm. Warum sollten Bardyaggs euch laufen lassen?«

»Weil sie möchten, dass wir eine Nachricht überbringen. An den Rego. Cymbyr will, dass wir unserem Herrscher vom Kampfesmut erzählen, mit dem die Bardyaggs uns überrannt und zehn mal zehn mal zwei Soldaten des Lederlandes besiegt haben.«

»Bardyaggs hatten immer schon – wie sagst du? – Kampfesmut. Haben ihn vergessen, irgendwo auf dem Weg durch die Generationen. Haben ihn nun wiedergefunden. Weil wir fühlen, dass neue Zeit kommt, die neue Herrscher bringt und neue Menschen bringt. Alles ändert sich. Arm wird reich, reich verliert alles. Land wird zu Wasser, Fluss zu trockenem Bett. Alles bricht auf, alles wird neu. So wie es schon oft passiert ist. Fünf Generationen Bardyaggs leben und sterben, dann Zeit der Änderung, dann wieder fünf Generationen der Ruhe. So war es, so ist es.«

Bentaloppe hörte aufmerksam zu. Was diese kleingewachsenen, haarigen Wesen als *Zeit der Änderung* bezeichneten, war den Menschen als *Zeit der Bewegung* bekannt. Es gab gewiss einen Grund für die Existenz dieses Mythos. Alle Wesen, die im Lederland lebten, hatten davon schon mal gehört. Die Gedächtnismeister verpackten ihn in Märchen, alte Leute faselten von Dingen, die sie von den Vätern ihrer Väter gehört hatten, und

Aufzeichnungen, die trotz aller Verbote existierten, wurden von den Soldaten des Rego vernichtet, wo auch immer man sie fand. Bentaloppe hatte mehr als einmal an der Vernichtung alter Schriften und Zeichnungen teilgenommen. Mit schwerem Herzen hatte sie zugesehen, wie die Feuer hochgelodert waren und Schriften verbrannten, die Licht in die Schatten der Vergangenheit hätten bringen können.

Bernyl hatte sie viele Dinge gelehrt. Doch er hatte es tunlichst unterlassen, über diese Dinge zu reden. Was stets ein schlechtes Zeichen war. Denn der Hofkanzlist vergaß nichts und wusste alles. Er hatte gewiss einen Grund, sein Wissen mit niemandem zu teilen.

»Denkst nach, Hohe Dame? Versuchst zu verstehen?«

Sie kehrte in die Gegenwart zurück, zu Cymbyr. »Ja, das tue ich. Aber es will mir nicht gelingen. Weil ich nicht weiß, was du und deine Blutschwester von mir erwarten.«

»Ihr findet Weg zurück. Erzählt dem Rego von den Taten der Bardyaggs. Sagt ihm, dass er niemals mehr wieder ins Eiserne Hochland kommen soll. Heimat gehört nun wieder ganz uns. Wir werden leben, wie es die Götter wollen – und nicht, wie ein Herrscher befiehlt.«

»Der Rego wird ganz und gar nicht mit euren Plänen einverstanden sein, Cymbyr. Er betrachtet eure Heimat als Teil seines Reichs. Er wird gut ausgebildete Soldaten schicken, zehn mal zehn mal zehn und mehr. Sie werden euch erneut unterjochen, die Alten und die Kinder töten und die Frauen zu Liebchen dieser Kämpfer machen.«

»Wird er nicht!«, schrie die Bardyagg-Frau in plötzlicher Wut. »Sag Rego, dass wir den Kampf wiederentdeckt haben. Dass wir keine Schwäche mehr zeigen. Du, Kriegerfrau, wirst ihm sagen und zeigen, was Bardyaggs mit Feinden tun. Wirst erzählen, wie wir über sie herfallen, sie töten. Wir sind viele. Mehr, als du glaubst. Wir kennen das Eiserne Hochland, kennen die Zugänge, sind in der Heimat nicht zu erwischen. Soldaten mögen ins Hochland kommen, doch sie werden sterben, einer nach dem anderen.«

Cymbyr rückte ganz nahe an Bentaloppe heran, sodass die Hohe Dame den schlechten Atem der kleinen Frau riechen konnte. »Du entscheidest, Kriegerin. Redest du gut, herrscht Frieden zwischen uns und Mensch. Redest du schlecht, töten wir Menschen. Und eure Frauen werden *uns* als Sklavinnen dienen.«

»Du machst es an meinen Verhandlungskünsten fest, ob es zum Krieg kommt oder nicht? Ich bin am Hof nicht sonderlich beliebt. Und ich werde auch nicht mehr dorthin zurückkehren.«

»Was ist das für ein Hof, wo eine starke Kriegerin nicht ihre Worte vortragen darf? Tu, was du kannst, Hohe Dame. Wir warten auf Krieger aus den Menschenländern.«

»Ich werde es versuchen.« Bentaloppe erinnerte sich eines anderen Problems. »Was ist mit den Zecken? Der Rego wird sie niemals aufgeben. Er benötigt das Gold, das er an ihnen und dem Cardym verdient.«

»Hypatore sind unruhig geworden und werden Eisernes Hochland bald verlassen. Sie wandern. Immer, wenn Zeit der Änderung ist.«

»Woher willst du das wissen?«

»Bardyaggs wissen mehr als Menschen. Sehen, fühlen, schmecken mehr. Wir berühren Stein und wissen, was er denkt. Wir greifen nach einer Baumfrucht und wissen, ob wir sie essen dürfen. Menschen aber sind dumm und nehmen, ohne sich mit Natur zu unterhalten.«

»Ich werde deine Worte dem Rego zukommen lassen, Blutschwester. Aber ich bezweifle, dass sie Eindruck auf den Rego machen werden.«

Cymbyr stand auf und trat nahe an Bentaloppe heran. Bentaloppe gab sich Mühe, ihre Nervosität nicht zu zeigen.

»Bernyl sitzt an der Seite vom Rego, nicht wahr?«

»Ja.«

Die Bardyagg-Frau schleckte mit der Zunge über Bentaloppes Oberarm. »Du riechst nach ihm, du schmeckst nach ihm«, sagte sie dann. »Hätte früher wissen müssen, dass sein Blut dein Blut ist. Aber du bist anders. Denkst nicht so falsch wie er. Du bist alles, was Bernyl nicht ist.«

»Ich bemühe mich, nicht er zu sein.« Es hatte keinen Sinn, der Bardyagg-Frau etwas vorzumachen, etwas zu leugnen.

»Du wirst scheitern«, sagte Cymbyr in überraschend gut verständlichen Worten. »Cardym spricht aus dir. Zeug, das euch allesamt tötet, das euren Geist und eure Geister auffrisst.«

»Ich weiß, was Cardym ist und was es bewirkt.«

»Dann nimm, was wir euch als Geschenk hinterlassen haben. Was Bunthand bei sich trägt. Wird dich heilen. Wird euch helfen, böse Geister und Dämonen zu besiegen.«

»Ihr habt es uns … hinterlassen?« Bentaloppe dachte an den Schatz, den Darne aus den Dunklen Tiefen mit sich genommen hatte. Cymbyr meinte zweifelsfrei diese fünf Säcke.

»Uns bringt es nichts. Wirkt bloß bei Menschen. Euch kann es Ausweg zeigen und euch helfen, Zeit der Änderung zu überleben. Nutzt es gut, nutzt es friedlich.« Die Bardyagg-Frau trat auf einmal einige Schritte zurück, verdrehte die Augen und schrie mit großer Vehemenz: »Geht endlich! Verschwindet, lasst euch nicht mehr blicken!«

Bentaloppe kam hoch und wich zurück, erschrocken vom Wandel, der Cymbyr mit einem Mal packte. Die Verhaltensweisen der Bardyaggs waren für sie ein Mysterium. Sie waren so seltsam, so unberechenbar …

Sie setzte sich in Bewegung, während die Blutschwester zwischen zwei Bäumen verschwand. Und nicht nur sie: Alle bemoosten Steine ringsum bekamen plötzlich Beine. Sie entpuppten sich als Krieger dieses seltsamen Geschlechts, die sich besser tarnten, als Bentaloppe es jemals für möglich gehalten hätte. Sie hatte nichts gehört, nichts gesehen, nichts gerochen. Diese Wesen waren in der Tat mit der Natur eins, und das machte ihr Angst.

23. Darne

Die Sonne schien, als Darne wieder zu sich kam. Er fand sich in einer anderen, veränderten Umgebung wieder. Das Lager, auf dem er ruhte, bestand aus trockenem Gras und mehreren großen Lederflecken. Geruch, der eine vage Erinnerung in ihm weckte, brachte ihn dazu, sich aufzurichten. Nicht zu schnell, denn sein Leib war einbandagiert. Grünbraune Pflanzenblätter bedeckten Brust, Arme und Beine. Selbst rechts und links seiner Leibesmitte lagen kühlende Blätter auf.

»Essen!«, krächzte er. »Fleisch. Am Spieß.«

»Ein Hase, den die überaus begabte Birle für uns gefangen hat.« Morilacc grinste ihn an. »Sie bewegt sich schneller als der Wind, wenn sie es denn will.«

»Aber es kostet mich Kraft«, ließ sich die Südländerin vernehmen, die unmittelbar neben Darne auf einer Lederdecke lag und deren Gesicht ein ähnliches Grün wie die Pflanzenverbände auf seinem Körper aufwies.

»Wo sind wir?«

»Hab dich ein Stück des Weges getragen«, sagte Morilacc. »Nahe des Wasserfalls war es zu feucht. Bentaloppe bestand darauf, dass wir dich hierherbringen. Sie ist im Übrigen eine ausgezeichnete Fährtensucherin. Sie fand den wohl besten Platz im gesamten Lederland für deine Genesung.«

»Wo ist die Plejar?« Darne sah sich um.

»Erkundet die Umgebung. Sucht nach einem Weg, der uns

in die Ebenen und damit zurück zu Menschen bringt.« Morilacc betrachtete ihn, in seinen Blicken lag Sorge. »Wie fühlst du dich? Du hast einen ganzen Tag geschlafen, nachdem wir uns ebenso lange darum kümmern mussten, dass du nicht den Großen Gleichmacher bei einem seiner Spaziergänge begleitetest.«

»Wir haben zwei volle Tage verloren? Aber die Bardyaggs, sie werden …«

»Gar nichts werden sie, Kleiner! Hast du schon vergessen, dass wir das Eiserne Hochland hinter uns gelassen haben? Sie verlassen es kaum einmal, und ganz gewiss nicht, um ein paar unbedeutende Flüchtlinge zu verfolgen. Ich denke, dass sie sich eben daranmachen, ihre Heimat vom Rest Hadens abzuschotten, die Minenwege durch den Berg unbegehbar zu machen und die alten Pässe zu schließen.«

Darnes Verstand funktionierte noch nicht gut genug, um all das zu erfassen, was Morilacc ihm sagte. Doch es reichte ihm zu wissen, dass sie sich vorerst in Sicherheit befanden.

Gräser und Blätter bewegten sich leise im Wind, dort, wo es keinen Wind geben durfte. Darne wollte aufspringen und sich nach drohender Gefahr umsehen. Doch Morilacc reagierte schneller als er. Er hielt sein Schwert in der Hand, stand geduckt da und witterte mit seiner zerschmetterten Nase nach allen Seiten.

Darnes Versuch aufzustehen kostete ihn mehr Kraft, als er geglaubt hätte. Wieder tanzten weiße Punkte vor seinen Augen. Allein wäre er völlig hilflos gewesen, wie ein Neugeborenes.

Bentaloppe trat auf den kleinen Platz, den sie als Lager auserkoren hatten. »Unser Held ist also wieder bei Bewusstsein«, sagte sie schmallippig. »Das trifft sich gut, denn wir sollten so rasch wie möglich von hier verschwinden.«

»Unmöglich!«, protestierte Morilacc. »Der Kleine ist viel zu schwach für einen Marsch.«

»Dann werden wir ihn tragen müssen.« Sie wies Birle mit

einigen Bewegungen an, ihre wenigen Habseligkeiten zusammenzupacken. Die Frau aus dem Süden gehorchte augenblicklich, obwohl auch sie nur unter größten Schwierigkeiten auf die Beine kam.

»Hast du … Bardyaggs entdeckt?«, fragte Darne mit rauer Stimme. »Verfolgen sie uns?«

»Wir sollten zusehen, dass wir von hier wegkommen«, wich Bentaloppe einer direkten Antwort aus. »Wir werden für dich eine Schlepptrage machen und dich hinter uns herziehen.«

»Das ist nicht … nötig.« Darne konzentrierte sich auf den linken Arm, dann aufs linke Bein. Irgendwie schaffte er es, sich hochzustützen und auch aufrecht stehen zu bleiben. Er tat vorsichtig einige Schritte über weichen, moosigen Boden. Es zwickte und zwackte ihn am ganzen Körper, seine Beine fühlten sich fast wie gelähmt an, und in seiner Brust sprang mit jeder Bewegung ein winziger Dämon auf und nieder. Doch er würde es schaffen. Ganz gewiss würde er sich nicht von den Kameraden schleppen lassen!

»Bewundernswert«, sagte Bentaloppe, und es klang tatsächlich so etwas wie Anerkennung in ihrer Stimme mit.

»Du bist ein Idiot!«, meinte hingegen Morilacc. »Du bist noch längst nicht so weit, einen Marsch über längere Distanzen zu schaffen. Wir haben unübersichtliches Gelände vor uns. Es geht über Stock und Stein, hügelan und hügelabwärts. Nach ein oder zwei Laufe bist du so tot wie eine Scheißhausfliege, die man erschlägt.«

»Zerbrich dir mal nicht meinen Kopf.« Darne biss die Zähne zusammen. Er lockerte die Muskeln, so gut es ging, und begutachtete dann den Sitz der vielen Blatt-Verbände. Sie hielten, und sie behinderten ihn kaum.

»Wirst du unseren … Schatz tragen können?«, fragte Bentaloppe.

Darne zuckte zusammen. Die fünf Säcke! Er hatte sie völlig vergessen, hatte bloß an sein Überleben gedacht! Was war mit diesen überaus wertvollen Beuteln? Hatten die Kameraden nachgesehen, was in ihnen steckte?

»Ja, haben wir«, beantwortete die ehemalige Plejar die unausgesprochene Frage. »Du wirst verstehen, dass wir neugierig waren. Aber wie du siehst, sind wir allesamt noch da, haben dich nicht darum betrogen.«

»Womit sich die Frage nach dem Warum stellt.« Darne humpelte auf einen der Säcke zu, öffnete ihn vorsichtig und betrachtete den Inhalt. Das Leinengewebe müffelte von dem vielen Wasser, dem es ausgesetzt gewesen war. Doch die Schatzsteine, nach wie vor von dicken, kaum geschrumpften Fettschichten umgeben, waren heil.

»Wir hatten eine kleine Unterhaltung, während du weggetreten warst«, sagte Morilacc. Er kaute an einem zähen Stück Fleisch. »Dabei ging es durchaus auch darum, dir den Schädel einzuschlagen oder dich einfach zurückzulassen, um mit den Schatzsteinen abzuhauen. Ich wurde überstimmt, und deshalb lebst du noch.« Der Riese grinste.

»Morilacc lügt, wie so oft. Er hat dich verteidigt und mit deiner Stimme gesprochen«, erklärte Bentaloppe. »Doch eigentlich waren wir uns einig. Du verdienst das Recht auf Rache. Stellvertretend für alle, die in den letzten Jahren im Eisernen Hochland so schrecklich leiden mussten und gestorben sind, sollst du deinen Plan durchführen. Du sollst den Rego stürzen.«

Machte sich die alte Frau lustig über ihn? Oder sollte aus einem Schwur, den er in seiner Einfalt als junger, heißsporniger Krieger ohne Erfahrung geleistet hatte, tatsächlich Ernst werden? Sollte wahr werden, wovon er vier Jahre lang geträumt hatte?

»Ich kann das nicht«, sagte er leise. »Wir teilen die Beute auf.

Jeder bekommt seinen gerechten Anteil. Dann zerstreuen wir uns in alle Teile des Lederlandes und leben in Saus und Braus.«

»Das täte dir so passen!« Morilacc vom Tal grinste. »Du hast das Zeug zu einem ganz großen Anführer und Krieger in dir, du weißt es bloß nicht.«

»Unsinn!«

»Ist dir nicht aufgefallen, wie bereitwillig dir die Menschen in die Dunklen Tiefen gefolgt sind? Auch die Gefangenen, obwohl die verhasste Lagerkommandantin mit uns ging? Hast du dich nicht gefragt, warum Clachel einfach so die Seiten wechselte und sogar willens war, für dich in den Tod zu gehen? Er stürzte sich auf Smuj Waldklau, weil er in dir etwas Besonderes sah. Einen Anführer, wie es sie nur wenige gibt. Einen Menschen, für den man durchs Feuer geht – oder, in unserem Falle, durchs Wasser. Du hast uns alle davon überzeugt, dir zu folgen.« Morilaccs Lächeln wurde zu einem breiten Grinsen. »Ich bin gewiss einer der größten Schweinehunde, die unter diesem Himmel herumlaufen, und ich wurde völlig zu Recht in das Lager des Eisernen Hochlands gebracht. Doch selbst ein verkommenes Miststück wie mich konntest du davon überzeugen, dich nicht zu töten und nicht all deine Habseligkeiten an mich zu nehmen. Mir ist gerade, als hätte ich Katzenscheiße im Mund, und am liebsten würde ich kotzen – aber ich hab das Gefühl, als machst du mich tatsächlich zu einem besseren Menschen.«

»Was für eine reizende Ansprache.« Bentaloppe schulterte drei der fünf Säcke und reichte Morilacc die beiden anderen. »Wir können uns unterwegs weiter unterhalten und uns gegenseitig erzählen, wie sehr uns Darnes Gegenwart das Leben erhellt. Aber hauptsächlich sollten wir dafür sorgen, dass wir von hier wegkommen. Und zwar rasch!«

Sie griff Darne unter einen Arm und half ihm, die ersten Schritte zu tun. Es ging einen sanften Hügel hinauf, über einen Pfad, der kaum als ein solcher zu erkennen war. Die Bewegung schmerzte, doch nach einer Weile gewöhnte er sich an das Zwicken in den Waden, das Stechen in der Brust und seine wackligen Beine, die Schmerzen im rechten Arm. Er erinnerte sich, was ihm Meister Aracam angetan hatte, damals, in seinem anderen, so einfachen und glücklichen Leben. Während seiner Gesundung hatte er ähnliche leidvolle Erfahrungen durchgemacht wie eben jetzt.

Waren diese Auseinandersetzung und deren Folgen eine Vorbereitung auf die Entbehrungen und Schmerzen gewesen, die nunmehr seine ständigen Begleiter waren? Hatte das Schicksal einen Weg voll Leid und Kampf für ihn vorgesehen?

»Denk an den Schatz«, sagte Birle und grinste. »Er wird uns allesamt ein schönes Leben bescheren.« Sie klopfte ihm aufmunternd auf die Schulter. Dann ging sie mit steifen Gliedern an ihm vorbei und tauchte in einen Ozean grünen Grases ein. Hier, im nur wenig besiedelten Land im Osten des Eisernen Hochlands, wuchs kaum etwas anderes als dieses Zeug, das von den wenigen Nutztieren auf den vereinzelten Gehöften nur unter Protest gefressen wurde, weil es so bitter schmeckte.

»Ein schönes Leben wartet also auf uns«, wiederholte Darne und folgte den drei Gefährten, den einzigen Menschen des Lederlandes, denen er vertrauen durfte.

Bentaloppe hieß sie anzuhalten. Sie setzte sich zu Boden, als wären all die Worte, die sie eben gesagt hatte, plötzlich hinfällig geworden.

»Bist du verrückt geworden?«, fuhr Morilacc sie an.

»Nein. Aber es gibt noch etwas zu tun, bevor wir zurückkehren. Ich denke, wir sollten es so rasch wie möglich hinter uns bringen.«

»Und zwar?«

Sie starrte Darne an. »Wir müssen uns Sicherheit verschaffen. Wir müssen wissen, was es ist, wofür wir den Rest unseres Lebens verwenden wollen. Ich will, dass du einen deiner Säcke öffnest und uns einen Teil des Schatzes zeigst. Wir müssen ihn in … Anspruch nehmen.«

Darne blickte zurück. Ihm war plötzlich unwohl bei dem Gedanken, hier anzuhalten und über diese Dinge zu reden. Gefahren drohten aus dem Eisernen Hochland und seinem Umfeld, das fühlte er.

Andererseits … drohten ihnen nicht auch Gefahren in den Gegenden, in die sie bald gelangen würden?

»Also schön«, sagte er und ließ sich im Gras nieder. Sein Rücken und die Beine schmerzten. »Lasst uns vom Schatz nehmen. Aber nur ein wenig.«

Darne holte einen der kleinen Klumpen hervor, reinigte ihn sorgfältig, schabte darauf herum und reichte das abgelöste Pulver weiter. Sie starrten sich gegenseitig an. Zögernd, unsicher. Und taten dann, was zu tun war.

Die darauffolgenden Momente änderten ihr Leben für immer.

TEIL VIER

24. Darne Bunthand

Der vorgebliche Palast war ein besserer Hühnerstall, das Essen lausig, die Diener logen und betrogen. Und dennoch war dies vorerst die beste Bleibe, die sie finden und für ihre Zwecke nutzen konnten.

Darne betastete sein narbenübersätes Bein und fühlte die tiefen, nur schlecht verheilten Wunden. Dann besah er seine Hände, die ihm einen Namen gaben, den jedermann hier benutzte.

»Ich darf also mit deinem Entgegenkommen rechnen, Hoher Herr Bunthand?«

»Wie hoch war noch mal die Summe, die du von mir leihen möchtest, Aroeme Ceagh?«

Der Gast verzog das Gesicht wie unter Schmerzen. »Ich befürchte, hier liegt ein Missverständnis vor, Hoher Herr. Ich benötige kein Darlehen. Ich biete dir ein Geschäft an, das …«

»… das auf Luft gebaut ist«, fiel ihm Darne ins Wort. »Du schwärmst von Häusern und von prächtigen Palästen, die du errichten möchtest. Und von anderen Leuten, die dir wie ich Schlei zur Verfügung stellen, bevor du deine Arbeiter die ersten Handgriffe tun lässt. Aber noch liegt kein Stein auf dem anderen, noch ist das Land brach und leer. Weil du nicht in der Lage bist, deine Leute und die Materialien zu bezahlen.«

»Jeder Bauherr verfügt über Hintermänner, die ihn mit den notwendigen Geldern ausstatten. Beide Seiten profitieren. Und das nicht zu knapp, denn es ist die richtige Zeit zum Handeln. Die Menschen kommen scharenweise hierher, angezogen von der günstigen Lage der Stadt und weil sie der Armut auf dem Land entfliehen – oder weil ihnen Attico die Wunderbare zu teuer wird.«

»Du nutzt die Notlage der Menschen aus!«

»Ich gebe ihnen, was sie benötigen. Wer will es mir übel nehmen, wenn ich dabei ein klein wenig Geld verdiene, zumal ich alle Risiken trage?«

»Diese Risiken trage ja wohl ich.« Darne faltete die Hände und stützte die Ellbogen auf seinen wuchtigen Schreibtisch.

»J-ja, Hoher Herr.«

»Ich gehöre nicht dem hiesigen Adel an. Wie du sicherlich weißt, bin ich aus dem Osten Hadens hierhergekommen. Ich verstehe nicht viel von den Bräuchen hier und von all den höfischen Ritualen. Sie sind mir, ehrlich gesagt, auch herzlich egal.«

»Als ich über dich Erkundigungen einzog«, sagte Aroeme, »warnte man mich vor deiner direkten Art. Du hättest vor nichts und niemandem Respekt. Hast du denn keine Angst davor, dass dir eines Tages die Truppen des Rego einen Besuch abstatten?«

»Ich halte mich an die Vorschriften. Es gibt kein Gesetz, das vorschreibt, höflich zu sein.« Darne lächelte. »Ich habe mich umgehört. Bei den Männern des Rechts und bei einigen der führenden Gedächtnismeister. Es steht mir frei, Menschen so zu behandeln, wie es mir passt, solange ich niemanden direkt und vor Zeugen beleidige.«

»Ich verstehe.«

Aroeme Ceagh, einer der angesehensten Männer von Mittigteilen, war seine Verwirrung anzusehen – und seine Angst. Er empfand gehörigen Respekt vor Darne, über dessen Herkunft viele Gerüchte im Umlauf waren. Die meisten hatten Bentaloppe oder Morilacc in die Welt gesetzt. Doch sie hatten sich längst selbständig gemacht, waren gewachsen und gewuchert und ergaben nun das Bild eines Mannes, der über fabelhaften Reichtum verfügte und diesen Eroberungsfeldzügen einer Söldnertruppe, die er befehligt hatte, in den Ländern des Südens verdankte. Er mochte ein wenig zu jung sein für diese Erzählungen. Doch die Narben im Gesicht und am Körper ließen ihn älter erscheinen, und die Leute glaubten ohnedies, was sie glauben wollten.

»Kehren wir zu deinem Ansinnen zurück, Aroeme Ceagh. Du möchtest Geld von mir haben. Und du bietest mir einen Teil jener Häuser, die du zu bauen beabsichtigst.«

»N-nein, Hoher Herr. Ich biete dir an, zu jedem zehnten Schlei, den du mir zum Arbeiten zur Verfügung stellst, in einem Jahr einen elften zurückzuzahlen. Das ist, wie ich finde, ein Geschäft, das deinen nicht unerheblichen Reichtum weiter anwachsen lassen wird.«

»Wie du selbst sagst, ist meine Kasse mit Münzen gut gefüllt. Ich habe nur wenig Interesse an Münzen aus Kupfer, Silber und Gold. Doch Land und Grundbesitz sind Dinge, die einen einfachen Menschen wie mich begeistern.«

Aroeme Ceagh verzog das Gesicht wie bei einem heftigen Schmerz. »Das heißt?«, fragte er leise.

»Ich gebe dir, was du an Mitteln benötigst. Allerdings unter gewissen Bedingungen.«

»Die da wären?«

»Zu jedem zehnten Haus stellst du ein elftes hinzu, das frei zur Verfügung steht. Für die Armen. Für die Geschlagenen. Für Frauen, die vor ihren Männern, und für Männer, die vor ihren Herren flüchten müssen.«

Aroeme blickte ratlos drein. Er schien nicht zu verstehen, bis sich sein Gesicht mit einem Mal aufhellte und er sagte: »Aber natürlich, Hoher Herr! Du möchtest die Menschen von Mittigteilen auf deine Seite ziehen, ihnen deine Großzügigkeit beweisen! Was für ein hehres Ziel, die Ärmsten der Armen zu beschenken.« Er zwinkerte Darne verschwörerisch zu. »Zumal ich hörte, dass du ein Amt im Stadtrat anstrebst und den guten Willen der Bevölkerung gewiss gebrauchen kannst.«

»Meine Beweggründe gehen dich nichts an«, sagte Darne mühsam beherrscht. Am liebsten wäre er über den Tisch gesprungen und hätte diesem Kerl ins Gesicht geschlagen. Ruhig sagte er: »Und es wird dich wohl nicht froher stimmen, wenn ich sage, dass deine Opfer noch größer sein müssen, um mich als Geldgeber zu gewinnen. Denn ich verlange, dass du mir einen Teil deiner Grundstücke in den besten Lagen zur Verfügung stellst und darauf ein Haus errichten lässt, das meinen Anforderungen gerecht wird.« Er tat so, als müsse er nachdenken und rechnen. »Ich schätze, dass dich das weitere vierzigtausend Gold-Schlei kosten wird.«

»Vierzig …« Aroeme Ceagh hustete und schluckte, sein Kopf lief hochrot an.

Es dauerte eine Weile, bis Darne in seinen Ausführungen fortfahren konnte: »Vierzigtausend Gold-Schlei sind durchaus angemessen, wenn ich mir die Mühe mache, deine Einnahmen über die nächsten zehn Jahre hochzurechnen.«

»Das ist Wucher!«, rief Ceagh und hieb mit der Faust auf die Lehne seines Stuhls. »Ich brauche bloß durch diese Tür zu gehen und mich anderwärtig umhören, um binnen eines Tages die notwendige Summe für mein Vorhaben zusammenzuhaben.« Er schüttelte den Kopf. »Ich war dumm zu glauben, dass mit einem wie dir, einem Primitivling aus dem Osten, der die Sitten des Südens angenommen hat, Geschäfte zu machen sind. Ich werde …«

»Gar nichts wirst du, Aroeme Ceagh. Oder anders gesagt: Wir sind ab heute Partner, ob du es nun möchtest oder nicht.«

»Wie willst du mich dazu zwingen, elender Halsabschneider?«

»Indem meine Leute und ich den Mund halten. Indem wir nicht von all den bösen Dingen erzählen, über die wir mittlerweile Kenntnis haben. Zeugen, die wir aufgetrieben haben, werden von uns stillschweigend entlohnt und nicht verraten, was du nächtens so treibst. Oder wer Schuld an dem Überfall auf die Steuereintreiber des Rego im letzten Mond trägt. Oder wie sehr du jene vernachlässigst, die du zu schützen vorgibst.« Darne schüttelte in gespielter Verzweiflung den Kopf. »Man glaubt nicht, wie viele Sünden sich im Laufe eines Lebens so ansammeln … In deinen Augen mögen sie lässlich sein. Aber ich garantiere dir, dass der Hofkanzlist und der Fette Mann ein reges Interesse daran haben, wofür du alles verantwortlich bist.«

Aroemes Gesichtsfarbe wechselte binnen weniger Augenblicke von Hochrot zu Kalkweiß und dann zu dem Grün größter Übelkeit. »Was … wie …«, stotterte er.

»Du hast die Spuren deiner üblen Geschäfte während der letzten Jahre nur schlampig verwischt. Meinen Leuten ist es nicht sonderlich schwergefallen, an interessante Informationen über dein Gebaren heranzukommen. Lass mich einige Namen nennen: Tanto Obriarne, Cele oa Mairn, die betörende Hohe Dame Neofe Indrigo und viele andere, die ein Gedächtnismeister samt der dazugehörigen Geschichten aufbewahrt. Oh, ich sehe, dass deine Erinnerungen zurückkehren und du nun weißt, auf welche Geschäfte ich anspiele.« Darne lächelte und lehnte sich entspannt zurück. »Ich möchte dich nicht vernichten, Aroeme. Du bist ein Arschloch, aber selbst einer wie du hat Familie. Und darüber hinaus gibt es Hunderte von Menschen, die von dir abhängig sind. Fällst du, fallen zu viele mit dir. Selbst ich hätte Mühe, ihnen allen wieder auf die Beine zu helfen. Aber ich würde diese Aufgabe bedenkenlos in Angriff nehmen, wenn du mir nicht sofort deine Hand reichst und unser Geschäft besiegelst: Jedes elfte Haus wird den Ärmsten der Armen zur Verfügung gestellt, und deine Leute errichten für mich einen Palast nach meinen Vorstellungen. Um vierzigtausend Gold-Schlei.«

Darne streckte die rechte Hand aus. Der Arm schmerzte. Die Verletzungen wollten nicht verheilen.

Aroeme Ceagh zögerte, und Darne sah ihm an, dass er nach einem Ausweg aus seiner misslichen Lage suchte. Doch es wollte ihm keiner einfallen. Natürlich nicht. Er hatte viel zu viel Dreck am Stecken und war darüber hinaus schlau genug zu wissen, dass er verloren hatte.

»Einverstanden«, sagte der Händler, schüttelte kraftlos Darnes Hand und erhob sich. Er verabschiedete sich mit einem Kopfnicken, das wenig ehrerbietig wirkte, und ging zur Tür, drehte sich dann aber noch einmal um. »Wegen der Zeugen …«

»Du wirst mir wohl vertrauen müssen, wenn ich dir sage, dass keiner von ihnen jemals sein Wort gegen dich erheben wird. Aber lass mich dich um einen kleinen Bonus bitten.« Darne wartete nicht, bis Aroeme etwas dazu sagen oder neuerlich protestieren konnte. »Du wirst deine miesen Geschäftemachereien ab nun sein lassen. Du verdienst genug. Dir und deiner Familie geht es gut. Besser als den meisten Menschen Hadens. Sieh dich mit offenen Augen um und erkenne das ungeheure Privileg, das du besitzt. Dann übe dich in Bescheidenheit. Und nütze deinen Einfluss, um das Leben für andere Leute ein wenig erträglicher zu machen.«

»J-ja.«

Der Händler verließ den Raum, gewiss um einen Kopf kleiner als zu jenem Moment, da er ihn aufgeplustert wie ein Pfau betreten hatte.

Der Diener, der an der Tür gewartet hatte, trat ein und wandte sich an Darne.

»Habe ich zu dick aufgetragen?«, fragte dieser.

»Du kannst nicht erwarten, dass sich ein Mensch von Grund auf ändert«, antwortete Morilacc vom Tal. »Sehr wahrscheinlich wird er heute über deine Forderungen nachdenken, morgen die Götter um deinen frühen Tod bitten und übermorgen genauso weitermachen wie bisher.«

»Nun, dann sorgt er sich zumindest einen Tag lang um seine Familie und übernimmt Verantwortung. Das ist besser als nichts. Im Übrigen musst du dich nicht stets in meiner Nähe aufhalten. Aroeme ist gewiss nicht in der Lage, mir mit seinem Ziermesserchen etwas anzutun. Ich kann sehr gut auf mich selbst aufpassen.«

»Selbstverständlich, *Hoher Herr.*«

»Und du wirst dich ebenso selbstverständlich nicht um meine Bitte kümmern?«

»Natürlich nicht, *Hoher Herr.*«

»Du bist ein stures Arschloch, Morilacc.«

»Dem du dein Leben verdankst, Kleiner.« Der Riese fläzte sich in jenen Sessel, den eben der Händler gewärmt hatte, und legte seine schweren Stiefel auf den Schreibtisch. An den Sohlen klebten Erde und Schlamm, wie Darne sehen konnte. »Was geschieht als Nächstes?«

»Wir warten. Wir bereiten uns vor. Irgendwann wird unser Ruf Attico die Wunderbare erreichen. Ich gehe davon aus, dass bald Bittsteller, Geldverleiher, Hohe Damen und Herren, die schönsten sowie teuersten Konkubinen und andere interessante Leute bei uns Schlange stehen.«

»Und auch jemand, der uns die Türe zur wahren Macht einen kleinen Spalt öffnet.«

»So ist es. Gerade mal breit genug, um uns Zugang zu verschaffen.«

Morilacc wechselte abrupt das Thema. »Vertraust du diesem geldgierigen Krämer?«

»Natürlich nicht! Birle wird sich um ihn kümmern. Ich werde die beiden miteinander bekannt machen und Aroeme Ceagh erklären, dass sie keinen Schritt von seiner Seite weichen wird, solange der Palast nicht steht. Unsere Freundin aus dem Süden ist wie ein Bluthund, der, sobald er Witterung aufgenommen hat, nicht mehr von seiner Spur abrückten. Sie wird nötigenfalls auf dem Fell vor Aroemes Ehebett schlafen oder gar *im* Bett, wenn es denn sein muss.«

»Das würde mir ganz und gar nicht gefallen.« Morilacc presste die Lippen fest aufeinander.

»Vertraust du deiner Geliebten etwa nicht?«

»Nicht weiter als bis zum nächsten Männerschwanz. Sie ist … tabulos. Auch wenn sie vorgibt, mich zu … zu …«

»… lieben?«

Morilacc schwieg.

»Die Frauen aus dem Süden haben ein eigenes Verständnis von Anstand und Moral. Du kannst ihr nicht die Regeln des Lederlandes aufzwingen. Es würde sie vertreiben, würdest du von ihr verlangen, wie wir zu denken und zu leben.«

»Ich weiß. Und genau das bringt mich zur Raserei.«

Darne betrachtete den hochgewachsenen Mann, der seit ihrer Begegnung sichtlich gealtert war. Die Zeit in den Dunklen Tiefen hatte ihn gezeichnet, die Jahre danach, die sie in verschiedenen Provinzen Hadens verbracht hatten, ebenso. Er war ein alter und mitunter müder Krieger geworden. Noch loderte das Feuer in ihm. Doch wie lange noch?

Das Cardym tat seine Wirkung. Es fraß Morilacc auf. In der Jugend fütterte es den Süchtigen, schenkte ihm Glück und Zufriedenheit. Im Zeitalter frühen Erwachsenseins hielten Cardym und Körperkräfte das ungefähre Gleichgewicht, doch in den späteren Jahren neigte sich die Waage immer rasanter zugunsten des Giftes. Es nahm zurück, was es einstmals gegeben hatte, mit Zins und Zinseszins.

Sie alle hatten Königs-Cardym zu sich genommen, damals, als ihnen die Flucht aus dem Eisernen Hochland gelungen war. Einzig bei Morillac zeigte das wertvolle Zeugs nicht jene

Wirkung, die Darne und seinen anderen engsten Mitarbeitern zuteilwurde.

Morilacc vom Tal verließ den Raum, um einen weiteren Bittsteller vor der Tür abzuholen und hereinzubitten. Menschen aus allen Teilen der Stadt Mittigteilen sprachen bei ihm vor, seitdem sich seine Großzügigkeit und die unermessliche Tiefe seiner Goldschatulle auf den Straßen herumgesprochen hatte. Jedermann wollte den Herrn Bunthand kennenlernen, der hier seine Zelte aufgeschlagen hatte und seitdem mit den Gold-Schlei um sich warf.

»Es sind noch etwa zwanzig Leute, die auf deinen Rat und deine Hilfe warten«, sagte Morilacc, kaum dass er den Raum wieder betreten hatte. »Wir sollten die Hälfte von ihnen rausschmeißen und auf einen anderen Tag vertrösten.«

»Es ist spät geworden. Doch jedermann verdient die gleiche Behandlung, ob er nun ein armer Kerl ist oder ein reicher Schnösel.«

»Wenn du auch noch nicht der Rego bist, so redest du zumindest schon wie er.« Morilacc grinste, wurde aber gleich wieder ernst. »Ich habe hier zwei Bürger Mittigteilens für dich, die sich über eine Ungerechtigkeit beklagen und sich fragen, ob du dich für sie einsetzen könntest.«

»Ich bin für Recht und Ordnung nicht zuständig. *Noch* nicht. Aber lass die beiden ruhig reinkommen.«

Darne aß von den sündteuren Trauben, die auf Schmuggelwegen hierhergebracht worden waren, und wusch dann seine Hände in der bereitstehenden Schüssel.

Er achtete darauf, nicht die schlechten Manieren eines Hohen Herrn anzunehmen und mit seinem Reichtum allzu sehr zu protzen. Trotz der nunmehr vier Jahre, die er den Dunklen Tiefen entkommen war, erinnerte er sich immer noch an die Entbehrungen und die Demütigungen, die man ihm hatte angedeihen lassen, als wäre es gestern gewesen. Er war

Darne Bunthand, der Geplagte. Das Opfer eines Systems, das er verachtete und hasste. Einen Palast für sich zu errichten, widerstrebte ihm zutiefst. Doch der Prunk, den er herzuzeigen beabsichtigte, würde ihm helfen, rascher in den Palast des Rego zu gelangen.

Immerhin gebe ich vielen Leuten Arbeit, tröstete er sich, um gleich darauf zu erschrecken: *Werde ich bereits von meinem Reichtum korrumpiert? Rede ich eine schlechte Tat gut?*

Darne schüttelte energisch den Kopf. Er hatte einen Plan, und von dem durfte er sich nicht abbringen lassen.

»Deine Gäste, Herr Bunthand«, störte Morilacc seine Gedanken. Ein Pärchen, wie es ungleicher nicht sein konnte, betrat hinter ihm den Raum. Er klein und hässlich, sie großgewachsen und trotz der grauen Strähnen in ihrem Haar hübsch wie der junge Tag.

»Herr Flaggel und Frau Anta Weißmaul«, stellte sie der großgewachsene Söldner vor. »Eine der honorigsten Kräutlerinnen und ihr Teilhaber bitten dich um ihre Unterstützung.«

»Warte bitte draußen«, verlangte Darne von Morilacc.

»Aber ich …«

»Du hast gehört, was ich sagte, *Diener*!« Sein Ton war scharf, und Morilacc wusste, dass er nun besser tat, was Darne von ihm verlangte. Also verließ er den Raum, nicht ohne Darne zuvor einen bitterbösen Blick zuzuwerfen.

Der kümmerte sich nicht darum. Er musterte seine Gäste, diese Gespenster aus einer lange verdrängten Vergangenheit. Zwei Menschen, die ihm einmal viel bedeutet hatten und die nun völlig unerwartet zurück in sein Leben traten.

Oder? Hätte er nicht damit rechnen müssen, der Kräutlerin eines schönen Tages wieder über den Weg zu laufen? Mittigteilen war groß, aber nicht groß genug, um einander aus dem Weg gehen zu können.

»Nehmt Platz.« Darne deutete auf zwei Stühle vor seinem Schreibtisch.

Anta setzte sich, Flaggel mühte sich mit dem viel zu hohen Sitzmöbel ab. Er wirkte nervös, grantig und tollpatschig wie ehedem.

Erkannten ihn die beiden? Unmöglich. Nicht nur sein Äußeres hatte sich verändert, auch sein Gehabe, sein Schritt, seine Stimme – dies alles hatte er in vielen Übungsstunden derart angepasst, dass er sich manchmal selbst wie ein Fremder in seinem Körper vorkam. Außerdem waren beinahe zehn Jahre seit seinem Abschied aus Mittigteilen vergangen. Das ehedem jugendliche Lächeln war unter einer Vielzahl von Narben verborgen, die ihm sein Schicksal ins Gesicht gezeichnet hatte.

»Wobei kann ich dir helfen, Anta ... Weißmaul?«

»Gefällt dir mein Name etwa nicht?«

»Er ist ungewöhnlich.«

Sie musterte ihn mit ihren unergründlichen Augen. Schmerzhaft intensiv erinnerte er sich an diesen Blick. Wie sie ihn gemustert hatte, während sie miteinander geschlafen hatten.

»Ich verdanke diesen Namen einigen Wächtern, die sich vor geraumer Zeit in den Folterkammern des hiesigen Schulzen mit mir beschäftigten. Sie zwangen mir Eis auf die Unterlippen, bis das Fleisch gefror und die Zähne barsten.«

Sie öffnete den Mund. Darne blickte auf schwarzes, verfaultes Fleisch im Inneren und auf Schneidezähne, die mit goldenen Drahteinfassungen gehalten wurden. Es gab Anta ein gespenstisches Aussehen.

»Das bedauere ich zutiefst.« Darne bemühte sich, ruhig zu bleiben. Doch mit den Händen umfasste er den Rand der Tischplatte und drückte zu, so fest, dass es wehtat. »Ich verabscheue Folter aus ganzem Herzen.«

»Das ist eine ungewöhnliche Aussage für einen Hohen Herrn.«

»Auch wenn sich das Gerücht hartnäckig hält, ich bin kein Hoher Herr.«

»Aber du benimmst dich, wie sich einer benehmen würde.« Anta sagte die Worte mit einer Bestimmtheit, der er nichts entgegensetzen konnte. »Doch um meine kleine Geschichte abzuschließen: Ich wurde nach einiger Zeit nach Hause geschickt, dank der unergründlichen Weisheit des Schulzen. Das Fleisch verfaulte, der Beiname blieb wie Scheiße an mir kleben, und irgendwann beschloss ich, der Häme der Menschen auf meine Weise zu begegnen, machte Weißmaul zu meinem offiziellen Namen.«

»Das ist eine sehr sonderbare Geschichte. Und sie sagt viel aus über die Frau, die vor mir sitzt. Sie muss mutig sein und blickt ihren Feinden direkt in die Augen.«

»Ich bin nicht hergekommen, um mir Komplimente abzuholen.«

»Sondern, Frau Anta?«

»Ich will ehrlich sein: Die Zeiten sind schlecht für eine wie mich. Man nennt mich seit Jahr und Tag Hexe. Weil ich Kräuter mische, die Männern die Kraft ihrer Lenden zurückgibt oder sie ihnen nimmt. Weil ich mehr leiste, als die meisten Feldscher der Stadt. Weil ich auch Gifte herstelle, die den Schwachen helfen, gegen den Starken zu bestehen.«

»Was allerdings, wenn man gewissen moralischen Vorstellungen folgt, den Tatbestand der Beihilfe erfüllt. Zu Betrug und zu Mord.«

»Ich tue, was richtig ist!« Anta sprang zornig auf, um dann fortzufahren: »Ich helfe denjenigen, die sich nicht selbst helfen können. Ich gebe Hoffnung und Erleichterung! Und ich belehre jedermann, der um meine Hilfe bittet, dass ich nicht die Tat für ihn übernehme, sondern ihm nur eine Möglichkeit biete, sein Los zu mildern, seine Lage zu verbessern. Was er damit anstellt, bleibt ihr oder ihm überlassen.«

»Trotzdem bleibt ein nicht ganz angenehmer Ruch an jenem hängen, der das Werkzeug weiterreicht, mit dem später ein Mord begangen wird.«

»Ich übergebe diese … Werkzeuge nur dann, wenn ich in Gesprächen überzeugt werden kann. Wenn ich mir sicher bin, das Richtige zu tun. Wenn das Elend desjenigen, der mich um Hilfe bittet, unerträglich geworden ist.«

»Du meinst also, über den Gesetzen des Lederlandes zu stehen? Was gibt dir das Recht dazu, so zu denken?«

»Und diese Vorwürfe macht mir ausgerechnet ein Pfeffersack, der so sagenhaft reich ist, dass er eine ganze Stadt über Jahre hinweg ernähren könnte, ohne auch nur um einen Deut ärmer zu werden? Mit welchem Recht setzt du dich über jenes Naturgesetz hinweg, welches aussagt, dass jedermann die gleichen Möglichkeiten haben sollte, etwas aus seinem Leben zu machen? Was bist du anmaßend, Herr Bunthand!« Sie stützte sich auf seinem Schreibtisch ab, beugte sich weit zu Darne vor. »Ich bin nicht hergekommen, um mir einen Vortrag über Moral anzuhören, sondern weil ich glaubte, jemanden zu treffen, der mich verstehen würde!«

»Dann hast du dich womöglich geirrt, Frau Anta.« Darne fühlte nun selbst Zorn in sich hochkochen. Er durfte ihm nicht nachgeben, nicht jetzt, nicht bei ihr!

»Beruhige dich, Anta! Sag ja nichts Unüberlegtes!« Flaggel rutschte von seinem Stuhl, stellte sich vor die Kräutlerin und tat alles, um sie zu besänftigen. Sie schob ihn wütend beiseite, er unternahm einen weiteren Versuch und noch einen, bis ihre Atmung wieder gleichmäßig wurde und sie das Zittern ihrer Hände unter Kontrolle bekam.

Darne lernte seine erste große Liebe von einer Seite kennen, die er niemals bei ihr vermutet hätte. Die einst so beherrscht wirkende Frau war zur Kämpferin geworden, die ihre Ansichten mit einem derartigen Furor vertrat, dass einem angst und bange werden konnte.

»Setz dich wieder, Anta Weißmaul«, sagte er und deutete auf den leeren Stuhl. »Lass uns diesen Streit vergessen und unser Gespräch zu Ende bringen.«

»Wozu denn? Ich sehe doch, was du für einer bist. Du wirst dir in aller Ruhe anhören, was ich zu sagen habe, wirst dann vorgeben, darüber nachzudenken, und mir schließlich sagen, dass du kein Interesse hast, mich zu unterstützen. Um dich in meiner Hilflosigkeit zu suhlen. Um dich über mich lustig zu machen.«

Ihre Lippen bibberten. Sie litt. Anta, deren Größe er stets bewundert hatte, war kurz davor, in Tränen auszubrechen.

»Ich werde unvoreingenommen urteilen. Das verspreche ich dir. Ich … ich weiß sehr gut, was Zorn manchmal bewirken kann.« Er wandte sich an Flaggel. Er musste Anta Zeit geben, sich zu beruhigen. »Und du, kleiner Mann, bist also Teilhaber der Kräutlerin? Seit wie langer Zeit?«

Flaggel zuckte unter den Worten zusammen, als wären sie Peitschenhiebe. Seine Antwort kam geflüstert, ohne viel Kraft. »Ich bin Frau Anta seit nunmehr über zwanzig Jahren treu ergeben.«

»War sie stets gut zu dir?«

Mit einem kurzen Seitenblick auf die Kräutlerin und einem Aufflackern seines bösen Humors antwortete Flaggel: »Nein, natürlich nicht. Sie hat mich schrecklich behandelt, hat mich gequält, hat mich schlimme Dinge durchstehen lassen.« Er grinste.

»Und dennoch bist du all die Zeit bei ihr geblieben?«

Antas Gesicht blieb teilnahmslos. Es war, als nähme sie das Gespräch gar nicht wahr.

»Natürlich. Weil ich sie liebte und es immer noch tue. Weil mich die Hoffnung aufrecht hielt.«

»Wurde diese Hoffnung jemals erfüllt?«

Mit einem Ernst, den Darne in der Stimme des Kleinen niemals gehört hatte, antwortete er: »Ja. Es dauerte lange. Doch eines Tages …«

»Lassen wir die Sentimentalitäten, Flaggel«, fuhr Anta Weißmaul dazwischen, und an Darne gewandt, fuhr sie fort: »Dieser Mann mag ein Krüppel sein und auf viele Menschen wie ein hässliches Ungetüm wirken. Doch ich sehe ein Herz, das bedingungslos liebt und in dem nur ich einen Platz einnehme. Mein Teilhaber und ich teilen das Geschäft, wir teilen das Bett, wir teilen unsere Zuneigung. Wenn das für dich ein weiterer Grund ist, mich zu verabscheuen, können wir gern gehen.«

Darne schwieg. Lange. Er betrachtete Anta Steinwerk, die aufgrund der Qualen, die sie für ihn auf sich genommen hatte, nun Anta Weißmaul hieß. Und ihren Mann. Diesen unerträglichen, bitterbösen Kerl, den sie als ihren Liebhaber auserkoren hatte und dessen kleine Hand nun die ihre ergriff. Sie erwiderte sanft den Druck seiner Finger und lächelte.

»Ich möchte hören, was ihr beide zu sagen habt, Frau und Herr Weißmaul.«

»Das kommt … überraschend.«

»Ja, weil *ihr mich* überrascht habt.«

Anta war mit einem Mal unsicher. Es dauerte eine Weile, bis sie ihren Mut wiederfand und zu erzählen begann. Von Benachteiligungen, die sie am Markt Mittigteilens erlitt, von Gehässigkeiten, von missgünstigen Konkurrenten, von Wiccas und Magicae, die ihr das Geschäft streitig machen wollten.

Es war die Geschichte eines Lebens, das zu scheitern drohte, nun, da Frau und Mann in die letzten Perioden des Alters hineinrutschten und unverdienter Armut ausgesetzt waren. Es war eine Geschichte wie viele andere, die Darne in den letzten Tagen gehört hatte. Doch sie war eng mit seiner eigenen verwoben.

»Bevor ich darüber nachdenke, ob und wie ich dir helfen kann, Frau Weißmaul, erzähl mir doch bitte auch, warum man dich gefoltert hat.«

Sie blickte Flaggel an, als müsste sie ihn um Erlaubnis fragen. Der Kleine nickte zögernd.

»Es war wegen eines jungen Mannes, auf den ich große Hoffnungen gesetzt hatte. Er hat mich enttäuscht, er hat mich betrogen. Nicht in dem Sinne, wie du vielleicht denken magst. Er hat mich um den Glauben betrogen, dass er eines Tages in diesem Lande etwas bewirken könnte.«

Darne schüttelte verwundert den Kopf. »Wie konntest du annehmen, dass er etwas im Lederland bewegen würde? Ist das nicht ein wenig anmaßend?«

»Nein. Ich konnte fühlen, was in ihm steckte. Er war ein wenig wie … wie du, Hoher Herr.«

Darne hatte Mühe, sich nicht zu verraten, seine neue Identität nicht preiszugeben. Am liebsten wäre er um den Schreibtisch gelaufen und hätte die beiden in einem Anfall von Rührung umarmt. Doch das wäre nicht gut gewesen. Diese zwei Menschen sollten ihren Lebensabend genießen und keinen weiteren Schmerz für ihn erdulden.

»Ich befürchte, dass du zu alt bist, um Ratschläge von einem wie mir anzunehmen, Anta Weißmaul. Aber es wäre gut, würdest du in Zukunft ein wenig vorsichtiger mit deinen Äußerungen sein. Nicht jedermann ist so nachsichtig wie ich.«

Sie wollte neuerlich aufbrausen, doch Flaggel tätschelte beruhigend ihre Hand.

»Mich rührt deine Geschichte, und so wie du hasse ich Ungerechtigkeit. Wie viel Geld benötigst du, um deinen Laden wieder in Schwung zu bringen und Leute zu finden, die euch die schweren Arbeiten abnehmen? Dreißig Gold-Schlei?«

»Das ist zu großzügig. Das können wir nicht annehmen«, sagte Anta erstaunt. »Ich benötige lediglich so viel Kapital, um wieder auf die Beine zu kommen. Und ich bitte dich, dass du dich beim Schulze für mich einsetzt, sodass ich nicht weiter in meiner Arbeit behindert werde.«

»Darum werde ich mich kümmern. Doch über die Höhe meiner Zuwendungen lasse ich nicht mit mir diskutieren.«

»Aber ...«

»Lass dir gefälligst vom Hohen Herrn helfen, Anta!«, fiel Flaggel ihr ins Wort.

»Ich sehe, dass du praktischer veranlagt bist als deine Frau.« Darne lächelte.

»Sie ist ein sehr störrisches Weib«, sagte der Kleine und fügte, als er ihren bösen Blick gewahrte, hinzu: »Aber sie trägt das Herz am rechten Fleck.«

»So ist es wohl.« Darne erhob sich, öffnete eine Lade des Möbels hinter ihm und zog einen Sack mit Münzen hervor. »Dies ist eine Vorableistung von mir. Diese Gold-Schlei sollen helfen, drängende Gläubiger zu besänftigen und Ware zu besorgen. Alles andere erledigt einer meiner Helfer.«

Anta schüttelte den Kopf. »Ich weiß nicht, was in dir vorgeht, Herr Bunthand, und ich verstehe nicht, wie du zu deinem Vermögen kommen konntest. Denn ein guter Geschäftsmann wäre viel mehr auf seinen eigenen Vorteil bedacht.«

»Ich hatte eine gute Lehrmeisterin, die mir beibrachte, dass Anstand und Ehrlichkeit zwei der wichtigsten Güter sind, die ein Mensch besitzen und verteilen kann. Aber das war weit weg von hier, vor sehr langer Zeit.«

»Ich habe ähnliche Grundsätze gelehrt – und wurde oft enttäuscht.«

»Nun, dann hoffe ich, dass dein Vertrauen in die Menschen irgendwann zurückkehrt.«

Flaggel trat an Darne heran, schüttelte ihm überschwänglich die Hand und verbeugte sich ein ums andere Mal. Anta indes gab sich zurückhaltend. Im Blick ihrer so besonderen Augen war nach wie vor Misstrauen zu erkennen. Doch dann lächelte die Kräutlerin, offen und scheinbar frei von allen Sorgen, die sie bislang mit sich getragen hatte. »Danke, Herr Bunthand.«

Sie berührte sanft und dennoch bestimmt seine Hand. Darne erinnerte sich mit plötzlicher Vehemenz an jene eine Nacht, in der sie ihm ihre Zuneigung geschenkt hatte.

Anta und Flaggel verbeugten sich zum Abschied und gingen zur Tür. Die Kräutlerin hielt noch einmal inne und sagte: »Du erinnerst mich in einem gewissen Sinne an ihn«, sagte sie, »doch er war auch wieder ganz anders als du.«

»Wen meinst du?«

»Den jungen Kerl, den ich bei mir aufnahm und in den ich gewisse Hoffnungen legte. Er ist leider schon tot. Er wurde ins Eiserne Hochland verbracht. Weil er … Doch das tut nichts zur Sache. Ich empfand bei ihm ähnliche Gefühle wie bei dir. Ich konnte stets spüren, dass er etwas Besonderes war und dass er Großes erreichen würde. Kein Wunder, dass man mich bat, mich um ihn zu kümmern.«

»Wie bitte?« Darne erstarrte. »Wer hat dich worum gebeten?«

»Der Junge vom Lande, er wurde mir anempfohlen. Er hatte einen Mentor, der seine Erziehung und Ausbildung förderte.«

»Tatsächlich? Und du weißt noch, wer das war?«

»Alte Geschichten über Tote gehören der Vergangenheit an. Zumal ich den Gönner niemals kennengelernt habe und immer nur Nachrichten von einem Gedächtnismeister übermittelt bekam. Und nun auf Wiedersehen, Herr Bunthand. Mein Mann und ich haben Grund zum Feiern.«

25. Bernyl

Die Zeit der Bewegung rückte immer näher, und er fühlte die Unruhe. Er hatte sich wie immer darauf vorbereitet, hatte wie immer die notwendigen Schritte gesetzt. Doch es konnte so viel schiefgehen, dass selbst er nicht vom Gelingen seiner Pläne überzeugt sein durfte.

»Der Hohe Herr Wyme wünscht dich zu sprechen«, unterbrach Kammerdiener Mobcac seine Überlegungen mit hoher, gebrechlich klingender Stimme.

Bernyl winkte ab. »Er soll ein anderes Mal wiederkommen.«

»Er beharrt auf ein Treffen, Hofkanzlist. Er sagt, ihr hättet ihm versprochen, ihn heute zu empfangen. Er ist der Überzeugung, dass ihr ihm etwas schuldet.«

Bernyl wandte sich widerstrebend von seinen Plänen ab und der Wirklichkeit zu. Es stimmte, Wyme benötigte seine ganz besonderen Dienste.

Es war ein angenehmes und wärmendes Gefühl, Menschen wie diesen Muskelprotz zu brechen und sie zu Sklaven ihrer Sucht zu machen. Doch es kostete auch unendlich viel Mühe, diese Geschöpfe, die das durch seinen Körper pulsierende Cardym benötigten, in regelmäßigen Abständen zu befriedigen.

»Na schön«, sagte er, »er soll sich noch einige Atemzüge lang gedulden und dann in mein Arbeitszimmer kommen.«

Mobcac wandte sich ab und schlurfte davon. Der Kammerdiener hatte ihm treu gedient, doch nun wurde er alt und zittrig.

Es war Zeit, ihn zu entsorgen und durch ein neues, jüngeres Werkzeug zu ersetzen.

Bernyl erhob sich, streckte die müden Knochen durch und konzentrierte sich auf die Begegnung mit Wyme. Der Mann hatte einen wachen Verstand und war ein begnadeter Intrigant. Er war das Musterbeispiel eines verkommenen Halunken und damit einer der besten Mitarbeiter, die er jemals in seine Dienste gestellt hatte.

Er betrat das Arbeitszimmer und setzte sich zurecht. So, dass seine Brüste im Ansatz zu sehen waren und Wyme den Blick davon gewiss nicht abwenden konnte, während sie sich unterhielten.

Es klopfte, der Hohe Herr trat schwungvollen Schrittes ein.

»Schön, dich endlich wiederzusehen«, sagte Bernyl. »Du warst lange Zeit unterwegs. Ich hoffe, du hast gute Nachrichten für mich.«

»Du scheinst nicht sonderlich interessiert zu sein an meinen Neuigkeiten.« Wyme setzte sich ungefragt und wischte sich ungeduldig eine Haarsträhne aus dem Gesicht. »Andernfalls hättest du mich nicht zwei Tage lang auf diesen Termin warten lassen.«

»Andere Dinge gehen nun mal vor, mein Freund. Aber sag schon, was es zu erzählen gibt. Machen die Truppen Fortschritte bei der Rückeroberung des Eisernen Hochlands?«

»Wir werden offiziell bekanntgeben, dass einige strategisch wichtige Flecken eingenommen wurden und es nur noch eine Frage der Zeit wäre, bis die Bardyaggs besiegt sind. In Wahrheit jedoch … Nun, die Truppen reiben sich auf in den Minen, im Sturm, im Kampf gegen Kälte und Schnee. Und sie haben diesen erbittert streitenden Tieren nicht viel entgegenzusetzen. Hinzu kommt, dass die Bardyaggs das Land kennen, sie sind dort aufgewachsen.«

»Ausreden, immer nur Ausreden!«, rief Bernyl zornig und hieb auf den Tisch. »Die Macht des Rego muss ungebrochen bleiben. Es geht nicht an, dass die stolzen Armeen Hadens von einigen haarigen Bestien übertölpelt werden! Ich verlange, dass weitere Truppen ins Eiserne Hochland verlegt werden ... und dass du mir endlich Ergebnisse bringst! Bentaloppe hätte diese Angelegenheit längst bereinigt.«

»Bentaloppe ist tot, wie du weißt.« Wyme gab sich unbeeindruckt. »Die Bardyaggs haben dich durch Boten wissen lassen, dass es besser wäre, sie nicht weiter zu reizen und ihnen ihren Lebensraum zu überlassen.«

»Es gibt keinerlei Beweise dafür, dass Bentaloppe in der Schlacht gefallen ist. Womöglich wird sie gefangen gehalten.« *Aber auch dann,* sagte sich Bernyl, *wäre sie längst gestorben ohne mein Gift. Niemand, den ich süchtig gemacht habe, hält es länger als ein paar Wochen ohne Cardym aus meinem Leib aus.*

Sie schwiegen. Beide. Wyme rutschte unruhig auf seinem Stuhl hin und her, um endlich zu sagen: »Im Nordwesten, in diesem verfluchten Hochland, sind die Besten der letzten drei Jahrgänge unserer Armeen gestorben. Die fähigsten Totmacher. Einige Magicae und Wicca. Berater, Feldscher, Spurenleser. Beinahe eine ganze Generation an jungen Leuten liegt unter Eis und Schnee begraben. Ich bin durchaus ein Freund des Blutes, und ich habe auch Spaß an sinnlosem Morden, wenn es der Befriedigung eines Rachegefühls oder des Zorns dient. Aber ich verstehe nicht, was dieser hässliche Steinklotz für das Lederland für eine Bedeutung haben soll. Zumal die Hypatore längst abgewandert sind und nun im Grenzgebiet grasen. Wir haben neue Straflager errichtet, der Nachschub an Fellen und Cardym ist nicht gefährdet.«

»Es geht um das Land, Wyme! Es geht darum, dass Haden ein Land, ein Reich ist. Niemand darf die Macht des Rego anzweifeln. Andernfalls kommen kleine Dorfschulzen, Landesregenten oder Provinzverwalter auf den Gedanken, sich gegen Attico und damit gegen den Fetten Mann zu stellen. Es wäre der Anfang vom Ende.«

»Geht es also gar nicht um deine Stellung als Hofkanzlist?«

»Natürlich tut es das! Aber ich denke auch ans Land.«

Kaufte ihm Wyme diese Lüge ab? Wahrscheinlich nicht. Er war Zyniker, und er hielt Treue für ein Wort ohne Bedeutung. Ihm war es reichlich egal, ob sich Hadens Bewohner gegenseitig zerfleischten, ob das Reich in mehrere Teile zerbrach. Bernyl hingegen wollte, dass das Heer und die Reihen der Totmacher so stark wie möglich ausdünnten. Während der Zeit der Bewegung durfte es keinen starken Führer außer ihm geben und auch keine Befehle grölenden Soldaten, die womöglich auch noch wussten, was zu tun war.

»Na schön«, sagte Wyme, »ich werde weitere dreitausend Soldaten rekrutieren lassen. Und ich sorge dafür, dass uns die Schulen der großen Meister unterstützen. Ob sie es nun wollen oder nicht.«

»Nichts anderes habe ich mir von dir erwartet, Hoher Herr. Dass du meinen Anweisungen gehorchst und mich glücklich machst.« Bernyl kratzte sich wie beiläufig an der Brust. »Dann kann auch ich dich glücklich machen. Das willst du doch, oder?«

Wyme leckte sich über die Lippen. Es war ihm anzusehen, wie sehr er mit sich rang. Es fiel ihm unendlich schwer, um das Cardym aus Bernyls Körper zu betteln. Aber er würde es tun, ganz gewiss.

Er dachte an Bentaloppe, seine Tochter. Er hatte so große Stücke auf sie gesetzt. Was für eine Enttäuschung dieses eigene Stück Fleisch und Blut doch war!

Nun, immerhin hatte ihm Bentaloppe über ihren Tod hinaus geholfen. Sie hatte ihm einen Grund gegeben, einen verlustreichen Krieg anzuzetteln, der sich in der Vorbereitung auf die Zeit der Bewegung als wahrer Segen erwies. Die Menschen machten es ihm in der Tat leicht, sie zu beherrschen.

»Hofkanzlist …«

»Brauchst du etwas, Hoher Herr?« Bernyl lächelte und machte es sich auf seinem Stuhl bequem.

26. Darne Bunthand

Gefällt dir Attico?«, fragte sein Begleiter. Er ließ sich von seinem seltsamen Diener Cardym-Kraut reichen und inhalierte den Rauch. »Stadt und Leute erschienen mir völlig fremd, als ich erstmals durch die Tore ritt. Doch mittlerweile hab ich diese Menschen liebgewonnen. Ihre Schroffheit ist bloß Fassade, ihre scheinbare Überheblichkeit nur ein Ausdruck von Selbstsicherheit. Ich habe in meiner alten Heimat viel Reichtum gesehen, viel Dekadenz, viel Ausschweifendes. Doch hier im Norden, so meine ich zu spüren, wird all dies mit viel Wahrhaftigkeit gelebt. Man schämt sich seiner Stellung nicht. Man genießt das Leben, denn es dauert ja nicht sonderlich lang im Lederland.« Er betrachtete den Sack voll Rauchwerk. »Dieses Cardym ist in der Tat ein interessantes Zeug. Ich hätte nie gedacht, mich daran zu gewöhnen.«

»Du meinst, davon abhängig zu werden, Riccion Südwind?«

Der Mann aus dem Süden hatte seinen schrecklichen Akzent über all die Jahre hinweg niemals abgelegt, und Darne musste genau hinhören, um seine weiteren Worte zu verstehen. »Ich will dich nicht mit Selbsttäuschungen langweilen, Herr Bunthand. Ich weiß sehr wohl, was das Cardym mit mir anrichtet. Ich habe so viele Menschen rings um mich daran umkommen sehen, und das gibt einem selbstverständlich zu denken. Aber ich meine, dass die Vorteile die Nachteile bei Weitem überwiegen. Wenn ich mich an all die Genüsse erinnere, die ich viel intensiver und bewusster erleben durfte … Zu schade, dass der Rego nicht bereit ist, Cardym in den Süden zu schicken. Sein Reichtum würde ins Unermessliche steigen.«

»Und deiner ebenso, weil du dich als Verantwortlicher für die Handelskarawanen zur Verfügung stellen würdest. Nicht wahr, Riccion?«

»Seit ich in Haden beheimatet bin, verzichte ich darauf, falsche Bescheidenheit zur Schau zu stellen. Ja, ich würde gern ein weiteres Vermögen machen.«

»Nun, wie du weißt, ist der Handel mit Cardym beschränkt. Nur wenige Leute wissen, wo es herkommt und wie es gewonnen wird. Man sagt allerdings, dass es unter größten Härten beschafft werden muss.«

»Selbst du weißt nicht mehr darüber, Herr Bunthand?«

»Du sprichst die Grundlage meines bescheidenen Reichtums an? Nun, es war reines Glück, dass ich an einige Brocken Impcae-Cardym herangekommen bin.« Darne dachte an die Säcke. An die Mühen und Plagen – und an all die vielen Toten –, die es gekostet hatte, die uralten Blasen verendeter Hypatore aus dem Eisernen Hochland zu schaffen, um sie dann zerschnitten und Stück für Stück zu verkaufen, verteilt über viele Provinzen, sodass niemand die wahre Größe ihrer Beute hatte erahnen können. Der Schwarzhandel war für einige Zeit aufgeblüht, um dann rasch wieder abzuebben.

»Aber es ist gewiss noch ein Teil deiner Ware vorhanden?«

Darne hatte auf dem holprigen Pflaster Mühe, mit Riccion Südwind Schritt zu halten, während sie die Triumphstraße bergab gingen, auf den Palast des Rego zu. Seine Beine schmerzten, die Kälte machte ihm zu schaffen. Und er fühlte sich nicht sonderlich wohl unter all den Händlern, die ringsum standen und ihre Waren lautstark anpriesen.

»Ich habe dir mein kleines Geheimnis anvertraut, weil du mir in den letzten Tagen ein guter … Freund warst. Du hast mir Tore in die Paläste sowie in die Herzen der Hohen Damen und Hohen Herrn geöffnet, die sonst viel länger verschlossen geblieben wären. Und wir beide werden noch gute Geschäfte miteinander machen. Aber setz diese neue und wünschenswerte Verbindung nicht aufs Spiel, indem du meine Geheimnisse lautstark ausplapperst. Und das hier, in der Nähe des Palastes, wo mehr Spione lauern als irgendwo sonst in der Stadt.«

»Natürlich sind wir von Lauschern umgeben, Freund. Aber ein Gutteil von ihnen gehorcht meinem Wort als Dunkler Herr.« Riccion Südwind schnalzte wie zum Beweis mit der Zunge, und ringsum hoben Frauen und Männer ihre Köpfe, um sich dann gleich wieder dem Anschein irgendwelcher beruflicher Tätigkeiten hinzugeben. Hier, wo die Reichen, die Gewitzten und die Schönen flanierten, wo Geschäfte getätigt, wo Intrigen gesponnen wurden, waren Lug und Trug zu Hause.

»Ich hätte dennoch Sorge, zu laut über gewisse Dinge zu reden«, sagte Darne.

»Dann lass uns in den Wandelturm der Leidenschaft gehen.« Riccion Südwind grinste wie ein kleiner Junge. »Ich habe ausnahmslos gute Erinnerungen an dieses prominente Gebäude. Neben vielen sündigen Angeboten findet man im Wandelturm auch stille und lauschige Plätze, wo man völlig unter sich ist.«

Darne hatte das Gebäude bereits in seiner Jugendzeit gesehen. Damals, als er das erste Mal nach Mittigteilen gekommen war und sich in den Nächten davongeschlichen hatte, um die Außenbezirke Atticos der Wunderbaren zu begehen und sehnsüchtige Blicke in Richtung Zentrum der Stadt zu werfen. Der Palast des Rego, dieses schildkrötenartige Rund, das wie ein Häuflein Rinderscheiße dalag, hatte ihn weniger interessiert als die vielen Prunkbauten der Hohen Damen und Herren – und eben der Wandelturm der Leidenschaft. Das runde, hohe Gebäude, dessen Gemäuer weithin glitzerten und glänzten. Nun durfte er den Wandelturm endlich, endlich betreten.

Sie spazierten an den vielen Marktständen vorbei, deren reichhaltiges Angebot niemals hätte erahnen lassen, welcher Mangel im Lederland herrschte. Hier war alles wie immer. Exotische Pflanzen, Früchte und Gemüsesorten aus dem sonnigen Süden wurden ebenso angeboten wie feine Tischlerarbeiten, Zinn- und Kupfergeschirr, Porzellan aus den Namhaften Städten, sonderbare Erfindungen wie zum Beispiel eine Art Thron, den man besteigen musste, um dort seine Notdurft zu verrichten.

Darne ließ sich Früchtebrot reichen und Wurst mit Bitternüssen. Man zeigte ihm Kleider mit wertvollen Stickereien genauso wie Schuhwerk aus dünnem und dennoch belastbarem Bast. Ein Magicus bot ihm seine Dienste an und prophezeite ihm eine prächtige Zukunft, die allerdings von einigen wenigen Schicksalsschlägen getrübt werden würde, während ihm die Dämpfe des seltsamen Gebräus einer Wicca, das angeblich seine Manneskraft stärken sollte, gehörige Kopfschmerzen verursachten.

Es war eine Reise durch wunderbare und wundersame Gegenden, die Darne an der Seite Riccion Südwinds mitmachte. Auf einer Länge von tausend Schritten lernte er die Waren eines Großteils der bekannten Länder des Weltkreises kennen. Hier und dort standen Menschen anderer Hautfarben. Sie wurden als Sklaven gehalten, standen zur Belustigung bereit oder verkauften Waren aus Gegenden, die man nur aus Sagen oder Märchen kannte. Er hörte Sprachen, die sich ganz anders anhörten als das Nordisch des Lederlandes. Eine Frau mit speckigen Hüften führte einen Tanz auf, der den hiesigen Bürgerinnen die Schamesröte ins Gesicht trieb, während Feuerschlucker und Artisten ihre Künste zum Besten gaben.

Amüsiert beobachtete Darne einen Jungen, der sich mit Geschick der Geldkatze eines feisten Händlers annahm und dann wieselflink davoneilte. Der unredlich erworbene Besitz wechselte mehrmals die Hände, um schließlich vom Kleinsten der gewitzten Diebesbande davongetragen zu werden, verborgen unter einem verlotterten Hemd. Das Kind, vielleicht acht oder neun Jahre alt, wirkte so, als könnte es kein Wässerchen trüben. Und zeigte dennoch, sobald es sich unbeobachtet fühlte, die Züge eines viel zu früh erwachsen gewordenen Menschen.

»Der Markt übertrifft meine Erwartungen«, sagte Darne zu Riccion Südwind. »Diese Vielfalt ist erstaunlich.«

»Er war schon mal größer.« Der Südländer deutete nach links und nach rechts. »Dort standen sie früher, in zweiter und in dritter Reihe. Händler aus dem Umland, die frische und einfache Waren aus dem harten Boden Hadens anboten. Und Wanderer, die, vom Ruf Atticos angelockt, mitunter ein völlig fremdartiges Aussehen boten. Pferdegesichtige Malekuften waren darunter. Zwerge mit Knollennasen, die sich überall ins Erdwerk wühlten und dort wie Kartoffeln im Winterschlaf verharrten. Menschen, denen Schwänze aus dem Steiß wuchsen. Fabelwesen mit Flügeln, die sie allerdings kaum verwenden konnten.«

»Der Weltenkreis ist groß, und er birgt gewiss viele unbekannte Dinge für uns Bewohner des Lederlandes.« Darne sprach nun leiser. Da standen einige Söldner, vernarbt und böse dreinblickend. Sie stammten nicht aus einer der großen Totmacher-Schulen, denn die Zöglinge dieser elitären Einrichtungen hätten sich niemals derart öffentlich gezeigt. Diese da waren gewöhnliche Halsabschneider und Wegelagerer, die den Anschein erwecken wollten, mehr als das zu sein.

»Achte nicht auf sie«, mahnte Riccion Südwind. »Das ist Abschaum.«

»Ich kenne den Abschaum. Ich bin ihm viel zu oft begegnet.« Darne wusste Birle und Morilacc hinter sich, irgendwo in der Menge, aber nicht weiter als dreißig Schritte entfernt. Die beiden würden ihm jeglichen Ärger vom Hals halten. Doch er war überzeugt davon, dieses kleine Grüppchen Söldner selbst jederzeit auf Distanz halten zu können. »Ich vergaß, dass das

Leben in den Provinzen anders ist als hier, am lichtesten Fleck des Lederlandes.«

Darne behielt die insgesamt vier Kerle im Blickwinkel, so gut und so lange es ging. Auch Riccion Südwinds Diener, ein Kerl namens Helemi, der kaum einmal das Maul aufmachte, achtete auf die Söldner. Einmal schien es, als würde er vorzucken, und seine Hand fuhr dabei zur Waffe. Doch er nahm sich wieder zurück, als er erkannte, dass kein Angriff zu befürchten war.

Allmählich blieb das aufgeregte Geschnatter, Geschrei und Geplaudere der Marktweiber hinter ihnen zurück. Die Stimmen verschmolzen zu einer kaum verständlichen Klangwolke aus hohen und tiefen, aus ruhigen und aufgeregten Stimmen, um dann noch weniger zu werden, nun, da sie weiter hügelan kamen. Hier, etwa eine Laufe vom Palast des Rego entfernt, war außer Vogelgezwitscher und friedlichem Wasserrauschen nichts zu hören. Ein Bächlein wand sich hügelabwärts, wundersamerweise mit sauberem und klarem Wasser, umrundete den Wandelturm der Leidenschaft und nahm dann einen Weg, der ihn fort vom Markt führte, um erst unten in der Senke, nahe des Palastes, wieder sichtbar zu werden.

»Es ist schön hier«, sagte Darne und deutete auf das steinerne Gebäude vor ihm.

»Man sagt, dass der Turm älter sei als jedes andere Gebäude der Wunderbaren. Man sagt weiterhin, dass er große Geheimnisse berge. Er künde von einer anderen, längst untergegangenen Zeit. Angeblich hat sich an dieser Stelle einmal eine Bibliothek befunden.«

»Dabei handelt es sich wohl um Hörensagen«, meinte Darne reflexartig. Er kannte den Begriff Bibliothek. Aber er war verpönt. War mit etwas verbunden, das im Lederland tabuisiert war.

»In meiner Heimat denkt man anders über die Künste des Schreibens und des Lesens. Ich muss ehrlich gestehen, dass mir dies am meisten abgeht, seitdem ich in Haden meine Heimat gefunden habe.

»Wie ist es denn, dieses Lesen?«

»Es verändert deine Wahrnehmung. Es gibt dir die Möglichkeit, mit den Augen eines anderen zu sehen.«

»Nun, auch die Gedächtnismeister geben einem Gelegenheit dazu, sobald sie ihre Lügenmärchen auftischen.«

»Aber mit Büchern und Schriften bist du Herr über deine eigenen Ideen. Was du siehst, gehört dir allein. Was du liest, ist nicht das, was ein Gedächtnismeister dich wissen lassen möchte. Es ist … nun, es ist mehr.«

»Für dieses Mehr besitzt Haden nun mal sein Cardym. Es erweitert unseren Geist. Nährt uns mit Vorstellungen, erfüllt Wünsche, macht uns glücklich.«

»Ich kenne die Vorteile des Cardym. Und dennoch sind die Weisheiten eines Buches nicht gering zu schätzen.« Riccion Südwind wischte sich über die Nase, als machte ihn alleine die Erwähnung des Gifts unruhig. Und gierig.

Zwei grimmig dreinblickende Wächter versperrten den Zutritt zum Wandelturm. Südwind winkte ihnen, als wäre er hier ein gern gesehener Gast, überreichte ihnen jeweils einen halben Schlei und bat dann Darne weiter. »Deine und mein Begleiter müssen hier allerdings zurückbleiben. Nur unter diesen besonderen Bedingungen ist hier eine Sicherheit wie an keinem anderen Platz in Attico gewährleistet. Was hier geschieht, was hier besprochen wird, bleibt hier.«

»Ich verstehe.« Darne hatte sich im Vorfeld informiert. Niemand, weder die Dunklen Herren noch die Schergen des Rego oder des Hofkanzlisten oder die anderer Parteien im Machtspiel des Lederlandes würden diese unausgesprochene Vereinbarung brechen.

Sie stiegen die Wendeltreppe des Turms empor, immer höher. Im ersten Geschoss war Stöhnen zu hören, im zweiten Geächze und das Klatschen einer Peitsche, im dritten das Jaulen eines Hundes, im vierten herrschte Stille. Im fünften führte ihn Riccion Südwind einen kurzen Gang entlang, durch dessen Schartenfenster man einen wunderbaren Ausblick auf Attico die Wunderbare hatte. Darne musste sich beeilen, mit dem Dunklen Herrn Schritt zu halten. Es war nicht leicht. Seine Beine schmerzten nach den vielen Stufen, die er hinter sich gebracht hatte, und er war froh, als sie endlich ein kleines Kämmerlein erreichten, das der Südländer mit einem einfachen Schlüssel zugänglich machte.

Er zündete mehrere Kerzen an und fläzte sich dann in eines der beiden Möbel, die einen Großteil der Einrichtung ausmachten. Auf einem schmalen Tisch lagen Messer bereit, ein seltenes Stück Papier, einige Siegel. Ein Wasserkrug, einige Kleinigkeiten zum Essen, mehrere Cardym-Kügelchen und eine Feuerschüssel, in der das Rauchzeug erhitzt werden konnte.

Darne ließ sich dem Dunklen Herrn gegenüber nieder.

»Nun lass uns mit offenen Karten spielen, mein reicher geheimnisvoller Freund.« Südwind lächelte. »Sprechen wir übers Impcae-Cardym. Über eine Ware, die bislang stets dem Rego und seinen Vertrauensleuten vorbehalten blieb. Niemand, den ich kenne, scheint zu wissen, woher es kommt, wie es gefertigt wird, was es ist. Doch es verzückt diejenigen, die es genossen haben, über alle Maßen. Man ist bereit, ein Vermögen für einen Fingerhut voll davon zu bezahlen.«

»Hast du es denn schon einmal gekostet?«

»Nein. Ich bin zwar ein wohlhabender Mann, aber ich versuche, mein Vermögen möglichst klug zu verwalten. Es erscheint mir nicht sinnvoll, Hunderte Gold-Schlei für einen Halbtag des Glücks auszugeben.«

»Ich mache es dir einfacher.« Darne beugte sich vor, nahm das Ledersäcklein zur Hand und öffnete es. Vorsichtig schüttelte er ein wenig grauweißes Pulver auf die Tischplatte, sodass es eine winzige Pyramide bildete.

»Das ist es also?«

»Ja, das ist es. Und es gehört dir. Als ... Geschenk.«

Der Blick des Dunklen Herrn war voll Gier. Doch Riccion Südwind bewies Beherrschung. Noch. »Ich habe die Erfahrung gemacht, dass die wertvollsten Geschenke stets einen Preis haben. Einen, den man erst im Nachhinein erfährt.«

»Dieses Impcae-Cardym, so schwöre ich dir, soll dich tatsächlich nichts kosten. Ich gebe es dir, einfach so, und knüpfe keinerlei Bedingungen daran. Nur eine Bitte.«

Riccion Südwind erhob sich und schloss das kleine Fenster hinter ihm, mit der wohl berechtigten Befürchtung, dass der geringste Luftstoß das Impcae-Cardym fortblasen könnte. »Eine Bitte also. Nun, ich höre sie mir gerne an, Herr Bunthand.«

Darne hatte sich lange und ausführlich auf diese eine Begegnung vorbereitet. Er wusste so gut wie alles über sein Gegenüber. Er kannte dessen Herkunftsgeschichte, welche Beziehung er zu seinem Subitomi pflegte, welche sexuellen Laster ihm vorzuwerfen waren, ob er lieber liegend oder stehend furzte und wie sein Aufstieg zum Notisten der Dunklen Herren verlaufen war, zum Obersten der mächtigsten Geheimgesellschaft Hadens. Und damit zum unmittelbaren Konkurrenten des Fetten Mannes und seines Hofkanzlisten Bernyl.

»Ich mache es kurz, Riccion Südwind. Ich will den Rego stürzen, und ich benötige dafür deine Unterstützung.«

Der Dunkle Herr blickte ihn verblüfft an. Ein Schnaufen wurde zum Kichern, das Kichern wuchs sich zu einem Lachen aus, das Lachen endete in einem herzhaften Gebrüll, das lautstark von den steinernen Wänden widerhallte.

Nun, das war zu erwarten gewesen. Es würde Darne Zeit und Mühe kosten, den Notisten auf seine Seite zu ziehen. »Nimm dir vom Impcae-Cardym«, forderte er den Dunklen Herrn auf. »Es wird dir die Augen öffnen, und das im wahrsten Sinne des Wortes.«

Riccion beugte sich weit vor. Darne reichte ihm einen Löffel, der Mann schaufelte das Pulver vorsichtig darauf und betrachtete es von allen Seiten.

»Es gilt nach wie vor als eines der großen Geheimnisse, wie Cardym gewonnen wird, und ich werde nichts darüber verraten. Ich kann bloß sagen, dass dieses da auf ganz besondere Weise und unter größten Mühen hierhergebracht wurde«, erläuterte Darne. »Wenn die Vorräte erschöpft sind, die ich im Laufe der Zeit in diversen Provinzen des Lederlandes verteilte und immer noch in winzigsten Rationen verkaufe, dann mag es drei oder vier Generationen dauern, bis neuerlich Impcae-Cardym gewonnen werden kann.«

»Ja.«

Riccion Südwind interessierte sich nicht weiter für seine Ausführungen. Er starrte das Pulver an, fasziniert und völlig gebannt. Konnte es wirklich sein, dass er, einer der mächtigsten Menschen dieses Landes, noch nie zuvor mit diesem Stoff in Berührung gekommen war? Nun, dies übertraf selbst Darnes kühnste Hoffnungen. Denn dann brauchte er kaum Überzeugungsarbeit zu leisten, um die Dunklen Herrn auf seine Seite zu ziehen.

Riccion zündete einen Span an und hielt ihn unter den Löffel. Das Impcae-Cardym begann, grün und blau zu glühen, um sich nach wenigen Atemzügen zu verflüssigen. Es wurde zu einer braungrauen Masse.

»Träufle es dir sachte auf die Zunge.«

Darne beobachtete den Mann, wie er sich dem Genuss des Impcae-Cardym hingab, vorsichtig und gierig gleichermaßen. Die Masse tropfte auf seine Zunge, verteilte sich dort, bildete Schaum und verschwand dann, versickerte. Darne erinnerte sich an seine erste Begegnung mit diesem sonderbaren Stoff, und er dachte einmal mehr über dieses einzigartige Wunder der Natur nach.

Wie kam es, dass ausgerechnet dieses seltsame Organ der Hypatore, wenn es getrocknet wurde, derart auf Menschen wirkte? Wer hatte diese Möglichkeit entdeckt, sich zu berauschen? Wer war auf den Gedanken gekommen und wann, ein Tier auszuweiden und die Wirkung des getrockneten, gestampften und mit Duftstoffen versehenen Organs auszuprobieren? Und was war das ganz besondere Geheimnis des Impcae-Cardym? Warum schmeckte es ausgerechnet dann am besten, wenn der Rohstoff von einem der wenigen Weibchen stammte? Von einer Königin, wie sie nur einmal in jeder Generation der Zecken lebte?

Das Impcae-Cardym war in der ohnedies reichen Welt der Naturwunder ein noch größeres Mysterium als alle anderen, vergleichbar bestenfalls mit dem Akt einer Menschwerdung, einer Geburt.

Die Wirkung trat bei Riccion Südwind ein. Darne erinnerte sich an *seinen* großen Moment: Er hatte nach langem Zögern einen kleinen Schaumtropfen auf seine Zunge fallen lassen, die Augen geschlossen und gewartet. Es war nichts geschehen, gar nichts. Bis auf dieses sonderbare Kribbeln auf seiner Haut, das immer stärker und unangenehmer geworden war, bis er wieder die Augen aufgerissen und die Welt rings um sich gesehen hatte, wie sie sich durch das Impcae-Cardym darstellte.

Als Ort des Leuchtens. Des Einklangs. Des Friedens. Als eine Einheit vieler verschiedener Eindrücke, die mit einem Mal zusammengehörten. Zeit und Raum, süß und salzig, groß und klein bildeten keine Gegensätze mehr. Sie waren Teile voneinander, griffen ineinander.

»Das ist unglaublich«, murmelte der Dunkle Herr.

»Ja, das ist es.«

Das Impcae-Cardym formte keinen besseren Menschen aus seinem Benutzer. Aber es hielt einem ein Spiegelbild vor Augen und zeigte, was möglich war. Jeder Mensch sah, wozu er in der Lage war, wenn er es denn wollte.

»Und das bin ich?«, fragte Riccion Südwind wie zum Beweis dessen, was Darne dazumals gesehen und erlebt hatte.

»Ja, das bist du. Das warst du, und das wirst du sein.«

»Es gibt viele dunkle … Flecken.«

Darne schwieg. Er wollte den Dunklen Herrn nicht darauf hinweisen, dass diese Auslassungen in der Wahrnehmung Schäden waren. Dinge, die der Südländer seinem Körper und seinem Geist angetan hatte. Möglichkeiten, die ihm nicht mehr zur Verfügung standen und die die gangbaren Wege in die Zukunft einschränkten. Darauf musste der Dunkle Herr selbst kommen – und das würde er.

»Wie lang hält die Wirkung des Impcae-Cardym an?«, fragte Riccion Südwind, während er weiterhin starr in eine Ferne blickte, die es in diesem engen Raum nicht gab.

»Womöglich für alle Zeiten. Ich habe vor drei Jahren eine kleinere Portion als du genommen und nach wie vor diese Ahnungen und Erscheinungen. Je länger ich in dieser Welt eingetaucht bleibe, desto besser finde ich mich darin zurecht.«

»Das ist ganz anderes als normales Cardym! Du weißt, wie das Zeug normalerweise wirkt. Es zeigt ähnliche Effekte, doch die ebben rasch wieder ab. Und dann will man mehr davon.«

»Ja.«

»Jedermann, den du mit dem Impcae-Cardym versorgst, ist also von seiner Sucht geheilt?«

»Ich kann es nicht mit Bestimmtheit sagen, ob es tatsächlich die Sucht ist, die man vergisst. Denn man ist ja stets eins mit dem Mittel, und wir wissen noch nicht, ob es den Körper zerstört. Aber es ist eine Erleichterung für den Benutzer. Man ist niemals mehr wieder dem Verlangen nach einer neuen Dosis und noch einem weiteren Kügelchen und noch einem Pfriem ausgesetzt. Man weiß, dass das Impcae-Cardym stets da ist und hilft.«

»Fantastisch!«, murmelte Riccion Südwind, und nochmals: »Fantastisch!«

Damals, als sie aus dem Eisernen Hochland geflohen waren, endlich sicheren Grund erreicht, von dem wertvollen Zeug genommen und seine Wirkung gespürt hatten, damals hatten sie lange hin und her überlegt. Hatten gesprochen, Ideen verworfen, neue heraufbeschworen und mit ihren durchs Impcae-Cardym geklärten Blicken versucht herauszufinden, warum es ihnen eine derartige Zufriedenheit schenkte.

Bentaloppe hatte gemeint: »Es stammt aus den Körpern der Mütter, und es wird an die männlichen Zecken in geringerem Ausmaß weitergegeben. Dort sorgt es für Zufriedenheit und Ruhe. Die sonst so kräftigen Tiere würden übereinander herfallen und sich gegenseitig zerfleischen, wenn es keine Cardym-Blase gäbe.«

»Ja, und?«, hatte Birle gefragt.

»Es gibt eine einzige Königin in jeder Generation der Hypatore. Sie legt beständig ihre Eier ab, hat nichts anderes im Sinn. Und mithilfe des Impcae-Cardym kontrolliert sie ihre Kinder. Sie träufelt den Neugeborenen einen winzigen Teil davon in den entstehenden Körper und behält sie so unter Kontrolle. Ihr erinnert euch, wie friedlich sie waren. Wie leicht sie sich einfingen ließen, und wie selten sie sich gegen ihr Schicksal wehrten?«

»Das bedeutet aber auch, dass es im Eisernen Hochland irgendwo eine Königin geben muss, die nach wie vor Eier legt und für Nachschub bei den Hypatoren sorgt«, hatte Darne gemeint.

»So ist es. Sie sorgt dafür, dass ihr Volk wächst und blüht und gedeiht und niemals ausstirbt. Was wir an Kindern töten, fängt sie auf, indem sie tagtäglich zehn mal zehn neue Wesen in die Welt setzt. Ihr Impcae-Cardym ist eigentlich ein Königinnen-Cardym, denn nur aus diesem einen Organ und seinen Inhalten heraus verfügt sie über die Zecken. Das Cardym, das sie in dieser besonderen Blase in sich trägt, ist tausendfach stärker und intensiver als jenes im Körper ihrer Kinder.« Bentaloppe hatte eine lange Pause gemacht, um dann mit nachdenklich klingendem Unterton fortzufahren: »Wir blicken ins Herz und in den Verstand eines völlig fremden Wesens. Wir sehen das Leben so, wie die Königin es sieht. Wir verbinden unser Leben mit dem eines toten Wesens. Ist das nicht großartig?«

»Großartig«, meinte Riccion Südwind zum wiederholten Male. »Auch wenn ich's nicht begreife.« Er ballte die Hände zu Fäusten. »Der Rego und sein Hofkanzlist können mir nichts mehr anhaben. Ich bin frei vom Cardym!«

»So wie Hunderte andere Menschen, die ich im Laufe der Jahre mit Impcae-Cardym versorgte. Viele von ihnen wollten bloß von dieser legendenumwobenen Substanz kosten. Doch nun sind sie befreit von ihrer Sucht und sehen das Leben mit anderen Augen.«

»Der Fette Mann und Bernyl machen mit uns, was sie wollen. Weil die Lederländer vom Tage ihrer Geburt an das ... schlechte Cardym gewöhnt werden. An die Substanz, die Sklaven aus ihnen macht.«

»So sieht es aus.« Darne nickte.

»Ich verstehe allerdings nicht, wie sie und ihre Vorgänger dieses System über Generationen hinweg aufrechterhalten konnten. Warum gab es nie Verrat, nie Geheimnisträger, die die Wahrheit ausplauderten?«

»Das ist die Frage, mit der ich mich seit geraumer Zeit beschäftige. Ich behaupte, dass noch weit mehr hinter dem Cardym steckt, als wir glauben.«

»Wir müssen den Palast erobern und die beiden samt ihrer Gefolge töten!«

»Um was zu tun?«

»Nun, um die Macht zu übernehmen und einen neuen Rego

einzusetzen. Einen, der sich in Haden bestens auskennt und weiß, wie die Menschen behandelt werden müssen.«

»Hast du da jemand Besonderen im Auge?«

»Darüber sollten wir uns unterhalten, sobald es so weit ist«, antwortete Riccion Südwind ausweichend. »Jetzt müssen wir Pläne schmieden, wie der Palast des Rego zu stürmen ist.«

»Natürlich.« Darne hatte den Südländer richtig eingeschätzt: Er stellte sein eigenes Interesse in den Vordergrund und würde keinerlei Skrupel kennen im Kampf um den Thron des Rego. Darne würde ein Auge auf ihn haben müssen. Auch wenn Riccion Südwind dank seiner Machtmittel der wertvollste Verbündete war, so war er doch auch ein gefährlicher Mann.

Sie tranken Tee, sie aßen eine Kleinigkeit, sie unterhielten sich über Möglichkeiten, den Rego zu stürzen. Noch blieb alles vage. Viele Dinge mussten bedacht und weitere Verbündete gewonnen werden, indem Darne noch mehr vom Impcae-Cardym in Umlauf brachte.

Irgendwann verließen sie den Wandelturm der Leidenschaft, um sich wieder um ihre Tagesgeschäfte zu kümmern. Riccion Südwind, Herrscher über mehr als dreitausend Bettler, Taglöhner, Straßenräuber, Drogenhändler und Schmuggler, würde heute ein wenig milder mit seinen Leuten umgehen und sie mit anderen Augen sehen. Und er, Darne, gab Birle seinerseits ein Zeichen, dem neuen Verbündeten zu folgen. Er hatte einen neuen Freund gefunden, der gefährlicher war als die giftigste Natter.

27. Bernyl

Die großen Zeiten im Palast des Rego gehörten der Vergangenheit an. Feste wurden kaum noch gefeiert, und wenn, dann endeten sie weit vor der Zeit. Diplomatie fand in Nebenräumen statt, auf den Treppen und Gängen des Gebäudes, geflüstert und so, dass der Rego davon nichts mitbekam.

Hobelaar lag bloß noch zwischen seinen Polstern, ein fettes Stück Fleisch, um das schöne und junge Frauen drapiert waren, den Blick tunlichst vom Herrscher des Lederlandes abgewandt. Nur noch einige Hohe Damen und Herren saßen lustlos im Thronsaal. Diese langjährigen Verbündeten des Rego waren nur noch Schatten ihrer selbst. Verbitterte Greise mit zittrigen Gliedern, die Hände von der Gicht gekrümmt, Körper und Geist vom Cardym geschwächt. Adelige in vornehmen Gewändern und allein erfüllt von der Erinnerung an längst vergangene Zeiten. Sie würden gemeinsam mit dem Herrscher fallen, und sie wussten es. Oh, sie rochen nach Tod, nach Furcht, nach Hoffnungslosigkeit.

Bernyl näherte sich dem unförmigen Geschöpf, hielt dem Rego ein paar Talgkissen hin und hob die Hand seines Herrschers. Der Fette Mann drückte ächzend seinen Siegelring ins nachgiebige Material, das rasch erhärtete. Bernyl würde es einigen Boten mitgeben und sie somit als Botschafter des Rego legitimieren, wenn sie ausschwärmten und in allen Teilen des Landes von den neuen Anweisungen des Palastes kündeten.

Das Signum des Rings zeigte drei gekreuzte Klingen. Bernyl versuchte sich zu entsinnen, wann er diesen Ring das erste Mal einem Rego gereicht hatte. Doch seine Erinnerungen reichten nicht so weit zurück. Mittlerweile hatte er Abertausende der Talgkissen gebraucht, verbraucht und missbraucht. Meist im Sinne des Landes, aber mindestens ebenso oft aus Eigennutz.

»Möchtest du denn gar nicht wissen, was ich vorhabe?«, fragte Bernyl leise. »Interessiert dich nicht, was ich mit Haden anstelle?«

»Nichtsch Gutesch«, gurgelte der Rego in dem vergeblichen Versuch, gleichzeitig Wein zu trinken und sich zu verständigen.

»O doch, mein Freund. Ich erweise den Bewohnern den größtmöglichen Gefallen. Mag sein, dass ich in der Zeit des Überganges einigen Schaden anrichten und hier und dort ein paar Menschen opfern muss. Doch andererseits schaffe ich neuen Frieden. So wie ich es immer wieder tue.«

»Du bist ein Ungeheuer, Bernyl! Du bist Abschaum, der von diesem Weltenkreis gewischt gehört!« Der Rego schleuderte seinen Pokal zur Seite. Der Wein spritzte dabei über eine seiner Konkubinen, einer Schönheit mit großen Brüsten. Nur für einen Wimpernschlag zeigte sie ihre wahren Empfindungen und verzog angeekelt das Gesicht, dann fing sie sich wieder und lächelte starr.

»Dann gib doch deine Befehle, Hobelaar! Ruf deine Wächter herbei und weise sie an, mich in den Kerker zu sperren! Glaubst du, dass noch irgendjemand im Palast auf dich hört? Deine Leibgarde, die Berater, die Mediker und Feldscher, die Totmacher, die Leibwäscher, deine Huren ... Allesamt folgen sie meinem Befehl.« Bernyl lächelte zufrieden.

Es stimmte, das Lederland hatte ihm stets am Herzen gelegen. Doch er war nicht frei von Eitelkeiten. In den letzten Jahren hatte er den Einfluss des Rego Stück für Stück zurückgedrängt.

Auf das Resultat seiner harten Arbeit durfte er mit Recht stolz sein.

»Du ruinierst, was wir gemeinsam aufgebaut haben«, sagte Hobelaar mit schläfriger Stimme. »Ich verstehe nicht, was du vorhast. Ich verstehe es einfach nicht.«

»Das musst du auch nicht, Fetter Mann. Deine Zeit ist abgelaufen, eine neue bricht an. Du erfüllst deinen Zweck, indem du durchhältst, bis die Zeit der Bewegung beginnt. Danach werde ich dich von deinem irdischen Dasein befreien.«

Bernyl kümmerte sich nicht um die Frauen rings um ihn. Sie hatten gelernt wegzuhören, und sie waren dumm. Eine Frau, die sowohl schön als auch gescheit war, war seiner Meinung nach wider die Natur. Er hatte derlei noch nie in seiner Gegenwart geduldet.

»Bring mir Wein«, murmelte Hobelaar und wandte seinen müden Blick von ihm ab.

»Selbstverständlich. So viel du nur willst. Soll ich ihn mit ein wenig Cardym versetzen? Es würde dir guttun.«

»Du weißt, dass ich auf das Zeugs nicht anspreche.«

»Ich hätte dich jederzeit dazu zwingen können, es zu nehmen. Oder es dir heimlich ins Essen mischen können.«

Der Ausdruck im feisten Gesicht des Rego wandelte sich auf einmal. Sein Blick wirkte wach, die entgleisten Züge glätteten sich. »Selbst du bist nicht allmächtig, Hofkanzlist«, sagte er. »Das Cardym hätte mich frühzeitig altern lassen, und ich hätte nicht so lange durchgehalten, wie ich es nun schon tue. Aus welchen Gründen auch immer, du brauchtest mich für eine längere Periode. Für nahezu drei Dezennien nun.«

»Richtig.« Bernyl unterdrückte seinen Ärger. Er unterschätzte den Fetten Mann immer wieder. Er vergaß, dass dieser einstmals mit einem scharfen Verstand gesegnet gewesen war. Dass er Ideale gehabt hatte. Dass er tatsächlich vom Willen beseelt gewesen war, das Lederland nach vorn zu bringen, alte Krusten aufzusprengen, den Menschen ein besseres und längeres Leben zu verschaffen. Trotz seiner ständigen Trunkenheit erahnte er noch immer viele Dinge und zog die richtigen Schlüsse.

»Es stimmt. Ich musste dir Reste meiner Vorräte des Impcae-Cardym verabreichen und dich damit ein wenig … erleuchten. Andernfalls wärst du mir bloß von geringem Nutzen gewesen. Den Rego so nahe vor der Zeit der Bewegung auszutauschen, sorgt für instabile Verhältnisse und für noch mehr Unruhe, wie mich die Vergangenheit lehrte.«

»Wie vielen Rego hast du außer mir beratend zur Seite gestanden, Bernyl?«

»Ich habe aufgehört, sie zu zählen«, antwortete der Hofkanzlist bereitwillig. »Du musst wissen, dass ich ein sehr langlebiges Wesen bin und mit sehr vielen von deiner Art zu tun hatte. Vielleicht bin ich bloß eine Laune der Natur. Oder aber jemand, der von den Göttern geschickt wurde, um über das Lederland zu wachen.«

»Ich meine, dass du ein Verrückter bist.« Der Fette Mann rülpste.

»Du bist nicht der Erste, der diese Meinung vertritt.« Bernyl lächelte. Er störte sich nicht an der Beleidigung des Fetten Mannes.

Was war es tatsächlich, das ihn einfach nicht altern ließ? Warum war ausgerechnet sein Körper ein derartiges Wunder der Natur?

Bernyl versuchte sich zu erinnern. An jene Tage, da er erstmals seinen Fuß auf den Boden des Lederlandes gesetzt hatte. Es wollte ihm nicht gelingen. Er hatte damals schon dieselbe Statur wie heute besessen, doch er war noch frei von Zynismus gewesen und hatte nicht diese unendliche innere Ausgeglichenheit gehabt, die er heute so sehr an sich schätzte. Manche mochten Weisheit, andere Gleichgültigkeit dazu sagen. Ihm war es einerlei. Es war eine Eigenschaft, die mit dem Alter kam.

Einem Alter, das keinem anderen Bewohner des Lederlandes vergönnt war.

Da war der vage Gedanke an eine Frau, die er getroffen hatte, als er erstmals die Hauptstadt Hadens besuchte und deren Straßen durchwanderte. Jung, von stattlicher Größe, mit blondem Haar und blauen Augen. Sie hatte sich ihm hingegeben und ihm gezeigt, mit welcher Leidenschaft die Nordländer ihr Leben genossen. Er hatte sie irgendwann aus den Augen verloren und dann … dann …

Bernyl wusste nicht mehr weiter. Erinnerungen waren wie winzig kleine Teilchen inmitten einer See aus Erlebnissen. Manchmal fanden sie einander und ergaben einen Sinn. Dann wieder blieben sie von unergründlicher Tiefe und ohne inneren Zusammenhang. Bloß ein Erlebnis kehrte immer und immer wieder: die Zeit der Bewegung. Sie war die Konstante inmitten dieses brodelnden Ozeans. Das Schiff, auf dem er über die Wellen glitt, auf der Suche nach … nun, wonach denn eigentlich?

»Ich würde unser Gespräch gern fortsetzen«, sagte er zum Rego, »aber die Geschäfte rufen. Du wirst verstehen, dass zumindest einer von uns beiden in diesen Tagen bei wachem Verstand bleiben muss. Es gilt, Vorbereitungen zu treffen.«

»Denk an meinen Wein, Hofkanzlist!«

»Selbstverständlich.« Bernyl klatschte in die Hände und bedeutete einem Diener, den Wunsch des Herrschers zu erfüllen. Zu den Konkubinen sagte er: »Und ihr sorgt gefälligst dafür, dass der Rego ab und zu mal zur Seite gewälzt wird. Und es wäre nicht schlecht, würde er mal wieder gewaschen werden. Um der Wahrheit die Ehre zu geben: Unser allseits geschätzter Rego stinkt im wahrsten Sinne des Wortes beschissen.«

Manche der Frauen nickten, drei von ihnen erhoben sich und machten sich an die Arbeit. Die meisten von ihnen hingegen wirkten weiterhin völlig teilnahmslos. Hier wurde das beste Cardym verabreicht, das für Geld zu haben war.

Mit Ausnahme des Impcae-Cardym, selbstverständlich.

Berater warteten in seinen Räumlichkeiten, viele von ihnen wirkten besorgt und ängstlich. Sie wagten es kaum, ihm all die schlechten Nachrichten vorzutragen, die die Gedächtnismeister und andere Reisende laufend aus den vier Himmelsrichtungen mitbrachten.

Bernyl unterdrückte ein Lächeln, als er sich an seinem Tisch niederließ. Sein Kammerdiener Mobcac kredenzte eine bescheidene Mahlzeit und stellte ein Glas Wasser vor ihm ab. Er trank davon und ließ sich neu einschenken, bevor er den ersten Berichterstatter aufforderte, ihm Meldung zu erstatten.

Es herrschte Not im Norden und Armut im Süden. Im Osten wüteten einfallende Barbaren aus benachbarten Ländern, und im Westen kämpften rivalisierende Stämme gegeneinander. Attico die Wunderbare wurde noch von den Unruhen verschont. Doch auch hier geschahen ungewöhnliche Dinge, denn die Lieferungen aus den Provinzen wurden rar, es fehlte an Brot, Obst, Fleisch und Gemüse. Die Preise zogen an, die Menschen wurden unruhig. In einem Stadtteil nahe des Wandelturms hatten einige Randalierer von Soldaten davon abgehalten werden müssen, in Richtung des Palastes zu ziehen. Und besorgte Mütter beklagten die Verluste ihrer Söhne im Eisernen Hochland.

Bernyl heuchelte Besorgnis und erteilte mit dem nächsten Atemzug Befehle, die für weitere Unruhe sorgen würden. Niemand wagte zu widersprechen. Man wusste um den Zustand des Rego. Er, Bernyl, war der Einzige, dem man in Adelskreisen zutraute, das Lederland durch solch stürmische Zeiten zu führen.

»Sonst noch etwas?«, fragte er abschließend und blickte sich in der kleinen Runde um.

»Es kursieren sonderbare Gerüchte«, erklärte Mata Macam, ein Emporkömmling mit krankhaftem Ehrgeiz, der trotz seiner jugendlichen Jahre meinte, alles in den Griff bekommen zu können, wenn man sich nur gehörig bemühte. »Mich erreichen Berichte aus der Umgebung von Attico. Menschen verspüren unerklärliche Bewegungen unter ihren Füßen. Ich habe die Geschichten anfänglich nicht ernst genommen. Doch mittlerweile glaube ich, dass mehr dahintersteckt als Angst vor dem Unbekannten.«

»Ach, und warum? Wir wissen doch, wie der Pöbel ist. Kaum beunruhigt ihn etwas, erfindet er Geschichten von Geistern, von seltsamen Geschehnissen, von unheimlichen Symbolen an der Wand oder von Fischen, die auf die Stadt hinabgeregnet kommen.« Bernyl konnte ein Lachen kaum unterdrücken. Er hatte den Fischregen selbst miterlebt. Damals vor … nun, etwa zweihundert Jahren.

»Es sind zu viele Erzählungen, die mir mittlerweile zugetragen wurden«, sagte Mata Macam störrisch. »Es muss etwas Wahres dran sein.«

»Nun, dann rate ich dir, weiterhin die Ohren aufzusperren und mir gegebenenfalls wieder Bericht zu erstatten.«

Und ich werde deine Bemühungen bei erstbester Gelegenheit hintertreiben, denn du nervst mich. Du wirst einen Fehler begehen, dessen bin ich gewiss, für den ich dich zur Verantwortung ziehen werde. Sollte dem nicht so sein, werde ich einen erfinden und dir die Schuld in die Schuhe schieben lassen.

»Es gibt auch noch recht bemerkenswerte Beobachtungen«, sagte Chael O'Nekh, ein bedächtiger und ruhig wirkender Mann mittleren Alters. »So werden in letzter Zeit immer mehr seltsame Tiere am Rande der Stadt gesichtet.«

»Man nennt sie Hypatore«, ergänzte die Hohe Dame Lievle. Sie war eine der wenigen Eingeweihten, die von der Herkunft des Cardym wusste. Hatte er nicht sogar einmal mit ihr geschlafen? Hatte sie ihm nicht auch ein Kind geboren?

»Was ist mit den Hypatoren?«, fragte Bernyl naiv.

»Sie kommen aus dem Nichts und verbleiben dann auf leerem, unbebautem Boden«, fuhr Chael O'Nekh fort. »Es handelt sich um hässliche geflügelte Geschöpfe mit langen Gesichtern. Wir wissen, dass sie zur Tierwelt im Norden des Lederlandes gehörten. Und wir wissen auch, dass sie hier niemals zuvor gesichtet wurden. Irgendetwas treibt sie nach Attico.«

»Womöglich ein Unglück in ihrer Heimat«, meinte Bernyl. »Leben sie denn nicht im Eisernen Hochland? Möglich, dass sie durch die Kämpfe gegen die Bardyaggs vertrieben wurden.« Er wartete keine Entgegnung ab. »Lasst sie beobachten. Aber unternehmt nichts, solange sie keinen Schaden anrichten.« Er klatschte in die Hände. »Ist das alles für heute? Ja? Dann lasst uns wieder an die Arbeit gehen.«

Die Rasanz, mit der die Ereignisse stattfanden, überraschte ihn. Die Hypatore waren also bereits bis zur Wunderbaren vorgedrungen? Rochen, schmeckten oder ahnten sie, was nun geschehen würde? Wurden sie von den Erdstößen angezogen? Aber wie konnte das sein, über eine Entfernung von so vielen Laufe hinweg?

Bernyl schob diese Gedanken beiseite. Noch waren viele Dinge zu erledigen. Ungewissheiten plagten ihn, auch wenn er sich in Gegenwart des Rego selbstsicher gegeben hatte. Wann würde Hobelaars Nachfolger auftauchen und sich positionieren? Noch war längst nicht entschieden, wer das Rennen machen würde. Auch wenn er einen persönlichen Favoriten hatte und ihn seit geraumer Zeit so gut es ging beobachten ließ.

Bernyl bat weitere Gedächtnismeister in sein Arbeitszimmer. Sie berichteten von einer Lederknappheit. Das neue Lager abseits des Eisernen Hochlands brachte bei Weitem nicht jene Erträge, die benötigt wurden, um Handel und Fertigung in Schwung zu halten. Zumal immer mehr Zecken flüchteten. Bernyl wusste, dass diese sonderbaren Tiere kaum aufgehalten werden konnten, sobald sie sich einmal in Bewegung gesetzt hatten.

»Mobcac!«, rief er laut. Der Kammerdiener hörte nicht mehr so gut wie in jungen Jahren.

»Ja, Herr?« Er kam herangeschlurft, den Rücken gebeugt, das Gesicht vom übermäßigen Cardym-Genuss welk und faltig.

»Was hältst du vom Altern?«

»Es ist eine Plage, Herr. Ich verfluche mein Schicksal.«

»Was würdest du dafür geben, sechzig, siebzig oder mehr Jahre leben zu dürfen?«

»Alles, Herr.«

»Selbst das Leben deiner Kinder?«

Mobcac überlegte nur kurz und sagte dann: »Ja, Herr. Ich habe dir lange genug dienen dürfen, um zu erkennen, dass Bescheidenheit und Aufopferung, Tugendhaftigkeit und viele andere Eigenschaften, die man allgemeinhin als gut bezeichnet, in Wirklichkeit keinerlei Wert haben. Man muss zuvorderst an sich selbst denken, bevor man an andere einen Gedanken verschwendet. Das hast du mich gelehrt. Nur wenn man selbst stark ist, kann man mit seiner Kraft auch andere unterstützen.«

»Eine bemerkenswerte Einsicht, Mobcac.«

»Danke, Herr.« Der Alte verbeugte sich knapp und ungeschickt.

»Ich mag es nicht sonderlich, von Menschen umgeben zu sein, die derartige Ideen entwickeln. Sie erscheinen mir gefährlich.«

»Mir ist nicht daran gelegen, dir zu schaden, Herr.«

»Und warum nicht? Du weißt mehr über das Lederland und wie alles zusammenläuft, als der Rego selbst. Du könntest meinen Platz einnehmen. Oder gar seinen.«

»Ich weiß, wo mein Platz ist, und ich bin zufrieden.«

»Ein Mann ohne Ehrgeiz also.«

»Dies war einer der Gründe, warum du mir dieses Amt anvertrautest.«

»Wie lange ist das her, Mobcac? Dreißig, vierzig Jahre? Ich

habe es vergessen. Die Zeit geht auch mit mir nicht sonderlich gnädig um.«

»Es war vor sechsunddreißig Jahren. Mein Vorgänger tat Dinge, die dir missfielen.«

»Richtig, jetzt weiß ich's wieder.« Bernyl hatte keine Ahnung, wovon sein Kammerdiener sprach. Sein Alter brachte es mit sich, dass immer wieder Erinnerungen verlorengingen. Er bedauerte es, nicht mehr zu wissen, wer seine Eltern gewesen waren. Wann er das erste Mal einen Rego ins Amt gehoben hatte. Und, nicht zuletzt, warum ausgerechnet das Eiserne Hochland so wichtig war. Wenn er doch bloß dieses eine, wichtige Wissensschnipsel in seine Erinnerung zurückrufen und es in seinen Plan einarbeiten könnte …

»Ich danke dir, Mobcac. Du bist mir wie immer eine wertvolle Stütze.«

»Gerne, Herr.« Der Kammerdiener verbeugte sich ein weiteres Mal und wäre beinahe nach vorn gestürzt, auf Bernyl zu. Er fing sich im letzten Augenblick und verließ das Arbeitszimmer.

»Lass mir Wyme bringen!«, rief Bernyl dem alten Mann hinterher.

»Jawohl, Herr.«

Bernyl blieb allein zurück. Er starrte ins Leere, überdachte sein Schicksal, arbeitete gedanklich an seinen Plänen. In den nächsten Tagen und Wochen würde er nur wenig Schlaf finden. Und danach … Nun, die Zeit der Bewegung war stets voller Mühen und Plagen.

Es klopfte, und Wyme trat gleich darauf ein. Wie immer gab er sich rebellisch und war unhöflich. Er grüßte nur knapp und ließ dabei jegliche Hochachtung vermissen.

Nun, der Totmacher war ein Mann mit vielen schlechten Eigenschaften, aber auch mit einigen guten. Unter anderem war er in seinem verräterischen Gehabe berechenbar wie kaum ein anderer Mensch.

»Du benötigst meine Dienste, Hofkanzlist?«, fragte er und lümmelte sich in einen Sessel.

»Ja. Es handelt sich um eine … Aufräumarbeit. Ich möchte ausmisten.«

»Wie heißt der Kerl?«

Bernyl sah Wyme in die vom Cardym-Missbrauch geröteten Augen. »Ich möchte, dass du meinen Kammerdiener beseitigst.«

»Diesen alten Knacker? Aber der tut doch niemandem etwas zuleide!«

»Möchtest du meine Anweisungen hinterfragen?«

»Nein.« Wyme zuckte mit den Schultern. »Ist so gut wie erledigt, Bernyl. Immer wieder gern.«

28. Darne Bunthand

Fintieren. Ducken. Dem Hieb ausweichen. Das linke Knie über alle Gebühr belasten, sodass der Schmerz für einen Moment unerträglich werden wollte, sich dann zur Seite hin abstoßen, abrollen, wieder auf die Beine schnellen, dem nächsten Angriff ausweichen.

»Höher das Schwert!«, rief Morilacc. »Und zapple nicht so herum!«

Darne verfluchte seine Trägheit und sein Unvermögen, dem älter gewordenen Körper jene Beweglichkeit wie in jungen Jahren aufzuzwingen. So sehr er sich bemühte, er würde niemals mehr wieder jene Flinkheit erreichen, die ein gut ausgebildeter zwanzigjähriger Totmacher hatte.

»Achte auf dein Gleichgewicht!«

Darne stolperte, fiel nach hinten. Nur durch größte Anstrengung konnte er zur Seite wegtauchen. Morilaccs Schwert prallte gegen den Steinboden, die Klinge schlug Funken. Jetzt hätte er antworten können, in diesen Augenblicken, doch er fand nicht die Kraft, den Schwung seines Körpers richtig einzusetzen. Stattdessen kugelte er auf dem Boden umher und wurde von dem Riesen beschämt, von diesem alten Mann, der längst das fünfte Dezennium erreicht hatte und sein Vater hätte sein können.

Endlich kam er wieder auf die Beine, zog sich schrittweise zurück und parierte die gnadenlos geführten Schläge seines

Gegenübers. Morilacc nahm keinerlei Rücksicht auf ihn, ganz im Gegenteil. Er lächelte. So, als würde er sich darüber freuen, seinem jüngeren Gefährten endlich einmal gehörig auf die Finger klopfen zu können. In einem Zweikampf, in dem es ausschließlich auf rohe Kraft ankam.

Darne atmete tief durch. Schweiß perlte ihm auf der Stirn, brannte in den Augen. Mit unerklärlicher Kraft drosch Morilacc ein ums andere Mal auf ihn ein. Mit einem armlangen Schwert, das viel zu schwer war, um es mit einer derartigen Schnelligkeit schwingen zu können.

Oder war es bloß er, der sich so langsam bewegte?

»Das Bein!«, rief Bentaloppe, die wie immer zusah. Ihre Warnung kam zu spät. Morilacc veränderte die Stoßrichtung der Waffe, und noch bevor Darne die Spitze zur Seite ablenken konnte, war sie dicht an seinem Körper, drang seitlich ins Schutzleder nahe des rechten Knies ein, ritzte Haut, ritzte Fleisch. Der Schmerz war auszuhalten, während er erneut zurückwich und außerhalb von Morilaccs Reichweite wieder zu stehen kam. Doch dies war ein Angriff auf seinen Stolz, auf seine Würde!

»Hast du genug, Kleiner?«, fragte der Riese und winkte ihm breit grinsend zu.

Da waren diese Wut und diese Arroganz, die wieder einmal in Darne hochkochten. Er erinnerte sich an diese Gefühle. Sie hatten ihn ins Unglück gestürzt und ihn für Jahre aus seinem Leben gerissen, seine Jugend abrupt beendet und den Leuten rings um ihn Schaden zugefügt. Der Gedanke an seine Verfehlungen machte ihn augenblicklich ruhiger. »Ich benötige noch einige Übungseinheiten, bevor ich gegen dich bestehen kann.«

»Das wirst du niemals können, Darne.« Morilacc senkte das Schwert, schob es in die Scheide und gürtete seinen gut gepolsterten Lederwams auf.

Darunter schwitzte er, und er war gehörig außer Atem. Doch

der alte Mann hätte ihn zweifellos besiegt, in einem offen geführten Kampf getötet.

Bentaloppe kam heran. Ihr Mund war verkniffen, sie zeigte ihre Enttäuschung offen. »Du bist auf den Beinen zu langsam«, sagte die Totmacherin. »Deine Reflexe sind schlecht, deine Kräfte lassen allzu rasch nach. Und die Wunden deines Kampfes gegen Smuj sind nie richtig verheilt. Doch das alles ist nicht so wichtig. Ein erfahrener Kämpfer wie Morilacc zum Beispiel übertüncht derartige Probleme, indem er niemals seine schwache rechte Seite herzeigt und dir im Kampf schlichtweg keine Zeit zum Nachdenken gibt. Er treibt dich vor sich her, auch in Gedanken.«

»Soll ich das auch mal mit dir machen, Bentaloppe?« Morilacc grinste die Totmacherin an.

»Du weißt, dass dir das nicht gelingen würde.«

»Es käme auf einen Versuch an.«

»Hallo? Hier geht es nicht um euch beide, sondern ausschließlich um mich!« Darne zog die Lederrüstung vom Körper. Das Innere des einen Beinschutzes war blutrot, ein halbfingerdicker Haut- und Fleischfetzen hing zur Seite weg. Doch seine Wunden verheilten rasch, auch ein Folge des Gebrauchs von Impcae-Cardym.

»Wir werden stets in deiner Nähe bleiben, Kleiner.« Morilacc spritzte sich Wasser aus einem Fass ins Gesicht und über seinen Körper. »Aber auch wir können dich nicht ständig im Auge behalten. Du wirst noch ein wenig zulegen müssen.«

»Und damit beginnen wir jetzt gleich.« Bentaloppe zog ihr Übungsschwert, ein kürzeres Exemplar als das Morilaccs, und richtete es gegen Darnes Kehlkopf. Ihr gezeichnetes Gesicht war nicht unter der Maske verborgen, die sie in der Öffentlichkeit trug

»Ich bin verletzt.«

»Das passiert zuweilen. Darf aber in der Schlacht kein Grund sein zurückzuweichen. Vergiss nicht, du marschierst vorneweg. Du eroberst den Palast des Rego. Man wird dir nur folgen, wenn dein Kampfmut deinen Männern zum Vorbild gereicht.«

Darne schnürte die Lederschützer wieder fest. Er war schrecklich müde. Doch es stimmte, was die Frau sagte: Dies war seine Angelegenheit, und er musste dafür sorgen, dass andere sie ebenfalls zu ihrer ganz persönlichen Sache machten.

»Also schön, alte Frau.« Er grinste. »Soll ich dir deinen Hintern mit meinen Stiefeln oder der Breitseite meines Schwerts versohlen?«

Bentaloppe blieb völlig ruhig, und als der Waffengang kurze Zeit später ein Ende fand, hatte Darne es eilig, seinen brennenden Arsch in einen Wasserbottich zu stecken.

»Die Hypatore werden mir unheimlich«, sagte Birle. »Seit unserer Zeit in den Dunklen Tiefen habe ich gehörigen Respekt vor ihnen.«

»Es wird einen Grund haben, warum sie ausgerechnet jetzt hierherziehen.« Darne besah seine Zeichnungen, die er der Einfachheit halber auf einer Wand seines neu errichteten Palastes gepinselt hatte. Sie stellten einen Teil des Palastes des Rego dar. So viel, wie sie mittlerweile darüber in Erfahrung gebracht hatten.

Gedankenverloren und ohne die Südländerin anzusehen, fragte er: »Gibt es etwas Neues von unserem Freund Riccion? Oder bist du bloß hergekommen, um wieder mal die Annehmlichkeiten meines bescheidenen Domizils zu genießen?«

»Es ist mir herzlich egal, ob ich meinen Kopf auf mit Entendaunen gefüllte Kissen lege oder auf Strohsäcke. Ich schlafe gut.«

»Das ist keine Antwort auf meine Frage.« Darne drehte sich nun doch zu ihr um. »Wie geht es Riccion Südwind?«

»Er hat viel zu tun. Er hat mehrmals die Dunklen Herren

zusammengerufen, um sich bis tief in die Nacht mit ihnen zu beraten.«

»Was ich für ein gutes Zeichen halte«, warf Bentaloppe ein. »Es bedeutet, dass Riccion alles unternimmt, um die Angehörigen seiner Gesellschaft von unseren Zielen zu überzeugen.«

»Es sind längst viel zu viele Leute über unser Vorhaben informiert.« Morilacc streifte durch den Raum wie ein gefangenes Raubtier. Immer wieder schnaufte er, schüttelte den Kopf, setzte sich nieder, erhob sich gleich darauf wieder. »Irgendeiner von ihnen wird uns verraten. Oder seiner Hure, die zugleich ein Spitzel des Rego ist, ein Wort zu viel sagen. Oder er wird im Suff über sein Gefasel stolpern.«

»Die Dunklen Herren sind für ihre treue Ergebenheit ihrem Notisten gegenüber bekannt – und dafür, dass sie sich darauf verstehen, das Maul zu halten.« Darne trat näher auf die Wand zu und konzentrierte sich auf einen Weg, der ausschließlich von der Dienerschaft benutzt wurde, der ihn bis nahe an den Thronsaal des Rego bringen würde. War dies der Weg, den er nehmen musste?

»Angeblich gibt es Verbindungen zwischen den Dunklen Herren und dem Hofkanzlisten.« Birle zögerte. »Ich beobachte Südwind nun bereits seit über sechs Wochen, bin aber noch immer nicht schlau aus ihm geworden. Er stellt sich mit allen Leuten gut. Er unterhält unzählige Spitzel. Er verfügt auch über die Heerscharen der Straße und setzt sie ein, wenn es ihm notwendig erscheint. Er ist mächtig – und dennoch verhält er sich zögerlich. So, als gäbe es noch jemanden, dem er Gehorsam schuldet.«

»Das ist wohl Teil der hiesigen Politik.« Darne wandte sich Bentaloppe zu. »Du müsstest doch bestens darüber Bescheid wissen. Nicht wahr, Hohe Dame?«

»Wir haben bereits ausführlich über diese Dinge gesprochen, Bunthand. Ich wurde in diesen Adelszirkel hineingeboren, doch ich habe mich niemals mit solchen Dingen abgegeben. Sobald sich die Gelegenheit bot, ergriff ich die Flucht. Während meiner Zeit als Lagerkommandantin berichtete ich in unregelmäßigen Abständen dem Hof. Das war alles.«

»Und dennoch kennst du den Rego und seinen Hofkanzlisten besser als wir alle zusammen.«

»Mag sein«, sagte Bentaloppe verdrießlich.

»Enthältst du mir etwas vor? Gibt es etwas, das ich wissen sollte?«

»Nein. Seit unserer gemeinsamen Flucht aus den Dunklen Tiefen gelte ich als tot, als eines der ersten Opfer der Wut der Bardyaggs. Niemand interessiert sich für das Schicksal einer Hohen Dame, die als Totmacherin Karriere machte und den Hof damit beschämte. Wäre es nach dem Rego gegangen, hätte ich meine Tage zwischen seinen Polstern verbracht, um irgendwann völlig verfettet und vom Cardym gezeichnet zu sterben.«

Konnte er der Frau denn wirklich trauen? Sie hatte sich während der letzten Jahre loyal verhalten. Das Impcae-Cardym hatte sie allesamt gewandelt. Vier Leute mit unterschiedlichen Lebensläufen hatten zusammengefunden, um eine Art Offenbarung zu erleben und zu verstehen, dass das Lederland einen Wandel benötigte. Dass es eines Herrschers wie Darne bedurfte, der die alten Krusten aufbrach.

Dies hatten sie erfahren, an dem Tag, da sie das Impcae-Cardym zu sich genommen hatten, unweit des Eisernen Hochlands. Und seine Begleiter akzeptierten ihn seitdem als den kommenden Rego. Auch Darne war davon überzeugt, dass es seine unabdingliche Pflicht war, das Lederland vor künftigen Gefahren zu bewahren.

Täuschten sie sich allesamt? Trieb sie die Wirkung dieses sonderbaren Zeug in einen Wahn?

Nein. Mittlerweile hatten mehr als fünfhundert Menschen

vom Impcae-Cardym gehabt. Allesamt träumten sie von einem neuen großen Herrscher, der Darne hieß. Sie erblickten ihn und wussten, dass er ihr Mann war. Überall im Land warteten diese Leute auf das Signal zum Angriff, während sie ihren normalen Tätigkeiten nachgingen. Sie waren Händler, Schmuggler, Dorfschulzen, vermögende Bauern, Künstler, Denker, Handwerker, berühmte Totmacher, Provinzverwalter und Söldner. Sie hatten Einfluss und verfügten über Leute, die sie unter Waffen stellen konnten. Aus fünfhundert Menschen würden fünfzehntausend werden, wahrscheinlich mehr.

Sie hatten eine geschwächte und demoralisierte Armee gegen sich. Der Rego und sein Hofkanzlist schickten die ihnen ergebenen Truppen in immer größeren Mengen ins Eiserne Hochland, besessen von dem Gedanken, etwas ins Reich zurückzuholen, was niemals wirklich dazugehört hatte.

»Du hast mir nie eine Antwort auf meine Frage gegeben, wer denn nun unser eigentlicher Gegner ist«, wandte sich Darne erneut an Bentaloppe. »Die Befehle scheinen allesamt vom Fetten Mann ausgegeben zu werden, und doch munkelt man, dass Bernyl hinter allem steckt. Du kennst sie doch beide, oder?«

»Nicht sonderlich gut. Ich musste Bernyl einige Male Bericht erstatten, so wie viele andere Mitglieder des Hofstaates auch.«

Die Hohe Dame blinzelte einige Male zu oft, und Darne wusste, dass sie log.

»War er für das Lager im Eisernen Hochland verantwortlich?«

»Verantwortlich ist stets der Rego. Der Hofkanzlist kümmert sich lediglich um die Abwicklung.«

Darne fühlte, wie die Wut in ihm wuchs. Bentaloppe wich ihm aus. Was verbarg sie? Konnte er ihr vertrauen?

Nun, sie hatte ihm bei der Ausarbeitung dieser Wandkarte geholfen. Ohne zu zögern, ohne nachzudenken. Sie kannte sich gut aus im Palast und wusste auch über jene Wege Bescheid, die dem Personal vorbehalten waren.

Du verfolgst deine eigenen Ziele, nicht wahr? Aber du willst sie mir noch nicht verraten. Na schön, Bentaloppe – ich gehe auf dein Spiel ein und vertraue dir.

Noch.

Der Ausflug in den »Rostigen Hauer« erfolgte mit kleiner Entourage. Bloß Morilacc begleitete ihn und einige Söldner, auf die sich Darne verlassen konnte. Die Totmacher warteten allerdings vor dem Wirtshaus, um jeden neuen Gast genau in Augenschein zu nehmen, bevor sie ihn eintreten ließen.

Wie lange war Darne nicht mehr im »Rostigen Hauer« gewesen, in dieser Spelunke, in der es stets nach saurem Bier und Erbrochenem roch und manche Gäste an der Theke angewachsen zu sein schienen? Sie lungerten dort umher, die Köpfe vornübergebeugt, schlaftrunken, mit der Hand am Krug, und murmelten sinnloses Zeugs vor sich hin.

Zwei Frauen, abgezehrt und mit hochgesteckter Haarpracht, schenkten Wein und Wasser aus. Schläge gegen ihre drallen Hintern nahmen sie mit demselben Gleichmut hin wie die eindeutig zweideutigen Angebote, die bei jedem ihrer Schritte fielen.

Drei Huren taten ebenfalls Dienst. Sie zeigten auf Verlangen ihre Beine her, flüsterten den Betrunkenen und Satten obszöne Dinge ins Ohr, kramten in deren Hosentaschen nach kleinen Schwänzen und großen Münzen und gaben ihr Bestes, um Männer in ihre Kemenaten unter dem Dach des Wirtshauses zu locken.

Eine von ihnen meinte Darne aus den Tagen seiner Jugend zu kennen. Was einstmals eine rassige Schönheit gewesen war, zeigte sich nun als frühzeitig gealterte und vom Drogengenuss gezeichnete Frau. Sie drehte sich zu ihm um, sah ihn mit glasigen Augen an und wollte ihm zwischen die Beine greifen. Er wies sie ab und steckte ihr einige Münzen zu. »Heute nicht, meine Liebe«, sagte er. »Nimm dir frei, mach dir einen schönen Tag.«

»'türlich.« Sie lächelte schief. »Is'n schöner Tag, sowieso.« Sie betrachtete die Münzen, drei Silber-Schlei, bekam große Augen und zog sich dann von Darne zurück, so als hätte sie Angst, er könne das Geld zurückfordern, nachdem er selbst begriffen hatte, wie viel er ihr, dieser alternden Dirne, in die Hand gedrückt hatte.

»Hast du nun endlich genügend gute Taten für heute begangen, Kleiner?«

»Ich könnte weitaus mehr tun, Morilacc. Aber um das Lederland zu retten, reicht nicht einmal mein Geld. Und deshalb …«

»… deshalb möchtest du Rego werden.« Morilacc vom Tal nickte und wechselte dann abrupt das Thema. »Dein Mann sitzt dort hinten. Allein. Ich habe ihn während der letzten Tage beobachten und verfolgen lassen. Ihr bleibt ungestört, dafür sorge ich.«

Darne blickte sich um und entdeckte den Mann. Er wirkte alt und müde. Die Kleidung umschlotterte einen abgemagerten Körper. Vor sich hielt er eine kleine Dose, in der fünf oder sechs Cardym-Kugeln rings um einen Feuerstein drapiert waren.

»Dann werde ich mich mal um ihn kümmern.«

»Einerseits versuchst du selbst die mickrigste Seele zu retten. Andererseits möchtest du Rache an diesem Mann üben. Das ist falsch, Kleiner!«

»Es ist das Impcae-Cardym in dir und in mir, das uns sagt, was richtig und was falsch ist. Mein Herz aber meint, dass ich ein Anrecht auf Genugtuung habe.«

»Willst du dich denn wirklich mit einer derartigen Tat belasten? In spätestens zwei Monden wirst du den Palast des Rego stürmen, den Fetten Mann beseitigen und dann den Bürgern bessere Zeiten versprechen. Wirst du das tun können, nach dem, was du nun vorhast?«

»Ja, Morilacc.« Er legte dem Freund die Hand auf die Schulter. »Ich wurde um einen großen Teil meines Lebens betrogen, und das verdanke ich unter anderem diesem Mann. Ich muss mit der Vergangenheit abschließen, bevor ich mich um die Zukunft kümmern kann. Verstehst du das?«

»Ich habe genug schlimme Dinge getan, um dich verstehen zu können.« Der Riese wirkte enttäuscht. »Aber ich hätte nicht geglaubt, dass du so bist wie ich.«

Darne ließ seinen Begleiter stehen, ohne auf dessen Worte einzugehen. Er hatte einen Schwur geleistet, schon vor sehr langer Zeit. Nun wurde es Zeit, ihn einzulösen.

Man machte ihm bereitwillig Platz, als er auf den einzelnen Mann zusteuerte. Es waren nicht die Kleidung und nicht das Gehabe, das die Leute zurückweichen ließ. Darne strahlte eine natürlich wirkende Autorität aus, wie er mittlerweile wusste.

»Darf ich?«, fragte er und ließ sich neben dem alten Mann nieder.

Der sah ihn an, ängstlich und verärgert zugleich. »Es gibt genügend freie Plätze, Mann! Ich will nicht gestört werden.«

»Ach, ich dachte mir, dass ein kleines Pläuschchen niemandem schadet. Da sehe ich dich hier sitzen und Trübsal blasen. Es wäre eine Sünde, dich ganz allein irgendwelchen traurigen Gedanken zu überlassen.«

»Mir geht es gut, Mann. Verschwinde gefälligst!«

»Nur die Ruhe, Freund! Niemand hier will dir etwas antun. Darf ich dich auf ein Glas vom Sauren einladen? Nein? Ein Krug Bier vielleicht?« Darne fühlte, wie sich seine Spannung löste. All seine Gewissensbisse waren verflogen, eine seltsame Ruhe überkam ihn.

»Nein, danke«, antwortete der alte Mann. Er wich Darnes Blick aus, nestelte in den Taschen seines Ledermantels herum, mit Fingern, die stets in Bewegung blieben, und begann dann wieder mit der Dose vor ihm zu spielen. »Im Übrigen ist es Zeit für mich zu gehen. Ich …«

»Ach, der Tag ist noch jung! Ich weiß, dass du tagtäglich herkommst, stets kurz vor der Mittagszeit, und dir vom Wirt das Menü kredenzen lässt. Meist ist es so übel gekocht, dass du nicht einen Löffel davon hinabwürgen kannst, doch du kommst dennoch immer wieder. Du wirst doch jetzt wohl nicht auf ein lieb gewonnenes Ritual verzichten wollen? Ein prinzipienfester Mann wie du wird doch auf seine alten Tage seine Angewohnheiten nicht mehr ändern?«

»Ich …«

»Wir sind gute alte Bekannte, wusstest du das? Erkennst du mich etwa nicht?«

Der Alte starrte ihn unvermittelt an. So als versuchte er *wirklich*, sich an ihn zu erinnern. »Nein, du musst dich irren, Hoher Herr.«

»So so, du siehst die Insignien der Macht. Aber natürlich tust du das. Sie sind ja allzu offensichtlich.« Er deutete mit der Rechten auf die Zeichen an seinem Revers. Die Symbole wiesen ihn als Angehörigen des Hofstaates aus. Er hatte sie gekauft, von einem verarmten und in der Gosse wohnenden Kerl namens Coryam Hozte, der mit Schaum vor dem Mund gegen den Rego gewettert hatte.

Die Insignien hatten keinerlei Gültigkeit und verschafften ihm keinesfalls Zugang zum Palast des Rego. Das wollte Darne auch nicht. Es war noch nicht Zeit, dem Herrscher über Haden persönlich entgegenzutreten.

Für die meisten Menschen aber, so auch für diesen Hohen Rat, diesen Abschaum, schien es jedoch so, als würde er an den Hebeln der Macht sitzen.

»Woher sollten wir uns denn kennen?«, rätselte der Alte einmal mehr.

»Ich bin ein Gespenst aus deiner Vergangenheit. Ein Opfer deiner Lügen und deiner Hoffärtigkeit. Denn du warst ja stets ein Mann des Rego, nicht wahr, Hoher Rat Kinse?«

»Du hast ein unverschämtes Mundwerk! Ich werde dich …«

»Gar nichts wirst du, Freund! Siehst du diesen riesenhaften Kerl an der Theke? Den mit dem Gesicht einer Kartoffel? Einer sehr hässlichen Kartoffel obendrein? Er und einige seiner Freunde werden jedermann, der für dich Partei ergreift, eine ebensolche Visage verpassen. Also wink recht freundlich in seine Richtung, ja? Damit er weiß, dass es hier keinerlei Probleme gibt. Wir wollen diese Angelegenheit in aller Freundschaft zu einem Ende bringen. Ich verspreche dir, dass ich dir dann hier nichts antun werde. Wir reden bloß.«

Kinse starrte hilfesuchend in Richtung des Wirts, der den Kopf allerdings gesenkt hielt, und dann auf Morilacc vom Tal. Der Hohe Rat hob den Arm, winkte schwach.

»Sehr schön. Und nun bitte ich dich, mich noch mal anzusehen. Denk an eine Verhandlung zurück vor etwa zehn Jahren. Es ging in diesem Prozess um einen Jungen, der wegen Hochverrats angeklagt war.«

»Es gab viele solcher Prozesse damals. Der Rego empfahl, das Volk mit aller Strenge zu disziplinieren.«

»Empfahl er? Oder *be*fahl er? Wurdest du gezwungen, einen ganz bestimmten Jungen zu verurteilen?«

»Ich kann mich nicht erinnern, besondere Anweisungen erhalten zu haben. Das ist alles schon so lange her …«

»Sieh mich an!«, forderte Darne sein Gegenüber ein drittes Mal auf. »Was siehst du?«

Der Hohe Rat hob endlich den Blick. Starrte auf von Säure und Gerbarbeit zerstörte Hände, auf Narben am Körper und im Gesicht. Auf jemanden, der achtundzwanzig Jahre zählte – und das Aussehen eines Vierzigjährigen hatte.

»Deine Stimme …«, sagte er leise und wandte sich wieder ab. Er atmete tief durch, dann fiel er in sich zusammen und wurde zum alten, hinfälligen Mann ohne Kraft, dessen Tod nicht mehr lange auf sich warten ließ.

»Seitdem du dich zu mir gesetzt hast, weiß ich, dass du Darne bist, der Lehrling der Kräutlerin Anta.« Kinses Augen waren fiebrig, Flüssigkeit trat aus den Winkeln und bahnte sich einen Weg über welke Haut. Er wisperte: »Ich habe von dir geträumt, damals. Tagelang, wochenlang. Von den Schreien, die ich nach deiner Verurteilung hören musste. Das Unrecht, das ich dir angetan hatte, antun *musste,* plagte mich. Du warst im Verlies, gemeinsam mit übelsten Gewaltverbrechern. Ich habe dich nie vergessen. Selbst heute noch bin ich mit dem ersten Hahnenschrei mit meinen Gedanken bei dir. Ich versuchte, den Dingen auf den Grund zu gehen und zu ändern, was zu ändern war. Doch ich war zu schwach. Und allein. Was ich zu erzählen hatte, wollte niemand hören.« Er begann, Unverständliches vor sich hinzubrabbeln, um dann wieder den Kopf zu heben und klar und deutlich zu sagen: »Es sind die verfluchten Gedächtnismeister, Darne! Sie stecken mit dem Rego und dem Hofkanzlisten unter einer Decke. Sie geben vor, die Wahrheit gepachtet zu haben. Doch in Wirklichkeit verändern sie durch ihre Erzählungen und dem, was sie uns nicht mitteilen, die Wirklichkeit rings um uns. Und wir glauben ihnen. Alles! Weißt du, was das bedeutet, Darne?«

»Du lenkst ab, alter Mann. Mag sein, dass die Gedächtnismeister ein schmutziges Spiel treiben. Aber ich bin nicht hier, um mich über sie zu unterhalten. Es geht um dich, Hoher Rat. Um dein Urteil. Darum, was du mir angetan hast.«

»Was glaubst du, warum ich regelmäßig hierherkomme, in dieses übel beleumdete Wirtshaus? Weil es mich mit dir verbindet. Mit der Schuld, die ich auf mich geladen habe. Bei dir und bei einigen anderen.«

»Du wirkst nicht sonderlich überrascht, dass ich das Eiserne Hochland überlebt habe, Hoher Rat.«

»Ich sollte es sein, nicht wahr?« Kinse lächelte schwach. »Aber ich ahnte, dass du zurückkehren würdest. Du hattest etwas Besonderes an und in dir.«

Darne fühlte plötzliche Wut. Er mochte diese Worte nicht hören, nicht von diesem Mann! »Kannst du dir auch nur in Ansätzen vorstellen, was du mir angetan hast und wie die Strafe für mich ausfiel?«

Der Alte schüttelte den Kopf und gewann plötzlich wieder an Haltung. »Du bist zurückgekehrt, weil du dich rächen willst, nicht wahr?«

»Nicht nur. Ich bin hier, um zu verhindern, dass es jemals wieder zu derartigen Urteilen wie deinem kommt. Das Recht des Lederlandes muss ein Gut sein, auf das man sich verlassen kann. So hat man es mich gelehrt, so wie dich zweifelsfrei auch.«

»Selbstverständlich, Hoher Herr. Ich habe mich bemüht, dieses Recht so selten wie möglich zu biegen. Doch manchmal … die Gedächtnismeister … die Umstände …« Er gestikulierte mit beiden Händen.

»Ich möchte die Frage nach dem Warum beantwortet haben.«

»Ich weiß. Darne, ich habe dich und andere Menschen um ihr Lebensglück betrogen, weil … weil …«

»Raus mit der Sprache!«

Kinse blickte sich um, als wäre er von Spionen und Lauschern umringt. Zögernd fuhr er fort: »Es gab und gibt große Pläne der Hohen Damen und Herren, über die ich nur wenig weiß. Sie beinhalten viele Jungen einer bestimmten Generation. Es müssen Hunderte von euch sein, die im Auge behalten wurden und die man auf ein besonderes Schicksal vorbereitet hat.«

Was redete der alte Mann für einen Unsinn? Hatte er vor, Darne zu verwirren?

Kinse umklammerte mit zittrigen Fingern die Cardym-Dose. »Ich bin ein kleines Teilchen in einem großen Spiel. Ich bekam Anweisungen erteilt, ich führte sie aus. Ich habe damit Schreckliches bewirkt. Nicht nur bei dir. Und es tut mir aufrichtig leid.«

»Deine Entschuldigung kommt um zehn Jahre zu spät. Du hättest damals Mut beweisen und dich gegen jenen Befehl wehren können. Schließlich bist du ein Hoher Rat des Rechts, der von nichts und niemandem abhängig ist.«

»Mein Einfluss zählt nicht sonderlich viel angesichts dessen, was der Hof des Rego repräsentiert.« Kinse nahm ein Stück Cardym und schob es sich in den Mund. »Wir reden hier von *wahrer* Macht, Darne.«

»Die vom Fetten Mann und seinem Hofkanzlisten ausgeht?«

»Ja.«

»Was hat es mit diesem Unsinn auf sich, dass es mehrere wie mich geben soll?«

Wieder blickte sich der Hohe Rat um. »Es gibt Gerüchte, für die ich niemals Bestätigung erhielt. Und glaube mir, ich habe alles unternommen, um mehr über diese Geschehnisse im Hintergrund zu erfahren.«

»Rede endlich, Mann!« Darne packte den Alten an seinem speckigen Mantel. Vergessen war das Versprechen, ihm nichts anzutun. Vergessen der Schwur, niemals mehr wieder seinem Zorn nachzugeben.

Kinse hatte keine Kraft in seinen Gliedern, vermochte sich gegen ihn nicht zu wehren. Als Darne ihn endlich losließ und von sich stieß, schlug er mit dem Kopf schwer gegen die Tischplatte. Nur mühsam richtete er sich wieder auf, zittrig und mit wachsbleichem Gesicht. »Es s-sind bloß Gerüchte, Darne«, stotterte er, nachdem er sich wieder gefangen hatte. »Der Rego, so sagt man, suche nach einem Nachfolger, der sich unter den übelsten und seltsamsten Umständen bewähren müsse. Man munkelte, dass du derjenige sein könntest.«

»Ich? Ein vom Fetten Mann gewünschter Thronfolger?« Darne lachte. »Warum sollte er mich dann ins Eiserne Hochland schicken? Er weiß nur zu gut, dass kaum einmal ein Gefangener von dort zurückkehrt.«

»Weil es ihm letztlich einerlei ist! Du warst einer von vielen! Über unsichtbare Ketten mit dem Rego verbunden, von ihm und seinen Leuten gelenkt, Schritt für Schritt auf ein Ziel hingesteuert. Seiner Willkür ausgesetzt und deshalb in die Zwangsarbeit gezwungen, fern von hier. Ob du nun stirbst oder nicht, es gibt ausreichend andere, die ähnlich wie du gelenkt wurden und werden. Einer von euch wird letztlich übrig bleiben. Die Letzten werden sich womöglich in Duellen miteinander messen, und einer wird der neue und wahre Rego werden.«

Der Hohe Rat verstummte, schien völlig erschöpft. Es war, als hätte er sich mit diesen Worten verausgabt, als wäre die letzte verbliebene Kraft aus seinem Leib gewichen.

»Gerüchte. Vermutungen. Pah!« Darne schüttelte den Kopf. »Das alles sind Ammenmärchen, die du dir zurechtgelegt hast, solltest du einmal einem Opfer deiner Willkür begegnen.«

»Ich bin zu alt, um noch allzu sehr an meinem Leben zu hängen. Das Cardym zerfrisst mein Inneres. Ich spucke Blut, ich scheiße Blut, und es rinnt mir aus den Augen.«

»Das ist das Schicksal jedes Lederländers.«

»Nicht aber die Schmerzen, die ich ertragen muss.« Kinse hustete schwach. »Ich bin bei meinen Nachforschungen jemandem gehörig auf die Zehen getreten, und er dankte es mir, indem er mir verunreinigtes Cardym zukommen ließ.«

»Dann hat wohl jemand eine Aufgabe erledigt, die eigentlich mir zugestanden hätte.«

»Und das bereits vor vielen Jahren. Du siehst also, du kommst zu spät, Darne.«

Eine Vielzahl von möglichen Nachfolgern, die sich gegenseitig bekämpften, so lange, bis bloß einer übrig blieb und den Rego ersetzte … War ein derartiges, von langer Hand geplantes Vorgehen dem Fetten Mann oder dem Hofkanzlisten denn tatsächlich zuzutrauen? Und wenn es denn stimmte, wo waren Darnes Konkurrenten? War er der Einzige, der überlebt hatte? Hatte er diesen Wettkampf bereits gewonnen und würde nun im Palast des Herrschers mit offenen Armen empfangen werden?

»Ich sehe, wie es in dir arbeitet, Darne«, unterbrach der Hohe Rat seine Gedanken. »Vielleicht glaubst du, deinem Ziel nahe zu sein. Doch unterschätze niemals die Macht des Rego und die Bernyls. Die beiden ergeben ein Pärchen, das nicht nur aufeinander angewiesen ist, sondern seit Jahrzehnten mit aller Kraft an der Macht hängt. Sie wissen, wie dieses Spiel abläuft. Sie intrigieren, lassen meucheln, betrügen, verschieben Menschen wie Figuren auf einem Spielbrett. Und was bist du? Bloß ein namenloser Kerl, den die Schicksalsgötter nach oben gespült haben und der nun meint, kurz vor der Erfüllung seines Lebenstraums zu stehen.«

»Ich habe das Eiserne Hochland überlebt«, murmelte Darne geistesabwesend.

»Andere Königsanwärter gingen womöglich noch gefährlichere Wege, kämpften gegen ähnliche Unmöglichkeiten. Oder aber sie wuchsen in adeligen Familien auf und wurden bestens auf ihre zukünftige Aufgabe vorbereitet. Wer vermag zu sagen, ob der Rego jedem Aspiranten einen derartigen Leidensweg wie dir auferlegt hat? Was, wenn er einen Favoriten hat, jemanden, den er bereits seit geraumer Zeit bevorzugt? Es gibt so viele Unwägbarkeiten. Wenn du mich nun bitte aufstehen lässt? Ich bin müde. Entweder tötest du mich, oder du lässt mich gehen. Heim zu meiner Frau, zu meiner Familie.«

»Um weiterhin ein Lebensglück zu genießen, das mir vorenthalten wurde?«

»Es wird wohl nur noch wenige Monde andauern, dieses … Lebensglück.« Wie zum Beweis begann Kinse heftig zu husten.

»Nun, ich habe dir freies Geleit versprochen«, sagte Darne finster, »und ich halte mein Wort. Du sollst zu deiner Familie zurückkehren dürfen.«

»Danke, Hoher Herr. Ich …«

»Freu dich nicht zu früh. Dir soll dein Leben bleiben. Nicht aber denen, die du liebst. Du hast einen Sohn namens Amire, nicht wahr?«

»Ja, Darne. Aber ...«

»Er ist ein hoffnungsloser Träumer, der stets auf deine Unterstützung angewiesen war. Kaum in der Lage, ein vernünftiges Geschäft als Händler mit Getreidesamen abzuschließen. Jemand, dem du stets helfend unter die Arme greifen musstest. Und dennoch liebst du ihn. Weil er dir gemeinsam mit seiner bezaubernden Frau Sarya einen Enkel schenkte. Halb Kind, halb Jugendlicher, in dem du dich selbst wiederfindest. Jemanden, mit dem du tagein, tagaus viel Zeit in deinem prächtigen Domizil verbringst und dem du Werte zu vermitteln versuchst, die du als die richtigen empfindest. Kriesc ist dein Augapfel, nicht wahr? Alles, woran du hängst, seitdem deine Frau gestorben ist.«

»Ja, Hoher Herr.« Die Unterlippe des alten Mannes zitterte. Er atmete keuchend, griff sich an die Brust, bekam das Zittern seiner Hände kaum mehr unter Kontrolle.

»Du meinst, dass Kriesc gut geschützt wäre. Stets befinden sich zwei Leibwächter in seiner Nähe. Und dennoch ...«

»Bitte nicht, Darne. Nicht er. Nicht der Kleine!«

»Ich wurde anderen Menschen weggenommen. Freunden, die mich mochten und die mich liebten. Hast du dir jemals Gedanken über Unglück und Verzweiflung dieser Leute gemacht? Wie es sich wohl anfühlt, wenn man eines Tages eine grässliche Leere im Herzen spürt und weiß, dass man diesen einen bestimmten Jungen niemals mehr wiedersehen wird?«

»Kriesc ist noch so jung, so unschuldig! Er kann nichts für die Sünden seiner Ahnen. Bitte!« Der Alte krümmte sich wie ein Wurm, faltete die Hände wie im Gebet. Tränen schossen aus den Augen des Hohen Rates.

»Das Lederland ist ein schrecklicher Platz geworden, Kinse. Was ist bloß los mit uns?« Darne schüttelte den Kopf. »Geh nach Hause, Hoher Rat. Dein Sohn und dein Enkel erwarten dich. Genieße gemeinsam mit ihnen die letzten Monde deines Lebens.«

Er stand auf und verließ den Rechtsprecher ohne ein weiteres Wort, verließ die verkommene Gaststätte. Er hörte Morilacc hinter ihm hertapsen, mit seinen langen und so behäbig wirkenden Schritten.

Einige Sonnenstrahlen bahnten sich einen Weg durch die mittäglichen Nebelbänke. Sie ließen Mittigteilen freundlicher wirken, als es eigentlich war. Darne blieb stehen und atmete tief durch.

»Er hat wohl dein Herz berührt«, sagte Morilacc.

»Unsinn!«

»Du bist mit dem festen Vorhaben in den »Rostigen Hauer« gegangen, den Hohen Rat zu vernichten. Einen Mond lang hast du ihn beobachten lassen, hast Erkundigungen eingeholt, hast jeden seiner Schritte überwacht. Und nun verzichtest du auf deine Rache? Warum?« Der Riese legte ihm einen Arm schwer auf die Schulter.

»Ich konnte es einfach nicht. Nicht mehr. Dieses verfluchte Impcae-Cardym hat mich verändert. Es hat mir Skrupel in meinen Kopf eingepflanzt, es lässt mich weich werden.«

»Lüg dir doch nichts vor, Darne! Ich kannte dich niemals anders. Es waren bloß Wut und Arroganz, die deinen Charakter übertünchten. Denn in Wirklichkeit bist du einfach nur ein guter Mensch.«

»Gute Menschen haben im Lederland wenig Aussichten auf ein langes Leben.«

»Ach ja, dein Zynismus ist ebenfalls wenig liebenswert. Aber komm jetzt! Ich bin hungrig geworden.«

Darne lachte, wurde aber gleich wieder ernst, als er die beiden seltsamen Wesen entdeckte, die ihm entgegengehüpft kamen. Hypatore! Zecken, die aus dem Eisernen Hochland hierhergewandert waren.

Fenster öffneten sich, Frauen starrten auf die Wanderwesen hinab. Kinder, die johlend durch die Straßen gezogen waren, blieben stehen und unterhielten sich leise flüsternd. Ein älterer Mann, dem der durchs Cardym verursachte Irrsinn deutlich anzumerken war, wagte sich nahe an die Zecken heran, zog Grimassen, spuckte auf ihre Leiber, schrie und zeterte und verdrehte die Augen.

Die Hypatore unternahmen nichts. Sie gingen einfach weiter stur geradeaus, und als sich der Alte ihnen in den Weg stellte, rempelten sie ihn beiseite.

Darne hatte längst erfahren, dass eine Menge dieser merkwürdigen Tiere den Weg Richtung Attico auf sich nahm. Doch was suchten sie? Seine Nackenhaare stellten sich auf, er griff nach der Waffe.

»Nur die Ruhe, Kleiner.« Morilacc stellte sich wie beschützend vor ihn. »Sie wollen uns nichts tun.«

»Woher weißt du das? Was, wenn sie mich … mich riechen können? Was, wenn sie wissen, dass ich das Impcae-Cardym mit mir genommen habe, und sie sich an mir rächen wollen?«

»Weil du getrocknete Organe, die aus den Leibern ihrer toten Königinnen stammten, mitgenommen hast? Dies sind Tiere, und nicht mal besonders kluge!«

»Sie verfügen über einen ausgezeichneten Geruchssinn.«

Der erste der Hypatore war heran. Er reichte Darne bis zum Kinn. Er schlug mehrmals mit den ledrigen Schwingen, dann zog er die Flügel wieder eng um seinen Körper und watschelte schwerfällig weiter, jene Straße entlang, die Richtung Attico führte. Sein Gefährte folgte in einem Abstand von wenigen Schritten. Beide wirkten sie wie stumpfe, gedankenlose Geschöpfe, die bloß ihren Instinkten folgten.

Darne atmete erleichtert auf. Morilacc und er hatten in den Dunklen Tiefen erfahren müssen, wie gefährlich die Zecken waren. Seine Hoffnung, diese Viecher niemals mehr wiedersehen zu müssen, war enttäuscht worden. Aus welchem Grund auch immer hatten sie nach den Geschehnissen im Eisernen

Hochland hier eine neue Heimat gefunden. Das neue Gefangenenlager östlich des Hochlands war längst aufgegeben worden, die Ledererzeugung zu einem Stillstand gekommen, Haden einer seiner wichtigsten Einnahmequellen beraubt worden.

»Warum unternimmt der Rego nichts?«, fragte sich Darne. »Mittlerweile müssen es Hunderte sein, die den Weg hierhergefunden haben. Er bräuchte sie bloß fangen und häuten lassen, um einigen Menschen neue Arbeit zu verschaffen.«

»Er möchte, dass das Geheimnis ein Geheimnis bleibt.« Morilacc deutete auf die Menschen ringsum. »Glaubst du, diese erbärmlichen Gestalten wollten wissen, dass die Kleidung, die sie an ihrem Leib tragen, von derart widerlichen Geschöpfen stammt?«

»Irgendwann werden sie es sich zusammenreimen.« Die Hypatore folgten nicht dem kurvigen Straßenverlauf, sondern tappsten durch Gärten und Vorhöfe direkt in Richtung Attico.

Darne beobachtete die beiden Zecken. Eines der Tiere stieß mit dem Kopf gegen eine Hauswand und machte trotzdem noch einige Schritte, als könnte es die Mauer kraft seines Willens beiseiteschieben. Erst dann wich es zur Seite hin aus, wiederum gefolgt von seinem Artgenossen.

»Sie machen mir Angst«, gestand Darne dem Kameraden.

»Glaubst du etwa, mir erginge es anders?« Morilacc stieß einen Fluch aus, bei dem die Menschen ringsum zusammenzuckten und rasch das Weite suchten. »Aber sie haben nichts mit unserer eigentlichen Aufgabe zu tun«, fügte der Riese leiser hinzu. »Kümmern wir uns um unsere Pläne.«

»Ja.« Darne wandte sich ab. Er sah Kinse aus dem »Rostigen Hauer« kommen. Einen speckigen Mantel mit den Symbolen seines früheren Amtes hatte er wie schützend über Schultern und Kopf gezogen. Er eilte zu seinem Domizil, ohne nach links und rechts zu blicken. Er lächelte glückselig, und Darne wusste, dass er den richtigen Weg gewählt hatte.

»Lass uns gehen, großer Mann. Wir haben noch viel zu erledigen.« Er winkte seine Söldner herbei, die in Respektabstand gewartet hatten, und gemeinsam machten sie sich auf den Weg zurück in den Palast.

29. Bernyl

Die entscheidenden Tage brachen an. Die Zeit der Bewegung.

Die jahre- und jahrzehntelange Vorbereitung würde endlich Früchte tragen. All die Entbehrungen, die er auf sich genommen hatte. Die Planungen, das Leid und Elend vieler Familien, die Kämpfe und die Zerstörungen …

Danach konnte er den Bewohnern des Lederlandes einige Jahrhunderte unbegrenzten Aufschwungs garantieren. Wachstum, Frieden und Gesundheit waren jene Säulen, auf die er wie immer setzen würde, in diesem neuen Zyklus, der einem abrupten Zusammenbruch folgte.

»Du siehst beschissen aus, Hofkanzlist!«, grölte der Fette Mann und tat einige ordinäre Gesten. Eines seiner Püppchen, nach dem er grabschen wollte, wich ihm aus und setzte sich außerhalb seiner Reichweite zögerlich nieder. Bald würden auch die Konkubinen das Weite suchen, so wie auch die letzten Hohen Damen und Herren im Thronsaal. Sie hinterließen eine große Leere, in der das unregelmäßige Muster des Bodens umso deutlicher zum Vorschein kam.

»Ich rede mit dir, verflucht noch mal! Bernyl!«

Er drehte sich nicht um, kümmerte sich nicht weiter um den Herrscher. Diese widerliche Quallengestalt hatte ausgedient, und das war gut so.

Bernyl winkte einigen Gedächtnismeistern und verließ in ihrem Gefolge die Räumlichkeiten. Die Vibrationen unter seinen Füßen deuteten darauf hin, dass die Zeit der Bewegung unmittelbar bevorstand. Zwei Tage noch, vielleicht drei …

»Wyme?«

Der Hohe Herr trat aus dem Schatten einer Nische und schloss sich ihm an. »Ja, Hofkanzlist?«

»Du weißt, was du zu tun hast, wie du dich zu verhalten hast?«

»Wir haben oft genug darüber gesprochen.«

»Und du weißt auch, wie deine Belohnung aussieht? Nur dann, wenn du all meine Befehle bedingungslos ausführst, kann ich dir geben, was du dir am meisten wünschst.«

»Ich weiß, Herr. Ich bin bereit, dir bis in den Tod zu folgen.«

»Ich kann den Tod ehrlich gesagt nicht ausstehen. Er hat den Beigeschmack des Endgültigen.«

»Niemand entwischt dem Großen Gleichmacher. Er steht weit über den Göttern.«

»So lehren es die Gedächtnismeister. Nicht wahr, meine Freunde?«

Fünf Frauen und Männer mittleren Alters, die ihm folgten, nickten hoffärtig. Nur Ziwille, der in einigem Abstand folgte, verhielt sich ruhig wie immer. Er war ein Sonderling. Seine Leistungen als Rechtsberater waren bemerkenswert, und es gab wohl niemanden, der so viele Rechtssprüche aus früheren Zeiten zitieren konnte. Doch er hatte auch etwas an sich, das ihn selbst in den Reihen der Gedächtnismeister als Außenseiter abstempelte. Seine Gefühllosigkeit und völlige Hingabe an die Arbeit machten den anderen Angst.

Und es machte Ziwille zum perfekten Werkzeug. Bernyl lächelte zufrieden.

»Wie sieht es auf den Straßen aus, Wyme? Breiten sich Unruhen und Panik aus, so wie ich es wünschte?«

»Ja, Hofkanzlist. Es läuft alles gemäß deinen Plänen.«

»Sehr gut. Dann müssen wir nur noch darauf warten, dass die Menge den Palast stürmt.«

»Ich verstehe nicht, Bernyl …«

»Das musst du auch nicht, Hoher Herr. Gibt es irgendetwas auf den Straßen, was dich beunruhigt? Organisieren sich die Menschen, oder gibt es Anführer, die du für gefährlich hältst?«

»Da sind bloß die Dunklen Herren. Sie folgen Riccion Südwind, wie du weißt, und diesem geheimnisvollen Fremden namens Bunthand.«

»Geheimnisvolle Fremde sind mir zuwider. Konntest du nicht mehr über ihn herausbekommen? Du hattest ausreichend Zeit dafür.«

»Ich habe alle Hebel in Bewegung gesetzt, um seine Herkunft zu bestimmen und herauszufinden, worauf sein Reichtum gründet. Doch er hat seine Spuren gut verwischt. Er treibt sich seit Jahren in den Provinzen herum. Man sagt, dass er unermesslich reich sei und mehr Geld mit geschicktem Verhandeln geschöpft habe als jemals ein Bewohner Hadens zuvor.«

»Stammt er denn aus dem Lederland?«

»Ja. Ich habe einige Leute befragt, die ihm begegnet sind. Allesamt reden sie von einer beeindruckenden, einnehmenden Persönlichkeit.«

»Was hat es mit seinen Händen auf sich?«

»Sie sind bunt, wie sein Name schon sagt. Schlieren von Rot, Gelb, Grün und Blau gehen ineinander über. Einem Betrachter wird schummrig, wenn er dem Fingerspiel des Mannes für längere Zeit zusieht.« Wyme hustete angestrengt. »Bunthand wird von mehreren Getreuen umgeben. Sie halten das Tagesgeschäft von ihm fern. Ein riesiger Krieger, alt und gewieft, begleitet ihn meist, während zwei Weiber, das eine stämmig, das andere groß gewachsen und stets mit einer Ledermaske über dem Gesicht, hier und dort Angelegenheiten für ihn regeln.«

Die Begleiter dieses Mannes interessierten ihn nicht! Warum

konzentrierte sich Wyme auf Nebensächlichkeiten? »Es sind also keine Gerbflecken, die seine Hände verunzieren?«, hakte Bernyl ungeduldig nach.

»Ich weiß, worauf du anspielst, Bernyl. Er könnte aus dem Lager des Eisernen Hochlands entkommen sein. Ein Jemand, der monate- oder jahrelang Gerbarbeiten erledigt hat. Aber du weißt selbst, wie diese Verfärbungen aussehen, grau bis schwarz. Außerdem gibt es keine Hinweise dafür, dass die Bardyaggs auch nur einen Gefangenen oder Wächter entkommen ließen. Damals …«

»O doch, die gibt es!« Bernyl hieb zornig gegen eine Stützsäule. Da war etwas, das er nicht verstehen und nicht einschätzen konnte. »Ich erhielt die Warnung, dass kein Mensch jemals wieder das Eiserne Hochland betreten dürfe. Diese Nachricht muss von einem Flüchtling weitergegeben worden sein.«

»Mit Verlaub, das ist kein Beweis, Hofkanzlist«, wagte Wyme einen Widerspruch. »Vielleicht stammt diese Botschaft von den Bardyaggs selbst. Außerdem haben Gerüchte keinen Anfang und kein Ende. Sie entstehen wie Wolken am Himmel, bauschen sich auf und zerfallen dann wieder.«

Bernyl dachte an Bentaloppe. An seine Tochter, dieses undankbare Stück, das eine wichtige Arbeit nicht zu seiner Zufriedenheit erledigt hatte. Er allein sollte die Kontrolle über die Geschicke des Lederlandes haben! Es ging nicht an, dass ihm die Bardyaggs einen Teil des Landes einfach stahlen.

»Ein Unbekannter mit dem Namen Bunthand also«, sinnierte er. »Er macht sich in Mittigteilen und in Attico breit, er lässt Paläste errichten, schmeißt mit Gold nur so um sich. Und er hält Kontakte zu den wichtigsten Persönlichkeiten außerhalb des Palastes.«

»Konnte dir denn Riccion Südwind nicht mehr über den Unbekannten erzählen?«

»Der Südländer ist ein ebenso untalentierter Spion wie du,

Wyme. Ich frage mich, ob ihr beide es wert seid, die Zeit der Bewegung zu überleben.«

»Solltest du uns nicht endlich über das Kommende aufklären? Du redest stets vom Untergang des Landes, wie wir es kennen, belässt es aber bei Andeutungen.«

»Ihr werdet es sehen, werdet es erleben. Es ist mit Worten nicht zu beschreiben.«

Wyme wollte aufbegehren, überlegte es sich dann aber anders. Er war ein müder Mann, dessen Kampfeswillen nur noch selten aufflackerte. Das Cardym hatte ihn zu seinem Schoßhündchen gemacht, wie so viele Untergebene zuvor.

»Wie lange dauert es noch bis zur Zeit der Bewegung, Hofkanzlist?«, hakte der Totmacher nach.

»Zwei Tagesläufe, vielleicht drei. Du darfst den Palast nicht mehr verlassen.«

»Aber …«

»Keine Widerrede, Mann! Die Zeit der Bewegung wird völlig überraschend über uns hereinbrechen. Solltest du dich währenddessen nicht im Schutz des Palastes befinden, bist du verloren.«

Wyme schüttelte unwillig den Kopf. Er hatte gewiss einige Dirnen in den Straßen Atticos herumlaufen, denen seine Sehnsucht galt. Nun, sobald die Zeit der Bewegung angebrochen war und er miterlebte, was geschah, würde ihm der alternde Totmacher aus Dankbarkeit die Füße lecken.

Sie erreichten Bernyls Arbeitszimmer. Hier waren die verlässlichsten und tapfersten Palastwächter zusammengezogen. Er war sich ihrer Hingabe sicher. Diese Männer und Frauen waren für einen einzigen Zweck … nun, herangezüchtet worden. Es handelte sich um Totmacher in der Blüte ihres Lebens, kraftstrotzend und voll Hingabe. Allesamt waren sie Zöglinge der großen Schulen, ausgebildet unter schwersten Bedingungen, schlimmste Entbehrungen gewöhnt und im Kampf groß geworden. Einige hatten in den südlichen Ländern gedient und waren anschließend nach Haden zurückgekehrt, andere hatten sich ihre Meriten in den Grenzgebieten verdient. Dies war kein unorganisierter Trupp wie die vielen, die sich derzeit in den Straßen Atticos sammelten und in der Erwartung des Kommenden für Mord und Totschlag sorgten.

Er grüßte die Anführerin der Garde, Zoelle neigte ihr Haupt. Die stämmige Frau hatte sich in vielen Gefechten bewährt, hatte in der Provinz der Korninseln Anweisungen stets zu seiner Zufriedenheit ausgeführt und sich dabei bewusst gegen den Fetten Mann gestellt. Die Totmacherin war schlau, ehrgeizig und skrupellos. Sie wusste, welche Wege sie gehen musste, um den Gipfel der Macht zu erreichen.

»Es ist bald so weit«, sagte er zu ihr. »Achtet darauf, dass niemand in diesen Bereich vordringt.«

»Auch der Rego nicht?«, hakte sie nach.

»Wie ich sagte: niemand! Wobei ich ohnedies nicht glaube, das unser hochverehrter Herrscher die wenigen Schritte bis hierher schafft, ohne dass sein verfettetes Herz versagt.«

Er winkte den Gedächtnismeistern, ihm zu folgen, und betrat seine Räumlichkeiten. Seine Blicke blieben an den Kreuzstangen hängen. Sie bewegten sich leicht. Sand rieselte aus den Deckenfassungen, in denen sie steckten. Die Beben nahmen an Intensität weiter zu. Gut so.

Bernyl ließ sich in seinen Lieblingssessel fallen, streckte die Beine aus, rief Mobcac herbei und befahl ihm, ein Fußbad herzurichten. Es würde nicht mehr viele Gelegenheiten zur Entspannung geben.

Die Gedächtnismeister setzten sich rings um ihn auf den Boden. Die hochgerafften Roben flatterten in einem Windzug, den es gar nicht gab. Während der Zeit der Bewegung geschahen Dinge, die sich der Mensch mit seinem eingeschränkten Verstand nicht zu erklären vermochte.

»Ihr seid meine treuesten und wichtigsten Mitarbeiter«, sagte

Bernyl, nachdem Mobcac die Schüssel mit dampfend heißem Wasser vor ihm abgestellt und das Refugium wieder verlassen hatte. Er steckte die Füße hinein, genoss die Wärme und die nur vage wahrnehmbaren Düfte des Borks-Öls. »Deshalb habe ich beschlossen, euch über die Zeit der Bewegung hinweg bei mir zu behalten. Ihr werdet die Gründerväter einer ganz neuen Generation von Gedächtnismeistern sein, die – und das verlange ich von euch – in Zukunft ein Lügengespinst erzeugen muss.«

Ein Mann und eine Frau zuckten zusammen, Bernyl registrierte es. Sein Favorit Ziwille hingegen blieb ruhig, zeigte seine maskenhafte Miene, atmete nicht um einen Deut rascher.

»Wir sind die Gedächtnisse des Lederlandes«, sagte jene Frau, die erschrocken war. »Warum sollen wir nun lügen? Warum sollen wir falsche Wahrheiten erschaffen?«

»Weil das, was in den nächsten Tagen kommen wird, den Gedächtnissen der Bewohner Hadens nicht zumutbar ist. Sie alle werden die Zeit der Bewegung miterleben, die Wenigsten aber den Übergang in eine neue Welt schaffen. Jene, denen es gelingt, benötigen etwas, woran sie sich klammern können. Etwas, das sie begreifen. Nur dann werden sie ein neues Leben beginnen und die Schrecken der Zeit der Bewegung vergessen.«

»Eine Lüge dient oft genug der Wahrheit«, sagte Ziwille und nickte wie zur Bestätigung der eigenen Worte. »Es gibt eine Vielzahl an Rechtsfällen, in denen erst durch Unwahrheiten von Zeugen Gewaltverbrecher dingfest gemacht werden konnten. Dies ist ein durchaus legitimes Mittel der Herrschenden, um den Glauben der Gesellschaft an Recht und Gerechtigkeit aufrechtzuerhalten. Da wäre zum Beispiel …«

»Danke, Ziwille.« Bernyl unterbrach den Redeschwall des Mannes. Er konnte durchaus anstrengend sein, und er hatte manchmal völlig verquere Ansichten von Wahrheit und Lüge.

Weil er wahnsinnig geworden ist durch die vielen Erinnerungen, die er in seinem Kopf aufbewahrt. Er rückt sich die Wirklichkeit so zurecht, dass sie zu seinen Wahrnehmungen passt. Ich könnte kein besseres Werkzeug für meine Zwecke finden!

»Lasst mich nun in meinen Erzählungen fortfahren. Dann werdet ihr rasch verstehen, warum ihr in Zukunft den Menschen des Lederlandes die Unwahrheit sagen sollt und sagen müsst.«

Ziwille nickte. Wie immer. Er akzeptierte ihn als Heilsbringer. Als jenen Menschen, der die Geschicke Hadens leiten musste.

»Es war vor zweihundertsechzehn Jahren, da unsere Heimat das letzte Mal die Zeit der Bewegung erfuhr. Es waren schlimme Erlebnisse, die ich in Erinnerung behalten habe, denn ich war damals mit dabei …«

Bernyls Gedanken schweiften ab, während er die aufmerksam lauschenden Gedächtnismeister mit seiner rührenden Geschichte voll Heldenmut, schrecklichen Schicksalsschlägen und Melodramatik belog. Er dachte an den Unbekannten, diesen Bunthand. Würde er eine Rolle spielen in den Geschehnissen der nächsten Tage?

Nein. Die Zeit der Bewegung hatte eigene Gesetze, die ausschließlich er kannte und zu beeinflussen imstande war. Ein Einzelner konnte nichts bewirken.

30. Darne Bunthand

Eine Art Wahnsinn packte die Menschen, wie er ihn niemals zuvor erlebt hatte. Männer attackierten Frauen, Mütter schnitten ihren Kindern die Kehlen durch, Geschwister gingen aufeinander los und ruhten nicht, bis einer von ihnen leblos zu Boden sank.

Darne begriff es nicht, konnte es nicht verstehen. Was geschah rings um ihn? Wer setzte diese Dinge in Bewegung? Zürnten etwa die Götter – oder hatten Magicae und Wicca die Macht über das Lederland übernommen?

Nein, gewiss nicht. Jene wenigen Männer und Frauen, die über besondere Kräfte verfügten, vermochten sich in Haden kaum zu entfalten. Magie funktionierte nur dann, wenn es ausreichend Menschen gab, die daran glaubten.

Birle kam in sein Arbeitszimmer gestampft. Ohne ein Grußwort drängte sie sich an anderen Boten vorbei, stellte sich breitbeinig vor ihm hin und sagte: »Ganz Attico ist in Aufruhr, Darne! Die Leute laufen durch die Straßen, brüllen seltsame und sinnentleerte Dinge, fallen übereinander her. Es gibt bald keine Stadt mehr, die wir beschützen und vor dem Rego bewahren wollen.«

»Wir müssen handeln.« Bentaloppe trat neben ihre Waffengefährtin. »Ich lese Bernyls Handschrift. Ich behaupte, dass er für dieses ganze Chaos verantwortlich ist.«

»Ach ja? Ich dachte, du kennst ihn nicht sonderlich gut?«

Die Totmacherin presste die Lippen fest aufeinander. So als wollte sie etwas sagen und fände nicht die richtigen Worte.

»Wir können nicht länger auf unseren fett gewordenen Ärschen sitzen bleiben!«, drängte nun auch Morilacc. Er stopfte sich ein Stück Fleisch in den Mund, als wäre es das Letzte, das er jemals in seinem Leben würde essen dürfen – und womöglich war es auch so.

»Unsere Verbündeten sind noch längst nicht alle angekommen. Es ist zu früh für den Sturm auf den Palast. Wir brauchen noch einige Stunden, noch einen verdammten Tag!« Darne stand auf und blickte durch das Fenster auf Mittigteilen hinab. Waffengeklirr war zu hören, das Schreien gequälter Haustiere, die Rufe einer verzweifelten Frau. Mehrere Halbwüchsige jagten einem alten Weib hinterher. In der Ferne, dort, wo sich der mittägliche Nebel auflöste und die Wohntürme Atticos allmählich sichtbar wurden, war es noch schlimmer. Dunkle Rauchwolken zogen in den Himmel und verwirbelten dort.

Darne meinte, eine weitere Erschütterung unter seinen Füßen zu spüren. Diese Erdstöße entzogen sich jeglicher Erklärung. Andere Gegenden und Provinzen Hadens wurden von den Göttern durch ein Knurren und Ächzen und Aufstoßen abgestraft, das aus dem Boden kam. Doch es gab keinerlei Hinweise darauf, dass Attico und Mittigteilen jemals Ähnliches durchgemacht hätten.

Bentaloppe trat neben ihn. Sie trug Handschuhe und Gesichtsmaske, wie meist. Sie roch nach Schweiß und nach Leder. »Du hast Schiss, Darne«, sagte sie. »Ausgerechnet jetzt. Das können wir nicht gebrauchen. Du musst stark sein, für uns alle. Du darfst unter keinen Umständen zögern.«

»Bist du auf meiner Seite, Bentaloppe? Kann ich mich auf dich verlassen?« Er sah die Frau nicht an, blickte weiterhin starr aus dem Fenster.

»Ich habe … alte Verpflichtungen, Darne. Solche, über die ich nicht reden möchte. Aber sie werden mich nicht davon abhalten, bis zum Ende an deiner Seite zu stehen.«

»Woher kommt es, dass ich dir nicht traue?«

»Das ist die Angst. Und die Tatsache, dass wir uns lange Zeit als Feinde gegenübergestanden haben. Du ein Gefangener, ich die Lagerkommandantin.«

»Ich habe vieles nicht verstanden, was du damals getan hast. Ich fühlte mich von dir betrogen. Du hast mir Hoffnung gemacht und sie mir wieder genommen. Was, wenn es nun wieder dazu kommt?«

»Mit diesem Risiko wirst du leben müssen, Darne Bunthand. So du jemals das Zeichen zum Angriff auf den Palast des Rego gibst. Oder bleibst du hier stehen, siehst aus dem Fenster und wartest darauf, dass die Welt, so wie du sie kennst, untergeht?«

»Sie geht nicht unter, Bentaloppe«, erwiderte Darne ohne innere Überzeugung.

»Wie du meinst. Dann kannst du ja deine Waffen einölen und mit der Lederrüstung wieder in den Schrank stellen. Während du das machst, suche ich den Palast auf und stelle mich der schlimmsten Bedrohung, die das Lederland kennt. Wenn es sein muss, auch allein.«

Bentaloppe wandte sich ab und entfernte sich mit raschen und festen Schritten. Er musste sich nicht umdrehen, um zu wissen, dass sie aus dem Raum eilte, enttäuscht von ihm, um sich selbst auf ihren Kampf vorzubereiten.

Die Erde bebte erneut. Ein heftiger Stoß ließ ihn beinahe den Halt verlieren. Irgendwo über ihm krachte und knackste es. Brach etwa der neu gebaute Palast über seinem Kopf zusammen?

Das Beben ließ nach, eine sonderbare Ruhe kehrte ein. Darne drehte sich zu seinen Gefährten um. Sie waren blass oder grün im Gesicht geworden.

»Mag sein, dass das Lederland heute untergeht«, sagte Darne so ruhig wie möglich. »Aber wenn ich schon sterbe, dann will ich es als freier Mann tun. Nicht als Sklave des Fetten Mannes und seines Hofkanzlisten, zweier Männer, die Haden haben ausbluten, Bruder gegen Bruder haben kämpfen lassen und auf dem Eisernen Hochland halbe Kinder in den Krieg gegen die Bardyaggs schickten, während sie selbst in ihren sicheren Gemäuern Orgien mit Günstlingen feierten.« Darne wurde lauter und lauter, redete sich in Rage. »Ist es uns einerlei, was rings um uns geschieht? Wollen wir zusehen, wie unsere Heimat zusammenbricht und Wahnsinn über die Menschen kommt?«

Es war nicht wichtig, was er sagte, sondern *wie* er es sagte. Seine Freunde und Kampfgefährten hingen an seinen Lippen, sogen jedes Wort auf. Ihre Körperhaltung veränderte sich. Sie atmeten rascher, wie berauscht von seinen Worten.

»Wir schlagen zu, jetzt gleich! Wir befreien das Land vom Rego!«

Er ging aus dem Raum, kümmerte sich nicht um die Frauen und Männer. Er nahm kaum ihr aufgeregtes Geschrei wahr, auch nicht die Erleichterung in ihren Stimmen. Er wusste bloß, dass er eine Entscheidung herbeiführen musste. Dass die Vorbereitungen der letzten Jahre in diesem einen Tag einer Entscheidungsschlacht münden mussten.

Nur kurz zögerte Darne, während er seine Kampfrüstung überzog. Hatte er selbst den Befehl zum Angriff gegeben, oder hatte ihn Bentaloppe dazu gebracht, es zu tun?

Der ehemalige Marktplatz von Mittigteilen war verlassen. Hier und dort lagen Leichen, irgendwo schrie jemand. Unter umgestürzten Karren lagen welkes Gemüse und zu Brei zerquetschtes Obst. Ein Schwerverletzter, den die Lanze eines Stadtwächters durchbohrt hatte, tat eben seinen letzten Atemzug, und ein Hund verkroch sich auf drei Beinen winselnd hinter einem Bretterverschlag.

Anta und Flaggel waren nirgendwo zu sehen. Darne atmete erleichtert auf. Hoffentlich hatten sie sich rechtzeitig in Sicherheit gebracht, waren aus der Stadt geflohen.

»Die Gesichter des Krieges«, flüsterte Morilacc und spie von seinem Gaul hinab aufs Pflaster. »Ich befürchte, entlang unseres Weges werden wir noch mehr Tote zu sehen bekommen.«

Das Geklapper von Hufen wurde laut. Weitere Kämpfer trafen ein. Frauen und Männer, die Darne während der letzten Jahre mit Impcae-Cardym versorgt hatte und die nun zu seinen bedingungslosen Unterstützern zählten. Sie gehörten zu den Reichen und Mächtigen des Lederlandes, und sie hatten Teile ihrer eigenen Truppen oder Leibgarden mitgebracht.

Das Impcae-Cardym machte sich in Darnes Adern bemerkbar, als fühlte es, dass sich andere, die es genährt und unterstützt hatte, in der Nähe befanden. Es ließ ihn stärker werden und an Zuversicht gewinnen. Ließ ihn ein Gefühl der Zusammengehörigkeit spüren.

»Wie lange sollen wir noch warten?«, fragte Birle, die nervös mit einem ihrer Messer spielte.

»Geduld«, antwortete Darne und sah sich um. Da waren Leute von den ehemals reichen Korninseln. Solche, die aus seiner Heimatprovinz Fels stammten und denen die Kargheit des Landes ins Gesicht gemeißelt war. Da waren die feisten Bauern aus Eiden und ebenso die schlanken und feingliedrigen Provinzverwalter aus Hagesturz, arrogante Wesen, die sich ihm gebeugt hatten, weil sie an die Vernunft glaubten und den Rego noch mehr hassten als ihn.

Die Reiter aus Borkstal fehlten, die x-beinigen Viehhirten aus dem östlichen Korkheim hingegen waren da, und mehrere Läufer aus den Grenzlanden zum Eisernen Hochland reckten ihre Wurfhölzer ihm zu Ehren in die Luft.

Die Vertreter der Dunklen Herren kamen eben hinzu. Wenig vertrauenswürdig wirkende Gestalten, etwa fünfzig an der Zahl, die in Lumpen gehüllt waren – und Waffen trugen, die einem Rego zugestanden hätten. Unter ihren Kleidungsfetzen zeigten sich gut gepflegte Lederrüstungen und weitere Waffen. Sie wirkten kampfgestählt und zu allem entschlossen und nickten ihm finster zu, als Zeichen, dass sie sich seinem Kommando unterstellten. Wo aber blieb Riccion Südwind, der Notist der Dunklen Herren? Warum hatte er nicht mehr seiner Leute hierher abkommandiert?

Darne zählte die Anwesenden. Sie waren wenige, viel zu wenige. Mehr als dreihundert Kämpfer, auf die Darne gehofft hatte, waren noch nicht angelangt – oder aber dem Wahnsinn verfallen, wie so viele Menschen in diesen Tagen.

Letztlich kam es auf jene Verbündeten an, die er mit dem Impcae-Cardym versorgt hatte. Sie und nicht ihr Gefolge waren überzeugt davon, dass der Rego und der Hofkanzlist gestürzt werden mussten.

Irgendwann verklang das letzte Wort. Hier und dort wieherte ein Pferd unruhig oder tänzelte mit klappernden Hufen über das Pflaster. Die Menschen warteten auf sein Zeichen.

Darne zog die Waffe, stieß sie in die Luft und einen wilden Kampfschrei aus. Morilacc, der alte Krieger, fiel in das Gebrüll mit ein, dann Birle, dann eine Handvoll seiner treuesten Verbündeten, schließlich alle Versammelten. Die Schreie brandeten von den Häusern wider. Hier und dort wurde ein Fenster geöffnet und rasch wieder geschlossen, als jene Bürger, die ihren Verstand behalten und sich in ihren Wohnungen verkrochen hatten, feststellten, dass draußen wütende Kämpfer darauf warteten, in die Schlacht zu ziehen.

Darne ritt los. Man machte ihm den Weg frei, als er über die Straße Richtung Attico der Wunderbaren preschte. Hunderte Verbündete folgten ihm.

Die Wunderbare verdiente ihren Beinamen längst nicht mehr. Teile der Stadt lagen in Trümmern, überall wurde gekämpft. Die

Menschen waren wie von Sinnen, fielen mit Schaum vor dem Mund übereinander her.

Darne musste mitansehen, wie zwei Greise einander erwürgten und im Todesgriff verhangen langsam zu Boden sanken. So sehr er sich auch anstrengte, er konnte sie nicht trennen. Sie starben mit blau angelaufenen Gesichtern, die Zungen derart angeschwollen, dass sie ihnen aus den Mündern quollen.

Ein Kind schlug auf ein kleineres ein, womöglich handelte es sich um seinen Bruder. Eine ältere Frau trieb ihrem Mann ein Messer in den Rücken und löste Fleisch aus dem Körper, um es sich in den Mund zu stopfen. Zwei junge Mädchen liefen mit brennenden Haaren durch die Straßen. Sie lachten, als hätten sie Spaß daran.

»Was ist das für ein Wahnsinn?«, fragte Bentaloppe an seiner Seite.

»Ich weiß es nicht. Die Angst vor den Erdstößen spielt sicherlich eine Rolle. Und die Armut. Das Elend, die Not, die Verzweiflung. Womöglich eine Mischung aus alledem.« Er sah Kinder, die abseits des Geschehens an einem Brunnen standen und entsetzt zusahen, wie sich ihre Eltern und Freunde gegenseitig umbrachten.

Ein Mann aus ihren eigenen Reihen stieß einen Schrei aus. Darne zuckte zusammen, drehte sich um. Der Kerl gehörte zum Gefolge der Reiter von den Korninseln. Er zog eben sein Kurzschwert und trieb es dem Mann neben ihm bis zum Heft in die Brust, noch bevor jemand etwas unternehmen, bevor er überwältigt und gefesselt werden konnte.

»Scheiße!«, fluchte Morilacc. »Ich dachte, wir wären gefeit gegen diesen Wahnsinn.«

»Es hat mit dem Cardym zu tun«, behauptete Bentaloppe. »Das Impcae-Cardym schützt, das normale Zeug hingegen treibt die Menschen dazu, diese Dinge zu tun.«

Darne sah sich nochmals um – und er erkannte das Muster.

»Je jünger die Menschen sind, desto geringer die Gefahr, dass sie dem Wahnsinn anheimfallen. Seht doch! Die Kinder bleiben meist ruhig. Es stimmt, was Bentaloppe sagt: Das Cardym in ihrem Körper steuert sie. Die Alten mehr als die Jungen.«

O ja. Junge Männer waren nicht allzu viele auf den Straßen zu sehen, Väter und Großväter hingegen häufig. Frauen verhielten sich vernünftiger, Kinder blieben meist unbetroffen vom Zorn, der die Erwachsenen befiel.

»Weiter!«, sagte Darne mit zusammengepressten Zähnen. »Wir können diesem Schrecken nur dann ein Ende bereiten, wenn wir das Übel an der Wurzel packen. Der Rego schert sich nicht darum, was in Attico der Wunderbaren geschieht. Nirgends sind Stadtwachen zu sehen. Diese Schweine haben sich allesamt im Palast verkrochen, wohl um zuzuwarten, bis das Beben der Erde endet und die Stadtbewohner zu sich kommen.«

Er ritt an, seine Leute folgten ihm. Die Ernsthaftigkeit und Verbissenheit, die Darne bislang gespürt hatte, waren nun kaum mehr zu bemerken. Seine Getreuen waren verunsichert. Sie verstanden genauso wenig wie er selbst, wie all diese schrecklichen Geschehnisse zusammenhingen.

»Dort vorn.« Birle deutete in Richtung eines kleinen Hügels links ihres Weges. »Sind das …«

»Ja. Hypatore. Unmengen von ihnen.« Darne kniff die Augen zusammen. »Sie stehen da, wiegen ihre Körper und tun sonst nichts. Es müssen Hunderte, wenn nicht Tausende sein!«

»Sie starren in Richtung des Palastes.« Morilacc griff nach seiner Waffe und streichelte den Griff.

»Es gibt eine Verbindung zwischen den durchdrehenden Menschen und den Zecken. Beide werden vom Cardym beeinflusst. Es macht, dass …« Darne verstummte, denn mit einem Mal wandten sich alle Hypatore *ihm* zu! Sie starrten ihn an, mit ihren großen Augen, und ließen die Zahnreihen in ihren Mäulern aufblitzen.

»Ruhig bleiben«, mahnte Bentaloppe. »Sie fühlen das Impcae-Cardym in dir. Sie werden dir und uns nichts tun.«

»Woher willst du das wissen?«

»Es stammt von ihren Königinnen. Sie können es spüren. Und sie gehorchen ihm. Sie gehorchen dir. Weil du unser Anführer bist.«

Darne überlegte hastig. War es tatsächlich so, dass sich die Hypatore ihm unterwerfen würden? Konnte er sie für seine Zwecke nutzen und ihnen befehlen, den Palast des Rego anzugreifen? Oder würden sie in Bälde genauso durchdrehen wie die Bewohner Atticos?

Nein. Sie waren bloß Tiere, die Instinkten gehorchten und nicht zu lenken waren. Wenn er versuchte, sie für seine Zwecke einzuspannen, würde er die Katastrophe womöglich noch weiter vergrößern.

»Achtet nicht auf sie!«, rief er seinen Leuten zu. »Reitet weiter, blickt sie unter keinen Umständen an!«

Darnes Blut kochte. In ihm breitete sich etwas aus, das er niemals zuvor verspürt hatte. Sein Herz schlug rascher, seine Sinne waren geschärft, und auch seine Kräfte schienen zu wachsen. Er meinte, sich aus seinem Sattel erheben und davonfliegen zu können, wenn er es denn wollte.

Deine Gedanken werden heute noch fliegen, flüsterte ihm eine Stimme zu. Sie war voller Liebe und Zuneigung, voller Herzensgüte – und sie war andersartig, so wie die eines blühenden Rosenstrauchs, der Insekten aufforderte, den Samen seiner Blüten aufzunehmen und zu verteilen.

Darne schwebte mit einem Mal tatsächlich. Das Pferd unter ihm war nicht mehr da, wie auch die ganze Welt ringsum ein völlig anderes Antlitz bekam. Er spürte Geburt und Schleim und Ausspeien und Liebe, dies alles zusammengemengt zu einem völlig unverständlichen Bild – und er begriff: Er fühlte, was eine Königin der Hypatore fühlte.

Du bist mein Ch'nahima, mein Nachfolger, sagte die Stimme. *Du wirst ab nun für unsere Kinder und die Menschenkinder gleichermaßen sorgen. Du wirst diesen glimmergrässlichen Langleber austilgen, wirst all seine Spuren verwischen und die Heimat wieder zur Heimat machen. Du wirst es tun, weil mein Blut dein Blut ist. Weil du nicht anders kannst. Weil es so sein muss, dass du deiner Bestimmung folgst. Weil du unser Sohn bist. Und denk dran: Es kommt auf die Kreuzstangen an.*

Darne fühlte, wie sich sein Schweben legte und er zur Erde zurückkehrte. Die Fremdgedanken verhallten in ihm. Sein Geburtsanus, der gar nicht seiner war, schloss sich, das Ausspucken neuer Kinder, die er so sehr liebte, endete, und auch der rasche Herzschlag fand zum gewohnten Rhythmus zurück. Das Blut, eben noch kochendheiß, kühlte ab. Er wurde zum Menschen, zum Krieger, der sein Schwert in der Hand hielt, der hügelabwärts galoppierte, auf die Pforten des Palastes zu, mit Hunderten Verbündeten hinter sich, die so wie er den Rego und seinen Hofkanzlisten vernichten wollten.

31. Riccion Südwind

Er dachte an Bunthand, den geheimnisvollen Fremden, der ihn mit Impcae-Cardym versorgt hatte. Mit jenem wundersamen Stoff, der ihm Augen und Ohren geöffnet hatte – und jene Stimme erklingen ließ, die ihn seit geraumer Zeit mit Eingebungen versorgte. Die ihm sagte, dass er der Auserwählte war, der den Thron des Rego erobern und ihn als neuer Herrscher besteigen würde.

Er war nicht mehr weit von seinem Ziel entfernt. Der Hofkanzlist hatte gewiss noch einige Schweinereien in petto. Um ihn musste er sich kümmern, sobald er den Fetten Mann ausgeschaltet hatte. Und dann um Bunthand.

Es hatte Riccion wenig Mühe gekostet, den Fremden aus der Provinz von seiner Redlichkeit zu überzeugen. Bunthand glaubte, dass das Impcae-Cardym bloß das Gute im Menschen an die Oberfläche brachte. Er verstand nicht, dass es bei Riccion den Wunsch, das *Richtige* zu tun, hervorgekitzelt hatte. Die Stimme wies ihm, dem Südländer, den Weg. Heute würde er im Palast für Ordnung sorgen, morgen in der Stadt, übermorgen im ganzen Land. Die Erdstöße würden bald aufhören – und er grenzenlose Macht empfangen. Schließlich war er der von einer Götterstimme emporgehobene Herrscher, und damit bestimmte er über die Menschen wie über die Natur.

Es würde Riccion bloß einige Gedanken kosten, und schon würde es in Haden wieder ruhig werden. Er war Herz und Verstand des Landes. Er war wie … wie … der Sohn eines Gottes, der endlich aus seinem äonenlangen Schlaf erwachte und verloren gegangenes Recht in Anspruch nahm.

Jemand schrie. Ein Mann stolperte durch die Straße und brach dann zusammen. In seiner Seite steckte ein Bratspieß.

Waren diese Leute allesamt verrückt geworden? Warum tobten die Einwohner durch die Stadt und brachten sich gegenseitig um? Warum waren nirgendwo die Truppen des Rego zu sehen, um die Ordnung wieder herzustellen?

Nun, das kam ihm und seinen Plänen durchaus entgegen. Es scherte ihn wenig, den einen oder anderen Kampfgefährten an den Wahnsinn zu verlieren. Die Kämpfer der Dunklen Herren in seinem Rücken stellten jene Basis dar, die er benötigte, um Attico zu erobern, seine Macht anschließend zu erhalten und auszubauen.

»Herr, wir sollten aus Attico verschwinden«, sagte einer der Leute und zupfte unruhig an den Zügeln seiner Stute, als wollte er sie wenden und davongaloppieren lassen.

»Dieses Durcheinander kommt uns zugute«, entgegnete Riccion Südwind. Er würde diesen Zweifelnden von nun an im Auge behalten. An seine Männer gewandt, rief er: »Es gibt viel zu verlieren – und alles zu gewinnen. Befreien wir die Wunderbare vom Fetten Mann – und vom Hofkanzlisten!«

Müdes Geschrei antwortete ihm. Die Frauen und Männer, das beste Hundert aus den Reihen der Dunklen Herren, wirkten irritiert. Manch einer dieser Kämpfer empfand wohl ebenfalls dieses irritierende Gefühl, das ihn in den Wahnsinn treiben wollte. Riccion hatte die Anweisung ausgegeben, stets auf den Kampfpartner zu achten. Jener Einfluss, der die Stadt und das Land im Würgegriff hielt, machte auch vor seinen fanatischsten Anhängern nicht Halt.

Er gab seinem Pferd die Sporen und ritt auf das Haupttor des Palastes zu. Auf ein schwarzes Rund, vor dem bloß noch wenige

Soldaten des Rego standen, miteinander redeten, unschlüssig ihre Lage berieten. Sie schreckten hoch, als sie ihn und seine Begleiter sahen. Manch einer zog das Schwert oder stemmte die Hellebarde in den sandigen Boden, die meisten der Kämpen wichen jedoch ins Innere des Gebäudes zurück.

Riccion zügelte seine Stute wenige Schritte vor den Palastwachen. Sie tänzelte unruhig, aufgeschreckt vom Grollen und Beben unter ihren Hufen, blieb aber dann doch ruhig stehen. Er sprang ab, zog Dolch und Schwert und trat auf die Verteidiger zu. »Verschwindet von hier!«, sagte er leise und bestimmt. »Eure Aufgabe ist erledigt.«

Sie legten die Waffen nieder, alle bis auf zwei erfahrene Söldner, in denen Riccion Offiziere der persönlichen Garde des Rego erkannte. Er gab Befehl, sich um die beiden zu kümmern, und wandte sich dann wieder dem Tor zu, während hinter ihm Kampflärm laut wurde und rasch wieder abebbte. Ein Röcheln erklang, dann war diese Angelegenheit erledigt.

Das Tor stand sperrangelweit offen. Keiner der Flüchtenden hatte sich die Mühe gemacht, das Ungetüm aus dickem Hornmaterial hinter sich zu schließen.

Ein noch stärkerer Erdstoß als je zuvor ließ den Boden beben und fegte die Hälfte der Frauen und Männer seines Gefolges von den Beinen. Nur mit Mühe konnten die Pferde gebändigt werden. Riccion schaffte es, breitbeinig stehen zu bleiben, die Rolle des unerschütterlichen Anführers beizubehalten.

Der Boden war mit einem Mal von sich verästelnden Klüften durchzogen, die immer weiter in Richtung der Häuser und Hügel hinter ihnen wanderten und dabei Staub, feuchte Luft sowie pestillenten Gestank ausstießen. Die Risse nahmen ihren Ausgang beim Palast des Rego. So als befände sich der Ursprung all der Unruhen unter dem Gebäude.

»Seht, dort oben!«, brüllte einer seiner Männer und deutete mit zitternder Hand in den Himmel. »Das ist das Ende!«

Riccion folgte dem ausgestreckten Arm mit seinem Blick. Er sah die Rundung des Palastes und all die blattgoldenen Verzierungen, die die unregelmäßig geformten Platten des Gebäudes umkränzten. Silbrig glänzende Spieße sahen wie feinstes Stachelhaar aus, obwohl sie in Wirklichkeit bis zu einer Armlänge maßen. Bronzene und kupferne Beschläge waren mit grünspanbesetzten Nägeln in das Hornmaterial getrieben. Perlmuttbesetzte Ketten baumelten im heftiger werdenden Wind. Aus Knochen unbekannter Tiere geformte Symbole und Zeichen, die Riccion das erste Mal bemerkte, nahmen im Dämmerlicht eine gespenstische Form an.

Schreckliche, seltsame Erscheinungen zogen über den Palast hinweg. Sie waren wie Blitze, die hin und her zuckten, als wären sie auf Wanderschaft und wüssten nicht, wo sie niedergehen sollten. Zugleich bildete sich über dem Palast des Rego eine Windhose, deren Zentrum schwarz und deren Ränder blütenweiß waren.

Es wurde kalt und kälter. Die Erscheinung zog Wärme ab. Erst Schnee- und dann Eiskristalle fuhren Riccion Südwind ins Gesicht. Der Sturm nahm binnen weniger Herzschläge so sehr an Gewalt zu, dass ihm der Atem gefror.

»Vorwärts!«, rief er seinen Leuten über das Wüten des Sturms hinweg zu. »Holen wir uns den Kopf des Rego!«

Frauen johlten, Männer schrien, alle schwangen sie ihre Waffen. Doch sie taten es ohne viel Begeisterung, und zu seinem Missmut stellte Riccion fest, dass er voranstürmen musste ins Dunkle des Palastes. Seine Leute folgten mit gehörigem Abstand.

Er kannte die verschlungenen Wege durch die prachtvoll ausgestatteten Räume des Palastes. Links von ihm befand sich die geheime Porzellansammlung des Herrschers, zur Rechten Wandteppiche, die aus den Häuten von Bardyaggs gefertigt waren. Die Zimmerflucht, auf die man unweigerlich stieß, wenn man die Treppe abwärts nahm, war voll mit Beute, die die Truppen des Fetten Mannes während der guten Zeiten aus den Südländern mitgebracht hatten. Glänzende Waffen und Rüstungen, Pokale, Schmuckschatullen, Truhen mit wertvollen Kleidungsstücken, Gobelins, Gemmen aus Gold und Schmucknadeln aus Silber … Dies alles lag hier unangetastet seit Ewigkeiten, weil es den Rego nicht mehr interessierte.

Riccion winkte ein Dutzend Leute zu sich und befahl ihnen, hier zu warten. »Wer auch immer den Palast verlässt, er tut dies unbewaffnet, verstanden? Verschont die Diener und Sklaven, tötet die Hohen Damen und Frauen.«

»Wie sieht's mit ein wenig Spaß aus?«, fragte ein vierschrötiger Geselle mit dem Gesicht eines Warzenschweins. »Die hochedlen Weiber sind sicherlich schon etwas überreif, aber in der Not …«

»Kannst du an nichts anderes als an deinen stinkenden Schwanz denken?«, brüllte Riccion ihn an. »Ihr habt eine Aufgabe zu erfüllen, an deren Ende mehr Reichtum steht, als ihr euch vorstellen könnt.«

Und dies sind meine besten Leute?, fragte sich Riccion zweifelnd und sagte laut: »Bunthand und seine Truppen werden bald hier auftauchen. Ihr benachrichtigt mich, sobald ihr ihn heranreiten seht.«

Warzenschwein nickte, die Männer verteilten sich entlang der Eingänge zu den Räumlichkeiten. Von hier aus konnten sie verhindern, dass sich einer der Menschen, die sich noch im Palast befanden, einen Teil des Schatzes krallte. Sie hatten einen ausgezeichneten Blick aufs Tor, durch das jeder Besucher kommen musste.

Der nächste Stoß erschütterte den Boden unter Riccions Füßen. Er fühlte sich anders an als jene, die er im Freien verspürt hatte. Er dauerte bloß zwei Herzschläge lang, dann herrschte wieder Ruhe. Riccion deutete dem Gros seiner Leute, ihm die Treppen nach oben zu folgen.

Hier war kaum jemand zu sehen. Wer klaren Verstandes war und die Möglichkeit gehabt hatte, war längst davongelaufen und hatte den Rego im Stich gelassen. Nur noch vereinzelt huschten Diener umher, völlig verschreckt und verunsichert. Sie drückten sich in Nischen oder waren mit wertlosem Tand beladen, den sie mit sich schleppen wollten, in ein Zuhause, das es womöglich gar nicht mehr gab.

Riccion Südwind achtete nicht auf sie. Das Gesinde würde sich ihm niemals in den Weg stellen, auch die Verwalter nicht. Hier war jedermann darauf aus, sein Leben zu retten. Die feisten Geldsäcke waren die Ersten gewesen, die die Flucht ergriffen hatten.

Der Thronsaal befand sich am Ende eines langen Korridors. Links und rechts des Weges hatten einst Wachen gestanden, in hölzernen und mit Goldfarbe lackierten Kassetten. Drei Hellebarden standen gegen die Wände gelehnt, ein seltenes Krummschwert lag auf dem Bodenteppich. Von den Gardisten des Rego war niemand mehr zu sehen.

Riccion schritt weiter, vorsichtig und nun auf leisen Sohlen. Noch traute er dem Frieden nicht.

Ein Diener, in mehrere Tuchbahnen gehüllt, kam aus dem Thronsaal gelaufen. Er stürzte sich mit einem irren Lachen an ihnen vorbei, auf die Treppe zu, und schwang sich über das Geländer. Das Tuch verfing sich an einem Eisenknopf. Es blieb hängen, während der Diener nackt in den Tod stürzte.

Waren denn wirklich alle verrückt geworden? Waren Riccion und seine Leute die letzten Vernünftigen in Palast und Stadt?

Der Thronsaal war erreicht, Riccion Südwind betrat ihn mit gezogener Waffe, gefolgt von vier Dutzend seiner besten Leute. Er stieg über die Leiber mehrerer Toter, trat einen Stumpfsinnigen zur Seite, der versuchte, sich die Ohren mit einem Messer abzuschneiden, ließ die beiden sich im Tod umarmenden Greise links liegen. Er ging auf den Thron zu, auf die sorgfältig drapierten Polster und Decken. Dorthin, wo mehrere Menschen einander umschlungen hielten, bebend und zitternd.

»Rego, deine Zeit ist um!«, rief Riccion, stach in eines der Polster und schleuderte es schwungvoll weg, dass die Federn flogen. »Zeig dich, damit du deinen Nachfolger zu Gesicht bekommst, bevor du stirbst. Sei einmal ein Mann und versteck dich nicht hinter deinen Weibern!«

Das Knäuel an Frauen regte sich, eine der Megären stülpte sich daraus hervor, ein fettes Weib, das eine gewisse Ähnlichkeit mit Hobelaar aufwies. Sie hatte in der Mitte gelegen, beinahe vollständig bedeckt von anderen Leibern. Von blutbesudelten Gestalten, die sich gegenseitig die Kehle durchgebissen und sich am Lebenssaft ihrer Leidensgenossen berauscht hatten. Dieses Weib, dem eine Brust und mehrere Finger fehlten, war das einzige, das den kollektiven Gewaltausbruch der Huren überlebt hatte.

Sie winkte Riccion mit einer Hand zu und öffnete einen Mund, in dem nur noch wenige Zähne zu sehen waren. Mit der anderen Hand streichelte sie sich über die entblößte Scham, die ebenfalls blutbeschmiert war. »Komm doch her, mein Schöner«, sagte sie. »Ich ficke dich zu Tode!«

Vom Rego war keine Spur zu sehen.

32. Darne Bunthand

Die Erde wollte sich nicht mehr beruhigen. Letzte Marktstände, an denen sie vorbeiritten, brachen in sich zusammen. Plünderer ließen alles liegen und stehen, was sie an sich gerafft hatten, und eilten davon, froh, wenn sie das eigene Leben retten konnten.

Ein Gegrummel ertönte hinter ihnen, etwas, das Darne und all seine Begleiter zwang, die Pferde langsamer gehen zu lassen und sich umzudrehen. Um zuzusehen, wie der Wandelturm, dieses uralte Gebäude, nach links und nach rechts wankte, dann vornüberzukippen drohte und schließlich doch stehen blieb – um letztlich, von einem weiteren, heftigen Erdsturz erschüttert, umzufallen. Auf Gebäude, in denen Menschen lebten.

Trümmer, so groß wie Häuser, kullerten davon, um mit jeder Umdrehung weitere Zerstörungen anzurichten, weiteres Leben zu vernichten.

Eine Staubwolke stieb hoch und verdeckte den Blick auf die weiteren Geschehnisse. Das Grollen des zerfallenden und stürzenden Turmes endete, Schmerzensschreie und Wehklagen folgten. Eine Spalte tat sich im Boden auf, breit wie mehrere Männer. Sie wuchs, kam auf die Reiter zu, drohte, sie zu verschlingen.

»Weiter!«, schrie Darne. »Zum Palast!«

Griffen sie den Rego an, oder suchten sie im Palast Unterschlupf? Er vermochte es nicht zu sagen. Wichtig war einzig, dass ihm die Leute folgten. Dass sie unverbrüchlich zu ihm hielten, nicht in diesem immer größer werdenden Chaos zu Tode kamen und nicht demselben Wahnsinn anheimfielen wie so viele Bürger Atticos.

Das Tor des Palastes stand sperrangelweit offen. Mehrere Tote lagen davor. Manche Teile des Geländes wirkten wie glasiert. Blitze hatten dort eingeschlagen und taten es noch immer. Die meisten von ihnen fuhren in die metallenen Verzierungen der Palastfassade, einige aber auch in den Boden davor.

Hypatore näherten sich aus allen Richtungen. Dutzende. Hunderte. Sie kamen aus zerfallenden Häusern geströmt, aus Erdlöchern, über Wege, Trümmer, steile Abhänge. Einige von ihnen sprangen vom Dach des Palastes zu ihnen herab, mit ausgebreiteten Lederschwingen, die sie sachte auf dem Boden aufsetzen ließen.

Ein Söldner verlor die Beherrschung, beugte sich von seinem Gaul hinab und schlug zu, hieb quer über den schlanken Körper eines Viehs, tötete es jedoch nicht. Es kreischte schmerzerfüllt, unternahm aber nichts gegen den Angreifer.

»Lasst das!«, befahl Darne. »Kümmert euch nicht um die Zecken. Sie haben ebenso viel Angst wie wir und suchen Sicherheit. Los, rein mit euch in den Palast. Rasch!« Darne riss an den Zügeln seiner Stute, ließ sie stoppen und sprang aus dem Sattel. Er winkte seine Begleiter vorbei. Manche von ihnen stiegen nicht mal ab, sondern ritten einfach weiter, hinein in die vermeintliche Sicherheit, während andere entsetzt zurückwichen und es nicht wagten, den Palast zu betreten.

»Kommt schon!«, brüllte Darne den vielen zögernden Kämpfern zu. Bentaloppe an seiner Seite zog einen scheuenden Gaul beiseite, Morilacc zwang einige Kämpfer auf seine barsche Art, dem Befehl nachzukommen.

»Es geht ausschließlich um den Hofkanzlisten!«, rief Bentaloppe ihm zu. »Wir müssen uns um ihn kümmern. Er besitzt

Macht. Richtige Macht. Nenn es Magie, nenn es unbegreifliche Kräfte – aber ich glaube, dass er für das alles hier verantwortlich ist.« Sie verschwand zwischen Gäulen, fluchenden und die Götter um Gnade anflehenden Menschen, wurde zu einer grauen Gestalt inmitten grauen Einerleis. Das Lederland verlor soeben seine Farben.

Was enthielt Bentaloppe ihm vor? Was wusste sie über den Hofkanzlisten? Darne fluchte. Er fühlte, dass ihm die Kontrolle über die Situation immer mehr entglitt. Nichts lief so, wie er es sich vorgestellt und er es geplant hatte.

Donner grollte über Stadt und Land. Er war ohrenbetäubend laut, und er erschütterte alles ringsum. Viele Frauen und Männer pressten sich die Hände gegen die Schläfen. Sie gingen auf die Knie, verbargen die Köpfe zwischen den Beinen und verharrten so, als müssten sie das Schicksal eines erzürnten Gottes demütig ertragen.

»Ins Innere!« Darne fühlte sich wie betäubt. Aus seinen Ohren drang warme Flüssigkeit, er hörte kaum noch die eigene Stimme. Doch er wusste, was richtig war, was zu tun war. Er zog eine Kämpferin auf die Beine und schubste sie vorwärts, auf den Eingang zu. Dann einen Mann, dann noch einen, und als die drei Kämpfer aus den Provinzen der Korninseln im Palastgebäude verschwunden waren, folgten ihnen die anderen.

Ein Blitz schlug bloß wenige Schritte neben Darne im Boden ein. Die Wucht riss ihn von den Beinen, blendete ihn für einige Augenblicke. Eine schwarze Spur blieb dort zurück, wo das Licht in den Boden gefahren war, und seltsame Hitze, die den Sand verfestigte, verschmorte, hart und härter machte. Er hatte so etwas noch nie zuvor gesehen, auch nicht im heimatlichen Knospbruch, wo es mehr Gewitter gab als in irgendeinem anderen Teil des Lederlandes.

Hunderte seiner Gefährten strömten ins Innere. Einige wenige blieben zurück im Freien. Manch einer lief sogar davon, und zwei Männer blieben einfach stehen, senkten die Köpfe und harrten ihres Schicksals, um bald darauf von einem weiteren Blitz getroffen und zu Asche verbrannt zu werden.

Darne fühlte sich restlos überfordert. Wäre da nicht dieses Drängen in ihm gewesen, diese flüsternde Stimme, die ihn dazu drängte weiterzumachen und die ihm sagte, dass sein Tun richtig war, er wäre längst umgekehrt und hätte die Stadt verlassen, um so rasch wie möglich nach Knospbruch zu reiten, zurück in die Heimat. Doch er fühlte die Verpflichtung, den einmal eingeschlagenen Kurs fortzusetzen. Er *wusste*, dass es richtig war.

Der Palast vermittelte ihm ein Gefühl der Geborgenheit. Während draußen unbegreifliche Kräfte tobten, herrschte dort eine Ruhe, die nur selten von kleineren Beben unterbrochen wurde.

Da waren Männer, etwa ein halbes Dutzend. Sie starrten ihn misstrauisch an. Einige von ihnen kannte er. Sie waren den Dunklen Herren unterstellt – und damit Riccion Südwind.

»Wo ist er?«, fragte Darne. Allmählich ließ das Pfeifen in seinen Ohren nach, und er hörte wieder.

»Beim Rego«, antwortete eine Frau schmallippig.

»Ich dachte, wir wären am Marktplatz Mittigteilens verabredet gewesen?«

»Riccion Südwind tut, was er tun will. Er hat dir fünfzig unserer besten Leute überlassen. Worüber beschwerst du dich?«

Darne drehte sich nicht um, doch er fühlte die unangenehme Nähe einiger Leute Südwinds, die er bislang zu seinen Verbündeten gezählt hatte. Sie hielten sich inmitten seines eigenen Trupps auf, waren bestens bewaffnet und ausgerüstet. Was hatte Südwind vor?

Waffengeklirr wurde laut, Darne zuckte zusammen. Doch es waren bloß weitere Männer der Schwarzen Herren, die die Treppe herabgeeilt waren, vorneweg ihr Anführer.

»Der Rego ist verschwunden!«, sagte Südwind anstelle eines Grußes. »Das feige Schwein hat sich irgendwo verkrochen. Wir müssen ihn finden, müssen den gesamten Palast auf den Kopf stellen …«

»Warum bist du hier?«, unterbrach Darne den Redeschwall des anderen. »Wollten wir nicht gemeinsam reiten, unter meinem Kommando?«

»Was spielt das noch für eine Rolle? Wir wollen die Stadt retten, nicht wahr? Dann machen wir uns an die Arbeit.« Südwind baute sich vor ihm auf, sein Subitomi hielt sich wie ein Schatten hinter ihm. »Oder hast du es dir anders überlegt? Hat dich die Angst gepackt, willst du heim zu deiner Mutter laufen und dich im Stroh verstecken?«

»Ich mag es nicht, hintergangen zu werden, Riccion.«

»Und ich mag es nicht, herumkommandiert zu werden.«

Der Südländer war gewiss eine Handbreit kleiner als Darne, und er wirkte auch nicht sonderlich geübt mit der Waffe. Doch er führte hundertfünfzig und mehr Frauen und Männer an, die auf sein Wort hörten. Konnte Darne eine Auseinandersetzung riskieren, hier, unter diesen Umständen? Draußen donnerte und blitzte es. Hagelkörner gingen nieder, manche so groß wie die Fäuste einer Frau. Sie erzeugten eine grässliche Kakophonie an Geräuschen, die immer lauter und intensiver wurde.

»Wir kümmern uns zuerst um den Hofkanzlisten«, sagte Darne so laut, dass alle ihn hören konnten. »Dreißig Leute zu mir …«

»Ich stelle fünfzehn davon ab und komme ebenfalls mit«, unterbrach ihn Riccion Südwind rasch.

»Einverstanden. Der Rest durchsucht die Palasträume. Wer den Rego findet und ihn mir *lebend* herbeischafft, erhält hundert Gold-Schlei extra.«

Begeistertes Gebrüll antwortete ihm. Darne kümmerte sich nicht weiter darum. Er deutete auf seine treuesten Gefährten und wählte dazu weitere Männer aus, die vom Impcae-Cardym genommen hatten. Ihnen traute er am meisten.

Riccion Südwind hatte seine Leute ebenfalls rasch beisammen. Gemeinsam, Schulter an Schulter, stiegen sie die Treppe hoch, gingen vorbei am Thronsaal und drangen weiter ins Innere des Palastes vor. Darne hielt die Hand am Dolch. Der Mann, von dem er glaubte, sich unbedingt auf ihn verlassen zu können, hatte eigene Pläne. Er durfte ihm unter keinen Umständen den Rücken zukehren.

Südwind geleitete Darne durch das Labyrinth der Gänge und Fluchten. Holz stöhnte und ächzte unter den Belastungen, denen das Gebäude ausgesetzt war, doch die Erdstöße waren kaum wahrzunehmen. Ein Mann ihres Trupps lief plötzlich schreiend davon, dann ein weiterer. Eine Frau musste gebändigt und gefesselt werden. Sie brüllte wie eine Verrückte und gab erst Ruhe, als ihr einer der Waffengefährten mit dem Griff seines Schwerts gegen die Schläfe schlug. Bewusstlos brach sie zusammen. Der Mann ließ sie zu Boden sinken und ging weiter, mit derselben Gleichgültigkeit, als hätte er eben eine Fliege von seiner Lederrüstung vertrieben.

Der Wahnsinn steckte im Cardym. In den Adern der Bürger des Lederlandes. Er breitete sich aus, übernahm das Denken und würde sie über kurz oder lang durchdrehen lassen. Waren jene, die das Impcae-Cardym zu sich genommen hatten, denn tatsächlich gefeit gegen die Wirkung des verfluchten Zeugs? Oder würde es sie bloß später und dafür umso intensiver erwischen?

»Dort. Die Räumlichkeiten des Kanzlisten.« Riccion Südwind deutete geradeaus, an kunstvoll drapierten Wandteppichen vorbei, in Richtung einer Zimmerflucht. Er machte sich nicht die Mühe, leise zu reden. Die verräterischen Schreie der verrückt gewordenen Frau hatten gewiss alle Wächter des Hofkanzlisten alarmiert, so es denn noch welche gab.

»Vorsicht«, sagte Morilacc, der sich nun neben Darne drängte. »Links und rechts könnten sich Leute in Nischen verstecken. Und auch in der Decke ...«

»Du tust so, als würdest du dich im Palast auskennen«, unterbrach ihn Südwind.

»Ich bin kein Hoher Herr wie du«, entgegnete der Riese. »Aber ich erkenne Gefahr auch schon, bevor ich sie sehe.«

Der Dunkle Herr betrachtete ihn sinnend. »Warum sollte ich mir von einem einfachen Mann etwas sagen lassen? Wer weiß, vielleicht möchtest du Zeit gewinnen, uns in eine Falle locken, deinen eigenen Plänen folgen?«

»Wollen wir nun einen Plausch unter Freunden abhalten – oder dem Hofkanzlisten einen Besuch abstatten?« Darne deutete nach vorn. »Lasst uns diese Geschichte zu Ende bringen.« Er ging vorneweg, und es dauerte nicht lange, bis Riccion Südwind ihn eingeholt hatte.

»Du glaubst, das Amt des Rego übernehmen zu können, nicht wahr?«, fragte er so leise, dass nur Darne seine Worte verstehen konnte. »Aber ich verrate dir ein Geheimnis: Das Schicksal hat *mich* auserkoren, die Position des Fetten Mannes einzunehmen. Wir werden den Palast gemeinsam von all den Ratten säubern, die sich hier noch verstecken mögen. Und danach werden wir beide uns unterhalten.«

Darne starrte in blutunterlaufene Augen, in denen sich beginnender Wahnsinn zeigte.

33. Wyme

Zoelle war seinen Verlockungen gegenüber immun. So sehr er sich auch anstrengte, sie wollte sich nicht von ihm umgarmen lassen.

»Ich steh nun mal nicht auf alternde Windbeutel, die meinen, die Krone der Schöpfung zu sein!«, sagte sie ruhig und schüttelte seine Hand ab.

»Ich selbst bin allerdings fest davon überzeugt, dass ich diese Krone bin«, entgegnete Wyme und grinste. »Du wirst innerhalb der Palastmauern keinen Besseren als mich finden. Und außerhalb … Nun, du weißt ja, was gerade vor sich geht.«

»Und genau deshalb solltest du endlich dein verdammtes Maul halten! Hörst du denn nicht, dass die Aufrührer in den Palast vorgedrungen sind? Dass sie zu allem entschlossen sind und wir uns auf den Kampf vorbereiten müssen?«

»Ach, hat das kleine Frauchen Angst? Soll ich den starken Beschützer für dich mimen? Das kannst du gern haben.« Wyme trat wieder näher an die Frau heran. Sie war keine Schönheit, doch die Herausforderung reizte ihn.

»Du bist völlig verrückt geworden!«, fuhr sie ihn an. »Das Cardym hat dir die letzte Vernunft weggebrannt.«

»Ach, komm schon …«

Er sah ihren Schlag kaum kommen. Trotz seiner Lederrüstung torkelte er rückwärts, fing sich an einem der Vorhänge und hielt sich fest.

Er würde ganz gewiss nicht zu Boden gehen vor dieser verfickten Nutte, nicht hier, vor all den anderen Wächtern und Söldnern, die die Auseinandersetzung aufmerksam beobachteten. Er würde nicht klein beigeben …

Er hörte Stimmen. Das Geschrei einer Verrückten. Dann laut geführte Diskussionen.

Sofort war er wieder bei der Sache. Er würde schon noch auf seine Kosten kommen. Später, wenn diese Angelegenheit erledigt war.

Zoelle gab ihren Leuten bereits Anweisungen. Wyme wandte sich an seinen Haufen, jene Söldner, die er für diesen Auftrag ausgesucht hatte, weil er ihnen am meisten vertraute. »Es geht los«, sagte er leise. »Ihr wisst, was ihr zu tun habt.«

Die Frauen und Männer gehorchten. Draußen mochte die Welt untergehen, doch die eigentliche Schlacht um das Schicksal des Lederlandes wurde hier geschlagen, in diesen Gängen.

Die Angreifer waren sich uneins. Und sie wirkten verängstigt. Ihnen hingegen war längst alle Furcht genommen worden. Der Hofkanzlist hatte ihnen versichert, dass sie die Zeit der Bewegung überleben würden, und sie vertrauten dem mächtigsten Mann Hadens. Er hatte ihnen von seinen Plänen erzählt, hatte sie in seine Geheimnisse eingeweiht. Die Überlebenden dieser gewaltig großen Umwälzungen würden ein neues Leben beginnen, als Hohe Damen und Hohe Herren an der Spitze eines neuen Volkes stehend.

Die Angreifer zeigten sich nun vorsichtig. Sie blickten um sich und suchten nach ihnen, nach ihren Feinden. Doch ihre Verstecke waren zu vielfältig und zu gut getarnt.

Zwei Männer schritten vorneweg. Der Unbekannte namens Bunthand, dessen gefärbte Hände irritierend wirkten, und dieser unsägliche Riccion Südwind. Ein Wendehals, dem Wyme stets Misstrauen entgegengebracht hatte.

Er musste lächeln. Er hatte dem Südländer einstmals selbst gedient, und auch er war ein Mann, der viele Herren gehabt hatte. Doch im Unterschied zu diesem gockelhaften Kerl, der neben Bunthand herstolzierte, hatte sich Wyme stets für die richtige Seite entschieden.

Er fühlte die Aufregung. Die Lust am Kampf. Die Freude, sich endlich wieder beweisen zu können.

»Wartet«, flüsterte er Zoelle zu. »Noch drei Schritte, zwei, eins ... Jetzt!«, brüllte er und wartete, bis alle anderen Kämpfer des Hofkanzlisten aufgesprungen waren, um ihnen dann hinterherzutraben, auf die Feinde zu.

Seine Leute sprangen aus den Verstecken. Sie kamen unter Bodenplatten hervor, aus sorgfältig drapierten Vorhängen, seilten sich von der Decke ab, sprangen aus Kästen, aus hinter Spiegeln verborgenen Zimmern. Sie strömten von überallher herbei. Einige von ihnen kämpften mit Schaum vor dem Mund und hieben auf alles ein, was ihnen in den Weg kam. Andere behinderten sich gegenseitig, doch dem Feind erging es ebenso.

Zoelle übernahm das Kommando, was Wyme durchaus recht war. Er liebte zwar den Kampf, nicht aber, sein Leben unnötig zu riskieren.

Da war ein Mann, der es irgendwie geschafft hatte, ihren Verteidigungsring zu durchbrechen und sich an Zoelles Leuten vorbeizuschmuggeln. Er kam auf ihn zugewankt. Sein rechtes Bein war aufgeschlitzt, ein Ohr abgehackt.

Was für ein wunderbarer Gegner, um sich für die eigentliche Schlacht aufzuwärmen!

Wyme ließ den Mann ins Leere laufen und hieb ihm mit der Breitseite seines Schwerts wuchtig über den Rücken. Der Verletzte stolperte an ihm vorbei, Wyme folgte ihm, drosch weiter auf ihn ein. Auf seinen Nacken, die Schulterblätter, den Arsch. Um ihm hier und dort kleine Stichwunden zuzufügen, in einer Rasanz, für die Wyme berühmt und berüchtigt war.

Endlich schaffte es der andere, sich ihm wieder zuzudrehen. Sein Gesicht war grau geworden. Er wusste, dass dies sein Todeskampf war, und wenn er sich noch so wehrte.

Wyme tänzelte zwei Schritte zurück. Als der Kerl einen letzten, verzweifelten Versuch unternahm, ihn anzugreifen, hieb er ihm mit dem harten Leder des Armschützers unters Kinn, brachte ihn zum Stolpern. Der Mann fiel zu Boden, keuchend, verletzt und völlig erschöpft.

Wyme zog den Kopf des Gegners am Haarschopf hoch und betrachtete den Mann. Gab es denn etwas Schöneres für einen Totmacher, als seinem Feind beim Sterben zuzusehen? Diese Mischung aus langsam erlöschendem Lebenswillen und Furcht vor dem, was kommen mochte, erregte ihn jedes Mal aufs Neue.

Er stach ihm das Rapier durch den Hals, durch die Luftröhre. Er zielte genau, wie immer. Blut spritzte auf seine ohnedies schon besudelte Rüstung. Das Röcheln und das Entweichen der Luft aus dem Hals ergaben eine lustige, oft gehörte Melodie. Sie klang jedes Mal ein wenig anders, doch das Ende war stets gleich. Die Töne wurden schwächer, und mit einem letzten Seufzen hauchte der Mann sein Leben aus.

Wyme stand auf. Er schmeckte Blut auf seinen Lippen und leckte darüber. Dann drehte er sich von dem Toten weg und versuchte zu erkennen, wie der Kampf denn lief. Die beiden Trupps waren annähernd gleich stark. Nachschub der Angreifer drängte über die Treppen nach, doch die Kämpfer standen einander im Wege. Außerdem wusste Wyme weitere Helfershelfer am Absatz der Treppe, die nun ebenfalls ihre Verstecke verließen und für weiteres Blutvergießen sorgten.

Hatten diese Narren denn wirklich geglaubt, das Herz der Stadt Attico und des Lederlandes einfach so erobern zu können? Wie vermessen musste man sein, mit vier- bis fünfhundert Angreifern den mächtigen Hofkanzlisten auf seinem ureigensten Gelände herauszufordern?

Ein weiterer Mann aus dem Gefolge Riccion Südwinds kam auf ihn zugetorkelt. Wyme hatte keine gesteigerte Lust, einen ähnlich langweiligen Kampf wie bei dessen Vorgänger zu führen. Also stach er seinem Gegner in die Brust, zweimal, dreimal, rasch, kompromisslos. Der stürzte zu Boden und war bereits tot, noch bevor er auf dem Hornmaterial aufschlug.

Wo war Zoelle? Einige Schritte voraus. Dort, wo das Getümmel am dichtesten war. Die Feinde fielen unter ihren bewundernswert genauen Treffern und erschwerten ihren Widersachern ringsum das Vorwärtskommen.

An einer Stelle drohten die Angreifer durchzubrechen. Nun, es war die Aufgabe eines großen Kämpfers, derartige Situationen zu erkennen und die notwendigen Dinge zu tun. Er würde sich also doch auf einen Nahkampf in der Masse einlassen müssen.

Er eilte zu den Verteidigern und stach über deren Köpfe nach den Feinden. Sein leichtes und schmales Schwert fand Widerstand. Fleisch, das sich teilte und die Innereien einer Frau freigab.

Wyme wich zurück und betrachtete seine Arbeit. Ja, sie war tot oder auf dem Weg zum Großen Gleichmacher. Noch blieb sie in der Masse der beiden Gruppen eingeklemmt, konnte noch nicht zu Boden rutschen.

Ein zweiter Angriff, auch dieser gut gezielt. Er fühlte einen Druck gegen seine Hüften, während er einen weiteren Hals öffnete. Jemand hatte das Schwert gegen ihn geführt, die Klinge hatte die Rüstung aber nicht durchdringen können. Doch dies sollte ihm eine Warnung sein. Derartige Angelegenheiten bargen stets ein gewisses Risiko, selbst für einen Totmacher seiner Güte.

Wyme blieb also vorsichtig und stach nur dann zu, wenn er sich seiner Sache sicher war. Die Drecksarbeit konnten seine Leute weiter vorn an der Kampfeslinie erledigen. Sie drängten die Angreifer zurück, weg vom Zugang zu den Räumlichkeiten Bernyls, hin zur Treppe, wo sie mittlerweile von allen Seiten attackiert wurden. Bald würden die letzten Reste der Angreifer zusammengetrieben und eingekesselt sein, und dann würde dieses schrecklich sinnlose Abschlachten beginnen, an dem Wyme stets eine ganz besondere Freude hatte.

Jemand schrie, schrill und laut. Eine Frauenstimme. Sie erinnerte ihn vage an etwas. Oder an jemanden.

Da war eine Bewegung, so schnell, wie er es niemals für möglich gehalten hätte. Ein Wirbelwind fegte durch die Mengen der Verteidiger, stach da zu und hackte dort ab, rutschte zwischen Beinen umher, kletterte über Leichen, bewegte sich wie ein schlangenhaftes Geschöpf.

Wyme meinte, sich vage zu erinnern. An eine Schlachten-Geschichte, die an den Grenzen zum Süden erzählt worden war. Da war diese eine Frau gewesen, dieser Schemen, grau, klein, unglaublich flink.

Sie tötete drei seiner Leute, während sein Herz gerade mal zwei Schläge tat. Sie ließ Lücken entstehen, brachte Furcht in die Herzen der Verteidiger.

Und plötzlich stand sie vor Wyme. Sie reichte ihm gerade mal bis zur Brust. Er kannte sie aus dem Gefolge Bunthands, hatte sie bei seinen Beobachtungsgängen mehrmals bemerkt. Doch sie wirkte nun … anders, denn sie hatte ihre Maske abgelegt und war zu dem geworden, was sie darunter verborgen hatte: eine gnadenlose Kämpferin.

»Kennst du mich noch?«, fragte sie in kaum verständlichen, viel zu hastig ausgesprochenen Worten, und noch bevor Wyme antworten konnte, zog sie einen Teil ihres Haars vom Kopf. Darunter kam kahle, verschrumpelte und blaugeäderte Haut zum Vorschein. Und endlich, endlich erkannte er sie wieder, diese Frau aus dem Süden. Birle. Sie hatte den Kampf vor vielen Jahren überlebt.

Eine Schnelle. Ein Geschöpf, das den Gesetzen der Natur

trotzte und für eine gewissse Spanne die Zeit zu überlisten vermochte, gesteuert von Drogen oder Kräutern.

Was wiederum bedeutete, dass Bentaloppe sie vor dem Tod bewahrt hatte – und sich in unmittelbarer Nähe befinden musste. Doch spielte das eine Rolle? Er musste gegen Birle antreten.

Konnte sie dieselbe Angst und Hoffnungslosigkeit in seinen Augen lesen, die er auch stets in den Augen Sterbender sah?

Nun, noch lebte er, einer der schnellsten und gefährlichsten Kämpfer des Lederlandes. Und er würde … würde …

Verwundert starrte er nach unten. Er spürte Schmerz. Er war abrupt da, grell wie morgendliches Sonnenlicht, ließ aber rasch wieder nach. Hatte sie ihn bloß geritzt?

Nein. Wyme fühlte, dass sein Leib *offen* war. Dass der Kampf an ihm vorübergezogen und schon wieder beendet war. Birle hatte ihn aufgeschlitzt, mit wenigen, kaum wahrnehmbaren Bewegungen, und sah nun zu, wie er ausblutete.

Seine Beine wurden gefühllos, doch er weigerte sich, einfach so niederzufallen. Er, Wyme, würde nicht sterben wie ein beliebiger Kämpfer. Er würde es mit Größe tun, in einer Szene, die seiner Bedeutung gerecht wurde. Während alle anderen Kämpfer innehielten, sich ihm zuwandten und seiner gedachten. Ja, so sollte und musste es sein.

Wyme fühlte, wie er stürzte. Seine Hände wollten nicht gehorchen und seinen Fall auffangen. So schlug er auf, kam irgendwie zu liegen. Alles fühlte sich seltsam und falsch und völlig dumm an.

Jemand trampelte über ihn hinweg, dann noch ein Mann und noch einer. Er war nur noch ein Mensch von vielen, die hier starben oder bereits tot waren.

Was für ein armseliges, bedeutungsloses Ende wurde ihm da bloß zuteil.

34. Darne Bunthand

Er hatte sich auf diese Auseinandersetzung vorbereitet. Es war ihm, als wäre sein ganzes Leben ein einziges Warten auf diesen einen Kampf um die Herrschaft im Lederland gewesen. Vielleicht waren alle seine Probleme, das Scheitern, seine Wutanfälle, die Zeit als Lehrling bei der Kräutlerin und die Demütigungen, denen er über Jahre hinweg im Eisernen Hochland ausgesetzt gewesen war, Teile seiner Ausbildung gewesen. Und nun würde er sein Meisterstück vollbringen.

Von Erdstößen war hier und jetzt nichts zu spüren. Darne konnte sich der Illusion hingeben, dass draußen, in der Stadt, alles in Ordnung war, und das musste er auch. Andernfalls hätte er diese Schlacht nicht schlagen können.

Morilacc blieb an seiner Seite und räumte ihm den Weg frei. Birle war im Gewirr des Kampfes verschwunden. Womöglich kämpfte sie weiter vorn, dort, wo das Gedränge am größten war. Auch von Bentaloppe war nichts zu sehen.

Er hatte sie vor dem Palast des Rego aus den Augen verloren und seitdem nicht mehr entdeckt. War sie geflüchtet, litt sie unter den gleichen Panikschüben wie so viele andere Menschen?

Nein, das glaubte er nicht, wollte er nicht glauben.

Jemand bedrängte ihn von der Seite. Ein massiger Krieger. Ein Totmacher, der ihn vage an jemanden erinnerte. Handelte es sich um seinen ehemaligen Freund und Wegbegleiter aus der

Klasse Aracams, um Marmios? Nun, er zeigte ein bemerkenswertes Geschick mit seinen beiden Messern.

Doch er verstand nichts vom schmutzigen Kampf, den Darne im Eisernen Hochland erlernt und im tagtäglichen Umgang mit den Hypatoren trainiert hatte.

Darne drängte nach links und nach rechts, verschaffte sich ein wenig mehr Platz in diesem Durcheinander. Wich dem einen Messer seines Gegners aus und blockte das andere ab. Um dann gegen das Knie des Mannes zu treten. Das Knacken war selbst im Kampfgetümmel gut zu hören. Und ebenso der Schmerzensschrei von Darnes Gegner. Marmios knickte ein, während er erneut zuzustechen versuchte. Doch er agierte nun falsch und ungenau, verfehlte Darne. Von da an war der Ausgang des Kampfes unabänderlich. Der Tanz, den sie beide vollführten, endete mit dem Tod des Söldners.

Darne wandte sich rasch dem nächsten Gegner zu, einer wie wild um sich schlagenden Frau, und hackte ihr den Arm ab, mit einem von unten nach oben geführten Hieb.

Er stieg über den vorher Getöteten hinweg, betrachtete rasch dessen Gesicht. In der Tat, es handelte sich um Marmios, der ihm einstmals Freund und Kampfgefährte gewesen war.

So war das Leben. So war Haden. Es hatte bloß Cardym, Leder, Kälte und Tod zu bieten.

Nun, er würde das ändern. Diese Menschen waren die letzten, die auf dem Altar falscher Gottheiten geopfert wurden, die sich Hobelaar und Bernyl nannten.

Er ahnte den nächsten Angriff mehr, als er ihn sah. Er kam von hinten, heimtückisch und mit großer Härte geführt. Darne ließ sich zur Seite fallen, ein Schwert zischte über ihn hinweg und verfing sich woanders, in der Abwehr seines Freundes Morilacc, der wie immer ein Auge auf Darne hatte.

Der Gegner versuchte sich zurückzuziehen, im Gedränge wieder zu verschwinden. Doch Darne zog ihn am Schwertarm zu sich und trieb ihm die kurze Waffe in den Magen, dort, wo der lederne Brustschutz endete.

Darne stieß den Sterbenden von sich. Weiter. Er durfte nicht nachdenken, was er hier tat. Musste sein Ziel im Auge behalten.

Allmählich wurde mehr Platz ringsum. Das Vorwärtskommen blieb allerdings schwierig. Er musste über Leichenberge hinwegklettern und auf Verwundete achten, die immer noch blindlings um sich stachen, gefangen in ihrer Kampfeswut und dem Wahnsinn, der in diesen Gängen und Hallen herrschte.

Endlich war Zeit für eine Verschnaufpause, für ein Durchatmen. Sie waren bei dem Sturm auf die Räumlichkeiten des Hofkanzlisten keinen Schritt weitergekommen. Ganz im Gegenteil, sie hatten zurückweichen müssen.

Sie verloren den Kampf. Hier und dort gab es noch kleinere Gemenge, doch nahe des Tores zu den Zimmern Bernyls sammelten sich mehr als drei Dutzend Verteidiger unter dem Kommando einer Frau. Zoelle. Er erkannte sie augenblicklich.

Ihm hingegen stand bloß noch eine Handvoll Kämpfer zur Verfügung, darunter die völlig erschöpft wirkende Birle und Morilacc, der im Gefecht bloß einen halben Zahn eingebüßt und einige Kratzer davongetragen hatte. Sein Lächeln war überzeugend wie immer, doch hässlicher als zuvor.

Warum diese Niederlage? Was war hinter ihnen und vor ihnen geschehen, in diesem gewaltigen Durcheinander, das Hunderte Tote zurückließ, verteilt auf einige Räume, Gänge und Treppen. Sie lagen da, als wären sie Bestandteil eines Gemäldes, dessen wichtigste Farbe die des Blutes war.

Sie waren doch in der Überzahl gewesen! Waren mit der richtigen Einstellung und einer gehörigen Portion Wut ans Werk gegangen, gegen Verteidiger, von denen anzunehmen gewesen war, dass sie bei erstbester Gelegenheit flüchten würden. Warum verloren sie diesen Kampf?

Nun, es waren womöglich die Umstände. Der um sich greifende Wahnsinn auf den Straßen Atticos sowie die Ahnung, dass der Palast des Rego den einzig sicheren Hafen in diesen Tagen darstellte.

Zwei weitere Männer traten zu Zoelle, und nun wusste Darne, warum sie diese Schlacht verloren.

Einer der Kerle spie lächelnd auf einen der Toten vor ihm. Riccion Südwind und seine Leute hatten die Seiten gewechselt.

35. Bernyl

Er betastete die Kreuzstangen und drehte sie vorsichtig, sachte. Es begann zu knirschen, und von irgendwoher tönte ein helles, kaum wahrnehmbares Singen.

»Ihr wisst nun, was eure Aufgabe sein wird.« Er wandte sich den Gedächtnismeistern zu. »Lasst mich jetzt alleine. Dort«, er deutete auf einen Nebenraum, »warten Erfrischungen auf euch. Gewiss wollt ihr darüber nachdenken, was ich euch alles erzählt habe. Ich rate euch übrigens, euch nach dem Essen an einem der Stühle festzuzurren. Sie sind im Boden verankert – wegen dem, was in nächster Zeit geschehen wird.« Bernyl lachte, als er sich einer Zeit der Bewegung erinnerte, da einige seiner Begleiter nicht auf ihn hatten hören wollen und von der Wucht der Ereignisse zermatscht worden waren.

Die Gedächtnismeister gingen davon, der streberhafte Ziwille wie selbstverständlich vorneweg. Er war ein seltsames Wesen. Ein idealer Helfershelfer und ein Werkzeug, das er hoffentlich noch viele Jahre lang nutzen konnte.

Sie schlossen die Türen hinter sich, und Bernyl blieb allein zurück. Nun, fast allein. Wenn man von seinen zwei Leibwächtern absah, die nur selten zum Einsatz kamen. Während dieser Zeit der Bewegung würde er sie nicht benötigen. Alles lief so, wie er es sich erhofft und es erwartet hatte.

Oder?

Draußen, vor den Toren zu seinen privaten Räumlichkeiten,

tobten Kämpfe. Bernyl hörte Geklirr und Geschrei. Da wurde gestorben, so wie auch auf den Straßen Atticos alles auf den Untergang zusteuerte.

Er löste seine Hände noch einmal von den Kreuzstangen und trat an die Fenster, die er bislang geschlossen gehalten hatte. Es war an der Zeit, sich zu orientieren.

Er stieß die hölzernen Läden auf und starrte hinaus. Es lagen Tote umher. Unmengen an Hypatoren standen reglos da und warteten. Bernyl bewegte beide Zeigefinger, als könnte er damit einen Rhythmus vorgeben – oder die Melodie eines Liedes. Fast erwartete er, dass sich die Zecken zu seinen Vorgaben bewegten, doch sie taten es nicht, taten es niemals. Sie stellten eine Unsicherheit dar, die er niemals richtig in den Griff bekommen hatte.

»Nun denn«, sagte er fröhlich vor sich hin, »an die Arbeit.«

»Ach ja? An welche Arbeit denn?«

Bernyl drehte sich um, erschrocken. Nie, niemals hätte er erwartet, diese Stimme zu hören, hier, in seinen Räumlichkeiten!

»Hobelaar«, sagte er leise, »was für eine wunderbare Überraschung.«

Der Fette Mann stand da, schwer gegen Bernyls Schreibtisch gestützt, unmittelbar neben den Kreuzstangen. Er keuchte laut, Schweiß perlte ihm auf der Stirn. Es war ein Wunder, dass er sich angesichts seiner Leibesfülle auf den Beinen zu halten vermochte.

»Der Hofkanzlist zeigt also tatsächlich eine Regung wie Unbehagen«, meinte der Rego. »Wunderbar. Ich hätte gedacht, dass dieser Tag niemals kommen würde. Wonach siehst du dich um? Nach einem Fluchtweg? Nach jemandem, der dir hilft?«

»Ich glaube nicht, dass ich Unterstützung benötige. Ich werde allein mit dir fertig.« Bernyl bemühte sich, seinen Zorn nicht allzu offen zu zeigen. Warum war der Fette Mann nicht tot? Wie hatte er es bis hierher geschafft, in sein sicheres Refugium?

»Hast du vergessen, was für ein ausgezeichneter Schwertkämpfer ich bin, Hofkanzlist? Du hast mich dazumals als neuen Rego auserkoren und mich auf den Thron gehievt, hast mir deine Unterstützung zukommen lassen.«

»Weil ich ahnte, dass du nicht nur der tumbe Haudrauf bist, sondern auch Verstand hast.«

»Du hast dich keinesfalls getäuscht.«

Der Rego zog Kleidungsschicht um Kleidungsschicht ab, dann Haut und Fleisch, das er sich vom Gesicht zog. Er hatte sich maskiert, hatte über Jahre hinweg eine Scharade gespielt! Hatte auf jenen Zeitpunkt gewartet, da er, Bernyl, am verletzlichsten sein würde. Nun, da die Zeit der Bewegung eingeläutet werden und er all seine Kraft dafür aufwenden musste.

Aus dem so unförmig wirkenden Mann wurde ein immer noch massiger Kerl, den das Alter im Griff hielt, gewiss. Doch er war keinesfalls jener schwache und unbewegliche Rego, als den Bernyl ihn während der letzten Jahre wahrgenommen hatte. *Weil du stets das gesehen hast, was du sehen wolltest! Du Narr!*

»Bist du zufrieden mit mir, Bernyl? Habe ich mich gut gehalten?« Hobelaar schwang sein Schwert, längst nicht mehr keuchend. Es zerschnitt die Luft, zischte. Der Rego zog die Schlagschleifen mit der Hand eines gelernten Totmachers, mit bemerkenswerter Präzision.

»Ja, das hast du, Rego. Ich bin beeindruckt.« Bernyls Gedanken überschlugen sich. Er hatte noch ein heißes Eisen im Feuer. Aber es war so lange her, dass er sich seiner Leibwächter bedient hatte. So lange her … Zudem musste er sich seine Kräfte so gut es ging einteilen, wollte er diese Zeit der Bewegung überstehen wie so viele andere auch.

»Ich ahne, was du vorhast, Hofkanzlist. Und ich rate dir, deine Pläne aufzugeben. Jetzt gleich.«

»Du drohst mir?« Bernyl lachte. »Was willst du mir antun mit deinem lächerlichen Schwert!«

Der Angriff kam rasch und unvermutet. Er wollte sich ducken, da spürte er auch schon die Nässe auf seiner Stirn. Haare fielen zu Boden. *Seine* Haare. Manche von ihnen klebten aneinander. Blut rann aus einer Schnittwunde, den Schmerz fühlte er um einen Herzschlag verzögert. So als weigerte sich sein Kopf, die Wirklichkeit anzuerkennen.

Die Wächter! Er musste sie aufwecken. Musste sich konzentrieren.

»Es sind die Kreuzstangen, über die du all dies steuerst, nicht wahr?«, fuhr der Rego fort. »Ich habe mich jahrelang bemüht, deine Geheimnisse auszuspionieren. Es kostete mich mehrere Vermögen, deine Leute zu bestechen und all das in Erfahrung zu bringen, was ich wissen musste. Und noch länger dauerte es, bis ich verstand, wer und was du bist. Was du vorhast. Warum Haden so ist, wie es ist.«

Konzentrier dich, Bernyl, mach schon!

»Aber ich bin mir sicher, du wirst mir alles ganz genau erzählen. Und zwar rasch. Jetzt gleich. Oder möchtest du, dass das Land zugrunde geht – und du mit ihm?«

Die Schwertspitze des Rego kratzte über seine Brust, hoch zum Hals, verharrte dort. Bernyl war nie ein Mann des Kampfes gewesen, hatte nie eine Waffe geschwungen. Er konnte diesem Narren nichts entgegensetzen. Nur …

Er erinnerte sich. Lächelte. Sprach die richtigen Worte aus. Halblaut, kaum verständlich für den Fetten Mann, der gar nicht fett war.

»Wie bitte?«, fragte Hobelaar irritiert.

»Ach, du wirst es gleich sehen. Kennst du denn schon meine beiden Freunde, Lybell und Aroin?«

Die beiden Magicae, jahrhundertelang in Stasis gefangen, lösten sich aus dem Mauerwerk seines Raums, von seinen Worten geweckt. Sie schüttelten Staub und Schutt ab. Eine dicke Fettschicht, die sich über ihre Haut gelegt hatte, brach weg.

Die alten Wegkameraden erwachten.

36. Darne Bunthand

Verrat ist eine hohe Kunst«, rief Riccion Südwind ihm zu. Er lächelte. »Man muss ganz genau wissen, wann, wie und wo man sie anwendet. Und komm mir bloß nicht mit Sprüchen von Moral und Anstand, Hoher Herr Bunthand! Lass mich dir als Zugereister sagen, dass diese beiden Tugenden im Lederland so gut wie unbekannt sind. Sie begegneten mir erstmals, als du in Attico eintrafst, und da war es wohl schon zu spät, um einen Sünder wie mich auf den Weg der Ehrlichkeit zu führen.«

Darne packte seine Waffe fester. Er ging auf die Verteidiger zu. Er wusste Morilacc und Birle hinter sich. Weitere Gefährten schlossen sich ihnen an. Doch ihr Tritt war unsicher. Sie hatten nicht jene Sicherheit wie er. »Du kannst von Bernyl nichts erwarten, Riccion! Er ist völlig wahnsinnig geworden, er schickt dieses Land in den Untergang. Wir müssen ihn aufhalten, gemeinsam!«

Riccion Südwind wirkte … entrückt. Er lächelte dümmlich, schwang seine Waffe mit seltsamen Bewegungen und trat unruhig von einem Fuß auf den anderen. Die Augen glänzten. Immer wieder starrte er nach oben, als erhielte er Anweisungen von jemandem oder etwas, das weit über ihm thronte.

»Draußen geht die Welt unter, Riccion. Wir müssen jetzt zu einer Einigung kommen, bevor alles zu spät ist. Lass uns durch und …«

»Greift sie an!«, befahl der Südländer, ohne auf Darnes

Worte zu achten. »Bringt mir den Kopf von Bunthand. Tötet sie alle!«

Viele Frauen und wenige Männer kamen auf sie zugestolpert. Sie sprangen zwischen all den Leichen, all dem nutzlos vergeudeten Leben, auf sie zu. Sie waren Bunthand und seinen Getreuen zahlenmäßig weit überlegen. Doch waren sie auch überzeugt von dem, was sie taten?

Es gab nur eine Möglichkeit, dies herauszufinden. Darne hob die müde Schwerthand und bereitete sich auf den Ansturm vor. Morilacc neben ihm lachte, als hätte er eben eine besonders gute Nachricht erhalten. Seine Muskeln, die eines fast Fünfzigjährigen, spannten sich an. Er war bereit, weiter Gegner zu töten, als hätte bloß das Morden eine Bedeutung für ihn.

Eine Frau warf sich auf Darne, er wehrte sie zur Seite hin ab. Morilacc neben ihm tötete sie. Eiskalt, mit einem einzigen Hieb. Die Kämpfe fanden nun rascher ein Ende. Allesamt waren sie erschöpft und machten Fehler. Eine ungeschickte Bewegung, ein Zwicken im Bein oder ein Atemzug zur falschen Zeit entschieden über Leben und Tod.

Schweiß brannte in Darnes Augen, er konnte kaum noch etwas sehen. Er wischte sich fahrig übers Gesicht, nachdem er einen weiteren Angreifer weggedrängt hatte, hin zu einem Waffengefährten, der ihm den Garaus machte. Aus den Augenwinkeln sah er sieben, nein, acht Gefährten, die neben und hinter ihm standen. Ihre Bewegungen wirkten ähnlich müde wie seine eigenen – und dennoch stellten sie sich der Übermacht, überzeugt davon, dass sie das Richtige taten.

Darne tötete. Er erinnerte sich an Worte seines Meisters Aracam. Der Mann hatte ihm empfohlen, alle Gefühle zu Hause zu lassen, sobald er in den Kampf zog. Doch war das denn möglich? Konnte man Mitleid, Erbarmen, Angst, Leidenschaft und all die vielen Dinge, die einen Menschen ausmachten, einfach so beiseiteschieben?

Birle drängte an ihm vorbei. Die kleingewachsene Frau zeigte einen zu allem entschlossenen Gesichtsausdruck, während sie einer weiteren Woge von Angreifern entgegenstürmte. Sie hielt sich nicht lange auf, teilte nach links und rechts aus, durchbrach die Reihen der Angreifer und hielt auf die dahinter verbliebenen Söldner zu. Alles Weitere entzog sich Darnes Blick. Er wurde von zwei massigen Männern bedrängt, die zwar kleiner waren als er, aber ausgeruht wirkten. Er erkannte sie wieder. Sie waren mit ihm geritten. Hatten sich ihm in Mittigteilen angeschlossen, als vermeintlich Verbündete, und hatten nun auf Geheiß des Dunklen Herrn Riccion Südwind die Fronten gewechselt.

Söldner. Sie gehörten jenem Menschenschlag an, von dem Meister Aracam immer gesprochen hatte. Sie verkauften ihren Schwertarm an den Bestbietenden.

Darne fühlte eine Wut wie selten zuvor. So viel von dem, was man ihm erzählt und eingebläut hatte, entsprach ganz und gar nicht der Wahrheit. Warum durchschaute er erst jetzt, dass das Lederland auf völlig falschen Wertvorstellungen fußte? All diese Totmacher, sie gingen ihrem Geschäft nach, ohne sich einen Deut um die Folgen zu scheren.

Und er? Er machte es nicht besser. Weil er meinte, im Recht zu sein.

Darne tötete die beiden, von plötzlichem Zorn gepackt, den er meinte, längst abgelegt zu haben. Die Wut nährte ihn. Sie machte, dass die Angreifer vor ihm zurückwichen. Sie brach mit einer Vehemenz aus, die er niemals für möglich gehalten hatte. So als hätte sie all die Jahre in ihm geruht und bloß auf den richtigen Augenblick gewartet, um erneut auszubrechen, stärker denn je zuvor.

Er hörte jemanden schreien, und es dauerte eine Weile, bis er begriff, dass er selbst es war. Er musste sich Luft verschaffen, musste all das rauslassen, was sich in ihm aufgestaut hatte.

Morilacc und er drängten die Angreifer zurück. Darne fühlte

einen Treffer am linken Arm, einen Schnitt am linken Oberschenkel, einen Schlag im Gesicht, der mit einem Lederschild geführt worden war. Vielleicht war eine Sehne durchtrennt worden, vielleicht ein Zahn ausgebrochen. Das alles war bedeutungslos. Es zählte bloß noch das Ziel: Riccion Südwind und die restlichen Söldner überwinden – und Bernyl endgültig das Handwerk legen.

Der Boden bebte, und diesmal konnte sich Darne nicht mehr halten. Niemand schaffte es, auf den Beinen zu bleiben. Darne wurde emporgeschleudert und fiel tief, kam auf einem Toten zu liegen. Doch nur für einen Moment, denn erneut bewegte sich der Boden unter ihm. Er bockte, der Palast wand und verschob sich. Unten wurde zu oben, links zu rechts. Es drehte Darne den Magen um, als er mit einem Mal an der Decke klebte und gleich darauf gegen eine marmorne Stützwand prallte. Nichts hatte mehr Bestand. Die Welt ging unter.

Niemand würde gewinnen. Denn dies war ihrer aller Ende.

37. Bernyl

Lybell und Aroin kamen auf ihren Stumpen zu stehen, orientierten sich und wandten sich dann dem Rego zu. Dieser stand bloß da, wachsbleich im Gesicht. Er wusste nicht, wie er mit der veränderten Situation umgehen sollte.

Die beiden Krüppel waren Freunde und Weggefährten aus einer Zeit, an die sich Bernyl nicht mehr erinnern konnte. Magicae wie er, die er, als sie ihm lästig geworden waren und selbst nach der Macht gegriffen hatten, in eine Zeitstasis gepackt und ins Mauerwerk seines Palastes eingefügt hatte.

Wer hätte gedacht, dass er sie tatsächlich noch einmal benötigen würde?

Je länger er sich mit den alten Sprüchen beschäftigte, desto leichter gingen sie ihm von der Zunge.

Er sprach die notwendigen Beschwörungen, verdichtete sie mit Bewegungen seiner Finger, fügte einige passende Gedanken hinzu und machte dann, dass Lybell und Aroin genau das taten, was er wollte.

Der Rego wich zurück, fasste aber dann doch wieder Mut, tat einen Schritt auf Lybell zu und hieb nach ihm. Der steinerne Magicus wich auf wundersame Weise aus. Das Wesen, kaum mehr als ein Wurm mit einem Bein und einer Hand, rollte zur Seite, als wäre er ein Akrobat, der auf dem Markt seine Kunststücke aufführte. Aroin griff indes nach dem Fetten Mann und bekam ihn an einem Bein zu fassen.

Die alten Freunde waren ausgezeichnete Werkzeuge, die sich gerade jetzt gut für Bernyls Zwecke nutzen ließen. Zumal sie keinerlei Widerstand gegen seine Beschwörungen leisteten. Er hatte ihren Willen bereits damals gebrochen, hatte sie zu willfährigen Instrumenten gemacht, ihnen Lebenssubstanz entzogen und sie dafür genutzt, seine Langlebigkeit weiter zu steigern.

»Das war ein lachhafter Versuch, Hobelaar«, sagte Bernyl, umrundete die drei Wesen und ließ sich schwer auf seinem Lieblingsstuhl nieder. »Mag sein, dass du mich ein wenig überrascht hast. Aber ich wäre nicht so alt geworden, wie ich bin, hätte ich nicht auf alle Probleme die passenden Antworten.«

Der Rego brüllte. Lybell zerrte an ihm, riss ein Stück Fleisch aus seiner Hüfte und zerquetschte es zwischen seinen steinernen Fingern. Aroin hieb mit seiner Faust gegen einen Knöchel Hobelaars und zerschmetterte ihn. Das Schicksal des Mannes war besiegelt.

»Du bist amüsant, Hobelaar. Ich mag das. Du sollst für deine Hartnäckigkeit belohnt werden, Freund.« Bernyl schnallte sich auf dem Stuhl fest, wandte sich den Kreuzstangen zu und umfasste sie. »Hast du denn jemals herausgefunden, was die Zeit der Bewegung wirklich ist? Was sie bewirkt, warum sie notwendig ist, wer sie verantwortet?«

Der Rego schrie immer noch, in seinem Schmerz gefangen, der gewiss mit jedem Handgriff Lybells und Aroins zunahm. Verstand er, was Bernyl ihm sagen wollte?

Bernyl war geneigt, seine Kräfte als Magicus einzusetzen. Er hatte sie so lange vor den Menschen des Lederlandes verborgen. Doch nun, in diesen Augenblicken vor dem Untergang Hadens, würde nur der Rego erleben, wozu er in der Lage war.

Es wäre so sättigend gewesen, die Gedanken Hobelaars zu erforschen, sich an ihnen zu laben und zu stärken … Nein. Bernyl entschied sich dagegen. Er durfte sich nicht von seiner eigentlichen Aufgabe ablenken lassen. Zudem würden die

Gedächtnismeister nebenan spüren, was er tat. Sie waren bloß Fliegenschiss, doch er war in den nächsten Jahren auf ihre Hilfe angewiesen. Und sie würden sich womöglich einem Magicus verweigern. Er und Seinesgleichen waren im Lederland nicht sonderlich gut gelitten, und ihre Kräfte wirkten hier nicht so wie in südlichen Landen.

Die Kreuzstangen fühlten sich gut an in seinen Händen. Er tastete im Geiste nach jenem Wesen, das er nun endgültig erwecken musste. Es schlief unter ihm, seit zweihundertsechzehn Jahren. Nun war es an der Zeit, ihm den notwendigen Auslauf zu gewähren.

Bernyl starrte den sterbenden Rego an. Die beiden Wächter zerteilten und zerrissen ihn. Nach getaner Arbeit würden sie an ihre Plätze zurückkehren, von jahrtausendealter Magie dazu gezwungen, die er einstmals bewirkt hatte.

»Die Zeit der Bewegung beginnt«, sagte er und bewegte die Kreuzstangen.

Der Wurm erwachte.

Ein jahrtausendealtes Geschöpf. Es kam aus dem Nirgendwo, wand sich und kroch durch die Länder des Weltenkreises, wühlte sich durch die Ebenen des Südens und die Hügel des Westens, schlief, kroch weiter und schlief wieder, um sich in einer der Wachphasen über die Randgebirge Hadens zu wälzen und dort zu wüten, dort zu leben.

Wie immer ruhte es nach wenigen Tagen höchster Aktivität und erwachte viele Jahre später. Um festzustellen, dass es zu schwer und zu behäbig geworden war, um zurück übers Gebirge in andere Bereiche des Weltenrunds zu gelangen.

Der Wurm war gefangen. Und er tobte mit jedem neuen Erwachen. Wütete und zerstörte und tötete alles mit seinem schweren Leib. Er verwüstete ein blühendes Haden und vertrieb die einstmals ansässigen Bardyaggs in die Kälte des Eisernen Hochlands und in die Dunklen Tiefen.

Doch auch dort waren die so ruhigen und friedlichen Wesen nicht völlig sicher. Auch dorthin gelangte der Wurm und richtete schreckliche Zerstörungen an.

Dann kam er, Bernyl, mit seinen Gefährten Lybell und Aroin. Mächtige Magicae aus dem Süden, denen es gelang, die Kreise des Wurmes einzuengen. Vernichten aber konnten sie ihn nicht, dazu reichten auch ihre Kräfte nicht.

Außerdem – wer wollte auf eine derart großartige Waffe verzichten?

Also bändigten sie das Geschöpf und siedelten sich in dessen Kopfteil ein, dicht über dem so schwach glimmenden Gehirn. Um es in seinen Wachphasen mittels magisch geladener Stangen zu lenken und dafür zu sorgen, dass sich der Wurm in unbesiedelten Gebieten Hadens austoben konnte und nur minderen Schaden anrichtete.

Bernyl erinnerte sich nur zu gut an jene Nacht, da er aus dem Schlaf erwacht war und einen ebenso simplen wie glorreichen Gedanken gefasst hatte: Warum sollte er den Wurm nicht für seine eigenen Zwecke nützen – und warum sollte er diese Macht mit zwei nutzlosen Kameraden teilen?

Er würde ein Reich schaffen, über das er für alle Zeiten gebieten konnte. Bewohnt von simplen Menschen, die er aus den südlichen Landen nach Haden locken und als Forschungsobjekte missbrauchen konnte.

Von der Idee bis zur Ausführung war es bloß ein kurzer Weg. Und seither lenkte Bernyl die Geschicke des Lederlandes, ausgeklügelten Plänen folgend, die ihm nahezu uneingeschränkte Macht garantierten. Manchmal als Herrscher, manchmal als dessen Berater. Doch stets saß er an den Hebeln der Macht, die durch diese zwei magisch geladenen Stangen gewährleistet wurde.

O ja, der Wurm erwachte.

Bernyl hatte wie immer zu Beginn der Beschwörungen Mühe, die notwendigen Gedanken zu formen und über die Kreuzstangen in die Tiefe zu schicken, hin zu diesem hauptsächlich instinktgesteuerten Wesen, das nun eine neue Ära in Haden einleiten würde.

Lybell und Aroin hatten mittlerweile vom Rego abgelassen. Sie wussten, dass er sterben würde und keinerlei Gefahr mehr darstellte. Also krochen sie davon, auf ihre Ruheplätze zu. Einer der beiden ehemaligen Gefährten drehte sich dann aber auf einmal zu Bernyl um. Lybell. Seine steinernen Lippen formten ein einziges Wort: »Bitte!«

Bernyl ignorierte das Flehen des ehemaligen Freundes. Der kroch, von magischen Kräften gezwungen, in seine Mauerfassung zurück und verschmolz wieder mit dem Stein. Er und Aroin hatten sich als wichtig und wertvoll erwiesen. Bernyl wollte nicht auf sie verzichten.

Der Palast hob sich schwungvoll. Einige Gegenstände in Bernyls unmittelbarer Umgebung brachen aus ihren Fassungen, flogen durch die Luft, krachten gegen Wände, zerbrachen. Sie waren von geringer Bedeutung für ihn. Er war im Stuhl festgeschnallt, ihm würde nichts geschehen, wie auch all den Sachen nicht, die er über die Zeit der Bewegung hinweg bewahren wollte und sicher verstaut hatte. Der Wurm bäumte sich auf, hob seinen riesenhaften Leib aus dem Sand.

Bernyl sah durch die Fenster nach draußen. Er blickte in einen trüben, von Blitzen durchzogenen Himmel und dann auf die Stadt Attico die Wunderbare hinab, die dem Erdboden gleichgemacht wurde. Der Wurm krachte auf Dutzende Gebäude und Wohntürme. Die Schläge im Inneren wurden durch Mechanismen abgefedert, die Bernyl vor langer Zeit in allen seinen Räumlichkeiten hatte installieren lassen, in diesen sichersten Teilen knapp oberhalb des Denkzentrums des Wurmes.

Der Palast war eine Art Haube, die über diesen Teil des Monstrums gestülpt war. Er bedeckte etwa ein Drittel seines Leibes. Teile davon würde der Wurm abschütteln, keine Frage. Doch die Grundsubstanz blieb erhalten, während das Geschöpf wach war, für drei oder vier Tage, um sich dann erschöpft einen neuen Platz zum Schlafen zu suchen, sich einzugraben und wieder für mehr als zweihundert Jahre zu ruhen.

»Ja, mein Kleiner!«, sagte Bernyl und reduzierte den Druck an der linken Kreuzstange. Augenblicklich wurden die Bewegungen des Wurms geschmeidiger.

»Du bist wahnsinnig«, gurgelte der Rego, während Blut aus seinem Mund blubberte. Er lag verrenkt da, war von den Bewegungen des Wurms wie eine Puppe in eine Ecke des Raums geschleudert worden.

»Ich sorge für das Lederland«, widersprach Bernyl und erteilte seinem Geschöpf weitere Befehle. Es legte sich zur Seite und zerstörte armselige Hütten am Stadtrand von Attico, die ihm stets ein Dorn im Auge gewesen waren. Dann verwüstete es eines der mondänen Viertel, in dem auch Riccion Südwinds Wohnturm stand. Die Gebäude waren bloß halb so groß wie der Wurm. Es fiel ihm nicht schwer, sie zum Einsturz zu bringen und unter sich zu zermalmen.

»Attico die Wunderbare wird zur Ruinenstadt«, sagte Bernyl mehr zu sich selbst denn zum Sterbenden. »Die Gedächtnismeister werden den Überlebenden meine Version der Wahrheit verkünden, sobald der Wurm einen neuen Ruheort gefunden hat. Bis dahin lasse ich ihm Auslauf. Soll er sich austoben, seinen Trieben nachgehen.« Bernyl schob die rechte Kreuzstange tiefer, und der Wurm stieß ein schrilles Kreischen aus. »Es ist völlig egal, wie viele Menschen überleben. Wusstest du das, Hobelaar? Denn es werden neue kommen und angeblich nie zuvor besiedeltes Land in Besitz nehmen, geleitet von natürlicher Gier. Sie werden alle Hinweise auf Gefahren ignorieren. Werden sich in den Nächten zwar fürchten und vorsichtig bleiben. Doch ihre Kinder und Kindeskinder werden nicht mehr daran denken. Wie sollten sie denn auch? Es gibt keine schriftlichen Aufzeichnungen über die Zeit der Bewegung. Bloß die Erzählungen meiner Gedächtnismeister.«

Ja, Bernyl war stolz auf seine Leistungen. Er hatte mehr geschaffen als jeder Magicus, der je gelebt hatte. Und das, ohne allzu viel Kraft einzusetzen.

Menschen eilten am Boden dahin. Im Schatten, den der Wurmleib in den nur wenigen Sonnenstrahlen warf. Sie versuchten, zur Seite hin zu flüchten, um ihm zu entkommen.

Sein Platz hier oben erlaubte Bernyl einen Blick auf das

Leben, wie es sonst niemandem gegeben war. Er allein entschied, wer starb und wer davonkam – und diese minderen Geschöpfe, die um ihr armseliges Leben rannten, verurteilte er mit einer einzigen Drehbewegung zum Tode.

Der Wurm ließ sich zu Boden fallen. Erdreich brach unter seinem Gewicht ein, Felsen wurden zu Staub zermahlen. Er fraß, was ihm vors hungrige Maul kam: Tiere, Menschen, grüne und braune Vegetationsstreifen, Obstbäume, Sträucher, unterirdische Kloaken. Er würde Unmengen an Nahrung vertilgen, bevor er in eine weitere Stasis fiel.

Bernyl hatte in den letzten Monden einen Plan gefasst. Die Bardyaggs hatten ihn beschämt. Sie hatten einen Teil des Landes zurückerobert, das ihm und niemandem sonst gehörte. Sie hatten kein Recht darauf, über das Eiserne Hochland zu gebieten! Er würde den Wurm dorthin treiben und ihn durch die Labyrinthe hoch zur Ebene quälen. Die Dunklen Tiefen mussten zerstört, diese elenden Geschöpfe vernichtet werden. Dies würde den Wurm über alle Gebühr anstrengen. Dort im Westen konnte er sich austoben und dann weiterschlafen.

»Es ist genug«, sagte jemand hinter Bernyl, und noch bevor er sich umdrehen, die Gefahr erkennen und sich dagegen wehren konnte, spürte er den Schmerz. Er erfasste seine Rechte oder das, was von ihr übrig blieb. Denn der Angreifer hatte ihm die Hand mit einem einzigen Schwerthieb abgehackt – und den Wurm damit seiner Kontrolle entzogen.

»Jetzt lass uns darüber reden, was ein Vater seiner Tochter antun darf«, sagte Bentaloppe und trat vor ihn. Das mindere Geschöpf, das er für tot gehalten hatte.

38. Darne Bunthand

Es gelang ihm, sich an einem Treppengeländer festzuklammern, trotz des Rüttelns und des Schüttelns und dem Gefühl, nach allen Richtungen geschleudert zu werden. Ein Leib prallte gegen ihn, rutschte ab, schoss an ihm vorbei in die Tiefe, die eben noch die Decke des Gebäudes gewesen war, und verhakte sich dort an einem Kandelaber.

Dolche und Schwerter flogen umher und ebenso abgehackte Teile von Menschen, die im Kampf gefallen waren, sowie Hornplatten, die von der Decke, von Wänden und vom Boden stammten. Dahinter kam etwas zum Vorschein, das Darne nicht verstand, und das Beben wurde von einem Getöse begleitet, das er noch weniger begriff.

Es war, als säße er auf dem Rücken eines bockenden Pferds. Eines Gauls, der allerdings mit einer dichten, faltigen Schleimschicht überzogen war. Der Boden kippte unter ihm und wurde wie zuvor zur Decke, Gegenstände und Leiber schlugen hart auf. Nach einem letzten, schrillen Ton kehrte gespenstische Ruhe ein, die Darne völlig überraschte.

Hier und dort tropfte Flüssigkeit zu Boden. Irgendwo stöhnte eine Frau, andernorts klirrte Metall auf Metall.

Darne löste den Griff vom Geländer. Seine Handgelenke schmerzten. Falsch. *Alles* schmerzte.

Dennoch kam er auf die Beine, orientierte sich und humpelte dann auf den Eingang zu Bernyls Bereich zu. Dort fanden sich eben die Überlebenden ein. Sie versammelten sich wie Motten ums Licht angesichts eines Kampfes, der bereits jetzt, nur wenige Atemzüge nach dem Ende des Bebens, seine Fortsetzung nahm.

Birle kreuzte mit dem Schatten Riccion Südwinds die Klingen, mit diesem Menschen, den sein Herr stets »Subitomi« rief. Der Mann mittleren Alters mit der prägnanten Glatze erwehrte sich der Angriffe der Schnellen mit einer Geschicklichkeit, als ahnte er jede ihrer Bewegungen im Voraus. Die beiden waren einander ebenbürtig, ein Ausgang des Kampfes nicht vorherzusagen. Einer der beiden würde einen Fehler begehen, irgendwann, oder die Erschöpfung würde ihm den Tod bringen.

»Du bist da«, sagte Morilacc. »Das ist gut.« Er stützte sich auf sein langes, schweres Breitschwert. Das rechte Bein war oberhalb des Knies fast abgetrennt und hing grässlich verdreht zur Seite.

Wie schaffte es der alte Kämpe bloß, immer noch aufrecht dazustehen?

»Was ist eigentlich geschehen?«, fragte Morilacc.

»Ich weiß es nicht.« Darne starrte die anderen Menschen an. Halb tote Gestalten, die ohne Kraft wirkten und deren Geister keine weiteren Belastungen mehr ertrugen. Riccion Südwind war einer von ihnen. Das Rütteln und Schütteln – hatte es ihn zur Vernunft gebracht? Begriff er nun, dass die Auseinandersetzung zwischen ihnen beiden bloß einem in die Hände spielte, und zwar dem Hofkanzlisten?

Darne trat auf ihn zu – und ging an ihm vorbei. Ohne sich umzudrehen, ohne den Südländer anzublicken. Wenn der andere wollte, konnte er ihm nun den Kopf abschlagen. »Wer weiß, wie lange wir Zeit haben«, sagte Darne, ohne sich umzudrehen. »Was auch immer den Palast in Bewegung versetzt hat, es lebt. Hört ihr es jammern und quietschen? Fühlt ihr die Bewegungen unter euch, regelmäßig wie ein Herzschlag?«

Niemand antwortete ihm. Er hörte eine metallene Klinge

über den Boden scharren und zog instinktiv den Kopf ein – doch es folgte kein Schlag. Da waren bloß Schritte hinter ihm. Wenige, zögerlich gesetzte Schritte.

Er wollte die Türe zum Bereich des Hofkanzlisten aufziehen, doch sie klemmte. Selbst, als er mit aller Kraft daran rüttelte, tat sich nichts.

Dahinter schrie jemand, laut und zornig. Eine ruhige Frauenstimme erklang, dann polterte Stein zu Boden, zweimal.

»Los jetzt!«, rief Darne den Nachkommenden zu. »Das dort drinnen ist Bentaloppe!«

Darne hatte keine Ahnung, wie die Frau den Weg in die Räumlichkeiten Bernyls gefunden hatte und was sie vorhatte. Doch sie war in Gefahr, davon war er überzeugt. Er warf sich gegen das hölzerne Tor, zweimal, dreimal und bekam plötzlich Unterstützung von anderen Menschen. Von Riccion Südwind sowie Zoelle, der ehemaligen Kampfgefährtin, deren Körper wie in Blut getaucht wirkte.

»Helemi!«, rief Südwind mit einem Mal. »Es ist vorbei! Hilf uns!«

Der Kampf hinter ihnen endete. Birle und der Subitomi ließen überrascht voneinander ab, und als wäre nichts gewesen, gesellte sich der schweigsame Mann zu ihnen, während Birle zurückblieb. Die Schnelle war völlig erschöpft und nicht mehr in der Lage, die anderen zu unterstützen.

Sie drückten und pressten und schoben und rüttelten, und irgendwann sprang die Tür mit einem lauten Knall auf und ließ sie in einen Vorraum stolpern. Sie hetzten weiter, vorbei an uralten Relikten und Gemälden, über abgewetzte Teppiche, bis sie in jenen Raum gelangten, in dem der Hofkanzlist stand, mit blutendem Armstumpf, und zwei steinerne Gestalten, kaum halbmannsgroß, auf Bentaloppe hetzte. Die Frau wehrte sich so gut es ging, doch gegen die rasend schnellen Wesen hatte sie keinerlei Aussichten auf einen Sieg.

Jemand humpelte an Darne vorbei, als er zögernd stehen blieb. Morilacc mit diesem grässlich verstümmelten Bein hob sein Schwert und hieb damit auf die eine Steingestalt ein, so kräftig, wie Darne es niemals zuvor gesehen oder erlebt hatte.

Die Klinge zerbrach.

39. Bernyl

Glaubte seine Tochter denn wirklich, ihn einfach so besiegen zu können? Sie wusste um seine magischen Kräfte, um seinen unendlichen Wissensschatz und wie sorgfältig er sich auf alle Eventualitäten vorbereitete.

»Du hättest mich gleich töten müssen!«, sagte er und hielt den Schmerz am Armstumpen mit seiner Magie unter Kontrolle. »Jetzt ist es zu spät.« Er löste die linke Kreuzstange, und der Wurm legte sich sachte und ruhig zu Boden. Er würde nicht lange in dieser Position bleiben, vielleicht hundert Atemzüge lang. Danach musste sich Bernyl wieder um das Riesenvieh kümmern, wollte er es unter Kontrolle behalten.

Bentaloppe wurde von der plötzlichen Ruhe gewiss überrascht. Er löste den Haltegurt, drehte sich zu ihr um und schleuderte sie mit dem *Wunsch, sie zu schlagen,* zu Boden.

Sie stürzte schwer, diese alte, von vielen Narben gezeichnete Frau, dieses widerliche Geschöpf. Und wich dennoch seinem zweiten gewünschten Schlag aus, auf eine Weise, die er nicht verstand!

Bemerkenswert …

Da war etwas in ihr. Ein Teil ihres Geistes, der Widerstand leistete und ihn daran hinderte, ihr Gehirn zu verbrennen.

Impcae-Cardym!, wurde es ihm bewusst. *Das Cardym einer Königin dieser widerlichen, durch Magie geschaffenen Viecher. Es hat sie meinem Einfluss entzogen und verschafft ihr so etwas wie Immunität.*

»Du entkommst mir nicht, Töchterlein.« Bernyl beschwor die steinernen Freunde erneut, hieß sie, ein weiteres Mal ins Leben zurückzukehren. Sie kamen herangekrochen, zögerlich zwar, doch sie befolgten seine geistigen Befehle.

Bentaloppe ächzte, als sie die Steingestalten gewahrte. Hob ihre Waffe und hieb auf Aroin ein. Doch der scherte sich nicht darum, kroch weiter auf sie zu.

Bentaloppe wollte auf Bernyl zueilen, doch noch bevor sie ihren Plan in die Tat umsetzen konnte, griffen die steinernen Magicae erneut an.

»Lass es geschehen, Tochter«, sagte Bernyl. »Du kannst ihnen niemals entkommen.«

Fasziniert sah er zu, wie Bentaloppe ein ums andere Mal seinen Wächtern auswich. Sie zeigte ein Geschick, das er ihr niemals zugetraut hätte. Wie bedauerlich, dass er sie nicht weiter für seine Zwecke einsetzen konnte. Sie hatte ihre Aufgaben über Jahrzehnte hinweg erfüllt. Nun jedoch war sie ein Störfaktor, der beseitigt werden musste.

Lärm ertönte. Von draußen. Der Sieger des Wettkampfs kam also herangeeilt. Nun, dies war zwar ein denkbar ungünstiger Zeitpunkt, doch auch darauf war Bernyl vorbereitet. Er hatte stets alles unter Kontrolle.

Ein Mann stürmte herein, den er nicht kannte. Dann noch einer, den er sehr wohl kannte, gefolgt von einer Frau und einem alten humpelnden Narr.

Das war allerdings nicht zu erwarten gewesen.

Der Krüppel stürmte, ohne nachzudenken, auf Lybell zu und hieb ihm den Zweihänder gegen den Kopf. Die Klinge zersprang und fügte dem steinernen Magicus keinerlei Schaden zu. Dennoch hielt er inne und wandte sich dem neuen Angreifer zu.

»Kümmer dich gefälligst um Bentaloppe!«, rief Bernyl und verstärkte seine Gedankenkraft.

Zögernd drehte sich Bernyl wieder zu seiner Tochter um. Sie war die gefährlichste Gegnerin, keine Frage. Sie hatte viele Jahre unter seinem Dach verbracht, kannte Geheimnisse, kannte stille Wege, konnte schreiben und lesen. Wusste womöglich sogar um seine Pläne.

Die anderen Menschen hingegen, die konnte Bernyl selbst aufhalten. Er hatte sich seit jeher auf die Kunst der Worte verstanden und wusste, wie man solch simple Kreaturen umgarnte und von ihren eigentlichen Zielen ablenkte.

»Da sind sie ja!«, sagte er laut und mit einer Stimme, die Zuversicht ausdrücken sollte. »Riccion Südwind, mein Geschöpf! Und wie war noch mal dein Name, Totmacherin? Zoelle, nicht wahr? Und du bist?«

»Darne Bunthand«, sagte der Mann mit kalter Stimme und kam mit gezogenem Schwert auf ihn zu. Ohne dass Bernyl ihn aufhalten konnte. Denn dieser verdammte Kerl war derart vollgestopft mit Impcae-Cardym, dass er keinerlei Angriffsfläche mehr bot. Darne. Er war dieser Bunthand, von dem er einiges gehört hatte.

Also hatte er doch Fehler gemacht. Aber noch war es nicht zu Ende. Noch gab es Auswege, Alternativen und Möglichkeiten, um die Lage und sich selbst zu retten.

»Warte, Darne! Hör mir zu! Schenk mir bloß einige Augenblicke Zeit, um …«

»Deine Zeit ist um, Hofkanzlist.« Bunthand hob das Schwert.

»Aber wie willst du das Land retten ohne meine Hilfe? Wie willst du das Wesen steuern, auf dem wir allesamt stehen? Nur ich kann den Wurm dazu bewegen, das zu tun, was er tun soll.«

Darne hielt tatsächlich inne. Er sah zum Fenster, starrte hoch, dann zu Boden – *und sah!*

»Den Wurm«, murmelte er.

Er erkannte die Wahrheit. Schneller, als Bernyl es jemals für möglich gehalten hätte. Darne Bunthand würde einen ausgezeichneten neuen Rego abgeben.

Bernyl hieß die steinernen Freunde, von Bentaloppe abzulassen. Sie gehorchten und verharrten auf ihren verkrüppelten Gliedern vor seiner Tochter, bereit, jederzeit wieder anzugreifen.

»Hör mir zu, Darne. Lass mich dir eine Geschichte erzählen. Vertrau mir. Du musst verstehen, bevor du über mich urteilst. Und vergiss nicht, ich allein stehe zwischen den Menschen des Lederlandes und dem Wurm.«

Darne hielt das Schwert gesenkt und nickte zögerlich. Da war also noch ausreichend Dummheit in seinem Kopf, um ihn doch angreifbar zu machen. Bernyl musste forschen, musste seinen Geist auskundschaften, während er seine Geschichte erzählte. Gewiss hatte der Kerl einen Schwachpunkt, so wie alle Menschen.

Bernyl begann zu reden.

… und so erlangte ich die Hoheit über den Wurm, Darne. Ich weiß nicht mehr, wie lange ich ihn nun bereits steuere. Ist es die sechzehnte Zeit der Bewegung oder die achtzehnte? Wie viele Rego habe ich zwischenzeitlich verbraucht, wie lange habe ich selbst über das Lederland geherrscht? Es spielt letztlich keine Rolle. Denn wichtig ist bloß die Zukunft. Die Zeit nach der Zerstörung. Und dafür benötige ich stets den klügsten Kopf seiner Zeit. Einen wahren Rego, mit dem ich zusammenarbeiten kann und der die Menschen der nächsten Generation lenkt.

Verstehst du, Darne? Dieser Wurm ist zwar zu bändigen, aber nicht zu töten. Er stammt aus einer Zeit vor der Zeit, und er wird so lange wüten, bis die Sonne über uns all ihre Kraft verloren hat und alles Gras verdorrt und alles Wasser verbraucht ist. Nur mir ist es zu verdanken, dass sich der Wurm keinen Weg über die Gebirge in die südlichen Länder bahnt. Er könnte es schaffen. Nicht gleich, nicht sofort. Doch irgendwann würde er die Gebirgszüge überwinden, sie zertrümmern und nach drei oder vier Zeiten der Bewegung andere Länder heimsuchen.

Ich allein bewahre ganze Völker vor der Ausrottung, indem ich den Wurm hier toben lasse und dabei die Schäden so gering wie möglich halte. Du lachst, Darne? Du glaubst mir nicht? Nun, ich unternehme alles, um die Schlafperioden dieses Ungetüms auszudehnen. Ich habe die Hypatore herangezüchtet und magisch unterfüttert. Ja, ich habe kraft meiner Fähigkeiten und meines Geistes eine ganz neue Tierrasse erschaffen! Und weißt du, warum? Weil sie nicht nur im Volksmund Zecken heißen, sondern auch welche sind.

Zur Zeit des Erwachens strömen sie hierher, werden vom Wurm angezogen. Um sich auf ihn zu stürzen, sobald er aus seinem Schlaf erwacht. Eben beginnen sie, seinen Körper zu besteigen, ihm Blut abzuzapfen, ihn zu schwächen, ihm Kraft zu entziehen. Das ist, was ich geschaffen habe!

Sie können ihn nicht töten, nicht dieses Wesen. Aber sie verringern das Unglück, das jedes Mal aufs Neue übers Lederland kommt. Gewissermaßen steckt auch ein Teil der Hypatore in euch, in dir, dem alten Krüppel, meiner Tochter und in Riccion Südwind. Ja, ich kann es fühlen. Denn das Impcae-Cardym, das Cardym der jeweiligen Königin, ist eine magische Substanz, die einstmals von mir stammte. Wenn du so willst, kannst du mich auch den König der Hypatore nennen.

Warte, bevor du dein Urteil über mich fällst, Darne! Lass mich diese Geschichte zu Ende erzählen.

Ich sagte bereits, dass ich für die Zeit danach einen außerordentlich befähigten Rego benötige. Also bereite ich mich jedes Mal aufs Neue gezielt auf diesen Tag vor. Meine Planungen nahmen bereits vor fast dreißig Jahren ihren Anfang. Damals, als ich Leute wie meine Tocher umherschickte, um möglichst geeignete Männer und Frauen für dieses Amt ausfindig zu machen.

Ja, Bentaloppe ist meine Tochter, mein willfähriges Werkzeug, meine Botin. Zu schade, dass sie letztlich von ihrem Weg abgewichen ist und ihr Schicksal nicht versteht …

Sieh dich um, Darne. Sieh Zoelle an. Die Kämpferin, die gemeinsam mit dir die Schule von Aramac besuchte. Sie ist ebenfalls eine mögliche Rego. Der Gedächtnismeister nebenan, Ziwille, ist ein weiterer Auserwählter. Wyme, der wahrscheinlich irgendwo vor den Toren meines Refugiums in seinem Blut liegt, noch einer. Sie alle hab ich im Auge behalten. Auch Riccion Südwind, dessen Eltern ich einst in die südlichen Lande schickte, damit er dort eine entsprechende Ausbildung erfuhr, um mit neuem Wissen nach Haden zurückzukehren. Sie alle waren Teile eines großen Versuchs. Um so verwunderlicher, dass ausgerechnet du, Darne, es bis hierher geschafft hast. Nun ja, du hattest ja auch einen großartigen Helfershelfer an deiner Seite. Wie heißt du noch mal? Morilacc vom Tal? Hast du dich denn nie gewundert, wer dein Auftraggeber war und wer dir befohlen hat, auf Darne zu achten? Würdest du nun bitte deine Arbeit erledigen und alle Anwesenden außer Darne um einen Kopf kürzer machen? Ich befürchte, ich habe nicht mehr viel Zeit. Der Wurm wird gleich wieder erwachen …

40. Darne Bunthand

Sein Verstand vermochte kaum aufzunehmen, was der Hofkanzlist erzählte. Es war zu groß für einen Menschen wie ihn. Bernyl beschwor Erinnerungen herauf, die zig Generationen zurückreichten. Der Wurm, dessen dicke Haut er durch den Boden schimmern zu sehen meinte und dessen alte, abgeschabte Hautfetzen dem Palast seine Form gaben, war ein Wesen aus grauer Vorzeit.

Stimmte es denn, was Bernyl sagte? Konnte allein er den Wurm bändigen?

Ein Magicus also. Der dafür sorgte, dass seine Konkurrenten im Lederland kaum einmal Fuß gefasst hatten. Es kursierten so viele Geschichten über sie und die Wicca, und allesamt waren sie düster und unheilvoll.

Darne wusste, dass der Hofkanzlist ein Lügner und Betrüger war. Er erfreute sich an Intrige, an Zerstörung und Blutvergießen. Nicht umsonst hatte er dafür Sorge getragen, dass sich möglichst viele Menschen während der Zeit der Bewegung in Attico aufhielten. Er war dafür verantwortlich, dass die Einwohner Hadens vom Cardym abhängig waren. Es verringerte ihre Willenskraft, ließ sie vorzeitig altern – und brachte sie dazu, ähnlich wie die Hypatore herbeizuströmen. Gesteuert von denselben Düften, den gleichen Instinkten oder Gedanken.

Aber was konnte Darne tun? Dieses Monstrum vor ihm

töten, um damit ein ebenso großes Unglück herbeizuführen, weil dann der Wurm frei herumtobte?

Er fühlte den Angriff des Hofkanzlisten kommen. Doch es war zu spät. Für alles. Bernyl vergrub sich in ihm, löschte die Wirkung des Impcae-Cardym aus und machte sich über seinen Geist her, setzte ihn in Flammen, brannte jeden Gedanken an Widerstand aus ihm heraus.

Darne sah bloß noch eine weiße Mauer, die rasch und rascher auf ihn zukam. Sie ließ für nichts und niemanden mehr Platz. Nur noch am Rand seines Sehens erkannte er die Gefährten, wie Schatten, die man, wenn man betrunken oder berauscht war, in den Augenwinkeln wahrzunehmen meint.

Sie wollten ihm zu Hilfe eilen und das Weiß zerreißen, es beseitigen. Doch sie scheiterten an den Kräften des Magicus. Allesamt verfügten sie nicht über jenes Geschick, das notwendig gewesen wäre, einen wie Bernyl zu überwältigen. Auch Bentaloppe, die sich gegen ihren Vater stemmte, konnte nichts ausrichten.

Darne bäumte sich nochmals auf. Er erinnerte sich wundersamerweise an die Worte Aracams, seines Lehrers, der ihm so viel Talent bescheinigt hatte. Der an ihn geglaubt und ihn dennoch verbannt hatte. Er hätte niemals zuvor einen derart begabten Schüler gehabt …

Und das war er auch! Ja, er war die Summe seiner Erfahrungen. Seiner Ausbildung, seines Charakters, seines Leids. Der Zeit voller Hoffnungen und all der Enttäuschungen.

Er musste lächeln, trotz der Schmerzen und des näher rückenden Weiß, das sein Ende bedeutete. Ausgerechnet Bernyl hatte ihn ins Eiserne Hochland schicken lassen, in der Hoffnung, dass er einstmals ein fähiger, aber auch gefügiger Rego sein würde. Morilacc hatte ihn beschützt, Bentaloppe ebenfalls. Warum sie sich schließlich gegen ihren Vater gewandt hatte und nun an Darnes Seite stand, war ihm ein Rätsel. Vielleicht war es das

Impcae-Cardym in ihr, vielleicht der Wunsch, das Richtige zu tun, vielleicht der Hass auf den eigenen Vater. Es spielte keine Rolle.

Wichtig war, dass er lebte. Und er trug mehr Kraft in sich, als Bernyl glaubte. Also würde er sie einsetzen. Er würde ihm all seine Erinnerungen an ein Leben entgegensetzen, dessen Bürden er ausschließlich dem Hofkanzlisten verdankte.

Das Weiß bröckelte.

Bernyl war besiegbar. Der Magicus zog sich zurück, voller Zweifel an sich selbst. Jene Macht, mit der er eben noch Darnes Geist attackiert hatte, schwand und machte wild um sich greifender Angst Platz.

Doch noch war der Hofkanzlist stark genug, sie allesamt auf Distanz zu halten – und seine steinernen Helfershelfer erneut auf sie zu hetzen. Auf Riccion Südwind, den er so sehr verachtete und mit dem Darne dennoch so viel verband, und auf Zoelle, für die das Gleiche galt.

Die Steinfiguren schleuderten die beiden beiseite, als wären sie nichts. Sie wandten sich ihrem nächsten Gegner zu, Morilacc, der sich kaum noch auf den Beinen – nein, auf dem einen Bein – halten konnte. Sie würden ihn mit dem nächsten Schlag töten.

Jemand schrie, und es dauerte einen Herzschlag lang, bis Darne verstand, dass es Bernyl war, der da in Agonie lag. Denn jemand hatte sich in ihn verbissen, im wahrsten Sinne des Wortes. Eine Gestalt, die kaum noch etwas Menschliches an sich hatte und die Darne nun erst entdeckte. Sie sah aus wie der Rego, war aber weitaus schlanker und bestand aus kaum mehr als einem Rumpf und leblos daran hängenden Gliedern.

Irgendwie hatte sich der Herrscher über mehrere Mannslängen hinweg auf den Hofkanzlisten zubewegt, wie eine dunkle Blutspur bewies, und verbiss sich nun in seinen Leib, zog und zerrte an Bernyl, löste ihn aus seiner magischen Konzentration, machte ihn anfällig und … und … menschlich.

Darne stürzte sich auf seinen Gegner. Das Schwert hatte er längst fallen gelassen. Er hatte bloß seine Hände, mit denen er dieses uralte Wesen würgen wollte. Jede Bewegung schmerzte, nichts gelang mehr. Er verfehlte Bernyl, stolperte über dessen Leib. Dem Magicus gelang es, den vermeintlichen Rego abzuschütteln, sich neu zu finden. Gleich würde er ein weiteres Mal angreifen, jetzt, jetzt, jetzt …

Zwei Schatten waren heran. Steinerne Geschöpfe, die sich gegen ihren Herren wandten. Sie sagten Unverständliches in einer Sprache, die alt klang und alt war. Sie fielen in Raserei über Bernyl her, zerfetzten ihn, knackten ihm den Schädel auf und rissen sein Gehirn heraus und zertrampelten selbst noch die kleinsten Reste davon.

Sie beendeten die jahrtausendelange Existenz des Magicus und zerfielen dann selbst zu Staub, wohl ihrer einzigen Berechtigung zum Leben beraubt, und plötzlich kehrte Ruhe ein, die von einem gewaltigen Zittern gestört wurde, das vom Wurm herrührte.

Das alte Geschöpf machte sich erneut daran, zu wüten und zu toben. Es gab niemanden mehr, der den Wurm aufhalten konnte.

Bentaloppe kam herbeigehumpelt. Sie tat es mit verbissenem Gesicht. Sie setzte sich auf Bernyls Stuhl und umfasste ohne Zögern die beiden Stangen links und rechts von ihr. Wusste sie denn, was sie tat?

Sie murmelte einige unverständliche Worte, wiegte den Kopf hin und her. Ihre Finger tasteten die Stangen ab, drehten sie leicht nach links, dann nach rechts. Wie ein Kutscher, der ein neues Gespann zu lenken hatte und erst begreifen musste, wie die Gäule auf das Zupfen an den Zügeln reagierten.

Darne beobachtete sie und versuchte zu begreifen. Ihrer aller Hoffnungen beruhten auf Bentaloppes Geschick, auf ihrem Wagemut.

»Er war ein Ungeheuer«, murmelte sie. »Doch selbst er beging Fehler. Er lehrte mich lesen und schreiben. Er wusste nicht, dass ich in seinen uralten Folianten und in seinen Aufzeichnungen schmökerte, die er hier in seinem Refugium versteckt hielt.«

Darne war es, als würde sein Magen umgestülpt. Das Wesen, auf dessen Kopfteil sie thronten, erhob sich – und fiel gleich darauf wieder nieder, von Bentaloppe zu Boden gezwungen.

»Ich weiß nicht, ob und wie lange ich ihn am Boden halten kann. Wir müssen hoffen«, sagte sie.

Darne fühlte weitere Erschütterungen, doch er schaffte es, auf den Beinen zu bleiben.

Sollte er das Weite suchen, zusammen mit den wenigen anderen Überlebenden?

Nein. Er würde bleiben. Bis zum Ende.

Er trat auf die schweißüberströmte Bentaloppe zu und legte ihr eine Hand auf den Nacken. Darne fühlte, wie sie sich entspannte, wie auch die Haltung ihrer Arme sich entkrampfte. »Wir schaffen das«, sagte er. »*Du* schaffst das.«

Und so war es auch.

41. Darne Bunthand

Es regnete. Das Nass war klebrig und schmutzig. Es legte sich über den Körper wie alles erstickender Firn. Am liebsten wäre er zurück in den Palast gelaufen, um sich dort zu verkriechen, irgendwo, und niemals mehr wieder zum Vorschein zu kommen.

»Ich bin froh, dass der Regen so dicht ist«, sagte Bentaloppe neben ihm. »So muss ich das wahre Ausmaß dieses Unglücks nicht sehen.«

Darne versuchte, die Spur der Verwüstung zu erkennen, die der Wurm gezogen hatte. Sie verlor sich im Nebel, vielleicht hundert Schritte hinter dem Ende des Wurmleibs. Das Vieh hatte Krater und Gruben und Risse hinterlassen, die in dunkle Tiefen reichten und keinen Grund zu haben schienen.

Einige Menschen lösten sich aus dem Schatten, den der Wurm warf. Es handelte sich um einige Gedächtnismeister, die aus dem Inneren des Palastes wankten. Sie wirkten völlig orientierungslos.

»Wie es in Attico wohl aussieht?«, fragte Darne.

»Ich habe den Wurm so gut es ging raus aus der Stadt gelenkt«, sagte Bentaloppe, »bevor er in die südlichen Wohngegenden vorstoßen konnte. Auch Mittigteilen blieb verschont.«

»Es wird dennoch Tausende Tote geben.«

»Und Tausende, die überlebt haben.«

Sie schwiegen und starrten auf die Hypatore, die wie Verhungernde über den Wurm herfielen, ihre Schnauzen zwischen die Hornplatten seines Leibes schoben und sich an ihm nährten. So viele Zecken umgaben und bedeckten den Leib des Riesentiers, dass sie kaum mehr voneinander zu unterscheiden waren. Eine braungraue Masse, die sich über ihr Opfer hermachte und ihm Blut absaugte und dafür sorgte, dass der Wurm für lange Zeit geschwächt und in einem Dämmerschlaf bleiben würde.

»Wir sollten den Wurm so rasch wie möglich töten«, sagte Bentaloppe.

»Mit welcher Waffe?«

»Wir bohren ihm die beiden Kreuzstangen so tief wie möglich ins Gehirn, und wenn es sein muss, noch einige mehr.«

»Dein Vater hat diese Möglichkeit gewiss in Betracht gezogen. Damals, als er noch nicht völlig durchgedreht war.«

»Mein Vater ...« Bentaloppe spuckte aus. »Dieser Mann mag mein Erzeuger gewesen sein. Aber er und ich hatten niemals ein familiäres Verhältnis. Er hat mich zeit meines Lebens benutzt ...« Dann wechselte sie wieder schnell das Thema, so als wollte sie die Gedanken an Bernyl für immer aus ihrem Kopf verbannen. »Wir müssen dem Wurm irgendwie beikommen.«

»Mag sein. Wir müssen uns aber auch um die Menschen kümmern. Ihnen ihre Lage erklären. Begreiflich machen, was das Cardym mit ihnen anrichtet und warum sie es nicht mehr nehmen dürfen. Hungersnöten vorbeugen, uns gegen Plünderer wappnen, die Leichen wegschaffen, bevor Seuchen ausbrechen, Unterkünfte errichten, bevor der Winter kommt ...«

»Und das alles sollen wir tun? Wir könnten genauso gut einfach von hier verschwinden. Niemand würde uns vermissen.«

Darne schüttelte den Kopf. »Ich will die Spuren Bernyls für alle Zeiten auslöschen, Bentaloppe. Das ist meine Pflicht. Und ich kann das bloß tun, indem ich Verantwortung übernehme.«

Die alte Frau blickte ihn von der Seite her an, und er fühlte ihren Blick.

»Du wurdest vom Hofkanzlisten gelenkt und gesteuert, Darne. Ich selbst war Teil seiner Pläne. Ich habe dich ausgesucht und vorbereitet. Habe dafür gesorgt, dass du eine Ausbildung bei Anta erhieltst, dass Aracam sich um dich kümmerte. Und dass letztlich Morilacc stets auf dich aufpasste. Ich trage Mitschuld an dem, was dir widerfahren ist.«

»Ich weiß. Ich versuche, es zu begreifen.«

»Ich konnte Bernyl niemals aufhalten. Ich war von ihm abhängig. War betäubt vom Cardym, das er mir verabreichte. Fand nicht die Kraft, mich gegen ihn zu stellen. Ich gewann erst dank des Impcae-Cardym so etwas wie Freiheit – und war darauf angewiesen, dass du uns anführst.«

»Doch im Palast hast du ihn angegriffen.«

Bentaloppe atmete tief durch. »Wir alle haben es getan. Er hatte letztlich ganz Haden gegen sich. Dich und unsere Begleiter, den Wurm, seine eigenen steinernen Werkzeuge. Mich.«

Morilacc lag unweit von ihnen im feuchten Gras, ein schmutziges Tuch um den Beinstumpen gewickelt. Es sah schrecklich aus, und dennoch schaffte es der Riese, fröhlich zu wirken. Er winkte ihnen zu. Riccion Südwind stand über ihn gebeugt und zog eben einen Verband fest.

»Was wohl Morilaccs Geschichte ist?«, fragte Darne. »Er wollte mir niemals etwas über seine Vergangenheit erzählen.«

»Hast du ihn denn je gefragt?«

»Nein. Ich dachte, er würde von sich aus darüber sprechen, sobald er dazu bereit ist.«

»Ich bin mir sicher, dass er es jetzt ist.«

»Und Südwind? Was soll mit ihm geschehen, was mit Zoelle und all den anderen Leuten, die im Grunde nur ihre eigenen Interessen verfolgen? Sie werden sich gegen uns stellen, uns behindern, uns hintergehen.« Unsicherheit und Angst stellten sich ein, je länger er über seine Vorhaben nachdachte. Was konnte er, ein einzelner Mann, denn bewirken?

»Stimmt. Sie werden es uns schwermachen. Und wir es ihnen. Es wird sich zeigen, wer der Stärkere ist. So ist es doch immer.«

Sie grinste ihn an. »Die Hauptsache ist doch, dass man es versucht.«

Der Wurm zuckte, Dutzende Hypatore rutschten von ihren Plätzen ab, klammerten sich aber gleich wieder am Leib des riesigen Geschöpfs fest und saugten weiter an ihm. Ein Lichtstrahl durchbrach die Wolkendecke, letzte Blitze zuckten am nahen Horizont aufs Land herab. Der Regen ließ nach.

Irgendwo zwitscherte ein Vogel, völlig unberührt von all dem, was an diesem Tag geschehen war. Er scherte sich nicht um Tod und Unglück der Menschen.

»Ja«, sagte Darne, »wir sollten es versuchen.«

Danksagung

Ein Buch ist niemals das Werk eines Einzelnen. Ich danke all den vielen Leuten, die mich zu Zeiten der größten Belastungen ertragen und unterstützt haben, insbesondere meiner Familie. Hakikat, Cynthia und Heather – ihr seid großartig.

Eine große Hilfe waren mir auch diesmal meine Testleser. Danke, Corinna Spielauer, und danke, Christian Brabetz.

Sie dachten, sie könnten sie benutzen. Sie haben sich geirrt.

512 Seiten. ISBN 978-3-442-26980-8

Alena versteht es, sich durchs Leben zu mogeln. Doch als sie sich in der Stadt Terebin als uneheliche Tochter des Herzogs ausgibt, ist sie wohl zu weit gegangen. Ihr droht der Tod – es sei denn, sie willigt ein, bei einer groß angelegten Intrige die Hauptrolle zu spielen. Denn Alena ist der wahren Prinzessin wie aus dem Gesicht geschnitten und soll nun an ihrer statt einen der verhassten Skorpion-Prinzen heiraten. Doch das ist nicht die einzige Verschwörung, in die sie sich verstrickt. Und vielleicht – nur vielleicht – ist sie ja tatsächlich die Tochter des Herzogs …

Lesen Sie mehr unter: **www.blanvalet.de**